U0105600

福建師範大學文學院百年學術論叢　第四輯

中國歷史小說史

歐陽健　著

第四輯

總序

　　福建師範大學已歷經百又十年春秋，回想晚清帝師陳寶琛弢庵先生創立「福建優級師範學堂」時所題校訓：「化民成俗其必由學，溫故知新可以為師」，將教育宗旨植根於「學」字，堪稱高瞻遠矚。百多年來，學校隨著時代的更替發展變遷，而辦學理念始終沿循校訓精神，學高為師，身正為範，英才輩出，教澤廣布，為學術建設與文化教育作出了富有意義的貢獻。從我校文學院協同臺北萬卷樓圖書公司編選出版的「百年學術論叢」前三輯三十種論著，以及這次推出的第四輯十種作品，均可印證這一觀點。

　　第四輯又再現「四代同堂」的學術勝景：已故李萬鈞先生的《中西文學類型比較史》開拓了中西文類比較研究的遼闊視野；資深學者中，林海權先生的《李贄年譜考略》以精密的考辨展示了明代著名思想家李卓吾的生平事跡，歐陽健先生的《中國歷史小說史》以史論結合方式展現了中國歷史小說的發展脈絡，賴瑞雲先生的《孫紹振解讀學簡釋》昭顯了孫紹振先生文本解讀學體系的理論與實踐意義，譚學純先生的《廣義修辭學研究——理論視野和學術面貌》開拓了修辭學發展的一個嶄新局面；中青年學人中，祝敏青《當代小說修辭性語境差闡釋》就修辭性語境差問題作了細緻的解析，王漢民《傳統戲曲與道教文化》將戲劇連同宗教作有機的思考，袁勇麟《中國當代雜文史》梳理了兩岸三地雜文五十年的發展演變，呂若涵《另一種現代性——「論語派」論》對論語派散文作出切實的價值評估，蔡彥峰《元嘉體詩學研究》對劉宋時期詩學進行了系統的深入探討。

　　以上只是簡約提示本輯各位作者各有專攻和創獲。綜觀這四輯四十種論著，可謂蔚然大觀，並有學脈貫通。六庵先生之經學，桂堂先生之散文學，喆盒先生之詩學文說，穆克宏先生之六朝文學，李萬鈞先生之比較文學，陳一琴先生之詩話批評，孫紹振先生之文本解讀學，姚春樹先生之雜文史，齊裕焜先生之小說史，陳良運先生之詩學史，莊浩然先生之話劇史，陳慶元先生之福建文學史，以及其他學者的專題著述，不僅體現了我校人文學術的特色優勢，也呈示了我校文學院薪火相傳、嚴謹精進的治學傳統。溫故知新，繼往開來，理應為我輩後學義不容辭的學術使命。

　　近幾年來，我校文學院持續開展和加強兩岸文化教育的交流合作活動，以文會友，廣結善緣，深獲臺灣學界同仁的鼎力支持和真誠勉勵，我們對此感念於心，永誌不忘！兩岸一家親，閩臺親上親，血緣割不斷，文緣結同心。在此戊戌仲春之際，我依然深信，兩岸的中華文化傳人，秉持同種同文的民族自尊心、自信心和責任心，必將跨越歷史鴻溝，進一步交流互動，昭發德音，化成人文，為促進中華文化復興繁榮而共同努力！

汪文頂

西元二〇一八年夏正戊戌仲春序於福州

目次

第四輯總序 ………………………………………………… 1

目次 ………………………………………………………… 1

緒論 …………………………………………………………… 1

　第一節　獨一無二的歷史小說系列 ………………………… 1

　第二節　歷史和小說：從「同源同體」到「同源異體」 ……… 2

　第三節　歷史小說的文體特徵 ……………………………… 11

　第四節　中國歷史小說史的演進規律 ……………………… 25

第一章　宋元時期的講史 …………………………………… 29

　第一節　講史的先聲——唐代俗講 ………………………… 29

　第二節　宋元講史的盛況 …………………………………… 32

　第三節　市井藝人另造的歷史世界 ………………………… 42

　第四節　宋元講史的多元藝術取向 ………………………… 54

第二章　羅貫中——演義文體的奠基者 …………………… 65

　第一節　羅貫中的生平經歷 ………………………………… 65

　第二節　演義文體的典範——《三國志演義》……………… 77

　第三節　《殘唐五代史演義傳》的別樣意趣 ………………… 91

　第四節　統一王朝的全史演義——《隋唐兩朝志傳》……… 102

第三章　明代的歷史小說和本朝小說 …………………… 123

第一節　非「明代前期空白論」………………………… 123

第二節　歷史小說宏偉系列的構建 …………………… 137

第三節　兩種旨趣的比試與較量 ……………………… 148

第四節　明代的本朝小說 ……………………………… 195

第四章　明清之際的時事小說 ………………………… 217

第一節　明季時局與時事小說 ………………………… 217

第二節　時事小說系列之一──魏閹小說 ………… 221

第三節　時事小說系列之二──剿闖小說 ………… 243

第四節　時事小說系列之三──遼事小說 ………… 257

第五章　清代的歷史小說 ……………………………… 295

第一節　四大演義定本的形成 ………………………… 295

第二節　歷史說部的世俗化 …………………………… 327

第三節　杜綱對歷史小說史的貢獻 …………………… 344

第四節　清後期的本朝小說與時事小說 ……………… 359

第六章　晚清的歷史小說及其他 ……………………… 371

第一節　「歷史小說」理論的形成 …………………… 371

第二節　吳趼人的歷史小說 …………………………… 384

第三節　黃小配的近代小說和歷史小說 ……………… 397

後記 ……………………………………………………… 427

緒論

第一節　獨一無二的歷史小說系列

　　《世界文學格局中的中國小說》是本有新意的學術著作，第四章「歷史小說：史傳傳統與史詩模式」，則是比較中西歷史小說的專章。作者引西方歷史小說家司各特的話：「我用的方法是把我的敘述力量全部集中於人物和人物的熱情上——這些熱情是社會各個時期人們所共有的；這些感情同樣地激動人類的心，不論這顆心是在十五世紀的鋼鐵盔甲下，在十八世紀的織錦外衣下，還是在今天的藍色禮服和白斜紋布背心下跳動。」又引另一位西方歷史小說家大仲馬的話：「歷史是什麼？是我掛小說的釘子。」得出了如下結論：「出於這樣一種創作意識，西方的作家就不像中國的演史家那樣尊重歷史的自然，而對歷史事變的處理帶著一定的隨意性，甚至用自己的想像去取代一部分歷史事實。」[1]

　　那麼，西方歷史小說家為什麼會有這種「創作意識」呢？作者的答案似乎是歸結為西方的「個人英雄史觀」。其實，根子恐怕更在西方沒有中國人的「欲滅其國，必先滅其史」的觀念，沒有中國為記載國運興衰、褒貶人物功過的以「二十四史」為主幹的史書系列。令西方人自豪的古希臘「史詩」，原本就是「需要由想像來加以豐富的」（伏爾泰語）、「比較能容納不近情理的事」（亞里斯多德語）的「傳

1　應錦襄等：《世界文學格局中的中國小說》（北京市：北京大學出版社，1997年），頁81。

奇故事」（黑格爾語）。傳統如此，觀念如此，又何必為小說家「隨意
歪曲」歷史感到驚詫呢？

　　號稱西方「歷史小說之父」的司各特（1771-1832），他的第一部
歷史小說《威弗利》發表於一八一四年，相當於中國清代嘉慶十九
年；他最成功的歷史小說《艾凡赫》發表於一八一九年，相當於清代
嘉慶二十四年。仿效司各特成名的大仲馬（1802-1870），他的歷史小
說《三個火槍手》於一八四四年問世，相當於清代道光二十四年。而
中國宋元（960-1368）時期的瓦舍勾欄，早有了「講史」的家數；自
羅貫中於明代洪武四年（1371）寫成《三國志演義》，至杜綱於清代
乾隆六十年（1795）撰就《南史演義》，與正史相表裡的歷史小說系
列便已宣告完成。章炳麟《洪秀全演義》〈序〉說得好：「演事者，則
小說家之能事。根據舊史，觀其會通，察其情偽，推己意以明古人之
用心，而附之以街談巷議，亦使田家孺子，知有秦漢至今帝王師相之
業；不然，則中夏齊民之不知故國，將與印度同列。然則演事者雖多
稗傳，而存古之功亦大矣。」世界上獨一無二的具「存古之功」的中
國歷史小說系列之最後奠定，比西方「歷史小說之父」的第一部作品
問世還早了九年！試問，該如何在「世界文學格局中」看中國歷史小
說呢？

　　要之，歷史小說使歷史走近了中國讀者，又使讀者走進了中國歷
史。它孕育、薰陶了千百年來的無數普通民眾，是中國傳統文化中一
份極其珍貴的遺產，這是世界上任何國家、任何民族都無法比擬的。

第二節　歷史和小說：從「同源同體」到「同源異體」

　　中國歷代的當政者都十分重視歷史，重視歷史的記載和歷史的教
育。這一傳統反映在體制上，就是史官的建置。據《周禮》記載，西

周就有一批稱為「史」的官職，如大史（「大」音泰，後世多寫作「太史」）、小史、內史、外史、御史，合稱「五史」，大抵皆為掌管冊籍，記文書草之人。「記文書草」，就有記錄所見所聞言事的職責。《禮記》〈玉藻篇〉說，天子「玄端而居，動則左史書之，言則右史書之」；《漢書》〈藝文志〉則說：「古之王者，世有史官，君舉必書，所以慎言行，昭法式也。左史記言，右史記事，事為《春秋》，言為《尚書》。」《漢書》關於左史和右史的分工，與《禮記》的說法不同，杜預《春秋傳序正義》認為：「左是陽道，故令人記動；右是陰道，故使之記言」，從左右陰陽判定是《漢書》的失誤，是有道理的。這些記錄當時當地發生言事的典籍，經過整理編纂就成了「歷史」。

在不少人的意念裡，把「歷史」和「小說」的界限區分得非常嚴格，好像「歷史」一定是真實的，而「小說」則與虛構必定有擺脫不了的干係。他們往往把「史實」與「虛構」的差別看得非常絕對，卻不大去考慮它們之間是否存在著互通性。其實，「歷史」一詞本有廣、狹二義。廣義的歷史，泛指一切事物的發展進程。毫無疑問，一切以往發生的事變都是客觀的存在，但對後人來說，卻是永遠消逝的、不能重現的存在；後人只能通過歷史的憑證（包括文字記錄）來推知它的大體情況，而這就是狹義的歷史。在後一意義上，使用「史書」似乎更為妥切。

從根本上講，廣義的歷史（即以往人類無比豐富、無比生動的社會生活），是歷史記載和闡釋的唯一源泉，也是小說和其他文學藝術的唯一源泉。在嚴格意義的「正史」問世之前（「史」成為獨立部門，始於晉代），歷史和小說實際上是共居於一體的。翦伯贊先生說：「文字的記錄，始於記事，故中國古代，文史不分，舉凡一切文

字的記錄，皆可稱之曰史。」[2]古代人的文字記錄，既是地道的「史」，又是地道的「文」。如《史記》〈廉頗藺相如列傳〉載，趙王與秦王會於澠池，秦王酒酣，請趙王奏瑟，秦御史前書曰：「某年月日，秦王與趙王會飲，令趙王鼓瑟。」其後，藺相如奉盆缻秦王以相逼，秦王不懌，為一擊缻，相如顧召趙御史書曰：「某年月日，秦王為趙王擊缻。」秦、趙兩國御史當時所記錄的，是在頃刻之前剛剛發生，甚至尚在持續之中的外交活動，它固然為後人留下了寶貴的史料，但未嘗不可以將它看作反映現實的小說。歷史與小說在發生本源上具有共通性，是毋容置疑的。

在小說與史書之間，又經歷了從「同源同體」到「同源異體」的演變過程。劉知幾《史通》〈史官建置〉說：「書事記言，出自當時之簡；勒成刪定，歸於後來之筆。然則當時草創者，資乎博聞實錄，若董狐、南史是也；後來經始者，貴乎俊識通才，若班固、陳壽是也。」左史、右史們隨時記錄的原始蕪雜的「當時之簡」，雖亦以「史」的面目出現，其中也含有大量的小說因素；由史家「勒成刪定」的「後來之筆」，主要的表徵就是驅除了其中的小說成分。司馬遷撰寫《史記》時，提出了一條「擇其言尤雅者」的取捨標準，遂為後世史家所遵循。具體說來就是：

一、錄真實而棄怪異。如《史記》〈大宛列傳〉云：「《禹本紀》、《山海經》所有怪物，余不敢言之也。」《史記》〈刺客列傳〉云：「世言荊軻，其稱太子丹之命，『天雨粟，馬生角』也，太過；又言荊軻傷秦王，皆非也。」

二、錄重大而棄微小。《歐陽修集》卷六十九《與尹師魯第二書》，談到他「治舊史」的情況說：「前歲所作《十國志》，蓋是進本，務要卷多。今若便為正史，盡宜刪削，存其大要；至如細小之

2　翦伯贊：《史料與史學》（北京市：北京出版社，2004年），頁2。

事，雖有可紀，非干大體，自可存之小說，不足以累正史。數日檢舊本，因盡刪去矣，十亦去其三四。」

於是，原始史料中「細小」和「怪誕」的內容被大量剔除，幾乎全被驅趕到「小說」的行列中來了。《史通》〈雜說〉謂梁武帝作《通史》，以為「劉敬昇《異苑》稱晉武庫失火，漢高祖斬蛇劍穿屋而飛，其言不經」，敕司徒左長史殷芸編為《小說》。正如姚振宗《隋書經籍志考證》卷三十二所言，「是《小說》因《通史》而作，猶《通史》之外乘」也。經過史家們如此這般一「編」，《通史》便成為官修的「正史」，而《小說》則以「舊史遺文」的身分退居「外乘」，完成了史書與小說從「同源同體」到「同源異體」的分化。

在相當長的時間裡，歷史與小說各以「正史」、「稗史」的身分，共處於「史」的範圍之內，共同擔負記載現實與歷史的任務。其間雖有崇高與卑微、典雅與鄙俗之分，實際上又處於界限混沌的狀態之中。一方面，正史中仍含有小說的因素。乾隆〈御制讀史漢書有感〉云：「兩人促膝語，彼此不洩露。所語竟誰傳，而史以為據。甚至惟一人，心跡隱未吐。祇恐他或知，炳然乃傳後。發潛信賴史，紀訛亦屢屢。盡信不如無，不求甚解悟。此皆非常人，卓識有別具。固遠不逮遷，翻訾有抵牾。後人復不逮，而更妄非固。嗚呼聖賢門，卻成是非路。」就是深諳此中奧妙的通家之言。馮鎮巒《讀《聊齋》雜說》云：「千古文字之妙，無過《左傳》，最喜敘怪異事，予嘗以之作小說看。」則代表了一般讀者的見解。另一方面，小說也沒有與「虛構」劃上等號；「稗史」中記錄的事件，有時甚至比正史更接近於歷史的真面。徐渭《隋唐演義》〈敘〉云：「自中古而下，事不盡在正史，而多在稗官小說家，故輶軒之紀載，青箱之采掇，所謂求野多獲者矣。」《隋唐演義》第六十九回回評曰：「從來有正史即有野史，正史傳信不傳疑，野史傳信亦傳疑，並軼事亦傳之。故耳聞目睹之事，正史所有，人人能道之，不足為異；若耳所未聞、目所未睹之事，人聞

之見之，未有不驚駭，謂後人之誣前人也，不知野史中之確有所見、確有所聞之軼事也。」下面且以敘兩漢史事之小說為例，對這一「事不盡在正史」論，略加闡述：

一、《漢武故事》，一名《漢武帝故事》。此書之名首見於晉葛洪《西京雜記》〈跋〉：「洪家復有《漢武帝禁中起居注》一卷，《漢武故事》二卷，世人稀有之者。」《三輔黃圖》已徵引此書，謂為班固撰。班固（32-92），字孟堅，扶風安陵（今陝西咸陽東北）人，著有《漢書》。《漢武故事》今本有「至今上元延中」語，元延（西元前14至前10年）為漢成帝年號，書中既稱「今上」，則當寫於成帝之時。又有論者據書中「漢有六七之厄」及「代漢者，當塗高也」之讖語，推定為漢末建安時期（196-219）之作[3]。宋晁公武《郡齋讀書志》云：「世言班固撰；唐張柬之書《洞冥記》後云：『《漢武故事》，王儉造。』」王儉，字仲賢，南朝宋明帝時人。或其事原有所本，後為班固、王儉輩編纂成書。此書記的是武帝自生漪蘭殿至死葬茂陵的瑣聞軼事。《四庫全書總目》謂：「所言亦多與《史記》、《漢書》相出入，而雜以妖妄之語。」如〈顏駟為郎〉篇敘武帝嘗輦至郎署，見一老翁鬚鬢皓白，衣服不整，問曰：「公何時為郎？何其老也！」對曰：「臣姓顏名駟，江都人也。以文帝時為郎。」問曰：「何其老而不遇也？」駟曰：「文帝好文而臣好武，景帝好老而臣尚少，陛下好少而臣已老：是以三世不遇，故老於郎署。」通過顏駟三世不遇的命運，真切地反映了文帝、景帝、武帝三世不同的用人政策。又如〈微行柏谷〉：

　　　上微行至於柏谷，夜投亭長宿，亭長不納，乃宿於逆旅。逆旅翁謂上曰：「汝長大多力，當勤稼穡，何忽帶劍群聚，夜行動眾，此不欲為盜則淫耳。」上默然不應，因乞漿飲。翁答曰：

3　劉文忠：〈《漢武故事》寫作時代新考〉，《中華文史論叢》1984年第2輯。

「吾止有溺，無漿也。」有頃，還內。上使人覘之，見翁方要
少年十餘人，皆持弓矢刀劍，令主人嫗出安過客。嫗歸，謂其
翁曰：「吾觀此丈夫非常人也，且亦有備，不可圖也。不如因
禮之。」其夫曰：「此易與耳。鳴鼓會眾，討此群盜，何憂不
克！」嫗曰：「且安之，令其眠，乃可圖也。」翁從之。時上從
者十餘人，既聞其謀，皆懼，勸上夜去。上曰：「去必致禍，
不如且止以安之。」有頃，嫗出，謂上曰：「諸公子不聞主人
翁言乎？此翁好飲酒，狂悖不足計也。今日具令公子安眠無
他。」嫗自還內。時天寒，嫗酌酒，多與其夫及諸少年，皆
醉。嫗自縛其夫，諸少年皆走。嫗出謝客，殺雞作食。平明，
上去。日還宮，乃召逆旅夫妻見之，賜嫗千金，其夫為羽林郎。

此篇寫漢武帝微服私訪，險些被旅店主人當作「盜」，幸得老嫗性敏
知機，設計灌醉丈夫而縛之，又熱情地款待了武帝。脫險而歸的
「上」十分感激老嫗，但對那要把自己當盜擒拿的逆旅翁，仍得讚揚
他的「警惕性」，擢拔為羽林郎。這類富於喜劇性的軼聞，正史自然
是不載的。書中所寫的東方朔，身分是「謫仙人」，故一改其「弄
臣」的性格。當武帝問他「祠」司命之神能不能令益壽時，竟對曰：
「皇者壽命懸於天，司命無能為也。」大約是受方士的欺騙太多，漢
武帝也終於有所醒悟，自責道：「朕即位以來，天下愁苦，所為狂
悖，不可追悔。自今有妨害百姓、費耗天下者，罷之。」這些事情，
也是正史所不載的。

　　二、《漢武帝內傳》，一名《漢武內傳》，題班固撰，或云東晉葛
洪撰。此書乃增飾《漢武故事》會西王母諸事而成，重點在武帝之好
神仙之道。透過複雜紆曲的道家術語，可以見出對帝王的批判鋒芒。
如占者姚翁雖說武帝是「攘夷狄而獲嘉瑞」的「劉宗盛主」，同時又
說他是「大妖」，指出他窮兵黷武，好大喜功，將種下未來的危機。

西王母、上元夫人更以仙家的姿態，居高臨下地訓斥平人不敢冒犯的皇帝。漢武帝縱然得到西王母所授《五真圖》、《靈光經》，卻沒能成仙得道，原因是：「恃此不修正德，更興起臺館，勞敝萬民，坑降殺服，遠征夷狄，路盈怒歎，流血膏城」，以致天火焚燒柏梁臺，長生之事，遂成泡影。

　　三、《西京雜記》，據葛洪《西京雜記》〈跋〉云，劉歆「欲撰《漢書》，編錄漢事，未得締構而亡」。班固作《漢書》，「殆是全取劉書，有小異同耳」；內中有「為班固所不取的，不過二萬許言，葛洪將其抄出，名《西京雜記》，以稗《漢書》之闕」。葛洪的話，後世學者如明代黃省曾、清代盧文弨多信之，近人余嘉錫《四庫提要辨證》則力辯其非。《漢書》〈匡衡傳〉顏師古注云：「今有《西京雜記》者，其書淺俗，出於里巷，多存妄說。」《四庫全書總目提要》云：「其中所述，雖多為小說家言，而摭采繁富，取材不竭。」書既名「雜記」，故首尾參錯，前後倒亂，但仍有許多真實有趣的軼事。如漢高祖先入咸陽之情形，《史記》〈高祖本紀〉所載極為簡略：「欲止宮休舍，樊噲、張良諫，乃封秦重寶、財物、府庫，還軍霸上。」《資治通鑑》卷九則稍詳：「沛公見秦宮室，帷帳、狗馬、重寶、婦女以千數，意欲留居之。樊噲諫曰：『沛公欲有天下耶？將為富家翁耶？凡此奢麗之物，皆秦所以亡也，沛公何用焉！願急還霸上，無留宮中。』沛公不聽。張良曰：『秦為無道，故沛公得至此。夫為天下除殘賊，宜縞素為資；今始入秦，即安其樂，此所謂助紂為虐。且忠言逆耳利於行，毒藥苦口利於病，願沛公聽樊噲言。』沛公乃還軍霸上。」而《西京雜記》〈咸陽宮異物〉則從「異物」的角度作了細緻描寫：

　　　　高祖初入咸陽宮，周行庫府，金玉珍寶，不可稱言。其尤驚異者，有青玉五枝燈，高七尺五寸，下作蟠螭，以口銜燈，燈燃，鱗甲皆動，煥炳若列星盈盈焉。復鑄銅人十二枚，坐皆高

三尺，列在一莚上，琴筑笙竽，各有所執，皆綴花彩，儼若生人。莚下有二銅管，上口高數尺，出莚後；其一管空，一管內有繩，大如指，使一人吹空管，一人紐繩，則眾樂皆作，與真樂不異焉。有琴長六尺，安十三弦二十六徽，皆用七寶飾之，銘曰：「璠璵之樂。」玉管長二尺三寸，二十六孔，吹之則見車馬山林，隱鱗相次，吹息，亦不復見，銘曰：「昭華之琯。」有方鏡廣四尺，高五尺九寸，表裡有明，人直來照之，影則倒見；以手捫心而來，則見腸胃五臟，歷然無礙；人有疾病在內，則掩心而照之，則知病之所在。又女子有邪心，則膽張心動。秦始皇常以照宮人，膽張心動者則殺之。高祖悉封閉以待項羽，羽並將以東，後不知所在。

　　《史記》是史書，「史尚簡嚴」，故只能舉其大者；《西京雜記》是小說，卻可以鋪陳詞藻，詳加描述，並借「異物」來烘托漢高祖的內心世界。不過，當統治地位一旦穩固，漢高祖也不免要大興土木。〈蕭何營未央宮〉一篇，記漢高帝七年（西元前200年）相國蕭何營未央宮，「因龍首山制前殿，建北闕。未央宮周回二十二里九十五步五尺，街道周回七十里。臺殿四十三，其三十二在外，其十一在後宮。池十三，山六，池一。山一亦在後宮，門闥凡九十五」。其規模雖不能與阿房宮之「恢三百餘里，離宮別館，彌山跨谷」相頡頏，要亦氣勢閎大，奢靡不凡。尤令人發噱的是，〈作新豐移舊社〉記漢高祖為取悅「平生所好皆屠販少年，酤酒賣餅，鬥雞蹴鞠」的乃父，「乃作新豐，移諸故人實之」，「並移舊社，衢巷棟宇，物色惟舊，士女老幼，相攜路首，各知其室，放犬羊雞鴨於通塗，亦競識其家」，頗洋溢著農家生活的情趣。《西京雜記》還記敘了文帝、武帝、昭帝、元帝、成帝的許多軼聞。如〈方朔設奇救乳母〉言武帝欲殺乳母，乳母告急於東方朔，東方朔在側以言激之曰：「汝宜速去，帝今

已大，豈念汝乳哺時恩耶？」武帝愴然，遂舍之。又如〈畫工棄市〉
云：「元帝後宮既多，不得常見，乃使畫工圖形，案圖召幸之。諸宮
人皆賂畫工，多者十萬，少者亦不減五萬。獨王嬙不肯，遂不得見。
匈奴入朝求美人為閼氏，於是上案圖以昭君行。及去，召見，貌為後
宮第一，善應對，舉止閒雅。帝悔之，而名籍已定。帝重信於外國，
故不復更人。乃窮案其事，畫工皆棄市，籍其家，資皆巨萬。畫工有
杜陵毛延壽，為人形，醜好老少，必得其真。安陵陳敞，新豐劉白、
龔寬，並工為牛馬飛鳥人形，好醜不逮延壽。下杜陽望亦善畫，尤善
布色。樊育亦善布色。同日棄市。京師畫工，於是差稀。」這是王昭
君故事的較早形態，尚未將畫工敲定為毛延壽一人。明人黃省曾序
《西京雜記》，說它有四大缺點，即：猥瑣可略，閑漫無歸，杳昧難
憑，觸忌須諱。所謂「觸忌」，指的是趙飛燕與侍郎慶安世淫亂的
事，按史書為「尊者諱」的體例，是應該為之隱諱的；《西京雜記》
直書無忌，較有揭露黑暗現實的精神。

　　四、《飛燕外傳》，又作《趙飛燕外傳》、《趙后別傳》，舊題伶玄
撰。伶玄，字子予，潞水（今山西長治）人，〈自敘〉謂「學無不
通，知音善屬文，簡率而真樸，無所矜式，揚雄獨知之。然雄貪名矯
激，子予謝不與交，雄深相毀之。子予司空小吏歷三署刺守州郡，為
淮南相」。哀帝時，買妾樊通德，乃樊嬺之弟子不周之子，能言趙飛
燕姊弟事，遂據以撰之。或謂係後人之偽託，亦無過硬的證據。明人
胡應麟將其推崇為「傳奇之首」，與《楊太真外傳》、《鶯鶯傳》、《霍
小玉傳》相提並論。《四庫全書總目提要》亦以為「純為小說家言，
不可入於史部，與《漢武內傳》諸書同一例也」。《飛燕外傳》頗注重
宮闈秘聞，如寫漢成帝既寵幸飛燕，又聞其女弟合德「美容體，性醇
粹不可言」，命以百寶鳳毛玉輦迎之，「以輔屬體，無所不靡，謂為
『溫柔鄉』」，且謂：「吾老是鄉矣，不能效武帝求白雲仙鄉也。」敘
漢成帝之荒淫昏庸，較雄心勃勃之漢武帝，已不可同日而語。從歷史

角度看，漢成帝之寵幸宦官，導致王莽篡漢為新，可謂漢家之罪人。小說雖引淖夫人「此禍水也，滅火必矣」之言，將責任推到飛燕、合德身上，但形象的力量表明，熄滅「炎劉」之火的，正是劉氏皇帝自身。

　　然而，不管史書與小說之間有多大程度的交叉和重合，它們之間的各立門戶，卻是確定不移的事實。史書與小說從「同源同體」到「同源異體」的離異，導致了兩個最直接最現實的結果：一、驅除了小說因素的史書，雖然顯出了它的莊重和神聖，但同時也變得缺少「文學趣味」起來；二、脫離了史書的統系，小說也難免顯得散雜與零碎。黃省曾批評《西京雜記》的幾條，「觸忌須諱」屬封建偏見，「猥瑣可略」指的是小說的「細小」，「杳昧難憑」指的是小說的「怪誕」，都不能算作真正的缺點；惟獨「閑漫無歸」一條，則確實擊中了小說的要害。總之，從閱讀接受的角度看，二者給讀者的感受是完全不同的：史書系統，小說鬆散；史書集中，小說零碎；史書粗略，小說細膩；史書冷靜，小說熱情。雖各有所長，畢竟難掩其短，皆難以滿足讀者的要求。於是，當主客觀條件成熟以後，一種將史書和小說重新融匯起來的新文體──歷史小說，便應運而生了。

第三節　歷史小說的文體特徵

　　對於歷史小說，人們長期存在一種誤解。他們以為，猶如「熊貓」一詞中的「熊」是用來修飾「貓」一樣，「歷史小說」一詞中的「歷史」，也是用來修飾「小說」的，是對「小說」文體從題材角度的某種限定。所以，「歷史小說」是以歷史為題材的小說，它是小說題材分類學的概念。

　　但世上的事情，往往有其特殊性和複雜性。正如「熊貓」實際上不是貓而是熊一樣，「歷史小說」也確有與別種小說不同的性質。對

於「神怪小說」、「世情小說」來說,「神怪」、「世情」只具有題材的性質;換句話說,它們都是自然界或人類社會的原生材料,是小說所要反映或表現的客觀對象。「歷史小說」則不然。「歷史本身」從不以其原本狀態而存在;轉瞬即逝的歷史,不是外人和後人能夠觀察和觸摸的實體,它只存在於人的記憶、傳說或記載之中。這就導致了歷史小說與神怪小說、世情小說的根本差別:

一、就創作過程而言,「神怪」也好,「世情」也好,都是經由作家體驗而情感化了的客體,且僅存在於他們的意念之中;如果作家不把它們物化成作品(文本),一般讀者不可能知悉其中的內容。與神怪小說、世情小說之寫生活體驗不同,作家不可能有歷史事件的親歷,他所能掌握並予以處置的原始素材,主要是史書的記載。史書的生存形態是文本,或曰「話語形態」。中國傳統史書有多種文體,如編年體、紀傳體和紀事本末體等等,反映了史家對歷史的多種理解和表述方式;歷史小說創作的奧秘,就是將史書文本(或分別擇取某種史書文體,或將編年體、紀傳體和紀事本末體綜合融匯)改造為小說文本。

二、就傳播接受過程而言,既然歷史小說的素材(史書)是早已物化的獨立存在,一般讀者同樣可以方便地獲得,並通過閱讀喚起認識的或審美的評價;如果僅是出於了解某段歷史的動機,並不一定非要去讀小說不可。而歷史小說一旦問世之後,讀者還可以便捷地將它與史書文本進行比對,以評判它在思想藝術上的成敗得失,這種情況在神怪小說、世情小說的創作與傳播接受中,也是不大會產生的。

問題是,既然史書文本同樣可以滿足閱讀的需求,為什麼還有人要寫歷史小說,還有人要讀歷史小說呢?最為便捷的答案是:史書與小說在語言上有古奧與通俗的差別;歷史小說的功能就是讓史書通俗化,以便為更多的底層讀者所接受。羅燁《醉翁談錄》〈舌耕敘引〉說:「以上古隱奧之文章,為今日分明之議論。」袁宏道《東西漢通

俗演義》〈序〉說：「文不能通而俗可通，則又通俗演義之所由名也。」都是從這個意義上著眼的。撇開這種較低層次的推論，從更深層的意義上說，歷史小說的誕生是基於人們對史書的不滿意和不滿足。所謂不滿意，是從文章的角度說的；所謂不滿足，是從內容的角度說的。隨著時間的推移和社會的進步，人們對歷史事變會有更多的發現，也會賦予它更多新的解釋，從而導致對史書的永不滿意，永不滿足，並不斷產生重新演說歷史的創作衝動，於是便有了創造一種將史書和小說重新融匯起來的新文體的要求。

　　早在宋元的市井間，就出現了以史書為依據，將歷史事件和歷史人物演繹為小說的文藝創作。它既是對史書的傳播與接受，又是對史書的改造和創新，進而是對史書的挑戰與超越。這類「講史」作品和「演義」作品，由於是後人從史書中派衍出來的，故可稱為「衍生態歷史小說」；至於如《燕丹子》、《西京雜記》等作品，雖然寫的也是史上的事情，卻是從原始史料中分離出來的，故可稱為「原生態歷史小說」。本書所論述的歷史小說，主要指「衍生態歷史小說」。衍生態歷史小說與史書文本之間相互依傍、相互糾纏、相互超越的特殊關係，使得它不僅僅是題材分類學的概念，而且獲得了文體學的意義。

　　關於歷史小說文體性質的論辨，從魯迅、胡適時代就開始了。魯迅先生曾經說過，宋人的「『講史』是講歷史上底事情，及名人傳記等；就是後來歷史小說之起源」[4]，主要從題材角度來界定歷史小說。胡適先生則以《三國演義》為例，說它只是「一部很有勢力的通俗歷史講義，不能算是一部有文學價值的書」[5]，就帶有文體認定的性質了。在二十世紀中，對《三國演義》是歷史還是小說的問題，學

4　魯迅：《中國小說的歷史的變遷》第四講〈宋人「說話」及其影響〉，《中國小說史略》（北京市：人民文學出版社，1976年），頁287。

5　胡適：《三國志演義》〈序〉，《胡適文存二集》卷四（上海市：上海亞東圖書館，1929年，六版）。

術界一直聚訟紛紜，至今尚未取得一致的結論。有人說，《三國演義》是高度忠於史實的通俗歷史書；有人說，《三國演義》是經過藝術再創作的傑出歷史小說；有人說，《三國演義》基本符合史實而以虛構情節緣飾，是在歷史與小說兩種文體之間的擺動。三種觀點派生了對歷史小說三種不同的接受、評價角度或方式：一是史學家的角度，二是小說家的角度，三是中立者的角度，並且都有相應的理論為之張目。

　　可見，確認「歷史小說」的文體性質，具有迫切的理論價值。從根本上說，歷史小說是一種特殊的小說文體，它首先是小說而不是歷史書，但又與歷史有著密切的關係；要辨明歷史小說的文體性，離不開對史書文本的密切關注。對比小說和史書在反映歷史（過去時代的社會生活）方面的高下短長，它們之間的相互分工、滲透、促進、競爭，以及小說家如何發揮自己天賦的權利，創造屬於自己的「第二歷史」，是獲取對歷史小說文體性質確切認識的最佳途徑。這樣做，遠比從是白話還是文言，是短篇還是長篇，是線性結構還是網狀結構，是全知視角還是限知視角，以及章回的標目、「有詩為證」、「且聽下回分解」等表徵入手，要切實得多。

　　作為一種文體，歷史小說具備兩大要義：虛實和結構。

一　先說第一個要義——虛實

　　歷史小說文體的虛實問題，是從它與史書載錄的關係推衍出來的。人們多將史書上有記載的稱做「實」，而把缺乏史書依據的稱做「虛」。章學誠《丙辰劄記》說：「惟《三國演義》，則七分實事，三分虛構。」所謂「七實三虛」，指的就是小說中實事與虛構所占的比重。

　　傳統史學一貫強調直書史事的「實錄」原則和不好偏私的「素心」態度，《穀梁傳》桓公五年所謂「信以傳信，疑以傳疑」，班固

《漢書》〈司馬遷傳〉所謂「其文直，其事核，不虛美，不隱惡」，都深刻傳達了中國古代史學求真實、貴信史的傳統的精髓。人們大多執定：歷史不是小說，不容虛構，不能渲染；所以，既然在史書上有了記載，那一定是曾經發生的實事。這種觀念其實只有相對的真理性。史書確實為後人提供了一份具有穩定性和共識性的文本，為後人描繪了歷史進程的大致輪廓，無疑應持基本肯定的態度。但另一方面，又不能不考慮到許多複雜的情況：

首先，一切以往發生的事變，都已永遠消逝，不能重現，對於後人來說，是無法絕對證實的；也就是說，他們無法用事實來核查史書的可信度。這就相應產生了兩個問題：一、是否所有發生的歷史事變，都得到了記載並傳留下來？二、史書上記載了的，是否就等於「實事」？前一個問題，隱含著「未被記載的事實仍是事實」的命題，由於事實與文獻皆隱而不顯，現已無從加以討論；至於後一個問題，則勢必涉及作為歷史憑證的記錄之是否準確、可靠和有效。而尤須關注以下幾點：

一、一切記錄都受物質條件的限制。姑不論遠古之結繩紀事，即便在文字發明以後，或契之甲骨，或勒之金石，或刻之竹木，或書之紙帛，種種先決條件，都使記錄略不能詳，難免掛一漏萬；加之年代久遠，史料逐漸湮滅，憑著倖存下來的斷簡零篇，誰也不敢說它確鑿無誤地反映了歷史的真實。

二、一切記錄又受主客觀諸因素的制約。姑不論專司其職的史官的立場觀點，對記錄的客觀性準確性的影響，單是記錄者的身分經歷、心境態度，以及所處的場地，觀察的角度，記錄的動機，乃至許多細枝末節的因素，都可能造成記錄的偏差或失誤。

三、由孔子宣導的「筆則筆，削則削」的「春秋筆法」，使史書實際上成為某一史家對歷史進行解釋的著作。而史家處置材料所用的主要手段，就是選擇。史書中所寫的「事實」，都是史家為貫徹自己

的史識挑選出來的。魯迅先生曾經說過「倘有取捨，即非全人，再加抑揚，更離真實」的話，面對大量蕪雜的原始史料，任何史家都不能不有所取捨，也不能不有所抑揚。對歷史絕對準確、全面無誤的「還原」，是永遠不可能做到的。

由此可見，在討論歷史小說的虛實時，簡單把史書的記載等同於「史實」，把歷史小說與史書的某些片斷相符看成「符合歷史真實」，是多麼地不可靠。

再回到歷史小說的創作中來。歷史小說的使命，原本是要反映那已經逝去的歷史事變，但這種事變既是小說家註定無法直接體驗的，他所能處置的材料只能是前人的書面記錄，亦即經過史家取捨抑揚過了的「史實」。和史家一樣，小說家的自由權利首先也是取捨，即從史書文本中選取對他有用的材料，而把他認為不重要的材料拋棄掉。庸愚子《三國志通俗演義》〈序〉說，羅貫中「以平陽陳壽《傳》，考諸國史，自漢靈帝中平元年，終於晉太康元年之事，留心損益」而寫成《三國志演義》，就看出了作者對於史料的選擇增刪。如「三顧茅廬」一事，陳壽似乎並不過於看重，在《三國志》〈諸葛亮傳〉中只用了「由是先主遂詣亮，凡三往，乃見」幾個字。但在「皆排比陳壽《三國志》及裴松之注，間亦仍采平話，又加推演而作之」[6]的《三國志演義》中，卻成了最全書最重要的關目，不惜以濃墨重彩敷寫之，使之成為傳誦千古的佳話，這就是小說家的本領，小說家的功勞。

取捨還有另一層含義，即在具有歧義的諸多材料中，挑選符合作者要求的材料。仍以三顧茅廬為例，《三國志》〈諸葛亮傳〉裴松之注云：

《魏略》曰：劉備屯於樊城。是時曹公方定河北，亮知荊州次

6　魯迅：《中國小說史略》第十四篇〈元明傳來之講史（上）〉（北京市：人民文學出版社，1976年），頁107。

當受敵，而劉表性緩，不曉軍事。亮乃北行見備，備與亮非舊，又以其年少，以諸生意待之。坐集既畢，眾賓皆去，而亮獨留，備亦不問其所欲言。備性好結毦，時有人以髦牛尾與備者，備因手自結之。亮乃進曰：「明將軍當復有遠志，但結毦而已邪！」備知亮非常人也，乃投毦而答曰：「是何言與！我聊以忘憂耳。」亮遂言曰：「將軍度劉鎮南孰與曹公邪？」備曰：「不及。」亮又曰：「將軍自度何如也？」備曰：「亦不如。」曰：「今皆不及，而將軍之眾不過數千人，以此待敵，得無非計乎！」備曰：「我亦愁之，當若之何？」亮曰：「今荊州非少人也，而著籍者寡，平居發調，則人心不悅；可語鎮南，令國中凡有遊戶，皆使自實，因錄以益眾可也。」備從其計，故眾遂強。備由此知亮有英略，乃以上客禮之。《九州春秋》所言亦如之。

臣松之以為：亮表云「先帝不以臣卑鄙，猥自枉屈，三顧臣於草廬之中，諮臣以當世之事」，則非亮先詣備，明矣。雖聞見異辭，各生彼此，然乖背至是，亦良為可怪。

「聞見異辭，各生彼此」，正是史書載錄偏差或失實的反映，並不值得驚異。《魏略》言諸葛亮主動「北行見備」，而非劉備之三顧茅廬，《九州春秋》所言亦如之，可見還不是一條孤證。《魏略》之敘會見過程，劉備從手自結髦牛尾到投毦而答，頗似劉邦見酈食其從踞床洗足到攝衣而起，復詳載雙方答問之辭，亦比《三國志》來得具體；裴松之僅以《出師表》自言「三顧臣於草廬之中」為據，斷定「非亮詣備」，反倒有些缺乏說服力。但羅貫中沒有理睬《魏略》這種材料，因為如果依了它，諸葛亮就不是淡泊寧靜的「閑雲野鶴」，劉備也就不是求賢若渴的明君；沒有了膾炙人口的三顧茅廬，《三國演義》就將失去應有的韻味。

如果說三顧茅廬是取正史而捨野史，曹操殺奢則是在諸野史之間的取捨。殺奢在陳壽看來也許不是事實，至少不算「歷史事實」，故略而不書，只說：「卓表太祖為驍騎校尉，欲與計事，太祖乃變易姓名，間行東歸。」裴松之注則列出了三條野史：

> 《魏書》曰：太祖以卓終必覆敗，遂不就拜，逃歸鄉里。從數騎過故人成皋呂伯奢；伯奢不在，其子與賓客共劫太祖，取馬及物，太祖手刃擊殺數人。
>
> 《世語》曰：太祖過伯奢。伯奢出行，五子皆在，備賓主禮。太祖自以背卓命，疑其圖己，手劍夜殺八人而去。
>
> 孫盛《雜記》曰：太祖聞其食器聲，以為圖己，遂夜殺之。既而悽愴曰：「寧我負人，毋人負我！」遂行。

由於缺乏旁證，後人很難遽然判定哪一條符合史實。《魏書》分明是站在曹操立場的，故將事件的性質解釋為曹操遇到劫掠而採取的「正當防衛」。但羅貫中還是選擇了孫盛（302-374）的記錄，他看中的是「寧我負人，毋人負我」這句哲理名言，從而將曹操定性為極端利己的奸雄，使之在《三國演義》的大系統和曹操形象的自身系統中，都找到了最合適的位置。

小說家的取捨，雖然多半是在細節方面，卻會從根本上改變人物的固有關係，甚至改變人物的品格情操。從現象上看，他的取捨不過是從現成的「資料」中挑選，並沒有加以編造，符合「實」的標準，至少不該扣上「虛」的帽子；但反過來說，如果所取的恰是「不真實」的材料，豈不也是對史實的歪曲嗎？

下面再說抑揚。取捨是對史書載錄的選擇，抑揚則是在有史書依據的前提下，對人物褒貶力度的主觀增減。如孫劉抗曹的統一戰線，魯肅是決策者，周瑜是統帥，諸葛亮則處於「求人」的無奈境地；羅

貫中卻大寫他化被動為主動，正如毛宗崗《三國演義》第四十二回回評所說，「不用我去求人，偏使人來求我」，既玩弄老實人魯肅於股掌之上，在機巧人周瑜面前也處處超勝一籌，這就是抑揚的妙用。又如李存孝雖史有其人，但並未起重大的歷史作用，《殘唐五代史演義傳》卻將他寫成叱吒風雲的英雄，惹得周之標在〈點校《殘唐五代史傳》敘〉中發出疑問道：「殘唐勳業，惟克用最著；下此，其嗣源乎？而乃豔稱存孝，此不可解也。」如果他懂得小說家的抑揚權利，大約就不會「不解」了。

最後再談虛構。史家經常實施的「捨」，實際上就是「將有作無」；史家也會時有抑揚，實際上就是「輕重倒置」：這些都可以算是不真。但他終究不能「無中生有」，不能編造歷史。小說家就不同了。當他發現從現成「史料」中不能選取到「合適」的材料，便會把想像出來的內容加到小說中去，使之成為符合自己需要的「事實」，這就是虛構。虛構是小說家獨享的特權，史學家對此只能搖頭興歎。小說家的虛構，大體上可分為三類：

第一，細節的虛構。對史書來說，三顧茅廬的細微末節並不重要，故《三國志》只用了「凡三往，乃見」五個字。歷史小說則不同，它需要展現社會生活的真實畫圖，劉備三顧中走了哪些路，遇見哪些人，說了哪些話，碰了哪些壁等等，都需要交代清楚，於是史傳中的五個字，就化成《三國演義》一篇花團錦簇文字。這裡也許衍入了稗野傳聞（稗野軼聞多是被史家捨棄掉的，本身不一定不是實事），也許還融進了作家親身的生活體驗。所以，與其說是小說家的「虛構」，不如說是他還原事實本來面目的嘗試，不能因為史書之或缺，就簡單地判定是「無中生有」。所謂「不必是曾有的實事，應該是會有的實情」，就是這個意思。

第二，史實的虛構。《三國演義》中的「關雲長義釋曹操」，屬於小說家之虛構，魯迅先生至以「羽之氣概則凜然」讚之。有些人對虛

構深惡痛絕，如李慈銘《荀學齋日記》宣言：「余素惡《三國志演義》，以其事多近似而亂真也。」他不懂得，「近似而亂真」，恰是虛構的極境。桃園結義、秉燭達旦、草船借箭、華容道等都是虛構，卻被數百年來無數讀者當作歷史接受了，甚至連明悉歷史真相的讀者也寧願它就是真事，彷彿這種虛構比史實更合乎生活的和歷史的邏輯，這才是虛構的成功。

　　第三，神怪的虛構。司馬遷《史記》〈大宛列傳〉說：「《禹本紀》、《山海經》所有怪物，余不敢言之也。」馬端臨《文獻通考》〈統籍考〉謂司馬光著《資治通鑑》，於「屈原懷沙自沉，四皓羽翼儲君，嚴光加足帝腹，姚崇十事開說之類，皆削去不錄」。小說家卻大膽地採用被正史驅除的神怪成分，甚至著意從「傳奇」、「志異」方面下功夫，上天下地，神鬼仙妖，都毫無阻礙地成了參與歷史事變的角色。《三國演義》向稱「七實三虛」，其中如管輅知機、左慈戲曹、玉泉顯聖、諸葛禳星之類，都屬於神怪的因素；《封神演義》的神怪成分尤為擴展，哪吒的三頭六臂、楊戩的七十二變、土行孫的入地、高明高覺的千里眼順風耳，無不怪誕超凡。但《三國》也好，《封神》也好，都是在史的，亦即在人事的大框架中引入神怪成分，神怪只居於從屬的地位，是作為史的、人事的補充形態而存在的；局部的神怪因素不獨在歷史小說中存在，正規的史書也時常可見，並不值得驚訝。《女仙外史》和《後三國石珠演義》更打破這種格局，讓虛幻悠謬的神仙靈怪介入現實的歷史事變，以致推動、左右、改造著現實歷史的進程。劉廷璣《在園品題》記《女仙外史》作者呂熊對他說過：「常讀《明史》，至遜國靖難之際，不禁泣然流涕，故夫忠臣義士與孝子烈媛湮滅無聞者，思所以表彰之；其奸邪叛道者，想所以黜罰之，以自釋其胸懷之哽噎。」《女仙外史》將永樂十八年（1420）起義的唐賽兒說成月殿嫦娥降世的女仙，憑藉天生的神奇力量，去賞善罰惡、褒忠殛叛。作者在〈自跋〉中承認，這是「托諸空言」、「徒賞

徒罰」；但又說：「然則其事則燕王靖難、建文遜國之事；其人則皆殺身夷族、成仁取義之人，是皆實有其事，實有其人，非空言也。」劉廷璣評論說：「八十回全是空中樓閣。然作書之大旨，卻在於此，所以謂之《外史》。『外史』者，言誕而理真，書奇而旨正者也。」言誕而理真，書奇而旨正，在某種程度上也真實地反映了歷史。唯這一類「全是空中樓閣」的作品，在分類實踐中一般歸於神怪小說範疇，故不在本書論述之列。

　　歷史小說是語言的藝術，是形象思維的結晶，簡單排比史料，如金聖歎〈讀第五才子書法〉所說，「分明如官府傳話奴才」、「何曾自敢添減一字」，是寫不出好的作品來的。為了表達作家歷史的和審美的評價，取捨、抑揚、挪移、借用、捏合、生發等一切可用的手段，對歷史小說來說不僅是必要的，而且是必然合情合理的。「真」不是檢驗歷史小說的唯一標準。「虛構」有時也許違背歷史的真實，有時也許比歷史更接近真實。正如馮夢龍《警世通言》〈敘〉所說：「野史盡真乎？曰：不必也。盡贗乎？曰：不必也。然則去其贗而存其真乎？曰：不必也。……人不必有其事，事不必麗其人。其真者可以補金匱石室之遺，而贗者亦必有一番激揚勸誘、悲歌感慨之意。事真而理不贗，即事贗而理亦真。」錢穆先生論司馬光編纂《資治通鑑》的成就說：「一部十七史一千三百六十多年，他只用兩百九十四卷都拿來寫下，可見他的重要工作，不是在添進材料，更重要是在刪去史料。但他在刪去很多史料以外，還添上兩百幾十種書的新材料進去，這工夫當然是極大的了。善讀《通鑑》者，正貴能在其刪去處添進處注意，細看他刪與添之所以然，才能了解到《通鑑》一書之大處與深處。」[7] 面對一部歷史小說，孤立地看它的語言之優美，形象之傳神，敘事之多變等等，是遠遠不夠的。善讀歷史小說者，應當細心地

7　錢穆：《中國史學名著》（北京市：生活・讀書・新知三聯書店，2001年），頁177。

與同題材的史書進行比對，看小說家從前人的史書中取了什麼，捨了什麼，添了什麼，並思考他為什麼要這樣取，為什麼要這樣捨，為什麼要這樣添，才能真正洞悉該部歷史小說的優劣短長，並作出切中肯綮的評價。善讀歷史小說者，還應當站在小說史全局的高度，比較不同小說家由於秉賦素質的差異，在將史書文本改造成小說文本時，所採用的不同的取捨組合對小說高下成敗產生的作用，從而對小說史的演變態勢，作出縱攬全局的概括。

二　第二個要義──結構

古代史書文體極為豐富，與敘事有關的編年體、紀傳體和紀事本末體，分別以時間、人物、事件為中心；《春秋》、《左傳》、《資治通鑑》是編年體的代表，《史記》、《漢書》、《後漢書》、《三國志》是紀傳體的代表，《通鑑紀事本末》是紀事本末體的代表。《四庫全書提要》評袁樞《通鑑紀事本末》時說：「紀傳之法，一事而見數篇，賓主莫辨；編年之法，一事而隔越數卷，首尾難稽。編年、紀傳貫通為一，實前古所未見。」對三種史書文體的短長，作了較為恰當的評價。紀傳體是人物傳記，就傳主的一生而言，結構是完整的、有機統一的，但又「一事而見數篇，賓主莫辨」，從總體上看不免顯得支離破碎；以時間順序逐一記載史事的編年體，比較能展示事態的發展趨勢，但又「一事而隔越數卷，首尾難稽」，《春秋》之被後人譏為「斷爛朝報」（王安石語）、「流水帳簿」（梁啟超語），就因為它不是有機的系統，沒有文體所需要的結構。楊萬里為《通鑑紀事本末》作序，贊道：「今讀子袁子此書，如生乎其時，親見乎其事，使人喜，使人悲，使人鼓舞，未既，而繼之以歎且泣也！」紀事本末體將編年、紀傳「貫通為一」，將某一史事的始末原委清晰地表述出來，就事件而言是完整的、有機統一的，但就總體歷史進程而言，又是不完整、不

有機統一的。錢穆先生敏銳地指出，紀事本末體從史體講是一個創造，但《通鑑紀事本末》確實不很好，有很大問題在裡面。如第一卷〈三家分晉〉、〈秦并六國〉、〈豪傑亡秦〉三題：「第一題是因《通鑑》開始就是東周天子承認三晉為諸侯，溫公認為一大事，故紀事本末亦以此開始。但下面好多戰國史極重要，而他都闕了。不知三家分晉乃所以開出此下戰國之新局，而歷史重要處是在演變到戰國史之後。他書不詳講戰國，接下就是秦并六國了，則不免把全部戰國史都忽略了。有了一個頭，有了一個尾，中間的身段不見了。秦并六國後，才有秦始皇統一政府，此中國史上從古未有的統一政府究做了些什麼事，他也不列專題，卻接著便是〈豪傑亡秦〉。又是有了一頭，有了一尾，沒有中段。把該重視的放輕，把可輕視的放重。這是一大顛倒。秦始皇怎樣滅六國，陳勝、吳廣、項羽、沛公怎樣亡秦，這些都該是次要的事。秦始皇做了皇帝以後，他在政治上做了些什麼事，好的、壞的，大該詳列。如像焚書坑儒這許多事，他書中並非沒有，但歸在〈豪傑亡秦〉一題目之內。我們讀此書，便會給他書中所定題目引起了我們一個不正確的歷史觀，把歷史真看成一部相斫書。」[8]

　　由於史書文體自身的侷限，誰也不可能直接搬來變成歷史小說。將一篇篇傳記、一樁樁事件連綴起來，不能構成完整有機的長篇巨帙。作為文學藝術的歷史小說，不能僅限於表現某一個人物，也不能僅限於表現某一個事件；它要表現的是整個時代，是多種人物與事件的交融、滲透。從文體層面上說，虛實涉及的是客觀材料的剪裁，結構涉及的是如何統攝全局、組織材料。歷史是不可再現的往事，但絕不是偶然事件的疊加。對史家來說，重要的莫過於尋求歷史事件之間的因果鏈，尋找歷史發展的客觀規律。史家憑藉自己的史德和史才選

8　錢穆：《中國史學名著》（北京市：生活・讀書・新知三聯書店，2001年），頁195-196。

擇材料，並賦予歷史以靈魂。任何史書對於史料的排比處置，都必然要反映編纂者的主體性，必然要依從編纂者的主體性。這種主體性，在小說家身上表現得更加突出。結構絕不是單純的技術問題，而是小說家打算以何種主觀意念為內核，去組織融化紛繁的材料，將表面上似乎並無聯繫的事物組合起來，去建構作品的情節體制和形象體系，從而構成有機完整的藝術世界的根本問題。

吳自牧《夢粱錄》〈小說講經史〉說：「講史書者，謂講說《通鑑》漢唐歷代書史文傳、興廢爭戰之事。」羅燁《醉翁談錄》〈小說開闢〉云：「講歷代年載廢興，記歲月英雄文武。」「興廢爭戰之事」這六個字，是對歷史小說主旨的最好概括。興廢是相互依存的。有興就有廢，有廢才有興。從為什麼廢中，才能看出怎樣才能興。而興廢的表徵，就是治亂。亂，就必然導致廢；治，則是興的體現。而為什麼會亂？是誰造成了亂？亂了以後，又有由誰來收拾局面？憑藉什麼才能帶來大眾渴望的興和治？凡此種種，都是歷史小說家處理結構的中心意念。不迴避歷史上的治亂與分合，確認一治一亂是歷史發展的客觀規律；堅信「多難興邦」的積極史觀，以「待從頭收拾舊山河」氣概，將民族命運與個人前途統一起來，則是貫串中國歷史小說的主旋律。羅貫中在《三國演義》中，將諸葛亮的決策活動居於支配地位，從而把那百年間紛紜雜亂的歷史事件構成有機的藝術品，是結構藝術的成功範例。諸葛亮是在第三十八回「三顧」之中姍姍登場的，但晚出無害於他作為小說主人公的地位。在此前，《演義》從來不曾出現「三國」的字樣，諸葛亮一出場，《三國演義》才正式「點題」，這部長篇鉅著才有資格稱為「三國演義」。隆中對策的一席話，猶如明燈照亮了混沌的世界，照亮了迷茫的前景，三國的歷史彷彿就按照諸葛亮的設計和安排，一步步走完了它的全程。

正確處理歷史小說文體的兩大要義，實際上是一個小說家與史料素材之間相互作用的連續不斷的過程，一個使主客體趨於一致的合目

性的活動過程。小說家從「史」中引出自己的「志」，又以「志」為
主帥去支配對「史」的取捨、抑揚、虛構乃至改造製作。用金豐在
《精忠演義說本岳王全傳》〈序〉的話說，為了「服考古之心」，他得
充分運用史料，給人以可信性；為了「動一時之聽」，他又得巧妙地
加以虛構，以增加可讀性。

第四節　中國歷史小說史的演進規律

　　肯定歷史小說的文體性，並不等於否定它的題材性。文體與題材
的雙重性，要求我們同時重視歷史小說取材歷史事變的規律。

　　「長江後浪推前浪」。歷史總是循著由遠到近、由古到今的次第
遞嬗的。記敘中國歷史的「二十四史」，除了個別特例（如《後漢
書》為南朝宋范曄（398-445）所著，比晉陳壽（233-297）著《三國
志》要晚），一般總是依時間為序陸續成書的，「二十四史」序列的迭
加，是中國歷史進程的切實反映。孫楷第先生編纂《中國通俗小說書
目》，其卷二「明清講史部」即依歷史年代為序，以《盤古至唐虞
傳》開端，下接《有夏志傳》、《有商志傳》，然後依次著錄以春秋、
兩漢、三國、兩晉、南北朝、隋唐、兩宋、元明史事為題材的作品，
直到《洪秀全演義》作為收束。作為小說的書目，固然有易於查找之
便，卻難以反映中國歷史小說史的演進規律。

　　作家創作歷史小說，一般不是為歷史而歷史，它的驅動力往往來
自歷史以外。上文所說的對史書的不滿意、不滿足，是從宏觀角度的
一般判斷；落實到具體的作家作品，即某一作家之所以要選某一段歷
史為題材，關鍵就在他對這段歷史的興趣。這種興趣的萌生，從學術
角度可能是不贊同前人的成說，從現實角度則可能是受某種責任心的
驅使，想借歷史上的人和事提醒世人吸取歷史教訓，或解決社會所面
臨的迫切問題。關心現實的變革，是關心歷史從而寫作歷史小說的動

力。從總的方面看，歷史小說的萌生，是新的社會發展階段中人民大眾、尤其是市民重新認識和評價歷史的產物，而有文化素質和藝術修養的文人作家的加盟，則使歷史小說創作獲得了質的提升。歷史小說又是一種文化產品。它的產生與繁盛，與廣大讀者群的存在緊密相關。成功的歷史小說之所以受到讀者的歡迎，固然有它的藝術形式為大眾喜聞樂見的因素，更有它的內容能喚起人們對於現實的聯想，並推動他們去參與現實社會變革的成分。這些因素匯總起來，就派生出歷史小說的演進規律。大體說來，有以下三個特點：

一、歷史演進的順序與歷史小說創作的非重合性。歷史小說從一開始就不是按照歷史演進的順序、也不是按照「十七史」、「二十一史」的次第來創作或改編的。它採取了「中段突破」的方式，即以三國和五代為突破點，然後逐漸向兩端推進，逐步使歷史演義的系統歸於完備。系統的逐漸完備，又體現在大的歷史系統（自古至今的全史演義）和小的歷史系統（一朝一代或一將一相的列傳演義）兩個方面。

二、歷史小說與史書的時間差距逐漸縮小，直至出現超越史書的本朝小說和時事小說。歷史小說以史書為再創作的依據和起點，它所「演」的是史書之「義」；在這個意義上，史書是源，小說是流。本朝人不為本朝修史，幾乎成了一條通則。史書的編定既已比歷史進程慢了一個節拍，「演義」式的創作，更先天決定它在史書面前「慢二拍」的節奏。《三國志演義》演東漢建寧元年（168）至晉太康元年（280）的歷史，其書卻成於明洪武四年（1371）之後，前後相距達一千餘年。但小說並不註定只能亦步亦趨地跟在正史後面去「演義」，因為這不符合小說自身的規律，也不符合小說與史書「同源異體」的規律。隨著歷史變革進程的加快，尤其是民眾參與時政程度的加深，小說家開始不甘心僅僅做史書的注釋者和演繹者，更不情願耐心等待史家把大量史料刪定編纂成史書以後才開始自己的創作；他們要施展自己獨立的才能，爭得自己反映現實重大題材的權利和主體地

位。本朝人用本朝題材寫小說的第一部作品是《英烈傳》。《英烈傳》
成書於嘉靖十六年（1537）後，寫的是洪武三十六年（1383）以前
事；《續英烈傳》成書於萬曆年間（1573-1619），寫的是正統五年
（1440）以前事；《王陽明先生出身靖難錄》成書於崇禎初，寫的是
嘉靖初年事，所寫之事與作家生活的年代，相距都尚在百年以上。到
了明清之際，更出現了一批時事小說，如抨擊魏忠賢亂政的《警世陰
陽夢》和《魏忠賢小說斥奸書》，只用了創紀錄的半年時間就寫成並
出版了。就所取材料的來源看，本朝小說和時事小說都不是據史書敷
衍的，故可稱之為「新型原生小說」；就反映事變的速度看，本朝小
說和時事小說都比正史快捷得多。

　　三、歷史小說的改寫、重寫、彙編和創新。在歷史小說傳播史
上，常有改寫、重寫、彙編和創新的現象。往往一書問世之後，就有
人出來加以仿作續作，有些題材相同，甚至書名也相同的書，卻是完
全不同的作品。如寫兩晉歷史的，有題「秣陵陳氏尺蠖齋重評釋」的
《東西兩晉志傳》十二卷，又有題「武林夷白堂主人重修」的《東西
兩晉演義》十二卷五十回，它們都有明代的刊本。到了光緒三十二年
（1906），吳趼人又重作《兩晉演義》，自序說：「雖坊間已有《東西
晉》之刻，然其書不成片斷，不合體裁。……吾請更為之，以《通
鑑》為線索，以《晉書》、《十六國春秋》為材料，一歸於正，而沃以
意味，使從此而得一良小說焉。……其對於舊有之《東西晉》也，謂
余此作為改良彼作焉，可；謂余別撰焉，亦無不可。」其如列國、兩
漢、隋唐、楊家將、岳家軍等，都有不同作者所作的不同作品，在虛
實、結構、風格方面都有很大的差別，甚至還有故意唱反調的，如
《真英烈傳》反對《英烈傳》，《承運傳》反對《續英烈傳》，《正統
傳》反對《于少保萃忠傳》等等。

第一章
宋元時期的講史

第一節　講史的先聲——唐代俗講

　　魯迅先生論述中國小說的歷史變遷，特別推崇宋人的「說話」，他說：「這類作品，不但體裁不同，文章上也起了改革，用的是白話，所以實在是小說史上的一大變遷。」[1]「說話」一詞，現存最早的材料見於侯白《啟顏錄》所載楊玄感（？-613）對他說的話：「侯秀才可為玄感說一個好話。」郭湜的《高力士外傳》，亦載上元元年（760），李隆基被唐肅宗以太上皇的身分「移杖西內安置」，高力士「或講經、論議、轉變、說話」以寬慰之。「話」是故事的意思；「說話」，則是講說故事的民間伎藝。

　　「說話」成為大眾性的講述活動，大約始於寺院的「俗講」。由印度傳來的佛教，為了消除文化的隔膜，爭取東土的信徒，一向重視「化俗」的工作。《資治通鑑》卷二百四十三載，寶曆二年（826）六月己卯，唐敬宗親臨興福寺，觀聽號稱「城中俗講第一」的法師文淑俗講；趙璘《因話錄》還記錄了文淑俗講備受歡迎的情形：「愚夫冶婦，樂聞其說，聽者填咽寺舍，瞻禮崇拜，呼為和尚。」僧人為了求得佛教教義契合中國國情，十分注重研究中國的歷史。一八九九年敦煌「藏經洞」發現的唐代寫本中，有《天地開闢已來帝王紀》一卷，就反映了僧徒們把握中國歷史的努力。洞中還有不少借說唱故事宣傳佛家教義的「變文」，其中如《伍子胥變文》、《漢將王陵變文》、《李

1　魯迅：《中國小說的歷史的變遷》第四講〈宋人之「說話」及其影響〉，《中國小說史略》（北京市：人民文學出版社，1976年），頁287。

陵變文》、《王昭君變文》、《韓禽（擒）虎話本》（原無標題，此為王
慶菽先生校錄時所擬）等，都帶有講述歷史的性質，可以說是後世
「講史」的先聲。散文體的《韓禽虎話本》，篇末有「畫本既終，並
無抄略」八字，從晚唐師吉老《看蜀女轉昭君變》「翠眉嚬處楚邊
月，畫卷開時塞外雲」的詩句看，僧徒們很可能是對照「畫本」來講
述的。

　　當然，僧徒們之演說古史，目的只是為了張揚教義，宣揚佛力，
並非對中國歷史真有興趣。如《韓禽虎話本》，就沒有按一般史書的
體例，從主人公的家世生平起講，而是劈空提出因「主上無道」，毀
拆迦藍，迫使法華和尚到隨州山中隱藏一事。由於法華和尚朝朝轉
念，日日看經，水族眷屬沾其福利，八大龍王無以報答，便贈以龍膏
一盒，且告知說：隨州使君楊堅百日之內「合有天分」，現正患腦
疼，若用龍膏一塗，必得痊癒；俟將其治癒以後，便可提出要求：
「已後為君，事須再興佛法。」法華和尚照此辦理，果然治好了楊堅
的病。楊堅明知官家有「宣頭」，不得隱藏師僧，仍讓法華和尚在其
衙府迴避。法華忽想起龍王委囑，不敢久住，臨別時告之曰：「百日
之內，合有天分；若有使臣詔來，進一日亡，退一日傷。」楊堅將信
將疑，書壁為記。司天監夜觀乾象，知楊堅百日之內合有天分，具表
奏聞，皇帝隨差殿頭高品直詣隨州，宣其入京。楊堅走到離長安十里
的常樂驛，忽思法華和尚之言，便請天使具表奏聞。其女楊妃知父前
來朝覲，必遭毒手，便滿一杯藥酒，擬服毒先死，以免見父受苦。不
想皇帝不知，誤飲身死。楊妃乃宣楊堅進宮，又宣左右金吾將軍點檢
御軍五百，甲幕下埋伏，冊立楊使君為乾坤之主。各大臣心內疑惑，
忽見一白羊身長一丈二尺，張牙利口，便下殿來，哮吼如雷，擬吞合
朝大臣。眾人知楊堅合有天分，一齊拜舞，吋呼萬歲。楊堅乃自稱隋
文皇帝，感得四夷歸順，八蠻來降，於是便重興佛法云。

　　俗講的興趣，既不在史實的考訂，故往往隨意亂說。如開篇云：

「會昌既臨朝之日，不有三寶，毀拆迦藍。」會昌是唐武宗的年號
（841-846），其時在本篇主人公韓擒虎（538-592）二、三百年之
後，足見僧徒對歷史的無知。《話本》說周代皇帝誤飲藥酒而死，則
是對「猶獲全首領，及子而亡」（《周書》卷七）的宣帝的誤斷；說金
陵陳王對楊堅為君不服，聲稱要「收伏狂秦」，更是對「生深宮之
中，長婦人之手」（《陳書》卷六）的陳後主的拔高。韓擒虎之所以受
到推崇，主要是他忠於重興佛法的隋文帝，一切都出於功利的目的。
不過，一旦進入故事的講述，《話本》又確有若干小說的意味。如楊
堅聚集文武百寮拜將出師，十三歲的韓擒虎越班走出，曰：「蹄觥小
水，怎伏大海滄波？螻蟻成堆，那能與天為患？」願請軍克日活擒陳
王。皇帝大悅，遂拜韓擒虎為行營馬步使，隨楊素、賀若弼領軍三十
餘萬，討伐陳王。韓擒虎趁夜全軍偷路而過，直抵石頭城下。隨後，
《話本》便在陳將任蠻奴與其父韓熊的同學關係上大做文章：韓擒虎
陣前想起父親「見面之時，切須存其父子之禮」的囑咐，開口啟道：
「擒虎三杖在身，拜跪不得。」任蠻奴明知他是韓熊之子，心想：
「父不得與子鬥」，要其退兵。擒虎詭說須得三般之物，「即便卻
回」。任蠻奴問是何物，擒虎答曰：一要陳家地理山河，二要兵馬庫
藏，三要陳叔寶首級。任蠻奴大怒，韓擒虎則說：手中之劍為隋皇所
賜，「臨陣交鋒，不識親疏」。遂大破任蠻奴「左掩右移陣」，又以
「五虎擬山陣」破了「引龍出水陣」，領軍攻入城池。陳王慌忙中
「波逃」入一枯井，「神明不助，化為平地」，遂被活擒。無論是人物
的曲折心理、鬥口逞強，還是戰陣描寫、神怪因素，都不脫平民的趣
味。其後，敘韓擒虎與大夏蕃使殿前賭賽弓箭，出使和蕃時又箭射雙
鵰等，均據《隋書》〈賀若弼傳〉、《隋書》〈長孫晟傳〉捏合而成。

　　篇末敘韓擒虎忽覺神思不安，十字地裂，湧出五道將軍，謂奉天
符牒下，合作「陰司之主」；擒虎遂奏上隋文皇帝，且告之曰：「若有
大難，但知啟告，微臣必領陰軍相助。」皇帝遂詔合朝大臣內宴三

日，與僉虎取別，僉虎摸馬舉鞍，升雲霧而去。據《隋書》卷五十二〈韓擒傳〉載：「有人疾篤，忽驚走至擒家曰：『我欲謁王。』左右問曰：『何也？』答曰：『閻羅王。』擒子弟欲撻之，擒止之曰：『生為上柱國，死作閻羅王，斯亦足矣。』因寢疾，數日竟卒，時年五十五。」《韓僉虎話本》寫其死為閻羅王，看來確有史書根據，但最終歸於佛教的陰司，表示要「領陰軍相助」重興佛法的隋文皇帝，仍然不忘緊扣俗講的要義。

第二節　宋元講史的盛況

僧徒講，信徒聽的「俗講」，還算不上真正的文娛活動。唐代又有一種「市人小說」，性質就完全不同了。元稹元和五年（810）作〈酬翰林白學士代書一百韻〉，說他和白居易曾在新昌宅里聽說「〈一枝花話〉，自寅至巳，猶未畢詞」，一部「話」講了三個時辰，看來內容是夠曲折豐富的。段成式《酉陽雜俎》續集卷四也說：「予太和末（835），因弟生日觀雜戲，有市人小說，呼扁鵲作『褊鵲』字，上聲。」可見，其時已有以「說話」謀生的職業藝人了。

到了宋代，城市經濟更獲得了長足發展。徽宗朝供職翰林圖畫院的張擇端所作《清明上河圖》，描繪汴河沿岸工商店鋪面街林立，各種商販喧嚷叫賣，車馬行人往來不絕，就是東京繁榮景象的真實寫照。孟元老《東京夢華錄》〈序〉也記敘了他崇寧癸未（1103）到京師所見的盛況：「正當輦轂之下，太平日久，人物繁阜。垂髫之童，但習鼓舞；班白之老，不識干戈。時節相次，各有觀賞。燈宵月夕，雪際花時，乞巧登高，教池遊苑。舉目則青樓畫閣，繡戶珠簾，雕車競駐於天衢，寶馬爭馳於御路，金翠耀目，羅綺飄香。新聲巧笑於柳陌花街，按管調弦於茶坊酒肆。」東京當時有二十多萬戶人家，在那柳陌花街、茶坊酒肆的「新聲巧笑」的「遊樂之事」中，就有市井雜

伎藝的佼佼者——「說話」。這時的「說話」已是帶有商業性質的行業，有瓦子勾欄作為固定的演出場地。如北宋的都城汴京，就有新門瓦子、桑家瓦子、朱家橋瓦子、州西瓦子、保庫門瓦子、州北瓦子等（《東京夢華錄》）；南宋的都城臨安，「自南瓦至龍山瓦，凡二十三瓦」（《南宋市肆記》），其中「惟北瓦最大，有勾欄一十三座」（《西湖老人繁勝錄》）。瓦子勾欄裡聚有大批熱情的聽眾，「不以風雨寒暑，諸棚看人，日日如是」，有些人甚至「終日居此，不覺抵暮」（《東京夢華錄》）。

　　市井講說小說的濃重娛樂氛圍，與統治集團中人的藝術嗜好相呼應，形成了一種奇妙的互動關係。郎瑛《七修類稿》卷二十二〈辯證類〉云：「小說起宋仁宗。蓋時太平盛久，國家閒暇，日欲進一奇怪之事以娛之，故小說『得勝頭回』之後，即云『話說趙宋某年』；閭閻淘真之本之起，亦曰：『太祖太宗真宗帝，四帝仁宗有道君。』」皇帝的私人愛好，自會影響社會風尚的走向；市井流行的小說也會因各種渠道傳入內廷，成為帝王們的精神消費品。《武林舊事》卷七載：「淳熙八年正月元日，上坐紫宸殿，引見人使訖，即率皇后、皇太子、太子妃至德壽宮行朝賀禮，並進呈畫本人使面貌姓名及館伴問答。是歲太上聖壽七十有五，舊歲欲再行慶壽禮，太上不許，至是乃密進黃金酒器二千兩。上侍太上於檋木堂香閣內說話，宣押棋待詔並小說人孫奇等十四人，下棋兩局，各賜銀絹。」淳熙是宋孝宗趙昚的年號，他於淳熙八年（1181）正月元日向七十五歲的「太上」（高宗趙構）行朝賀禮時，宣「小說人」孫奇等來下棋，足見小說的地位與受歡迎的程度。綠天館主人《古今小說》〈序〉對此亦有注釋：「南宋供奉局有說話人，如今說書之流，其文必通俗，其作者莫可考。泥馬倦勤，以太上享天下之養。仁壽清暇，喜閱話本，命內璫日進一帙，當意，則以金錢厚酬。於是內璫輩廣求先代奇蹟及閭里新聞，倩人敷衍進御，以怡天顏。然一覽輒置，卒多浮沈內庭，其傳布民間者，什

不一二耳。」金代海陵王完顏亮對小說也很愛好，據《金史》卷一二九〈佞幸傳〉載：「張仲軻，幼名牛兒，市井無賴，說傳奇小說，雜以俳优詼諧語為業。海陵引之左右，以資戲笑。」

　　以今人的標準衡量，宋元「說話」都是真正的小說；當時人的眼光卻不同，他們將講說「先代奇蹟」即重大史事的長篇說話稱作「講史」，而把講說「閭里新聞」即現實故事的短篇說話稱作「小說」。「講史」的來歷，可以追溯到《周禮》〈春官〉「瞽矇」的「諷誦詩，奠系世」。鄭玄注云：「系世謂帝系世本之屬也，小史主定之，瞽矇諷誦之。」《國語》〈周語〉云：「故天子聽政，使公卿至於列士獻詩，瞽獻曲，史獻書，師箴，瞍賦，矇誦，百工諫，庶人傳語，近臣盡規，親戚補察，瞽史教誨，耆艾修之，而後王斟酌焉。」所謂「矇誦」、所謂「瞽史教誨」，就是讓「瞽矇」以背誦古史的方式提醒天子，注意斟酌鑒戒。自正統史書編纂成就以後，講史更成了帝王的必修課程。《續資治通鑑》卷一百一載，建炎二年（1128）宋高宗諭大臣曰：「故事：端午罷講筵，至中秋開。朕方孜孜講史，若經筵暫輟，則有疑無質，徒費日力，朕欲勿罷，可乎？」大臣皆稱善，乃詔勿罷。宋高宗所謂「講史」，講的是什麼內容呢？同卷「詔經筵讀《資治通鑑》」的記載，揭示了答案。《宋史》卷四十六〈度宗紀〉，亦記景定元年（1260），趙禥立為皇太子：「時理宗家教甚嚴，雞初鳴問安，再鳴回宮，三鳴往會議所參決庶事。退入講堂，講官講經，次講史，終日手不釋卷。」

　　大約由於帝王對「講史」的推崇，市井間的講史藝人也最有身分。據《東京夢華錄》載，汴京著名的講史藝人，有孫寬、孫十五、曾無黨、高恕、李孝樣，還有專門「說三分」的霍四究和說《五代史》的尹常賣；臨安著名的講史藝人，僅《武林舊事》〈諸色伎藝人〉，就列出了喬萬卷、許貢士、張解元、周八官人、檀溪子、陳進士、陳一飛、陳三官人、林宣教、徐宣教、李郎中、武書生、劉進

士、鞏八官人、徐繼先、穆書生、戴書生、王貢士、陸進士、丘幾
山、張小娘子、宋小娘子、陳小娘子等二十三人。對他們的名號屈指
道來，如數家珍，顯然都是當日走紅的名角。講史又是最盛行的節
目，擁有大批熱情而投入的聽眾。元石君寶《諸宮調風月紫雲庭》雜
劇，演女藝人韓楚蘭與舍人靈春馬相愛，受到其母反對，楚蘭唱道：
「我勾欄裡把戲得四五回鐵騎，到家來卻有六七場刀兵。我唱的是
《三國志》先饒《十大曲》，俺娘便《五代史》續添《八陽經》。」元
張國寶《羅李郎》三折云：「上長街百十樣風流事，到家中一千場
《五代史》。」《樂府新聲‧滿庭芳》云：「《五代史》般聒聒炒炒，
《八陽經》般絮絮叨叨，動不動尋人鬧。」《三國志》、《五代史》皆
已化作日常的口頭禪，可見其深入平民的程度。

　　關於宋元講史之所取材，時人已有多種概括。吳自牧《夢粱錄》
〈小說講經史〉云：「講史書者，謂講說《通鑑》漢唐書史文傳、興
廢爭戰之事。」羅燁《醉翁談錄》〈小說開闢〉云：「也說黃巢撥亂天
下，也說趙正激惱京師。說征戰有劉項爭雄，論機謀有孫龐鬥智。新
話說張、韓、劉、岳；史書講晉、宋、齊、梁。《三國志》諸葛亮雄
材，收西夏說狄青大略。」總之，上起春秋戰國（孫龐鬥智）、秦亡
漢興（劉項爭雄），下迄當代（張、韓、劉、岳），幾乎囊括了所有史
上大事，取材的範圍是相當廣泛的。然而，有人因現存講史的最早本
子為元代至治年間（1321-1323）建安虞氏所刊《全相平話五種》，便
把講史一律算作元代文學，顯然是不妥當的。試想，孟元老於紹興丁
卯（1147）與親戚談曩昔之事，後生尚且「妄生不然」；我輩處千年
之後，要弄清宋元講史的全部實情，無疑是更為困難的事。除了時代
的懸隔，更受文獻不足的先天制約。陳寅恪先生說：「古代哲學家去
今數千年，其時代之真相，極難推知。吾人今日可依據之材料，僅為
當時所存最小之一部，欲藉此殘餘斷片，以窺其全部結構，必須備藝
術家欣賞古代繪畫雕刻之眼光及精神，然後古人立說之用意與對象，

始可以真了解。」²「說話」史料之殘缺，比古代哲學更為嚴重。至少應考慮以下因素：一、在瓦舍勾欄中表演的「說話」，有一部分得到了及時的記錄，以為日後講說或傳授弟子的底本（所謂「話本」），另一部分卻未得記錄，因而永久地失傳了；二、得到記錄的講史話本，有一部分可能得到了刊行的機會，另一部分卻未得刊行，因而永久地失傳了；三、得到刊行的講史話本，有一部分幸運地保存下來，而另一部分卻失傳了，遂成了千古絕響。「全相平話五種」雖刻於元代，但透過歷史遺留材料的縫隙，仍然傳遞出大量關於講史出於宋代的信息：

一、早在北宋初年，就有講述漢史的平話在市上演出。《五雜組》卷十六〈事部四〉云：「黨進過市，見縛勾欄者，問：『汝說何人？』優者言：『說韓信。』進怒曰：『汝對我說韓信，見韓信即當說我，此三頭兩面之人！』」（《宋朝事實類苑》卷六十四引《楊文公談苑》，與此文字小異）按，黨進（928-978），朔州馬邑人，幼給事魏帥杜重威，後周時為鐵騎都虞候。宋乾德五年（967），領彰信軍節度兼侍衛步軍都指揮使，開寶中從征太原有功。太平興國二年（977），出為忠武軍節度。黨進性樸直，不識字，《宋史》卷二六〇《黨進傳》云：「嘗受詔巡京師，聞里間有畜養禽獸者，見必取而縱之，罵曰：『買肉不將供父母，反以飼禽獸乎？』太宗嘗令親吏臂鷹雛於市，進亟欲放之，吏曰：『此晉王鷹也。』進乃戒之曰：『汝謹養視。』小民傳以為笑。其變詐又如此。」黨進缺乏歷史常識，竟不知韓信為何許人，故爾責問勾欄優者。紀昀《閱微草堂筆記》卷十六記佛倫（？-1700後）語，對此別有所解：「宋黨進聞平話說韓信（小注：優人演說故實，謂之平話，《永樂大典》所載，尚數十部），即行

2　陳寅恪：《金明館叢稿》二編〈馮友蘭中國哲學史上冊審查報告〉（北京市：生活・讀書・新知三聯書店，2001年），頁285。

斥逐。或請其故。曰：『對我說韓信，必對韓信亦說我，是烏可
聽？』千古笑其憒憒，不知實絕大聰明。彼但喜對我說韓信，不思對
韓信說我者，乃真憒憒耳。」不論如何，這一笑話足以證明，宋初勾
欄確有說韓信平話之事；而說韓信，正是〈漢書平話〉的核心情節。
又，洪邁（1123-1202）《夷堅志》丁集卷三〈班固入夢〉，記有「四
人同出嘉會門外茶肆中坐，見幅紙用緋帖尾云『今晚講說《漢書》』」
之事；劉克莊（1187-1269）〈田舍即事〉云：「兒女相攜看市優，縱
談楚漢割鴻溝。山河不暇為渠惜，聽到虞姬直是愁。」這都是漢書故
事在宋代廣為流行的證明。《金史》卷一二九〈佞幸傳〉載，海陵即
位後，以張仲軻為秘書郎，正隆二年（1157）為左諫議大夫，修起居
注。海陵嘗與張仲軻論《漢書》曰：「漢之封疆不過七八千里，今吾
國幅員萬里，可謂大矣。」仲軻曰：「本朝疆土雖大，而天下有四
主，南有宋，東有高麗，西有夏，若能一之，乃為大耳。」張仲軻所
說之《漢書》，無疑是他所擅長的傳奇小說。正隆二年（1157）正當
宋高宗紹興二十七年，其時還處在南宋的前期。

　　二、講三國故事盛行甚早，更是不容置疑的事。高承《事物紀
原》卷九〈影戲〉云：「仁宗（1023-1063）時，市人有能談三國事
者，或采其說加緣飾作影人，始為魏、蜀、吳三分戰爭之象。」很明
顯，只有講三國史事之廣為流行、深入人心，才可能會出現將其改編
為影戲的事情。《東坡志林》〈塗巷小兒聽說三國語〉云：「王彭嘗云：
『塗巷中小兒薄劣，其家所厭苦，輒與錢，令聚坐聽說古話。至說三
國事，聞劉玄德敗，顰蹙有出涕者；聞曹操敗，即喜唱快。以是知君
子小人之澤，百世不斬。』」「聚坐聽說古話」，可以想見其規模之
大；而「輒與錢」，則說明是需要付費的娛樂。

　　三、《新編五代史平話》雖於光緒二十七年（1901）為曹元忠發
現，學者多認為是「宋人舊編而為元人所刊印」，「當是宋代說話人的

口頭實錄」[3]。寧希元先生以《周史平話》中的「山東路」為金初天
會年間所改,《漢史平話》中「太原路」為元太祖十三年(1218)始
立,判定《平話》產生在金亡前後[4]。按,金之天會,相當於宋徽宗
宣和五年至宋高宗紹興五年(1123-1137),其時「山東路」為雙方拉
鋸爭奪之地,故「山東路」之地名在《宋史》中亦多處出現。而「太
原路」亦非元人所改,《宋史》卷一七五〈食貨上三〉,記宋神宗熙寧
八年(1075)河東察訪使李承之言:「太原路二稅外有和糴糧草,官
雖量予錢布,而所得細微,民無所濟,遇歲凶不蠲,最為弊法。」
《宋史》卷四四七《徐徽言傳》載,建炎二年(1128),徐徽言「與
太原路兵馬都監孫昂決戰(晉寧)門中,所格殺甚眾」,城陷被俘,
不屈而死。況南宋(1127-1297)與金(1123-1234)南北對峙達百年
之久,如今所謂「宋元講史」,自然也包括金代作品在內。孫楷第先
生謂:「此評話演五代故事,言興廢戰爭皆與史合,軼聞瑣事以宋人
書考之,亦去事實不遠。如《周史》太祖微時因傷人犯罪頰上刺雀兒
一條,宋張舜民《畫墁錄》載之,則謂雀兒為術者所刺,不緣犯罪。
太祖贅柴氏一條,謂后父柴仁翁以太祖有貴相招為婿,蘇轍《龍川別
志》則謂后本唐莊宗嬪御,莊宗沒,遣歸家,柴后見馬鋪卒郭雀兒自
欲嫁之,此以屬之后父為異。然事實雖稍有出入,究非後來臆造者
比,蓋亦去古未遠,故語多徵實賤。」[5]又,《五代史平話》之敘事從
咸通十四年(873)七月唐懿宗死始,訖趙匡胤禪周建宋(《周史平
話》卜殘,最末年號為顯德六年(959),距趙匡胤稱帝僅一年)。而
記敘五代的正史有二:一為薛居正監修的《舊五代史》(原名《梁唐
晉漢周書》),始修於開寶六年(973),完成於開寶七年(974);一為
歐陽修撰修的《新五代史》,始修於景祐三年(1036),成書於皇祐五

3　胡士瑩:《話本小說概論》(北京市:中華書局,1980年),頁712-713。

4　寧希元:〈《五代史平話》為金人所作考〉,《文獻》1989年第1期。

5　孫楷第:《續修四庫全書提要》(濟南市:齊魯書社,1996年),頁1808。

年（1053），神宗時初刊。由於歐陽修的聲望，《新五代史》出版後很快就蓋過《舊五代史》，「至金章宗泰和七年（1207），詔學官止用《歐陽史》，於是《薛史》遂微，元明以來，罕有援引其書者，傳本亦漸就湮沒」（四庫全書《舊五代史》〈提要〉）。現行本為乾隆四十年（1775）邵晉涵等據《永樂大典》所錄《舊五代史》輯出。《舊五代史》〈編定凡例〉云：「《薛史》原書體例不可得見。今考其諸臣列傳，多云『事見某書』，或云『某書有傳』，知其於梁、唐、晉、漢、周斷代為書，如陳壽《三國志》之體。故晁公武《讀書志》直稱為詔修《梁唐晉漢周書》。」《五代史平話》為全史式的編年體小說，按理應有完整的有機結構，但卻分成《梁史平話》、《唐史平話》、《晉史平話》、《漢史平話》、《周史平話》五大塊，依次講述梁、唐、晉、漢、周五代史事，遂造成「一件戰事，一件變故，往往在兩三書中反覆的敘了又敘」[6]的現象。這似乎可以說明，平話憑依的史書是《舊五代史》（《梁唐晉漢周書》），故依其分朝的體例進行講述。而《舊五代史》金泰和七年（1207）就已止而不用，尤為元人所罕見，則《五代史平話》之為宋人作品可知。《三朝北盟會編》卷二四三引《神麓記》云：「有說書者劉敏，講演書籍至五代梁末帝以弒逆誅友珪之事，（完顏）充拍案屬聲曰：『有如是乎！』」按，完顏充（？-1152）是金主亮之親弟，亦可證明此書年代之早。《晉史平話》卷上，曾舉杜威叛附契丹、卒為契丹所執一事，與韓信身死呂后之手相類比，又舉唐高祖稱臣於突厥可汗，與石敬瑭尊契丹為父相類比，也從側面證明，漢、唐史事也都早早進入了宋元講史的領域。

　　四、《薛仁貴征遼事略》是以唐代史事為題材的講史，明《文淵閣書目》卷六「雜史」類著錄，曰：「一部一冊，闕。」《永樂大典》

6　鄭振鐸：〈宋元明小說的演進〉，《鄭振鐸古典文學論文集》（上海市：上海古籍出版社，1984年），頁378。

卷五二四四「遼」字韻收載，趙萬里先生據英國牛津大學圖書館藏
《大典》本攝影迻錄校注。開卷詩云：「三皇五帝夏商周，秦漢三分
吳魏劉，晉宋齊梁南北史，隋唐五代宋金收。」與《武王伐紂平話》
開卷詩同，應是元人口吻。趙萬里先生以其中有「芙蓉城下，子高適
會瓊姬；洛水堤邊，鄭子初逢龍女」之典，而《蘇文忠公詩集》卷十
四〈芙蓉城詩〉引胡微之《王子高芙蓉城傳略》、周密《武林舊事》
卷十「官本雜劇段數」有《王子高六么》及《鄭生遇龍女薄媚》等，
判定「此書隨手拈來，便成故實，可知此書寫作時代，當在王子高故
事流傳正盛時」，又說：「此書文辭古樸簡率之處，和至治新刊平話五
種相似，當是宋元間說話人手筆。」[7]又，此書既稱《事略》，當如
《三分事略》係某一話本之簡本然，則其原本之成書，或當更早。

　　五、《宣和遺事》，高儒《百川書志》以為乃「宋人所記」，黃蕘
翁跋以「卷中『惇』字避諱作『惇』證之，當出宋刊」（南宋避光宗
趙惇之諱為「惇」，1190-1194在位）；郎瑛《七修類稿》卷四十六
〈事物類〉云：「宋徽、欽北擄事蹟，刊本則有《宣和遺事》，抄本則
有《竊憤錄》，二書較之，大事皆同。惟虜人侮慢之辭，醜污之事，
則《竊憤》有之也。至於彼地之險，彼國之事，風俗之異，時序之
乖，則《宣和》較《錄》為少矣。二書皆無著書之名，且《遺事》雖
以宣和為名，而上集乃北宋之事，下集則被擄之事，首起如小說院本
之流，是蓋當時之人著者也。《錄》則竊《遺事》之下集造飾，其所
多之事，必宣、政間遭辱之徒，以發其胸中不逞之氣而為之。」而魯
迅先生則據胡應麟《少室山房筆叢》的說法，以為：「文中有呂省元
〈宣和講篇〉及南儒〈詠史詩〉，省元南儒皆元代語，則其書或出於
元人，抑宋人舊本，而元時又有增益，皆不可知。」[8]其實，禮部試

7　趙萬里：《〈薛仁貴征遼事略〉後記》（上海市：古典文學出版社，1957年）。
8　魯迅：《中國小說史略》第十三篇〈宋元之擬話本〉。同上，頁99-100。

進士第一稱作「省元」，本為宋朝之制度，見《文獻通考》三十〈選舉〉。《宋史》卷一五八〈選舉四銓法上〉載：「寧宗慶元中，重定《武臣關升格》。先是，初改官人必作令，謂之須入。至是，復命除殿試上三名、南省元外，並作邑；後又命大理評事已改官未歷縣人，並令親民一次，著為令。」王銍《默記》卷中載：「王君辰榜，是時歐公為省元。」又記晏元獻（晏殊）知貢舉，出〈司空掌輿地之圖賦〉以試舉人，一眊瘦少年獨契其意，此「少年舉人，乃歐陽公也，是榜為省元」。釋文瑩《湘山野錄》（作於熙寧中）卷下，敘僧秘演以半千之價將歐文賣之，歐怒，詬演曰：「吾之文，反與庸人半千鬻之，何無識之甚！」演徐語公曰：「學士已多他三百八十三矣。」歐愈怒曰：「是何？」演曰：「公豈不記作省元時，庸人競摹新賦，叫於通衢，復更名呼云：『兩文來買〈歐陽省元賦〉！』今一碑五百，價已多矣。」歐因解頤。司馬光《涑水記聞》卷三，載景祐五年（1038）御試進士，范鎮以第二甲為省元，且云：「自吳育、歐陽修為省元，殿前唱第過三過，三人則疾聲自言。鎮獨默然，時人以是賢之。」都是「省元」非元代語的鐵證。至於「南儒」，不過東南之儒、江南之儒的省稱耳。現存《宣和遺事》版本雖不可遽稱宋本，但其主體部分仍應視作宋代講史，樓鑰（1137-1213）〈亡姊安康太夫人行狀〉云：「及見宣和盛時暨靖康間事，言之皆有端緒」（《攻媿集》卷八十五），其所言之稗官小說，當即《宣和遺事》也。

現存的講史話本，依其所敘史事之先後排列，有《平話武王伐紂書》、《平話樂毅圖齊七國春秋後集》、《平話秦并六國》、《平話前漢書續集》、《平話三國志》（《三分事略》為其簡本）、《薛仁貴征遼事略》、《五代史平話》、《宣和遺事》等。今已失傳的講史話本，則有「孫龐鬥智」、「晉、宋、齊、梁」、「收西夏」、《中興名將傳》（或即說張、韓、劉、岳的「新話」）等。從性質看，《武王伐紂書》、《樂毅圖齊》、《秦并六國》、《前漢書》、《三國志》、《薛仁貴征遼事略》敘的

是古代史，《五代史平話》敘的是近代史，《宣和遺事》敘的則是當代史。魯迅先生批評說：「《宣和遺事》雖亦有詞有說，而非全出於說話人，乃由作者掇拾故書，益以小說，補綴聯屬，勉成一書，故形式僅存，而精彩遂遜，文辭又多非己出，不足以云創作也。」又說：「惟節錄成書，未加融會，故先後文體，致為參差，灼然可見。」[9]所論何嘗不是。只是我們不應忘記：敘古代史、近代史者，自有「《通鑑》漢唐歷代書史文傳」可資參考；而敘當代史的《宣和遺事》，只能利用《南燼紀聞》等筆記材料，難度遠較敘古代史者為大，作者能熔史上大事與世情民心於一爐，開創出一條超前於正史的「新話」路子，其意義和價值是應予充分肯定的。

第三節　市井藝人另造的歷史世界

紀傳體的「正史」，到北宋嘉祐五年（1060）已有了《史記》、《漢書》、《後漢書》、《三國志》、《晉書》、《宋書》、《南齊書》、《梁書》、《陳書》、《魏書》、《北齊書》、《周書》、《隋書》、《南史》、《北史》、《新唐書》、《新五代史》前後相接的「十七史」的序列（《舊唐書》、《舊五代史》已為《新唐書》、《新五代史》所取代，故不在「十七史」之列）；編年體通史《資治通鑑》，北宋元豐七年（1084）也編纂完成。這就為宋元的講史提供了充分的素材。

從現象上看，市井間的「講史」是對官修正史的衍繹，屬於衍生態歷史小說的範疇。「得其興廢，謹按史書；誇此功名，總依故事」（羅燁：《醉翁談錄》），是平話藝人標榜自己「博古明今」的看家手段。但從本質上看，宋元講史卻反映了史學由官方文化局部蛻變為大眾文化的趨向。新興的市民與商品經濟緊密相關，他們要排除前進路

9　魯迅：《中國小說史略》第十三篇〈宋元之擬話本〉。同上，頁97。

上的封建關卡，掙脫加在身上的封建桎梏，爭得自身的經濟地位和政治地位，必然與傳統觀念發生衝突。表現在對待歷史的問題上，說話人不再甘願因襲舊的講述史事的傳統，僅僅充當「街談巷語」的製造者和傳誦者，公然無忌地闖進了為史官所把持壟斷的史學領地，幾乎是隨心所欲地對待歷史材料，以自己的理解來重新整理和敘說歷史，按照自己的形象自造了一個與「正史」不同的歷史世界，藉以寄託自己的心志和情感。從文獻史料與現存平話提供的信息看，市井藝人的創新主要體現在以下四個方面：

一　重新構築獨特的史統體系

　　紀傳體的「正史」雖已構成「十七史」的序列，但斷代史的體制卻使它們處於各自孤立的狀態；《資治通鑑》長達二九四卷，分周、秦等十六紀，雖首尾相連，卻無主線予以貫通。平話藝人沒有拜倒在正史的煌煌典冊面前，他們以自己的獨特觀念和視角，重新構築起一套完整的史統體系。《醉翁談錄》〈舌耕敘引〉有長歌道：

> 傳自鴻荒判古初，羲農黃帝立規模。
> 無為少昊更顓帝，相授高辛唐及虞。
> 位禪夏商周列國，權歸秦漢楚相誅。
> 兩京中亂生王莽，三國爭雄魏蜀吳。
> 西晉洛陽終四世，再興建鄴復其都。
> 宋齊梁魏分南北，陳滅周亡隋易孤。
> 唐世末年稱五代，宋承周祚握乾符。
> 子孫神聖膺天命，萬載升平復版圖。

清晰生動地勾畫出新的史統體系，琅琅上口，極易記誦。其特點首先

是溯源性。追溯歷史的源頭，本是史的探索的正當構成部分；然「邃古之初，史無可徵」，《尚書》所載史事最早只上溯到堯，《史記》雖以〈五帝本紀〉開端，司馬遷因百家所說的黃帝非典雅之訓，惟「擇其言尤雅者」，故爾事多闕略；《資治通鑑》的敘事更晚，只起於周威烈王二十三年（西元前403年）。市井藝人卻沒有那麼多的顧忌，公然將「傳自鴻荒判古初，羲農黃帝立規模」一類涉及天地開闢、人類起源的更為遙遠的傳說，作為歷史的開端寫進小說中來。其次是連貫性。在市井藝人心目中，歷史猶如串珠，相互連貫。《醉翁談錄》所勾畫的歷史系統，在現存平話作品中都可得到印證。如《五代史平話》本是講述「龍爭虎戰幾春秋，五代梁唐晉漢周」史跡的，開篇卻從「鴻荒既判，風氣始開」起講，再由黃帝殺炎帝蚩尤、舜征三苗，一直講到湯伐桀、武王伐紂、劉季取天下、曹操篡漢、司馬懿篡魏、楊堅篡周、李淵革命，最後方引出黃巢造反的故事來。《宣和遺事》的開頭，有多達一千七百多字的講述「歷代君主荒淫之失」的「入話」，從堯、舜、禹、湯開始，說到紂王無道，武王伐之，傳位至周幽王，遂喪其國；又說陳後主、隋煬帝之無道，秦王世民建都長安，唐明皇寵愛楊妃，安祿山舉兵反叛，然後轉入正題：「今日話說的，也說一個無道的君王……」。如果說《五代史平話》、《宣和遺事》作如此處理，是為了理順歷史演進脈絡的話，原本是講前代史事的《武王伐紂書》，卻也要連帶及於後世，以「三皇五帝夏商周，秦漢三分吳魏劉，晉宋齊梁南北史，隋唐五代宋金收」為開場詩，更說明平話藝人對歷史連貫性的重視。從總體上講，宋元平話不光對正史以外的遺聞軼事有興趣，更對勾畫歷史的大統系有興趣。這就和早期原生態歷史小說只記錄史事的某一片斷、人物的某一側影有著本質的不同。宋元平話超越正史的限制，將歷代史事構建為有機整體的嘗試，為後世長篇衍生態歷史小說開闢了道路。

二　探尋歷史演變的內在規律

　　歷史不是無數偶然事件的堆積，古往今來的哲人都試圖探索歷史
演變的規律，或者尋找歷史的「因果鏈」，以為其所處的社會現實提
供借鑑。市井間的講史，也不是為歷史而歷史的消遣，他們也在進行
同樣性質的探索。羅燁《醉翁談錄》云：「以上古隱奧之文章，為今
日分明之議論」，就道出了個中的奧秘。灌園耐得翁《都城紀勝・瓦
舍眾伎》說：「講史書，講說前代書史文傳、興廢爭戰之事。」吳自
牧《夢粱錄》〈小說講經史〉說：「講史書者，謂講說《通鑑》漢唐歷
代書史文傳、興廢爭戰之事。」《醉翁談錄》〈小說開闢〉說：「講歷
代年載興廢，記歲月英雄文武。」都是時人對講史內涵的最好理論概
括。宋元平話以「興廢爭戰之事」為核心，反映了市井藝人以自己的
歷史觀和審美觀重新認識歷史和評價歷史的意向力。在「興」、
「廢」、「爭」、「戰」之中，「廢」是關鍵的關鍵。因為只有某個朝代
之「廢」，才會有另一個朝代之「興」。從彼朝為什麼會「廢」中，才
能看出此朝如何能「興」。而興廢的表徵，就是治亂。亂，就必然導
致廢；治，則是興的本質體現。那麼，為什麼會亂？是誰造成了亂？
這些，都是宋元講史首先要回答的問題。《醉翁談錄》〈舌耕敘引〉
「小說引子」（自注：演史講經並可通用）云：

　　　　太極既分，陰陽已定，書契已呈河洛，皇王肇判古初。圓而高
　　　　者為天，方而厚者為地。其人稟五行之氣，為萬物之靈。氣化
　　　　成形，道與之貌。形乃分於妍醜，名遂別於尊卑。由是有君有
　　　　臣，從此論將論相。或爭權而奪位，或誅暴以勝殘。間有圖名
　　　　而僥一旦尺寸之功，又有報國而建萬世長久之策。遂制舟車兵
　　　　革，俾陳弓矢干戈。始因戰涿鹿之蚩尤，備見殛羽山之帝鯀。
　　　　畫象之形已玩，結繩之政不施，世態紛更，民心機巧。須賴君

　　王相神武，庶安中外以和平。所業歷歷可書，其事班班可紀。
乃見典墳道蘊，經籍旨深。試將便眼之流傳，略為從頭而敷
演。得其興廢，謹按史書；誇此功名，總依故事。（自注：如
有小說者，但隨意據事演說云云。）

　　這種以哲理形式出現的因果鏈，在《宣和遺事》裡得到了極好的
表現。詩曰：「暫時罷鼓膝間琴，閑把遺編閱古今。常歎賢君務勤
儉，深悲庸主事荒淫。致平端自親賢哲，稔亂無非近佞臣。說破興亡
多少事，高山流水有知音。」正文說：「茫茫往古，繼繼來今，上下
三千餘年，興廢百千萬事，大概光風霽月之時少，陰雨晦冥之時多；
衣冠文物之時少，干戈征戰之時多。看破治亂兩途，不出明陽一理。
中國也，君子也，天理也，皆是陽類；夷狄也，小人也，人欲也，皆
是陰類。陽明用事底時節，中國奠安，君子在位，在天便有甘露慶雲
之瑞，在地便有醴泉芝草之祥，天下百姓享太平之治；陰濁用事底時
節，夷狄陸梁，小人得志，在天便有彗孛日蝕之災，在地便有蝗蟲饑
饉之變，天下百姓有流離之厄。這個陰陽，都關係著皇帝一人心術之
邪正也。」用陰陽兩極的消長起伏來說明治亂興廢的規律，並最後歸
結為皇帝一人心術之邪正，是市井藝人歷史觀的理性概括；而判別皇
帝心術邪正的標準，則是以天下百姓、尤其是市民的立場來區分的。
《武王伐紂書》敘紂王天秉聰明，力敵萬人，初治世時，有德有能，
八方寧靜，四海安然。然而就是這位「天下皆稱堯舜」的紂王，一旦
「心昏妲己貪淫色」，棄妻斬子，不修國政，遂「惹起朝野一戰爭」。
「君王不明，自亂天下」八個大字，將市井藝人對商紂滅亡的理解，
概括殆盡。《宣和遺事》敘宋徽宗才俊過人，「口賡詩韻，目數群羊；
善寫墨君竹，能揮薛稷書；通三教之書，曉九流之典」。惟是只圖自
己的朝歡暮樂，大起花石綱，「役民夫百千萬，自汴梁直至蘇杭，尾
尾相含，人民勞苦，相枕而亡」。而最令人切齒的，是對工商業者的

侵害：朝廷開邊時，曾向商賈共借三千七百萬貫，久不償還，蔡京為圖徽宗歡心，差官「劃刷諸司庫務故弊的物」，「高估價直，立字型大小，出還客」，客商消折本錢，「十無一二，無所伸訴其苦」；蔡京更立茶法、鹽法，「富商大賈，消折財本，或有轉流乞丐的，或有赴水自縊死的」。這種「陰濁用世」、「小人得志」的現實，難道還不應該詛咒嗎？商紂王、宋徽宗之「廢」，恰是他們自身的「無道」釀成的。《宣和遺事》題名「遺事」，既非敘整個宋代的全史，也非敘宣和間的軍國大事，而是取正史所遺的傳聞軼事。高儒《百川書志》著錄道：「《宣和遺事》二卷，載徽、欽二帝北狩二百七十餘事，雖宋人所記，辭近稗史，頗傷不文。」《遺事》除了記述有關徽、欽二帝的荒淫無道之外，還相當注意反映細民百姓的心態。如崇寧二年，詔將先朝大臣司馬光、文彥博等一一九人籍作「奸黨」，御書刻石，石匠安民道：「小匠不知朝廷刻石底意，但聽得司馬溫公，海內皆稱其正直忠賢，今卻把做奸邪，小匠不忍刻石。」這種「芻蕘狂夫之議」，正統的史書是不會記錄的。《宣和遺事》最為生動的是梁山濼的故事，其中楊志賣刀、晁蓋智取生辰綱、宋江殺閻婆惜、三十六人聚義梁山，已具備了《水滸傳》雛形，更多地傾注了平民的情感和生活體驗。總之，在新的氣候和土壤中孕育誕生的講史平話，固然也在「講歷代年載興廢」，但民間藝人不但是在演說自己另創的歷史統系，而且是在宣傳屬於自己的思想觀念，傾注於其間的「褒貶是非」，與官修的正史相比，確實起了某種質的變化。

三　褒揚發跡變泰的草莽英雄

接下來的問題是：廢了、亂了以後，又由誰來收拾局面？誰又會帶來新的興和治？這也是宋元講史所要回答的問題。講史平話有一個非常普遍的觀念，他們一方面對「篡弒之謀」表現出相當的反感，另

一方面對崛起底層的草莽英雄，卻持熱烈讚賞的態度。如《五代史平
話》，固然嚴厲批判被史書譽為「賢聖」的湯、武的「以臣弒君」，認
為他們「不合做了這個樣子」，弄得天下紛亂；而對劉季「手拿三尺
龍泉劍，奪卻中原四百州」卻予以讚揚，說「他取秦始皇天下，不用
篡弒之謀」。同樣，他們對黃巢造反的正當性，也給了一定程度的諒
解。平話說黃巢自小學習文章，博覽經史，進京赴試，想「把十年燈
窗下勤苦的功夫盡力一戰」，不想試院開出榜來，「卻是別人做了狀
元，別人做了榜眼，別人做了探花郎」，「不是權勢子弟，則是豪富兒
郎」，黃巢這才有了痛切的認識：「咱每寒酸貧儒，縱有行如顏、冉，
文如班、馬，也不中選；看來只好學取長槍大劍，乘時作亂，較是活
計。」

　　宋元平話最愛講的故事是「發跡變泰」，即《醉翁談錄》所謂
「噇發跡話，使寒門發憤」是也。什麼叫發跡變泰？「發跡」指立功
揚名，由卑微而變為富貴；「泰」與「否」是《易》中相對的兩卦，
「否」為塞、壞的意思，「泰」為通、好的意思。由閉塞不通的
「否」，轉化為通暢安寧的「泰」，就叫做「變泰」。新興的市民處於
社會底層，人數少，力量薄，最迫切要求改變自己的地位。反映到歷
史觀念上，是不欣賞統治階級內部權力之爭的「篡弒」，而對底層英
雄的奮鬥業績懷有強烈共鳴。五代的歷史距離宋最近，人們對那長期
分裂、戰亂頻仍的歲月記憶猶新，劉知遠、郭威等起於底層的英雄人
物發跡變泰的傳說，尤為急切要求改善自己地位的市民津津樂道。在
《五代史平話》中，後梁的開國君主朱溫自小為人放豬，酷好賭博，
使槍弄棒，外號「潑朱三」，曾有人揶揄道：「丈夫當立功名，何向故
號做潑朱三？」後漢的開國君主劉知遠，自幼喪父，隨母改嫁，其母
言知遠有三病：「第一病是愛財錢，第二病是愛吃酒，第三病是愛貪
花。」後父則不以為然，道是：「遭一蹶者得一便，經一事者長一
智。」李長者知劉知遠必有發跡之分，要招他做女婿，劉知遠不信有

此好事，竟對媒人道：「你休來弄我！我一窮到骨，甫能討個吃飯處，你說這般話，莫帶累咱丟了飯碗！」後周的開國君主郭威，兩歲喪父，隨母投奔舅舅過活，七、八歲就去看牧牛畜，看守曬穀，十一歲因誤傷殺人，刺配五百里。他左邊頸上原生一個肉珠，上有禾穗紋，犯罪後左邊面頰又刺了個雀兒，污了臉兒，只得索性做個粗漢。偏偏有相士道他貴不可言：「將來雀兒口啄著禾粟時分，這人做天子也！」這些人物，多半帶有市民所熟悉的無賴秉性，素來為世人所輕賤，但他們本能地相信有朝一日「必有發跡的分」，並通過頑強奮鬥終於「時通運泰」，實可為卑賤者吐氣。平話愛講這類正史上所不願詳載的故事，原因就在這裡。

四　表達市井細民強烈的道德義憤

有人說，「二十四史」只是二十四家的姓史，中國傳統道德對皇帝根本沒有約束。其實不然。《史記》是司馬遷的「憤書」，對不稱職、瀆職的皇帝，就充斥著強烈的批判情感。《漢書》而下的正史，開始強調「史家筆法」，含而不露起來。市井藝人卻不管那一套。他們放膽地表達自己的道德情感，愛己所之愛，恨己之所恨。在許多場合，這種情感是以神異荒誕的形式出現的。如《五代史平話》說，劉季因疑忌功臣，殺了韓信、彭越、陳豨，「天帝可憐見三個功臣無辜被戮，令他每三個托生做三個豪傑出來：韓信去曹家托生，做著個曹操；彭越去孫家托生，做著個孫權；陳豨去那宗室家托生，做著個劉備。這三個分了他的天下：曹操篡奪獻帝的帝位，立國號曰魏；劉先主圖興復漢業，立國號曰蜀；孫權自興兵荊州，立國號曰吳。」《三國志平話》更衍化出書生司馬仲相受天帝之命，暫作陰司之君，在「報冤殿」決斷了漢高祖屈殺功臣之罪，天帝命他托生司馬仲達，「三國並收，獨霸天下」的故事。平話裡的「天帝」，代表著人民的

意願，實施了在陽世無法想像的審判，讓故殺功臣的漢高祖、呂后跪地俯伏，聽候決斷，從而在精神上獲得了極大的滿足。

《五代史平話》、《三國志平話》都以漢高祖屈殺功臣為由頭，益加可見《漢書平話》的重要地位。秦漢兩朝的史事密不可分，講述漢代史事，自不能不從秦代起講。今存《秦并六國平話》敘秦始皇併吞六國、統一天下，至劉邦誅滅群雄、建立漢朝，其敘事的基本出發點，是宣揚漢高祖興兵滅秦的正義性。《平話》勾畫秦亡漢興的「大略」道：「始皇無道，南取百粵，北築長城，東填大海，西建阿房，坑儒焚書，使天下人民不安」。於是「天降聖人，漢高祖劉邦領兵入關」，推翻了暴秦的統治。關於劉邦的為人，《通鑑》說是「愛人喜施，意豁如也」，《平話》則將「愛人喜施」四字，改成了「寬仁愛人」。「愛人喜施」，是指因愛人而樂於施捨，所謂「仗義疏財」；但劉邦不過是小小亭長，自己尚且「常從王媼、武員貰酒」，哪來多餘錢財施捨他人？而「寬仁愛人」作為一種美德，正與秦始皇的暴虐無道形成鮮明對比，體現了《平話》臧否人物的道德尺規。貫串《秦并六國平話》卷下的主線，是劉邦與項羽不同行事的強烈對比和尖銳衝突。敘「沛公西入咸陽，還兵灞上，召父老豪傑，來與之約」，乾脆不提劉邦入咸陽後，「見秦宮室、帳幄、狗馬、重寶、婦女以千數」，以至有過欲「止宮休舍」的念頭，並將「約法三章」以通俗的語言寫出：「有殺人者，教爾者如殺；傷人底及做盜賊底，各以其罪治之。其餘秦王嚴法，一回除去。凡我之興師此來，為誅無道秦，與爾父老除害，非敢有所侵奪，爾父老每休懼怕。」劉邦的「寬仁愛人」，獲得了父老的擁護：「各牽牛扛酒，來沛公軍前犒軍，只怕沛公不來關中為王也」。而項羽卻反其道而行之，「長驅而來，攻破了關，把咸陽城內盡行戮誅，把咸陽宮室不問官民底，將一炬火燒蕩一空，火至三月不滅。發兵將始皇塚掘了，取去殉葬金寶，把那秦皇底筋骨撒放荒郊」。據《通鑑》：「項羽引兵西屠咸陽，殺秦降王子嬰，燒秦宮室，

火三月不滅，收其貨寶婦女而東，秦民大失望。」並無掘始皇塚之事；但項羽的所作所為令秦民失望，卻是完全真實的。亡佚的《前漢書平話正集》，大約也不會與這種宣揚「寬仁愛人」的思想相去太遠，因為這是時代精神之使然的緣故。

到了《前漢書平話續集》，卻完全拋開《秦并六國平話》痛斥項羽「大逆不道」、不仁不義的基調，反而批評「史官學士」司馬遷關於「項王不知己，不能用賢人，失天下，言天亡項王，非戰罪，豈不謬哉」的論斷，是「不審項王為人」。不僅如此，平話又大力宣揚起項羽的「八德」來：

> 起於隴畝，威服天下者，英雄之致，一也；斬宋義而存趙國，斷之明，二也；大小七十餘陣，未嘗敗，勇略之深，三也；與仇敵，而不敵人之父者，仁之大矣，四也；割鴻溝而不質漢之妻子，言之厚，五也；勢力屈，言天亡我，是知其命者，六也；軍烏江而不肯渡者，羞見父老，有恥之不愛其生，七也；引劍自殺者，知死有分定，八也。細察項王之事，有終有始，功以多矣，過以寡矣，項王言：「天亡我！」非為謬也。

《續集》對項羽之死寄予極大的同情，至敘漢王也對項羽之死表示悲掉，親視項王首，哭曰：「誰殺吾弟？」《續集》對項羽態度的突然改變，固然是痛悼英雄末路感情的集中噴發，更緣於表達本身主旨的需要。因為《續集》所要敘寫的，已不是天下逐鹿的雄壯活劇，而是漢朝建國後誅除功臣的千古奇冤。劉邦也就從「寬仁愛人」的正義化身，變成了屈殺英才的陰險小人。《續集》細寫韓信的心理活動道：「高皇，爾乃徐州豐沛人也，畝隴生計，好酒及色。少為亭長，因解罪囚，到芒蕩山得逃避罪，斷其白蛇，亦何豪強。與項羽兵分兩路，收秦二世江山。漢楚同議，先入關者，秋毫無犯，約法三章，再定新

律五刑。還兵東有，立諸侯弘振。項羽將勇，范曾鋪謀，左遷諸侯之權，自立西楚霸王。漢王甫過棧道於襄州，仗著蕭何三箭（薦）之功，舉信一人之德，明修棧道，暗渡陳倉，赫燕收趙，涉西河，虜魏豹，擒夏悅，斬章邯，趕田橫於海島，逼霸王到烏江，立帝之基。滅楚已來，四海安寧，民皆快樂，萬里聞風，一鼓而收之。信望衣錦食肉，誰指望奪印懷仇，不以芒蕩山下，累求良士；今日成帝業後，看大臣有如泥土。早知你有始無終，且不如楚項羽前提牌執戟。」韓信此時所悔的，並非後來不曾造反，而壓根兒就是「悔不當初順霸王」！因為比起項羽的「八德」來，劉邦的人品確是不能同日而語。最後，韓信為呂后賺入宮中斬首，「其時天昏地暗，日月無光，長安無有一個不下淚。哀哉，哀哉，四方人民嗟歎不息，可惜枉壞了元帥！」平話作者的同情完全在韓信一邊，這就與司馬光《通鑑》卷十二「高祖用詐謀禽信於陳，言負則有之；雖然，信亦有以取之也」的各打五十大板的態度，有著根本的不同。

　　據《資治通鑑》載，韓信臨死曾言「恨不用蒯徹計」，劉邦乃詔捕蒯徹，怒其教韓信反，欲烹之。蒯徹則以「秦失其鹿，天下共逐之，高材疾足者先得焉。蹠之狗吠堯，堯非不仁，狗固吠非其主；當是時，臣唯獨知韓信，非知陛下也」自辯，話雖講得很坦率，但以盜蹠比韓信，以堯比劉邦，已有濃重的阿諛的味道，又自比為狗，殊為不堪。《平話》中的蒯通（因避漢武帝劉徹諱，改名為通），卻是完全不同的形象。他來到朝門，「仰面兒大笑三聲，卻又大哭三聲」，引得劉邦不禁發問，便順勢鋪衍出一大篇小說家言來：

　　　　陛下雄兵百萬，駿將莫知其數，皆總不及於項羽。立韓信為
　　　　帥，滅項羽在烏江。如今天下太平，更要韓信則甚？是亦可斬
　　　　之。臣所（數）信更有十罪，漢大臣皆可以聽通所（數）信十
　　　　罪：第一，陛下漢中投奔諸國，亦可拜將能定秦，陛下復有故

地，其可殺也，是一罪；第二，陛下兵敗睢水，奪於滎陽，韓
信能提孤兵破楚王於涼之間，殺楚軍二十餘萬，唬項羽不敢正
視，其可殺也，是二罪；第三，魏豹反於河東，絕臨晉地之
渡，在蒲州之勢逼，陛下得河東，其可殺者，是三罪；第四，
困於城臯，益兵一萬，信能其驅大原、寨血閣，攻別諸侯，威
擒夏悅，斬張全，其可殺者，是四罪；第五，信下井陘路，不
終朝而破趙軍一十萬，死於泜水，王知趙四十日，收全趙之地
二千里，以歸陛下，其可殺者，是第五罪；第六，燕連北虜，
東接三齊，令信不能血刃，一書歸之，使齊無接，其可殺者，
是六罪。第七，齊反覆如楚用，時龍沮楚軍二十萬，與信相
吞，信能不出兵，沙囊堰水，趕田橫歸海島，下齊七十二城，
其可殺者，是七罪；第八，兵困城臯，信能展於河北，便大梁
七十郡，以分人之勢，其可殺也，是八罪；第九，垓下聚兵百
萬，會天下諸侯，困羽九重山前，信定十面埋伏，逼項羽烏江
自刎，萬里江山，一歸漢業，其可殺者，是九罪；第十，陛下
出自布衣，信立九廟，置皇基，成帝業，其可殺者，是十罪
也。啟陛下，韓信則不有罪，更有五（三）反。臣啟我王，詳
察信之反者：收燕破楚兵，權四十萬雄兵，此時好反，今為閒
人，乃是反也；韓信九重山前，大會垓下，權一百萬大軍，恁
時好反，今為閒人，乃二反也；啟陛下，今來天下已加信為楚
王，權兵印四十萬，坐獨角殿，稱孤道寡，頂冠執圭，恁時不
反，今為閒人，乃是三反也。陛下駕出城臯，信在修武，權兵
印五十員大將，掌四十萬雄兵，帥有鎮主之威，天下諸侯懼
怕。今日尤烹小臣，我王見狐兔滅絕，不用獵，欲要烹臣。

蒯通指天怨地，正話反說，嬉笑怒罵，通篇專在韓信「有十大功勞，
可反而未反」上做文章，痛快淋漓，氣勢逼人，直欲玩劉邦於股掌之

上，弄得劉邦「無言可答，兩眼流淚」，只好敕下免罪，並為韓信敕墳安葬，建立祠堂。就這樣，《前漢書正集》中「寬仁愛人」的聖主劉邦，到《續集》中卻轉化成忌殺功臣的無道暴君。平話藝人自有其評價歷史人物的道德尺規，他們不管什麼天命神授的「白帝子」、「赤帝子」，只要他暴虐百姓，屠戮功臣，就毫不留情地予以鞭笞和抨擊。而當關外三王誅除諸呂之後，「仁德孝慈，忠良睿哲，惜軍愛民」的漢文帝，儘管在誅除呂氏的鬥爭中並無寸功，仍被擁戴為「有分洪福、撫治萬民」的有道聖君，使漢家天下終於出現轉機：「天下太平，五穀豐登，四隅寧靜，萬民樂業，鼓腹謳歌」。「寬仁愛人」，是平話鑒別有道聖主與無道暴君的標準，漢文帝符合這一標準，終於被講史藝人所接受。

第四節　宋元講史的多元藝術取向

　　講史藝人總愛誇耀自己既有很高的修養，又有謹嚴的態度，《醉翁談錄》〈舌耕敍引〉所謂「乃見典墳道蘊，經籍旨深」是也。其實，他們對歷史並無深入研究，多半是通過《通鑑》與「漢唐書史文傳」來鋪衍情節的。但他們又從來不簡單地以史家的觀點為觀點，即便是抄錄史書，其間的取捨詳略，也都受自己的歷史眼光和藝術趣味的支配，從而派生出多元的藝術取向來。

　　魯迅先生《中國小說史略》引《夢粱錄》「大抵真假相半」的話，概括出「講史之體，在歷敍史實而雜以虛辭」，並以《五代史平話》為例歸納其基本的文體特點：「全書敍述，繁簡頗不同，大抵史上大事，即無發揮，一涉細故，便多增飾，狀以駢儷，證以詩歌，又雜諢詞，以博笑噱。」[10]指出平話所說史上大事，多依史書之記載，

---

10 魯迅：《中國小說史略》第十二篇〈宋之話本〉，頁91。

只在細節方面多所發揮，並增加市井藝人的趣味。他還引《梁史平話》敘黃巢與朱溫謀劫馬評事途中，以「根盤地角，頂接天涯」、「幾年攧下一樵夫，至今未曾攧到底」之類來狀嶺之高為例，確是抓住了平話敘事與史書的差別。

在敘史上大事之外添加生發出來的「細故」和「諢詞」，往往成為說話人「家數」與「門庭」的要訣所在。所謂「冷淡處提掇得有家數，熱鬧處敷演得越久長」，就是這個意思。本來是無事可講的「冷淡處」，就要靠日常生活的瑣事與細節來「提掇」，以提起聽眾的興趣。如《七國春秋平話》寫燕國被齊兵洗蕩以後的景象道：

> 卻說燕國被那齊兵殺盡，只見那鴉號殘照，草暗荒陂，並無人煙；滿眼黃花紫蔓，荊棘遍地。怎見得燕國荒涼？有詩為證：

> 宮廷化為荒草地，六市三街今野營。
> 牢落燕邦齊敗後，夕陽殘照好傷情。

細膩地寫出了戰後的殘破景象，充溢了淒涼感傷的情緒。平話不僅善於寫靜景，而且善於寫戰陣，所謂「興廢爭戰之事」，自然包含了戰爭。《前漢書平話續集》超越史傳的簡練筆法，極力鋪張渲染戰陣場面，頗開後世小說鬥陣之先河。如寫陳豨與漢軍的決戰：

> 旗幡腳映日遮天，軍馬動萬丈塵埃。外轅門對著裡轅門，中軍帳前先鋒，後有玄武護尉，左有青龍助勢，右有白虎盤營。戰塵鬱鬱，殺氣騰騰，遮籠四野，蔽塞五方，帳西南取條鹿巷，長計人陳豨正鋪謀定計，已早天明。寅時左右，豨見正南上旗號遮天映日，征鼓振地喧天，兵馬如飛。都無一飯間，漢兵至正北面，見龍虎旗引路，五十萬御兵隨帝，相對著五七里下

營。黃羅旗蓋下，見三千個錦衣簇擁，二百員戰將遮護。高皇
宣周勃排甲馬，點斟軍兵。周勃領聖旨，即排一陣，名蛟龍混
混海，勢如蟠蚖屈屈，兩口壓陣，四面旗睹軍。前排長槍當
鋒，後列弓弩攻威。周勃向軍陣前便罵：「反賊怎敢無端！漢
王有甚虧待你，教你前退番軍，卻向此處造反！吾特來伐
罪。」陳稀聞言罷，不語，又見蛟龍陣，心生怒了，即便排一
陣，名大鵬金翅陣，頭如鐝嘴，兩翅似征旗遮陣，閃出雜彩
旗，點布青紅白黑黃，陣圓如飛鵬振翅，軍馬似竹筒，準備與
漢軍交戰。周勃傳令，交先鋒出陣，躍馬直取陳稀，二十萬御
軍一齊打陣，兩家未見勝敗。步軍開弓蹬弩，馬將舞劍輪刀。
怎見得如何廝殺？有詩為證：

人逢短箭高張口，馬中長槍不起頭。
血如流水屍橫算，日月無光天地愁。

平話也善於寫人物的活動和心態。如《晉史平話》寫石敬瑭幼年
的故事道：

石敬瑭年方十歲，隨從他爺梟淚雞出獵在名州教場田地裡，共
著哥哥廝共走馬，見空中有一雁孤飛。杜工部曾有一詩：

孤雁不飲啄，飛鳴聲念群。惟憐一片影，相失萬重雲。
望盡如猶見，哀多如更聞。野鴉無意緒，啼噪自紛紛。

敬瑭只因見了這孤雁，與哥哥廝誓：各放一箭，射中翼翅者為
勝。誓訖，拽起弓如滿月，放去箭似流星，恰好當那雁左翼射
中。他哥哥的一箭，射中了雁頸上。為此與那哥哥互爭勝負。

他哥哥不伏，被敬瑭揮起手內鐵鞭一打，將當門兩齒一齊打落
了，唬得敬瑭不敢回家見著父親，浪蕩走出外州去。得個耶悉
沒家收拾去做小廝，教敬瑭去牧羊。敬瑭在曠野中將那羊群隨
他大小的排做兩陣，喝令鬥羊，羊便以角自相抵觸，各求勝
負。敬瑭做著主帥，指麾號令。一日，耶悉沒出外撞見敬瑭如
此嬉戲，心內頗以為異。忽一羊為狼所噬，敬瑭直跳上狼背
上，騎著狼，救得那胡羊再活，手搏生狼，歸獻耶悉沒。耶悉
沒見了，心中大喜道：「你有這般勇力，咱教你學習武藝，休
辜負了這氣力麼。」敬瑭答云：「咱自會走馬射弓，怎要學
習？」耶悉沒道：「咱卻不知得你原會武藝。既如此，我與你
廝賽一交，看取誰強誰弱。」敬瑭道：「小孩兒每怎敢與大人
廝試？願與你郎君共賽。」耶悉沒見說，便喚他孩兒阿速魯出
來，將兩匹馬、二張弓與兩個試那武藝。敬瑭將身跳上馬，拿
著一張弓，佩了一副箭。待取阿速魯打扮出來，頭戴一頂金水
鍍的頭盔，身披一副銀片砌的鎖甲，握弓上馬。兩個馬如岩畔
爭餐虎，人似波心搶寶龍。鬥不多時，只見阿速魯眼上吃敬瑭
射著一箭，耶悉沒口中不說，心下懊悶，待要別尋個事，將這
廝打死……。

　　《五代史平話》詳細載錄各開國君主微賤時的細事，就是因為它
們是新添內容的緣故。而用婦孺都能聽懂的明白曉暢的白話描寫人
物，是以往文言小說難以比擬的。

　　但是，於「史上大事，即無發揮」的特點，並不能概括今存全部
講史平話；因為在多數講史藝人頭腦中，簡直不存在何謂「史實」的
問題；隨意處置所敘述的歷史，乃是他們的職業特點甚至個人的癖
好，《三國志平話》就是最為典型的代表。姜殿揚《三國志平話》
〈跋〉指出：「書中如諸葛之作朱葛，麋竺之作梅竹，新野之作辛

冶、辛治，討虜之作托虜、托膚，人名、地名、官職往往多非本字。
作者師承白話，未見史傳正文，每以同音習見之字通用之，省俗形
近，傳錄訛訛，又復雜出其間。」這裡反映出來的還只是記錄者文化
水準的低下。此外，也要考慮到話本在記錄時的省略，如卷中：

> 曹操打死吉平，深疑皇叔，自言：「我之過也。不合將劉備入
> 朝，弟兄三人若虎狼，無計可料。」無數日，曹相請玄德筵
> 會，名曰「論英會」。唬得皇叔墜其筋骨。會散。忽一日，曹
> 操奏帝言曰：「東方賊太廣。」帝曰：「如何治之？」操曰：
> 「可使皇叔保徐州去。」帝准奏。

短短九十二字，竟講了曹操殺吉平、請劉備「論英會」、奏帝使劉備保
徐州三件大事，可見話本只是記錄了說話時的主要過節。孫楷第先生
謂：「書名《平話》，或即當時話本。然書中敘事，僅具輪廓，除極少
部分外，文字大抵疏略不完。或是書相傳草稿，以書場重臨時機辯，
此僅為備忘之本；或係聽者節要記錄，刪其詞華，亦未可知。」[11]不
論如何，藝人絕不可能照此本子演說，其必有相當自由發揮的餘地，
否則是不可能受到聽眾歡迎的。《三國志平話》之可訴病者，並不全
在這些細節方面，而在作者對於歷史的無知，及隨心所欲處置歷史材
料的態度。如劉備之參加討黃巾事，《三國志》〈先主傳〉僅有簡略記
載：「靈帝末，黃巾起，州郡各舉義兵，先主率其屬從校尉鄒靖討黃
巾賊有功，除安喜尉。」《三國志平話》卻張大其事，將打敗張覺、
張寶、張表的功勞，統統歸在劉備名下，所謂「破黃巾賊功勞，皆玄
德也」；又大寫其有功不賞的緣由：

---

11 孫楷第：《續修四庫全書提要》（濟南市：齊魯書社，1996年），頁1814。

當日，劉備正與諸侯坐間，有一小校來報，有漢宣使來見先
鋒。劉備見道，慌出宮門迎接，至中軍帳坐定。劉備禮畢，
問：「常侍官何來？」「你不識我？我乃十常侍中一人。」段珪
讓道：「俺眾人商議來，玄德公破黃巾賊寇，金珠寶物，多收
極廣，你好獻三十萬貫金珠與俺，便交你建節封侯，腰金衣
紫。」劉備曰：「但得城池營寨，所得金珠段疋，皆元帥收
訖，劉備並無分毫。」段珪聽言，忽然便起，可離數步，回頭
覷定劉備，罵：「上桑村乞食餓夫，你有金珠，肯與他人！」
張飛大怒，揮拳直至段珪跟前。劉備、關公二人扯拽不住，拳
中唇齒綻落，打下牙兩個，滿口流血，段珪掩口而歸。

平話藝人為了發洩對宦官敗壞朝綱的不滿，讓自稱「十常侍之一」的
段珪親自登門找來，當面向劉備索要三十萬貫金珠，又讓張飛揮拳打
落牙齒，滿口流血。後來又寫周瑜大軍入川，「十萬軍東西下有三十
里長，南北下八十里來闊」，所奪之州府縣鎮，又都被張飛所收。前
至巴丘城，周瑜伏病不起，頭面腫，臨死囑魯肅曰：「大夫帶骨殖卻
歸江吳，倘見小喬，再三申意。」龐統厭住將星，方將其屍首運回金
陵。結末又寫魏少帝禪位於司馬，「漢獻帝聞之，笑而死」等等，都
是絲毫不顧歷史常識的「瞽傳詼諧之氣」。李商隱〈驕兒詩〉說：「或
謔張飛胡，或笑鄧艾吃。」就道出了《平話》對張飛的偏愛，而所愛
的就是他的「胡」。不但所說的人物「胡」，連敘說的方式也「胡」。
講史藝人對造反和招安似乎有特別濃厚的興趣：討伐黃巾時，張飛先
去招安張表，後又率十三人招安張寶；平黃巾後，拳打段珪，殺定州
太守，鞭打督郵後，劉、關、張竟一齊往太行山落草；國舅董成得
知，殺了十常待，持頭往太行山招安劉備，三人方才下山；後來張飛
又在終南山落草，自號「無姓大王」，立年號「快活年」。凡此種種，
都是為了突出張飛的「胡」而編造出來的。

　　從形象塑造的角度看，《三國志平話》又將書中人物的關係，弄得顛顛倒倒。如向獻帝建議宣董卓進京的人，卻是他的對頭王允；在帝前讓功於劉、關、張的，倒是奸賊曹操。呂布之刺殺丁原，只為一心要奪他的赤兔馬，方為董卓所擒；而董卓倒有愛英雄之心，不惟赦免其罪，且重用之，呂布這才主動拜其為父。貂蟬原本就是呂布失散之妻，王允先獻與董卓，後又請呂布赴會，使與貂蟬相會；無五七日，又送貂蟬於太師宅內，呂布歸，猛見貂蟬推衣而出，遂刺董卓身死：一出「連環計」，竟弄得毫無情理，索然寡味。這些，都不是由於記錄省略造成的。《平話》還將諸葛亮寫成一個矯情的人物。劉備三顧茅廬，諸葛亮其實都在家中，第一次是對道童附耳低言，命其對劉備假說：「從昨日去江下，有八俊飲會去也。」第二次又使道童說：「去遊山玩水未回。」第三次不好再說外出了，卻故以「貪顧其書」慢之，惹得張飛大怒起來。又說諸葛亮本是一神仙，「達天地之機，神鬼難度之志」，但卻熱衷名利，辦事魯莽。曹操使人將書與孫權，諸葛亮竟「提劍就階，殺了來使」，全無政治家風度。及受周瑜款待，進以根橘，以刀將根分為三段，惹得魯肅曰：「武侯失尊重之意。」周瑜笑曰：「我聞諸葛出身低微，原是莊農，不慣。」諸葛亮的外交辭令，卻以三片根片發揮出來的：「大者是曹相，次者是孫托虜，又次者是我主孤窮劉備也。曹操兵勢若山，無人可當；孫仲謀微拒些小；奈何主公兵微將寡，吳地求救，元帥托患。」周瑜不語，孔明振威而喝曰：「爾須知曹操長安建銅雀臺，拘刷天下美色婦人。今曹相取江吳，虜喬公二女，豈不辱元帥清名？」這才激怒了周瑜，決定抗曹。軍政大事，都如兒戲一般。

　　《三國志平話》的篇幅，僅及《五代史平話》的一半，這與三國史事之繁富，「說三分」之膾炙人口，都是極不相稱的。造成這種現象的原因，就是平話藝人所持的路數是遠離史上大事，完全靠臨場發揮，隨口亂道（也這就是所謂「胡」）；要準確記錄下來，又很不容易

操作，於是便成了如此張皇的模樣。

　　充盈於《三國志平話》的「瞽傳詼諧之氣」，在其他平話中也多有反映。如《前漢書平話續集》敘韓信死後，楚州驍將夏廣與孫安、柴武等聚兵四十萬與韓信報仇，攻至長安，聲言「只要太后，與主報仇」。高祖無奈，用陳平之計，於城中拘刷似太后顏貌婦人，斬首後將頭吊下城去，不想又被蒯通識破。高祖無奈，竟然宣呂后上城，孫安望呂后射之，六箭不中；忽見一條金龍護身，於是六將拔劍自刎。這些，通是市井藝人杜撰的不經之談。又如《七國春秋平話》敘孫臏往見樂毅，二人鬥辯的情形道：

> 毅曰：「爾有甚策出我寨去？」臏用手寫計：「你試看。」毅看罷，道：「先生真個強。」——寫著甚計策來？孫子曰：「臏雖殘害，一身為上，敵燕兵百萬之眾。更休道手下有強將勇士，何懼爾也！」毅曰：「此言非為患。你有袁達勇，我有石丙雄。袁達使一百斤宣花巨斧，石丙使二百斤石槌。我領百萬雄兵，爾卻單身至寨，更何誇強？」臏曰：「將在於計謀。你空為百萬之師，爾不辱邀你上祖樂羊子節蓋，交別人就身上摘了印？」毅曰：「你不辱邀你上祖孫武子十八國之師，父母皮肉不可毀傷，交人刖了兩只腳？」臏曰：「刖我足時非強，龐涓仗天子之威。」毅道：「我不仗皇帝之勢，此也便殺你。」臏道：「把如你先殺，我不好先殺你？」輪起沉香木拐，覷著樂毅頭上便打。未知性命如何？

據史載，孫臏於周顯王二十七年（西元前342年）在馬陵大敗魏軍，龐涓被迫自殺；而樂毅擊破齊國，連下七十多城，則在燕昭王二十八年（西元前284年）。平話毫不理會孫臏樂毅不是同時代的人，硬讓兩人聚在一塊鬥智鬥勇；這還不算，兩人的對話不像是高級統帥和傑出

軍事家之間的較量，倒像是一對市井小民口角之間的爭強鬥勝。類似的趣味在《薛仁貴征遼事略》中也十分濃烈。在賞勞仁貴的宴上，敬德見李道宗坐於眾官之上，怒曰：「任城王有甚功勞？」道宗曰：「我乃皇叔。」敬德曰：「有貴無功，亦大丈夫之恥也。」又為了如何處置張士貴，與李道宗意見不合，便欠身離座，拽扭袍袖，用拳便打，正中左目，血流淌面，墮於地下。帝召敬德至前曰：「朕觀漢史，常怪高祖時功臣少全者。今視卿所為，乃知韓彭夷戮，非高祖之過也。光武不以功臣用事，明聖者也。」敬德奏曰：「臣乞一言而死：今任城王與張士貴新作對門，士貴造反按法當誅，皇叔發言占護，與反者同也。莫道打其一目，只不打下頭來！臣無罪。」帝宣任城王至前，謂曰：「朕之富貴，卿之富貴，敬德所為也，卿看天下面。」不看場合，隨意鬥嘴爭風，乃平話藝術趣味之所在；而對「韓彭夷戮，非高祖之過」的評論，倒像是對《三國志平話》的反撥。

　　市井藝人還熱衷於採用被正史驅除的非信史材料。《薛仁貴征遼事略》之敘征遼至摩天嶺，前望一山，色如白玉，照日光輝，一路綠水如藍，前無橋樑，帝令拆車做船而過，方至中流，忽然風波湧起，於綠水中見一人，金盔銀甲，玉帶紅纓，攔住帝駕，正欲通名，敬德提鞭便罵，其神入水中復滅。原來煬帝征遼時，至此折軍二十萬，後積骨成山，即白玉山。一白衣老翁策杖而來，鶴髮霜髯，身著素衣。太宗欲令左右擒之，忽化風一陣，旋轉不散。太宗看了，大叫一聲，墮於馬下。這是中國小說史上最早反映戰爭殘酷性的文字。《武王伐紂書》敘九尾狐換妲己靈魂，則是另一種意味：「夜至二更之後，半夜子時，忽有狂風起，人困睡著。不覺已無一人，只有一只九尾金毛狐子，遂入大驛中，見佳人濃睡，去女子鼻中吸了三魂七魄和氣，一身骨髓，盡皆吸了。只有女子空形，皮肌大瘦。吹氣一口，入卻去女子軀殼之中，遂換了女子之靈魂，變為妖媚之形。有妲己面無粉飾，宛如月裡嫦娥；頭不梳妝，一似蓬萊仙子。肌膚似雪，遍體如銀；丹

青怎畫，彩筆難描。」不僅這裡的虛幻成分是正史所不允許的，即便是細膩入微的外貌描寫也是正史所要剔除的，但平話不僅大膽採用了，還變本加厲地誇張渲染了。《前漢書平話續集》敘梁王彭越奉詔來至長安，「路逢一老鴉，於梁王頭上啅噪，梁王不忍，張弓射之。箭落處不見老鴉，見一石碑，上穿一箭，前來視之，上有金字一十四字，曰：『去年折了攀天柱，今歲合摧架海梁。』」又敘呂后斬了梁王，將體肉作羹，遣使送與九江王英布，布對使食之。食訖，問使曰：「此羹甚肉？」使曰：「乃大梁王彭越肉也。」英布急將手指，於口內探出食物，吐之江中，盡化為螃蟹。神怪的描寫與對呂后無道殘忍的譴責，是完全合拍的；彭越之肉化為螃蟹，也許正是采自當時民間的傳說。漢文帝是理想中的聖君，當他被迎入長安前，其母薄姬囑道：「我兒欲去，依我言語，日當午時登位可矣。」不想近臣扶他上龍床時，時已「午未」（即已過正午），他便舉手祝告上蒼：「吾有分為君者，太陽回午。」果然太陽即回正午時，從而證明漢文帝確有回天之力：「忠臣扶立千年聖，漢家天下已回春；日正端門登極位，萬國來朝有道君。」

　　宋元講史藝術趣味的多元化，既反映了講史作為寄託市民情志手段的一面，也體現了講史藝術的商品化特點。職業化使說話藝人之間的自由競爭不斷加劇，其中既有「講史」與「小說」之間的競爭（所謂「最畏小說人」），也有不同題材的講史之間的競爭（如「說三分」與說《五代史》之間），還有同一題材講史者之間的競爭。「說三分」不會只是霍四究一人的專利，在他之前和之後，固然會有人在說；與他同時，也會有人在說。傳留後世的《三國志平話》，也許是據某一家的演說記錄的；別家的說法，或許會是另一副模樣。總之，為了博取市民聽眾的喜愛，爭奪更大的市場份額，藝人們便著意從「傳奇」、「志異」諸方面大下功夫。上天下地，神鬼仙妖，都毫無阻礙地成了參與歷史事變的角色；誇張鋪衍，添油加醋，半真半假，滑稽嘲

弄，《醉翁談錄》所謂「講理處不滯搭、不絮煩，敷衍處有規模、有收拾；冷淡處提掇得有家數，熱鬧處敷衍得越久長」，就是為了引起聽眾感情上的共鳴，這都徹底背離了正史奉為金科玉律的信實準則和莊語訓誡的沉悶風格。鄭振鐸先生說：「在很早的講史裡，講述者多半是牽引歷史以拍合於野語村談的。故往往荒唐怪誕之事百出。然氣魄是弘偉的。」[12]講史平話的氣魄，首先在藐視一切正統史書的規範，創造了一個為市民群眾抒意寫憤、寄託情志的另一個歷史世界，開闢了中國小說史的新紀元。

---

12 鄭振鐸：〈宋元話本是怎樣發展起來的〉，《鄭振鐸古典文學論文集》（上海市：上海古籍出版社，1984年），頁406。

第二章
羅貫中——演義文體的奠基者

　　羅貫中是古代小說的一代宗師和巨匠，他的里程碑式的作品《三國志演義》，以廣泛的群眾性與永久的生命力，贏得了中國小說史上的不朽地位；他首創的「演義」這一中國獨有的文體，更成了後世小說家遵循效法的典範。

第一節　羅貫中的生平經歷

　　中國小說史有許多懸案，羅貫中生平就是其中之一。鑒於他存留的文獻非常之少，僅有的材料又存在相當大的歧義，最要緊的莫過於根據現存版本的題署，首先確定他小說家的身分與應享的著作權。

　　現存明刊《水滸傳》繁本如嘉靖本《忠義水滸傳》、袁無涯本《忠義水滸全傳》，卷端均題：「施耐庵集撰，羅貫中纂修」；據此，可判定施耐庵和羅貫中《水滸傳》作者的身分。題署還揭示了兩位作者的分工：施耐庵的工作是「集撰」，羅貫中的工作是「纂修」。「撰」有「聚集」、「編集」的意思，又有「著作」、「著述」的意思。魯迅先生曾說過「《水滸傳》是集合許多口傳或小本『水滸』故事而成」[1]的話，「集撰」和「纂修」二語，極為得宜地概括了施、羅對《水滸傳》成書的貢獻，這和高儒《百川書志》所錄之《水滸傳》題「施耐庵的本，羅貫中編次」，是完全一致的。現存明刊《三國志演義》版本如嘉靖壬午（1522）刊本、周曰校刊本《三國志通俗演義》

---

[1]　魯迅：《中國小說的歷史的變遷》第四講〈宋元「說話」及其影響〉，《中國小說史略》，頁293。

等，卷端均題：「晉平陽侯陳壽史傳，後學羅本貫中編次」，閩書林楊
美生刊本《三國英雄志傳》，卷端題：「晉平陽侯陳壽志傳，元東原羅
貫中演義」。陳壽是晉代傑出史家，《三國志》早被譽為古代良史之
一。羅貫中將《三國志》「編次」、「演義」為長篇小說，他的《三國
志演義》作者的身分，在題署中也得到了充分體現。從上述題署中，
可以引出三條重要信息：

一　羅貫中的時代

　　楊美生刊本《三國英雄志傳》、劉榮吾刊本《三國志傳》題「元
東原羅貫中演義」，均稱羅貫中為元人；熊飛館《英雄譜》本題「元
東原羅貫中編次」，三餘堂本《三國英雄志傳》題「元東原羅貴志演
義」，亦皆指羅貫中為元人。周曰校刊本《三國志通俗演義》題「晉
平陽侯陳壽史傳，後學羅本貫中編次，明書林周曰校刊行」，雖未標
示羅貫中的朝代，實亦視其為明代以前的人。能夠證明羅貫中為元人
的現存材料，最有份量的是《錄鬼簿續編》：

> 羅貫中，太原人，號湖海散人。與人寡合。樂府、隱語，極為
> 清新。與余為忘年交，遭時多故，各天一方。至正甲辰復會，
> 別來又六十餘年，竟不知所終。

《錄鬼簿續編》的作者稱羅貫中是他的「忘年交」，他在至正甲辰
（1364）之後又活了六十餘年，可見是二人中年輕的一位。他至正甲
辰與羅貫中已是「復會」，表明其時至少應在二十歲以上，羅貫中則
也不應小於四、五十歲。魯迅先生說：「自《續錄鬼簿》出，則羅貫
中之謎，與昔所聚訟者，亦遂冰解，此豈前人憑心逞臆之所能至

哉！」[2]《錄鬼簿續編》藍格抄本未題撰人姓名，亦不載序文題跋，論者因其附於賈仲明增補本《錄鬼簿》之後，遂定為賈仲明所作。張志合先生舉出五條證據，證明《錄鬼簿續編》的作者不是山東人賈仲明，而是一位長期生活在杭州的人（或者就是杭州人），羅貫中與他「復會」的地點，就在杭州[3]，從而把羅貫中的活動從時間與地點的交點上確定下來了。

　　能證明羅貫中為元人的材料，還有《趙寶峰先生文集》卷首〈門人祭寶峰先生文〉：

> 至正二十六年歲次丙午十二月戊申朔越十二日己未，門人烏本良、鄭原殷、馮文榮、羅拱、方原、向壽、李善、烏斯道、王真、顧寧、羅本、翁旭、王桓、洪璋、徐君道、方觀、裴善緝、李恒、翁昉、岑仁、王慎、童惠、王權、高克柔、顧勳、王直、葉心、裴重、周士樞、鄭慎、茅甫生等，致祭於故寶峰先生趙公之柩曰：人生天地之中，在明此道而已。夫君臣、父子、兄弟、夫婦、長幼、朋友，有尊卑等級，忠孝信義，恭敬慈愛，亙萬古而不變於此道也。始先生與二三親朋，講明此道，上師楊文元公，有得於反觀灼然，信夫古聖之學，不外乎此，以為三代之政可行，百家之言可，挺然而立，毅然而行，時人爭竊議，且詈且排，先生不惑紛呶，自守不渝。生等耳聞面命，獲與斯學，刻骨銘心，曷為可報？常期先生道行於時，匡濟斯民，奈何一疾竟殂，莫伸己志。嗚呼痛哉，是天喪先生之道耶？先生之道已在於世耶？抑先生之有同德者存其然耶？嗚乎，心無死生，此先生平生之言。先生精神何往何來，何生何死。一奠告哀，惟神鑒之。

2　魯迅：《小說舊聞鈔》〈再版前言〉。
3　張志合：〈羅貫中籍貫生平考異〉，《許昌師專學報》1990年第1期。

趙寶峰門人中有一位「羅本」，據葉逢春本、熊清波本、鄭少垣本、
鄭雲林本、熊沖宇本、周曰校本等題「羅本貫中編次」或「貫中羅本
編次」，及郎瑛《七修類稿》、田汝成《西湖遊覽志餘》、胡應麟《少
室山房筆叢》等稱羅貫中名本，字貫中，這位「羅本」很可能就是羅
貫中。趙寶峰門人的名單實有兩份，除祭文所列外，黃宗羲原本、全
祖望補定的《宋元學案》卷九十三還錄有一份：「陳文昭、桂彥良、
烏本良、烏斯道、向壽、李善、羅拱、方原、王桓、葉心、李恒、鄭
原殷、馮文榮、王真、顧寧、羅本、翁旭、洪璋、徐君道、方觀、裘
善緝、翁昉、岑仁、王慎、童惠、王權、高克柔、顧勳、王直、裘
重、周士樞、鄭慎、茅甫生。」兩份名單人數、排列次序都有不同。
《宋元學案》以陳文昭居首位，據雍正《慈溪縣誌》卷三《名宦傳》
載，陳文昭：「至正甲午（1354）進士，為慈令，撫摩窮困，斥逐豪
強，民被其惠。」又光緒《慈溪縣誌》卷二十五〈趙偕傳〉載：「邑
令陳文昭詣門請業，行弟子禮，偕以治民事宜告之，文昭是以得民
心。」可見，陳文昭並不是趙偕的門人，只是以縣令的身分「行弟子
禮」而已，黃宗羲在近三百年後將他排在門人首位，顯然是由於他的
社會地位。〈門人祭寶峰先生文〉的名單，則是祭奠時排定的，內中
比《宋元學案》少陳文昭、桂彥良二人，當是未曾到場之故。按照門
人相互「序齒」的通例，〈祭寶峰先生文〉的名單顯然是按長幼順序
排列的。如烏氏本良、斯道兄弟是慈溪著名人物，時稱「二烏」，《宋
元學案》因記憶連及，遂將二人排在一起，祭文卻分別排在第一位和
第八位，就是因為「序齒」的緣故。據鄭梁《烏斯道先生傳》，烏斯
道生於延祐元年（1314）；排在第六位的向壽，據《慈溪縣誌》向
壽、向樸父子傳記推算，約生於至大三年（1310），較烏斯道為長，
所以排在他的前面。第十三位的王桓，據《慈溪縣誌》載：洪武四年
（1371），朱元璋召見便殿，呼為「老學士」。洪武四年朱元璋已四十
三歲，王桓至少應在五十歲以上。洪武十二年（1379）王桓致仕，年

齡應過六十，生年當在延祐六年（1319）以前，比烏斯道要小，所以
排在他的後面。有人認為第二十四位的高克柔是「高柔克」之誤，他
就是作《琵琶記》的高明；高明大於烏斯道反排在其後，證明名單不
是以長幼為序。但說高克柔是「高柔克」並無根據，因為兩份名單都
作高克柔。況且按尊師的禮儀，門人對師長應一律稱名，如烏本良字
性善，烏斯道字繼善，向壽字樂中，王桓字彥貞，在祭文中都一律署
名，就是明證。高明，字則誠，著有《柔克齋集》；如果他也是趙偕
的門人，在祭文中居然不署名，甚至不署字，卻用了一個別號，就實
在太出格了。所以說高克柔就是高明，甚至說羅貫中和高則誠是「同
學」，都是可以斷然否定的。〈門人祭寶峰先生文〉的價值是：它確鑿
指明羅貫中在至正二十六年（1366），以「門人」的身分在慈溪參加
了祭奠趙偕的活動；其時與至正甲辰（1364）在杭州與《錄鬼簿續
編》作者復會，只隔了兩年。這就又一次把羅貫中的活動從時間和地
點的交點上確定下來了。

　　按祭文名單之長幼順序，排在第十一位的羅本，恰處在向壽（1310
年生）、烏斯道（1314年生）與王桓（1319年以前生）之間，他的年
齡應較向壽、烏斯道小，而較王桓為大，推斷生於延祐二年（1315），
當不至有多少誤差。至正甲辰（1364），羅貫中恰為五十歲，《錄鬼簿
續編》的作者此後又活了六十餘年，其時當在二十歲左右，二人適可
稱「忘年交」。從延祐二年（1315）到至正二十八年（1368）元朝滅
亡，羅貫中在元代整整生活了五十三年，稱他為「元人」是不錯的；
當然，他又是由元入明的人，稱為「明人」也是對的。

　　至於《三國志演義》的寫作年代，柳存仁先生曾推測：「大約在
至治本《平話》刊刻之後四十年左右，羅貫中頗有可能撰寫《三國志
傳》，其後遂為其他各本《三國志傳》之所宗。」[4]從至治年間（1321-

4　柳存仁：〈羅貫中講史小說之真偽性質〉，《中國古代小說研究》（上海市：上海古籍
　　出版社，1983年），頁83。

1323）建安虞氏刊《全相平話三國志》下推四十年，則為一三六三年，其時仍當至正二十三年，距元亡尚有五年左右的時間。通過具體版本的考證，《三國志演義》可能於明初開筆，其第十二卷的寫作，不早於洪武三年（1370），全書初稿的完成，當在洪武四年（1371）以後[5]。以《三國志演義》所涉及歷史事件的紛繁複雜及所總結的處事之道的老到峻刻，沒有廣博知識和豐富閱歷是難以勝任的。處在初步實現安定統一環境裡的五十多歲的羅貫中，著手撰寫這樣一部鉅著，主客觀因素可以說都是具備了的。

二十世紀八十年代以來，學術界有人主張《水滸傳》、《三國志演義》是明代後期的作品，他們的「文獻依據」是：現存最早的《水滸傳》、《三國演義》版本都出在嘉靖以後，這顯然是經不起推敲的。按照這種「版本根據論」的邏輯，假如所有明版《三國志演義》全部湮沒（這並非危言聳聽，現今的狀況離此無非一步之遙），只留下最流行的毛評《第一奇書》，有人以此為「物證」斷定《三國演義》是清人作品，你能用什麼來反駁呢？常識告訴我們，人都具有過去、現在、未來的觀念或感覺，這種「時間感」決不會誤差到離奇的程度。既然有那麼多明人說羅貫中是元人，說明在他們的「時間感」裡，羅貫中生活的時代比自己要早得多；還有一位田汝成，在《西湖遊覽志餘》中甚至稱「錢塘羅貫中本者，南宋時人，編撰小說數十種」。田汝成是嘉靖五年（1526）進士，史稱博學，諳曉前朝遺事，設若《三國志演義》真的首次在嘉靖時出現，田汝成讀到的就是一本從未聽說過的新書，羅貫中差不多就是他的同時代人了，他怎麼會糊塗到以為是二百多年前的南宋人呢？

5　歐陽健：〈《三國志演義》成書年代探考〉，《明清小說新考》（北京市：中國文聯出版公司，1992年），頁110。

二　羅貫中與施耐庵的關係

　　胡應麟《少室山房筆叢》云：「元人武林施某所編《水滸傳》特為盛行……其門人羅本亦效為《三國志演義》。」明確說羅是施的「門人」。從《三國志通俗演義》題「晉平陽侯陳壽史傳，後學羅本貫中編次」的規格（陳壽非「平陽侯」而是平陽侯相[6]，如此題署實出揄揚之心），以觀《水滸傳》「施耐庵集撰，羅貫中纂修」的題署，足以證明羅貫中對施耐庵的尊重和推崇。《興化縣續志》載王道生〈施耐庵墓誌〉，也說羅貫中是施耐庵的門人，且謂施耐庵「生於元元貞丙申歲（1296），為至順辛未（1331）進士。曾官錢塘二載，以不合當道權貴，棄官歸里，閉門著述，追溯舊聞，鬱鬱不得志，齎恨以終」。施耐庵比羅貫中大十九歲，他在錢塘為官（或辭官以後在杭州逗留）期間，羅貫中已屆成年，亦正活動於浙江錢塘、慈溪一帶，聞施耐庵之名而執弟子禮，實在情理之中。

　　《錄鬼簿續編》說羅貫中「與人寡合」，且「遭時多故」，內涵著極其豐富的潛臺詞。王圻《稗史彙編》說他是「有志圖王者」，顧苓《塔影園集》說他曾「客霸府張士誠」，徐渭仁〈徐鈵所題水滸一百單八將圖題跋〉甚至說他「客偽吳，欲諷士誠，繼成一百二十回（《水滸傳》）」，恐怕就是「與人寡合」的真正原因。須知施耐庵與張士誠也有密切關係，耐庵遺曲〈秋江送別──即贈魯淵（道原）劉亮（明甫）〉，提供了不少世人不知的信息。據史載，張士誠據吳之後，「東南之士，咸為之用」，楊維禎、俞思齊、陳基、王逢、高啟、魯淵等都對他抱有真誠的幻想，後來又對張氏集團的日漸驕奢感到失望。這種矛盾的心態，在〈秋江送別〉中有很真切的流露：「記當年

6　劉世德：〈羅貫中籍貫考辨〉，《《三國演義》與羅貫中》（鄭州市：中州古籍出版社，2000年），頁29。

邂逅相逢，玉樹兼葭，金菊芙蓉，應也聲同。」記魯淵、劉亮與施耐
庵之邂逅相逢，彼此間心緒都甚佳，當是初入張幕之時。然而曾幾何
時，施耐庵卻發出了「五年隨斷梗，千里逐飄蓬」的哀歎。「斷梗」、
「飄蓬」，原用以比喻飄流無定之狀，此處是譏刺張士誠為無本之
木，無根之萍，而自己誤走一著，盲目地隨波逐流，弄得個了無結
果。「千里」為概指，興化至蘇州，約近千里；「五年」則是實指。經
劉冬先生考證，至正二十三年（1363）九月，魯淵因諫阻張士誠稱吳
王，辭去博士之職，離開蘇州返回故鄉，故有「秋江送別」之舉。從
至正二十三年倒數上去，則他之入張士誠幕，應在至正十八年
（1358）：這就「第一次獲得了施耐庵於何時何地作何事——這樣一
個具體的支撐點」[7]。這個支撐點是否可靠？按顧逖〈贈施耐庵〉詩
中，有「君自江南來問津，相逢一笑舊同寅」之句。顧逖是興化人，
對剛從蘇南回到興化的施耐庵說「自江南來」，自無疑義；而顧逖為
至正間進士，至正十九年至二十二年（1359-1362）任松江同知，後
遷嘉興路同知，都在張士誠治下（雖然名義上是在元王朝體系下為
官），恰可稱施耐庵為「同寅」。魯淵洪武九年（1376）在《岐山魯氏
宗譜》〈自序〉中，追述自己參與張士誠集團的歷史，就有不少塗飾
之詞，如：「任江浙儒學副提舉，丞相命也。」「張士誠據吳，以禮來
聘，除國子博士，聞之驚悸，是狂癇疾，或披髮行歌於市，冬十月患
怔怖，復患羸疾，遂解。」魯淵為什麼要在歷史問題上含混掩飾？原
因就在心理上的顧忌。王道生〈施耐庵墓誌〉云：「及長，得識門人
羅貫中於閩。同寓逆旅，夜間炧燭暢談先生軼事，有可歌可泣者，不
禁相與慨然。……去歲，其後述元（文昱之字）遷其施耐庵祖墓葬於
大營焉，距白駒鎮可十八里，因之余得與流連四日。問其家世，諱不

7　劉冬：〈笑煞雕龍‧愧煞雕蟲——施耐庵遺曲〈秋江送別〉三讀〉，《施耐庵探考》
　　（南京市：南京出版社，1992年），頁76-77。

肯道；問其志，則又唏噓歎惋；問其祖，與羅貫中所述略同。」情緒
與魯淵是何其相似！曲中有「便此後，隔錢塘南北高峰」之句，可知
施耐庵於一三六三年前後，在蘇州、錢塘都留下過足跡；而羅貫中一
三六四年在杭州，一三六六年在慈溪，他們的相遇在時間地點上都毫
無問題。王道生〈施耐庵墓誌〉還說：「每成一稿，必與門人校對，
以正亥魚，其得力於羅貫中者為尤多。」他之遇羅貫中於閩，與福建
建陽是出版業中心有關，或許就是為了書稿出版而奔走的[8]。

　　又，施氏十六世孫施占鼇於咸豐壬子（1852）所寫《庵公生原遷
籍志》，記淮安袁吉人陪他步達施耐庵的書室，及袁林甫介紹施耐庵
的事蹟云：「庵公書齋平屋三間，中有積土，隔有木桌凳，窗櫺下間
貫中寅。……大人（袁林甫）對鼇云：『庵公著《水滸傳》到七十五
回，小人當道，奏主。……聖旨下，庵公接旨，隨至金陵下獄。時庵
公五四，居獄七載。獄中作《封神榜》一部。軍師劉伯溫伺至獄宅，
目過其書，乃歎矣，代奏太祖，耐庵書悠（謬）。主公准本，耐庵釋
回。耐庵回此閉門作述，每一成稿，隔山門人貫中校對。時耐庵體
弱，年七十五辭世。』」這份材料出自施氏後人轉抄，錯誤不少。但
它至少可以證明，直到咸豐二年（1852），淮安還流傳著施耐庵與羅
貫中的傳說，且能確指施、羅的住房與書齋。關於羅貫中與施耐庵之
關係，此文用了「隔山門人」的提法，尤為別致，適可證明他非「及
門弟子」。聯繫《三國志通俗演義》卷十一〈諸葛亮二氣周瑜〉，敘及
「拖篷船」時有夾註云：「此船極快，兩浙人呼刳子船，淮南呼艇
船。」據此，「知羅貫中曾活動於兩浙及淮南一帶，故對於當地的舟
船及方言頗為熟悉」[9]，他來到過淮安，應是沒有疑問的。

　　胡應麟說羅貫中是「效《水滸傳》為《三國志演義》」的，可見

8　劉冬：《施耐庵探考》（南京市：南京出版社，1996年），頁37。

9　章培恒、馬美信：〈前言〉，《三國志通俗演義》（上海市：上海古籍出版社，1980
　　年）。

他認定《水滸傳》成於《三國志演義》之前。持同一看法的還有章學誠，《丙辰劄記》說：「《演義》之最不可訓者，桃園結義，甚至忘其君臣，而直稱兄弟。且其書似出《水滸傳》後，敘昭烈、關、張、諸葛，俱以《水滸傳》中崔苻嘯聚行徑擬之。諸葛丞相，生平以謹慎自命，卻因有祭風及製造木牛流馬等事，遂撰出無數神奇詭怪，而於昭烈未即位前，君臣僚寀之間，直似《水滸傳》中吳用軍師，何其陋耶！張桓侯，史稱其愛君子，是非不知禮者，《演義》直以擬《水滸》之李逵，則侮慢極矣。」可以肯定，明代文人都承認羅貫中協助施耐庵完成《水滸傳》，而後又獨立寫出《三國志演義》的事實。李贄《忠義水滸傳》〈序〉說：「施羅二公，身在元，心在宋；雖生元日，實憤宋事。是故憤二帝之北狩，則稱破大遼以泄其憤；憤南渡之苟安，則稱滅方臘以泄其憤。敢問洩憤者誰乎？則前日嘯聚水滸之強人也，欲不謂之忠義不可也。是故施羅二公傳《水滸》，而復以忠義名其傳焉。」李贄在這段話中，兩稱「施羅二公」，可見在他心底裡，對他們懷有多麼崇敬的感情！施羅二公猶如小說史上的雙子星座，他們的偉大成就與親密關係，在中國文學史上恐怕連「屈宋」、「元白」也難望其項背，惟「光焰萬丈長」的「李杜」，方可與之媲美。有人想抹殺施耐庵以抬高羅貫中，決非明智之舉。

三　羅貫中的原籍

明代《三國志演義》刊本固多署「東原羅貫中編次」，弘治甲寅（1494）庸愚子《三國志通俗演義》〈序〉亦謂「東原羅貫中」，這就與《錄鬼簿續編》說他是太原人發生了矛盾。主張「東原」的學者認為，《錄鬼簿續編》出於俗手所抄，「太」字可能是「東」字草書之誤；主張「太原」的學者則強調，《錄鬼簿續編》的作者是羅貫中的「忘年交」，他的記載應該最權威、最可信。他們還把「故土性」作

為重要的旁證，如羅貫中的小說戲曲，選材都與山西太原有瓜葛，尤其是《殘唐五代史演義傳》，「對晉王李克用及李存孝以山西為舞臺的活動的描寫，在全書六十回中佔用了將近一半的篇幅」；從宋代開始，李克用、李存孝的故事就在山西廣泛流傳，「羅貫中原籍太原，從小生活在這樣的社會環境之中，耳濡目染，接受了歷史故事和民間傳說的感染、薰陶，所以有《殘唐》之作」[10]。有的學者則採取了比較通達的態度，認為羅貫中既然號為「湖海散人」，當然會足跡遍及各地，他既是太原人，又是東原人、杭州人、錢塘人、中原人、廬陵人，並無深究的必要。

　　這種折衷意見本可為各方暫時接受，諸說並存的局面還可維持下去。但主張「太原」說的研究者卻認了真，下勁去追索元代太原的羅氏家族，並據元代虞集《道園學古錄》卷十〈題晉陽羅氏族譜圖〉的提示，在太原市清徐縣找到了世居於此的羅氏家族，還搜集到一部《羅氏家譜》。家譜為清代同治壬申（1872）南關祠堂重修，首《清源羅氏家譜》〈序〉，署「大明隆慶元年丁丑吉旦太原府學貢生除大同儒學訓導正印修纂」，歷經萬曆八年、萬曆四十六年、乾隆十一年、乾隆五十九年、嘉慶十四年、咸豐六年多次重錄。其第一代始祖羅仲祥，於五代後唐（924-936）在清徐落籍，表明羅氏確是太原有聲望的氏族大家。《羅氏家譜》第六代羅錦：「生子六：才聚、次子（出外）、才增、才森、才寶、才倉。」其次子家譜上不錄名字，又注以「出外」，研究者認為不是由於遺漏，而是被家譜除名。按封建家族的規定，凡子弟為僕隸、俳優、下流、僧道及作奸犯科者，不得載入家譜。羅錦次子除名的原因，值得追究。又，清初有一部寫英雄李雷故事的《善惡圖全傳》小說，第二十一回寫了一位江湖上稱「醉天

---

10 孟繁仁：〈羅貫中試論〉，《《三國演義》論文集》（鄭州市：中州古籍出版社，1985年），頁340-357。

神」的壯士，「是一位英雄好漢，乃是羅貫中令郎，名叫羅定，蓋數第一條名槍」。《善惡圖》所指羅貫中的「令郎」羅定，居然和《羅氏家譜》第八代才增的三子名「定」一致，而才增又恰是羅錦的第三子！按《羅氏家譜》的世系，羅定恰是羅錦被除名的「出外」次子的侄子！考慮到小說長期被視為「末流」，尤其是羅貫中參與的是被視為「倡亂」、「誨盜」的《水滸傳》的纂修，「變詐百端，壞人心術，其子孫三代皆啞」的謠言早已不脛而走，他很可能就是被《羅氏族譜》除名的羅錦的次子；外人把他的侄子羅定誤為兒子，也是很有可能的[11]。

　　當然，要審慎的學者相信《善惡圖》的「小說家言」，相信小說中的羅定就是《羅氏家譜》中的羅定，進而相信羅貫中就是《羅氏家譜》中除了名的羅錦的次子，肯定是不大容易的，因為其中偶然、巧合的因素實在太多。不過，如要深入解決羅貫中的生平問題，恐怕還真的得在家譜上打主意。因為史書上肯定找不到羅貫中的材料，「湖海散人」羅貫中又「不知其所終」，發現地下文物也毫無指望。相比之下，在搜集考證羅氏家譜的基礎上作進一步努力，說不定還會有新的發現。因為太原《羅氏家譜》中羅錦的次子，畢竟空了一個位置等待羅貫中去填補，況且又確有一位真實的子侄輩的羅定在陪伴著他；比起曹雪芹在《曹氏宗譜》中不僅沒有名字，連空位都沒有預備下來的狀況不知高強多少倍，我們又何必厚此而薄彼呢？至於輩分計算的誤差，如果考慮到年歲的久遠與時代的動盪，是不宜過分苛求的。當然，如果主張他是山東東原人的學者也能在史料上有所突破，那同樣是值得歡迎的。

---

11 孟繁仁、郭維忠：〈太原《羅氏家譜》與羅貫中〉，《文學遺產》1988年第3期。

第二節　演義文體的典範──《三國志演義》

　　羅貫中一生中有五十四年生活在元代，他一定在瓦子裡聽過「說話人」說過「《通鑑》漢唐歷代書史文傳」，更一定聽過那盛行的《五代史》和《三國志》。至治間（1321-1323）新安虞氏「全相平話五種」刊行時，羅貫中已是六、七歲的少年，稍大後也應閱讀過這些平話版本。這都為羅貫中日後寫作歷史小說、創造「演義」文體打下了根基。

　　殘唐五代距宋元的時間最近，人們對那戰亂頻仍的歲月記憶猶新，劉知遠、郭威等人發跡變泰的傳奇故事，尤使想改善卑賤境遇的市井細民津津樂道；加上五代的更迭又為宋朝的建國鋪平了道路，《五代史平話》還特意敘唐明宗告天密禱，道是「臣本胡人，不能做中國之主，致令甲兵未息，生靈愁苦，願得上天早生聖人，為中國萬民之主」，因而得到宋代統治者的贊許，所以有最佳的市場效應，連《三國志平話》也難免相形失色。但羅貫中卻選取三國為創作的突破口，那原因是什麼呢？魯迅先生說：「三國底事情，不像五代那樣紛亂；又不像楚、漢那樣簡單，恰是不簡、不繁，適於作小說。而且三國時的英雄，智術武勇，非常動人，所以人喜歡取來做小說底材料。再有裴松之注《三國志》甚為詳細，也足以引起人之注意三國的事情。」[12]這一著眼三國題材「優越性」的觀點，亦早由李漁《四大奇書第一種》〈序〉所道及：「吾嘗覽三國爭天下之局，而歎天運之變化，真有所莫測也。當漢獻失柄，董卓擅權，群雄並起，四海沸鼎，使劉皇叔早偕魚水之歡，先得荊襄之地，長驅河北，傳檄淮南，江東秦雍，以次略定，則仍一光武中興之局，而不見天運之善變也。惟卓不遂其篡以誅死，曹操又得挾天子以令諸侯，名位雖虛，正朔未改，

---

12 魯迅：《中國小說的歷史的變遷》第四講〈宋人「說話」及其影響〉，《中國小說史略》，頁290。

皇叔宛轉避難，不得盡建大義於天下，而大江南北已為吳魏之所攘，
獨留西南一隅為劉氏托足之地，然不得孔明出而東助赤壁一戰，西為
漢中一摧，則梁益亦幾折而入於曹，而吳亦不能獨立，則又成一王莽
篡漢之局，而天運猶不見其善變也。逮於華容遁去，雞肋歸來，鼎足
而居，權侔力敵，而三分之勢遂成。尋彼曹操一生，罪惡貫盈，神人
共怒，檄之，罵之，刺之，藥之，燒之，劫之，割鬚折齒，墮馬落
塹，瀕死者數而卒免於死，為敵者眾而為輔亦眾，此又天下之若有意
以成三分而故留此奸雄以為漢之孟賊。且天生瑜以為亮對，又生懿以
繼曹後，似皆恐鼎足之中折，而疊出其人才以相持也。自古割據者有
矣，分王者有矣，為十二國，為七國，為十六國，為南北朝，為東西
魏，為前後梁，其間乍得乍失，或亡或存，遠或不能一紀，近或不逾
歲月，從未有六十年中，興則俱興，滅別俱滅，如三國爭天下之局之
奇者也。」說得都很有道理。但深入比較「三國」與「五代」素材的
高下，以下幾點因素似乎更值得考慮：

　　首先，從史的淵源看，三國故事早就廣為傳誦，民間的心理積澱
極為深厚；五代則由於過分「貼近」，遠不能與之抗衡。其次，從史
的格局看，魏、蜀、吳是同一時空下的鼎足三分，相對於東漢之
「廢」而言，三者基本上都屬於「興」的因素，關鍵是由誰來「興」
最符合民心民意，它們之間是相比較而存在，相競爭而發展，星移斗
轉，雨覆風翻，令人目不暇接；梁、唐、晉、漢、周五代，則是在不
同時間裡的先後承襲，它們之間互為「廢」與「興」的因素，甚至在
轉瞬之間，方「興」而旋「廢」，代代弒奪，程序雷同，同義反覆，
甚至讀前便可知後。再次，從形象體系看，三國人才輩出，各逞其
能，劉、關、張之桃園結義，更為膾炙人口的千古佳話；五代之人才
則大為遜色，馳騁其間者多為莽夫武士，朱溫雖與黃巢結義，但見利
忘義，不克善終。這些，都是五代史事遜於三國的先天弱點。

　　然而光憑素材本身的優長，並不能保證創作的成功。李漁說得

好：「然三國之局固奇，而非得奇手以傳之，則其奇亦不著於天下後世之耳目。」《三國志平話》的成敗正說明了這一點。庸愚子《三國志通俗演義》〈序〉說：「前代嘗以野史作為評話，令瞽者演說，其間言辭鄙謬，又失之於野，士君子多厭之。」撇開「士君子」鄙薄市井文學的偏見，確實道出了平話的根本缺陷。正是在惋惜《三國志平話》未將題材開掘好的心理支配下，羅貫中創作了《三國志演義》。鄭振鐸先生說：羅貫中「是一位繼往承來，絕續存亡的俊傑，站在雅與俗、文與質之間的。他以文雅救民間粗製品的淺薄，同時又並沒有離開民間過遠。」[13]「以文雅救民間粗製品的淺薄」，既是羅貫中創作的原動力，也是羅貫中追求的最終目標，而「歷代演義」的全新樣式，則是他為達此目標的天才創造。

　　「演義」之說，由來久矣。《後漢書》卷一百十三〈逸民列傳・周黨傳〉，敘周黨於光武引見時，伏而不謁，博士范升奏毀曰：「伏見太原周黨、東海王良、山陽王成等，蒙受厚恩，使者三聘，乃肯就車。及陛見帝廷，黨不以禮屈，伏而不謁，偃蹇驕悍，同時俱逝。黨等文不能演義，武不能死君，釣采華名，庶幾三公之位。」以組詞方式言之，「演……義」云云，實為「演」（闡發）經書之「義」的略稱。所謂「文不能演義」，是指斥周黨等「誇上求高」，而無才以「演」經中之「義」。為什麼《後漢書》要為范升下一個「毀」字的斷語呢？因為本傳中就記載了周黨「讀《春秋》，聞復讎之義」之事。劉昭注云：「《春秋經》書：『紀侯大去其國。』《公羊傳》曰：『大去者何？滅也。孰滅之？齊滅之。曷為不言齊滅之？為襄公諱也。』齊襄公九世祖哀公亨（烹）於周，紀侯譖之也，故襄公讎於紀。九世猶可復讎乎？雖百世可也。」此事證明，周黨是能「演」

13　鄭振鐸：〈宋元明小說的演進〉，《鄭振鐸古典文學論文集》（上海市：上海古籍出版社，1984年），頁381。

《春秋》之「義」的，他後來還「隱居睢池，著書上下篇」，范升謂
其「文不能演義」，難逃詆毀之嫌。

　　推而廣之，凡闡發六經之義之作，皆可謂之「演義」。《藝文類
聚》卷九十九「祥瑞部下‧騶虞」條，引《春秋演義圖》曰：「湯地
七十，內懷聖明，白虎戲朝。」「春秋演義」云云，亦即「演」《春
秋》之「義」也。《宋史》〈藝文志〉「經解類」著錄劉元剛《三經演
義》十一卷，三經者，《孝經》、《論語》、《孟子》也。《宋史》卷四百
七〈楊簡傳〉載錢時所著之書，有《周易釋傳》、《尚書演義》、《春秋
大旨》，將《尚書演義》置於《周易釋傳》、《春秋大旨》之列，正表
明是「演」（釋）《尚書》之「義」（大旨）的。《明史》卷九十六〈藝
文志〉經類著錄胡經《易演義》十八卷、徐師曾《今文周易演義》十
二卷、梁寅《詩演義》八卷，性質皆與此相類。

　　《詩經》為六經之一，既有《詩演義》以闡釋之，後人遂將注詩
解詩品詩之作，亦名為「演義」。《新唐書》卷五十九著錄《蘇鶚演
義》十卷，後人注《韓愈集》卷五〈古詩五〉「東野不得官，白首誇
龍鍾」，引《蘇鶚演義》：「龍鍾，不翹舉之貌。」注《柳宗元集》卷
八〈行狀〉「吏無招權乾沒之患」，引《蘇鶚演義》：「乾沒，猶陸沉之
義。」又有《杜律演義》，元進士張伯成所作，陸容《菽園雜記》卷
十四引其序云：「注少陵詩者非一，皆弗如吾鄉先進士張氏伯成《七
言律詩演義》，訓釋字理極精詳，抑揚趣致，極其切當。蓋少陵有言
外之詩，而《演義》得詩外之意也。」又，佛教教義亦多稱「經」，
故「演義」又頗用之於禪家。《朱子語類》卷一百二十六〈釋氏〉云：
「當初入中國，只有四十二章經。後來既久，無可得說，晉宋而下，
始相與演義。」如澄觀有《大方廣佛華嚴經隨疏演義抄》（大正藏第
三十六冊），陳寅恪有〈敦煌本維摩詰經文殊師利問疾品演義跋〉
（《海潮音》12卷19號〔1931年〕）等。

　　章炳麟《洪秀全演義》〈序〉云：「演義之萌芽，蓋遠起於戰國，

今觀晚周諸子說上世故事，多根本經典，而以己意飾增，或言或事。」說得並不準確。「演義」所要探尋的乃經書之「義」，而非「義」的載體──言或事。《漢書》〈藝文志〉云：「古之王者，世有史官，君舉必書，所以慎言行，昭法式也。左史記言，右史記事，事為《春秋》，言為《尚書》。」「記言」的《尚書》與「記事」的《春秋》，雖皆有「義」可「演」，但「演義」卻並不因此而分割成「演言」與「演事」兩個系統。正確的提法是：或因「言」而見「義」，或因「事」而見「義」；言與事都是尋求「義」的途徑，而「義」則是尋求追索的最終目標。

　　《春秋》為六經之一，《三國志》則為四史之一，是公認的良史。既然《春秋》有「義」可「演」，《三國志》自然也有「演」「義」的資格和價值。羅貫中發現《三國志平話》的「瞽傳詼諧之氣」，癥結就在說話人拋棄了史書之「義」，全憑自己隨口亂道（即所謂「胡」）。他為新創的小說取名《三國志演義》，就是要糾正《平話》的偏頗，以闡發《三國志》中蘊含的大義。當然，「義」是蘊含在史書文本之中的，從這一角度來看，「義」的依據具有客觀性；但「義」又是要由讀者去闡釋的，從這一角度來看，「義」的發揮又具有主觀性。所以，史書有史書的「義」，庸愚子《三國志通俗演義》〈序〉所謂「昭往昔之盛衰，鑒君臣之善惡，載政事之得失，觀人才之吉凶，知邦家之休戚」是也；小說也有小說的「義」，修髯子《三國志通俗演義》〈引〉所謂「知正統必當扶，竊位必當誅，忠孝節義必當師，奸貪諛佞必當去」是也。宋元市井間的「講史書」，亦稱為「演史」，自然也有演其中之「義」的要求，所謂「以上古隱奧之文章，為今日分明之議論」（《醉翁談錄》〈小說引子〉）是也。關鍵不在於它們有沒有「演」「義」，而在於所「演」的是什麼「義」。

　　羅貫中的高明之處在於，既將闡發《三國志》蘊含的「義」作為目標，又並非簡單地重複史書的陳舊觀念；既糾正了《平話》「言辭

鄙謬，又失之於野」的偏頗，「同時又並沒有離開民間過遠」。他將史書「演」為「陳敘百年，該括萬事」的小說，真正要突出的是自己欲抒發之「義」。庸愚子說：「曹瞞雖有遠圖，而志不在社稷，假忠欺世，卒為身謀，雖得之，必失之，萬古奸賊，僅能逃其不殺而已，固不足論。孫權父子，虎視江東，固有取天下之志，而所用得人，又非老瞞可議。惟昭烈漢室之胄，結義桃園，三顧草廬，君臣契合，輔成大業，亦理所當然。其最尚者，孔明之忠，昭如日星，古今仰之，而關張之義，尤宜尚也。其他得失，彰彰可考，遺芳遺臭，在人賢與不賢，君子小人，義與利之間而已。」從劉備、孔明、關張三點切入，較準確地領悟了羅貫中欲演之「義」，茲分別論述於後：

一　昭烈漢室之胄，結義桃園，三顧草廬，君臣契合，輔成大業，亦理所當然

「廢獻帝曹丕篡漢」一回，敘賈詡、華歆、王朗逼獻帝以山川社稷禪與魏王，王朗曰：「自古以來，有興必有廢，有盛必有衰，豈有不亡之道？安有不敗之家？陛下漢朝相傳四百餘年，氣運已極，不可自執迷而惹禍也。」無情地道出了歷史推移的嚴酷法則。在那「漢室不可復業」的當口，誰是能夠擔當國家重興之任的「有道之君」？乃是所有「義」中最大的「義」。羅貫中的答案則是非劉備莫屬。這並非因為他是所謂的「正統」。劉備雖七彎八拐勉強算是「皇叔」，比起劉表、劉璋來都要疏遠得多；況他以「販履織席為業」，早已降落到社會的底層。舌戰群儒時，陸公紀就以「劉豫州雖中山靖王苗裔，無可稽考，眼見只是織席販履之庸夫」相譏，孔明卻坦然答道：「昔漢高祖皇帝起身乃泗上亭長，寬宏大度，重用文武而開大漢洪基四百餘季。至於吾主，縱非劉氏宗親，仁慈忠孝，天下共知，勝如曹操萬倍，豈以織席販履為辱乎？汝小兒之見，不足共高士言之。」

　　在劉備「仁慈忠孝」諸美德中，最令人稱道的是愛民。「劉玄德敗走江陵」一回，敘曹操來攻樊城，不得已棄之，新野、樊城百姓扶老攜幼，滾滾渡江，玄德大慟曰：「為吾一人而使百姓遭此大難，吾何生哉！」及抵襄陽，兩軍在城下混戰，玄德曰：「本欲保民，反害民也，吾不願入襄陽矣。」於是引十數萬百姓，一程程挨著往江陵進發，步行二十餘日，被曹操一日一夜趕上，遂遭致當陽夏口之敗。孔明、簡雍從戰局考慮，曾建議暫棄百姓，都為他所拒絕。小說引習鑿齒之論曰：「劉玄德雖顛沛險難，而信義愈明；勢迫事危，而言不失道。追景昇之墳，則情感三軍；戀赴義之士，則甘與同敗。其所以結物情者，豈徒投醪撫寒，含蓼問疾而已哉？其終濟大業，不亦宜乎！」

　　劉備充分認識「若濟大事，必以人為本」的真理，他對人的看重，已大大超出「投醪撫寒」、「含蓼問疾」的水準，更同那種「不以人為念」的行徑有本質的區別。這就揭示了劉備被推崇為「明主」的根本原因。小說對曹操的態度，往往隨「義」與「不義」為轉移：曹操下令禁止軍人作踐麥田，小說是讚揚的；曹操大肆屠戮無辜百姓，小說又是譴責的。孔融所謂「曹操不仁，殘害百姓，倚勢豪強」，是小說的主調。「寧使我負天下人，休教天下人負我」這兩句「教萬代人罵」的言語，所包含的超出常人容忍限度的極端利己主義，則將曹操永遠地釘在恥辱柱上。《三國志演義》對劉備的推戴，建立在儒家「民貴君輕」的政治道德觀，與普通民眾渴慕明君的契合點上，這是它的「義」具有久遠生命力的第一個基點。

二　其最尚者，孔明之忠，昭如日星，古今仰之

　　諸葛亮形象的改造和創新，是羅貫中超越《三國志平話》最為高明的一著。除了將諸葛亮的決策作為提挈全書的主線外，諸葛亮所體

現的精神風範，實堪傳之千秋萬代而不泯。在演義所敘興廢爭戰的大
格局中，又有個人命運去留的小格局，遂扭結派生出種種矛盾來。作
為典型的士大夫，諸葛亮的內心經歷了從「苟全性命於亂世，不求聞
達於諸侯」，到積極用世、拯民水火的抉擇；經歷了從對曹操、孫權
等強者的摒棄，到對處於劣勢的劉備的擁戴的抉擇。

　　據《蜀記》載，晉初之士大夫「多譏亮托身非所」，而諸葛亮的
亮色，恰在於此。演義謂諸葛亮與博陵崔州平、穎川石廣元、汝南孟
公威並徐元直為密友，常一處學業，此四人務於精熟，惟孔明獨觀其
大略。曾謂四人曰：「汝等仕進可至刺史、郡守也。」眾問其志若
何，但笑而不答。裴松之《三國志》〈諸葛亮傳〉注以為：「夫其高吟
俟時，情見乎言，志氣所存，既已定於其始矣。若使遊步中華，騁其
龍光，豈夫多士所能沈翳哉。委質魏氏，展其器能，誠非陳長文、司
馬仲達所能頡頏，而況於余哉；苟不患功業不就，道之不行，雖志恢
宇宙，終不北向者，蓋以權御已移，漢祚將傾，方將翊贊宗傑，以興
微繼絕克復為己任故也。」以諸葛亮之才略，若追求個人功業，委質
魏氏，投靠東吳，皆可展其器能；然他方以管仲、樂毅自命，以興微
繼絕為己任，在劉備極為困頓的時候，看中他是寄託理想的明主，毅
然決然地擔當起輔佐的重任。這種對於個人的去就即人生道路的正確
抉擇，是諸葛亮贏得民眾、尤其是歷代文人尊敬的根本原因。

　　「淡泊以明志，寧靜以致遠」，是多數文人景慕的人品。而一旦
尋覓到信仰之所在，又義無反顧，鞠躬盡瘁，死而後已，該是多麼的
崇高。正如毛宗崗《三國演義》第九十七回回評所說：「先生不但知
伐魏之無成、出師之不利，而又逆知其身之必死於是役也。以漢、賊
不兩立之故，而至於敗亦不惜，鈍亦不惜，即死亦不惜。嗚呼，先生
真大漢忠臣者。文天祥〈正氣歌〉曰：『或為〈出師表〉，鬼神泣壯
烈』，殆於後一篇而愈見之。』」在歷史小說史上，諸葛亮形象出現還
有一層特殊的意義。「興廢爭戰」云云，既有「興廢」，又有「爭

戰」，不可或缺。而「爭戰」二字，倒過來就是「戰爭」。自從人類社會形成之後，大小戰爭從未真正停息過。人們思考得最多的，基本不是「什麼是戰爭」這種思辯性的問題，而是如何贏得戰爭這種功利性的問題。《孫子》〈謀攻篇〉云：「上兵伐謀，其次伐交，其次伐兵，其下攻城。」諸葛亮以天才政治家、軍事家、外交家的身分，始終居於《三國志演義》的核心，並為後世歷史小說軍師型形象制定出最高的標準。《三國志演義》對諸葛亮的推戴，建立在士大夫的「行藏出處」的人生觀，與普通民眾讚賞謀略智慧的契合點上，這是它的「義」具有久遠生命力的第二個基點。

三　關張之義，尤宜尚也

關張之「義」，是演《三國志》蘊含之義的「義」中之「義」。與《平話》突出張飛的「胡」不同，《三國志演義》著力渲染的是關羽的「義」，反映了思想底蘊的深化。三國是「天下大亂，豪傑並起」的時代，平話亦作於情況類似的元代，民心思亂，故欣賞張飛的「胡」。而《演義》作於明初，經歷了長期動亂以後，民心思定，希望建立起合理的社會秩序，關羽的「義」便成了肯定的對象。

「義」有「宜」的意思，是為社會公認的處理人與人之間關係的道德準則。是不是真正的「義」，就得經受「利」、「害」兩方面的考驗。既不能「求生以遺不義之名」，更不能「見利而忘義」。呂布之所以受到鄙薄，就是因為他「背恩誅董卓，忘義殺丁原」。關公則是「義」的化身。當死守下邳，身陷絕地時，關公起初決心仗義而死，張遼遂舉三罪以證明死之無價值：誤主喪身，誠為不美；負倚托之重，實為不義；不思匡扶漢室，拯救生靈，安為義？也就是說，死不過「成匹夫之勇」；不死，反倒是「義」的行為。於是關公提出了三個條件：只降漢帝不降曹公；二嫂嫂給皇叔俸祿養贍；但知劉備去向

便當辭去。及至降曹操之後，關公便面臨著真忠義與假忠義的考驗。果然，當一旦得知劉備消息，就將曹操所賜金幣，一一封記，分毫不取，過關斬將而去，連曹操也讚揚說：「此雲長乃千金不可易其志，真仗義疏財大丈夫也！」

從另一角度看，曹操對關公的賞識，尤其是對關公之志的成全，也可以說是一種義；因此，華容道上的義釋曹操，也不失為一種美德，儘管從大局看是不足取的。魯迅先生對《三國演義》的藝術性頗不滿意，惟獨舉「寫關雲長斬華雄一節，真是有聲有色，寫華容道上放曹操一節，則義勇之氣可掬，如見其人」，作為此書究竟有「很好地方」的例證，不是偶然的。沒有華容道的義釋，就沒有關公這樣一個「傲上而不忍下，欺強而不淩弱」的完整的人。義，就是關公的性格；在一定程度上也是《三國志演義》中絕大多數正面人物的性格。《三國志演義》對關羽的推戴，建立在普通民眾的「忠義」觀與讚賞武勇絕倫的契合點上，這是它的「義」具有久遠生命力的第三個基點。

總之，憑藉劉備、諸葛亮、關公的人格魅力，羅貫中將儒家的「仁民」觀、士大夫的「用世」觀與民眾的「忠義」觀完美地融合起來，十分到位地發揮了他所領悟到的蘊含於《三國志》中的大義，賦予《演義》以《平話》所不具備的支柱和靈魂，因而備受各階層讀者的歡迎，李漁《四大奇書第一種》〈序〉說「此書之奇，足以使學士讀之而快，委巷不學之人讀之而亦快；英雄豪傑讀之而快，凡夫俗子讀之而亦快；拊髀扼腕有志乘時者讀之而快，據梧面壁無情者讀之而亦快也」，道理就在這裡。

但是，作為小說家對歷史事象的理解、體認和評判，「義」即是「旨」，即是核心，是目的，是統率全書的精神支柱；而「演」則是明「義」、表「義」的手段，是明「義」、表「義」的途徑。「義」不能游離於「史」外而孤立存在。換句話說，「義」原本是寓於「史」中的，是需要從「史」的內涵中「演」出來的。羅貫中的創作路子，

用李漁的話說，就是「依史以演義」。魯迅先生《中國小說史略》說
得更為具體：「皆排比陳壽《三國志》及裴松之注，間亦仍采平話，
又加推演而作之。」「依史」，自然是依《三國志》之史（排比陳壽
《三國志》及裴松之注）；而「演」則有「延伸」、「引申」的意思，
即所謂「推演而作之」。惟有將史事「推演」得真實生動，才能讓讀
者認可其中的「義」，領悟其中的「義」。高儒《百川書志》將《三國
志演義》的寫作要領概括為：「據正史，采小說，證文辭，通好尚，
非俗非虛，易觀易入，非史氏蒼古之文，去瞽傳詼諧之氣，陳敘百
年，該括萬事。」準確地揭示了羅貫中成功的奧秘。「據正史」、「證
文辭」，就是要真實可信；「采小說」、「通好尚」，就是要生動感人。
《老子》曰：「信言不美，美言不信。」在一般情況下，「信」與
「美」是很難兼得的，然而卻是歷史小說的最高境界。羅貫中在吸收
平話精華的基礎上，參照正史的體系和規模，用通俗流暢的語言進行
再創作，從而實現了「信」和「美」的融渾統一，尤以他創造的將史
書文本「演」成小說文本之「道」，起了決定性的作用。

　　羅貫中創造了哪些「演」義之道呢？梁寅《詩演義》〈自序〉曾
說，其書是為幼學而作，「博稽訓詁，以啟其塞，根之義理，以達其
義。隱也，使之顯；略也，使之詳。」梁寅之言，尚是從「義」的角
度來說的；茲借來剖分羅貫中對史事之「演」，大致可歸結為如下數
種形態：隱也，使之顯；略也，使之詳；淡也，使之濃；散也，使之
聚；無也，使之有，⋯⋯等等。也可以反過來說：顯也，使之隱；詳
也，使之略；濃也，使之淡；聚也，使之散；有也，使之無，⋯⋯等
等。如劉備討董卓一事，《三國志》並無記載，惟裴松之注引《英雄
記》云：「會靈帝崩，天下大亂，備亦起軍從討董卓。」只作了簡單
交代。董卓帳前第一員驍將華雄，本為孫堅所斬，後來可能訛傳為關
公所為。羅貫中「采小說」入演義，用濃墨重彩添寫了「溫酒斬華
雄」的故事：

階下一人大呼出曰：「小將願往斬華雄頭，獻於帳下！」眾視之，見其人身長九尺五寸，髯長一尺八寸，丹鳳眼，臥蠶眉，面如重棗，聲似巨鐘，立於帳前，紹問何人，公孫瓚曰：「此劉玄德之弟關某也。」紹問見居何職，瓚曰：「跟隨玄德充馬弓手。」帳上袁術大喝曰：「汝欺吾眾諸侯無大將耶？量一弓手，安敢亂言，與我亂捧打出！」曹操急止之，曰：「公路息怒，此人既出大言，必有廣學，試教出馬，如其不勝，誅亦未遲。」袁紹曰：「不然。使一弓手出戰，必被華雄恥笑，吾等如何見人？」曹操曰：「據此人儀表非俗，華雄安知他是弓手？」關某曰：「如不勝，請斬我頭」。操教釃熱酒一杯，與關某飲了上馬，關某曰：「酒且斟下。某去便來。」出帳提刀，飛身上馬。眾諸侯聽得寨外鼓聲大震，喊聲大舉，如天摧地塌，嶽撼山崩，眾皆失驚。卻欲探聽，鸞鈴響處，馬到中軍，雲長提華雄之頭，擲於地上，其酒尚溫。

《三國志平話》敘「論英會」，僅短短的二十五字：「無數日，曹相請玄德筵會，名曰論英會。唬得皇叔墜其筋骨。會散。」羅貫中卻演成「青梅煮酒論英雄」一段極精彩的文字：

酒至半酣，忽陰雲漠漠，驟雨將來。從人遙指天外龍掛，操與玄德憑欄觀之。操曰：「賢弟知龍變化否？」玄德曰：「未知也。」操曰：「龍能大能小，能升能隱。大則吐霧興雲，翻江攪海；小則埋頭伏爪，隱介藏身。升則飛騰於宇宙之間，隱則潛伏於秋波之內。此龍，陽物也，隨時變化。方今春深，龍得其時，與人相比，發則飛升九天，得志則縱橫四海：龍乃可比世之英雄。玄德久歷四方，必知當世之英雄，果有何人也？請試言之。」玄德曰：「備愚眼目．安識英雄？」操曰：「休謙，

胸中必有主張。」玄德曰：「備幸叨恩相，得仕於朝；英雄豪傑，實有未知。」操曰：「不識者亦聞其名，願以世俗論之。」玄德曰：「淮南袁術，兵糧足備，可為英雄。」操笑曰：「塚中枯骨，吾早晚必擒之！」玄德曰：「河北袁紹，四世三公，門多故吏，今虎踞冀州之地，手下能事者極多，可為英雄。」操笑曰：「袁紹色厲膽薄，好謀無斷；幹大事而惜身，見小利而忘命：乃疥癬之輩，非英雄也。」玄德曰：「有一人名稱『八俊』，威鎮九州，劉景升可為英雄。」操又笑曰：「劉表酒色之輩，非英雄也。」玄德又曰：「有一人血氣方剛，江東領袖，孫伯符乃英雄也。」操又笑曰：「孫策借父之名，黃口孺子，非英雄也。」玄德又曰：「益州劉季玉，可為英雄乎？」操大笑曰：「劉璋乃守戶之犬耳，何足為英雄！」玄德曰：「如張繡、張魯、韓遂等輩，皆何如？」操鼓掌大笑曰：「此皆碌碌小人，何足掛齒！」玄德曰：「捨此之外，備實不知。」操曰：「夫英雄者，胸懷大志，腹隱良謀，有包藏宇宙之機，吐沖天地之志，方可為英雄也。」玄德曰：「誰當之？」操以手先指玄德，後指自己曰：「方今天下，惟使君與操耳。」言未畢，玄德以手中匙箸盡落於地。霹雷雷聲，大雨驟至。操見玄德失箸，便問曰：「為何失箸？」玄德答曰：「聖人云：『迅雷風烈必變。』一震之威，乃至於此。」操曰：「雷乃天地陰陽擊搏之聲，何為驚怕？」玄德曰：「備自幼懼雷聲，恨無地而可避。」操乃冷笑，以玄德為無用之人也。

　　《三國志演義》貫串了一個中心：「古今來賢相中第一人」的諸葛亮，始終是英明正確的。然而這一情感傾向卻與三國歷史發展的總進程，亦即與全書情節演變的總趨勢相矛盾。諸葛亮的全部決策，與「鼎足三分」的局面相始終，這既是孔明的傑出處，也是他的悲劇所

在。「三分」既非孔明的最終理想，也不符合民眾的意願，而「一統天下」的宏圖，在諸葛亮手中沒有實現，在他的繼承人手中也沒有實現。羅貫中不情願承認這是諸葛亮的失敗，便採取了揚長避短、隱惡揚善的手法。比如大多數失誤，或說是諸葛亮不在場，或說是不幸早被他言中；或突出敵手之強，或強調天意難回。最後的六出祁山，孔明改變了兵出隴右的迂迴戰術，自斜谷直至劍閣，連下十四個大寨，又造木牛流馬搬運糧米，於渭南大敗司馬懿，蜀兵直逼長安，眼看勝利在望，不料舊病復發，命在旦夕，五丈原禳星以增壽，已及六夜，忽被魏延將主燈不慎撲滅，孔明之死無可挽回，遂給讀者留下無窮惋悵之情：「出師未捷身先死，長使英雄淚滿襟」。這種以勝寫敗的藝術手法，堪稱羅貫中的一大創造。

綜觀全部《三國志演義》，由羅貫中精心結撰、獨立創造的情節，諸如「桃園結義」、「三顧草廬」、「舌戰群儒」、「草船借箭」、「華容放曹」、「單刀赴會」、「刮骨療毒」、「失街亭」、「空城計」、「遺恨五丈原」等，都是為了闡發其中的「義」而生發的充滿美的意蘊的篇章，而其所用的演義之「道」，皆不出「隱也，使之顯；略也，使之詳；淡也，使之濃；散也，使之聚；無也，使之有……」，以及「顯也，使之隱；詳也，使之略；濃也，使之淡；聚也，使之散；有也，使之無……」之列，而恰如其分處理虛實關係，則是其核心之所在。章學誠《丙辰劄記》說：「凡演義之書，如《列國志》、《東西漢》、《說唐》及《南北宋》，多紀實事；《西遊》、《金瓶》之類，全憑虛構，皆無傷也。惟《三國演義》，則七分實事，三分虛構，以致觀者往往為所惑亂。」這一評估並不準確，但「七實三虛」的計量數據表明，多數讀者是相信《三國志演義》「實」的部分占居著主導地位，如庸愚子的「事紀其實，亦庶幾乎史」（《三國志通俗演義》〈序〉），修髯子的「羽翼信史而不違」（《三國志通俗演義》〈引〉），都是從這一角度來肯定《三國志演義》的。尤其要指出的是，在《三國志演

義》中，章學誠所謂「論次多實，而彩豔殊乏」並不存在；寫
「實」，同樣可以臻於「美」的意境。如三顧茅廬，乃是史書認可的
「實事」，羅貫中不僅將情節寫得跌宕起伏、搖曳多姿，而且將隆中
景色寫得幽美多彩、深邃秀麗。一顧時，「山不高而秀雅，水不深而
泉清；地不廣而平坦，林不大而茂盛；松莫交翠，猿鶴相親」；二顧
時，「朔風凜凜，瑞雪霏霏，山如玉簇，林似銀妝」；三顧時，「徐步
而入，縱目觀之，自然幽雅，見先生仰臥於草堂幾榻之上」，及孔明
醒來以後，口吟詩曰：「大夢誰先覺？平生我自知。草堂春睡足，窗
外日遲遲。」於是，一位「淡泊以明志，寧靜以致遠」的臥龍，終於
出現在讀者面前。徐時棟《煙嶼樓筆記》說：「史事演義，惟羅貫中
之《三國演義》最佳。其人博極典籍，非特借陳志裴注，敷衍成書而
已；往往正史及注並無此語，而雜史小說乃遇見之，知其書中無來歷
者希矣。至其序次前後，變化生色，亦復高出稗官。」確實道出了其
中的真諦。

第三節　《殘唐五代史演義傳》的別樣意趣

　　與宋元市井講說《五代史平話》的盛況相應，羅貫中也作了一部
《殘唐五代史演義傳》。只是與《三國志演義》的熱情不同，研究者
對此書卻相當冷淡；自二十世紀二十年代以來，懷疑它非羅貫中所作
者，更非止一人。他們的理由是：此書情節、詞句與《三國志演義》
多有雷同，分明是對羅貫中的「抄襲」；此書思想藝術水準甚低，「不
該」出於傑出小說家羅貫中的手筆，等等。這些推斷，多半是對歷史
小說的成書特點缺乏了解所致。因為即便是史書的編纂，抄錄舊史也
是最基本的工夫；歷史小說這一特殊文體，更是默認作家從史書、乃
至前代小說選取材料的權利的。至於情節、詞句的雷同，則多半屬說
書中的「留文」，即彼此慣用的「套話」、「水辭」，這種情況在《水滸

傳》與《金瓶梅》之間、《西遊記》與《封神演義》之間也大量存
在，不足為怪。

　　而說到羅貫中「水準」的高下，亦不宜以《三國志演義》一部書
為尺度。羅貫中的性格本有「詼詭多智」（天都外臣：《水滸傳》
〈序〉）的一面，只是在寫《三國志演義》時，由於題材的先天制
約，為了遷就演義文體的規範，使他受到相當程度的束縛，正如張無
咎《北宋三遂平妖傳》〈敘〉所評：「《三國志》人矣，描寫亦工，所
不足者幻耳；然勢不得幻，非才不能幻。」羅貫中的善「奇幻」之
才，在《平妖傳》中就有充分的展現，連那被郭勛削去的「以為之
豔」的《水滸傳》「致語」——「妖異」的〈燈花婆婆〉，也保留在
《平妖傳》中了。《平妖傳》的韻味與《三國志》相去甚遠，但從無
人懷疑過羅貫中的著作權。既然多種明刊《殘唐五代史演義傳》卷端
均題「貫中羅本編輯」，還是尊重版本的題識為好。

　　《殘唐五代史演義傳》第一回「孫待詔《史記》世系」，開卷即
云：「按宋待詔孫甫《史記》：子丑乾坤判，惟寅人所生。聖君開至
治，賢相在新民。三王惟尚德，五帝盡施仁。唐虞民物阜，湯武放誅
民。春秋因魯史，孔子道難行。德衰征伐尚，風漓治亂循。圖王人罕
見，尚霸眾爭橫。秦強吞六國，漢傑羨三人。東西二百四，吳魏蜀三
分。五季相循並，君臣迭亂爭。一朝征戰起，藩鎮坐皇庭。世祖承平
治，太宗起義兵。遼夷皆拱服，怗冒盡稱臣。胡虜入中國，宮中開禍
門。祿山方被掃，巢賊又侵淩。天意除奸暴，否泰本相循。賡歌記遺
跡，傳記最分明。」按孫甫（998-1059），字之翰，許州陽翟人，《宋
史》卷二九五有傳，《歐陽修集》卷三十三有〈孫甫墓誌銘〉。孫甫少
好學，日誦數千言，初舉進士，為蔡州汝陽縣主簿。天聖八年
（1030），再舉進士及第，為華州觀察推官，遷大理寺丞、知絳州翼
城縣。以杜衍薦，遷太常博士，授秘閣校理。天子增置諫員，以右正
言居諫院，所言補益尤多。罷諫職，以右司諫知鄧州，徙知安州，歷

江南、兩浙轉運使，再遷兵部員外郎，改直史館、知陝府，又徙晉
州、河東轉運使。嘉祐元年（1034），遷刑部郎中、天章閣待制、河
北都轉運使，不行。疾少間，乃留侍讀。《宋史》本傳有「論」曰：
「孫甫馳騁言路，咸以文學、方正知名。」他是一位著名的史家，
《宋史》卷二百三著錄孫甫所著《唐史記》七十五卷、《唐史論斷》
二卷。《續資治通鑑》卷四十六載：「丙戌（1046），命王洙、余靖、
孫甫、歐陽修同編修《祖宗故實》。」歐陽修稱其「博學強記，尤喜
言唐事，能詳其君臣行事本末，以推見當時治亂，每為人說，如其身
履其間，而聽者曉然如目見。故學者以謂終歲讀史，不如一日聞公論
也。所著《唐史記》七十五卷，論議宏贍。」己亥（1059）卒，詔取
其書，藏於秘府。孫甫實為一代名人，然所著《唐史記》為人罕見，
至後世遂漸次淡忘，而《殘唐五代史演義傳》稱其為「待詔」，開首
即引其《史記》世系以演說之，則其時不應太晚，出於羅貫中手筆，
完全可能。

　　趙景深先生說：「我疑心這部《五代殘唐》是元人的著作，因
為：一、每回的回目只有一句，不是對偶的，頗像《三國志平話》。
二、第十三回〈李晉王河中會兵〉云：『醒而復醉，醉而復醒』，這樣
的話正是元人散曲所常用的。三、戲劇多根據小說改作，但根據戲劇
而改編小說的卻極少。戲劇所寫每每只是小說中的一段，很是注重結
構，而中國小說卻是一向不大注重結構的。元人所作雜劇，都可以從
《五代殘唐》裡找到它的來源，我想，大約是元人雜劇根據《五代殘
唐》改作的，從這推測，《五代殘唐》也有為元人作品之可能。」[14]從
小說所敘之事，亦可找出許多成書較早的內證。如李存孝打虎事，
《舊五代史》、《新五代史》本傳均不載，惟《殘唐》及之；而《水滸
傳》第四十三回敘李逵沂水殺虎，眾獵戶齊叫道：「不信你一個人，如

---

14 趙景深：《中國小說叢考》（濟南市：齊魯書社，1983年），頁122。

何殺得四個虎！便是李存孝和子路，也只打得一個。」又如李存孝之叛，《舊五代史》卷五十三本傳云：大順二年（891），因李存信構陷，致書通王鎔，歸款於汴，後為李克用擊敗。乾寧元年（894）三月，登城首罪，曰：「兒立微勞，本無顯過，但被人中傷，申明無路，迷昧至此。」克用叱之曰：「爾與王鎔書狀，罪我萬端，亦存信教耶！」縶歸太原，車裂於市。《五代史平話》所敘，比正史更為簡略：「克用偏愛存信，那存孝欲立大功，取重於克用，存信又讒譖於其間。存孝懼禍及，密地與王鎔、朱全忠交結，朱全忠上表，稱李存孝以邢州、洺州、磁州三州自歸，乞賜旌節。及會諸道軍馬進討李克用，朝廷詔授李存孝為三州節度使，不許會兵攻伐。李克用圍邢州，鑿城以守之。邢州城中食盡，李存孝出見李克用，泥首謝罪。克用將檻車囚繫以歸，用車裂於牙門。」惟《殘唐》顯言其為蒙冤而死，而《三遂平妖傳》第十六回迳直曰：「一干與妖作孽之人，死得不如《五代史》李存孝、《漢書》中彭越。」將李存孝與被冤殺的彭越相提並論，證明《殘唐》所敘之事早已深深扎在羅貫中腦海中，所以不需詳盡說明，只是輕輕一筆帶過。錢希言《桐薪》卷三謂：「《金統殘唐記》載黃巢事甚詳，而中間極誇李存孝之勇，復稱其冤。為此書者，全為存孝而作也。後來詞話，悉俑於此。武宗南幸，夜忽傳旨取《金統殘唐記》善本，中官重價購之，肆中一部售五十金。今人耽嗜《水滸》、《三國》而不傳《金統》，是未嘗見其書耳。」武宗正德間的《金統殘唐記》已佚，但應在羅貫中作《殘唐》之後，則不成問題。

　　應該看到，《殘唐五代史演義傳》的起點，與《三國志演義》大有不同。宋元時代存留的《三國志平話》問題實在太多、太突出了，它的種種弊端和不足，極大地激發了羅貫中的熱忱，便傾其全力撰寫《三國志演義》，一舉奠定了演義文體「據正史，采小說，證文辭，通好尚」的標準樣式。然而，當他回頭再來處理五代史事的時候，才發現自己面對的是性質完全不同的題目：《五代史平話》篇幅比《三

國志平話》多了一倍，思想藝術旨趣也大有不同，尤其是對正史的乖離並不嚴重，以之作為再創作的基礎，提出「去瞽傳詼諧之氣」的目標，已沒有多少實際意義，加之時間精力的限制，羅貫中已不可能為之下太大的功夫。於是他索性走另一條路子，拋開較有史傳意味的《五代史平話》，有意識地強化「瞽傳詼諧之氣」，以此來突現他所要張揚的「義」。另起爐灶的《殘唐五代史演義傳》，總體上雖不能稱為傑作，卻包孕著羅貫中可貴的探索精神，其精髓主要體現在以下三個方面：

一　以「殘唐」──「保唐」的鬥爭為主線，成為串連全書的有機的情節鏈

　　五代史的格局與三國史不同：漢末的魏、蜀、吳三國，是時間同一而空間不同的鼎足三分，唐末的梁、唐、晉、漢、周五代，卻是時間不同而空間同一的先後承襲，加之《五代史平話》所因襲的正史格局，將一部完整作品分割為五個獨立的部分，使同一事件在不同卷帙中敘了又敘（如《梁史平話》已經敘及黃巢的失敗，《唐史平話》又將黃巢的事情重說一遍），給人以「了不貫通」的感覺。羅貫中不願對五代平均使用力量，更不願將小說寫成一連串人與事的偶然堆積，遂有意打破《五代史》各自孤立的狀態，而以「殘唐」──「保唐」的鬥爭為主線，將全書結構成有機的藝術整體。他將黃巢、朱溫當作「殘唐」的邪惡勢力，而把李克用看作「保唐」的正面力量。第五回敘鄭畋對唐僖宗引街市童謠云：「庚子年來日月枯，唐朝天下有如無。山中果木重重結，巢就鴉飛犯帝都。世上逆流三尺血，蜀中兩見駐鑾輿。若要太平無士馬，除是陰山碧眼鶻。」並解釋說：「『庚子年來日月枯』，陛下立乾符元年，至乾符二年是庚子，我主又改為廣明元年，『明』乃『日月』也，今歲失天下，豈不是『枯』矣？『唐朝天下有

如無』，即今黃巢在位，未知中興如何，豈不是『有如無』也。『山中
果木重重結』，果字頭有『三絲』乃為『巢』字，豈不是『重重結』
也。『巢就鴉飛犯帝都』，今黃巢入長安奪帝位，豈不是『犯帝都』
也。『世上逆流三尺血』，自黃巢作亂，順者存，逆者亡，縱兵屠殺，
流血成川，豈不是『三尺血』也。『蜀中兩見駐鑾輿』，昔安祿山作
叛，明皇蜀中避難，今日巢兵逼陛下，亦在蜀中避難，豈不是『蜀中
兩見駐鑾輿』也。末此二句，『若要太平無士馬，除是陰山碧眼鶻』，
『碧眼鶻』即李鴉兒也。」「李鴉兒」，就是李克用，因其黃睛綠珠，
自號碧眼鶻，每出陣，有三三三三〇個鐵甲軍皆穿皂衣，號為鴉兵，
「群鴉入巢，巢必破矣」。《殘唐五代史演義傳》雖有六十回，但因羅
貫中的興趣不在對正史的演繹，而是以「殘唐」——「保唐」的主線
展開情節，所以第三十五回方寫到開平元年（907）朱溫逼昭宗禪位
建後梁，篇幅已經過半；第四十三回寫到同光元年（923）李存勖建
唐，第五十回寫到天福元年（936）石敬瑭滅唐建晉，由於在作者的
意念中，李克用後人所建立的後唐，被視作大唐政權的延續，所以後
唐的滅亡，無異於宣告大唐王朝的滅亡。在這條主線中，後漢、後周
都成了「餘事」，故乾祐元年（947）劉知遠建漢，已是第五十八回；
廣順元年（951）郭威建周，已是第五十九回；建隆元年（960）趙匡
胤建宋，已是在第六十回，都是匆匆交代過去了的。趙景深先生說：
「大約寫書的人寫到唐，便沒有耐心再創造出英雄來；連劉知遠出世
的故事（《五代史評話》、《劉知遠諸宮調》、《白兔記》均有詳敘）都
來不及加進去了。」[15]真正的原因其實就在於此。

---

15 趙景深：《中國小說叢考》（濟南市：齊魯書社，1983年），頁125。

二　設立正反兩方面的人物形象，構成鮮明的善惡形象的對比

　　宋代的《五代史平話》以講史為體，而正史中帝王都尊之以「紀」，不但佔用主要篇幅，而且是理所當然的「聖明天子」。羅貫中既以「殘唐」——「保唐」鬥爭為主線，將黃巢、朱溫處理成反面人物，將李克用刻畫為正面人物，從而形成人物形象的對峙，就是理所當然的了。而在反面形象中，對黃巢、朱溫的態度又有不同的分寸。在「世之盛衰，國之興廢，皆有定數」觀點支配下，黃巢被寫成有「帝王之分」的人物。小說強調黃巢之壞亂天下，根源乃在朝廷昏亂，佞臣當道。博覽經史、精熟武藝的黃巢考中武舉狀元，僖宗嫌其貌醜，故不肯用。黃巢默然歎曰：「早知昏君以面貌取人，我也不來。」見街頭一隻錦毛雄雞，望黃巢叫了一聲，巢曰：「昏君不識賢，雞到識賢。」酒後在粉牆上寫下反詞：「暗思昔日楚漢爭鋒，一個力拔太山，一個量寬滄海。他兩個戰烏江，英雄抵敵，詣咸陽，火德肇興；某也志高漢斗，氣吐虹霓，意欲匹馬單刀，橫行天下，管教那刀兵動處，把唐朝一旦平吞。」驅使黃巢造反的動力，就是名揚千古的項羽和劉邦。第四回「黃巢藏梅寺起手」，更寫藏梅寺長老奉上方敕令，送一口寶劍與黃巢，明言「此劍殺人八百萬，血流三千里」。黃巢道：「我若果有此事，你這寺中僧人不殺一個。」但五月十五日試劍起手，還是無意中將躲進心空大樹中的長老殺了。黃巢說：「我本心不要殺你，只因你躲此，大數不過。」及黃巢將敗，黃衣道人收走混唐寶劍，可見興也好，滅也好，一切都是天意，黃巢本人實可不任其咎。

　　相比起來，身為「梁太祖」的朱溫，秉性則要惡劣得多。第十四回「鴉館樓朱溫賭帶」，對朱溫的無賴嘴臉就有極犀利的勾畫。他後來殺進皇宮，逼取御妹玉鑾英為妻，又聽信鑾英「黃巢只一匹夫，起

於強寇」的話，便投機降唐，實乃反覆之小人。及僖宗賜名全忠，朱溫心中暗喜，因其字意乃「人王中心」四字，便一心想天子將大位讓與他。「古之帝王，無德讓有德」，「自古以來，有興必有廢，有盛必有衰，豈有不亡之國，安有不敗之家？」都成了朱溫篡權的藉口。他買通佞臣田令孜，得封為大梁王，帶兵劫駕至寶雞山，使僖宗餓困而死。後又賂宰相李英，移皇城於汴梁，卒弒昭宗，即了帝位。其後，為強娶滄州節度使王鎔之女為子媳，兵犯滄州，又與其子朱友珪之妻亂倫作樂，終為朱友珪所弒。作者對於他的鄙視，遠在黃巢之上。

　　對正面人物李克用，羅貫中也沒有簡單地寫成「聖明」的偶像。第八回敘其已答應發兵勤王，卻藉口「天寒地凍，草木已枯人馬難行」，要待來春天氣融和，草青沙暖才出兵。正宮劉妃責他「枉為丈夫」，又以「大唐關外各鎮諸侯，皆是好漢，倘有一路滅了黃巢，那時大王有何面目再見朝廷乎」說之，方調遣人馬，準備起程。他識拔李存孝於草莽之中，對鄧萬戶詐言曰：「此乃吾世子，只因年荒國亂，拋在山中，累尋不見。今日跟究到此，父子相見，痛情難舍，吾欲領上中原討巢賊，留下金帛以為恩養謝儀。」但終因貪酒誤事，聽信讒言，枉殺了李存孝，鑄成千古大錯。

三　以濃墨重彩刻畫叱吒風雲的英雄人物，置於小說的中心地位

　　周之標〈點校《殘唐五代史傳》敘〉說：「殘唐勳業，惟克用最著，下此，其嗣源乎？而乃豔稱存孝，此不可解也。」周之標所「不解」的，只是將李存孝過分突出造成的功勳大小的顛倒，他沒有想到羅貫中這樣做，竟是對正史的徹底反撥。《舊唐書》卷二十稱：「太原軍攻邢州，陷之，執其逆將李存孝，檻送太原，裂之。」《新唐書》卷十稱：「河東將李存孝以邢州叛附於全忠。」《舊五代史》卷二十六

稱：「邢州李存孝叛，納款於梁，李存信構之也。」《新五代史》卷四稱：「李存孝以邢州叛。」皆彰彰可據，羅貫中卻全然不顧講史的體例，在《殘唐五代史演義傳》中不僅為李存孝翻了案，而且著力將在史上未起重大作用的李存孝，寫成一位叱吒風雲的英雄，不惜將主要篇幅都讓給了他。

　　李存孝是在第十回「安敬思牧羊打虎」中登場的。小說先寫晉王夜來飛虎入夢，次日遊獵至飛虎山靈求峪，忽起一陣狂風，山坡中躍出一隻斑斕猛虎，晉王搭箭當弦，正中夾膀。其虎負痛跳過澗邊，咬隻羊食之。牧羊人正在石上打睡，晉王令軍士一齊叫喊，其人全然不動。忽有一羊竄過，驚醒其人，跳將起來，用手扭住虎項，那消數拳，其虎已死。晉王愛之，令眾軍士隔澗佯言：「吾大王家養的虎隨來遊獵，汝何打死？」其人隨即提起虎來，望對澗只一撩，撩過澗來。晉王令人喚至問詢，其人曰：「俺一生有母無父，固無姓氏。」遂自述出身故事道：

　　　吾母崔氏之女，年方二八，並未許配他人。時值豔陽天氣，同班姊妹請母出遊靈求峪，一來采野菜，二來遊春玩景。行至皇陵，兩傍列著八個石人，眾姊妹相戲曰：「我等皆已適人。汝已及笄，尚未偕偶，今吾眾人為汝保一丈夫，可乎？」母曰：「可。但不知保著何人？」眾曰：「將此石人與你為夫，任你自擇。」母曰：「烈女不擇夫，擇夫不烈女。」便將手持菜籃丟去，隨石自接，結為夫婦。不想左邊第二石人脖子上掛住籃兒，吾母向前抱之，呼曰：「石人石人，排行第二。汝為丈夫，吾心無異。」言罷各散，同眾而歸。當夜二更左側，分明是石人，容貌燎然，來與吾母成其夫婦，母遂懷孕。員外覺之，究問吾母與何人交媾，母以實告之。員外不信，隨逐吾母出外，後在破窯過活生吾。七歲沿門乞食，行至那墳邊，見石

人皆被推倒，頭也打落了。是母教去捧頭來安上，復舊如初，
不差毫忽。母言安頭為姓，遂取名安敬思。言罷大哭一場，回
家自縊身死。我就將母屍與石人葬埋一處。我孤身無倚，今投
鄧萬戶家牧羊十年，人只叫吾為牧羊子也。

據新舊《五代史》本傳，李存孝本姓安，名敬思，羅貫中遂據此
為由頭，編造出「石人為父，安頭取姓，窯內為家，武藝異傳」的故
事，頓然添加了神異色彩。隨後，在第十一回「晉王閱兵試箭」中，
敘晉王將西涼州進貢好馬賜予，並改名為李存孝，升做十三太保；又
以第十二回「存孝打破石嶺關」、第十四回「鴉觀樓朱溫賭帶」、第十
五回「存孝生擒孟絕海」、第十七回「李存孝力殺四將」、第十八回
「存孝火燒永豐倉」的篇幅，敘李存孝一日中殺耿彪、崔受、張龍、
李虎四將，生擒孟絕海，大破葛存周一字長蛇陣，殺將五十餘員、精
兵四十餘萬，又單騎直追入長安，真可謂「目無勁敵」。特別是寫他
帶領一十八騎將校，追趕七日七夜，逕趕進長安城，尤為精彩。他望
見長安城池，亦不曉是長安，回顧四將曰：「這座城子卻好，但不知
是何府郡？」下令放火焚燒永豐倉後，忽然座下戰馬鼻流鮮血，正忙
迫間，見燈光閃爍，人馬無數簇擁著大將一員，李存孝見了那馬，連
誇數聲好馬：「送馬的來了！」奪了大齊皇帝御弟黃珪的駿馬。黑夜
尋不見長安門，便信馬遊韁，隨馬到得正陽門，黑暗之中不覺是皇
城，只疑是長安城門開了，恰見黃巢在高處觀望救火，便一箭射中黃
巢平天冠，黃巢竟一時驚倒在地。這種由一連串誤會構成的故事，充
滿了平話的趣味。然李存孝十八騎誤入長安之事，亦非羅貫中之杜
撰。《元史》卷一六一〈劉整傳〉云：劉整沉毅有智謀，善騎射。金
亂，入宋，隸荊湖制置使孟珙麾下。珙攻金信陽，整為前鋒，夜縱驍
勇十二人，渡塹登城，襲擒其守，「珙大驚，以為唐李存孝率十八騎
拔洛陽」，今整所將更寡，而取信陽，乃書其旗曰「賽存孝」。可見早

在金代滅亡（1234）之前，「唐李存孝率十八騎拔洛陽」（不是長安）的故事就在民間廣為流傳了。

羅貫中為李存孝形象所定的基調，一是勇猛，二是忠義，二者緊密結合，互為表裡。《舊五代史》卷五十三稱其「驍勇冠絕」、「未嘗挫敗」、「無不克捷」，小說寫李存孝之英勇善戰，確有相當歷史根據。與此同時，羅貫中又竭力表現他的義和忠。力服王彥章之後，念他是個好漢，放他逃生，王彥章大哭道：「若存孝在世十年，我十年不出；存孝除非死了，我王彥章才敢出名。」他又愛惜高思繼是個英雄，稟告晉王將其放回，高繼思感動道：「你是有仁有義的好漢，吾到山東，誓不與人相持矣。」而李存孝的忠，從讀者的眼光看原是清清楚楚的，卻與蒙受的奇冤屢屢糾合在一起。先是鄧天王定下反間計，假裝存孝之兵去劫李嗣源營，晉王怒問李存孝「知罪」否，他誤以為是責問自己之未曾救護，遂答應「知罪」。幸虧周德威及時勸諫，又在陣前套問出了鄧天王的計謀，方使他躲過一劫。李存孝被封為沁州鎮守後，康君立、李存信假傳晉王「出姓」之命，要他豎起「安敬思」的旗號，以「別骨肉親疏」。有勇無謀的李存孝果中其計，而此事又擊中了李克用的心病，竟以五牛分屍的酷刑掙死了李存孝。小說寫存孝大叫：「我得何罪，將五牛掙我？」言未絕，只見半空中現一金甲神人，道：「吾奉千佛牒文、玉皇敕旨，你原是上界鐵石之精降臨凡世，今日功行完滿，取汝歸天。若是遲緩，神人奪了你的座位。」存孝聽後忖思：「既上天叫我，安敢不從？」遂叫軍人：「這等如何掙得我死？除非是將劍割斷我手足之筋，吾即死矣。」當下五下裡掙響一聲，存孝軀分為五塊，遂成了儡人盡魄的千古悲劇。

李存孝死後，小說又寫了兩段餘波以足之：一是第三十四回「梁兵劫奪勇南樞」，敘朱溫遣尚讓等領兵去靈求峪奪存孝靈柩，為王彥章所阻，曰：「汝等錯矣！君子不念舊惡，人死不計舊怨。存孝亦是好漢，只因晉王恃酒誤死，搶他屍首何益？不如引去見梁王，陳說和

解之事。」一是第三十七回「寶雞山存孝顯聖」，敘晉王年老力衰，被彥章殺得大敗而走。叫：「吾兒存孝，昔日汴梁赴會，汝曾救我，今吾死在須臾，汝何無靈？」言未絕，只見東南上一陣風，捲出兩面飛虎旗，只見存孝一馬當先，救了晉王。猶在雲霧之中叫聲老父：「兒與你相會一面，以完父子之情。梁兵自此勢敗，兒今辭別朝天去了。」晉王回頭看時，只見風清月朗，不見了存孝，獨有王彥章死在地上，餘眾各散逃生。晉王放聲大哭，叫數聲吾兒，「死後還來救我一命！」李存孝的頌歌，真是餘音繞梁，揮之不去。

　　孟繁仁先生認為，《殘唐五代史演義傳》一書，之所以「對晉王李克用及李存孝以山西為舞臺的活動的描寫，在全書六十回中佔用了將近一半的篇幅」，是因為李存孝是山西雁北人，在太原西南的風峪溝，至今有李存孝墓存留；從宋代開始，李存孝這位風雲一時的傳奇人物的故事就在山西廣泛流傳，「羅貫中原籍太原，從小生活在這樣的社會環境之中，耳濡目染，接受了歷史故事和民間傳說的感染、薰陶，所以有《殘唐》之作」[16]，具有相當的說服力。但他以為此書在語言、情節和結構等方面顯得粗疏簡陋，推斷可能是羅貫中第一部長篇章回小說，則尚可斟酌。但不論如何，《殘唐五代史演義傳》創造了有別於《三國志演義》的別一種歷史演義的文體模式，對於後世歷史小說的創作，同樣產生了巨大的影響，是應當肯定的。

第四節　統一王朝的全史演義
——《隋唐兩朝志傳》

　　《隋唐兩朝志傳》十二卷一二二回，今存萬曆四十七年（1619）

---

16 孟繁仁：〈羅貫中試論〉，《《三國演義》論文集》（鄭州市：中州古籍出版社，1985年），頁343。

姑蘇書林龔紹山刊本，卷端題「東原貫中羅本編輯，西蜀升庵楊慎批
評」。由於現存版本刊刻年代較晚，加之此書「在故事情節關目及用
語方面，俱於《三國》倚賴甚深」[17]，頗有學者對所題「貫中羅本編
輯」持懷疑態度，甚至否定它是羅貫中的作品。

　　此書有林瀚《隋唐志傳通俗演義》〈序〉，對版本來源和編訂經過
作了說明：「羅貫中所編《三國志》一書，行於世久矣，逸士無不觀
之。而隋唐獨未有傳志，予每憾焉。前寓京師，訪有此書，求而閱
之，始知實亦羅氏原本。第其間尚多闕略，因於退食之暇，遍閱隋唐
諸書所載英君名將、忠臣義士，凡有關於風化者悉為編入，名曰《隋
唐志傳通俗演義》。蓋欲與《三國志》並傳於世，使兩朝事實，愚夫
愚婦一覽可概見耳。予既不計年勞，抄錄成帙，又恐流傳久遠，未免
有魯魚亥豕之訛，茲更加訂正，付之剞劂，庶幾觀者無憾。」孫楷第
先生以為：「所載瀚序，蓋依託耳。」[18]故考定此序是否出林瀚之手，
乃確認羅貫中著作權之關鍵。

　　據《明史》卷一百六十三本傳，林瀚（1434-1519），字亨大，號
泉山，閩縣人。父元美，永樂末進士，撫州知府。瀚舉成化二年
（1466）進士，授編修。弘治初，召修《憲宗實錄》，充經筵講官，
稍遷國子監祭酒，進禮部右侍郎，十三年（1500）拜南京吏部尚書。
正德元年（1506）改南京兵部尚書，參贊機務。瀚素剛方，與守備中
官不合，內臣進貢道其地者，瀚每裁抑之，劉瑾恨之，二年（1507）
閏正月謫浙江參政，致仕。正德五年（1510），劉瑾伏誅，復官，致
仕，卒諡文安。《明史》卷九十九著錄《林瀚集》二十五卷。《隋唐志
傳通俗演義》〈序〉題「時正德戊辰仲春花朝後五日，賜進士出身資

17　柳存仁：〈羅貫中講史小說之真偽性質〉，《中國古代小說研究》（上海市：上海古籍
　　出版社，1983年），頁95。

18　孫楷第：《日本東京所見中國小說書目》（北京市：人民文學出版社，1981年），頁
　　40。

政大夫南京參贊機務兵部尚書致仕前吏部尚書國子監祭酒左春坊左諭德兼經筵日講官同修國史三山林瀚撰」。戊辰為正德三年（1508），恰在劉瑾宣示林瀚等為「奸黨」的正德二年（1507）與劉瑾伏誅的正德五年（1510）之間，故林瀚署「致仕前吏部尚書國子監祭酒」，職銜毫無錯誤，決非隨意偽託者。孫楷第先生誤以戊辰為正德二年，故說：「二年二月，瀚方降謫被罪，似不應遽稱以兵部尚書致仕也。」[19]

　　《林瀚集》二十五卷未見。福建省圖書館藏明刊殘本《林文安公文集》，僅存卷十五至卷十九，其中卷十五、十六、十七為記，卷十八、十九為書簡。今閱卷十八有〈復江西提學憲副蔡介夫書〉，中云：「所寄新梓《歐陽行周公文集》一部，斯蓋世範、世平二莊兄弟留心數十年間，方得成之，茲又遇閣下作序，表章以傳，誠為斯文至幸。況老夫亦得以廁銜其間，尤出望外；但前序中請露賤名，以示將來，則又幸之又幸也。刊板不知今在何處，更希筆示為愛。」卷十九有〈寄林見素都憲公書〉，中云：「黃姚二都運奉至《西徵集》見示，請序其前。留閱詩文諸作五旬，篇篇高古奇傑，豪氣逼人，不覺老眼頓醒，嘆羨不已。顧自揣庸耄，何能以舉此筆？堅辭弗獲，遂勉撰數語，塞責不文，甚可愧也。其潤筆彩幣二端，璧歸二友。須再求臺閣鉅公序之，必如序韓文得李漢，序《鄒忠公集》得李忠定，則見素斯集益崇重於天下後世無疑矣。」這些書簡，可見林瀚對於整理刊行文集的熱心，與為人作序的認真態度，這與《隋唐志傳通俗演義》〈序〉中「若予之所好在文字，固非博弈技藝之比，後之君子能體予此意，以是編為正史之補，勿第以稗官野乘目之，是蓋予之至願也夫」是一致的。而他在正德年間將此書付之剞劂，主客觀條件也都是具備的。

　　林氏門第之盛，甲於三山。據《明史》、《福州府志》載，林瀚次

---

19 孫楷第：《日本東京所見中國小說書目》（北京市：人民文學出版社，1981年），頁38。

子林庭榀，弘治十二年（1499）進士，擢右副都御史，歷工部右侍郎，拜尚書，加太子太保；三子林庭枃，以蔭入學，曾任慶遠知府九年，將赴吏部，卒於途；季子林庭機，嘉靖十四年（1535）進士，擢南京祭酒，累遷至工部尚書。庭榀子林炫，正德九年（1514）進士，授禮部主事，嘉靖初以議大禮忤執政，家居，後起官至通政司參議；庭機長子林鏒，嘉靖二十六（1547）進士，遷國子祭酒，萬曆元年（1573）進工部尚書，改禮部；庭機次子林燫，嘉靖四十一年（1562）進士，授戶部主事，終南京工部尚書致仕。林氏三世五尚書，皆內行修潔，為時所稱；林瀚、林庭機、林庭榀三世為祭酒，亦為前此所未有。據《福州府志》卷七十二《藝文志》，林庭榀有《康懿公文集》十卷，林廷機有《世報堂稿》十二卷，林炫有《芻蕘餘論》，林庭榀有《學士集》十六卷，林燫有《覆瓿集》八卷，林炫子林世璧有《彤雲集》、《小窗紀聞》。其中，林炫的《芻蕘餘論》和林世璧的《小窗紀聞》，都歸在「說家類」。《福州府志》卷六十《文苑》有〈林世璧傳〉：「少有俊才，為詩歌古文詞，豪宕俊爽。嗜飲，每酣起舞微吟，則家僮儲筆硯以俟，少選，數十紙立就。天才蹀躞，時有不經人道語，苦思者不及也。著有《彤雲集》六卷。客問世璧：海內誰可與談詩者？世璧瞠視良久，曰：『獨郭稚源可耳。』稚源，古田郭文涓也，以貢舉應天鄉試，官保定同知者，著有《享帚集》。」萬曆四十七年（1619）龔紹山刊行此書時，林家一門依然興盛，書賈當不敢冒其先人之名以作偽。

　　林瀚說，他在京師訪得羅氏「尚多闕略」之原本，後遍閱隋唐諸書所載，「凡有關於風化者，悉為編入」，故此書雖為羅貫中原本，其中無疑有林瀚纂輯的份額。如細分一下，則「有關於風化」的內容，似應為林瀚所加；而富有稗官氣息的，則當是羅氏的原本舊貌。萬曆刊本又題「西蜀升庵楊慎批評」，正德三年（1508）林瀚作序之時，楊慎（1488-1559）年方二十，故所批評者當為林氏之翻刻本。褚人

獲康熙三十四年（1695）《隋唐演義》〈序〉云：「《隋唐志傳》創自羅
氏，纂輯於林氏，可謂善矣。」〈四雪草堂重編《隋唐演義》發凡〉
亦云：「《隋唐演義》原本出自宋羅貫中。明正德中，三山林太史亨大
復加纂緝授梓，行世已久。」所言較近事實。

　　胡適先生有一個著名的論斷，認為歷史上只有分裂（分立）時
期，才是演義小說的好題目，理由是「人才容易見長，勇將與軍師更
容易見長，可以不用添枝添葉，而自然有熱鬧的故事」。他所列舉的
「演義小說的好題目」中，共有五個分立時期（春秋戰國，楚漢之
爭，三國，隋唐之際，五代十國），但又認為隋唐時間太短，「若不靠
想像力來添材料，也不能做成熱鬧的故事」[20]。這種理解，既不符合
宋元人關於「講說前代書史文傳、興廢爭戰之事」的界定，也不符合
宋元講史的取材並不限於分裂（分立）時期的事實。分裂（分立）時
期固有「熱鬧的故事」，但從來沒有史家、自然也沒有小說家，會將
統一王朝的興盛史摒棄在視野之外。

　　「三國」與「五代」，雖然可以算作兩個歷史時期，卻不能算作
完整統一的王朝，而只能是向某一完整王朝轉化的過渡期。從小說的
總格局看，《三國志演義》和《殘唐五代史演義傳》都只是某種「殘
局」的收拾。三國故事的開端是漢朝的「廢」，經歷了近百年的大分
裂、大動盪，雖然表面上統一於晉，卻並沒有導致中國的「興」，至
少沒有實現民眾理想中的「興」。故《三國志平話》結末，在草草交
代魏禪位於司馬之後，即寫漢王劉淵伐晉，執懷帝而殺之，以「司馬
仲達平三國，劉淵興漢鞏皇圖」一詩結束全書。五代故事的開端是唐
朝的「廢」，但梁、唐、晉、漢、周的迭相更替，恰如《殘唐五代史
演義傳》第三十八回所寫，「殺得那百姓家家門首吊著一個木牌，一
邊寫個『晉』字，一邊寫個『梁』字。那軍一壁裡殺，一壁裡搶，搶

---

20 胡適：〈《三國志演義》序〉，《胡適文存二集》卷四（上海市：亞東圖書館，1929
　年）。

到莊上，那百姓打聽得是晉兵，把那『晉』字調過來，那軍說是晉王的民，不要搶，就過去了。後兵又來搶，打聽得是梁兵，把那『梁』字調過來，那軍說是梁王的民，不要搶，也過去了。後來搶得滑了，不論梁、晉都搶了。」軍士受塗炭之苦，百姓有倒懸之急，根本談不上某一朝代的「興」；至於後來的宋朝是「興」了，卻又已經超出了本演義的範圍。

　　在完成「演」三國、五代題材之「義」後，羅貫中不滿足於動亂分裂的歷史，他覺得自己應該寫一個統一王朝的全史。唐代的歷史，便是適合他創作意圖的最佳題材。據吳自牧《夢粱錄》〈小說講經史〉，「漢唐書史文傳」早為宋元講史者所樂道。羅貫中所能承襲的有關唐史的講史話本，除《薛仁貴征遼事略》外，如今已難得窺見，惟於《五代史平話》、《宣和遺事》尚有部分之遺存。《梁史平話》曰：「從這曹操開端篡漢，在後司馬懿也學他這局段篡了魏，隋楊堅篡了周。煬帝弒了父親，便淫了父妾，自立為帝，荒淫無度；靠他混一天下，張著錦帆，造著迷樓，一向與妃子遊蕩忘返，便饑饉薦臻，盜賊蜂起，□□顧著。」接著，便敘及唐朝的「興」：

　　　　煬帝恁地荒淫無道，那唐公李淵起兵入長安，向地名江都將煬帝殺了，立他代王名侑的做皇帝。尋受隋禪，革命為唐。秦王名世民的，將那哥哥太子建成殺了，傳位為皇帝，號做太宗。自登極後，從魏徵之諫，用房玄齡、杜如晦做宰相，用李靖、尉遲敬德做將帥。正（貞）觀年間，米斗三錢，外戶不閉，馬牛孳畜，遍滿原野，行旅出數千里之外，不要齎帶糧草。蠻夷君長，各各帶刀宿衛，系頸闕庭。一年之間，天下死刑只有二十九人。當時恁地太平。

　　《平話》並不諱言李世民殺哥哥太子建成之事，同時又大肆張揚

大唐之「興」的種種表現，而這種「太平盛世」，正是民眾最為嚮往的。對於太宗之後的史事，則以袁天綱推驗的「非青非白非紅赤，川田十八無人耕」的圖讖，暗示「黃巢」將播亂天下，便一下子跳到大唐第一十八個的皇帝僖宗，遂進入了「殘唐」故事的正題。

　　《宣和遺事》對隋煬帝的無道，描寫得更為具體：「殺父、誅兄、奸妹，無所不至。寵蕭妃之色，蕭妃要看揚州景致，帝用麻胡為帥，起天下百萬民夫，開一千丹八里汴河，從汴入淮，從淮直至揚州。役死人夫無數，死了相枕。復造龍鳳船，使宮人牽之，兩岸簫韶樂奏，聞百十里之遠。更兼連歲災蝗，餓死人遍地，盜賊蜂起，六十四處煙塵，一十八處擅改年號。李密祖臂一呼，聚雄師百萬，占了中原。煬帝全無顧念，被宇文化及造變江都，斬煬帝於吳公臺下，隋國遂亡。」由於《宣和遺事》傳達的要義是隋朝之「廢」，故對唐朝之「興」只略點了一下：「其國有唐秦王世民，行仁布德，滅了六十四處煙塵，遂建都於長安，以制太平。」便立即轉到唐明皇、楊玉環的故事上，最後以「明皇那兒子肅宗，恢復兩京，再立唐家社稷」結束。

　　可見，宋元講史關於唐代史事的思路，重點依然落在隋末的殘局上。隋朝的歷史僅短短的二十七年，大業元年（605）隋煬帝即位，即充盈著動亂的因素，故唐朝的「興」，是以隋朝的「廢」為前提的。《隋唐兩朝志傳》第十二卷後有長方木記，謂：「是集自隋公楊堅於陳高宗大建十三年辛丑歲受周主禪即帝位起，歷四世禪位於唐高祖，以迄僖宗乾符五年戊戌歲唐將高元裕剿戮王仙芝止，凡二百九十五年。繼此以後，則有《殘唐五代志傳》詳而載焉，讀者不可不並為涉獵，以睹全書云。」此書結末「王仙芝大寇荊南」，雖只寫到中和二年（882），但已與先行成書的《殘唐五代史演義傳》相銜接，所謂「繼此以後則有《殘唐五代志傳》詳而載焉」是也。此書每卷卷端，都有小字標明之起迄年代：

　　卷一（第1-第10回）：「隋煬帝大業元年乙丑歲起，至大業十三年丁丑歲止，凡十三年事實」；

　　卷二（第11-第20回）：「隋煬帝大業十三年丁丑歲起，至唐高祖武德元年戊寅歲止，凡二年」；

　　卷三（第21-第30回）：「唐高祖武德元年戊寅歲起，是歲高祖受禪帝位，凡一年事實」；

　　卷四（第31-第40回）：「唐高祖武德二年己卯歲起，至唐高祖武德三年庚辰歲，凡二年事實」；

　　卷五（第41-第50回）：「唐高祖武德二年起，至武德三年止，凡二年事實」；

　　卷六（第51-第60回）：「唐高祖武德三年庚辰事實」；

　　卷七（第61-第70回）：「唐高祖武德三年起，至武德四年止，凡二年事實」；

　　卷八（第71-第80回）：「唐高祖武德五年壬午歲起，至唐太宗貞觀九年乙未歲，凡十年事實」；

　　卷九（第81-第90回）：「唐太宗貞觀十七年起，至廿二年止，凡五年事實」；

　　卷十（第91-第100回）：「唐太宗貞觀二十二年起，至玄宗開元二十三年止，凡八十四年事實」；

　　卷十一（第101-第111回）：「唐玄宗開元二十四年丙子歲起，至唐代宗大歷十四年己未歲止，凡四十一年事實」；

　　卷十二（第112-第122回）：「唐代宗廣德元年癸卯歲起，至僖宗中和二年壬寅歲止，凡一百二十年事實」。

　　《隋唐兩朝志傳》首創的於卷端標明所敘史事年代的體式，為後世多數「按鑒演義」者所效法。其好處是能給人以「忠於史實」的印象，但由於未經重新結構，顯得平鋪直敘，通體難現精彩之筆。分而析

之，此書第一至二卷共二十回，寫的是隋末（605-618）凡十三年史事；第三至九卷共七十回，寫的是武德元年（618）至貞觀二十二年（648）凡三十年的史事，二者相加，共得四十八年。其中寫初唐的三十年，僅占唐代二七七年的百分之十點八三；而從小說篇幅看，卻占了全書的百分之七十三點七七。事實充分表明，《隋唐兩朝志傳》的主體仍在隋朝之「廢」與群雄之「興」，作者寓於字裡行間的褒貶尺度，頗能見出草創階段的痕跡來。

　　《隋唐兩朝志傳》對隋煬帝的態度，楊慎的《隋唐史傳》〈序〉已有恰當的表述：「煬帝乃一代之聰明人傑」，然「不以天下國家為事」，獨與蛾眉皓齒日恣樂於曲房隱間之中，「縱有曠古之奇才，絕世之逸致，毫無裨於治理之規模」，安能不致其敗覆？所以，異代之興廢，雖曰天命，實際上卻是「人事」，在總體上與宋元講史是一致的，故可不必深究。

　　至於對隋末群雄的態度，以本書的立意言之，自應熱烈推崇代隋而興的唐，如楊義臣遣人齎一瓦罐與宇文士及，中有二棗並一糖龜，暗寓「早早歸唐」之意是也。但全書尚未形成無條件頌揚大唐的主調，而借各色人物（包括正面人物）之口，從道義上對其進行譴責之事，卻屢屢有之。用楊慎的話說，「隋之繼陳也，以逆取；而唐之繼隋也，非順受」，二者都沒有採用正當的手段。秦王李世民原有野心，劉文靜、裴寂欲圖個人富貴，見天下大亂，遂與秦王相結，以「特送富貴」為名，買囑晉陽宮張、尹二妃私侍李淵，使之烝於寢內。李淵懼禍作，只得起兵叛隋，所謂「今日破家亡軀亦由汝，化家為國亦由汝」，將李淵的庸懦，刻畫得淋漓盡致。李世民雖被宣揚為「真主」，氣度並不宏大。北邙山射獵，見李密所居金墉城高壁粉牆，上接雲霄，乃歎曰：「天上神仙府，人間帝王家，大丈夫樂此足矣！」及程知節與秦叔寶飛馬趕來，又連聲叫苦，縮避於老君堂寶桌之下，模樣亦甚狼狽。待其得意之時，又百計欲報一己睚眥之恨，第

三十八回敘秦王奏凱還朝，李淵命歸唐之李密以禮迎之，秦王雖知其父之意，仍以十計羞之：

> 當日李密即領元跟隨將士二十餘人離了長安，望北而行。直至幽州，哨馬報說秦王人馬至近。李密慌問祖君彥曰：「秦王有問，教吾如何對答？」君彥曰：「不問則已，若有問時，只推聖上教臣遠接。秦王雖懷舊意，亦不敢加害於大王矣。」密曰：「此言甚善。」二人正在商議，忽見一彪人馬奔來，密慌與眾將近前迎之。但見金鼓喧天，炮聲振地，錦衣隊隊，花帽簇簇，左右總管十八，兩邊劍戟排勻，前面數行高聲喝導，正中坐下世子還朝。密與眾將分班而立，令樂官笪簫迭奏，鼓瑟承迎。馬上之將大呼曰：「吾非秦王，乃是長孫無忌、劉弘基也。秦王尚在後面未來。汝是甚人？可立待之！」李密聞言，心中氣恨懊惱：「秦王待我何薄，以此二人裝作王子，與我來接，特地如此羞我。」欲待不接，又恐主上見怪，若接，則羞臉難藏。與眾將正在懊惱，又見一隊人馬排列而來，鑾輿耀目，劍戟森嚴，旗分五色，鳳起蛟騰，喝聲漸逼向前，兩面「迴避」金牌。李密暗思必是秦王，遂拱手而立，呼接千秋。馬上二人笑曰：「吾二人殷開山、白顯道也。大王欲接秦王，後面保駕帷幔高坐是也。大王可向前迎之。」李密聽言，槌胸跌腳，滿面羞慚，仰天歎曰：「大丈夫不能自立，屈於人下，受此恥辱，何面目立於天地間乎！」即欲拔刺自刎。……

小說氣味雖極濃厚，但正如楊慎所評：「太宗智略雄偉，膽氣粗浮，自負太高，旁無顧忌，是亦連城之瑕也。」李世民最可議的是兄弟相殘。第七十六回「李世民推刃同氣」，敘玄武門之變殺建成、元吉後，唐主聞之曰：「父子之道，天性也，雖自招禍，二兒於九泉之

下，亦懷痛恨。吾今不能治家，何以立國？」召秦王入朝，半晌無語，惟嗚咽泣下不止。復責之曰：「建成、元吉何罪？不請於朕，汝遽殺之，何心狠而使之兩亡耶？」又曰：「汝亦無罪，但以至難得者兄弟，今二人死於非命，汝遭誹謗，難逃不義之名。」而秦王於辯護之際，言曰：「固知好人難做，清名難題。寧使吾負兄弟，莫使兄弟負吾。」竟與曹操如出一轍。其後，小說復加一細節：「原來唐主有三乳，極其長大，秦王因跪進吮之。秦王曰：『世民兄弟皆共此脈，何忍捐棄耶？』唐主抱定秦王，父子二人相向大哭，眾臣無不下淚。」

相形之下，對與大唐逐鹿天下的隋末群雄，本書卻頗有同情體諒之心。第七十一回敘蕭銑被執，高祖謂：「今日到此，汝欲何如？」銑對曰：「隋失其鹿，英雄競逐。銑是梁之後裔，合宜為帝，因無天命，故為陛下來降。亦如昔日田橫南面，豈負於漢哉。」高祖大怒，命斬於都市。後人有詩歎云：「當年蕭銑欲偷生，空獻江陵數郡城。口說田橫難負漢，豈知高祖不容情。」總批：「唐兵乘勝直抵江陵，銑以百姓之故，不忍固守而降。然則唐初割據之主，銑最無罪，而高祖誅之，淫刑甚矣。」

在逐鹿之眾英雄中，作者褒美竇建德的情感最深。他是小說中最早登場的英雄：「先說一人，姓竇名建德，貝州漳南人也。家世為農，材力絕人，仗義疏財。時人鄉人喪親，貧不能葬，建德正在耕田，聞之，遂解牛與之給喪，鄉黨異之。」《舊唐書》卷五十四本傳云：「竇建德，貝州漳南人也。少時，頗以然諾為事。嘗有鄉人喪親，家貧無以葬，時建德耕於田中，聞而歎息，遽輟耕牛，往給喪事，由是大為鄉黨所稱。」《新唐書》卷八十五本傳云：「竇建德，貝州漳南人。世為農，自言漢景帝太后父安成侯充之苗裔。材力絕人，少重然諾，喜俠節。鄉人喪親，貧無以葬，建德方耕，聞之太息，遽解牛與給喪事，鄉黨異之。」小說與史書文字略異，惟一的改動是將

「重然諾，喜俠節」改為「仗義疏財」。「仗義疏財」是施耐庵、羅貫中褒美人物的最高讚語，惟《水滸傳》宋江、晁蓋、柴進足以當之；《三國志演義》則有曹操曰：「此雲長乃千金不可易其志，真仗義疏財大丈夫也！」足見作者對竇建德的態度。楊義臣曰：「吾見竇建德亦能屈節下士，又無篡逆之名。」更是小說為竇建德所定的基調，其政治品格，實逾李世民輩而上之。

　　竇建德又有仁義之心。隋將王琮舉城來降，劉黑闥因其「久困我之大兵」，欲以油鑊烹之，建德曰：「人既以誠心來降，殺之是不義也。吾初起於平原為盜之時，不暴殺不能服眾；今日欲定天下，安百姓，豈可殺戮忠臣乎？」他是在李淵、李軌、朱粲、蕭銑、梁士都、林士弘、王世充、宇文化及等皆自立稱帝之後，方始即位於樂壽的，且曰：「孤本無才，為眾所推，以至今日，卿等宜竭力為國，以定天下。」確有自知之明。他採納凌敬「方今英雄並起，得人者昌，失人者亡」之言，聘隋太僕楊義臣以為輔佐，楊義臣提出三事：「一，不稱臣於夏；二，不願顯我姓名；三，擒獲化及，報得二帝之仇，則當放我歸還田里。」竇建德皆允從之，且曰：「孤為夏主，卿為隋臣，名爵不等，敬太僕之德耳。」及宇文化及成擒，楊義臣遺書睡榻不辭而去，劉黑闥欲引兵追之，建德曰：「朕欲成此人之名，不必追趕。」比《三國志演義》曹操之待關羽，更重義氣。冀州城破之後，眾軍士獲刺史鞠稜，建德親釋其縛，曰：「足下為隋之臣，不與眾人同叛，而獨守志不屈，真忠臣也。特免汝罪，回心輔我，以興夏國。」鞠稜曰：「方今天下洶洶，民有倒懸之急。大王立匡國救民之心，臣感不殺，願從仁義之主，以安天下。」

　　竇建德之敗，乃在沒有吸取王世充「同約伐魏，平分地界」、卻「殺吾使令，自取洛陽」的教訓，仍率兵救之，終於敗走牛口，被擒斬於長安市上。史官有詩贊曰：「貝州竇建德，飄然迥出群。假仁安百姓，全義動三軍。創業心尤重，求賢禮亦勤。雖然起自盜，河溯號

明君。」應是代表了作者的觀點的。

　　對於「保唐」的文臣武將，此書亦未形成有機的形象體系。第六回「瓦崗群雄聚義」的起事者是翟讓、單雄信、徐世勣、王伯當、王當仁五人，後共奉李密為主。秦瓊則是裴仁基向李密薦舉，「以車迎之」來的。秦瓊且問曰：「某孤陋寡聞之人，公何錯薦於明公？公之鄉中有一賢士，何不請來相助？」問是誰時，竟答曰：「姓程名咬金，更名知節。」裴仁基猛省曰：「吾失計算也！」即薦於密。如此之「賢士」，卻不能忠於其主。北邙山追秦王入老君堂時，「見紅光罩體，紫霧騰空，煙霧之中，現出八爪金龍」，秦叔寶知是「真主」，手輪雙簡，將知節的斧頭隔在一邊。秦王被擒以後，徐世勣、魏徵、秦瓊私下將李密詔文「不赦南牢李世民」的「不」字下添上一畫，改作「本赦」二字，為的是「施此人情，久後吾等好去相見」，投機心理極重。

　　不寧惟是，徐世勣與單雄信結為兄弟，相契甚厚，後單雄信追趕秦王，徐世勣單馬奔前，曰：「吾主即汝主也，可看弟薄面，乞全秦王性命。」雄信曰：「昔日同居一處，始為兄弟；如今各事其主，實是仇敵。」世勣又告曰：「吾與汝交契甚厚，不比它人。不記昔日龍門陣上焚香設誓，同食五魂湯之義乎？」雄信曰：「此乃國家之事，非雄信敢私也。今日免汝一死者，盡吾一點同契之情耳。」遂以劍割斷衣袍，勒馬加鞭，復來追趕。最後王世充、單雄信被擒，當此生死之關頭，雄信目視徐世勣曰：「阿弟何無一言？」世勣竟答曰：「愚弟本意救兄，汝不記割袍斷義時耶？」既不忠，又少義，褒貶傾向，實寓於不言之中矣。

　　與秦瓊、程咬金同時歸李密的「太原人羅士信」（《新唐書》卷一九一〈忠義傳〉作：「羅士信，齊州歷城人。」羅士信原籍的改動，或亦與羅貫中的太原情結有關），此書中也寫得極為浮躁。他在李元吉手下，攻打范願、高雅賢時，為與宇文歆爭功，探聽得他來日四更

造飯，五更結束，平明出寨，便暗地分付二更造飯，三更便起，先打了范願寨，再將得勝之兵打高雅賢寨，「顯得兩場功勞都是他的」。不料被范願殺得大敗，馬前失兩蹄，掀將下來，兩下箭發，遂被射死，殊無後世羅成的英雄氣概。

　　與此相對的是，對於尉遲恭卻特別推崇。第三十九回敘其惠然登場，文章的體制就大為不同。先是從劉武周眼中寫其外貌：「身長九尺，膀闊有圍，滿部鬚長一尺二寸，面如鐵色，目若朗星，威風凜凜，氣宇昂昂」；其後，武周問為將之道，敬德曰：「將有五才十過。所謂五才者，智、仁、信、勇、忠也。智則不可亂，仁則能愛人，信則不失期，勇則不可犯，忠則不二心也。」武周又問：「若汝為將，則何如？」敬德曰：「若臣為將非敢自為誇張，實出古兵法，但人不能知耳。用之以文，齊之以武，守之以靜，發之以動。兵之未出也，如山嶽；兵之既出也，如江河。變化如天地，號令如雷霆，賞罰如四時，運籌如鬼神。亡而能存，死而能生，弱而能強，柔而能剛，危而能安，禍而能福。機變不測，決勝千里，自天之上，由地之下，無所不知；自內而外，自外而內，無有或違。十萬之眾，百萬之多，無有不辨。或畫而夜，或夜而畫，無有不兼。範圍曲成，各極其妙。然由洞達古今，精明易學，定安險之理，決勝負之機，神運用之權，藏不窮之智。奇正相生，陰陽終始，然後成仁以容之，禮以立之，勇以裁之，信以成之。如此則成湯之伊尹，武丁之傅說，渭水之子牙，燕山之樂毅，皆吾之師也。」武周見敬德議論如長江大海，一瀉萬里，欣然喜曰：「孤得足下，可比之漢得韓信，蜀得趙雲，勝十倍矣。」以如此大篇幅敘某一人之議論，全書除敬德外，尚無第二人，可見推崇之意。

　　劉武周究非命世之主，敬德最終還是要轉到為秦王一方效力上來，但作者用於他的筆墨，亦復與他人不同。第五十三回「美良川秦王跳澗」，敘敬德趕上秦王挺鞭打來，「只見紫霧騰騰，紅光燦燎，流

射二道電光，衝開敬德，不能動手」。與秦瓊當初一樣，敬德已知「真命天子，百靈咸助」，但他絕不賣主求榮，依舊毫不手軟。及武周戰敗走投北突厥，尋相以「古人背暗投明，君子所取」為由，要與敬德共投大唐，敬德曰：「為人臣而懷其二心，是不忠也。況李淵亦是僭國，武周何劣於唐？今若一時苟且，後遺萬載臭名。此事吾寧就死，決不苟為。」為此，秦王千方百計要致劉武周於死地。殺死之後，命唐儉將首級送與敬德，滿心以為：「武周已亡，敬德來降必矣。」不料敬德啟匣視之，見武周面不改色，曰：「的吾主也。久不見吾主，誰殺汝之死耶？使吾身無所倚，不能報仇。」放聲大哭，欲拔刀自刎。唐儉急向前奪之，曰：「君今死有餘辜，亦不為忠臣也。」敬德曰：「臣死君難，正其理也，反屈身事仇，可乎？」儉曰：「不然。今日足下所行，非盡忠死節之士，實弒君賊子之事也。」他的理由是：「武周原不曾死，皆被足下逼死之耳。枉死無益，亦不忠也。」敬德至是便要求秦王退軍，待與武周刻木為軀，以王禮葬於介休南門外之後，方嚴整披掛，各依隊伍出城來降。小說寫其場面道：

　　秦王單馬輕衣，親自去迎。左僕射屈突通扣馬諫曰：「敬德嚴裝披掛，布列而出，殿下未可輕進。常言『受降如受敵』，萬一有變如何？」秦王曰：「敬德定楊名士，信義為重，必不肯負義也，何必多疑。」遂策馬而行。秦瓊曰：「汝眾回陣，吾從殿下迎來。」二人接見，敬德下馬立於陣前。秦王曰：「足下既已順吾，何必披掛嚴整軍伍，其意何在？」敬德曰：「臣與吾王麾下多有戰鬥之仇，恐懷舊恨，故不敢輕進，特如此以防不測耳。」秦王曰：「唐劉爭鋒，皆因圖王霸業，各事其主。始為仇敵，今已合成一家，安有挾仇之理？」隨令秦瓊說諭將士，但有挾仇與敬德為敵者，以軍法斬首。軍中駭然震

慄。秦王遂折箭為誓，脫自己錦袍以衣之，請入寨中。敬德大
喜，納頭便拜曰：「敬德敗將，感殿下不殺之恩，願施犬馬之
報。」秦王用手攜曰：「吾知子真大丈夫也，武周不能用為大
將，致有此敗。不知敬德寧識美良川之時乎，若公是時獲我，
還相害否？」敬德曰：「未可量也，英雄之意。」秦王大笑
曰：「今日之事，當與公共之。」

敬德歸唐之後，依然扮演重要角色。第七十七回敘秦王欲盡誅東宮、
齊府之人，又是尉遲敬德出面勸阻，曰：「今大事已定，兩宮皆臣。
大王欲盡誅餘黨，人心搖攘，萬一有變，恐非所以求安也。」秦王
曰：「吾痛恨此輩，共謀害吾，故欲盡滅以雪恨耳。」敬德曰：「與大
王爭競者，建成、元吉也，二人諸子已滅，何預眾事？眾人之事二
宮，亦猶臣事大王，各為其主，實臣子之職也。莫若釋而用之，人言
大王言才棄仇，眾士感德，咸樂為用，此萬全之策也。」秦王於是下
令撫慰兩宮將士，眾皆晏然。又謂魏徵先為東宮洗馬，常勸太子建成
早除秦王，至是秦王欲斬之，敬德跪曰：「此等忠臣，正可容留。」
秦王遂為改容，笑曰：「我亦知玄成經濟人才，素抱忠義，故戲之
耳。」崇敬德而黜秦瓊的傾向，至為顯然；且前言魏徵亦參與秦瓊私
放秦王之謀，而秦王居然毫不記功，都是此書成書較早的表徵。

　　從全書結構看，第七十九回「玄武門奏七德舞」，標誌著大唐之
「興」的實現。此回敘太宗以天下承平，於正月上旬設筵大合群臣及
蠻夷酋長於玄武門，命二十八人各披銀甲，執戟而舞，歌太平之曲。
樂音嘹亮，極其清雅，號稱七德之舞：

　　太常卿蕭瑀進曰：「古者，樂以象德也。陛下功德隆盛，治教
　　休明，自古至今，未有能出陛下之右者。臣觀七德之舞形容未
　　盡，乘今華夷將士咸集於此，可將劉武周、薛仁杲、竇建德、

王世充數人擒獲之狀，逐一開具首尾行事，與眾將士見聞，方
能表陛下功德之盛也。」帝曰：「卿言謬矣。朕昔擒戮數人，
彼皆一時英雄，著耀當世；況朝內之臣，亦嘗北面而事之者，
若表而出，使各觀其故主屈辱之狀，能無傷悼之情乎？」瑀拜
謝曰：「陛下寬洪大德，非臣所及也。」

　　楊慎〈序〉曰：「歷代帝王之盛，無有過於太宗者。」太宗駁斥
蕭瑀之議，正與全書表彰隋末群雄的基調一致。自此回後，大唐進入
了偃武修文、世享承平的盛世。卷九起於貞觀十七年（643），直至卷
十二末至中和二年（882），其前、其後皆為分裂（分立）時期，後者
羅貫中已先行寫成《殘唐五代史演義傳》，此處尚有二百四十年和平
時期的史事需要填補，而羅貫中僅用了四十回的篇幅，只占全書的百
分之三十四點四二，引得褚人獲提出「鋪綴唐季一二事，又零星不聯
屬」的批評。但千萬不要小看這個「填補」，因為它對後世的「說
唐」系列及其他王朝全史演義的寫作，都有極大示範的作用。

　　約略言之，卷九敘薛仁貴征遼故事，是宋太宗即位後的對外戰
爭。由於有宋元《薛仁貴征遼事略》的現成板塊可供利用，「秦瓊含
血噀敬德」、「唐太宗跨海征遼」、「薛仁貴箭射飛刀」等，皆沿襲舊
作。卷十、十一敘寫武后專政與玄宗、楊妃事，楊慎〈序〉評曰：
「惜其得國之始，脅其父以烝母后，故遞傳而下，默開報後之機；武
曌之穢亂春宮，玉奴之洗兒受賜，其時總有忠如遂良，義如仁傑，操
守如許遠，苦節如張巡，不能濟也。故敬業敗兵於孝逸，杲卿委命於
祿山，一時義士忠臣，死於非命。婦人之禍，慘至於此，非天道之好
還，而始基之不正乎？」卷十二敘吐蕃回紇入寇與藩鎮割據之禍，以
至漸廢漸滅。楊慎〈序〉評曰：「雖然，帝唐之主特懦弱耳，而慘刻
暴虐之君，未嘗或見，故代多君子，為之輔翼，使國祚安於磐石，而
一二百餘年之太平，天固有以眷之矣。即勇寇如黃巢，其能背天以移
唐祚乎？」

　　第一百回「李太白立掃番書」、第一〇一回「華陰李白倒騎驢」，與第一一九回「韓文公上佛骨表」、第一二〇回「韓文公雪擁藍關」，以較大篇幅插敘了唐代兩大文豪李白與韓愈的故事，亦為長篇講史文體之一大創舉。關於李白的出身，此書敘翰林學士賀內干奏曰：「先因綿竹縣令賀知章家一使女名曰秀春，嘗在錦江洗菜，忽然跳一鯉魚入籃，其女取魚歸家食之，因而有孕。後生一子，容貌希奇，身體端嚴，知章異之，取名李白。」將李白經賀知章（659-744）推薦供奉翰林，說成是別一翰林學士「賀內干」所薦；又不取《新唐書》卷二〇二「文藝中」：「白之生，母夢長庚星，因以命之」的傳說，而曰賀知章使女秀春錦江洗菜，鯉魚入籃，食而有孕以生李白，也都顯出早期話本的印記。

　　關於草〈答番書〉一事，唐劉全白貞元六年（790）撰〈唐故翰林學士李君碣記〉云：「君名白，廣漢人。天寶初，玄宗辟翰林待詔。因為〈和蕃書〉，並上〈宣唐鴻猷〉一篇，上重之。」唐范傳正元和十二年（817）撰〈唐左拾遺翰林學士李公新墓碑〉云：「公名白，字太白。天寶初，召見於金鸞殿。玄宗明皇帝降輦步迎，如見園綺。論當世務，草〈答番書〉，辯如懸河，筆不停輟。玄宗嘉之，以寶床方丈賜食於前。御手和羹，德音褒美。褐衣恩遇，前無比儔。遂直翰林，專掌密命。既而上疏請還舊山。玄宗甚愛其才，或慮乘醉出入省中，不能不言溫室樹，恐掇後患，惜而遂之。」[21]當係實事。《隋唐兩朝志傳》錄契丹番書曰：

　　　　朕思契丹國居邊夷，天寒地涼之鄉，萬物希生之地。近聞中華
　　　　禮樂之邦，冬暖夏涼，春花秋月，奢華富貴。此是苦樂不同，
　　　　朕情不滿。自古天無二日，國無二主，為此遣使齎書，早達中

---

21 孫楷第：《小說旁證》（北京市：人民文學出版社，2000年），頁111。

華。若存國禮，罷戰停征，欲持雄兵百萬，勇將千員，隨駕來遊南國，賞翫中華。御林池權將飲馬，上林苑暫借屯兵。坐內殿朕歇欲息，瓊林庫借賞三軍。如若肯否，早與回文；倘若不從，速達見報，選日興兵，來征唐國，取中原四百軍州，改為番家一統，天下始平，此是朕之願也。草草不宣。上啟南朝唐玄宗御前開拆。

而李白〈答番書〉謂：

朕坐中華，遙聞北國俱是邊夷草木之鄉，江湖水澤之里，多生禽獸，少長人倫。危弱凍寒之地，粒穀不熟之邦，普受饑寒之處。總有強將謀兵，徒來受荷俸祿。朕知怯弱，常存慈含之心。你不思國貧命薄，卻欲孳我中華，豈不羞哉？危王敢出胡言，急惱大唐聖主。番書到日，文武才觀，如薪赴火，怒若平地興雷。使卒來時，便欲挫為禽獸。奈緣說要回言，權行免罪。本朝天子封疆廣遠，五穀豐盈，臣僚祿重。食餐珍味之饈，體裼錦袍之彩。文官八百，人人安邦定國之楨；武將三千，個個擎天跨海之勇。兵如萬頃洪波，普守乾坤，堅如鐵壁；將似一天星斗，皆護宇宙，固以銅城。天下教場中，兵卒渾如螻蟻眾多，勢能克倒太山。戰將千千，個個威如猛虎；勇兵萬萬，人人勢似蛟龍。四海諸邦拱手，八方萬國皈依。朕思邦主土弱，權息來征，焉敢無端，到來相犯。微微狗子，焉敢與猛虎爭強；小小蛇兒，怎敢共蒼龍鬥勝。早來拜伏歸降，恕免血光之難。如言不順，則便舉兵，剿滅番家，片甲不留，剗草除根，萌芽不發，的不虛示。

《警世通言》卷九「李謫仙醉草嚇蠻書」則說「李白乃西梁武昭

興聖皇帝李軒九世孫，西川錦州人也，其母夢長庚人懷而生」，遵從
《新唐書》的記載，糾正了此書的說法。其番書云：

> 渤海國大可毒書達唐朝官家。自你占了高麗，與俺國逼近，邊
> 兵屢屢侵犯吾界，想出自官家之意。俺如今不可耐者，差官來
> 講和，可將高麗一百七十六城，讓與俺國，俺有好物事相送：
> 太白山之菟，南海之昆布，柵城之鼓，扶餘之鹿，揗頡之豕，
> 率賓之馬，沃州之綿，湄沱河之鯽，九都之李，樂遊之梨，你
> 官家都有分。若還不肯，俺起兵來廝殺，且看那家勝敗！

〈嚇蠻書〉云：

> 大唐開元皇帝詔諭渤海可毒：自昔石卵不敵，蛇龍不鬥。本朝
> 應運開天，撫有四海，將勇卒精，甲堅兵銳。頡利背盟而被
> 擒，弄贊鑄鵝而納誓；新羅奏織錦之頌，天竺致能言之鳥，波
> 斯獻捕鼠之蛇，拂菻進曳馬之狗；白鸚鵡來自訶陵，夜光珠貢
> 於林邑；骨利干有名馬之納，泥婆羅有良酢之獻。無非畏威懷
> 德，買靜求安。高麗拒命，天討再加，傳世九百，一朝殄滅，
> 豈非逆天之咎徵，衡大之明鑒與！況爾海外小邦，高麗附國，
> 比之中國，不過一郡，士馬芻糧，萬分不及。若螳怒是逞，鵝
> 驕不遜，天兵一下，千里流血，君同頡利之俘，國為高麗之
> 續。方今聖度汪洋，恕爾狂悖，急宜悔禍，勤修歲事，毋取誅
> 戮，為四夷笑。爾其三思哉！故諭。

均將「契丹國」改為「渤海國」，文字亦復不同。按吳敬所編輯《國
色天香》卷三〈快睹爭先・番書〉、〈快睹爭先・嚇蠻書〉，所錄都與
《隋唐兩朝志傳》文本相近，中有少量異文，如〈番書〉首句改為

「朕思此國僻遠邊夷，山無草木，乃百物希生之所；近聞南朝居處中華，地饒稼穡，是萬民樂業之邦」，其餘「冬暖夏涼，春花秋月」、「自古天無二日，民無二主」、「隨駕來遊南國，賞翫中華。御林池權將飲馬，上林苑暫借屯兵」等，皆無二致。〈嚇蠻書〉開首則於「朕坐中華」前增寫：「巍巍唐世，蕩蕩中原。神堯高祖，創業洪基；文武太宗，建成大業；高宗大孝，武後芳名；中宗以忠孝而為君，睿宗以恭儉而為主。方今上號明皇皇帝，坐鎮中華。」將第一人稱的「朕」，改為「方今上號明皇皇帝」，已非代言之體。又在「文官八百」、「武將三千」句前，增寫「論文，注孔孟之遺書；講武，談孫吳之妙略」；在結末「劉草除根，的不虛示」之上，增寫「生擒虜寇，頸繫馬援之銅柱；活捉蠻王，不比武侯之縱放」，在在表明係據《隋唐兩朝志傳》文本改寫。《警世通言》成於天啟四年（1624），現存《國色天香》刊於萬曆二十五年（1597），則不可能據《警世通言》改寫，其所本顯為《隋唐兩朝志傳》。

　　本書於楊國忠、高力士磨墨脫靴事，僅言李白奏曰：「近來楊國忠、高力士二人，國之大臣，皆抱大才，監臨試場，曾把小臣文卷批落不用，搶出場門。今日回書，合與小臣捧硯磨墨，穿靴脫靴。如有不從，臣寧死於闕下，誓不回書。」及《警世通言》，方寫楊國忠見卷子上有李白名字，也不看文字，亂筆塗抹道：「這樣書生，只好與我磨墨。」高力士道：「磨墨也不中，只好與我著襪脫靴。」喝令將李白推搶出去。李白怨氣沖天，立誓：「久後吾若得志，定教楊國忠磨墨，高力士與我脫靴，方才滿願。」故事就曲折多了。《隋唐兩朝志傳》之未將文章做足，恰證明其為草創階段之作品耳。

第三章
明代的歷史小說和本朝小說

第一節　非「明代前期空白論」

　　「明代前期通俗小說創作空白論」，是明代小說研究不容迴避的論題。二十世紀八十年代以來，學術界有人提出：在《水滸傳》、《三國志演義》之後，通俗小說創作存在一段近二百年的「空白期」。作出這一判斷的文獻依據是：現存的長篇通俗小說都只有嘉靖之後的刊本。

　　乍一聽去，這種見解好像很「唯物」，很重視「實證」，但稍微追索一下，就可發現它是建立在如下「假設」之上的：歷史上產生的通俗小說，全都得到了妥善的保存，無一湮沒，無一損失；既然現在沒有看到嘉靖以前的版本，就證明在明代前半期小說創作是一片空白。──誰都明白，這種假設是不合事理的。且不說水、火、蟲、兵等災患對古籍的嚴重損害，也不說歷代統治者對小說的瘋狂禁毀，單是對於通俗小說根深蒂固的傳統偏見，就是古代小說大量湮沒的根由。通俗小說固然受到普通讀者的歡迎，但越是暢銷的東西就越容易湮沒，因為這種不登大雅之堂的「閒書」，誰也不會鄭重地加以收藏；官私藏書樓閣一律不收平話小說，就是最好的證明。直到二十世紀初，現代圖書館蓬勃創建之時，鄙棄通俗小說的狀況也不曾有所改善。魯迅先生一九一八年八月二十日致許壽裳書說：「京師圖書分館等章程，朱孝荃想早寄上。然此並庸妄人所為（錢稻孫、王丕謨），何足依據。而通俗圖書館者尤可笑，幾於不通。僕以為有權在手，便當

任意作之，何必參考愚說耶？教育博物館素未究，必無以奉告。惟於
通俗圖書館，則鄙意以為小說大應選擇，而科學書等，實以廣學會所
出者為佳，大可購置，而世多以其教會所開而忽之矣。」[1]名為「通俗
圖書館」卻不收藏通俗小說，實不能怪主持者之「庸妄」[2]，乃社會
風氣使之然也。魯迅先生撰《中國小說史略》時，因看不到小說的
「舊本」，一九二四年三月三日在此書《後記》中喟歎道：「識力儉
隘，觀覽又不周洽，不特於明清小說闕略尚多，即近時作者如魏子
安、韓子雲輩之名，亦緣他事相牽，未遑博訪。況小說初刻，多有序
跋，可借知成書年代及其撰人，而舊本希覯，僅獲新書，賈人草率，
於本文之外大率刊落，用以編錄，亦復依據寡薄，時慮訛謬。」這種
不盡如人意的狀況，到二十世紀三、四十年代，才略有轉機。鄭振鐸
先生撰有《劫中得書記》、《劫中得書續記》，備細道出了個中的艱辛。
一九五六年八月他在新序中提到：「在三十多年前，除了少數人之外，
誰還注意到小說、戲曲的書呢？這一類『不登大雅之堂』的古書，在
圖書館裡是不大有的。我不得不自己去搜訪。至於彈詞、寶卷、大鼓
詞和明清版的插圖書之類，則更是曲『低』和寡，非自己買便不能從
任何地方借到的了。……常與亡友馬隅卿先生相見，他是在北方搜集
小說、戲曲和彈詞、鼓詞的，取書共賞，相視而笑，莫逆於心，頗有
『空谷足音』之感。」[3]試想，如若沒有鄭振鐸（1898-1958）、馬隅卿
（1893-1935）、傅惜華（1907-1870）、孫楷第（1902-1986）、阿英
（1900-1977）、胡士瑩（1901-1979）、王古魯（1901-1958）、譚正璧
（1901-1991）、吳曉鈴（1914-1995）、周紹良（1917-）等老一輩學者

1　《魯迅書信集》（北京市：人民文學出版社，1976年），頁18。

2　據陳玉堂《中國近現代人物名號大辭典》，錢稻孫（1887-1962），浙江吳興人，早年
　　留學日本，後畢業於羅馬大學，一九一二年任教育部主事，後兼任京師圖書分館主
　　任，歷任北京圖書館輿圖部主任、清華大學外文系教授兼圖書館長等。

3　鄭振鐸：《西諦書話》（北京市：生活・讀書・新知三聯書店，1998年），頁204。

的努力，搶救和「引進」了大量古小說珍本、孤本，可能今天我們還在黑暗中徘徊，我們面對的「空白」也就不止是明代前期，而可能是整個明代了！魯迅先生說，可憑藉小說初刻的序跋「知成書年代及其撰人」，固乃行家之論；但賈人的可惡不僅在將序跋「大率刊落」，而且在妄題年月與撰人。曾見一《西晉演義》之版本，卷首有《西晉演義》〈原序〉，其文與萬曆刊本之雉衡山人序同，末尾竟署「時在光緒十有九年癸巳冬十一月，吳門滄浪舊隱志於黃歇浦之廣百宋齋」！設令前此之版本皆已亡佚，有人據此判定《西晉演義》為光緒間的作品，將成書年代推後了三百年，你又能用什麼來反駁呢？

話又說回來，要將曾經存在的事物抹殺殆盡，也是不容易做到的。所幸在遺存文獻史料的字裡行間，仍有蛛絲馬跡透露明代前期小說的種種信息，證明並不存在什麼創作的「空白」。先來看《明史》卷二八五〈文苑一〉的一條材料：

> 王行，字止仲，吳縣人。幼隨父依賣藥徐翁家，徐媼好聽稗官小說，行日記數本，為媼誦之。媼喜，言於翁，授以《論語》，明日悉成誦。翁大異之，俾盡讀家所有書，遂淹貫經史百家言。未弱冠，謝去，授徒齊門，名士咸與交。富人沈萬三延之家塾，每文成，酬白金鎰計，行輒麾去曰：「使富而可守，則然臍之慘不及矣。」洪武初，有司延為學校師。已，謝去，隱於石湖。其二子役於京，行往視之，涼國公藍玉館於家，數薦之太祖，得召見。後玉誅，行父子亦坐死。始吳中用兵，所在多列炮石自固，行私語所知曰：「兵法柔能制剛，若植大竹於地，系布其端，炮石至，布隨之低昂，則人不能害，而炮石無所用矣。」後常遇春取平江，果如其法。行亦自負知兵，以及於禍云。

關於王行，錢謙益《列朝詩集小傳》甲集《王教讀行》亦有記載：

> 行，字止仲，長洲人。髫時，從其父為閶門南市人市藥籍，記藥物，應對如流。迨晚，為主嫗演說稗官詞話，背誦至數十本。主人翁異之，授魯論，翌日已成誦。乃令遍閱所庋書。年未弱冠，辭去，授徒於城北望齊門，議論踔厲，貫穿今古。家徒壁立，幾無留冊，詢所學，曰：「得之藥肆翁耳。」張氏據吳，隱居教授。洪武初，郡庠延為經師。時，訓導無常祿，猶儒生衣巾，弟子且心易之；以五經雜進問難，肆應不窮，皆吐舌嘆服。晚年，謝生徒，居石湖之濱。郡守魏觀徒行訪之，不肯出。洪武二十六年，涼國公藍玉謀叛，止仲以西塾連坐，並其子阿定伏誅。初，止仲好談兵，兩浙兵興，默坐籌勝負，出與所親決，不失一二。吳中恃多壘，炮石自固，止仲私語曰：「兵法不云『柔可制剛』？植蕩篠頎而偉者，系布於其端，如帲幪然，人出沒其下，雖炮至，布隨之低昂，則人無害，而石可盡矣。」後開平兵至，果用是計。止仲益喜自負。往遊都門，人或尼之，笑曰：「虎穴中好休息也。」涼國延教其子孫，止仲數以兵法進說，涼國大喜，頗與商舉事，卒用是敗。

王行（1331-1395）與羅貫中是同一年齡段的人，他與高啟、徐賁、高遜志、唐肅、宋克、余堯臣、張羽、呂敏、陳則卜居相近，號「北郭十友」，又稱「十才子」，在元末明初要算是一位名人。他幼時依賣藥徐翁家，為徐嫗誦稗官小說之事，應該在元代至正初年。其時市井之「說話」極為盛行，故王行得每日前往聽講，記錄歸來為嫗誦之。錢謙益說他背誦稗官詞話至數十本，數量就更驚人了。王行乃文苑中人，卻好談兵，其「植大竹於地，系布其端」之計至為常遇春所納，或許即從稗官小說習得。若王行記錄的「數十本」得以保存至今，豈

非絕好之小說珍本？若王行「演說」稗官詞話時多所發揮，其編訂之
本又得以刊刻流傳，小說史上豈非多了一位元末明初的作家？

　　王行的事蹟充分說明，民間的稗官詞話最富有生命力，它是小說
創作的源頭和土壤。明代前半期是否存在小說的「空白」，關鍵就在
王行之後，演說稗官詞話是否也成了「空白」？答案自然是否定的，
重要的原因是最高統治者的喜愛。都穆《都公談纂》卷上云：

> 陳君佐，揚州士人，善滑稽，太祖甚愛之，一日給米一升。上
> 一日令君佐說一字笑話，對曰：「俟臣一日。」上諾之。君佐
> 出尋瞽人善詞話者十數輩，詐傳上命。明日，諸瞽畢集，背負
> 琵琶，君佐引之至金水河，見上，大喝曰：「拜！」諸瞽倉皇
> 下拜，多墮水者，上不覺大笑。上嘗令人押君佐投江，意實戲
> 之。君佐至江濱，濡其衣以歸。上曰：「何以不溺？」君佐
> 曰：「臣下見屈原，其言有理，是以不死。」上曰：「屈原何
> 言？」君佐曰：「屈原云：『我逢暗主投江死，汝遇明君莫下
> 來。』」上一笑釋之。

都穆（1459-1525），吳縣人，字玄敬，弘治十二年（1499）進士，官
禮部郎中，加太僕少卿歸。好讀書，至老不倦，著有《西使記》、《金
薤琳琅錄》、《玉壺冰》、《聽雨紀談》等。他所記明太祖愛聽詞話之
事，在顧起元（1565-1628）《客座贅語》卷六「平話」條「太祖令樂
人張良才說平話」中，亦可得到印證。在明代帝王中，愛好平話的遠
不止太祖一人。李開先（1502-1568）〈張小山小令後序〉云：「史言
憲廟好聽雜劇及散詞，搜羅海內詞本殆盡。……武宗亦好之，有進者
即蒙厚賞，如楊循古、徐霖、陳符所進，不止數千本。」明憲宗（憲
廟）年號成化（1465-1487），在位二十三年；明武宗年號正德
（1506-1521），在位十六年。一九六七年上海嘉定縣城東宣姓墓發現

的成化七年至十四年（1471-1478）北京永順堂刊「說唱詞話」本十三種，恰為「憲廟好聽雜劇及散詞」提供了佐證。

　　事情總是相互促成的：「上有好，下必盛焉」；反過來說，惟在下已極盛，而上乃有所好。沈德符《萬曆野獲編》卷二十四「小唱」云：「京師自宣德顧佐疏後，嚴禁官妓，縉紳無以為娛，於是小唱盛行，至今日幾如西晉太康矣。此輩狡猾解人意，每遇會客，酒槍十百，計盡以付之，席散納完，無一遺漏，僮奴輩藉手，以免訶責。然詗察時情，傳佈秘語，至緝事衙門，亦藉以為耳目，則起於近年，人始畏惡之。其豔而慧者，類為要津所據，斷袖分桃之際，齎以酒貲仕牒，即充功曹，加納候選，突而弁伈，旋拜丞薄而辭所歡矣。以予目睹，已不下數十輩。」顧佐（？-1446），建文二年（1400）進士，永樂初入為御史，改順天尹，宣德中擢右都御史，黜贓舉賢，朝綱肅然。自從他上疏嚴禁官妓獲准之後，小唱反而益加盛行起來。道理極為簡單：縉紳總要娛樂，藝人更要吃飯，這些都是無法禁止的。《都公談纂》卷下曾記一京師人名真六者，瞽目，善說評話，嘗至河南某府為人說評話，半月間獲布五十疋，收入可謂不菲。陶輔（1441-？）《花影集》卷四「瞿吉翟善歌」云：「往者瞽者緣衣食，故多習為稗官小說，演唱古今。愚者以為高談，賢者亦可課睡，此瞽者贍身之良法，亦古人令瞽誦詩之義也。今茲特異，不分男女，專習弦管，作豔麗之音，唱淫放之曲，出入人家，頻年集月，而使大小長幼，耳貫心通，化成俗染。」姜南《芙塘詩話》卷二「洗硯新錄・演小說」云：「世之瞽者，或男或女，有學彈琵琶，演說古今小說，以覓衣食。北方最多，京師特盛，南京、杭州亦有之。」田汝成《西湖遊覽志餘》卷二十「熙朝樂事」云：「杭州男女瞽者，多學琵琶，唱古今小說平話，以覓衣食，謂之『陶真』。大抵說宋時事，蓋汴京遺俗也。」都道出了這樣一個最基本的事實。

　　隨著說唱的深入民間，像王行那樣將其記錄成「話本」，或通過

整理修訂刊刻成書，乃勢所必然之事。《明史》卷二九八〈隱逸〉云：

> 吳海，字朝宗，閩縣人。元季以學行稱。值四方盜起，絕意仕
> 進。洪武初，守臣欲薦諸朝，力辭免。既而徵詣史局，復力
> 辭。嘗言：「楊、墨、釋、老，聖道之賊；管、商、申、韓，
> 治道之賊；稗官野乘，正史之賊；支詞豔說，文章之賊。上之
> 人，宜敕通經大臣，會諸儒定其品目，頒之天下，民間非此不
> 得輒藏，坊市不得輒鬻。如是數年，學者生長不涉異聞，其於
> 養德育才，豈曰小補。」因著書一編曰《書禍》以發明之。

吳海為人「嚴整典雅，一歸諸理」，他對稗官野乘、支詞豔說懷有傳
統偏見，本不足怪。在他「定其品目，頒之天下」的建議中，強調
「民間非此不得輒藏，坊市不得輒鬻（鬻）」，正好證明洪武初稗官野
乘、支詞豔說在坊市大量鬻賣、在民間大量收藏的嚴重事實。紀昀
《閱微草堂筆記》卷十六云：「優人演說故實，謂之平話，《永樂大
典》所載，尚數十部。」永樂元年（1403），明成祖命解縉等一四七
人將百家之書匯為一編，次年告成，名《文獻大成》；成祖以過於簡
略，於永樂三年（1405）命姚廣孝等重修，參與者二一六九人，五年
定稿，改名《永樂大典》，凡二二八七七卷，一一〇九五冊。紀昀是
《四庫全書》總纂官，他所說《永樂大典》所載平話「尚數十部」的
數字，是有根據的。「尚數十部」者，尚有數十部也。《永樂大典》正
本毀於明末，副本入清後存翰林院，乾隆開四庫全書館時，已缺一千
冊，計二四二二卷，缺少的很可能就有可讀性較強的平話小說一內，
則原收平話為數當更多一些。《客座贅語》卷十「國初榜文」條載，
永樂九年（1411）七月初一日，刑科署給事中曹潤等乞敕下法司：
「今後人民倡優裝扮雜劇，除依律神仙道扮、義夫節婦、孝子順孫、
勸人為善及歡樂太平者不禁外，但有褻瀆帝王聖賢之詞曲駕頭雜劇，

非律所該載者，敢有收藏、傳誦、印賣，一時拿送法司究治。」所指的雖是詞曲雜劇，自然也包含了稗官小說。「收藏、傳誦、印賣」云云，亦從反面說明其時刊本之風行。焦竑《玉堂叢語》卷一云：「弘治以來，辦事兩房，以博知舊典著名者，公（指劉鈗）為首，而蘇州劉棨貳焉，時謂之『二劉』，若古稱孝威、孝綽『二劉』云。家故多書，至公則又倍力聚之。凡聖作賢述、山經海志、稗官小說、石室靈文，無不藏焉。有時暴於晴日，非三五識字健僕，兼浹旬之久，盤插不能盡也。」劉鈗（1476-1541），山東壽光人，八歲時為憲宗召見，命為中書舍人，歷官成化、弘治、正德、嘉靖四朝，藏書之富，為時所稱，其中即有稗官小說在內。李開先云，武宗時「楊循古、徐霖、陳符所進不止數千本」，更是一個不小的數目。

據專家考證，成化「說唱詞話」刊本為宣昶夫人之隨葬品。光緒《嘉定縣誌》卷十六載：宣昶，字汝昭，授經鄉里，治《詩》者多出其門，成化間領鄉薦，選惠州府同知，補陝西西安府同知，居官以廉惠稱。評估成化說唱詞話發現的意義，必須首先明確兩個基本事實：一、宣昶非唐太宗李世民，正五品之官員，其時真可車載斗量；二、「說唱詞話」非《蘭亭》之真跡，書坊刊刻的同類詞話，更應俯拾皆是。試想，宣昶能將某「詞話」作為夫人之隨葬品，與宣昶身分相當甚或更高於宣昶者，將某「詞話」刊本付之隨葬者，難道就更無別人？須知一九六七年上海嘉定城東的發現，純然是一偶然事件；那些不曾獲此幸運而被埋沒了的小說刊本，以二百年的時間、全國範圍的空間計，豈止十倍、百倍、千倍？靜言思之，就不會因現今之區區「物證」，而斷言什麼「空白」了。

不僅稗官小說的大量存在是確定的，有些已佚小說的內容，亦可窺知一二。葉盛《水東日記》卷二十一云：「今書坊相傳射利之徒，偽為小說雜書，南人喜談如《漢小王（光武）》、《蔡伯喈（邕）》、《楊六使（文廣）》，北人喜談如《繼母大賢》等事甚多。農工商販，抄寫

繪畫，家畜而人有之。癡騃女婦，尤所酷好，好事者因目為《女通鑑》，有以也。」葉盛（1420-1474），昆山人，字與中，正統十年（1445）進士，累官吏部左侍郎。《水東日記》現存最早版本為弘治間常熟徐氏刻本。書中所說「書坊射利之徒」偽為小說雜書、「農工商販，抄寫繪畫，家畜而人有之」的盛況，頗可注意。其中《漢小王（光武）》、《楊六使（文廣）》，乃是講說東漢、楊家將的歷史小說，刊刻時間比今存本子早了一百四十年。「楊六使」的稱呼，在今本《楊家府演義》中亦可得到印證：卷首「敘述」有云：「六使棲棲依北道，七郎遭矢最堪憐。」第十九回回目為「瓜州營七郎遭射，胡原谷六使遇救」，第二十回回目為「六使汴京告御狀，王欽定計圖八王」，第二十二回寫岳勝蘸血書於壁上曰：「寨前列槍刀，洞口布旗幟；殺了你家人，便是楊六使」，都足以證明「六使」稱呼之久遠。

　　鄭曉《今言》卷一云：「小說云：懿文太子薨，孝陵不欲立孫，遲回久之。高皇后不悅，因遘疾崩，於是孫始得立。此妄說也。洪武壬申四月丙子，懿文太子薨，是年九月庚寅，詔立孫允炆為皇太孫，太子卒後未半年也。當是時，高皇后崩已十一年矣。」又云：「國朝小說書數十種中，亦有浪傳不足信者。惟《野錄》中一事極可惡。獻陵，洪武十一年生於鳳陽。長陵入金川門時，獻陵守北平，年已二十五。景陵，建文元年二月生於北平。獻陵得子最早，年二十九歲已有六人，凡十子。成祖愛景陵，時時稱：『太孫英武類我。』景陵擒漢庶人詔有『誣妄先帝，爰及朕躬』語，好事者為《野錄》，遂妄言耳。」鄭曉（1499-1566），海鹽人，字窒甫，號淡泉，嘉靖元年（1522）舉鄉試第一，嘉靖二年（1523）登進士第，累官南京吏部尚書、刑部尚書。《明史‧鄭曉傳》稱：「曉通經術，習國典故，時望蔚然。」著有《吾學編》、《今言》，為明代前期的寶貴史料。《今言》透露「國朝小說書」數量達十種之多，並具體介紹了兩種小說的內容，一種敘成祖（長陵）與仁宗（獻陵）、宣宗（景陵）的關係以及宣宗親征漢王

（漢庶人）高煦之事，即名曰《野錄》。他概括這類小說的特點時下
了一個「妄」字，真是準確之極。古代志怪傳奇的特點是「怪」、
「誕」、「奇」、「詭」，而「妄」和「胡」，卻是通俗小說的專利。

　　錢希言《桐薪》卷三云：「《金統殘唐記》載黃巢事甚詳，而中間
極誇李存孝之勇，復稱其冤。為此書者，全為存孝而作也。後來詞
話，悉俑於此。武宗南幸，夜忽傳旨取《金統殘唐記》善本，中官重
價購之，肆中一部售五十金。今人耽嗜《水滸》、《三國》而不傳《金
統》，是未嘗見其書耳。」武宗南幸，在正德十四年（1519），其時在
南京或揚州書肆，即可購得《金統殘唐記》善本，連售價五十金都記
得清清楚楚。而既有善本，則更有價廉之普本可知。

　　稗官小說在嘉靖之前存在的信息，在現存小說的內容中也時有透
露。嘉靖三十一年（1552）熊大木《大宋中興通俗演義》〈序〉曰：
「《武穆王精忠錄》原有小說，未及於全文。今得浙之刊本，著述王
之事實，甚得其悉；然而意寓文墨，綱由大紀，士大夫以下，遽爾未
明乎理者，或有之矣。近因眷連楊子素號湧泉者，挾是書謁於予，
曰：『敢勞代吾演出辭話，庶使愚夫愚婦，亦識其意思之一二。』」今
檢此書卷六「金熙宗廢謫劉豫」，在「卻說酈瓊既殺了呂祉，恐宋兵
追襲，連夜奔投偽齊去了」句下，加一小注云：「此一節與史書不
同，止依小說載之。」可見《大宋中興通俗演義》刊刻之前，曾有一
種題作《武穆王精忠錄》的小說已經流行，且有一種「浙本」為熊氏
改編的依據。熊大木訂正時雖然較多地參照史書，但為了敘事的需
要，又不時採用「小說」的內容。袁于令的《隋史遺文》回後總評，
也曾多處提到「舊本」、「原本」：

　　　舊本有太子自扮盜魁，阻劫唐公，為唐公所識。小說亦無不
　　　可，予以為如此釁隙，歇後三十年君臣何以為面目？故更之。
　　　（第三回）

徐世勣亦年十六七作賊，原本以為與魏玄成俱在隋為官，因隋
主弒逆棄職，似非少年矣。且於念九回中插入，仿《水滸》公
孫勝打晁天王管門人，光景相合，厭其套也，去之，於此插
入。（第三十五回）

原本李藝後不得見，茲為補入；既入李藝，則諸人又不得不補
矣。（第五十五回）

　　《隋史遺文》有許多說書人殘留的口吻，如第四十回寫羅士信被擒：
「府中沒主，秦母姑媳，沒人攔阻，俱被拿來。可憐二人呵——命如
風裡燭，家似春中冰。」又如第四十二回寫李玄邃在逃西竄的情景
道：「此時遍天下正搜求楊玄感餘黨，李玄邃和光混俗，但英雄貴介
意氣未能盡除，容易識得。東逃西竄，弄得似常人樣的：一個指頭的
牙刷，兩個指頭的筯，四個指頭的木梳，五個指頭的討。無計奈何，
時或相會，時或起課，再糊不過這張嘴來。」都是極出色的口語。可
見所謂「原本」、「舊本」，顯然屬於「市人話本」之一路，故會出現
「太子自扮盜魁阻劫唐公」的荒誕故事。

　　《南北兩宋志傳》，或析為《南宋志傳》、《北宋志傳》，粗看是分
敘南北兩宋之史事；但《南宋傳》「起於唐明宗天成元年（926）石敬
塘出身，至宋太祖平定諸國止」，其時反在敘《北宋志傳》之前，孫
楷第先生以為：「演宋初及太祖事者曰《南宋》，演太宗真仁三朝之楊
家事者曰《北宋》，命名尤為不通。」[4]余嘉錫先生則以為：「作者雖
非通人，亦不應荒謬至此。及取其書（指玉茗堂本《南北宋志傳》）
細審之，凡每卷大題及逐葉書口之南宋字，皆與上下文大小不一律，
即序末玉茗堂三字亦特大。……蓋此書舊版本作五代志傳，後為書賈

4　孫楷第：《續修四庫全書提要》（濟南市：齊魯書社，1996年），頁1833。

剟改為南宋字，以與之《北宋志傳》相配。」[5]是很有道理的。世德堂本首頁目錄末行，刻有「按五代史演義」五字；玉茗堂本織里畸人《南宋志傳》〈序〉云：「史載宋太祖行事，類多儒行翩翩，五代以來，誼主開宋，聖辟亶君，王哉！及攬《五代傳志》，太祖於斯，馨同任俠，殺人亡命，作奸犯科，不異魯朱家之為，於正史乃不盡符。」可見，《南宋志傳》本名應為《五代傳志》，但又非完整的《五代傳志》。孫楷第先生指出：「《南宋》自後唐明宗敘起，以次演晉、漢、周三朝事略備，記宋太祖受禪事僅數回，至曹彬定江南止。而宋太祖即位前事雖出於漢周之間，言五代則略梁唐，言宋則僅藝祖之事，又前涉三朝範圍太廣，不知其所宗主。今以羅貫中《殘唐五代傳》考之，羅書演五代事，以唐以前事為詳，石晉以後事僅占全書四分之一，似不相稱；而此書則頗詳晉漢事，置梁唐爭霸事不論，與《殘唐五代傳》詳略互異，疑本為一書，此《南宋傳》即割裂《五代傳》後半為之。凡二書記晉漢周事者，其文字往往相同，否則此詳彼略，即本為一書之證。蓋《五代》重編與《南宋》造作皆出一人，於五代傳晉以後事則節其文，以供《南宋傳》之用。今之《五代傳》實刪節之本，非貫中原書。唯大木在《南宋傳》中用《五代傳》原文究有若干，今不能考定耳。」[6]孫楷第先生注意到此書與《殘唐五代史演義傳》詳略互異，是很有眼光的。羅貫中的興趣在「殘唐」，所以到第五十回方寫及石敬瑭之建晉，而後漢、後周，都成了「餘事」。《南宋志傳》卻完全撇開梁唐諸事，第一回開頭即曰：「話說晉高祖石敬瑭……」，遂將羅貫中所忽略者變為敘述之重點。但這似不能證明二書本為一書，更不能證明「今之《五代傳》實刪節之本，非貫中原書」。

5　余嘉錫：〈楊家將故事考信錄〉，《余嘉錫論學雜著》（北京市：中華書局，1963年），頁426。

6　孫楷第：《續修四庫全書提要》（濟南市：齊魯書社，1996年），頁1832-1833。

　　實際上，《南宋志傳》是在搬演宋代之《五代史平話》（主要是《晉史平話》、《漢史平話》、《周史平話》）的基礎上綴集而成的。戴不凡先生撰有《《五代史平話》的部分佚文》，通過詳細對勘，證明《南宋志傳》「許多地方簡直是直抄《五代史平話》文字略加修改而成的」，「總起來看，兩本之異同約有下面幾點：（一）《志傳》文繁，但是，《平話》中的原文幾乎全被《志傳》抄進去了。（二）《志傳》文繁之處，有不少是為了增敘打仗的熱鬧場面，但有時是為了介紹人物、情節，以及適應章回小說每回開頭和結尾處的需要。（三）《志傳》增加了像上舉一百十四字的詔旨（以及奏表）全文之類。（四）它增加了「有詩為證」，特別是周靜軒的許多詩。除了上述以外，兩本許多地方的情節、文字基本上是一致的。」[7]查《南宋志傳》於《五代史平話》之外增添的內容，則為第十三回「南唐主進貢女樂，大漢橋鄭恩賣弓」、第十四回「馮益兵圍白馬寺，匡胤大鬧御勾欄」、第十五回「王奇獄裡救匡胤，大舍途中遇柴榮」、第十六回「大舍途中打董達，匡胤華山訪陳摶」、第十七回「崔延廣征討劇賊，趙匡胤投進鳳翔」、第十八回「鄭恩激怒打韓升，匡胤教場鬥蔡順」、第十九回「郭彥威城下鏖兵，趙匡胤絳州鬥武」、第二十回「匡胤酒館遇鄭恩，大郎投赦入汴京」、第二十一回「趙匡胤偷飲御酒，李令公澶州募兵」、第二十二回「三姑智賺趙匡胤，鄭恩大破鐵統賊」，敘南唐主懼漢主之威，選大雪、小雪、韓素梅三美女進貢，蘇逢吉逢迎帝意，造御勾欄，置大、小雪其中，司空趙宏殷之子趙匡胤粗豪任俠，遊御勾欄，忿而殺大、小雪，陷身囹圄，得獄官王奇相助，越獄出逃，經相士苗訓指點，赴關西避難。幾經顛沛，幸逢大赦，才得返回汴京。凡此種種，一個「殺人亡命，作奸犯科」、「多跅弛不盡中道」的趙匡胤，躍然紙上，這與「誼主開宋，聖辟宣君」的標準，相去何止道

7　戴不凡：《小說見聞錄》（杭州市：浙江人民出版社，1979年），頁75。

裡！《南宋志傳》增加的趙匡胤微時的傳奇故事，是不是明人的新創呢？不是。它實際上也是採自元代的平話《趙太祖飛龍記》。按《朴通事諺解》有對話云：

> 我兩個部前買文書去來。
> 買甚麼文書去？
> 買《趙太祖飛龍記》、《唐三藏西遊記》去。
> 買時買四書、六經也好，既讀孔聖之書，必達周公之理，怎麼要那一等平話？
> 《西遊記》熱鬧，悶時節好看有。

《朴通事諺解》是朝鮮古代漢語教科書，約刊於元代，由此可證《趙太祖飛龍記》成書之早。魯迅先生論述《水滸傳》成書時，曾提出如下見解：「……意者此種故事，當時載在人口者必甚多，雖或已有種種書本，而失之簡略，或多舛迕，於是又復有人起而薈萃取捨之，綴為巨帙，使較有條理，可觀覽，是為後來之大部《水滸傳》。」[8]「綴集成帙」是長篇說部的主要成書方式，今既知《南宋志傳》的兩大組成部分——《五代史平話》和《趙太祖飛龍記》都是元人的作品，「起而薈萃取捨之，綴為巨帙」的《南北兩宋志傳》，為什麼一定得拖到明代萬曆年間呢？

　　要之，通俗小說的傳播方式，一直存在民間說書和書坊刊刻兩條渠道，在相當長的時間裡，又以前者為主渠道，從宋元直至民國，都不曾消歇。同樣，將它們記錄下來的並加以修訂整理的努力，也從來沒有消歇。完全可以肯定，現存的多數的歷史小說，都有它更早的「原本」。「明代前期通俗小說創作空白論」是不能成立的。

8　魯迅：《中國小說史略》第十五篇〈元明傳來之講史（下）〉，頁117。

第二節　歷史小說宏偉系列的構建

　　明人對歷史小說的最大貢獻之一，是構建了與正史平行的宏偉演義系列。黃人說：「聞羅貫中有《十七史演義》，今惟《三國演義》流行最廣。」[9]他說羅貫中有寫作《十七史演義》的宏偉計畫，雖然還找不到證據；但因為《三國演義》的風行，後起者於諸史「幾乎搜羅殆盡」，卻是不爭的事實。可觀道人在《新列國志》〈敘〉中回顧說：「自羅貫中氏《三國志》一書以國史演為通俗演義，汪洋百餘回，為世所尚。嗣是效顰日眾，因而有《夏書》、《商書》、《列國》、《兩漢》、《唐書》、《殘唐》、《南北宋》諸刻，其浩瀚幾與正史分簽並架。」勾畫出明人以國史演為通俗演義的盛況。

　　所謂「十七史」，是指至宋代已成書的《史記》、《漢書》、《後漢書》、《三國志》、《晉書》、《宋書》、《南齊書》、《梁書》、《陳書》、《魏書》、《北齊書》、《周書》、《南史》、《北史》、《隋書》、《新唐書》、《新五代史》等；明代又增定《宋史》、《遼史》、《金史》、《元史》，合稱「二十一史」。對通俗演義的創作進程略作考察，就可發現它與史書產生的次第是不同步的；換句話說，第一部演義不是從「歷史開端」寫起，而是以「中間突破」的方式進行的。當羅貫中在十七史序列中選擇《三國志》、《新五代史》兩個中段為突破口，寫出《三國志演義》、《殘唐五代史演義傳》、《隋唐兩朝志傳》以後，演義的創作遂由這兩大基點出發，漸次向歷史長河的兩端擴展延伸：

　　一、由《三國志演義》上溯，作兩漢演義。《三國志演義》以「後漢桓帝崩，靈帝即位」發端，直至卷十六「廢獻帝曹丕篡漢」，所寫的實際上就是東漢史。故由《三國志演義》向兩端擴展趨勢度之，先寫兩漢題材的可能最大。謝詔《東漢十二帝演義》末尾云：

9　黃人：〈小說小話〉，《黃人集》（上海市：上海文化出版社，2001年），頁309。

「靈帝即位之初,《三國傳》於是編起,二帝之事,俱備其傳,今但集其名,餘悉不載。」作者自覺地以《三國志演義》繼承者自居,儘管他敘說的東漢比三國要早,但因為先有了《三國志演義》,他的《東漢帝演義》索性連結末也不寫了。現存明人的兩漢演義有:

熊大木《通俗演義按鑒全漢志傳》十二卷;

黃化宇《按鑒兩漢開國中興志傳》六卷;

元素《全漢志傳》十四卷;

鍾山居士《西漢演義》八卷一〇一回;

謝詔《東漢十二帝演義》十卷一四六回。

二、由《三國志演義》下延伸,寫兩晉演義。《三國志演義》卷二十四「司馬復奪受禪臺」,實已進入晉代史;結尾云:「後主劉禪亡於魏景元四年,魏主曹奐亡於太始元年,吳主孫皓亡於太康元年,三主皆善終。自此,三國歸於晉帝司馬炎,為一統之基矣。」又錄「古風」一篇,末曰:「丕、叡、芳、髦才及奐,司馬又將天下交。受禪臺前雲霧起,石頭城下無波濤。陳留歸命與安樂,王侯公爵從根苗。紛紛世事無窮盡,天數茫茫不可逃。鼎足三分已成夢,一統乾坤歸晉朝。」故順流而下,先寫兩晉的可能也比較大。現存明人兩晉系列的演義,有:

西陽野史《通俗演義續三國志》十卷一四〇回;

雉衡山人《通俗演義東西兩晉志傳》十二卷;

夷白主人《東西兩晉演義》十二卷五十回。

三、由《殘唐五代史演義》下延。《殘唐五代演義》成就不及《三國》,但也有相當影響,再向下延伸,就是兩宋了,主要的演義有:

熊大木《按鑒演義南北兩宋志傳》二十卷一百回;

熊大木《大宋中興通俗演義》八卷八十四回。

四、隋唐史書題材的重訂重寫。羅貫中雖有《隋唐兩朝志傳》,但後人或有不滿,遂出來另加生發,其時可能稍晚。主要作品有:

熊大木《參采史鑒唐書志傳通俗演義》八卷九十回；

鍾惺《大隋志傳》四卷四十六回；

齊東野人《隋煬帝豔史》八卷四十回；

袁于令《隋史遺文》十二卷六十回。

五、由《全漢志傳》上溯，屬於擴展後的再擴展，其時可能更晚。主要作品有：

余邵魚《春秋五霸七雄列國志傳》八卷；

陳繼儒《春秋列國志傳》十二卷；

馮夢龍《新列國志》一○八回；

吳門嘯客《孫龐鬥志演義》二十卷二十回；

《後七國樂田演義》十八回。

由於歷史演義寫作、刊刻、傳播過程的特殊性，加之原始文獻的大量湮沒，現存版本的刊刻年代，乃至某些序跋所署年代，不一定是真實的，故不能以刊刻的先後簡單排定諸演義之次第；但由兩個基點向兩端擴展的趨勢，則是大致能夠成立的。

應該指出的是，待「十七史演義」的序列大體完備，小說家便將追溯「歷史源頭」的使命，提到了議事日程。最先進行嘗試的是「三臺山人仰止余象斗編集」的《列國前編十二朝》四卷五十四回，其書結末云：「……至武王伐紂而有天下，《列國傳》上載得明妙可觀，四方君子買《列國》一覽盡識。此傳乃自盤古起，傳至三皇五帝，至紂王喪國止矣。」所謂《列國》「前編」，就是指由《列國志傳》往前追溯編寫，所寫的全是列國以前的史事；而所謂「十二朝」，則由三皇＋五帝＋唐＋虞＋夏＋商而得。《列國前編十二朝》內封上端有小字云：「斯集為人民不識天開地闢、三皇五帝、夏商諸事跡，皆附相訛傳。固不佞搜采各書，如前諸傳式，按鑒演義，自天開地辟起，至商王寵妲己止，將天道星象，草木禽獸，並天下民用之物，婚配飲食藥石等，出處始制，今皆實考，所不至於附相訛傳，以便觀覽云。」

「如前諸傳式」的提法，證明了確實存在由基點向兩端追溯的寫作順序。由兩漢追溯到列國，再向上追溯，就追到歷史的「開端」了。《資治通鑑》的記事上起周威烈王二十三年（西元前403年），自然不是歷史的端口；《史記》開卷為〈五帝本紀〉，以黃帝為五帝之首，蓋依《大戴禮》〈五帝德〉所載；而孔安國、皇甫謐《帝王代紀》等以伏羲、神農、黃帝為三皇，少昊、高陽、高辛、唐、虞為五帝。再要向上追溯，史學家可就沒有勇氣了。

　　《列國前編十二朝》卷首有「按鑒」二字，分錄胡五峰與邵康節二人語錄。胡五峰即胡宏（1106-1162），乃胡安國之子，幼師楊時、侯仲良，卒傳其父之學。所錄之語曰：「混沌之世，天地始分。有盤古氏者，生於大荒，莫知其始。明天地之道，達陰陽之變，為三才首君，於是混茫開矣。」然在第一回「西方佛定神開天闢地」中，卻將開天闢地如此大事，放在佛教框架中去描述，道是「西方世尊見萬國九洲，久閉不得升降，天昏地慘，鬼哭神嚎，猶人居諸水火之中，奔溺之狀，深為可憐」，欲差一人開天闢地，為世之始主。佛弟子毗多崩娑那合掌微笑，世尊便曰：「來說是非者，便是是非人。」即要其前行。毗多崩娑那遂去大荒境中，攢開混沌中間，大吼一聲，投下地中，化成一物，團圓如一蟠桃樣，內有核如孩形，於天地中滾來滾去，約有七七四十九轉，漸漸長成身長三丈六。將身一伸，地便墜下；一立地中，天即漸高。左手執鑿，右手持斧，天地更有相連者，即用斧劈開，或用鑿開。久而天地乃分，自此混茫開矣。即有太極生兩儀，兩儀生四象，四象變化，而庶類繁矣。毗多崩娑那立一石碑，長三丈，闊九尺，自鐫二十字於其上曰：「吾乃盤古氏，開天闢地基。亥子重交媾，依舊似今時。」按照此說，盤古就是毗多崩娑那的化身。作者宣揚佛教之心雖誠，但卻留有不少漏洞：天地既未開闢，蟠桃又怎能於「天地中滾來滾去」？沒有人，焉有鬼，又何來之「鬼哭」？

　　崇禎八年（1635），又有題「五嶽山人周遊仰止集，靖竹居士王
黌子承釋」的《新刻按鑑編纂開闢衍繹通俗志傳》八卷八十回問世。
此書與《列國前編十二朝》同出一本，惟卷首將胡五峰與邵康節語錄
次序顛倒，回目有所調整，文字亦略有增刪。如將第一回世尊問：
「汝見萬國九洲否？」改為：「汝見天下四大部洲否？」且增加「天
下四大部洲者，吾此方是西牛賀洲，東是東勝神洲，北是北俱盧洲，
惟有南贍部洲天地洪荒」一句。大約改者已慮及「天地既然未開，則
佛居何地」的問題，故修正為「惟有南贍部洲天地洪荒」，以便自圓
其說。明明襲用了人家的作品，序中偏要自詡「《開闢衍繹》者，古
未有是書，今刻行之，以公宇內」，似不甚厚道。但王黌序有一段話
卻說得很好：

　　　名之「開闢」者何？譬喻云爾。如盤古氏者，首開闢也。天地
　　人三皇，次開闢也。伏羲、神農、黃帝、堯、舜，又開闢也。
　　夏禹繼五帝而王，又一開闢也。商湯放桀滅夏，又一開闢也。
　　周文三分天下有其二，以服事殷；武王克紂，伐罪弔民，則有
　　《列國志》，是又一開闢也。漢高定秦楚之亂，光武滅莽中
　　興，則有《西東漢傳》，是又一開闢也。又有《三國志》、《兩
　　晉傳》、《南北史》。隋楊堅混一南北，唐太宗平隋之亂，則有
　　《隋唐傳》，是又一開闢也。宋祖定五代之亂，則有《南北宋
　　傳》，是又一開闢也。其間又有《水滸傳》、《岳王傳》。我太祖
　　一統華夏，則有《英烈傳》，是又一大開闢也。自古天生聖
　　君，歷代帝王創業，而有一代開闢之君，必有一代開闢之臣。
　　如伏羲之有倉頡，黃帝之有風後，堯有舜佐，舜有臣五人而天
　　下治，禹、棄、契、臯陶、伯益，又有八元、八凱。禹有治水
　　之功而興夏，湯得伊尹以祚商，武丁之於傅說，文王之於呂
　　望，漢有三傑，蜀有孔明，晉有王謝，唐有房杜，宋有韓範是

也。至於篡逆亂臣賊子，忠貞賢明節孝，悉采載之傳中。今人得而觀之，豈無爽心而有浩然之氣者，誠美矣。然未有開天闢地，三皇、五帝、夏、商、周諸代事蹟，因民附相訛傳，寥寥無實。惟看鑑士子，亦只識其大略，更有不干正事者，未入鑑中，失錄甚多。今搜輯各書，若各傳式，按鑑參演，補入遺缺。但上古尚未有文法，故皆老成樸實言語。自盤古氏分天地起，至武王伐紂止，將天象、日月、山川、草木、禽獸及民用器物、婚配、飲食、藥石、禮法、聖主、賢臣、孝子、節婦，一一載得明白，知有出處，而識開闢至今有所考，使民不至於相訛傳矣。故名曰《開闢衍繹》云。

周遊等人將語義模糊的「列國前編十二朝」，改為旗幟鮮明的「開闢衍繹通俗志傳」，在觀念上無疑是一大進步；王黌之序又借「開闢者何」大加發揮，對演義大統系的內涵作了較為得宜的闡述，都是值得首肯的。

崇禎年間，又有題「景陵鍾惺伯敬父編輯、古吳馮夢龍猶龍父鑒定」的《盤古至唐虞傳》、《有夏志傳》、《有商志傳》問世。《按鑑演義帝王御世盤古至唐虞傳》書後有書林余季岳識語，中云：「是集出自鍾、馮二先生著輯，自盤古以迄我朝，悉遵鑑史通紀為之演義，一代編為一傳，以通俗論人，總名之曰《帝王御世志傳》，不比世之紀傳小說，無補世道人心者也。」按，鍾惺（1574-1624）字伯敬，號退谷，湖廣竟陵（今湖北天門）人，萬曆三十八年（1610）進士，歷任南京禮部郎中，福建提學僉事。與譚元春評選《古詩歸》、《唐詩歸》，當時謂之竟陵體。坊間有多種通俗小說題鍾伯敬編輯或批評，學者或以為係書賈所偽託，然亦出於推論，並無確據。據《盤古至唐虞傳》所附《歷代統系圖》、《歷代帝王歌》、《歷數歌》及「三紀」（混沌紀、三皇紀、五帝紀）提要，可知曾有一個從盤古開天闢地直

至明代，以「按鑒演義」方式編寫小說的龐大計畫，似未得以實現。
現存的三種小說，皆由《列國志傳》上溯，一直追溯到正史未涉及的
遠古時代。鍾惺序云：「太史公有云：百家言黃帝，其文不馴雅，薦
紳先生難言之；而況三皇、盤古之時乎？」道出了小說家追尋歷史之
源的執著精神和超越史書樊籬的宏偉膽魄。

　　《盤古至唐虞傳》二卷七回，一名「盤古志傳」。盤古之事，早
已超出《通鑑》範圍，故鍾惺序所謂「今依鑒史，自盤古以迄唐虞事
蹟可稽者，總編為一傳，以通時目」，並未到落實。他所能稽考的是
「盧陵（羅泌）《路史》等書」，只能加上想像敷衍成文了。小說寫盤
古於天地將分未分時分，生於大荒之野，取西方金精化就之石斧，鑿
開混沌，於是兩儀始奠，陰陽剖分。繼又鑿開日月二宮，三十六天
罡、二十八宿布列天中，於是天地空清之處，自然漸漸風生氤氳之
氣。盤古見天地已成，遂把頭化為四嶽，兩目寄於日月，脂膏渾於江
海，毛髮付於山木。作者筆下的盤古，實堪稱毫不利己的英雄。

　　小說又以豐富的想像力，鉤畫出元古時代的歷史：先是有天皇氏
十三人、地皇氏十一人、人皇氏九人相繼而出，逐漸結束穴居野處的
生活，進入了文明境界，但同時也步入了爭競的時代。《莊子·胠
篋》云：「昔者容成氏、大庭氏、伯皇氏、中央氏、栗陸氏、驪畜
氏、軒轅氏、赫胥氏、尊盧氏、祝融氏、伏羲氏、神農氏，當是時
也，民結繩而用之。」羅泌《路史》又載古帝名號五十七人，《盤古
至唐虞傳》以此為根據，在三皇與五帝（有巢氏、燧人氏、伏羲氏、
神農氏、軒轅氏）之間，插進了五龍氏、攝提氏、合雒氏、連通氏、
循蜚氏、鉅靈氏、句彊氏、譙明氏、涿光氏、鉤陣氏、黃神氏、巨神
氏、黎靈氏、大騩氏、弇茲氏、冉相氏、蓋盈氏、大敦氏、雲陽氏、
巫常氏、泰壹氏、空桑氏、神民氏、倚帝氏、次民氏、元皇氏等，而
穴處之世終焉。其後，又提到了蜀國始有三君曰蠶叢、柏灌、魚鳧，
李白有詩云：「蠶叢及魚鳧，開國何茫然，邇來四萬八千歲，不與秦

塞通人煙」，充分顯示了遠古時代之渺茫。後世小說家能編出如許古代帝王之世系，足見苦心。

三皇之後有五帝，影響最大者為炎黃二帝，被公認為中華民族的始祖。《國語》〈晉語四〉司空季子曰：「昔少典娶於有嶠氏，生黃帝、炎帝。黃帝以姬水成，炎帝以姜水成。成而異德，故黃帝為姬，炎帝為姜，二帝用師以相濟也，異德之故也。」《史記》〈五帝本紀〉則曰：「軒轅之時，神農氏世衰。諸侯相侵伐，暴虐百姓，而神農氏弗能征。於是軒轅乃慣用干戈，以征不享，諸侯咸來賓從。而蚩尤最為暴，莫能伐。炎帝欲侵陵諸侯，諸侯咸歸軒轅。軒轅乃修德振兵，治五氣，藝五種，撫萬民，度四方，教熊羆貔貅貙虎，以與炎帝戰於阪泉之野。三戰，然後得其志。蚩尤作亂，不用帝命。於是黃帝乃徵師諸侯，與蚩尤戰於涿鹿之野，遂禽殺蚩尤。而諸侯咸尊軒轅為天子，代神農氏，是為黃帝。」小說「神農黃帝氏立極，風後八陣困黃龍」一回，於此有集中的描寫，對於確立黃帝的歷史地位，確立炎、黃在中國歷史中的關係，從而增加中華民族的凝聚力，都有很大的作用。

處理好人與自然的矛盾，是遠古時代人類實踐的主要課題；對於人與自然關係的點染，在書中佔有重要地位。如敘東戶氏，謂其時禽獸成群，竹木繁茂，東戶氏垂精默拱，九寰之民，莫不承流教化；又如敘皇覃氏，謂時有六鳳凰出，皇覃氏自嘯自歌以召之，皆洋溢著和諧的氛圍。小說還涉及文明與倫理的關係，如敘稀韋氏作苑囿以自適，世風漸落，百姓漸有機智，爭打禽獸，至人獸相鬥。有巢氏教百姓樹上搭高架以避野獸，又教以剝獸皮蔽體，吃獸肉充饑，人自此有了爭心等，都有相當的深意。至如太昊因與虹交而生伏羲；共工頭觸不周之山，天柱折，地維缺，女媧煉五色石以補天；黃帝將逝，乃鑄鼎，鼎成，有龍下迎，帝騎之上天；盤瓠咬房王頭歸，帝嚳封其為會稽侯，賞美女生子，為犬戎國；姜嫄踐巨人跡生棄；簡狄吞燕遺卵而生契；羿射九日、殺猰貐、封豨、脩蛇；舜之繼母使之浚井，將石子

拋下，狐精背舜而出；鯀治水無功，殛之羽山下，化為黃熊；舜薦禹代己攝位，出巡南狩，崩於蒼梧山，娥皇女英同往哭之，並投於湘水，為湘水之靈等，皆為後人心目中之遠古歷史，充滿神話的色彩。

　　《有夏志傳》四卷十六回，是余季岳計畫刊印的「歷代帝王御世志傳」系列作品的第二部，寫的是有夏一代的史事，自大禹受命治水起，迄成湯放逐夏桀於南巢止。開端敘母修己見流星貫茆，夢接而孕，胸折而生禹。鯀治水無功，舜殛之，舉禹繼父業。禹娶塗山氏之女，生子啟，甫四日，別妻子而去。治水是此書開頭的重點。而所謂「按鑒」，可「按」的除《史記》〈夏本紀〉「奉帝命命諸侯百姓興人徒，以傅土行山表木，定高山大川」及「傷先人父鯀功之不成受誅，乃勞身焦思，居外十三年，過家門不敢入，薄衣食致孝於鬼神，卑宮室致費於溝淢，陸行乘車，水行乘船，泥行乘橇，山行乘輦，左準繩，右規矩，載四時，以開九州，通九道，陂九澤，度九山」的記載外，主要的文本依據就是《山海經》。小說對《山海經》材料的利用、改選和再創作，主要表現在以下兩個方面：

　　一、取捨和綴合。小說所取主要是《五藏山經》的「中山經」、「南山經」、「西山經」和「北山經」，偶爾也涉及「海內西經」、「海內南經」、「海外南經」、「大荒南經」、「海外西經」、「大荒西經」、「海外北經」、「海內東經」的少量材料，並且按「中→南→西→北→東」的順序組織成文，與今本《山海經》「南→西→北→東→中」的編次不同；但在每一經中，卻又完全遵從《山海經》的敘次而又有所取捨；取捨的標準，大抵以能否表現治水的艱險和人物的心態，以及是否具有文學情趣等為轉移，並運用概括歸納、前伏後應等手法加以綴合，改變了《山海經》逐山寫來的平板滯塞，文筆輕靈活潑，詳略得宜。

　　二、點染與生發。小說於《山海經》之材料，有的僅一筆帶過，有的卻點染描畫，鋪衍生發，充滿生機與靈氣。治水本是與大自然作

鬥爭的艱苦歷程，小說依據《山海經》的片斷，十分得宜地描述了人
們所遇到的種種困難，如環境的惡劣，病患的折磨，毒蛇猛獸的猖
獗，都對治水眾人造成極大威脅。《山海經》中大量關於魑魅魍魎、
鳥獸蟲豸的平實記載，都成了《有夏志傳》據以鋪衍生發的極好材
料，使之洋溢著神奇的色彩。如「中次二經」云：鮮山之鮮水，「其
中多鳴蛇，其狀如蛇而四翼，其音如磬，見則其邑大旱」；又陽山之
陽水，「其中多化蛇，其狀如人面而豺身，鳥翼而蛇行，其音如叱
呼，見則其邑大水。」鳴蛇與化蛇，一主大旱，一主大水，正是治水
要征服的對象，作者抓住這一要害，化出大篇與二蛇搏鬥的場面描
寫，既扣人心弦，又十分切題。先是「到了鮮山，不見動靜」。鳴蛇
為「主大旱的魔王」，治水似與彼兩不相涉，故無動靜。到了陽山伊
水，化蛇精早已查得禹王來治水，卻要分他水頭，似不便他，便率了
千千萬萬化蛇，各執兵器，在伊水上顯起神通。禹王要將水壅塞不通
處開導，他卻壅起波浪，令人掘不得。江婓輪刀，江妃持戟，與化蛇
王戰了兩個時辰，化蛇戰力乏而走。後又請鳴蛇精來作幫手，結果還
是一齊被捆，禹王道：「一旱虐為災，一擁水害民，罪在不赦。」

　　在治水征程中，連小小的昆蟲也會帶來意想不到的紛擾。「中次
六經」云：平逢之山「有神焉，其狀如人而二首，名曰驕蟲，是為螫
蟲，實惟蜜蜂之廬。」《有夏志傳》則謂「有一神最毒惡，生得如人
面而有兩頭，名驕蟲，是螫蟲之長」，他知禹王至，也要來索供獻，
率了那螫蜂、蜻蜓及各樣蟲精，變作小兒百數十只，手持長槍，擋住
去路。禹強、唐辰舞刀砍去，小兒把身一抖，現出本像，飛將起去，
須臾間一變十，十變百，百變千，把禹、唐二人咬的咬，叮的叮，撇
開百多個，便有萬多個來。刀砍不著，椎撥不開，滿身上纏繞了十數
重。雖不到他傷了性命，卻是上下前後，咬得好生暴躁。兩個被咬叮
不過，在地上亂滾。直到禹王喚方道彰、宋無忌疾用風煙，吹向飛
蟲，方得消解。叫人看得眼花繚亂，煞是鬧熱。

《在夏志傳》還將西王母、湘君、精衛、夸父、刑天等神話編織其中，益增其汪洋宏肆、奇麗瑰怪的風味。凡此種種，都可見出作者駕馭材料的能力。作者沒有忘記，他所寫的治水大軍，是一群有血有肉的人，他們隨禹「勞身焦思，居外十三年，過家門而不敢入」，鄉思之情，自在不免。「南山經」堂庭之山有「多白猿」的記載，小說就此三字，寫出了一段如怨如訴的文字：

> 禹王大眾夜宿山頭，三更時分，但聽那深林中有物呼鳴，好生淒慘。大眾側耳遠聽，但聞那：
> 咿咿鳴鳴，滿耳聞來非干竹；楚楚淒淒，悲音遠聆出於肉。爾有何思？抱此疚懷鳴澗谷；我則憂煎，同彼警警愁經宿。莫是神嚎？莫是鬼哭？蒼頡制字空碌碌。莫是規聲？莫是鴻鳴？望帝化血曾衄衄。定與金戈鐵馬同鏗，比那秋聲朔風更肅。
> 大眾聞之，不覺淚下。禹王知眾軍人聽此淒清之聲，自然思鄉起來，用力便懶怠了。禹王對眾道：「昨夜深澗中，風送出一道悲聲，你眾人也聞得麼？」眾人道：「聞得，聞得，甚淒慘人。」禹王道：「有甚麼淒慘處？此白猿也。猿似獼猴一般，大臂長腳，比猴更便捷，有黑有黃有白，白的聲最哀。昨叫者白猿也。」眾心乃釋。

在寫思鄉之情的同時，突出了禹王以科學知識解釋自然現象，顯示了他的胸懷坦蕩以及同部下的親密之情。《有夏志傳》就這樣將《山海經》所提供的基本上是實錄的材料，取捨生發，匠心獨運，以神怪化的形式再現了大禹治水偉大壯觀的歷史活劇，堪稱是「歷史神話化」的傑作。

《有夏志傳》後半部的內容雖亦多神怪成分，如嫦娥竊后羿不死之藥、女艾除九尾大狐、孔甲豢龍烹以為饌等，但基本上已進入正規

講史的範疇。如禹受禪，國號有夏，自貶帝而稱王；命禺強、庚辰收天下精銅鑄為九鼎，命伯益圖天下神奸鬼物予其上；伯益率天下臣民共推禹子啟即夏王位，是為家天下；太康嗣位，專於佚樂，信任叛臣武觀與共工桓；后羿據夏都，殺武觀，共工桓等劫太康以西奔；少康復國，天下中興等等。及履癸即位，是為夏桀，自任剛斷，斥逐賢臣，任用小人，商侯諫阻之，履癸怒削商侯錫命。商侯臨終，囑其子天乙求賢以佐夏王，往有莘之野訪聘伊尹，伊尹謂「安樂我者，危我者也；富貴我者，殺我者也」，至三聘乃出，商侯拜為師。因遷都於亳，發政施仁。桀自得妹喜，晝夜作樂，又作長夜宮，開酒池肉林，民夫大怨。關龍逢等諫之，為桀所殺。萬民怨結，皆望桀亡，輒指日曰：「時日曷喪，予及汝皆亡！」都是史書上的著名故事。

　　《有商志傳》四卷十二回，是書林余季岳「歷代帝王御世志傳」系列作品的第三部。敘湯王即位，以伊尹、萊朱為相，為政忠厚，人民大悅。是時天大旱，草木盡凋，溪澗絕流，湯王齋戒沐浴，剪頭髮，斷爪甲，為犧牲狀以禱於桑林之野，天遂雨。後太甲即位，將湯王所立典刑盡情換過，伊尹放之桐宮，俟其幡然改悟，復迎回踐天子位。太甲崩，子沃丁立，皆順伊尹所行。沃丁崩，太庚、小甲、雍已、太戊相繼立，商道浸衰。及武丁立，欲得一賢相，夜夢上帝薦良弼名「說」，時傅說隱在傅岩，貧不能自給，武丁訪而得之，拜為相，君臣道合，政事修舉，天下咸悅，殷道復興。後傳位至祖甲，稟性好淫。又傳位至武乙，不敬天神，以風箏夾皮囊盛豬羊血，吹上天空射之，自號「射天」，卒為雷震死。卷一結末敘帝乙崩，子受辛立，自卷二起，便進入《列國志傳》已敘及的內容了。

第三節　　兩種旨趣的比試與較量

　　羅貫中清晰而又自覺的明「義」、演「義」意念，為後來的小說

家所普遍接受，成為指導他們創作的積極綱領。夢藏道人《三國志演義》〈序〉曰：「羅貫中氏取其書（指陳壽的《三國志》）演之，更六十五篇為百二十回。合則聯珠，分則辨物，實有意旨，不發躍如。其必雜以街巷之譚者，正欲愚夫愚婦，共曉共暢人與是非之公。」「實有意旨」，「是非之公」云云，強調的正是「義」。熊大木《大宋中興通俗演義》〈序〉曰：「今得浙之刊本，著述王之事實，甚得其悉；然而意寓文墨，綱由大紀，士大夫以下，遽爾未明乎理者，或有之矣。近因眷連楊子素號湧泉者，挾是書謁於予，曰：『敢勞代吾演出辭話，庶使愚夫愚婦，亦識其意思之一二。』」此所謂「演出辭話」，乃「演」也；所謂「識其意思」，即「義」也。甄偉《西漢通俗演義》〈序〉曰：「閒居無聊，偶閱《西漢》卷，見其間多牽強附會，支離鄙俚，未足以發明楚漢故事，遂因略以致詳，考史以廣義。越歲，編次成書。言雖俗而不失正，義雖淺而不乖於理。……使劉項之強弱，楚漢之興亡，一展卷而悉在目中。」「發明楚漢故事」，乃「演」也；「劉項之強弱，楚漢之興亡」之理，即「義」也。

　　明人歷史小說的最大特點，是在建構歷史小說系列的同時，對於取材相同的演義作品的反覆新編或重作。如甄偉不滿意《西漢演義》在史事上的「牽強附會」與語言上的「支離鄙俚」，更不滿意它之「未足以發明楚漢故事」，他「編次的初意」，就是要闡明楚漢故事包孕的「大義」，亦即那些足以垂訓後世的經驗和教訓。為達此目的，他採用的方法是「因略以致詳，考史以廣義」，前者指將簡略的記述豐富為詳贍的描寫，屬於文字情節上的增益；後者指通過史實的考訂，揭示其中的「大義」，屬於思想內容上的提高。在他看來，史實的真實、準確，是「義」據以闡發的前提，而「義」的正確、深刻，又是「考史」的自然結果，二者不可偏廢。這種對於敘同一史事之作不斷新編或重作的狀況，既與不同作者對「義」的理解的差異有關，也與小說的傳播方式由瓦舍演說向書坊刊刻轉變有關。「按鑒演義」

的本子是供讀者閱讀的，卻常遇到瓦舍表演所沒有的新問題：「說話」自有其劇場效應，成敗優劣可立見分曉；而刊本則要通過分散讀者的閱讀才能實現其價值，成效一時難以預測。當一部作品未能獲得預期的效應時，作者和書賈就要尋找它在內容或寫法上的缺陷，從而提出新編或重作的要求。由於作者秉賦志趣的差異，以及他們對「史」與「義」關係的不同把握，尤其是所預期的讀者對象的不一致，往往使作品呈現兩種不同的風味——謹慎和放任。前者一般比較強調「信」，強調有史為據，主張參照正史體系和範式來寫作，「按鑒演義」是他們愛用的旗號；後者則一般比較強調「趣」，比較傾向於另起爐灶，以傳奇的眼光處理歷史，甚或借古人之酒杯，澆自己的塊壘，「虛實參半」是他們的理論。因了「信」與「趣」的比重不同，遂釀成不同的風格和旨趣，形成了異彩紛呈的景觀。兩大模式都有膾炙人口的佳作，也都有相當數量並不成功的作品。前者弄得不好，往往使敘事頭緒繁冗，流入瑣碎、平板，難受讀者歡迎；後者弄得不好，容易流為戲說、胡說，不免「仿羅碻磲，識者欲嘔」。

　　同一題材而大異其趣的作品的先後關係，很難遽然判定。明人演義所據固然是現成的史書，但又多有宋元平話為其先驅；演義家有感於它違背史實過甚的毛病，遂打出「按鑒」的旗號以取信讀者，從這一點著眼，謹嚴者似應該寫作在後。但也不排除如下的可能：對於某些缺乏平話積累的史事題材來說，將《通鑑》的文本「轉化」為演義，反倒是比較省力，容易速成的。孫楷第先生說：「按明以來書坊所出演史諸書，凡演五代以前事者，大抵鈔朱熹《通鑑綱目》，蓋其書通行閭里，無司馬光《通鑑》之繁，行世諸本又多標舉綱領，極便摘錄，第以原文略加刪併，另紙書之，插圖分段，便是小說。而小說遂等於史抄。」[10]等到一旦發覺它過於沉悶乏味，引不起讀者的興趣，

---

10 孫楷第：《續修四庫全書提要》（濟南市：齊魯書社，1996年），頁1834。

便有人重新創作較活潑生動者以取代之，從這一點著眼，謹嚴「按鑒」者又可能寫作在先。要之，「信」與「趣」的矛盾，「信」與「趣」兩極的消長倚伏和反覆較量，貫串於明代演義創作史的始終。而在不同題材的系列中，又有極為不同的表現，需要做具體細緻的分析。

一　兩漢系列

　　現存兩漢演義中，有熊鍾谷編次的《按鑒全漢志傳》十二卷，其中《西漢》六卷，《東漢》六卷。又有元素訂梓的《按鑒編集廿四帝通俗演義全漢志傳》十四卷，其中《西漢》九卷，自「文王渭濱遇太公」起，至「董仲舒對上三策」止；《東漢》五卷，自「謀平帝王莽篡漢」起，至「單于送鄭眾還國」止。還有黃化宇校正的《按鑒音釋兩漢開國中興傳志》六卷四十二回，其中《西漢》四卷二十八回，《東漢》二卷十四回。三書皆標「按鑒」，然其風格皆近似元刊《秦并六國平話》。黃化宇的《兩漢開國中興傳志》比《全漢志傳》為詳，實由《兩漢志傳》增補而成，此書的特點有三：

　　一、第一回「帝業承傳統緒」，自周文王夢兆飛熊起，直至秦始皇登位，歷敘帝業之系統，寫法與《五代史平話》從鴻荒既判起，依次介紹三代、夏、殷、周、秦、漢、三國、隋、唐遞嬗變遷相仿，反映了演義作者建立講史系統的意向。

　　二、書名雖曰《兩漢開國中興傳志》，然所敘西漢史事從第六回「漢祖斬蛇舉義兵」起，至第二十八回「三王誅呂立文帝」止，時間約在秦二世一年（西元前209年）至呂后八年（西元前180年），相當於《前漢書平話》，講的是西漢的開國；所敘東漢史事從第二十九回「王莽弒平帝立子嬰」起，至第四十二回「光武滅寇興東漢」止，時間約在元始五年（5）至建武十三年（37），相當於已經亡佚的《後漢書平話》，講的也只是東漢的中興。兩者相加，總共不過六十一年，

只占兩漢歷史的七分之一，儘管是最動人心魄的七分之一。

　　三、此書之西漢部分，大抵皆抄自史書，內容簡略而無所發明；東漢部分又頗多民間傳說，如「子陵占卜文叔應試」之類，與史實甚相乖離，又增加較多韻文，與正文的粗陋風格不甚相稱。

　　萬曆四十年（1612），「鍾山居士」甄偉將重編的《西漢通俗演義》交付刊刻。他在〈序〉仲介紹「編次的初意」道：「閒居無聊，偶閱《西漢》卷，見其間多牽強附會，支離鄙俚，未足以發明楚漢故事，遂因略以致詳，考史以廣義；越歲，編次成書。言雖俗而不失其正，義雖淺而不乖於理。記表辭賦，模仿漢作；詩文論斷，隨題取義。使劉項之強弱，楚漢之興亡，一展卷而悉在目中：此通俗演義所由作也。」甄偉所說的「《西漢》卷」，就是《全漢志傳》的西漢部分（《西漢》卷又與《前漢書平話》有承繼關係）。《西漢演義》在承繼《史記》高度藝術成就的基礎上，成功地處理了史實與虛構的辯證關係，堪稱明代演義中較為成熟的佳作。孫楷第先生認為「此等書在小說史上本無地位，雖迭經書賈重編翻刻，要皆一丘之貉，不足一顧」[11]，是不公允的。作為一部文學作品，《西漢演義》不是楚漢相爭的編年大賬簿，而是人物間活生生的糾葛史。甄偉以《史記》為依據，選取劉邦、項羽、韓信三個人物為中心，著重寫他們的道德秉性以及由此派生出來的不同的行事方式與最終命運，藉以表達對歷史變革的根本觀點和各個人物成敗榮辱的複雜感情。

　　《西漢演義》將劉邦是「真四百年開基創業之主」作為貫串全書的基調，削去了宋元平話對於陳勝、吳廣首義的重點敘述，只在第十回「芒碭山劉季斬蛇」籠統地提到：「……以此盜賊蜂起，山東、山西、河南、河北、吳楚之間，無一處無兵馬：陳勝、吳廣起兵於蘄，武臣起兵於趙，劉邦起兵於沛，項梁起兵於吳，四海縱橫，天下變

---

11 孫楷第：《日本東京所見小說書目》（濟南市：齊魯書社，1996年），頁54。

亂。」隨後就將筆墨轉向了劉邦。其敘劉媼與蛟龍合而生劉邦，劉邦斬白蛇而老嫗夜哭諸事，皆取自《史記》。其後寫張良從圯上老人學，老人囑其「扶立真主，名垂萬世」，則是對《史記》〈留侯世家〉「讀此則為王者師矣」的改造。小說又虛構了劉邦以向韓國借糧為名，誘張良來見的情節。而張良亦心知其意，「看那沛公隆准龍顏，正是治國安邦真命主，看那蕭何等卻是開疆展土眾元勳。張良不覺自忖道：『有一代之君，便有一代之臣。我今欲來下說詞，不想看了這起人，非偶然也。正是吾師黃石公曾吩咐著我輔佐真命，垂名萬代，今遇沛公，不可舍也。』」另一位可為「帝王師」的范增，也被納入肯定劉邦為「真命」的模式。先是項梁命季布請其出山，范增原想一算天時，奈季布將幣帛捧跪不起，便曰：「某聞二世酷暴，民不聊生，恨無路興兵，以除此無道。今子奉項將軍之命遠來禮請，機會可為，正合吾意。」至晚沉思楚運，默算興隆，跌足道：「楚非真命，終無遠圖；但大丈夫一言既許，萬金不易，豈可坐悔？」范增後來見到劉邦，發現乃真命之主，暗思：「我錯投了主也！」

　　無論出身、名望與實力，項羽都勝過劉邦，為什麼最後竟是漢勝楚滅呢？從表層現象看，答案似乎是「天命有在」。但「天命」不過是「仁義」的同義語，故處處以仁義與否作為項羽與劉邦不同行事的分野。劉邦「專行仁義，不喜殺伐」，第十八回敘兵至北昌邑，樊噲就要攻城，劉邦諭之曰：「孤城小邑，百姓艱苦，大軍一動，玉石瓦解。我今行師，正欲安民；才至地方，即行強暴，非王者之師也。」城內父老聞之，告邑令曰：「我等苦秦苛法，如蹈水火；今遇沛公大軍到來，地方安堵，如時雨之降，若復抗拒，是逆天也。」設香花迎接大軍入城。劉邦以不滿十萬的「糾合之眾」先項羽而入咸陽，原因就在這裡。

　　能否「廣攬英雄」，也是劉項成敗的關鍵。項羽非不知「得將足以立功」之理，但對於有「元戎之才」的韓信，卻因其出身卑賤，容

貌清臞，不予重用，使之屈沉下僚。范增曾多次進言：「韓信有元戎之才，但時未遇耳。若陛下舉而用之，兵隨將行，將遂兵行，縱橫天下，所到無敵；如不欲用，即殺之，免使歸他人為後患也。」項羽不以為意，終讓韓信背楚歸漢。對於韓信，劉邦開初也因出身寒微不肯重用，一旦知其實有大才，便齋戒三日，築壇拜為大將，並專征伐之權。韓信不負所托，用明修棧道、暗渡陳倉之計，一舉而定三秦，下咸陽，平河內，取燕趙，滅齊國，最後在九里山下十面埋伏，擊潰項羽，使其敗走烏江，自刎而死。就在英雄末路的悲壯情境中，小說還一再點出項羽的不覺悟。司馬遷說他：「自矜功伐，奮其私智而不師古；謂霸王之業，欲以力征，經營天下，五年卒亡其國，身死東城，尚不覺寤，而不自責，過矣。乃引『天亡我，非用兵之罪也』，豈不謬哉。」《西漢演義》繼承了司馬遷的歷史觀，並進一步指明，「天」的意志，就是民的意志的化身。

　　小說對劉邦、項羽採取了分線對比的寫法，但在尊重史實的前提下，多次描寫了兩個不同性格的碰撞所激成的戲劇性場面。先是懷王命項羽、劉邦兩路征進，約定先到咸陽者為王，「二公拜辭懷王出朝，各領兵馬，行至定陶，會合一處，結拜為兄弟；沛公為兄，魯公為弟，置酒高會，盡醉而散」。這是對《史記》中「約為兄弟」的發展，明顯有《三國志演義》的烙印。借二人結拜的由頭，便衍發出許多故事來。第二十一回敘劉邦把住函谷關以拒項羽，項羽致書責問，中有「今公得先入關，雖謀獻方略之速，然非吾之立懷王以服天下，降章邯以制諸侯，公何能至此耶？乘人之功而奪為已有，大丈夫所不為也」等語，就不是毫無道理；而劉邦答以「遣兵拒關者，非阻將軍也，恐秦餘黨復作，不可不防」，則是口不應心的遁辭。鴻門宴上，項羽威凜而豁達，耿直而守義，而劉邦倒更像狡黠多詐的小人。及項羽封劉邦為漢王，范增使項羽問其是否去襃中就國：「他若言去，是自專矣；若言不去，是欲王關中矣」，反正都可定罪。而劉邦回答

說：「食君之祿，命懸於君手，怎敢說去也不去？臣譬如陛下馬也，鞭之則行，攬轡則止耳。」憑著如此花言巧語，又脫此難。第七十三回敘廣武山會兵，項羽令被拘的太公修書命劉邦退兵，否則定將太公誅戮。劉邦看罷家書，若不經意，說：「我與項王同事懷王，結拜為兄弟，我之父即汝之父，我父在楚就如在我漢營一般，何必較論彼此？若是霸王殺了我父，不獨天下人罵我，亦罵汝霸王也。前日霸王陰使季布弒了義帝，尚惹天下諸侯至今切齒；今若殺了我父，豈不惹天下唾罵？昔孟子嘗說：『殺人之父，人亦殺其父，所差一間耳。』汝回去上覆我太公：且寬心楚營住些時，就如在我漢營一般。」更不說罷兵息爭，就著兩女子扶入帳後歇息。《史記》上劉邦的回答是：「吾與項羽俱北面受命懷王，曰：『約為兄弟。』吾翁即若翁。必欲烹而翁，則幸分我一杯羹。」小說雖將「必欲烹而翁，則幸分我一杯羹」刪去，但劉邦「視父母妻子如草芥」的無賴秉性，還是暴露得很充分的。最後，劉邦遣侯公約以鴻溝為界，罷兵息爭，「不失兄弟之情，尚存懷王之約，使百姓安於枕席，吾二人亦得坐享燕樂」，項羽真的信守諾言，送還太公，收兵東歸；而劉邦卻負盟背約，終滅項羽。種種行止，都顯得劉邦情理兩虧，非怪呂通持項王頭來領功時，劉邦泣曰：「吾與王曾拜兄弟，後圖取天下，遂與王有隙。然王雖虜太公呂后，恩養三年，凜未敢犯，如古烈丈夫之所為也，吾實不能及焉！」為了突出劉邦的「仁義」，小說有時不得不扭曲史料以遷就粉飾之，但還是掩蓋不了對項羽的敬佩歎惋的由衷情感。

　　韓信是楚漢相爭中舉足輕重的人物，也是《西漢演義》著力描摩的藝術形象。第七十一回敘蒯徹說韓信曰：「昔天下初起之時，最難為力，憂在亡秦而已。今楚漢分爭，使天下之人，赤膽塗地，暴骸中野，不可勝數。楚人乘力，席捲五國，遂威振天下，然迫於西山而不得進者，三年矣。漢王距鞏洛，阻山河，一日數戰，無尺寸之功。此二王智勇俱困之時也，其命皆懸於足下。莫若兩利而俱存之，三分天

下，鼎足而立，其勢莫敢先動。足下據強齊，從燕趙，因民之欲，西向為百姓請命，則天下風走而回應矣。」對於喜愛《三國志演義》的讀者來說，「三分天下，鼎足而立」的設想是極富吸引力的。可惜韓信因「漢王待我甚厚」，不肯「向利而背義」，終於鑄成「天與不取，反受其咎，時至不行，反受其殃」的千古悲劇。

　　對於韓信，劉邦從根子上是心懷戒備乃至忌恨的；只是由於大敵當前，不得不對暫加利用而已。所以只要有機會，他就要削奪韓信的兵權。韓信的慘遭誅戮，從道義上講屈在劉邦；普通民眾對韓信表示同情，是很自然的。反映在小說中，宋元《前漢書平話》由於分「正集」與「續集」兩截來寫，就獲得了較大的自由。「正集」寫劉邦與項羽的矛盾，以劉邦為「仁義愛人」的明主，加以頌美；「續集」寫劉邦與韓信的矛盾，則將劉邦寫成「誅殺功臣」的暴君，加以鞭撻。儘管其間情感反差甚大，也大可不予顧及。《西漢演義》卻是完整的長篇演義，對劉邦的頌美與對韓信的肯定，構成了作品的兩大主調；如何處理其間的是非曲直，確定基本的褒貶抑揚，就成了創作的絕大難題。

　　作者的處理方法是，先是將劉邦與韓信早期的分歧，解釋為戰略戰術運用的矛盾。當韓信以明修棧道、暗渡陳倉之計攻下咸陽，諸路兵馬不期而合兵五十六萬眾之時，劉邦要乘時伐楚，以求速勝；韓則以為項羽勢力正盛，不宜決戰，不若休養士馬，以待明年。劉邦不聽，遂改拜魏王豹為大將，親統大軍東向伐楚。這是劉邦對韓信兵權的第一次削奪。事實證明，在這個問題上韓信是正確的。楚霸王彭城大戰，殺得漢軍折損三十餘萬，睢水為之不流。劉邦懊悔不及，對韓信也種下了忌恨之心，對張良說：「韓信因前奪彼帥印，所向杳無消息；知寡人新敗，亦不遣一兵救援。此時復用，寡人負愧，亦不足以服其心也。」而韓信的表現，也有可議之處，蕭何說：「信自洛陽歸來，鬱鬱終日不樂。前日備說漢王不納忠諫，奪印用豹，不念破三秦

取咸陽之功。後聞睢水之敗，遂杜門謝客。某屢欲上門，亦不相見。
必欲漢王親來，以重其望，似非人臣之禮。」由對戰略戰術的見解不
同，發展到情感上的矛盾，小說對此採取了互有批評、又互有袒護的
態度。第五十七回敘張良以假說準備降楚之計，激韓信出來責問蕭
何：「我自離褒中，仗主上盛德，已得關中七八矣，睢水之敗，一時
之誤耳。太公、娘娘料楚留以為質，終有歸漢之日，決不敢加害。縱
項王暴橫，范增必不肯攘太公，恐被天下非議。三秦留陳豨等把守，
某願統本部兵馬，務要復睢水之仇，取太公還國。」張良從屏風輕出
施禮說：「適聞元帥之言，本為確論；但恐項王勢重，范增有謀，復
有睢水之困，那時反被人恥笑，太公、娘娘俱不得還，我等性命亦不
能保，不若今日降楚之為愈也。」信曰：「先生何昔日以某為可用，
今乃相輕如此？韓某視楚，如拉朽之易耳！」從劉邦一方說，對韓信
不以「王命」調遣，卻要以計哄騙，本身就是疑忌的產物。儘管見面
以後，自責「不聽將軍之諫，致有睢水之敗，今喜遠來，甚慰我
心」，卻非由衷之言。

　　當韓信再度執掌兵權，且屢建大功以後，劉邦仍心心念念要加以
削奪，於是又演出了「馳趙壁奪印」的第二幕奪權。據《史記》〈淮
陰侯列傳〉載，乃是劉邦突然襲擊，馳入趙壁，即於韓信臥內奪其印
符，以麾召諸將易置之。而小說第六十六回卻敘漢王同十數個輕騎，
黎明時馳入韓信營，韓信、張耳因夜飲酒，睡熟未起。漢王繞中軍馳
走一周，回入帳中，將小紅桌上錦袱蓋著的元帥印取過。韓信方才起
身，不勝驚惶。王歎曰：「輕騎數人繞營馳聚，直入中軍，將軍尚睡
來起；印已取過，左右亦無人報知。倘刺客詐稱漢使，因而入營取將
軍之首，如探囊取物耳。將軍坐鎮一國，敵人新降，疏漏如此，豈足
以爭衡天下乎？」說得韓信差慚滿面，站立不住。又責張耳曰：「汝
為副將，正當參贊軍務，嚴加謹慎，晝夜關防，勿使敵人窺探虛實，
方為節制之法。若汝營陣欠嚴，關防不密，縱人馳驟往來，其同兒

戲，汝亦不能無罪。若以軍法論之，韓信即當廢斥，汝當斬首，庶可警眾；但念汝等累有勤勞，又兼天下正多事，適任用人之際，姑爾饒恕。若復疏虞，決正軍法！」遂持印歸大營，韓信、張耳隨於馬後步行，赴營謝罪。將劉邦寫得正氣凜然，韓信則純是咎由自取，感情的天平又偏向劉邦一邊了。

　　韓信與劉邦的第三次衝突，是由酈食其說齊降漢之事引起的。酈生因韓信強兵壓境，奉漢王之命說齊歸降，可免三軍汗馬之勞，不失為一良策，韓信原已允從；後經蒯徹鼓動，方乘其不備統兵取齊。小說交代韓信的疑慮有二：一、酈生是奉王命而來，恐有背命之責；二、齊若因此殺害酈生，心實不忍。蒯徹辯解說：「王命先遣將軍伐齊，而無止將軍之詔」，不存在「背命之責」；「一人之命可舍，平定一國之功難再遇也」，憑藉武力一鼓滅齊，確可根除後患，惟連累酈生被殺，未免忍心。劉邦聞酈生被齊烹殺，初無一字責韓信；及見韓信請齊王印、暫為假王的表文，卻破口大罵：「孺子乃敢欺詐如此！吾困於此日久，旦暮望其來助我，反欲自立為王耶？」張良、陳平急近前躡其足附耳言之曰：「漢方不利，寧能禁之自王乎？不若因而立之，使信自相保愛，卒為大王用也。不然，使信或自變，則復生一大患也。」劉邦亦悟，復罵曰：「大丈夫定天下制服諸侯，即為真王，何以假為？」竟封韓信為齊王。此事雙方皆有不是，韓信的立功求名與劉邦的陰險權謀，都給人以深刻的印象。

　　劉邦對韓信的疑忌，出於本心，無法消弭。當天下大定，論功行賞之時，劉邦的第一個決定，就是改封韓信為楚王：「漢王因思韓信所居齊地七十餘城，國大權重，恐為後患；惟楚於偏一隅，為荊蠻之地，一時起數萬甲兵亦難湊辦，較之齊地，強弱相去甚遠。」肚內雖如此算計，嘴上卻是為韓信著想：「吾自得將軍以來，累建大功，此心終不能忘。但恐將軍功高權重，為小人忌嫉，則不能遂其位矣，似非我所以待將軍始終之意。將軍可封還將印，就鎮楚地，以安人心，

保全君臣之義，為萬世子孫立業，不亦美乎。」其後，又偽託巡遊雲夢，擒韓信。他派給韓信的罪名是：奪民田葬父母，陳兵出入，隱藏鍾離眛三條。及韓信加以辯解，劉邦方吐露心中積蓄已久的夙怨：「汝昔日伐齊，不顧酈生說降之功，必欲矯詔得齊而求假王，汝意已有擅專之僭；後我被圍困成皋，屢次求救，汝坐觀勝負，略無救援之意；既改封於楚，終日怏怏不樂，汝心反覆不定，終必作亂。」信乃長歎曰：「誠如人言：『飛鳥盡，良弓藏；狡兔死，走狗烹；敵國破，謀臣亡。』天下已定，我固當烹！」按照這種情緒寫下去，必然導致《前漢書平話續集》般對劉邦的詛咒，但與《西漢演義》的基調不免相牾。為了沖淡其間的氣氛，小說又在劉邦迎太上皇至未央殿，添寫他驀然想起韓信、欲召相見的一段情節：

> 帝曰：「卿久不朝見，朕甚思之，召欲一見耳。」信曰：「昔臣破楚之時，每十餘日未得飽食，因積久成病。今無事閒居，舊病又舉發。臣亦仰思天顏，恨不能常常相見。」帝曰：「卿有疾，當迎醫調治，不可遲緩。」信曰：「臣平日居家無事，便生疾病；苟多事之時，則無疾矣。」帝曰：「卿乃有用之才，故能籌濟事變，不可棄置耳。」又與從容論諸將，何人可以禦敵，何人可以將兵，何人可以將兵之多，何人可以將兵之少，信一一陳說，皆中肯綮，帝甚喜。又問曰：「如我能將兵幾何？」信曰：「陛下不過能將兵十萬耳。」帝曰：「我與將軍何如？」信曰：「臣多多益善耳。」帝大笑：「多多益善，何乃為我擒也？」信曰：「陛下不能將兵而能將帥，此臣所以為陛下擒也。且陛下乃天授，非人力所能及也。」帝聞信言益善，而心實疑忌，恐終為亂也，仍令私寓養病，而卒不大用。

陳豨謀叛是韓信被誅的關鍵罪案，《西漢演義》的寫法與《史

記》一樣，將謀反的主動一面歸於韓信，且加寫韓信留豨小飲數杯，以手相挈，長歎曰：「今君征番，成功之後，與我破楚，孰為大小？」豨曰：「破番之功，一小國耳；破楚之功，乃萬世之功也，豈敢論大小哉？」信曰：「我以如此之功，一旦廢置不用；君若破番奏凱，朝為王公，暮則匹夫，就如我今日樣子也！」既然如此，呂后、蕭何定計斬之，韓信可謂罪有應得。但那樣一來，又未免太絕情了，為了彌補讀者心理上的失衡，小說寫道：「按史：大漢十一年九月十一日，斬韓信於未央宮長樂殿鐘室之下，盡夷其三族。是日天地昏暗，日月晦明，愁雲黑霧，一晝夜不散。長安滿城人盡皆磋歎，雖往來客商，無不悲愴。人言蕭何前日三薦登壇，何等重愛，今謝公若告變，亦當在呂后前陳說開國之功，可留他子孫，方是忠厚；及夷族之時，卒無一言勸止，何其不仁甚耶？」不論是《史記》、《漢書》還是《資治通鑑》，都沒有當日天氣與民心的記載，這段文字基本上是從《前漢書平話續集》中襲來的，只是把責怪怨恨的對象轉移到蕭何頭上，而劉邦聞韓信被斬，則既喜且憐，甚至「不覺淚下數行」。最後，以蒯徹的狂歌了結韓信的一生：「六國兼併兮，為秦所吞。內無豪傑兮，罔遺後昆。秦始自失兮，滅絕於楚；楚罔修政兮，屬之漢君。烏江遇項今，伊誰之力？十大奇謀兮，豈能獨存？乃不自悟兮，尚思國爵。一朝遭烹兮，禍福無門。」韓信既死，彭越、英布之事，乃其同題反覆，小說的精萃已畢，作者無心再敷衍下去，就在第一〇一回「漢惠帝坐享太平」中結束全書，較之《前漢書平話續集》寫至漢文帝登位，縮短了十年。凡此種種，都反映作者「考史以廣義」的良苦用心，也顯示了駕馭複雜題材的卓越才能。

　　甄偉說「遷史誠不可易也」，《史記》「不待論斷而序事之中即見其旨」的表現手法，是《西漢演義》效法的典範。甄偉又說：「好事者或取予書而讀之，始而愛樂以遣興，既而緣史以求義，終而博物以通志，則資讀適意，較之稗官小說，此書未必無小補也。若謂字字句

句與史盡合，則此書又不必作矣。」揭示了閱讀小說的三層境界：開始是「愛樂以遣興」，接著是「緣史以求義」，最後是「博物以通志」。後兩層雖是追求的終極目標，但小說終究是小說，還得從「愛樂以遣興」入手，賦予它以賞心娛心的價值。因此，不能拘守「字字句句與史盡合」，而應該允許在實事之外，有渲染、誇張與虛構的自由。所謂「因略以致詳」，既包括局部細節的添益，也包括整體情節的虛擬。在這一方面，《西漢演義》是比較成功的。「鴻門宴」是《史記》中最精彩的章節，劉辰翁讚揚「歷歷如目睹，無毫髮滲漉，非十分筆力，模寫不出」。《西漢演義》的「因略而致詳」，是在《史記》的基本框架中，增添英布路迎、丁公把門、張良先入，陳平勸酒、項莊作歌等新的情節要素，顯得更加生動感人。又如韓信得劉邦信用的經過，完全撇開《史記》〈淮陰侯列傳〉韓信犯法當斬、滕公薦於劉邦的敘事格局，另行鋪衍了一篇曲折跌宕的傳奇故事：先是寫劉邦封為漢王，赴褒中就國。張良忽然辭歸韓國，想去「尋一個興劉滅楚定天下之大元帥」，與蕭何約定以角書為憑信。張良為故人項伯留住咸陽，來至萬卷書樓，得以觀看各處文策之副本，「臨後揭開一策，語言超眾，立意深遠」，嗟歎不已。上表之人，就是韓信。甄偉曾說：「詔表辭賦，模仿漢作」，在這裡就為韓信代擬了一篇表章：

　　臣聞治天下之道，貴審天下之勢，貴識天下之機。勢者，明強弱，察虛實，知利害，詳得失，然後天下可得而理也。不然，則雖強勝一時，不過恃其勇力，終必敗亡，未足以與其勢也。機者，辨興亡，定治亂，窮幾微，明隱伏，然後天下可得而圖也。不然，則草莽倥偬，苟簡得國，終難久安，未足以會其機也。今陛下雖霸關中，人心未服，根本未立，民畏其強而已，懼其威而已，格其面而已；然強可弱也，威可抑也，而非心也，三者乃陛下之所恃，使一旦餒而不振焉，天下不可一朝居

也，欲望長治，豈可得乎！此臣之所以寒心而為陛下憂也。且
劉邦昔居山東時，貪財好色，今入關中，發政施仁，財物無妄
取，婦女無所幸，約法三章，收束天下，秦民悅服，恨不得為
關中主也；陛下入關，不聞善政而惟見殺戮，聽讒邪之言，蹈
亡秦之敝，殺子嬰，掘驪山，燒阿房，大失民望，蓋不知勢之
可立，機之可察，而敝端惡孽隱伏於天下而未動耳。劉邦一
倡，諸侯從風，不期強而自強，不期勝而自勝，陛下之所恃
者，皆為劉邦得之矣。就如近日燒絕棧道，使陛下不疑其東
歸，三秦不為嚴備，然後收用巴蜀之民，復取關中之地，此正
審天下之勢，識天下之機，劉邦先得我心之所同然耳，而陛下
茫然莫之問也。左右將士惟知用武，而承順風旨；陛下惟知獨
勝，而以為天下無敵，然不知敗亡之機，已萌於不測之中，此
臣不顧眾人之誚己，而敢為陛下言之也。為今之計，莫若益兵
嚴備，巡哨邊關，收回章邯等三人別用，另選智勇之士阻塞關
隘，更取劉邦家屬拘於輦轂之下，昭布仁義，整飭兵馬，訓練
行伍，內求賢相，外訪元戎，制服諸侯，通行周政，如此則劉
邦不敢東向，而社稷有磐石之固矣。

韓信當然沒有進過這樣的「表章」，作者的代擬，通篇從「勢」、
「機」二字立論，確能反映韓倍「磻溪子牙」、「莘野伊尹」之才。
「說韓信張良賣劍」一回，敘張良前來拜會，道先世曾遺下寶劍三
口，一白虹紫電，乃天子劍；一龍泉太阿，乃宰相劍；一干將莫邪，
乃元戎劍，且已將天子劍賣與沛公，已將宰相劍賣與蕭何。信笑曰：
「先生已將寶劍賣與漢王、蕭相國，可謂得人矣！今將此元戎劍欲賣
與小子，但信素無重名，又無為將八德，不亦負此劍乎？」良曰：
「據將軍所學所養，雖古孫吳穰苴不能過也，但未遇識主耳。昔千里
馬未遇伯樂，雜於槽櫪之間，遭入奴隸之手，與常馬等也；及一遇伯

樂，知其為千里騏驥，長嘶大鳴，追電絕塵，為天下之良馬也。」韓信不覺觸動念頭，道：「聞先生之言，如照肝膽。信在此日久，一籌未展，百計難言。前屢次上表，霸王不聽；今欲遷都，大事去矣！信不久亦歸故里，苟延歲月耳。」良曰：「將軍差矣！良禽相木而棲，賢臣擇主而佐，以將軍之抱負，豈可按跡衡門，為淮陰一釣叟耶？」「賣劍訪賢」是小說家愛用的模式，張良的說詞又極富文彩哲理，置於《左傳》、《戰國策》諸辯士之中，亦毫不遜色。

　　韓信亡楚歸漢，卻將張良角書隱下，來到史上並不存在的「招賢館」。小說把當初釋放韓信的滕公牽了出來，安排他做了招賢館之主，充當韓信的第一個引見人，讓他拜見了蕭何。韓信見滕公，述「必是知兵而善用，然後為良將」的道理；見蕭何，則暢論天下形勢與為將之道，議論更深一層。劉邦只授予連廒官，韓信略無悅色，管理得井井有條；蕭何復薦韓信大才，劉邦升其為治粟都尉，韓信欣然領受，又治得倉廒充實，門禁肅清。蕭何由是知「韓信非等閒人」，極力保薦，劉邦仍不重用。於是有了「蕭何月下追韓信」的動人一幕：

　　　　漸漸天晚，一輪明月初出。蕭何乘著月色，來到寒溪河邊。此
　　　　時正當七月初間，夜靜江寒，深山路險，秋水新漲，馬不能
　　　　渡。遠遠的見一人匹馬沿溪尋渡，何大喜曰：「此必信也！」
　　　　遂著從人趕上。蕭何高聲叫曰：「韓將軍何絕人之甚耶？相處
　　　　數月，一旦不辭而去，於心獨能忍乎？」遂著從人扯住馬轡。
　　　　各相違拗之際，後邊又一匹馬急趕而來，乃滕公夏侯嬰也。蕭
　　　　何甚喜，問曰：「公何亦追耶？」嬰曰：「某方朝回，有倉大使
　　　　來報韓將軍匹馬出東門。吾料賢士因漢王未曾大用，欲投他國
　　　　去，某遂急趕而來，適遇丞相，亦來追趕，足見丞相薦賢為國
　　　　之忠，不辭山險，不恤勞苦，夜深至此，真宰相也！」韓信見
　　　　蕭何、夏侯嬰如此般般懇切，極盡忠愛，遂歎曰：「二公可謂

真純臣也。世之為相者，或嫉賢妒能，獨擅威權，大開私門，
舉枉錯直，好諛喜佞，偏執己見；誰肯犯顏苦諫，極力舉賢，
忠心為國，屈己下士也。如二公，世亦罕有，足知漢業當興，
生此賢相。如信匪才，敢不傾心從命，願為門下賢士也。」蕭
何、夏侯嬰當月明之下，握信手告曰：「古人云：士遇知己者
死。吾二人深知賢士為伊呂之儔，管樂之匹，足可以伐秦破楚
必矣。但漢王以賢士平日門戶寒微，而未深知其賢也。賢士且
少耐一時，吾二人願以身家竭力保舉，如漢王仍前不重用，吾
必棄官回鄉，不欲久困於褒中矣。」韓信聞此言，遂拜謝挽彎
而回。

直到此時，韓信方取出張良角書，並自述衷曲道：「某少貧賤，恐初
來投漢，未見寸長，丞相決不見信，所以將子房角書暫隱未發；待公
極力舉薦，小子少露愚衷，今已心志相投，然後卻將角書奉覽，公之
心始釋然矣。」這段情節，頗襲自《三國志演義》「耒陽張飛薦鳳
雛」。所不同的是，龐統到任以後不理政事，終日嗜酒為樂，直到張
飛前去巡視，龐統這才取出魯肅的薦書；而韓信卻兢兢業業，足見
「可大可小，無往不可」的才幹。又滕公、蕭何、劉邦對韓信的不同
態度，反映了認識水準的差異，層層遞進，較之《三國志演義》，尤
見特色。

　　寫東漢史事的講史有《後漢書平話》，現已亡佚不傳。謝詔編集
的《東漢十二帝通俗演義》，首有陳繼儒序，末云：「有好事者為之演
義，名曰《東漢志傳》，頗為世賞鑒。奈歲久字湮，不便覽閱。唐貞
予復梓而新之，且屬不佞稍增評釋，其中有稱謂不協及字句之舛訛
者，亦悉為之改竄焉，或可無亥豕帝虎之誤，而覽者亦庶免於攢眉贅
齒之苦云。」陳繼儒（1558-1639），字仲醇，號眉公，松江華亭（今
上海松江）人，諸生，二十九歲時便以隱士自居，著述甚富，尤喜藏

書，自謂「讀未見書，如得良友；見已讀書，如逢故人」，精於校讎之學，凡得古書校過即付抄。從序言看，《東漢演義》的「增評」當出於他的手筆。其後劍嘯閣批評《東西漢演義》，也收進《東漢演義》，惟刪為十卷一二五回。

《東漢演義》亦未忘借「通鑒」以顯示「尊重歷史」的姿態。第一卷開頭即以「按鑒：平帝大臣，姓王名莽，字巨君……」，交代王莽的家世生平；又在頭幾回開首標出「乙丑」、「丙寅」、「己巳」、「辛未」等干支，「丙寅」、「己巳」還打上黑框，以表示對歷史紀年的重視。但這只是一種幌子，作者的興趣並不在重現史事，而在講述以平民眼光重新構建的東漢開國的傳奇故事。第一回「奸計圖王侵寶位」，以「乙丑元始五年臘月八日，平帝壽旦，文武百官各整朝衣象笏，肅候午門之外，待駕臨賀」開端，接寫王莽具椒酒獻上，「帝聞奏視之，乃皇丈王莽也。帝思此人，昔有不平之意，恐生毒害，乃佯狂顛位，推醉不受。莽見帝辭，踊身奮起，扯住龍袍，以酒灌入其口，半傾於身。帝不得已而飲之，未半，御身倒下龍床，七孔皆流鮮血。」這就是平民對王莽毒殺平帝這一史事的理解。據《資治通鑑》卷三十六：「冬十二月，莽因臘日上椒酒，置毒酒中。帝有疾，莽作策請命於泰畤，願以身代，藏策金縢，置於前殿，敕諸公勿敢言。丙午，帝崩於未央宮。」王莽以藥酒毒死平帝當有其事，但是悄悄置毒酒中，在平帝發病以後，還裝模作樣效法周公，將「願以身代」的策文藏於金縢博取虛名，決不可能在朝廷之上公然將毒藥酒灌入帝口，使之七孔流血而死的。

小說一面著意敘寫王莽篡位後的種種倒行逆施給人民帶來的苦難，如「和議匈奴之後，愈加暴肆作威，苛法復興，軍民殘虐，四月徵夏稅，八月起秋糧，獄訟不決，侵刻小民，富者不能自保，貧者無以自存」，以致激起民眾的反抗；另一面又毫無根據地寫王莽的大度，如視察軍馬操練時，左衛將軍蘇成放箭射中天平冠，王莽不加責罰，

反賜黃旗一面，親書「奉敕叛國降漢蘇成」八字，令其執旗直奔御林軍中高叫：「今南陽見有漢室明君，汝眾等敢叛莽興漢者跟吾同去，懼怯莽賊休來！」看究竟有多少人回應，「眾軍聞成之聲叫，從叛者大半」。這樣描寫固然如眉批所說，「一呼而從者大半，人心之思變可知」，卻反襯了王莽優容反叛者的氣度，這也許是作者始料不及的。

　　當然，如此處理目的是為了突出「南陽漢室明君」，即全力塑造的劉秀。小說敘劉秀九歲時，奸賊蘇獻奉王莽命搜捉劉氏宗室，逼得劉秀父母投井而死。劉秀逃至胡陽白水村，居隱為農。其姐劉元說：「父母被賊逼投井死，侵吾漢室江山，今尚不報，更待何時？」劉秀回答：「弟久有此意，奈身居一農耳，焉能為事？」劉元說：「太祖高皇亦事農業，何能興立漢室？」劉秀則回答：「太祖有蕭何、張良、韓信，世稱三傑，神機莫測，妙算有餘，故能創成大事；弟今欲行，奈無三傑扶治，豈能獨立而成哉？」在平民小說家的觀念裡，縱使是「真命天子」，也得眾豪傑輔佐，方能成就大事。為此，作者編織了「二十八宿佐真主」的故事，從而「演義」成一部東漢開國英雄譜。

　　為了讓二十八宿儘早聚會，小說虛構了王莽開設文武科場、招選天下賢士以鎮守諸邦的情節。對於開選場，收養劉秀的劉良本來是反對的，而故人嚴光卻有獨特見解，他看出劉秀有帝王之命，提出不妨一試，以待時運，並囑告說：「當殺不殺，當射不射；殺之有損，射之有危。」於是，劉秀便同新結識的鄧禹、馮異、王霸一同來至長安。此時的劉秀，少年氣盛，疾惡如仇。走到午門前，見眾人擁擠，有不忿之心，乃大言曰：「他時若遂風雲志，破莽重教漢室興。」以手指於午門之上：「道好道好，有日冤仇必報！」嚇得鄧禹等急推於僻靜之處。後來又遇仇人蘇獻，劉秀拔劍欲殺，為鄧禹勸住。進到教場，見了王莽，不覺大怒，忘了嚴光的囑咐，搭箭欲射，因氣烈猛加，雕弓拽折，被王莽覺察，立命斬之，虧右丞相竇融諫阻，方將劉秀趕出場外。

　　劉秀應試選場，雖未如嚴光設想那樣獲得納用，但在小說結構上
卻有絕大作用：他因此結識了李忠、王梁、萬修、邳彤、景丹、蓋
延、堅譚等一班日後為之效力的英雄，尤其是岑彭、馬武兩個以濃墨
重彩描畫的人物，不僅情節扣人心弦，還展示了劉秀善於識人、用人
的眼光和氣度。岑彭「身長九尺，面如紫玉，目若朗星」，在演武場
上，「欣然起拽硬弓，連斷二把；再拽第三張，見其頗硬，乃言曰：
『此弓略可為用。』遂奮身兜起，連發三矢，俱中紅心」，因而被王
莽封為武舉狀元。景丹、蓋延、堅譚等英雄不服，與之比試武藝，結
果被岑彭的標、鞭、箭一一殺敗。這時，「面如活蟹，鬚若鋼針」、相
貌醜陋的馬武出場了。小說寫馬武與岑彭鬥武的場面道：

　　　　二人齊拍上馬，鬥至五十合，馬武佯敗詐走，岑彭趕上，馬武
　　　　提起紅綿套索，將岑彭一挽，彭見接住其索，奮力拖扯，力並
　　　　無一鬆動。兩下廝拒多時，不分勝負。忽葵花亭上一人言曰：
　　　　「吾與此二人解戰。」遂張弓搭箭，望其套索一箭射到，兩斷
　　　　閃開，一齊落於馬下。

這段描寫，頗似《三國志演義》呂布轅門射戟。此書中充當呂布角色
者，是日後輔佐劉秀的另一位好漢吳漢。馬武的武藝，足與岑彭相頡
頏，然王莽因其貌不及岑，仍定岑彭為狀元。馬武說：「陛下但言武
略選試，並非以相貌取人。早知如此，吾致死亦不來也。」又在壁上
書下反歌：

　　　　胸中萬丈如霓虹，失志男兒愁萬縷。
　　　　腹懷惠子五車書，十年費盡青燈苦。
　　　　誰知天下誤儒風，一旦棄文身就武。
　　　　吾心勤意學六韜，千里長安來應舉。

　　　　指望一躍上青雲，富貴功名談笑取。

　　　　莽賊白眼慢賢人，為嫌貌醜將吾逐。

　　　　此間無處可容身，手提長劍歸真主。

這一大段演義，完全沒有史書根據。王莽根本不會如說書人設想的那樣，通過文武選場招選天下賢士，馬武、岑彭等人與劉秀的結識，也不會早到舉義之前。據《後漢書》〈馬武傳〉：「王莽末，竟陵、西陽三老起兵於郡界，武往從之。後入綠林中，始與漢軍合。更始立，以武為侍郎，與世祖破王尋等，拜為振威將軍，與尚書令謝躬共攻王郎。及世祖拔邯鄲，請躬及武等，置酒高會，因欲以圖躬，不克。既罷，獨與武登叢臺，從容謂武曰：『吾得漁陽上谷突騎，欲令將軍將之，何如？』武曰：『駑怯無方略。』世祖曰：『將軍久將習兵，豈與我掾史同哉？』武由是歸心。」可見馬武之歸心劉秀（世祖），乃在誅謝躬之時，並無小說所寫劉秀見了馬武反歌，跟至柳陰之下細訴實情，二人定盟之事。至於岑彭，據《後漢書》〈岑彭傳〉：「王莽時，守本縣長。漢兵起，攻拔棘陽，彭將家屬奔前隊大夫甄阜；阜怒彭不能固守，拘彭母妻，令效功自補。彭將賓客，戰鬥甚力。及甄阜死，彭被創亡歸宛，與前隊貳嚴說共城守。漢兵攻之數月，城中糧盡，人相食。彭乃與說舉城降。諸將欲誅之，大司徒伯升曰：『彭，郡之大吏，執心堅守，是其節也；今舉大事，當表義士，不如封之，以勸其後。』更始乃封彭為歸德侯。」可見岑彭是在宛城被圍時投降劉縯（伯升）的，在此之前不可能與劉秀會面。

　　岑彭在小說情節體系中，有相當重要的地位。如果說馬武是因為遭王莽排斥，萌生「棄暗投明」的念頭，與劉秀一拍即合，岑彭卻是青雲得志，對王莽心懷忠誠，以致一度成為劉秀最重要的敵人，從而構成對劉秀形象的反襯。小說反覆強調岑彭之與劉秀作對的一面：當劉秀率兵攻打棘陽時，岑彭準備迎敵，其母諫曰：「漢室劉秀，乃真

命之主，人人共知；汝乃一將之材，豈能獨力而破哉？」岑彭不聽。兩軍陣前，岑彭與姚期交戰，敗了下去，卻仍不甘心，夜間復來劫營，大敗漢兵。劉秀獨自一人逃至一莊，莊主人杜顏乃岑彭之師，將劉秀藏匿於家，岑彭追來，杜顏勸其投降，岑彭不聽，反大罵：「老賊，敢發此言！」拔劍欲殺。其後，岑彭又攻破小長安，把劉秀叔父嬸娘及劉氏家屬三百餘口盡皆殺死。劉秀被圍在核心，馬被中射，危在旦夕。劉仲以己馬讓之，方得脫出置圍。劉秀雖一再為其所窘，卻對岑彭愛敬不已。攻下棘陽後，下令：「如有傷著岑彭者即斬！」使岑彭以一人一騎逃遁而去。泚水大戰以後，岑彭被困小長安，劉秀先是以命運相勸：「足下文武兼備，若肯歸助漢室，保為重用，不枉屈於莽賊之下而污萬世之名節也。」又以百姓災福動之：「足下累交未勝，可歸順漢，免使百姓臨災。」岑彭不聽，反言：「龍遭涸水尚有風雲之日，今彭雖誤敗於汝，豈肯屈身而事小輩乎？」直到城中眾人俱變，拿住岑彭老母並妻子相脅，岑彭方低頭受縛。劉秀見岑彭至，走下帳來親解其縛，說：「久愛將軍，渴想甚矣。」岑彭這才真心歸降。

　　劉秀對岑彭的愛敬，不是口角春風。當新下宛城時，欲定先鋒，杜貌、姚期、馬武都提議以比武決高下，勝者即掛先鋒之印。劉秀注意到岑彭低頭不語，問他有何意見，岑彭說：「新降無功，故不敢爭。」劉秀明其心思，採用鄧禹建議，使四人各攻一城，先到者為先鋒。結果岑彭第一，杜貌第二，姚期第三，馬武碰上有心歸漢的硬將馮異，反被其所困，於是便以岑彭為先鋒。馬武不服，詐取穎川，大勝而回。劉秀大喜，對馬武說：「將軍誠乃安邦之略，濟世之才也。」馬武說：「臣貌醜才疏，不堪重用，何足為羨！」劉秀這才道出了心裡話：「吾以軍師之計，使汝等無傷於義，非有他說。且岑彭新降之將，未得寵愛；吾與將軍布衣為交，情意相厚，心無疑慮之懷，故以彭為先鋒。」從選場比武到定先鋒的較量，馬武與岑彭的二人組合，形成新的回環。這些描寫，都突出了劉秀對人才的愛惜。

劉秀還能推誠待人，不為讒言所間。馮異治關中，有人言其威權至重，百姓歸心，嘗號「咸陽王」。劉秀聞奏，即將奏章遣使送去，馮異惶懼不安，修書拜謝。劉秀下詔慰之曰：「將軍之於國家，義為君臣，恩猶父子，何嫌何疑，而有懼意？」馮異還京，朝拜禮畢，即對公卿說：「是我起兵時主簿也，為吾披荊棘，定關中。」又賜以珍寶衣服錢帛，說：「倉卒蕪蔞亭豆粥，滹沱河麥飯，厚意久未能報。」劉秀為什麼能在群雄角逐中獲得勝利？馬援的話道出了其中的奧秘：「天下反覆，僭竊名號者不可勝數。今見陛下恢廓大度，得符高祖，乃知帝王自有真也。」什麼是平民心目中的「真主」？就是「開心見誠，無所隱伏，豁達大度，從諫如流」的明主漢高祖與光武帝。劉秀勝於劉邦的是，「雖制御功臣，而每能容回，宥其小失，凡遠方進貢，珍甘物味，必先頒賜諸侯」，這是更令平民小說家讚賞的。

二　兩晉系列

劉廷璣《在園雜誌》卷三云：「近來詞客稗官家，每見前人有書盛行於世，即襲其名，著為後書副之，取其易行，竟成俗套。有後以續前者，有後以證前者，甚有後與前絕不相類者，亦有狗尾續貂者。四大奇書如《三國演義》名《三國志》，竊取陳壽史書之名，《東西晉演義》亦名《續三國志》，更有《後三國志》，與前絕不相侔。」兩晉為三國歷史之自然延續，現存兩晉系列演義如陳氏尺蠖齋《東西兩晉志傳》十二卷，夷白堂主人《東西兩晉演義》十二卷五十回，酉陽野史《三國志後傳》十卷一四〇回，都竭力向《三國志》靠近，其策略就是抓住讀者對《三國》結局的不平，來加大自己的吸引力。毛宗崗《三國演義》第一二〇回總評說：「三國以漢為主，於漢之亡可以終編矣。然篡漢者魏也，漢亡而漢之仇國未亡，未足快讀者之心也。……至於報復之反，未有已時：禪、皓稽首於前，而懷、湣亦受

執於後；師、昭上逼其主，而安、恭亦見逼於臣。西晉以中原而並建業，東晉又以建業而棄中原；晉主以司馬而吞劉氏，宋主又以劉氏而奪司馬：則自有兩晉之史在，不能更贅於《三國》之末矣。」《三國演義》因為題材的限制，不容許它寫到劉裕之滅晉，並將其處理為替劉氏「報復」之舉，而《東西晉演義》則似乎完成了這一使命。結末敘冀州道人釋法柳告其弟子曰：「嵩神言，江東有劉將軍，是漢家苗裔，當受天命，吾以璧三十二鎮金一併與之。劉氏卜世之數，漢建武至建安末一百九十六年，該禪魏；魏自黃初至咸熙末四十六年，而禪晉；晉自泰始至今一百五十六年，該禪與宋公。」眾皆曰：「此天命已歸劉氏，可奏知恭帝。」這也是它稱為「續三國志」的緣由。但劉裕雖自稱漢高祖弟楚元王劉交之後，但並未以復興漢業為己任，僅以其為劉姓而褒揚之，似失「後以續前」或「後以證前」之本旨。

　　酉陽野史《新刻續編三國志後傳》〈引〉則說：「及觀《三國演義》至末卷，見漢劉衰弱，曹魏僭移，往往皆掩卷不懌者眾矣，又見關、張、葛、趙諸忠良反居一隅，不能恢復漢業，憤歎扼腕，何止一人？及觀劉後主復為司馬氏所並，而諸忠良之後杳滅無聞，誠為千載之遺恨！」他於是另闢蹊徑，選擇匈奴冒頓後人劉淵作為「重興漢室」的英雄，去懲罰逆天的邪惡的司馬氏。其實，劉淵與「漢室」的聯繫更純是人為的，故只能在人事的牽攀上虛構。《三國志後傳》自「劉蜀降英雄避難」起，敘魏將鄧艾將兵伐蜀，後主劉禪出降，北地王劉堪阻降未成，將幼子劉曜托於梁王劉理之子劉璩，哭入昭烈廟自刎。劉璩後改名為淵，興兵討晉，建都立國，稱「炎漢」，得到諸葛亮之孫諸葛宣於，關公之孫關防、關謹，張飛之孫張賓的輔佐，石勒則被說成是趙雲之孫，原名趙勒，後為石黃收為義子，改名石勒。全書洋洋一四〇回，寫得十分熱鬧，連作者自己也承認：「書固可快一時，但事蹟欠實，不無虛幻渺茫之議」，只能算作「烏有先生之烏有者」。《三國志後傳》之所以不免「百無一真」之譏，就在它用生編硬

造歷史人物的血統關係，來牽合所要表達的「泄萬世蒼生之大憤」主觀情緒的緣故。

　　《東西兩晉志傳》分西晉四卷、東晉八卷，各有《西晉紀元》、《東晉紀元》，每卷卷首皆標起止年月，如卷一標：「起自西晉武帝太康元年庚子歲四月，止於西晉惠帝永熙遠征庚戌歲，首尾共十一年事實。」每卷下列單句回目，不標回次，亦不對仗，如卷一前二回為「王濬王渾大爭功」、「罷武備諸胡兵起」。正如孫楷第先生所評：「僅抄綴綱目，分條標題，於事之輕重漫無持擇，如『伯道棄子』等不過一人至行，亦明立標題，殊乖著作之體。」[12]《東西兩晉演義》則不分東西晉，卷一標：「西晉始武帝太康元年庚子歲四月，終湣帝建興四年丙子九月，四帝共五十二年，為五胡亂華偽漢劉聰所滅，共改元者十三。」然卷五起敍東晉之事，則未標起止年月。孫楷第先生謂此書與《東西兩晉志傳》「實大致相同，唯合兩晉為一書，改條為回，綴以七字聯對。其文殆並大業堂刊本各散條為之而不甚連貫」[13]，甚是。

　　如第一回「王濬計取石頭城，拓拔詰汾遇天女」，實並《志傳》「王濬王渾大爭功」、「罷武備諸胡兵起」、「郭欽進上徙戎論」、「袁甫炫鬻於何勖」、「北魏祖逢天女配」、「夷夷兵犯沒灤回」等六小回文字而成。其於兩晉史事多依史書演義，實無多少新創可言；然其依憑的《晉書》卻有兩大長處，第一是文采好。劉知幾《史通》〈論贊〉云：「大唐修《晉書》，作者皆當代詞人，遠棄史、班，近宗徐、庾。夫以餙彼輕薄之句，而編為史籍之文，無異加粉黛於壯夫，服綺紈於高士者矣。」第二是有小說味。《史通》〈采撰〉又云：「晉世雜書，諒非一族，若《語林》、《世說》、《幽明錄》、《搜神記》之徒，其所載或恢諧小辯，或神鬼怪物，其事非聖，揚雄所不觀；其言亂神，宜尼所不語。皇朝新撰《晉史》，多采以為書。……務多為美，聚博為功，

12　孫楷第：《續修四庫全書提要》（濟南市：齊魯書社，1996年），頁1833。
13　孫楷第：《續修四庫全書提要》（濟南市：齊魯書社，1996年），頁1842。

雖取說於小人，終見嗤於君子矣。」對於史書來說是缺點的兩條，對演義家來說卻都成了優點。

如淝水之戰後，《世說新語》〈雅量〉記謝安曰：「謝公與人圍棋，俄而謝玄淮上信至，看書竟，默然無言，徐向局。客問淮上利害，答曰：『小兒輩大破賊。』意色舉止，不異於常。」《晉書》〈謝安傳〉則為：「玄等破堅，有驛書至，安方對客圍棋，看書既竟，便攝放床上，了無喜色，棋如故。客問之，徐答曰：『小兒輩遂已破賊。』既罷，還內，過戶限，心喜甚，不覺履齒之折，其矯情鎮物如此。」唐人追記此事，補充了「不覺履齒之折」的細節，無疑是一種虛構。《兩晉演義》第三十五回「八公山草木皆兵」為：「次日，玄為書使人見叔父謝安報捷，時謝安正與王羲之圍棋。驛人持書與安，安令驛人去了。安一邊圍棋，一面拆其書看，已知謝玄破秦，仍將書放在床上，了無喜色，下棋如故。羲之問曰：『書中何事？』安曰：『小兒輩遂已破賊。』羲之曰：『可速報朝廷，如何圍棋？』言訖辭出。謝安既罷棋還內，過戶限，心喜甚，不覺屐齒折之。」

小說所做的虛構，不過是將「客」坐實為王羲之而已。如此「按鑒」，自較易為，加之如《晉書》〈忠義列傳〉所說，「晉自元康之後，政亂朝昏，禍難薦興，艱虞孔熾，遂使奸凶放命，戎狄交侵，函夏沸騰，蒼生塗炭，干戈日用，戰爭方興，雖背恩忘義之徒，不可勝載，而蹈節輕生之士，無乏於時」，其時賈後專權，八王為亂，匈奴劉氏，稱王北方，竟破洛陽擄晉懷帝而去，值此禍難薦興、蒼生塗炭的亂世，不少「蹈節輕生」的忠義之士，「赴鼎鑊其如歸，履危亡而不顧」，遂使《兩晉演義》所敘，多有可誦者。

三　兩宋系列

由《殘唐五代演義》向下延伸，就進入了兩宋。《資治通鑑》記事迄於周顯德六年（959），馴致講宋代史事隸屬於「新話」；「講史」

而無史書可依，遂患了先天不足之病。《宋史》雖於元至正五年
（1345）編就，因存在問題較多，未被公認為良史，故明人之宋史演
義，基本上不據史書敷演，而成為「敘一時故事而特置重於一人或數
人」[14]的變體，最著名者為演楊家將的《楊家將傳》（即《南北宋志
傳》中的《北宋傳》）、《楊家府世代忠勇演義志傳》與演岳飛的《大
宋演義中興英烈傳》。

　　余嘉錫先生說：「楊業祖孫三世，皆欲為國取雲燕以除外患，其
識乃高過趙普等，使當時能用其言，則金元無所憑藉以起，靖康之
辱，祥興之禍，皆可以不作。且業有『無敵』之名，遼人望見旌旗輒
引去，隱然若一敵國。……業既被禽，遼人欲重用他，業義不負國，
遂不食以死。以區區一身，關係之重如彼，忠貞之節復如此，豈不誠
大丈夫哉！此所謂國亡之後，遺民歎息歌詠楊家將，久而不置也
歟？」[15]講述這類故事，莫不出於鼓忠義之氣，望中國復強的愛國之
心。《南宋志傳》第三十三回，敘北漢主劉崇為周兵所困，召後山應
州郝山王金刀楊令公解圍，楊令公名繼業，太原人，號為「楊無
敵」，生有七子：淵平、延定、延輝、延朗、延德、延昭、延嗣，義
子懷亮，時稱雄勇。《北宋志傳》卷首按語云：「謹按是傳前集紀一十
卷，起於唐明宗天成元年石敬瑭出身，至宋太祖平定諸國止。今續後
集一十卷，起宋太宗再下河東，至仁宗止，收集《楊家府》等傳，總
成二十卷，取其揭始要終之義，並依原成本參入史鑒年月編定。」明
確道講出以楊家府為主的意圖。由於《南宋志傳》已為楊業起了頭，
《北宋志傳》便以「北漢主屏逐忠臣，呼延贊激烈報仇」開篇，先敘
了一段呼延廷的故事。略謂劉鈞與眾臣議戰守之策，諫議大夫呼延廷
主張向宋修表納貢，樞密副使歐陽昉讒之，復遣人殺其全家。妾劉氏

14　魯迅：《中國小說史略》第十五篇〈元明傳來之講史（下）〉，頁126。

15　余嘉錫：《余嘉錫論學雜著》（北京市：中華書局，1963年），頁418。

抱幼子星夜逃命，義盜馬忠憐而養之，長大後取名馬贊，乘歐陽昉貶官回鄉之際，亦殺其全家。後投太行山，結識李建忠、馬坤、柳雄玉等八家寨主，與馬坤之女金頭馬氏比武結親，棲身太行，專等朝廷招安云云，實為後世《呼家將》之雛形。至第三回末尾，敘宋太祖親征北漢，劉鈞召楊業出兵，方讓楊業再次登場。又有《楊家府世代忠勇演義志傳》八卷五十八回，題「秦淮墨客校閱，煙波釣叟參訂」。首萬曆三十四年（1606）秦淮墨客序，下有「紀振倫」鈐。紀振倫，字春華，江寧人，曾編校過《續英烈傳》，著有傳奇《葵花記》、《三桂記》、《七勝記》等。此書卷一首回為「宋太祖受禪登基」，敘宋太祖登基後新征北漢，漢主命繼業為先鋒，不僅與《北宋志傳》以呼延開端的寫法不同，楊繼業子女的名字亦略有差異，七子是：淵平、延廣、延慶、延朗、延德、延昭、延嗣；又有二女：琪八娘、瑛九娘，俱善騎射，精通韜略。中無義子懷亮，是因《北宋志傳》敘高行周次子高懷亮，遵遺命投奔應州，為楊業義子，後訪知周將高懷德是己兄長，乃投奔周師。此書因不牽涉舊事，自要略去懷亮之一線。至於增加八娘、九娘，顯然是為了增加女性英雄的丰采。

　　孫楷第先生比較二書的優劣說：「《北宋志傳》五十回則全以楊家為主，楊業之降與征遼死難，六郎鎮三關破天門陣，楊宗保平西夏諸事，均與《楊家府》大同小異，唯無《楊家府》楊文廣征儂智高、征新羅諸事，大抵采市井俗說雜以妖法異術，不倫不類。至謂西復即達達，云西夏在中國西南，而相持乃在雄州，尤屬囈語。統觀二書，《南宋》糅雜兼采史書俗說，不能融合，亦無作意，而《北宋》尤陋。」[16]就二書相同之點而言，都面臨史書材料不敷應用的困境，只能求助於稗史傳聞。據《醉翁談錄》，宋代瓦舍的「小說」中，有《楊令公》（屬「朴刀」類）、《五郎為僧》（屬「杆棒」類）等節目，

---

16 孫楷第：《續修四庫全書提要》（濟南市：齊魯書社，1996年），頁1833。

現存元雜劇中有《昊天塔孟良盜骨》、《謝金吾詐拆清風府》（見《元曲選》），明雜劇有《八大王開詔救忠臣》、《楊六郎調兵破天陣》、《焦光贊活拿蕭天佑》（見《脈望館鈔校本古今雜劇》）等，將這些材料融入小說，尚不能算作真正的虛構。至於小說與正史不合之處，有的純是由於情節需要而編造的。如楊業之死，《宋史》本傳謂朔州一戰，王侁初時鼓動楊業鼓行而往，後聞業敗，麾兵卻走，致使楊業孤軍力戰，身被數十創，士卒殆盡，遂被契丹所擒，不食三日死。二書都把潘仁美寫成大奸臣，故意不發兵救應，使楊業身陷敵圍。小說選擇李陵碑為其「報主之所」，顯然是要以「李陵以不忠於國」來反襯楊業的「忠義」。但小說所寫也不盡是虛構，如楊業父子救駕之事，余嘉錫先生以為「蓋官書之所諱言，流傳於故老之口，其事容或有之」[17]，是很有道理的。

　　至於「采市井俗說雜以妖法異術」，無疑屬虛構的範疇，在在反映了市井細民對政治生活的無知。如謂寇準以「計套」出潘仁美口供，其女為太宗之妃，出來為父說情，《北宋志傳》寫八王奏曰：「潘仁美該處斬罪，陛下以后妃之故，減二等，罷職為民。」太宗允奏，罷黜仁美為民。《楊家府演義》則寫八王奏曰：「臣夜夢景不祥，必主有橫禍，乞陛下放獨角赦與臣領去，以防後患。」旋命六郎楊景殺了潘仁美；太宗要治其罪，八王曰：「陛下適行獨角赦，赦除景之罪過。」將「夢景」的曲解為「夢見『楊景』」，實乃市井俗說之噱頭耳。嚴肅的政治鬥爭，有時也弄得猶如兒戲。如先帝建無佞府天波樓以旌獎楊門，著官員人等經過俱要下馬；謝金吾故犯此禁，響張金鼓端坐馬上而過。令婆告到朝廷，真宗宣謝金吾責之，金吾狡辯曰：「天波樓前之路，實南北往來要道，凡朝賀聖節特為陛下而來，又從此處下馬，此樓更尊於陛下矣。」真宗竟受其作弄，又下令著謝金吾

---

17 余嘉錫：《余嘉錫論學雜著》（北京市：中華書局，1963年），頁423。

毀拆天波樓。諸多好漢亦復喜意氣用事，如楊六郎被賺入雙龍谷中，遣孟良往五臺山求救；不料楊五郎以「我出家之人，誓戒殺生」推辭，又要八大王所乘千里風、萬里雲兩騎得一，才可下山。孟良沒奈何，只得星夜往八大王府中，八大王又推託曰：「我素不認汝，今只據汝口詞就把馬借去，決無是理。」孟良只好跳入後花園，向敕書閣邊放起火來，乘擾攘之際偷取千里風，八王跳上萬里雲追趕，孟良情急，推千里風陷於淤泥中，八王跳下萬里雲向前視之，孟良忙跳上萬里雲，叫聲：「殿下休怪！借此馬去退了遼兵，即送來還。」個個都變得有些不可理論起來。為了以妖法異術吸引讀者，又將呂洞賓寫成心胸狹隘之人，因負氣之故，竟攜椿樹精助遼，排下著名的「天門陣」抗禦宋軍，遂又引出了楊宗保至木閣寨取降龍木，被寨主木桂英擒獲成親之類，都迎合了市井細民的趣味。

　　以上種種，尚屬表象。透過其中的「瞽傳詼諧之氣」，卻可見出對楊業總體評價這一深層次問題上與史家的差異。《宋史》〈楊業傳〉說他弱冠事劉崇，屢立戰功，國人號為「無敵」，宋太宗征太原時，「素聞其名，嘗購求之。既而孤壘甚危，業勸其主繼元降，以保生聚」。以小說家眼光看，儘管已一再強調「天命有歸」，但讓楊業主動勸說北漢主降宋，未免有損於他的赫赫英名。基於這一共識，《南宋志傳》便說是八王設下反間計，令楊光美徑詣楊業寨中，曰：「吾聞良禽相木而棲，賢臣擇主而佐。且將軍出兵來援河東，本欲其忠；今猜忌日深，無以自明，事必敗矣。我宋主仁德遠敷，諸鎮仰服，只有河東未下，其能久安乎？背暗投明，古人所貴，願令公垂察焉。」業半晌無語，既而曰：「吾不殺汝，放汝去，速令勇將來戰。」光美故意墮落密封而去，為左右拾得，延德拆開視之，卻是圖局一張，中有無佞宅、梳裝樓、歇馬亭、聖旨坊等，內寫「接待楊家父子之所」，極其美麗。七郎曰：「莫說與吾等居住，便得一見亦甘心也。」延輝曰：「且莫露機，看漢主勢頭如何，若不善待我父子，即反歸南朝

也。」後劉鈞遣人督戰，糧草賞軍之物，又不給與。八王趁機布謠言，道北漢主以楊家父子有玩兵私逃之罪，欲結大遼出兵討之。令公坐臥無計，憂形於色。夫人佘氏問之，令公只得將漢主見罪之事告知，又言眾兒子商議，「多有勸我投降，只恐非長策」。夫人曰：「若大朝厚待爾父子，歸之亦是長策，何必深憂？」令公曰：「正不知待我之情何如，若使不及漢主，反受負忠之名，那時進退無及矣。」延德曰：「我父子有王佐之才，定亂之武，何所歸而不厚哉？」即以所得宋人繪圖展開與母觀之，一一指說其詳。八娘、九妹聞說如此之富貴，力慫其母勸父歸順。夫人乃曰：「不如從眾孩兒之言，棄河東歸順大朝，上酬平生之志，下立金石之名，豈不勝幽沉於夷俗，萬古只是一武夫乎？」楊業雖曰怒漢主之信讒，感宋君之愛重，但為物欲所誘，卻是重要的原因。

　　《楊家府演義》的處置與此大相逕庭。說太宗兵圍太原之時，楊繼業適患病於太行山，漢將為宋兵所敗，棄甲奔走。漢主得令婆保駕，殺回太原。令婆神勇，射中潘仁美，絆倒黨進。然太原糧餉將絕，漢主只得獻城乞降，太宗封為彭城郡國公，遣使臣諭楊繼業歸降。楊繼業反問道：「何不驅兵死戰？戰不勝，寧死社稷，見先君於地下，庶幾無愧；奈何甘心屈膝，北面事人，以受萬世之唾罵乎！」怒氣攻發舊病，昏悶在地。漢主多次遣使臣諭其歸降，言「事已定矣，抗拒枉然」，甚至扣以「假主死於此，臣當殉之；今日不來，即反臣矣」的帽子。楊繼業迫不得已，便約以「惟居漢主部下，不受大宋之職」、「惟聽宋君調遣，不聽宣召」、「我所統屬斬殺，不行請旨」三事，方肯歸降，處理得比「屯土山關公約三事」還要大義凜然。但楊家將的結局是太悲慘了，他們雖然忠心不二，最後還是難逃奸臣之手，千古之下，令人黯然神傷。小說故借孟良之口，反駁六郎曰：「自汝言之，汝以拜官受爵為榮矣；自我言之，我以居職享祿為辱矣。何言之？汝父子投降於宋，不得正命而死，手足異處，若禽獸

然，有甚好處？我居此山，斬殺自由，何等尊貴！與汝較我，不啻天壤隔也。」六郎不以為忤，反稱：「孟良一人傑也，心頗愛之。」小說家借此不經之言，實欲為讀者出口惡氣耳。

　　《大宋中興通俗演義》八卷八十回，方是南宋史事的演義。吳自牧《夢粱錄》〈小說講經史〉云：「又有王六大夫……於咸淳年間敷演《復華篇》及《中興名將傳》。」羅燁《醉翁談錄》〈小說開闢〉云：「新話說張、韓、劉、岳。」咸淳（1174-1189）為南宋孝宗年號，距紹興十一年冬（1142）岳飛之死不過三、四十年。余嘉錫先生說：「及至南北宋之交，女真侵擾，民不聊生，生民之禍亟矣，殺其父兄，系累其子弟，毀其廬墓，掠其衣食，轉徙流離，置身無所。幸而中興諸將，櫛風沐雨，出死入生，破金人，收失土，振斯民於水火而登之袵席，其中以岳飛之功為尤高，雖婦人孺子，無不知有岳家軍者。泊秦檜害飛而天下之人心為之不平，《說岳》之傳，殆即萌芽於此。」[18]《大宋中興通俗演義》敘岳飛抗金事蹟，始於金人南侵，終岳飛被殺，是現存最早以岳飛為題材的小說。孫楷第先生評論說：「其書第一卷自斡離不南寇起，以次紀二帝北狩及高宗南渡事。二卷以下至七卷則記李綱宗澤及韓岳諸將事，大致以岳飛為主。卷七記秦檜殺岳飛及洪皓歸朝等事，而以秦檜冥報結束。大抵抄綴成文，罕有作意。雖序自云取小說參考以補史書所未備，實不過《效顰集》及《江湖紀聞》等一二條皆流俗所傳易知之事，至於宋人史籍說部，可知其概未寓目，蓋書賈抄書其伎倆不過如此，亦無足怪也。」[19]此書名《大宋中興通俗演義》，每卷皆標起止年份，如卷一：「起靖康元年丙午歲，止建炎元年丁未歲，首尾凡一年事實，按《宋史》本傳節目。」雖擺出一副「全史演義」的派頭，但〈凡例〉卻說：「是書演

18 余嘉錫：《余嘉錫論學雜著》（北京市：中華書局，1963年），頁429。

19 孫楷第：《續修四庫全書提要》（濟南市：齊魯書社，1996年），頁1834。

義惟以岳飛為大意，事關他人者，不免錄出，是號為中興也。」又
說：「演義武穆王本傳，參諸小說，難以年月前後為限。惟於不斷續
處錄之，懼失旨也。」實質上又是「敘一時故事而特置重於一人」
者，這就使得在敘事上難以兼顧。岳飛起於行伍，始終不曾進入最高
決策層，從全史演義的角度著眼，其勢不得不突出李綱、宗澤等主戰
人物。李綱之事與岳飛原無聯繫，而宗澤為東京留守，岳飛正歸其部
下，小說為此寫了二事以交代兩人的關係：一為部下搶奪民人雨具，
宗澤欲按軍法令斬之，岳飛仰天大呼：「要中興者，何因細故而斬壯
士！」乃釋之，使戴罪立功，解開德之圍；一為與宗澤與談兵法，授
以陣圖，岳飛一覽即置之，問其故，曰：「陣法不可死守」，「用兵之
妙全在乎一心」，大為宗澤所賞。

　　此書也不善於組織故事，如先敘岳飛生未滿月，黃河內決，大水
暴至，「飛母抱飛坐甕中，隨水沖激，及至岸邊，母子無事，人皆異
之」，後文卻謂其父健在，失卻前後之照應。又岳母刺字的故事亦能
採用，反道靖康間，胡騎縱橫，宋兵畏縮，鄉中好漢皆勸其入山為
盜，飛曰：「大丈夫不著芳名於史冊，而為鼠竊狗盜偷生於世，可
乎？」乃令人於脊背上刺「精忠報國」四字以示不從邪之意，既將
「報國」的方向弄錯，也因此喪失應有的藝術魅力。

　　及到明末，當號稱「後金」的滿人襲來之際，人們自然想起了抗
金英雄岳飛。嚴酷的緊迫感和痛切感，促使了對《大宋中興通俗演
義》的改編。先是有鄒元標編訂的《岳武穆精忠傳》。鄒元標（1551-
1624），字爾瞻，號南皋，江西吉水人，萬曆五年（1577）進士，累
官至刑部右侍郎、左都御史，諡忠介。他將《大宋中興通俗演義》由
八卷八十回刪節為六卷六十八回，以玉茗堂名義刊行。又有于華玉編
訂的《岳武穆盡忠報國傳》。于華玉，字輝山，江蘇金壇人，崇禎十
三年（1640）進士，崇禎十五年（1642）任浙江西安知縣，後調浙江
孝烏知縣。在孝烏知縣任上，他將《大宋中興通俗演義》刪為七卷二

十八回，改名《岳武穆盡忠報國傳》，交友益齋刊行。鄒元標和于華玉改編岳飛故事的共同點是：一、將中性的書名《大宋中興通俗演義》改為情感色彩濃烈的「精忠」、「盡忠」、「報國」，以為處「今日時事之危」，「有志於禦外靖內者，當有意於斯編」，目的是為抵禦異族的現實鬥爭服務；二、將「舊編之句復而長，字俚而贅處」痛為剪剔，為的是處在時政緊迫的關頭，原書文句之繁蕪，顯然會浪費寶貴的時間，末卷攙入的「風僧冥報」之鄙說，尤無助於激發人們的鬥志之故。

四　隋唐系列

羅貫中已著有《隋唐兩朝志傳》，後來之隋唐系列小說，毋寧是對羅著的重編或改作。《新刊參采史鑒唐書志傳通俗演義》，一名《秦王演義唐國志傳》，八卷九十節，署「金陵薛居士的本，鼇峰熊鍾谷編集」；《唐國志傳》八卷，題「紅雪山人余應鼇編次，潭陽書林三臺館梓行」；《唐書志傳通俗演義題評》八十九節，題「姑孰陳氏尺蠖齋評釋，繡谷唐氏世德堂校定」；《唐傳演義》八卷九十節，內封題「隋唐演義」，右上曰「徐文長先生評」，左下曰「書林舒載陽梓」。書名雖異，實為一書。又有武林精刊本《徐文長先生批評隋唐演義》十卷一一四節，其開首數節及九十八節以後同《隋唐兩朝志傳》，第九節至九十八節同《唐書志傳通俗演義》，實乃截取二書聯綴拼合而成。

關於《隋唐兩朝志傳》與《唐書志傳》的關係，自孫楷第先生起多以為是《隋唐兩朝志傳》以《唐書志傳》為底本擴充而成，故爾還產生了林瀚之序的「偽託」問題。其實，熊鍾谷輩恰是好為印製簡本之建陽書賈，《唐書志傳》實為《隋唐兩朝志傳》之刪節本，根據如下：

一、隋朝享國甚短，隋之「廢」乃唐之「興」，二者密不可分。

《隋唐兩朝志傳》第一回「興宮室翦綵為花」、第二回「隋煬帝遊幸江都」，首寫隋煬帝之腐敗，馴致天下大亂，竇建德、楊玄感、翟讓、李密相繼兵起，方得引出李淵之起事。《唐書志傳》將其一概刪去，遂使第一節「會李密反，劉文靜與密連婚，被繫獄中」，顯得沒有因由。

二、《唐書志傳》卷首曰：「鍾谷子〈述古風〉一篇，單揭唐創立之有由」，其辭曰：「天下紛紛隋煬帝，中原休訝草離離。朝堂政事棄不理，唯教酒色行相隨。築苑經營極奢侈，蒼生費用如崩夷。動馬興兵好侵侮，構仇招禍惹災虞。經年卒歲無休息，兵疲民困國空虛。連郡盜賊如蜂起，繁華宮室一朝隳。」這篇〈述古風〉，《隋唐兩朝志傳》亦有之，題曰〈敘述〉；紅雪山人余應鼇編次的《唐國志傳》亦有之，但無「鍾谷子〈述古風〉一篇，單揭唐創立之有由」字樣，分明是熊鍾谷將他人之詩冒為己作，「天下紛紛隋煬帝」數語，正好暴露了他刪削《隋唐兩朝志傳》開頭數回的伎倆。

三、《唐書志傳》切取《隋唐兩朝志傳》第九回「文靜世民議大事」為第一節，開首即曰：「太宗文武大聖大廣孝皇帝，姓李諱世民，高祖次子也。初，唐公李淵娶於神武肅公竇毅，生四子：建成、世民、玄霸、元吉，一女，適臨汾王柴紹。」連《隋唐兩朝志傳》原文之「李淵字叔德，隴西成紀人也，其祖李虎，仕魏有功，封唐國公。父昞，襲封其爵，生淵於長安。體有三乳，性寬仁，亦襲封唐公」亦一併刪去，述唐史而不以高祖三代發端，甚悖史傳之體。

四、此書既名《唐書志傳》，則應是唐朝的全史演義，卻匆匆收束於第九十節「唐太宗坐享太平」，時僅為貞觀十九年（645），連作序的李大年也批評它「全文有欠，歷年實跡未克顯明其事實，致善觀是書者見哂焉」。

真正有創意的隋唐史事的小說是《隋煬帝豔史》與《隋史遺文》。《隋煬帝豔史》一名《風流天子傳》，八卷四十回，題「齊東野

人編演，不經先生批評」，有崇禎辛未（1631）「野史主人」自序。作者無考。委蛇居士《隋煬帝豔史》〈題辭〉云：「余友東方裔也，素饒俠烈，復富才藝，托姓借字，構《豔史》一編，蓋即隋代煬帝事而詳譜之云。」〈凡例〉云：「隋朝事蹟甚多，今單錄煬帝奇豔之事。故始於煬帝生，而終於煬帝死。其餘文帝國政，一概不載。」這大約是小說史上頭一個明確宣佈不以全史面貌出現，而單寫一位帝王事蹟的說部。不僅如此，作者又將隋煬帝定位為「千古風流天子」，說他的「一舉一動，無非娛耳悅目，為人豔羨之事，故名其篇曰『豔史』」，打出一個「豔」招徠讀者，乃是其時社會風氣的產物，也是作家重視市場效應的表現。委蛇居士《隋煬帝豔史》〈題辭〉云：「小傳之來尚矣，易世而其風滋盛，果取振勵世俗之故歟？抑主娛悅耳目而然歟？識者多謂拿空捉影，吹波助瀾，奇其事以獵觀，巧其名以漁利。」確實道出了個中奧秘。

　　儘管這樣，作者並沒有流入放任之一派。〈凡例〉不無自負地說：「稗編小說，蓋欲演正史之文，而家喻戶曉之；近之野史諸書，乃捕風捉影，以眩市井耳目。孰知杜撰無稽，反亂人觀聽。今《豔史》一書，雖云小說，然引用故實，悉遵正史，並不巧借一事，妄設一語，以滋世人之惑。故有源有委，可徵可據，不獨膾炙一時，允足傳信千古。」作者之撰作《隋煬帝豔史》，是期以「信史」自許的。梁紹壬《兩般秋雨盦隨筆》卷七云：「《隋唐演義》，小說也，敘煬帝、明皇宮闈事甚悉，而皆有所本：其敘土木之功，御女之車，矮民王義及侯夫人自經詩詞，則見於《迷樓記》；其敘楊素密謀，西苑十六院名號，美人名姓，泛舟北海遇陳後主，楊梅、玉李開花，及司馬戩逼帝，朱貴兒殉節等事，並見《海山記》；其敘宮中閱《廣陵圖》，麻叔謀開河食小兒，塚中見宋襄公，狄去邪入地穴，皇甫君擊大鼠，殿腳女挽龍舟等事，並見於《開河記》。」其實，據韓偓「三記」，「復緯之以《本記》、《列傳》」以排比衍述煬帝宮闈事的任務，早已

由《隋煬帝豔史》完成了。

作者《隋煬帝豔史》〈序〉稱「阿摩（隋煬帝之乳名）特亡國俘耳」，指責他「矯詔創勇，而不置一嗣，慘刻至此，罪惡滔天。外此而種種淫肆，正所謂不戰自焚，多行速斃耳。今者災八百木，以億萬迷樓之現身，固將令天下串一牟尼珠，盡抵掌百口，阿摩以垂一大果報也。史告成，客有譙呵之者曰：『此污衊傳也，不可為經。』解之者曰：『此述也，不可云作。』春秋二百四十餘年，亡國七十二，弒君三十六，宣尼父亦何忍飀其醜哉！知我罪我，其姑聽之。」要將「百千萬載臭名」的隋煬帝與「幽情雅韻」隋煬帝統一起來，確實不是容易的事情。從朝政之興廢看，隋煬帝乃昏主佞臣，須以小史播其穢，「使讀者一覽，知酒色所以喪身，土木所以亡國，則茲編之為殷鑒，有俾於風化者」；而從人生之「幽情雅韻」看，又正如笑癡子《隋煬帝豔史》〈敘〉所說：「種種媚人，種種合趣，種種創萬祀之奇，種種無道學氣，無措大氣，亦無兒女子氣，並無天子氣者，則孰非可驚可喜，而稱豔者乎？試問古今來，孰有如隋之煬帝者？」

《隋史遺文》十二卷六十回，不題撰人。據吉衣主人崇禎癸酉（1633）自序後「令昭氏」鈐，知作者為袁于令（1592-1674），吳縣人，原名韞玉，改名晉，字令昭、硯昭、鳧公，號吉衣主人、劍嘯閣主人、幔亭仙史等，諸生，入清曾官水部郎、東昌府臨清關監督、荊州知府。著有傳奇《西樓記》、《珍珠衫》等。當演義家以「亦庶幾乎史」自詡，紛紛打出「按鑒演義」向史書靠近，竭力以「羽翼信史」取信於讀者之時，袁于令卻為自己的小說起了一個帶貶義的名目——《隋史遺文》，並在序中發揮出一通宏論來：

> 「史」以「遺」名者何？所以輔正史也。正史以紀事；紀事者
> 何？傳信也。遺史以蒐逸；蒐逸者何？傳奇也。傳信者貴真：
> 為子死孝，為臣死忠，摹聖賢心事，如道子寫生，面面逼肖。

傳奇者貴幻：忽焉怒發，忽焉嬉笑，英雄本色，如陽羨書生，
恍惚不可方物。苟有正史而無逸史，則勳名事業彪炳天壤者固
屬不磨，而奇情快氣逸韻英風史不勝書者，卒多湮沒無聞。

　　袁于令公然宣稱，他的小說不是「以通俗為義」來敷衍正史的，
而是「補史之遺」的「遺文」；他的任務是「蒐逸」，是「傳奇」，書
中所寫，「什之七皆史所未備」。《隋史遺文》開頭議論道：「止有草澤
英雄，他不在酒色上安身立命，受盡的都是落寞淒其，倒會把這干人
弄出來的敗局，或時收拾，或是更新，這名姓可常存天地。但他名姓
雖是後來彰顯，他骨格卻也平時定了。譬如日月，他本體自是光明，
撞在輕煙薄霧中，畢竟光芒射出，苦是人不識得；就到後來，稱頌他
的形之筆墨，總只說得他建功立業的事情，說不到他微時光景。不知
松柏生來，便有參天形勢；虎豹小時，便有食牛氣概，說來反覺新
奇。我未提這人，且把他當日遭際的時節，略一鋪排。這番勾引那人
出來，成一本史書寫不到、人間並不曾得知的一種奇談。」《隋史遺
文》的主角秦瓊，是大唐的開國元勳，新舊《唐書》都有他的列傳。
正史限於體例，只能寫他的「勳名事業」，《隋史遺文》偏要大寫秦瓊
微時「受盡的都是落寞淒其」的坎壈遭遇，強調正是像他這種出身微
賤的人，方能把敗局「或時收拾，或是更新」。「怪是史書收不盡，故
將彩筆譜奇文」。《隋史遺文》之所以命曰「遺文」，就是為了補正史
之所未備，以傳草澤英雄本色之奇。這種勇於衝破傳統史學的識見，
在中國古代小說史上堪稱獨創。

　　為了給秦瓊提供施展身手的舞臺，《隋史遺文》加意鋪排「他當
日遭際的時節」，亦即所處的時代環境。草澤英雄之所以名姓可常存
天地，就是因為他能「把這干人弄出來的敗局，或時收拾，或是更
新」。「這干人」不是別人，就是那「不能治民，反又害民」的最高封
建統治者。第一回寫陳後主「剝眾害民」，有詩曰：「釀盡一國愁，供

得一時樂。杯浮赤子骨，羹列蒼生膜。宮庭日歡娛，閭里日蕭索。猶嫌白日短，醉舞銀蟾落。」寫得何得沉痛、悲憤。陳亡，代之而起的是益加荒淫無道的隋煬帝，作者又以憤懣而揶揄的筆觸，揭露了他「塗膏砌血，打迭就一人歡悅」的罪孽。第二十六回開頭有段議論道：「宮室所以容身，是少不得的；若說苑圃，不過是略取點綴，可以適情而已，著甚要緊，定要移山換水選異征奇？初時把一塊荒榛衰草之地，變換作錦繡園林；但後來，錦繡園林仍舊還做了荒榛衰草：一段乾忙，許多花費，都在那裡？況且不知拆了多少房屋，成得一兩座亭館；毀了多少田園，成得一兩座池臺。多少人兒啼女哭，博得了一院笙歌；多少人百結懸鶉，博得個滿身羅綺；多少人鳩形枵腹，博得個食前方丈！」又有詩道開河之苦：「浚竭黎民力，鋤穿赤子心。試看落來淚，應共汴河深！」充溢著對黎民疾苦的無限同情和對封建統治者的強烈憤懣。針對「攘攘豺虎滿山林，生民何計逃塗炭」的嚴酷現實，《隋史遺文》衝破傳統秩序觀念的拘縛，對「強盜」的反抗行為予以大膽的肯定。第十八回開首道：「如今人最惱的無如強盜，不知強盜豈沒人心，豈不畏法度；有等不拿刀斧強盜去剝削他，去驅迫他，這翻壯士有激胡為，窮弱苟且逃死，便做了這等勾當。便如隋時盜一錢者死，法豈不嚴；但當時重閥閱，輕寒微，加以峻法嚴刑，火兵大役，民不聊生，自然不知不覺大半流為盜賊了。」把封建統治者剝削者視為「衣冠豺虎」、「不拿刀斧強盜」，認為是這班真正的強盜的剝削和驅迫，方使人民大半流為盜賊。這種思想，較之李贄之「以小賢役人，而以大賢役於人，……其勢必至驅天下大力大賢而盡納之水滸矣」（《忠義水滸傳》〈敘〉）來，不知要高明多少倍。

　　《隋史遺文》之所以稱為「遺文」，又是為了寫出主人公「忽焉怒發，忽焉嬉笑」的「奇情俠氣，逸韻英風」，而這種種，又恰是通過精妙傳神的細節和心理描寫表現出來的。如第十六回寫秦叔寶齎羅公書信往潞州府來投：「叔寶是個有意思的人，到那得意之時，愈加

謹慎，進東角門，捧著書，一步步走將下來。」及蔡刺史閱羅公書信，發還秦瓊被沒收的銀兩物件時，發現頭一筆三百六十兩銀子與書不對，遲疑道：「前日參軍廳解來止得此數，這仔麼處？須得窮究了。」叔寶道：「想在皂角林晚間相打時，失去了些，這也不敢費老爺清心。」細緻入微地表現了叔寶「到那得意之時，愈加謹慎」的性格。第十九回寫秦瓊與柴嗣昌、王伯當、齊國遠、李如珪進長安送禮，宿於城外陶家店。眾人到主人大廳上，倒擺好幾桌盛酒，本是主人為親故看燈而設。主人「見眾人坐在席上，不過是口角春風」，虛邀眾人，而叔寶卻一口應承下來；主人難以改口，只好下帖把酒客都辭了，小說議論道：「秦叔寶這個有意思的人，難道不知主人是口角春風，如何就招架他吃酒？他心裡自有個主意：今日才十四，恐怕朋友們吃了晚酒沒事幹，街坊頑耍，惹出事來；他公幹還未完，只得借主人酒席款留諸友，到五更天齎過了壽禮，卻得這個閑身子，陪他們看燈。叔寶留心到此，酒也不十分吃。眾朋友開懷暢飲，三更時分盡歡，方才回客房中睡。」叔寶這一違背常理的舉動，為的是要絆住齊國遠一班「鹵莽滅裂」的朋友。第二十回寫李靖言正月十五三更時分，民間主有刀兵火盜之災，告誡秦瓊「切不可觀燈玩月，恐罹在此難，難以脫身」。秦瓊回下處的路上，且走且想：李藥師卻是神人，知幾料事，洞若觀火，指示迷途，教我不要看燈。只是我到下處，對這幾個朋友開不得口：「我如今完了公事，怎麼好說遇見這個高人，說我面上步位不好，我先去罷。不像個大丈夫說的話。大丈夫卻要捨己從人，我的事完了，怎就好說這個鬼話來？真的也做了假的了，惹眾朋友做一場笑話。李藥師，我秦瓊只得負了你罷。」大段的心理描寫，表現出個人安危與朋友義氣的心理衝突，實為古代小說所難得見的傳神筆墨。

五　列國系列

　　由《兩漢》再向上追溯，則有春秋列國系列。《資治通鑑》記事起周威烈王二十三年（西元前403年），胡三省注：「上距《春秋》獲麟七十八年，距《左傳》趙襄子慁智伯事七十一年。」故「按鑑」撰寫並非列國系列的最佳方法。好在出孔子之手的《春秋》早被推崇為「六經」之一，乃是「一部諸夏霸政興衰史」；《左傳》亦列入「九經」、「十三經」之列，是「中國最先第一部最詳密的編年史」[20]，一般儒生都耳熟能詳，足可據以演成說部。而元刊《全相平話》五種中，《武王伐紂書》、《樂毅圖齊七國春秋後集》、《秦并六國》三種，亦可為後世之演義所取法。余邵魚《題全像〈列國志傳〉引》云：「奈歷代沿革無窮，而雜記筆劄有限，故自《三國》、《水滸傳》外，奇書不復多見。抱朴子性敏強學，故繼諸史而作《列國傳》，起自武王伐紂，迄於秦并六國，編年取法《麟經》，記事一據實錄。凡英君良將，七雄五霸，平生履歷，莫不謹按五經並《左傳》、《十七史綱目》、《通鑑》、《戰國策》、《吳越春秋》等書，而逐類分紀。」但《列國志傳》不從《春秋》、《左傳》起魯隱公元年（西元前722年），迄魯哀公十四年（西元前481年），而是起武王伐紂（西元前11世紀），迄秦并六國（西元前221年），為的就是貪圖將《武王伐紂書》、《樂毅圖齊七國春秋後集》、《秦并六國》三種平話納入其中。曾良先生通過細心比對，指出「《列國志傳》（卷一）本於《武王伐紂平話》，也保留了一些民間傳說，但凡是《列國志傳》與《武王伐紂書》的不同處，《列國志傳》多是據史傳描寫述事實，以糾正傳說故事」；「《列國志傳》（卷八）中演述燕齊爭雄之內容，主要本於《七國春秋後集》，其中不少段子（如『燕王傳位子之』、『黃金臺賦』、『淖齒擒齊王』、『王

---

20 錢穆：《中國史學名著》（北京市：生活・讀書・新知三聯書店，2001年），頁17、37。

孫賈殺淖齒』等）基本相同」[21]，就充分地說明了這一特點。

　　陳繼儒發明了一種「世宙間一大帳簿」論，他在〈敘《列國傳》〉中說：「顧以世遠人邈，事如棋局，《左》、《國》之舊，文彩陸離，中間故實，若存若滅，若晦若明。有學士大夫不及詳者，而稗官野史述之；有銅螭木簡不及斷者，而漁歌牧唱能案之。此不可執經而遺史，信史而略傳也。《列傳》始自周某王之某年，迄某王之某年，事核而詳，語俚而顯，諸如朝會盟誓之期，征討戰攻之數，山川道里之險夷，人物名號之真誕，燦若臚列，即野修無系朝常，巷議難參國是，而循名稽實，亦足補經史之所未賅，譬諸有家者按其成簿，則先世之產業厘然，是《列傳》亦世宙間之大帳簿也，如是雖與經史並傳可也。」余象斗〈序〉復稱讚此書「旁搜列國之事實，載閱諸家之筆記，條之以理，演之以文，編之以序，胤商室之式微，泊周朝之不臘，炯若日星，燦若指掌」，大致不差。然這樣一本「大帳簿」，以區區二十八萬字的篇幅來敘從商紂滅至秦并六國的八百餘年歷史，必然導致敘事簡略，文字粗率，加之春秋無義戰，正如朱篁《列國傳》〈題詞〉所云：「盟會戰攻，非其兄弟，則其甥舅，朝而骨肉，暮而讎敵」，「勢若弈棋，黑白互淆，正奇迭變」，幾成同義反覆，難給讀者留下深刻的印象。

　　有鑒於此，馮夢龍（？-1646）發願將其改編。馮夢龍為治《春秋》之名家，著有《麟經指月》、《春秋衡庫》等，其弟夢熊在《麟經指月》〈序〉中言：「余兄猶龍，幼治《春秋》，胸中武庫，不減南征。居垣研精覃思，曰：『吾志在《春秋》。』牆壁戶牖，皆置刀筆者，積二十餘年而始惬。」他重寫《新列國志》，一共做了三件事：第一是刪。大膽削去舊志的卷一和卷二之半，以平王東遷為全書之發端，一舉將所敘的時間縮短了四百年，遂成為真正的「春秋戰國史演

---

21 曾良：《《東周列國志》研究》（成都市：巴蜀書社，1998年），頁14-15。

義」。第二是增，從由二十八萬字擴展到七十餘萬字，如可觀道人
《新列國志》〈敘〉所說，「敷衍不無增添，形容不無潤色」。第三是
改。〈凡例〉批評舊志有三大缺點，一曰「事多疏漏，全不貫串，兼
以率意杜撰，不顧是非，如臨潼鬥寶等事，尤可噴飯」。他以《左
傳》、《國語》、《史記》為主，參以《孔子家語》、《公羊》、《穀梁》、
《晉乘》、《楚檮杌》、《管子》、《晏子》、《韓非子》、《孫武子》、《燕丹
子》、《越絕書》、《吳越春秋》、《呂氏春秋》、《韓詩外傳》、《說苑》、
《新書》等書，「凡列國大故，一一備載，令始終成敗，頭緒并如」。
二曰「姓名率多自造，即偶入古人，而不考其世」，如尉繚子為始皇
謀臣，去孫臏百有餘年，而謂繚為鬼谷弟子，載臏入齊；又「蹈襲
《三國志》活套」，戰事一概用騎；都督、經略、公主等號皆後世所
設，又任意撰入。他據史冊「考訂詳慎，不敢以張冒李」，「悉按古
制，一洗舊套」。三曰「敘事或前後顛倒，或詳略失宜」，如趙良諫商
君書、李斯諫逐客文，俱全錄不遺；而秦滅六國這樣的大事，反草草
數語而盡。他「一案史傳，次第敷演，事取其詳，文撮其略。其描寫
摹神處，能令人擊節起舞；即平鋪直敘中，總屬血脈筋節，不致有嚼
蠟之誚」。

　　馮夢龍又為著名通俗小說家，經他增補改寫的《新列國志》，處
理「信」和「趣」的關係取得極大成功，堪稱歷史演義的上乘佳作。
但由於受到題材自身的限制，「宣王至周亡，計年五百餘歲，始而東
遷，繼而五霸，又繼而十二國、七國，中間興衰事蹟，累牘不盡」，
內容是如此繁複，而「一百八回所纂有限」，他也只能承諾「但取血
脈聯貫，難保搜錄無遺」。與《三國志演義》相比，管仲與諸葛亮身
分相似而其經歷猶曲折過之，本來是可以寫得更為出色的。據《左
傳》莊公九年，《經》曰：「夏，公伐齊，納子糾。齊小白入於
齊。……九月，齊人取子糾，殺之。」《傳》曰：「夏，公伐齊，納子
糾。桓公自莒先入。……鮑叔帥師來言曰：『子糾，親也，請君討

之。管、召，仇也，請受而甘心焉。』乃殺子糾於生竇，召忽死之。
管仲請囚，鮑叔受之，乃堂阜而稅之。歸而以告曰：『管夷吾治於高
傒，使相可也。』公從之。」《列國志傳》卷三「管夷吾條陳霸業」
開頭，增加了鮑叔牙薦舉過程的描寫：「叔牙先見桓公曰：『管仲既
至，主公宜舍舊日之怨，□別王而尊禮之，庶幾賢士方為我用。』公
悅，親自出迎，入朝賜坐。仲稽首曰：『臣乃該戮賤俘，得蒙君宥不
死，亦為萬幸，何敢與坐？』桓公乃赦其罪。」而馮夢龍於《新列國
志》第十六回「釋檻囚鮑叔薦仲」，生發出一大篇精彩文章：

> 卻說管夷吾在檻車中，已知鮑叔牙之謀，誠恐「施伯智士，雖
> 然釋放，倘或翻悔，重複迫還，吾命休矣」。心生一計，製成
> 〈黃鵠〉之詞，教役人歌之。詞曰：

> 黃鵠，黃鵠，戢其翼，縶其足，不飛不鳴兮籠中伏。高天何蹋
> 兮，厚地何蹐！丁陽九兮逢百六。引頸長呼兮，繼之以哭。
> 黃鵠，黃鵠，天生汝翼兮能飛，天生汝足兮能逐。遭此網羅兮
> 誰與贖？一朝破樊而出兮，吾不知其升衢而漸陸。嗟彼弋人
> 兮，徒旁觀而躑躅！

> 役人既得此詞，且歌且走，樂而忘倦。車馳馬奔，計一日得兩
> 日之程，遂出魯境。魯莊公果然追悔，使公子偃追之，不及而
> 返。夷吾仰天歎曰：「吾今日乃更生也！」行至堂阜，鮑叔牙
> 先在，見夷吾如獲至寶，迎之入館曰：「仲幸無恙！」即命破
> 檻出之。夷吾曰：「非奉君命，未可擅脫。」鮑叔牙曰：「無傷
> 也！吾行且薦子。」夷吾曰：「吾與召忽同事子糾，既不能奉
> 以君位，又不能死於其難，臣節已虧矣，況復反面而事仇人，
> 召忽有知，將笑我於地下。」鮑叔牙曰：「成大事者，不恤小

恥；立大功者，不拘小諒。子有治天下之才，未遇其時。主公志大識高，若得子為輔，以經營齊國，霸業不足道也。功蓋天下，名顯諸侯，孰與守匹夫之節，行無益之事哉？」夷吾嘿然不語。乃解其束縛，留之於堂阜。鮑叔遂回臨淄，見桓公，先弔後稱賀。桓公曰：「何弔也？」鮑叔牙曰：「子糾，君之弟也。君為國滅親，誠非得已，臣敢不弔？」桓公曰：「雖然，何以賀寡人？」鮑叔牙曰：「管子，天下奇才，非召忽比也。臣已生致之，君得一賢相，臣敢不賀？」桓公曰：「夷吾射寡人中鉤，其矢尚在，寡人每戚戚於心，得食其肉不厭，況可用乎？」鮑叔牙曰：「臣人者各為其主，射鉤之時，知有糾，不知有君。君若用之，當為君射天下，豈特一人之鉤哉？」桓公曰：「寡人姑聽子，赦勿誅。」鮑叔牙乃迎管夷吾至於其家，朝夕談論。

卻說齊桓公修援立之功，高、國世卿，皆加采邑。欲拜鮑叔牙為上卿，任以國政。鮑叔牙曰：「君加惠於臣，使不凍餒，則君之賜也。主於治國家，則非臣之所能也。」桓公曰：「寡人知卿，卿不可辭。」叔牙曰：「所謂知臣者，小心敬慎，循禮守法而已。此具臣之事，非治國家之才也。夫治國家者，內安百姓，外撫四夷，勳加於王室，澤布於諸侯，國有泰山之安，君享千秋之福，功垂金石，名播春秋。此帝臣王佐之任，臣何以堪之？」桓公不覺欣然動色，促膝而前曰：「如卿所言，當今亦有其人否？」鮑叔牙曰：「君不求其人則已，必求其人，其管夷吾乎？臣所不若夷吾者有五：寬柔惠民，弗若也；治國家不失其柄，弗若也；忠信可結於百姓，弗若也；制禮義可治於四方，弗若也；執枹鼓立於軍門，使百姓敢戰無退，弗若也。」桓公曰：「卿試與來，寡人將叩其所學。」鮑叔牙曰：「臣聞，賤不能臨貴，貧不能役富，疏不能制親。君欲用夷

吾，非置之相位，厚其祿入，隆以父兄之禮不可。夫相者，君
之亞也。相而召之，是輕之也。相輕則君亦輕。夫非常之人，
必待以非常之禮。君其卜日而郊迎之。四方聞君之尊禮賢士而
不計私仇，誰不思效用於齊者？」桓公曰：「寡人聽子。」乃
命太卜擇吉日，郊迎管子。鮑叔牙仍送管夷吾於郊外公館之
中。至期，三浴而三釁之。衣冠袍笏，比於上大夫。桓公親自
出郊迎之，與之同載入朝。百姓觀者如堵，無不駭然。史臣有
詩云：

爭賀君侯得相臣，誰知即是檻車人。只因此日捐私忿，四海欣
然號霸君。

　　管仲所作「一朝破樊而出兮，吾不知其升衢而漸陸」之詞，既抒
發了自己鴻鵠之志，又令役人且歌且走，樂而忘倦，一日得兩日之
程，真乃一石雙鳥之筆。鮑叔牙謂管仲之「成大事者，不恤小恥；立
大功者，不拘小諒」，謂桓公之「君若用之，當為君射天下」，皆為極
其精闢之格言，雖出馮夢龍之杜撰，幾令人相信就是真的歷史。此段
之境界，足與「三顧」相頡頏，顯示了作者高超的水準。然而由於客
觀條件的限制，即便傑出如管仲者，也只能分給他十數回的篇幅，不
能如諸葛之貫於《三國志演義》之始終，這也是無可奈何之事。
　　也許是注意到這一點，崇禎九年（1636）有吳門嘯客者，編述了
《孫龐鬥志演義》（又名《前七國志》）二十卷，變全史性演義為人物
紀傳式演義，重點就比較突出了。《醉翁談錄》〈小說開闢〉已有「論
機謀有孫龐鬥智」之語，元刊平話有《樂毅圖齊七國春秋後集》，既
云「後集」，則必有《前集》在。按《後集》開篇云：「夫《後七國春
秋》者，說著魏國遣龐涓為帥，將兵伐韓、趙二國，韓、趙二國不能
當政，即遣使請救於齊。齊遣孫子、田忌為帥，領兵救韓、趙二國，
遂合韓、趙兵戰魏，敗其將龐涓於馬陵山下。……其夜孫子用計，捉

了龐涓，就魏國會六國君王，斬了龐涓，報了刖足之仇。」恰與《孫
龐鬥志演義》結末相合。《列國志傳》卷十、卷十一，《新列國志》第
八十七至八十九回，對於孫臏、龐涓之事亦有不俗的描述，但篇幅畢
竟太短，不能讓人過癮。正是出於滿足讀者意願的考慮，《孫龐鬥志
演義》才有了應得的市場。但作者卻把自己招徠讀者的長項定在神異
怪誕之上，大寫鬼谷子授孫臏呼風喚雨之術，孫臏剪草為馬、撒豆成
兵以勝龐涓之類；又敘孫臏因娶蘇代之妹，從而與鄒忌結怨，亦皆於
史無徵。非怪清人楊景淐病其俚俗，要參考《列國志傳》增飾為《鬼
谷四友志》以代之了。

　　又有《後七國樂田演義》四卷十八回，不題撰人，前有遯世老人
序。此書康熙五年（1666）已由嘯花軒刊出《前後七國志》本，則應
為明人作品[22]。第一回入話謂：「在七國前時，出了一個異人，叫做孫
臏，與魏國龐涓賭鬥才智，因出了一個奇計，將龐涓誘斬於馬陵樹
下，故天下皆聞知孫臏之名。此一段故事已有傳述，不敢再贅。不期
到了周慎靚王五年後七國之時，燕齊二國又有兩個異人出世燕國，一
個叫做樂毅，一個叫做田單，俱先後為國家建立奇功，堪垂於古。此
一段故事流傳尚少，故細述之以為覽古之徵。」書名稱「後七國」，
實欲自居於《孫龐演義》續書之列。全書不涉及神怪誕妄之事，復與
前書大異其趣。

---

22 李金泉先生特地寄來《中國典籍與文化》二〇〇二年第三期《周紹良藏古代小說版
　　刻插圖並識語彙錄》所收《新編批評繡像後七國樂田演義》插圖，認為當是明刊無
　　疑。又告知胡士瑩先生《《中國通俗小說書目》補》（曾華強整理、蕭欣橋校訂），
　　曾據屯溪舊書店書目著錄《後七國樂田演義》明長春閣藏板十八回本（《明清小說
　　論叢》第4輯，頁156）；林辰先生《明末清初小說述錄》著錄《後七國樂田演義》
　　有兩種版本，「十八回本是明人所作，二十回本是清人改十八回為二十回的加工本」
　　（瀋陽市：春風文藝出版社，1988年，頁304）。

第四節　明代的本朝小說

　　歷史小說「文本轉換」寫作方式的前提，註定與所寫史事存在「距離」的必然性。羅貫中於洪武四年（1371）寫成《三國志演義》，上距晉元康七年（297）前陳壽完成《三國志》將近一千一百年。而明人取材於本朝史事的小說就不同了：嘉靖十六年（1537）成書的《英烈傳》，寫的是洪武三十六年（1383）以前事；萬曆年間（1573-1619）成書的《續英烈傳》，寫的是正統五年（1440）以前事；崇禎初年成書的《王陽明先生出身靖難錄》，寫的是嘉靖初年事，其間的距離都比《三國志演義》短得多。本朝小說的「距離」之所以能夠縮短，原因在它寫的雖然也是「史上大事」，但卻不是據「正史」衍生的，無須等到下一個朝代編好史書以後進行。從這個意義上說，它應當屬於原生態的歷史小說。

　　明人寫本朝史事的第一部小說是《英烈傳》。關於此書的寫作過程，鄭曉《今言》卷一「九十二」條云：

> 嘉靖十六年，郭勳欲進祀其立功之祖武定侯英於太廟，乃仿《三國志俗說》及《水滸傳》為《國朝英烈記》，言生擒士誠，射死友諒，皆英之功，傳說宮禁，動人聽聞，已乃疏乞祀英於廟廡。

又，沈國元《皇明從信錄》卷三十謂：

> 嘉靖十年間，刑部郎中李瑜議進誠意伯劉基侑祀高廟，位次六王。至是，武定侯郭勳欲進其立功之祖英於太廟，乃仿《三國志俗說》及《水滸傳》為《國朝英烈記》，言生擒士誠，射死友諒，皆英之功，傳說宮禁，動人聽聞。

沈德符《萬曆野獲編》卷五「武定侯進公」條亦云：

> 武定侯郭勳，在世宗朝號好文多藝能計數。今新安所刻《水滸
> 傳》善本即其家所傳，前有汪太函序，托名天都外臣者。初，
> 勳以附會張永嘉議大禮，因相倚互為援，驟得上寵。謀進爵上
> 公，乃出奇計，自撰開國通俗紀傳名《英烈傳》者，內稱其始
> 祖郭英，戰功幾垺開平、中山。而鄱陽之戰，陳友諒中流矢
> 死，當時本不知何人，乃云郭英所射，令內官之職平話者日唱
> 演於上前，且謂此相傳舊本。上因惜英功大賞薄，有意崇進
> 之。會勳入直撰青詞，大得上眷，幾出陸武惠、仇咸寧之上。
> 遂用工程功竣，拜太師，後又加翊國公世襲，則偽造紀傳，與
> 有力焉。此通俗書，今傳播於世。

「郭勳冒功」條云：

> 太祖混一，規模成於鄱陽之戰。今世謂戰酣時，郭英射死偽漢
> 主陳友諒，以此我師大捷。審果爾，即後來之配食太祖，亦不
> 為忝。然而其時射者，自是鞏昌侯郭子興，非英也。與英同
> 姓，故郭勳遂冒竊其功。今俗說《英烈傳》一書，皆勳所自
> 造，以故世宗惑之。然其設謀則久矣。當武宗朝，勳撰《三家
> 世典》，已暗藏射友諒一事於卷中矣。三家者，中山王、黔寧
> 王及其高祖追封營國公英也。序文出楊文襄（一清）筆，其配
> 廟妄想，已非一日。

郎瑛《七修類稿》卷二十四云：

> 元末僭竊雖多，獨陳友諒兵力強大，與我師鄱陽湖之戰，相持

晝夜，勢不兩存矣。時郭英、子興兄弟侍上側，進火攻之策。友諒勢迫，啟窗視師。英望見異常，開弓射之，箭貫其顱及睛而死。至今，人知友諒死於流矢，不知郭所發也。《功臣錄》中亦含糊載云：「有言英之箭者。」《傳信錄》又誤以為子興之箭。殊不知觀太祖聞友諒死，喜甚，曰「郭四兄弟一箭勝十萬師，功何可當」是矣。蓋子興乃英之兄，行二，而英行四。太祖每稱郭四者，英也。且友諒之死，兩軍莫知，鐵冠道人望氣而知之。語上，作文望空以祭，陳軍奪氣，於時方敗去。因移日未知英箭，英亦不大居功，故人不知也。獨《英烈傳》中明載。

按《明史》卷一二三〈陳友諒傳〉，湖口大戰之時，「友諒從舟中引首出，有所指揮，驟中流矢，貫睛及顱死」。至於郭英兄弟的功勞，《明史》卷一三〇〈郭英傳〉謂「征陳友諒，戰鄱陽湖，皆與有功」；《明史》卷一三一〈郭興傳〉則謂「戰於鄱陽，陳友諒連巨艦以進，我師屢卻，興獻計以火攻之，友諒死」，都沒有確指「流矢」為誰所發。對於郭勳「表揚先祖郭英」之說，趙景深先生曾提出質疑：「所謂郭英的功勞，就是第三十九回『陳友諒鄱陽大戰』郭英射死友諒的一事。沈德符以為射死友諒的該是郭子興，郭勳冒功，說是郭英射的。但我們知道，郭子興就是郭興，跟郭英是親兄弟，反正都是郭勳的祖上，郭勳又何必冒功呢？」[23]中國古代封建宗法制度非常複雜，郭興雖是郭英的親兄，卻不能因此籠說「反正都是郭勳的祖上」。據〈郭英傳〉載，郭英長子郭鎮，尚永嘉公主；次子郭銘之女為仁宗貴妃，故郭銘之子郭玹反得嗣侯，明顯違背了嫡嫡相承的原則。英宗初，經永嘉公主出面交涉，遂以郭英嫡孫郭鎮之子郭珍嗣侯，關係方得理順。天順元年，郭珍子郭昌以詔恩得襲。郭昌卒，郭

---

23 趙景深：《英烈傳》〈序〉（上海市：上海古籍出版社，1981年）。

玹之子郭聰言郭良非昌子，復停嗣。經歷一番折騰，廷臣皆言郭良本郭英嫡孫，得嗣爵。正德初，卒，子郭勳嗣。可見，郭珍→郭昌→郭良→郭勳一脈，乃營國公郭英之嫡系子孫，他們爭的並非誰是誰的子孫，而是應由誰來嗣侯襲爵，所以是絲毫不能含糊的。至於郭興的情況，據〈郭興傳〉載，洪武三年封功臣，郭興以不守紀律，止封鞏昌侯。十七年卒，贈陝國公，諡宣武。二十三年，追坐胡惟庸黨，爵除。郭興不僅爵位不及郭英，最可怕的是曾與「反臣」胡惟庸一黨，死後還被「追坐」。郭勳與之已隔五代，又有如此不光彩的歷史，怎麼會去認他為「祖上」呢？

　　沈德符說郭勳設謀已久，且舉勳撰《三家世典》為證，由《明史》卷九十七〈藝文二〉譜牒類著錄郭勳撰《三家世典》一卷（小注：輯徐達、沐英、郭英三家世系勳伐本末），可以得到確認。郭勳請以郭英侑享太廟，「廷臣持不可，侍郎唐冑爭尤力」，嘉靖皇帝不予理睬，個中原因自然很多，就中不能排除《英烈傳》大造輿論的作用。郭勳之計謀之所以能夠得逞，實與當時社會風氣有關。設若不是通俗小說之廣泛流行，他怎麼會想出「令內官之職平話者日唱演於上前」的主意來呢？尤其值得注意的是，他還以「此相傳舊本」來聳動聽眾，更證明標榜「舊本」小說確是很好的賣點。現存明人通俗小說版本中，成書於嘉靖十六年（1537）的《英烈傳》最早，似乎證明在它之前小說創作「空白期」的存在；但如果不是社會上瀰漫著濃郁的小說氛圍，一部《英烈傳》會憑空從天而降嗎？

　　《英烈傳》嘉靖原本今不可見，鄭振鐸先生《劫中得書記》云：曾得沈氏萃芬閣藏萬曆刻本《新刻皇明開運輯略武功名臣英烈傳》，「此書遇廟諱者皆抬頭，述元人處則皆曰『胡』或『虜』」[24]，當較近祖本原貌。又有《皇明開運英武傳》八卷，萬曆辛卯（1591）重刻，

24　鄭振鐸：《西諦書話》（北京市：生活・讀書・新知三聯書店，2001年），頁235。

卷端題「原板南京齊府刊行，書林明峰楊氏重梓」。書中多處提及「舊本」，如卷一敘脫脫智取徐州，細字夾註云：「按舊本《英烈傳》，脫脫又遣哈剌答率兵攻破淮安，殺了妖賊彭祖，於是江淮大息，群盜潛形。」同卷敘滁陽王卒，立其子某為王，夾註云：「舊本，其子名道明，年一十四歲。」則其所謂「舊本」，似非郭勳當日所言舊本，乃書林明峰楊氏重梓所據之舊本也。書為八卷，以金、石、絲、竹、匏、土、革、木為次，每卷卷首皆標以起至年歲，此亦仿所有「按鑒演義」之體例。全書自元統元年（1333）順帝登基敘起，至洪武十四年（1381）明太祖一統天下止。又有版本名《雲合奇蹤》，題徐渭編，孫楷第先生謂「以舊本《皇明開運英武傳》為底本而加以剪裁，間有裝點處」[25]。

　　郭勳為謀取政治私利而「偽造紀傳」，難免為後人所不齒。然換一副眼光看，《英烈傳》實開小說史嶄新之先例，即它不是據正史文本「轉換」的演義，而是直接取材於原始史料的創作。據書中引文，它所參考的史著有《皇明啟運錄》、《西樵野記》、《金獻匯言》、《聖政記》等。至於官方編纂的史書，如建文元年（1399）董倫等修、永樂元年（1403）解縉等重修、九年（1411）胡廣等復修的《太祖實錄》二五七卷，洪武中詹同等編的《日曆》一百卷（具載太祖征討平定之績，禮樂治道之詳）等，郭勳出於貴族世家，或亦能得見之。本書第五回「太祖皇濠州應瑞」，敘其母陳氏夢神饋藥，燁燁有光，吞之既覺，異香襲體，及誕之夕，白氣貫室，夜數有火發，與《太祖實錄》所載近，或即從是書襲用，亦未可知。徐如翰的《雲合奇蹤》〈序〉，以「天地間有奇人始有奇事，有奇事始有奇文」的眼光評價此書，曰：「自開闢以來，胡元閏位，混一華夏，舉聲名文物之邦，悉化為朱離左衽，詎非宇宙一大奇厄哉！高皇帝誕生濠泗，提三尺掃腥羶；

25 孫楷第：《中國通俗小說書目》（北京市：人民文學出版社，1982年），卷2。

當時佐命君臣，雲蒸霧變，斯其遇真奇矣。」元末明初既是興廢存亡之秋，亦是英雄輩出的時代。朱元璋奮起淮甸，其扭轉乾坤之功，實不在劉邦、劉秀、李世民之下。作者借鑑史書演義的規模和格局，將散亂的野史乃至街談巷議聯綴成書，遠比據史鑒衍生要困難得多。但即便以較高的標準來衡量，以大明之「興」為主旨的《英烈傳》，也是一部比較成功的作品。

　　鄭曉、沈國元說郭勳是「仿《三國志俗說》及《水滸傳》」為《國朝英烈記》的，這在書中也可得到印證。第六回「濠州滁陽王起義，太祖禮賓館招賢」，敘朱元璋投母舅郭光卿，光卿因打死仇人，逕往安豐投奔紅巾劉福通，遂有舉霸之志。時有鄧愈、湯和、吳良、孫炎、郭子興、郭英前來相投。朱元璋因勸其自立王號，招募天下英雄。李善長薦徐達真大將之才，曰若得此人，大事可成。太祖大喜，曰：「煩公就與我去一召。」李善長曰：「其人守道自高，非可召致。乞殿下屈己枉駕，親身臨之。」太祖曰：「古亦有此理否？」李善長曰：「湯王聘伊尹而得天下，文王訪呂尚而興王業，漢王得張良而登帝位，光武求子陵而致中興，蜀主顧孔明而成鼎足，符堅任王猛而據三秦：此乃下賢之效也。」於是，便有了永豐鄉訪賢之一幕：

　　　　太祖與善長下馬，步行入村。訪至徐達門首，忽隱聽門裡有彈劍作歌之聲。其歌曰：「萬丈英豪氣，懷抱凌霄志。田野埋祥鱗，鹽車困騏驥。何年龍虎逢，甚日風雲際。文種枉奇才，卞和屈良器。揮戈定太平，仗劍施忠義。蛟龍困淺池，虎豹居閒地。傷哉時不通，求遇真明帝。」太祖聽訖，乃問善長曰：「歌者何人？」善長曰：「此歌就是徐達吟的。」太祖大喜曰：「未見其人，先識其聲。據歌中意味，就是個賢才。」善長用手叩戶良久，只見徐達自出開門。太祖視之，果然儀表非俗，身長八尺，膀闊三停，二十二三年紀。一部落腮髭鬚，面

如傅粉，唇若塗朱。徐達迎接太祖、李善長入草堂。禮畢，分
賓主坐。茶罷，徐達問曰：「二公何人，甚事到敝廬？」善長
答曰；「此位乃滁陽王大王甥，神策將軍朱公子。某乃參謀李
善良。聞公才德蓋世，謀謨出眾，滁陽王特命我二人來，請公
共議世略，幸勿見拒。」徐達俯謝曰：「不知殿下至此，有失
迎迓，望垂仁恕。既蒙召臣，焉敢不往。但未卜殿下欲臣何
用？」太祖曰：「四海荒荒，群雄並起。特請公共救生靈。」
徐達曰：「殿下欲救生靈，必須掃滅群雄，統一天下方可。今
元勢尚盛，徐壽輝、張士誠、劉福通、方國珍、田豐、陳友
定、明玉珍等，皆是雄強。據守形勢，廣儲糧蓄，難與爭戰。
今殿下以濠州一郡之兵，而欲取天下，不亦難乎？」太祖曰：
「昔周居西岐，得太公而調八百諸侯以伐紂。漢起豐沛，得韓
信而統六國豪傑以滅楚。周以仁，漢以德。吾雖仁德有虧，若
得賢公仗劍驅掃諸奸，然後俟有德者立為君王，以系民
望。」徐達笑曰：「古今定天下者，在德不在強。臣請為殿下
論天下之難易，然後定取天下之策。今元世荒荒，亡在旦夕。
徐壽輝強而自暴，張士誠驕而自奢，劉福通行無綱紀，方國珍
偷居自逸，明玉珍恃險自滿：此數人皆無志生靈，不足與定天
下者也。今殿下能以仁義德行為心，不嗜殺為本，則天下不足
慮也。」

所寫意境，與「三顧茅廬」極為相似。又如第四十三回「常遇春射戟
收降」，敘常遇春大敗張士誠部將呂珍，勸其歸降。呂珍駐馬答曰：
「昔日呂布轅門射戟，以伏紀陵。久聞元帥箭法過人，今於二百步外
立一戟，若元帥三中其一，吾輩即當拜降。」常遇春即令人三百步立
一戟，連發三矢，皆中其眼，呂珍等大驚，下馬拜曰：「元帥真天人
也！」書中雖欲借康茂才「英即回箭射中友諒眼透顱而死」之言以

坐實郭英之功，又借太祖稱「郭英一箭，勝十萬師，共功何可當也」以定千古之案，但郭勳並沒有為高抬祖先而貶低他人，徐達、常遇春、胡大海、李文忠、傅友德、沐英等英雄，皆用濃墨重彩寫之，各極其妙。

其後，有《續英烈傳》五卷四十回，題「空谷老人編次」，首「秦淮墨客」序。此書從洪武二十五年（1392）太子朱標病薨、明太祖立長孫朱允炆為皇太孫敘起，至正統五年（1440）建文帝被迎歸大內以壽終止，寫燕王朱棣借「靖難」為名奪取政權、建文帝遜國出亡近五十年的史跡，主旨是明初政局之「變」。作者的著史意識十分明確，第一回開頭在議論「帝王之興」的「天命」、「歷數」之後，說：「遠而在上者凡二十一傳，已有正史表章，野史傳誦，姑置勿論；單說這明太祖，姓朱，雙名元璋，號稱國瑞……」。「二十一傳」云云，就是「二十一史」。明人將宋時所稱「十七史」，加上托克托所撰《宋史》、《遼史》、《金史》和宋濂所撰《元史》，總稱「二十一史」。清楚表明將《英烈正傳》和他所撰的《續英烈傳》直承「二十一傳」的意圖。小說還借靈應觀席道士之口發揮道：「太祖雖聖，青田雖賢，也只好完他前半工夫，後人之事，須待後人為之，安能一時彌縫千古？」頗有歷史發展的觀點。此書所寫靖難之役，多有史實根據，至為後來之正史所採擇。如第三十回敘方孝孺被殺經過道：

> 燕兵初破金川時，宮中火起，盡道上崩。方孝孺聞知，即縗麻日夜號哭。及永樂君懸了賞格，鎮撫伍雲將方孝孺繫了，獻至闕下。永樂君見其縗絰，因問道：「汝儒者也，宜知禮。朕初登大寶，你服此縗麻，何禮也？」孝孺道：「孝孺，先皇臣也，先皇遭變崩逝，孝孺既食其祿，敢不哭臨？至於殿下登大寶，孝孺不知也。」永樂默然，命繫於獄。左右侍臣問曰：「方孝孺奏對不遜，陛下何不殺之？」永樂君道：「朕在北平

發兵南下時，姚國師再三奏道：『方孝孺好學，篤行人也。金陵城下，文武歸命之時，彼必不降而犯上，懇求勿殺之。若殺之，則好學之種子絕了。』朕已應允，故今含容之。姑命繫獄，以觀其後。」過了幾日，朝廷要頒即位詔於天下，命議草詔之人。在廷臣子皆說道：「此係大製作，必得方孝孺之筆為妙。」永樂因命侍臣持節於獄中召出。孝孺仍是縗麻而陛見，悲慟之聲徹於殿陛。永樂見了，親自降榻而慰道：「朕為此舉，初意本欲效周公輔成王耳。奈何成王今不在矣，故不得已而受文武之請以自立。」孝孺道：「成王既不在，何不立成王之子而輔之？」永樂道：「朕聞國利長君，孺子恐誤天下。」孝孺曰：「何不立成王之弟？」永樂道：「立弟，支也。既支可立，則朕登大位，豈不宜乎？且此乃朕之家事，先生無過苦。今朕既即位，欲詔告天下，使眾咸知。此豈小技，非先生之筆不可，可勉為草之。」因命左右授以筆劄。孝孺大慟，舉筆擲於地下道：「天命可以強行，武功可以虛耀，只怕名教中一個『篡』字，殿下雖千載之下，也逃不去。我方孝孺讀聖賢書，操春秋筆，死即死耳，詔不可草！」永樂大怒道：「殺汝一身何足惜，獨不顧九族乎？」孝孺道：「義之所在，莫說九族，便十族何妨！」哭罵竟不絕口。永樂怒氣直沖，遂命碎磔於市，復詔收其九族，坐死者八百七十三人。

清乾隆四年（1739）撰就的《明史》〈方孝孺傳〉則云：

乙丑，金川門啟，燕兵入，帝自焚。是日，孝孺被執下獄。先是，成祖發北平，姚廣孝以孝孺為托，曰：「城下之日，彼必不降，幸勿殺之。殺孝孺，天下讀書種子絕矣。」成祖領之。至是欲使草詔，召至，悲慟聲徹殿陛。成祖降榻勞曰：「先生

　　毋自苦，予欲法周公輔成王耳。」孝孺曰：「成王安在？」成
　　祖曰：「彼自焚死。」孝孺曰：「何不立成王之子？」成祖曰：
　　「國賴長君。」孝孺曰：「何不立成王之弟？」成祖曰：「此朕
　　家事。」顧左右授筆劄，曰：「詔天下，非先生草不可。」孝
　　孺投筆於地，且哭且罵曰：「死即死耳，詔不可草。」成祖
　　怒，命磔於市，……宗族親友前後坐誅者數百人。

作者的全部同情顯然是在建文一邊的。但作為本朝人，又不敢對已獲
政權的朱棣過分不敬，故只能用「天命」、「歷數」來加排解，並不時
對他表示一點恭維。作為小說的成功之處，在於寫出了燕王、建文勝
負結局之屬於各自內在的氣質因素。第一回「幸城南面試皇孫」云：
明太祖城南遊賞，坐於雨花山上，見皇太孫騎馬飛奔而來，東風吹拂
馬尾，與柳絲飄蕩相似，太祖欲觀皇太孫之學問，出「風吹馬尾千條
線」句命對之。太孫不用思索，對以「雨灑羊毛一片氈」；燕王來，
卻寫了一句「日照龍鱗萬點金」。太祖「見其出語驚人，明明是帝王
聲口；再回想太孫之詩，雖是精切，卻氣象休囚，全無吉兆」。雖說
是小說家言，卻把太孫之孱弱與燕王之博大兩種不同秉賦，揭示得淋
漓盡致。

　　《英烈傳》之所謂「英烈」，無疑是指「皇明開運」的「武功名
臣」；而《續英烈傳》之所謂「英烈」指的是誰，就有點不好說了。
就建文一方而言，他是太祖親立的皇太孫，純仁至孝，不失為繼世之
令主；而就燕王一方而言，智勇兼全，每自比李世民，實為英雄之
主。故劉基提出了「天既生之，自有次第」的折衷方略，默認了燕王
篡位的權利。靈應觀席道士議論道：「大凡開創一朝，必有一朝之
初、中、盛、晚，初起若促，則中盛必無久長之理。譬如定天下，初
用殺伐。殺伐三十年，平復三十年，溫養三十年，而後仁義施，方有
一二百年之全盛，又數十年而就衰，此開國久遠之大規模也。若殺伐

初定，而即繼以仁柔，名雖美，吾恐其不克終也。」又對建文的失位
找到了策略中的根源。然而從正統的觀念看，建文帝的「削藩」，齊
泰、黃子澄的建言「早除」，程濟的奏言「先事撲滅」，都是天經地義
的；而燕王的覬覦皇位，佯狂托疾，擒張昺、謝貴，殺省城九門，打
出「奉天靖難」、「清君側」的大旗，請誅齊泰、黃子澄，都是地地道
道的篡逆之舉。怎奈「氣運所至」，卒登帝位，一般人亦只能面對既
成事實，無可如何了。作者的難能可貴處在於，並未採信官方認定的
建文已死的結論，大寫他照太祖生前的安排，祝髮為僧，二十餘年
間，東入吳，西至楚，再至蜀，歷盡艱辛，直至正統五年，年已六十
四，決意東歸，乘驛遞至京師。正統皇帝著老太監吳亮辨之，建文言
往昔細事甚悉。吳亮聽說是真，伏地痛哭，不能仰視。正統命迎入大
內，造庵以居，以壽終，葬於北京城外黑龍潭，碑題曰「天下太師之
墓」。如此一番描述，對於「本朝人」來說，是需要相當膽識的。

　　此後問世的本朝小說，多是個別歷史人物的志傳，雖失卻《英烈
傳》和《續英烈傳》直承「二十一傳」的宏大氣魄，但亦有可觀者。

　　《京鍥皇明通俗演義全像戚南塘勦平倭寇志傳》是鄭振鐸先生一
九五八年三月搶救出來的孤本，「亟取之歸，付裝後，始可翻閱」[26]，
然已缺少首尾，至撰人、刊刻單位和年代、卷數等重要關目，皆不可
知。殘本現存三十六回，標題為：「（失卻標題）」、「羅龍紋說汪五
峰」、「官軍買和汪五峰」、「郗遊擊大破倭賊」、「趙文華劾本天官」、
「謝介夫單身戰寇」、「汪五峰復敗臺州」、「阮都院奉命入閩」、「戚參
將智敗倭奴」、「阮都堂金花買陣」、「戚參將統兵選士」、「演武亭戚公
操軍」、「戚參將天臺觀談兵」、「劉給事劾奏阮都堂」、「宗提學計守西
門」、「王都堂奮勦倭船」、「宗提學督粵兵西征」、「止粵兵沿途擄
掠」、「粵寇攻犯泰寧」、「宗提學遊滴水岩」、「曾督糧宗提學夜談客兵

26 鄭振鐸：《西諦書話》（北京市：生活・讀書・新知三聯書店，2001年），頁486。

宜罷不宜調」、「唐知府統兵退賊」、「舒兵備建寧善政」、「南灣寨戚公計沉賊船」、「戚參將大破花街賊」、「戚公進圍白水洋」、「劉都督回家祭祖」、「桃渚賊受反間計」、「戚參將新河大捷」、「戚公大破溫嶺賊」、「戚參將白碧敗賊」、「隄頑戚公祭海神」、「戚公進拔藤嶺寨」、「戚公進兵救海門」、「洪長老引賊入書林」、「舒兵備書坊安民」。現存之首回，敘嘉靖三十二年八月初二日，海盜汪五峰、徐碧溪受倭國主所贈倭鐵刀（注：「天下□□之鐵，惟倭鐵為可貴，中國之鐵槍柄為倭鐵刀所折者，如截竹耳。」）等，曰：「可速發兵前來，我二人當效力焉。」倭國主遂命渠帥只罕將諸軍與之合兵，由松江府入，知府等官皆逃入杭州省城以避。只罕將中軍作為前哨，五峰為左後哨，碧溪為右後哨，逕圍杭州城。城中諸官望見賊兵如水大至，皆驚汗沾背。參政陳應魁率都司戴翔海等開東門出戰，賊兵散而復合，知府聞人德開西門，帥民兵三千繞出賊後，自巳及未，勝負不分。證以《明史》卷三二二《日本傳》謂汪直「勾諸倭大舉入寇，連艦數百，蔽海而東。浙東、西，江南、北，濱海數千里，同時告警」，可謂實錄。

　　本書真切反映了倭寇給沿海民眾帶來的苦難，表現了戚繼光等愛國將領的機智英勇。如「戚參將智敗倭奴」一回，敘戚參將初至臺州，忽報賊兵六、七千人自四明山來，欲屯城北天臺山下，戚參將密邀都督劉龔顯引兵二千，皆衣以賊服，伏天臺山下。中夜，戚參將等疾趨至賊所，前伏軍卒起，號呼吶喊，後軍鳴鼓角應之。賊不虞官軍大至，前後受敵，只罕為劉都督所斬。但見火光燭天，前軍衣甲與賊無復相別，賊眾自相疑猜，剿殺大半。徐碧溪亦被戚參將鳥銃中其咽喉，墜馬而死：「諸軍視星月明潔，見賊兵殺死，衡疊山積，獲其旗甲器械不知其數，奪回被虜男婦二百五十三人」。又如「南灣寨戚公計沉賊船」一回，敘賊退屯南灣寨，戚參將時在松嶼島，遂與欲決戰。葉軍師以為當以計破之。戚公問計將安出，葉軍師曰：「載浮載浮。」戚公大悟，乃選軍士善沒水者五百人，令各帶竹筒，貯三日乾

糧，縛於身畔，手持斧鑿，候夜深風波響時，鑿破其船。第三日天尚未曙，五百水軍俱回，報俱已鑿訖，戚公命之使去，專候日暮軍事：

> 已而日暑西移，賊兵抄掠者皆回船上歇息。戚參將令軍士乘其氣惰，即出兵擂鼓，吶喊搦戰。賊眾驚愕，相謂曰：「戚虎每日暮，輒擂鼓落旗。今日日暮，反擂鼓請戰，可怪也！」遙望官軍船數千艘，冉冉圍進。賊兵二萬人不得已，亦擂鼓吶喊迎敵。官軍佯輸詐敗，賊悉驅船追之。官軍回船迎戰，復詐敗而走。賊又驅船追之。不移時，賊船鼓聲不響，但見五百號賊船盡行沉沒水中。五峰、朝光見前哨船將溺，先乘小舸冒圍殺出，乃得不死。是戰大獲全勝，不損一人。僉事王鈴有詩云：「天上歸來海祲空，漁樵到處說元戎。書生漫上平夷策，此日軍中有臥龍。」

與對戚繼光的熱情頌美相對照的，是對腐敗官僚的憤怒揭發。嚴嵩受阮鶚贓賄數萬，稱其精曉兵法，升為浙福巡撫都御史。嘉靖三十五年四月十六日，阮鶚起程赴任，車馬僕從，無慮數百，需索里長酒食，極其華腴。夫馬應役，往往被鞭箠致死。加以兵無紀律，所過郡縣村落，奪人財貨，淫人妻女。福建之民疾首蹙額曰：「倭賊未去，又添一大倭賊至矣！」既至福建，並無施設，亦無意捍賊，惟將黃冊內人戶、丁口、田糧、稅課叩算，設立利差名色，有所謂軍餉、機兵、精兵、地兵、練兵、硫黃、焰硝等樣，以攫取民財。又虛張軍士名數，多派軍糧，復將軍士本等正糧侵克十分之三。及聞倭賊至福清海口，驚得面色如土。賊去之後，諸將爭趨賊屯兵處，拾得賊遺下器械衣甲，歸以為功。賊兵襲來，阮都堂計無從出，便想出「金花買陣」之法，支銀八萬兩，打造金花一千枝送至賊營，賊便退入海中。農夫聞賊退，咸出於途，竟被官軍盡皆殺死，斬其首用火燖去毛髮，使臃腫

如倭奴狀以邀功。阮都意氣洋洋，以手撚鬚，自謂伏兵掩殺，「斬首二百五十五顆，盡是真倭頭也！」民有〈十苦謠〉云：「一聲苦，倭寇東來遍城圩；二聲苦，南臺屍首如堆土；三聲苦，東坡血色紅江濟；四聲苦，紅粉佳人被倭擄；五聲苦，焚盡萬家華棟宇；六聲苦，無藉家兵猛若虎；七聲苦，按兵不動徒講武；八聲苦，和倭金帛並絲縷；九聲苦，科派里甲並大戶；十聲苦，貧民養兵守城堵。」《明史》卷二〇五〈阮鶚傳〉云：「寇犯福州，略以羅綺、金花及庫銀數萬，又遺巨艦六艘，俾載以走。不能措一籌，而斂括民財動千萬計，帷帟盤盂，率以錦綺金銀為之。」益加證明《志傳》高度的歷史真實性。

　　小說還借「上憂其君，下憂其民」的好官提學宗臣、督糧曾拱「夜談客兵宜罷不宜調」，沉痛揭發「客兵」對福建人民的危害。曾督糧道曰：「吾聞有一北兵，聞有調遣往南行者，其兵以家無主，即將其妻嫁之，以其妻財禮隨身起行。時有北兵同伴謂其兵曰：『汝將妻子嫁與他人，即往南行，固為可矣。倘或回家之日，其財禮或費消之，家中安得復有妻子相聚乎？』其兵聞言，乃謂同伴人曰：『此非汝所知也。吾前歲往南出征之時，止嫁一婦耳；吾後回歸之日，尚獲二婦以歸，其得獲厚利如此。汝亦有妻，何不鬻之以獲厚利哉？』」原來南征時止嫁一婦，歸尚獲二妻，皆因擄民而得也。這種通過對話反映現實的手法，表明它還處於粗糙的素材階段，未及作剪裁與結構上的加工。

　　《于少保萃忠全傳》十卷四十回，題「後學孫高亮懷石甫纂述」，首林從吾「萬曆辛□」序，孫楷第先生《中國通俗小說節目》著錄為「辛巳」。按，辛巳為萬曆九年（1581），孫一珍先生發現此書已敘及萬曆二十一年以後事，故推斷此序只能作於萬曆二十九年辛丑（1601）或萬曆三十九年辛亥（1611）[27]。于謙是岳飛和文天祥型

27　孫一珍：《于少保萃忠全傳》〈校點後紀〉（北京市：人民文學出版社，1988年）。

「勳著天壤，忠塞宇宙」的民族英雄，他的「功大冤深」的悲劇命運，要令人扼腕歎憤，悲泣難平。正統十四年（1449），瓦剌也先率軍入寇，宦官王振聳恿英宗親征，至土木堡被敵俘去。其時京師疲卒羸馬不滿十萬，人情洶洶，于謙臨危不亂，擁立英宗之弟祁鈺為景帝，遙尊英宗為太上皇，指揮叱吒，獨運奇謀，擊退瓦剌。也先因無隙可乘，於次年放回英宗。景泰八年（1457），英宗乘景帝病重，發動「奪門之變」，重登帝位，忠誠為國的于謙，竟成了統治集團權力之爭的犧牲品。林從吾《旌功萃忠全傳》〈原敘〉云：「夫萃者，聚也。聚公之精神德業，種種叢備，與夫國事及他人之交涉于公者，首尾紀之，而後公之事蹟無弗完也。」正是懷著這種動機，孫高亮「哀采演輯，凡七歷寒暑」，終於完成了這部「雅俗兼焉」的作品。

　　小說著意突出的是于謙的愛民。第六回「涖廣東備陳瑤疏」，敘永樂十九年于公殿試得中，即授監察御史，奉旨差往廣東招輯瑤僮。一老瑤向他控訴道：「我這裡官兵惟貪功績，不分好歹，不辨賢愚，盡皆殺害，搜掠金銀入己，蔓及多多少少無辜之人。」于公聞言甚憫，復問曰：「你這裡皆可營生為活，何苦作亂，自取滅亡。」那老人曰：「自洪武爺爺歸服以來，並無歹意，各自營生，耕種過日。間或一二夥賊人，不過因缺少些鹽米，出來掠些，聊救一時之急，非敢為反亂之事。……且我這裡不過擾掠賊徒，又非有弓馬熟嫻之人，又沒有大刀闊斧、純剛鋒利之器，所有者不過是苦竹、槍帚、弩弓、藥箭之物，怎當得官軍大隊火銃、火炮、鋼刀、鐵箭、快利器械。賊首正該誅殺，安靜地方。今官軍反把我們守分之人，無辜妄殺，邀功請賞。」所寫正與《戚南塘剿平倭寇志傳》相通。于公歎曰：「今將臣惟貪一時之功利，不顧人類之性命，將無辜之人枉殺，自然不報於今日，必報於子孫也。」想起秦將白起無辜坑卒四十萬之事，遂上疏歷陳瑤僮情俗之苦狀，終使廣瑤地方，漸得安生。

　　第三十二回「西市上屈殺忠臣」，寫于謙之冤死，亦極撼人心魄：

二十二日早，獄中取出于謙、王文、范廣、王誠等於西市受刑。王文口中大叫曰：「顯跡何在？以『莫須有』效奸賊秦檜之故套，誣陷某等於死，天乎昭鑒！」于公乃大笑，口中但曰：「主上蒙塵，廷中大亂，呼吸之間，為變不測。若無于謙，不知社稷何如？當時一百八十萬精兵，俱在吾掌握之中，此時不謀危社稷；如今一老贏秀才，尚肯謀危社稷乎？王千之、范都督等，吾與汝不必再言，日後自有公論也。」于公復大笑，口吟辭世詩一律，令人代錄之。其詩云：

村莊居士老多磨，成就人間好事多。天順已頒新歲月，人臣應謝舊山河。

心同呂望扶周室，功邁張良散楚歌。顧我今朝歸去也，白雲堆裡笑呵呵。

嗚呼枉哉屈乎！于公吟完，令人錄畢，即正色就刑。都人見者聞者，老幼無不垂淚。有舉家號哭者，有合門私祭者，有暗地披麻戴孝者。邊關軍士聞知，莫不涕泣。

當時范廣同赴法曹，乃挺身直至西市，口中大叫曰：「當初陷駕者誰？吾提兵救駕者，今反殺之，天理何在？」叫未絕，只見一婦人披麻帶絰而來，乃一妓者，平日侍從范都督數年。范廣見侍妓號哭重服而來，忙問曰：「汝來何為？」妓者曰：「特來服侍公死。」復號哭，大聲呼曰：「天乎天乎，忠良輩死也。」觀者莫不驚哀。范廣即刻被刑，其妓慟哭，伏地口吮其頸血。俟收殮時，以鐵線縫接其頭，顧謂范公家人曰：「好好抬主翁去葬。」言畢，妓者從腰邊掣出短刀，大聲曰：「主君死冤，賤妾死烈。」即自刎於屍旁。眾人與法曹官等盡皆驚訝，深歎妓之忠烈。是日天昏地暗，日月無光，陰風凜凜，黃沙四起，實為屈殺忠良之氣。

　　《皇明大儒王陽明先生出身靖難錄》三卷，也是當代人寫的傳記小說。題「墨憨齋新編」，墨憨齋為馮夢龍之別號。原刊本已佚，今所見者為日本慶應紀元乙丑（1865）弘毅館刊本，書名首冠「皇明」二字，且諱「由」為「繇」，諱「校」為「較」，諱「檢」為「簡」，可信原刊本當出於崇禎年間。

　　王守仁（1472-1528），浙江餘姚人，字伯安，以曾築室陽明洞中，學者稱陽明先生。年十五，訪客居庸、山海間，縱觀山川形勝。好言兵，且善射。登弘治十二年（1499）進士，授刑部主事。正德初，忤劉瑾，廷杖四十，謫貴州龍場驛丞。王守仁因俗化導，夷人喜，相率伐木為屋以棲之。瑾誅，任廬陵知縣。十一年（1516），擢右僉都御史、巡撫南贛，討平大帽山、浰頭、橫水等處山寨凡八十四處，乃設崇義、和平兩縣。十四年（1519），平寧王朱宸濠之亂，嘉靖時封新建伯，總督兩廣，又破斷藤峽八寨。先後用兵，皆成功迅速。以病乞歸，行至南安而卒。作為一個歷史人物，王守仁當居於儒學大師之列，他繼承陸九淵「心學」思想，使之更臻完備，世稱「姚江學派」。其學以致良知為主，謂格物效知，當自求諸心，不當求諸物。《王陽明先生出身靖難錄》雖以其潛心聖賢之學貫串始終，處處不忘他的「大儒」本色，但著重突現的卻是他的「靖難」偉績。王守仁的過人之處，在於他既不失文人本色，又善能領兵打仗，是位難得的英明統帥。作者企望借王守仁挽狂瀾於既倒的偉績，來鼓勵現實中清剿流賊的鬥志，並從中吸取必要的經驗教訓。

　　小說強調指出：王守仁的成功在於正確運用了剿撫並用、而又以剿為主的方略。他曾疏請申明賞罰，曰：「夫盜賊之日滋，由招撫之太濫；招撫之太濫，由兵力之不足；兵力之不足，由賞罰之不行。」但又並不否定「撫」的作用。先是巡撫南贛汀漳經萬安縣時，正遇流賊肆劫商船，舟人欲避之，不許，乃揚旗鳴鼓而進。賊大驚，皆羅拜號呼，自言皆為饑民。先生諭之曰：「知汝等迫於饑寒，宜散歸候

賑；若聚劫鄉村，王法不宥。」賊俱解散。既抵贛，即行牌所屬，分別賑濟，招撫流民，榜曰：「求通民情，願聞己過。」僅二月，漳南數十年之寇悉平。南贛有桶岡、橫水、浰頭諸賊巢，諸賊首俱僭號稱王，擁眾據險，難以取勝。先生密授方略，分撥十路軍馬，限時齊發。出兵前夜，尚與諸生從容講學，未幾即領兵出城。因得木工張保之助，備悉山寨地利，二十日即襲破橫水，擒斬賊首謝志珊。臨刑時問其何得以聚眾，志珊答以：「見世上好漢，必多方鉤致，或縱其飲，或周其乏。待其感德，無不樂從。」先生慨然，對門人曰：「吾儒求朋友之益，亦當如此。」其中最難對付的是浰頭賊。賊首池仲容，原是龍川縣大戶出身，因被仇家告害，官府不明，與弟仲寧、仲安招集亡命，屢敗官軍。招龍川大姓盧珂、鄭志高、陳英入夥，盧珂等不從，互相仇殺。王守仁採用分化的策略，使人往招安池仲容，仲容遣其弟仲安率老弱二百餘人出投，意在緩其攻勢，且窺覬虛實。又以與盧珂有仇怨為辭。先生佯以擅兵仇殺之罪責盧珂，杖三十，監系之。又放仲安歸浰頭，遣官頒歷。仲容釋疑，遂選親信九十三人親至贛州，先生好言撫慰，安置於祥符寺居住，賜以米薪酒肉，長衣油靴，諸賊觀燈遊娼，皆欣然忘歸。正月初三日，著諸賊於院中領賞，每五名一班，鼓吹送出院門，伏三十名甲士於射圃，挨次殺卻。最後喚池仲容說：「汝雖投順，去後難保其心。」仲容伏誅，悔之無及。

　　王守仁的另一功績是平寧王宸濠之亂。六月十三日，正宸濠誕辰，假傳太后密旨反，巡撫孫燧、按察副使許逵斥之，被殺。先生於六月初九日啟行，亦要趕十三日與寧王拜壽，適因忘帶敕印，發中軍官轉回贛州取杠，以此遲留。六月十四日至豐城，寧王反信已到，先生乃急走至吉安，上疏告寧王之變，又遵便宜之制，傳檄四方，暴濠之罪狀，征各郡兵勤王。寧王未經戰陣，中情畏怯，得先生偽作之督府公文，以為王師大集，遂不敢出城。宸濠發兵東下，圍攻安慶城甚急。先生遂自吉安起馬，分軍十三哨並力攻南昌，下之。宸濠攻打安

慶十八日不能破，忽得南昌告急文書，遂解安慶之圍，疾趨南昌。先生乃誘賊兵於鄱陽湖上，合勢夾攻，賊遂大潰，死於水者數萬。先生持大牌，詭言逆濠已擒，勇氣百倍，濠莫不喪氣，爭相逃命。嬖妃跳湖而死，宸濠變服上漁船逃走，不意為萬安知縣王冕受先生密計假扮。宸濠並世子大哥、偽黨李士實、劉養正等，俱被擒獲，無一漏者。先生七月十三日於吉安起馬，至二十六日成功，才十有四日，自古勘定禍亂，未有如此之神速者。

　　在渲染王守仁卓著功勳的同時，小說一再哀歎國事之不可為。當宸濠亂起，王守仁即具疏馳奏曰：「陛下在位一年，屢經變難，民心騷動，尚爾巡遊不已，致使宗室謀動干戈。且今天下之覬覦，豈特一寧王？天下之奸雄，豈特在宗室？言及至此，懍骨寒心。」不愧直臣之言。後朝廷差許泰、江彬等往江西征討，聞寧王已擒，恥於無功，乃密疏御駕親征，順便遊覽南方景致。武宗大喜，遂自稱「威武大將軍」，往江西親征。廷臣力諫不聽，有被杖而死者。又以無賊可擒，恐令天下人笑話，竟密諭王守仁釋放宸濠於鄱陽湖中，待御駕親擒之，以揚名萬代。許泰、江彬又欲自獻俘以為己功，遂令先生重上捷音，將許泰、江彬等扈駕諸官盡行嵌入，言「逆濠不日就擒，此皆總督提督諸臣密授方略所致」，於是群小稍稍回嗔作喜。皇帝之昏庸，閹人之亂政，已成膏肓之疾。縱然有一二王守仁出來「靖難」，已經無力回天了。

　　關於小說之取材，敘其得木工張保之助襲破南贛橫水賊巢一事，曾有所透露：

　　　考陸天地《史餘》上說，先生微服與木工同入賊寨，自稱工師，兼通地理。賊喜其辯說，禮為上客。先生周行其穴，密籍其險要可藏之處，紿賊以五百人隨出，約伏官軍營側，克期出兵為應。賊從其計。先生至軍中，悉配其人於四郊，各不相

通。自選精卒千人詐降，密攜火器埋之賊境。又辭歸。至期，
率兵數萬而進。賊啟關出迎，河中火炮大發，精卒從夾擊，賊
惶惑不能支，遂大敗。平賊後，取五百人者，剜其目睛而全其
命。今按先生年譜，自起兵至平賊才二十日耳，如疾雷迅霆，
安得有許多曲折？且自稱工師，往來誘敵，曠日持久，亦非萬
全之策。此乃小說家傳言之妄，當以年譜為據。

可見其時關於王守仁的小說家言，如陸天地《史餘》已頗為流行，但
作者依據的卻是《年譜》等可靠資料。然而，《靖難錄》並未與小說
絕緣。如寫王守仁計賺池仲容，就有異常精彩之筆墨：

至初四日侵早，軍門上已吹打通二次，各官俱集。池仲容引著
九十三人，都穿著軍門頒賜長衣油靴，整整齊齊，來至院前。
見巡捕官在院門上結綵，問其緣故，答道：「今日老爺犒賞新
民，乃是地方吉慶之事，如何不掛綵？」須臾，屠戶率許多豬
羊來到，參隨指與仲容道：「這都是你們的賞物。」眾賊預先歡
喜。須臾，三通吹打放銃，軍門文武屬官，進院作揖。仲容等
亦隨入叩頭。禮畢，先生先嗔池仲容到前說：「你自頭目倡率歸
順，與眾不同。」將案上大葵花銀盃賜酒三大杯，草花一對，
紅絹二段纏身，犒銀三兩，大饅饅一盤，羊肉豕肉各五斤，酒
二壇。分付：「你且站在一邊，看本院賞完眾人，撥門上家下
一名送你歸寺。」仲容復叩頭稱謝。此時天門二門兩班樂人，
大吹大擂，階下屠戶殺豬宰羊，論斤分剁，好不熱鬧。仲容雙
花雙紅，立於泊水簷下，何等榮耀，便似新得了科第一般，不
勝之喜。眾賊候賞的，一個個伸頸舒頭，在階下專聽唱名。

小說雖一再強調，先生臨終以「此心光明」自許，但卻從不否定必要

的權術。王守仁十三歲時，母鄭夫人卒，父有所寵小夫人，待其不以禮。先生將鴞鳥匿庶母床被中，又使巫嫗謬托鄭夫人附體，責其待兒無禮，小夫人懼，伏罪悔過，即其例也。小說對王陽明的「權術不測」皆以正筆出之，非怪待池仲容輩的詐術在今人看來未免太過，但作者寫來還是興高采烈的。

　　當代人為當代人寫史立傳，與據史書演義的方式相比，長處是素材豐富，內容充實，情感真切，富於時代氣息；缺點是不免夾雜政治忌憚和個人恩怨，甚或淪為歌功頌德的溢美，或淪為懷私挾憤的誣陷。對於史書演義來說，講的是史事之「是非」，是文筆之「美醜」，儘管有過不同旨趣的比試和較量，但不論如何新編重作，恁誰也不可能將岳飛誣為奸臣，將秦檜譽為忠臣。但本朝小說就不同了。小說家和他書中的人物就生活在同一個朝代，許多歷史上的是非恩怨、矛盾糾葛，仍然在現實中延伸滋長，對小說家來說，「是非」的權衡有時不免要讓位於「利害」的考量。在本朝小說領域內大唱對臺戲的事實，就說明了這一點。如有人著《真英烈傳》，此書「似因反對前書而作，開國諸將中，於郭英多所痛詆，而盛敘傅友德、胡德濟（即平話中之王於）、邵榮（即平話中之蔣忠）功業。平川之役，特志萬勝，而所謂飛天將、鐵甲將者，亦多有來歷，勝前書多矣。又此書中謂沐黔國為高后私生子，而懿文與永樂則皆蓄養於中宮者，永樂為庚申君遺腹。其母甕妃，藍玉北征時俘獲，太祖納諸宮中，而玉曾染指焉。故玉之禍，不僅為長樂之功狗，且因於長信之奇貨也。以上散見於明人野史中，而甕妃一事，張岱《陶庵夢憶》、劉獻廷《廣陽雜記》中皆載之，未必盡委巷之談也。」[28]又有人著《正統傳》，「大約系石亨、曹吉祥之黨徒所為，書中以於忠肅為元兇大憝，可謂喪心病狂」[29]。《真英烈傳》與《正統傳》現已亡佚，難窺底裡，至其作者，

28 黃人：《黃人集》（上海市：上海文化出版社，2001年），頁312。

29 黃人：《黃人集》（上海市：上海文化出版社，2001年），頁313。

後者「係石亨、曹吉祥之黨徒所為」，前者則大抵為郭勳的政治對立面，而又親近於傅友德、胡德濟、邵榮者所為也。

　　又有一部《承運傳》，四卷三十九回，不題撰人，現存萬曆間福建坊刊本。卷一寫綱昺探穴，得三卷書、一座石碣，「燕王觀看石碣上有四句言語，燕王看罷大喜」，文句甚簡，卒未及三卷書及石碣上之四句言語為何，故疑為簡本，似有較早之別一繁本在。此書記燕王靖難事，完全站在篡權者立場，將朱棣說成是「應天承運」的「真命天子」，在格局上卻是對《續英烈傳》的全面模仿。開首敘明太祖誅胡惟庸、藍玉後，夢烏龍自空而來，盤於大殿第三根金柱之上，觀太陽落於殿前，烏龍抱日升天而去。次日諸子來朝，第四子演武時雙手抱住第三根金柱，將身倒盤在上，正應夢兆。此書把黃子澄、練子寧、鐵鉉、景清說成貪賄嗜酒、紊亂朝綱的「四奸」，痛加詆毀，不留餘地。燕王之舉，則以除四奸為目標，寫得光明正大。最後寫燕王兵渡江南，武定侯之子郭勝承獻金川門，燕王大兵入南京城。據《明史》卷四〈恭閔帝〉：「乙丑，燕兵犯金川門，左都督徐增壽謀內應，伏誅。谷王橞及李景隆叛，納燕兵，都城陷。」此書忽然扯出「武定侯之子」來，是否想有意讓人聯想郭勳之《英烈傳》，以增加此書的身價？黃人說：「明人小說，以私怨背公理，是其積習」[30]。借小說進行人身誣陷，在文言小說早有先例，如唐李德裕門客韋瓘假託牛僧孺之名作《周秦行紀》以誹謗牛僧孺，宋魏泰作《東軒筆錄》用私喜怒誣前人等。但用長篇通俗小說來顛倒是非，卻是從明代才開始的。原因在對明人來說，本朝小說已不是「演史」而是「紀今」，是很難脫離政治見解與利害衝突的干係的。

---

30 黃人：《黃人集》（上海市：上海文化出版社，2001年），頁313。

第四章
明清之際的時事小說

第一節　明季時局與時事小說

　　寫「興廢爭戰之事」，是歷史小說的主題；處在明清鼎革之際的人們，就時刻生活在嚴酷的「興廢爭戰」之中。以萬曆四十三年（1615）的「梃擊」、泰昌元年（1620）的「紅丸」、「移宮」三案為標誌，敗朽已久的大明政權在「廢」的斜坡上加速滑行；而將它最後吞噬的兩股力量，也在逐漸積聚壯大之中。

　　一股力量是滿清的興起。萬曆十一年（1583）春二月，滿洲部努爾哈赤（1559-1626）以十三副甲冑起家，襲建州左衛督，陸續征服建州、海西、長白、蒙古諸部，制滿洲文，定八旗制。萬曆四十四年（1616），建元天命，國號滿洲。努爾哈赤謀擊明，乃書「七大恨」告天。萬曆四十七年（1619）薩爾滸之役，八旗兵以六萬人於五日間，破遼東經略楊鎬三路十八萬擁有火器鋼炮的大兵。越三年，攻瀋陽、遼陽，河東大小七十餘城皆下，乃以瀋陽為國都。努爾哈赤死，其子皇太極繼承汗位，乃取遵化，旋越薊州而西，擊退宣大援兵，取順義，薄燕京。既平漠南蒙古，遂建國號曰清，改天聰十年（1636）為崇德元年。明之危亡，已迫在旦夕。

　　另一股力量是農民的起義。崇禎元年（1628），陝西饑荒，一年無雨，百姓至以草子、樹皮、白石粉充饑。喬應甲、朱童蒙巡撫陝西、延綏，皆貪黷不恤民。白水男子王二等糾眾造反，攻城堡，殺官吏，起義軍席捲陝西全省和甘肅東部，高迎祥自稱闖王，聲勢最大。

崇禎九年（1636），高迎祥為官軍擒殺，李自成（1606-1645）被推為闖王。崇禎十三年（1640），河南大旱，斛穀萬錢，朝廷照舊催征田賦，「遼餉」九百萬兩，「練餉」七百三十萬兩，總數超過明政府全年的財政收入。李自成因得進入河南，提出「均田免糧」的口號，受到廣大民眾的擁護，「早早開門迎闖王，管教大小都歡悅」的歌謠，到處傳唱。崇禎十四年（1641），李自成攻佔洛陽，處死了貪暴的福王朱常洵。崇禎十七年（1644）正月，李自成在西安稱王，國號大順，改元永昌。旋即渡過黃河，攻下太原，兵臨北京城下，崇禎帝在萬歲山吊死。三月，李自成進入北京，大明政權乃亡。

計六奇《明季北略》卷二十三〈論明季致亂之由〉說：

> 明之所以失天下者，其故有四，而君之失德不與焉。一曰外有強敵。自遼左失陷以來，邊事日急矣。邊事急，不得不增戍。戍增則餉多，而加派之事起，民由是乎貧矣。且頻年動眾，而兵之逃潰者俱嘯聚於山林，此亂之所由始也。二曰內有大寇。使東師日迫而無西顧之憂，猶可以全力稍支勁敵，而無如張、李之徒又起於秦豫矣。斯時欲以內地戍兵禦賊，則畏懦不能戰；欲使邊兵討賊，則關鎮要衝又未可速撤。所以左支右吾，而劇賊益橫而不可制。三曰天災流行。假流寇擾攘之際，百姓無饑饉之虞，猶或貪生畏死，固守城池，賊勢稍孤耳。奈秦、豫屢歲大饑，齊、楚比年蝗旱，則窮民無生計，止有從賊劫掠，冀緩須臾死已矣。故賊之所至，爭先啟門，揖之以入，雖守令亦不能禁，而賊徒益盛，賊勢益強，大亂由是成矣。四曰將相無人。當此天人交困之日，必相如李泌、李綱，將如汾陽、武穆，或可救亂於萬一。而當時又何如也？始以溫體仁之忌功而為首輔，繼以楊嗣昌之庸懦而為總制，終以張縉彥之無謀而為本兵，可謂相有人乎？至如所用諸將，不過如唐通、姜

瓘、劉澤清、白廣恩之輩，皆愛生惡死，望風逃降者。將相如此，何以禦外侮、除內賊耶？夫是四者，有其一亦足以亂天下，況並見於一時，有不土崩瓦解者乎？

關於明朝之所以「失天下」，計六奇說了四條原因，卻以為「君之失德不與焉」。崇禎登基之初，果斷誅除魏忠賢，在社會上產生極大轟動，被譽為「神明自運，宗社再安」；他又勵精圖治，史稱其「雞鳴而起，夜分不寐，往往焦勞成疾，宮中從無宴樂之事」，朝野上下都以為，「皇明」從此可以「中興」。但歷史很快表明，崇禎寵幸宦官如故，「閹禍」並未消除。而他的好大喜功、猜忌多疑，更是致他死命的根由。據史料記載，崇禎在位十七年，先後撤換大學士五十人、兵部尚書十四人，殺督師、總督十一人，巡撫十一人，其昏憒的惡果，則是為淵驅魚、為叢驅雀，將許多人才推給敵人營壘，遂致「剿賊」之節節告敗，「禦邊」之屢屢失算，終於將明王朝引向覆亡。在長達三、四十年的動盪時期，嚴酷現實的緊迫感與痛切感，人們已沒有心思從容講述久遠年代的故事了；社會上令人關注的焦點，推動小說家以最快速度寫成作品，以期對時局產生某種積極的影響。這些在與歷史事變極為貼近距離中寫成的小說，就是「時事小說」。

「時事」一詞出現的年代很早，且多與史書的纂錄有關。細分起來，在某些場合，「時事」多指「彼時之事」。如《左傳》襄公二十八年：「郯悼公來朝，時事也。」荀悅《漢紀》第一：「臣悅職監秘書，……謹約撰舊書，通而敘之，總為帝紀，列其年月，比其時事，撮要舉凡。」在另一些場合，又指「此時之事」。如《後漢書》〈班彪傳〉：「武帝時，司馬遷著《史記》，自太初以後，闕而不錄。後好事者頗或綴集時事，然多鄙俗，不足以踵其書。彪乃繼采前史遺事，傍貫異聞，作《後傳》數十篇，因斟酌前史而譏正得失。」太初（西元前104至前101年）為漢武帝年號，《史記》之記事止於太初之前，則太初

以後的歷史，對當代人來說就是「時事」，故有「好事者」出來「綴集時事」，想要繼踵前書。又《魏書》〈高祖紀下〉：「（高祖）常從容謂史官曰：『直書時事，無諱國惡。人君威福自己，史復不書，將何所懼？』」《魏書》〈韓麒麟傳〉：「（韓）顯宗對曰：『……臣竊謂陛下貴古而賤今。臣學微才短，誠不敢仰希古人；然遭聖明之世，睹惟新之禮，染翰勒素，實錄時事，亦未慚於後人。昔揚雄著《太玄經》，當時不免覆盎之談，二百年外，則越諸子。』」《魏書》〈崔光傳〉：「光撰《魏史》，徒有卷目，初未考正，闕略尤多。每云：『此史會非我世所成，但須記錄時事，以待後人。』」《晉書》〈司馬彪傳〉：「……（司馬彪）作《九州春秋》，以為『先王立史官以書時事，載善惡以為沮勸，撮教世之要也。是以《春秋》不修，則仲尼理之；〈關雎〉既亂，則師摯修之。前哲豈好煩哉？蓋不得已故也。漢氏中興，訖於建安，忠臣義士，亦以昭著，而時無良史，記述煩雜，譙周雖已刪除，然猶未盡，安順以下，亡缺者多。』」要之，既稱「時事」，則與作者（記錄者）的距離都不會太遠；韓顯宗之所謂「時事」，尤是針對皇帝「貴古而賤今」的傾向而發，更是指眼下發生的事情。

「時事小說」之謂「時事」，取的是「此時之事」這層含義。就所取材來源而言，時事小說不是據史書敷衍的；就反映事變的速度而言，時事小說比正宗史書要快捷得多。從這個意義上講，時事小說與歷史小說有很大的差別；但這並不妨礙將其歸於歷史小說一類，根據是：一、時事小說採用了與歷史小說相同的文體；二、時事小說具有與歷史小說相同的品格，貫串了相同的精神；三、時事小說所寫雖然是當代的「時事」，但以後人的眼光看，它寫的同樣是「史上大事」。這就時事小說與歷史小說的相通性。深入探尋時事小說與歷史小說在觀念上和藝術上的異同，是把握其本質特徵的重要途徑。

早在宋元勾欄的「說話」中，就有一種品種或曰節目被稱作「新話」。《醉翁談錄》〈小說開闢〉云：「新話說韓、張、劉、岳，史書講

晉、宋、齊、梁。」將說「韓、張、劉、岳」的「新話」與講「晉、宋、齊、梁」的「史書」對舉，是因為它說的是新近發生的朝政大事。試想，在南宋的都城臨安，聽平話藝人講述韓、張、劉、岳的抗金事蹟，該是多麼地激烈人心！可惜由於種種原因，這些「新話」要麼沒有得到及時的記錄，要麼記錄了卻未能傳流下來，使後之人無從窺其真面。與宋元「新話」完全湮沒的命運不同，明清之際的時事小說卻有不少逃過劫難，幸運地存留下來了。事實將向我們展示：儘管沒有現成的史書可以憑藉，使時事小說的創作面臨很大困難，致多數作品顯得率直粗糙；但正是由於擺脫了正史的羈縻，有才氣的作家方才得以充分發揮藝術創造力，致使其中的部分作品獲得了極大的成功。

第二節　時事小說系列之一──魏閹小說

　　明清之際時事小說第一批令人矚目的成果，是抨擊魏忠賢擅權亂政的系列小說。

　　宦官干政是中國封建社會特有現象，幾乎無代無之，其中又以明代的閹禍最烈。黃宗羲《明夷待訪錄》〈奄宦上〉云：「奄宦之禍，歷漢、唐、宋而相尋無已，然未有若有明之為烈也。漢、唐、宋有干與朝政之奄宦，無奉行奄宦之朝政。……漢、唐、宋之奄宦，乘人主之昏而後可以得志；有明則格局已定，牽挽相維，以毅宗之哲王，始而疑之，終不能舍之，卒之臨死而不能與廷臣一見，其禍未有若是之烈也！」《王陽明先生出身靖難錄》敘武宗寵任閹人劉瑾等人，號為「八黨」，斥逐閣老劉健，殺忠直內臣王嶽，王守仁疏救言不宜任用閹人的戴銑，遂觸劉瑾之怒，下獄廷杖四十，謫貴州龍場驛驛丞，對宦官之惡已經作了沉痛的控訴。

　　魏忠賢則是明代閹禍的巔峰。他除了擅權干政，又復擾民害民，尤為世人所切齒。《明史》卷二十三載：天啟七年（1627）八月甲

寅，熹宗崩；丁巳，崇禎即位；十一月甲子，安置魏忠賢於鳳陽；己
巳，魏忠賢縊死；十二月，魏良卿、客氏子侯國興伏誅；崇禎元年
（1628）正月丙戌，戮魏忠賢及其黨崔呈秀屍；六月，削魏忠賢黨馮
銓、魏廣微籍；壬寅，許顯純伏誅；崇禎二年（1629）正月丁丑，定
逆案，自崔呈秀以下凡六等。魏忠賢橫行朝野六七年，一朝垮臺，人
心大快，舉天同慶，一批暴露其滔天罪惡的小說競相問世，形成一股
頗為壯觀的創作潮流。最早問世的有《警世陰陽夢》十卷四十回，題
「長安道人國清編次」，崇禎元年刊本，序署「戊辰六月硯山樵元九
題於獨醒軒」；又有《崢霄館評定新鐫出像通俗演義魏忠賢小說斥奸
書》八卷四十回，題「吳越草莽臣撰」，崇禎元年精刊本，凡例之二
曰：「是書自春徂秋，歷三時而成」，則成書於崇禎元年之秋。崇禎元
年上半年的政治形勢，充滿著不確定的因素。此時忠賢雖死，但「餘
焰未息，羽翼未收」，關於魏閹的「逆案」（政治上的最後結論）還沒
有作出；而從日後「定案」、「翻案」的反覆看，個中的派性鬥爭是異
常激烈的。《陰陽夢》、《斥奸書》的作者似乎不曾顧慮時局的複雜
性，僅用了創紀錄的半年時間，就寫成並出版了這兩部時事小說，這
不光需要相當的藝術激情，而且也需要相當的政治勇氣。

　　《陰陽夢》內封題識云：「長安道人與魏監微時莫逆，忠賢既
貴，曾規勸之，不從。六年受用，轉頭萬事皆空，是云陽夢；及既服
天刑，道人復夢遊陰司，見諸奸黨受地獄之苦，是云陰夢。」若從字
面上理解，「長安道人國清」當是本書作者。但書中又明明告訴說，
「長安道人」是小說中的人物。他在第八回登場，適逢魏進忠（魏忠
賢原名）乞討，為飯店主人辱罵，冷眼瞧見魏花子身段雄偉，豈常落
於人後，遂進前勸解，贈金周濟，並和他結為生死之交。第二十七回
敘他知魏忠賢惡盈貫滿，殺戮過度，趁生日時來點醒他。魏忠賢死
後，道人夢遊陰司，都天大王楊漣分付他傳說業報因果，仙翁繆昌期
又贈他「廣長舌」。他出夢之後便捉筆構思，寫成這部《陰陽夢》。可

見，「長安道人」純是虛擬的人物，如果把他定為作者，豈非同將「石兄」看作《紅樓夢》作者一樣荒唐嗎？從種種跡象看，本書作者當是作序的「硯山樵」。據《中國古今地名大辭典》，硯山「在福建建陽縣東北三十五里，山有石端平若案，有微黑點，隱隱若硯，舊名夫子案山」。建陽是著名的刻書業中心，《陰陽夢》能較快地刊刻出版，與此頗有關係。作者自稱「硯山樵」，大約是一位沒有功名的村夫子，這在書中可找到若干側證：

一、作者對北方地理似不盡了了，第二回寫「魏進忠、李貞、劉崛從涿州一逕往北京城來，行到武清地面，日色銜山，投宿旅店」。北京在涿州東北約六十公里，由涿州進京，決不會走到直東偏南一百公里處的武清；同回寫何旺從保定公幹回來路過武清，也是不明地理之故；第八回寫魏進忠在涿州淨身，再次進京，走到臨清地方，臨清在涿州正南三百公里，進京而走到臨清更是南轅北轍。可證作者確是南方人，也許從來沒有到過河北。

二、作者於朝中大事往往搞錯，如第一回寫魏進忠與李貞結交，此李貞當即史上的李永貞，小說改易人名，原無不可；但到了第二十七回，忽然冒出一句：「有個李太監叫做李永貞，先發言道……」，將李永貞說成與魏閹幫兇李貞不同的另一人，顯然是無知造成的。第十九回寫魏忠賢擅立內操，李貞恐人說抗違祖制，魏忠賢變臉道：「如今那個敢來說咱，他不要性命的！難道又生出一個楊漣來？」從行文看，楊漣其時已死，而第十四回楊漣上魏忠賢二十四罪，第二十二款就是「故違祖制，擅立內操」。據史載，設立內操在天啟二年（1622）春，楊漣上二十四罪在天啟四年（1624）六月，殺楊漣在天啟五年（1625）六月，作者將時序顛倒，致使事理扞格。硯山樵之序結末云：「今而後，華胥子可蓬然高枕矣。」華胥一典，出《列子》〈黃帝〉篇，《陰陽夢》引首謂人生世間是場大夢，第一夢便是軒轅皇帝的「華胥夢」：「華胥國的人無貴無賤，無諂無謗，一味渾厚平等

溫良。黃帝覺來，忻然自得，天下大治，就如那華胥國一般。」小說
結末寫長安道人陰司出夢，亦覺天下大治，故序以「華胥子」稱之。
長安道人之名本為陶玄，而書題「長安道人國清編次」，書末署「長
安道人國泰終南山廣長莊書」，「國清」喻國家清明，「國泰」喻國家
安泰，均屬寓言。倒是硯山樵之「獨醒軒」，有「諸人皆在夢中，唯
我一人獨醒，故能作此陰陽二夢以警世人」語，實為作者之聲口。

　　「硯山樵」的生平經歷，決定他寫作《陰陽夢》主要的依據是社
會傳聞。孫楷第先生以為是「多里巷瑣語，無關文獻」[1]。其實對小
說創作來說，「多里巷瑣語」並不一定是缺點。問題在於傳聞瑣語的
採用，能否與史料的取捨抑揚有機結合，並同作者欲言之「志」有機
地結合起來。《陰陽夢》從最貼近的距離，傳達出民眾在魏閹暴政下
痛苦呻吟的心聲，在那「九原之鬼夜哭，六月之霜晝飛，漫漫蕩蕩宇
宙，結成淒淒慘慘長夜不旦之乾坤」裡，「人鉗舌，路重足，小兒止
啼，五六年來恍入幽冥道中，使人生幾不知有何生趣」，說得真是再
沉痛不過了；而「那時北京城裡說了一個『魏』字，拿去一瓜槌便打
死了」，正是「人鉗口，路重足」的最好注腳。小說寫魏忠賢出巡大
同府，「儼然是天子行事，攪得地方上官民人等，一個個坐臥不安，
搜刮錢糧，食費廩給，弄得那民窮財盡，百姓吞聲含怨」。《陰陽夢》
又是最早為與魏閹英勇抗爭的楊漣、周順昌和蘇州市民英雄立傳的紀
實性作品，它生動真實地昭示：面對惡勢力的淫威，總有一批錚錚鐵
漢挺身而出，他們不愧是我們民族的脊樑。

　　從文學的角度看，硯山樵謂「長安道人知忠賢顛末，詳志其可
羞、可鄙、司畏、可恨、可痛、可憐情事，演作陰陽二夢」；而《陽
夢》從情節和筆法上又可分為兩部分：卷一至卷三為第一部分，敘魏
忠賢微時可羞、可鄙的情事；卷四至卷八為第二部分，敘魏忠賢發跡
後可畏、可恨的情事。

1　孫楷第：《日本東京所見小說書目》（北京市：人民文學出版社，1981年），頁186。

　　《陰陽》第一部分三卷十一回，占《陽夢》的百分之三十八，比《陰夢》篇幅還長，寫的是一個無賴子的經歷。通過涿州聚黨、京都充役、樗蒲賽色、青樓競賞等，刻畫了魏忠賢微賤時奸詐、貪賭、好色、沒信行的惡德。但作者並沒有對魏忠賢作臉譜化的處理，而是突出了他破落戶「會頑耍、會謔趣」的秉性，抓住「吹彈歌舞絕倫」的特點來組織情節。起先，他與褫奪了青巾的秀才李貞相好，肆中飲酒時巴結道：「待咱唱一支情詞，奉李爺酒何如？」口裡唱曲，悠悠揚揚，引得武弁劉嵋的喝采，三人意氣相投，遂相結交，這是第一節；而後同往京師，旅店中有人唱曲，「魏進忠聽得，便技癢起來，心裡道：『我的本領高似他幾分，這裡不賣弄，那裡去賣弄噗！』」也彈唱起來。唱曲的是何內相家人何旺，被魏進忠掃了興，發作起來。恰是不打不相識，後來反得何旺之力，進京都做了禮部長班，這是第二節；魏進忠胡行亂法，詐騙得一千兩銀子，又被賭棍以名妓蘭生做訛騙去，不想蘭生倒真心愛上了進忠，聞知進忠戀上月仙，生了氣，進忠便「改腔改字」唱了一支〈掛枝兒〉，引得蘭生「十二分惱都化做水」了，這是第三節；魏進忠京中呆不住，便將破傘紫竹柄開管簫兒，一路或吹或唱，遊到涿州，後來索性淨了身，投花子太監入夥，頗得頭頭薩辣虎鮑寧的歡心，這是第四節；殷內相聞之，留在宅內彈唱，遂把「教師魏進忠」的名頭傳揚出去，何內相來訪，將其請到私宅與李貞、劉嵋重逢，扶持進忠進了內官監，這是第五節。通過彈吹唱曲這一細節，勾畫出無賴子魏忠賢的升沉榮辱史，頗可見作者之匠心。魏忠賢本極微賤之人，偶有機緣，小有得志，便露出奸詐、薄幸的本性，預示著今後弄權的因素，已深深潛藏在骨髓之中。但魏忠賢的落魄潛蹤，雖說是作孽自受，卻也頗能感出社會黑暗，世態炎涼。小說還描畫出魏進忠性格乖巧伶俐的一面。如淨身後再次進京，見開酒館賣水的人因身子不快，挑不功，便主動上前替他挑水，盤算道：「京師的錢，一分銀子總得六個，倒有一錢多一日，十日就是一兩，

一個月就是三兩了，好過日子的。」須知魏進忠是「原自軒軒昂昂做過的人」，手頭上攢過上千兩銀子，如今竟「肯做這下賤事」，還能說出「這還是個生意，自食其力的，勝過那花子萬倍」的話。魏忠賢是壞人，但首先是人，他的升沉榮辱及與此相應的悲喜哀戚，都具備了審美的意趣。

進到《陽夢》的第二部分，作者陡然換了一副筆墨，乖巧伶俐的無賴子魏進忠不見了，代之而起的卻是愚蠢無能、全無主張的魏忠賢。微賤之時的魏忠賢，對李貞、劉嶠尚且能做到既見貌辨色，而又保持傲氣；得聖上恩寵的魏忠賢，卻非但沒有「一朝聊得志，便可妄為時」，反要事事依賴李、劉，「就是泥塑木雕的傀儡，只憑這兩個提線索」了。崔呈秀投靠魏忠賢時，第一個印象竟是：「老魏原是個蠢人，盡可侮弄他的」。同樣，前一部分絲絲入扣的生動情節也不見了，通篇皆是魏忠賢篡權亂政陰謀的圖解，說他「一步步要學那篡漢的王莽、曹操行事，弄權的趙高、董卓行徑」，並按臆想的模式對他的奸謀進行了「揭露」：

第一步：計殺王安，結好客氏。太監王安為三朝老臣，對魏忠賢常要查究，成了他招權納賄的最大障礙。魏忠賢一朝得志，首要之務就是除去這一心腹之疾。時熹宗乳媼客氏封奉聖夫人，威福日盛，與王安身邊的小內相甚是親愛。魏忠賢遣人刺殺小內相，反誣係王安所為，既借此殺了王安，又結奸了客氏，可謂一箭雙雕。但作者不了解宮廷內幕，對魏客糾葛的傳聞知之甚少，故不曾鋪衍出委婉曲折的故事。

第二步：清除外廷，誣害忠良。魏忠賢因朋奸竊柄，受到外廷諸官的論劾，便放出辣手，先將左光斗、楊漣、魏大中、袁化中、周朝瑞、顧大章鍛煉成獄，又將繆昌期、李應升、周順昌、周宗建、黃尊素、周起元擒拿解京，先後迫害至死，揚州太守劉鐸等更因文字得罪。史載，楊漣劾魏忠賢在天啟四年（1624）六月，殺楊漣、左光斗

等在天啟五年（1625）三月，逮繆昌期、周順昌等在天啟六年
（1626）二月，殺劉鐸在天啟六年七月，小說都集中到一起，提到前
頭來寫了。

　　第三步：肆毒宮闈，殺害妃嬪。魏忠、客氏恐宮中寵幸多了，分
去權柄，便譖殺裕妃、成妃，又陷害皇親張國紀、李承恩。史載，逼
害裕妃、成妃在天啟三年（1623），參罷張國紀亦在天啟三年，李承
恩大辟則在天啟五年（1625）。其事多在「清除外廷」之前，為了遷
就由外廷到內廷的格局，小說方作了改動。

　　第四步：擅立內操，佈置外鎮。魏忠賢異謀輒起，設立內操，訓
練精兵三千，圖謀作亂；又佈置外禦，各邊各鎮都派太監鎮守。史
載，立內操為天啟二年（1622）事，設各邊鎮監軍內臣則在天啟六年
（1626）三月。立內操不是什麼興兵叛亂的準備，將內操與外鎮扯到
一起，更是主觀的捏合。

　　第五步：走馬戲舟，暗害皇帝。魏忠賢以為內外設伏停當，便御
前走馬，戲舟海子，欲害皇帝。走馬、戲舟事，正史不載，《陰陽
夢》將此當作「圖叛」陰謀的最後步驟，純是主觀的顛倒。

　　在《陽夢》最核心的部分，之所以出現令人掃興的變異，除了史
料掌握得不充分之外，更重要的原因在於作者的觀念。作者以為只要
拈出「圖叛逆」這頂大帽子，就足以將魏忠賢徹底否定。其實，非但
不能揭示魏忠賢的罪惡本質，反而把本來可以挖掘得更深的東西淡化
了，甚至不免落入自己設下的陷阱之中：宦官與皇帝本是相互依附
的，用《明史》〈宦官傳〉話說，宦官不過是「逞其智巧，逢君作
惡」而已。沒有「天啟爺」的寵任，無賴子魏忠賢就永遠只能是無賴
子，決不可能一躍而為九千歲的「廠臣」。魏忠賢「御前走馬」驚了
聖駕，雖屬不赦之罪，終究與「圖叛」有別；至若說魏忠賢乘日色將
暮，指使親近太監「戲舟海子」，將聖駕擠落水中，就更沒有道理了。
作者根本沒有考慮到：魏忠賢盡可愚弄君王，卻不可能產生「乘間下

手」取而代之的念頭。如果皇上真的被淹死了，魏忠賢又將何為？

　　《陰夢》部分則寫魏忠賢「可痛、可憐情事」，與《陽夢》「卷數銜接，回數則自為起訖；似一書，非一書」[2]。敘的是長安道人看魏忠賢戮屍淩遲之後，忽有都天大王楊漣派鬼卒押其遍遊十八重地獄，且觀看楊漣、左光斗會集忠魂勘問魏黨的情況。作者不能解釋何以魏忠賢一個人，「欲以螻蛄而撼鐵柱，欲以燕雀而學鵬飛，遂致殺氣彌天，忠魂塗地，九原之鬼夜哭，六月之霜晝飛，漫漫蕩蕩宇宙，結成淒淒慘慘長夜不旦之乾坤」的根源，也找不到從根本上消弭禍患的妙方，只好把一切歸之於縹緲的夢境，並企圖以「夢中說夢」的業報，去警告「彼似忠賢者」知懼改悔，用心可謂良苦。但輪迴終究是虛妄而軟弱的，要以此阻止惡的產生，更是純粹的空想。

　　吳越草莽臣的寫作態度，與硯山樵完全不同。他的最大特點是重視文獻資料，〈凡例〉二自稱：「閱過邸報，自萬曆四十八年至崇禎元年，不下丈許，且朝野之史，如《正續清朝》、《聖政兩集》、《太平洪業》、《三朝要典》、《欽頒爰書》、《玉鏡新譚》凡數十種，一本之見聞，非敢妄意點綴，以墜綺語之戒。」在掌握材料的基礎上，又頗著意於剪裁佈局。〈凡例〉一云：「是書紀自忠賢生長之時，而終於忠賢結案之日，其間紀各有序，事名有論，宜詳者詳，略者略，蓋將位一代之耳目，非炫一時之聽聞。」全書四十回，每回以事繫年：第一回敘忠賢少時事，第二回敘萬曆十六、七年事，第三回敘泰昌元年事，第四回敘天啟元年事，第五回敘天啟二年事，第六回敘天啟三年事，第七至十回敘天啟四年事，第十一至十四回敘天啟五年事，第十五至二十五回敘天啟六年事，第二十六至三十九回敘天啟七年事，第四十回敘崇禎元年事，紀年準確，絕無差錯。這種嚴格忠史實的寫法，是正統史家所提倡的和認可的，也是謹慎派歷史小說所恪守的和遵循

2　孫楷第：《日本東京所見小說書目》（北京市：人民文學出版社，1981年），頁186。

的。他的毛病在於過分拘泥史實，決然絕然地排斥藝術虛構。彷彿是有意要和《陰陽夢》唱對臺戲，〈凡例〉三明白宣言：「是書動關政務，事系章疏，故不學《水滸》之組織世態，不效《西遊》之佈置幻景，不習《金瓶梅》之閨情，不祖《三國》諸志之機詐。」他發誓要與之劃清界限的幾條，都是《陰陽夢》所做過的。如魏忠賢登場時，說他：「是一個浮浪的破落戶，沒信行的人。專奸幫閒，引誘良家子弟。自小不成家業，單學得些遊蕩本事，吹彈歌舞絕倫，又好走馬射箭，蹴球著棋。若問文書，一字不識。這些里中少年，愛他會頑耍，會諧趣，個個喜歡他的。常在涿州泰山神祠遊玩歇息，結成一黨，荒淫無度。這些都是乾隔澇漢子，無籍之徒。」與《水滸傳》敘高俅的文字如出一轍，不是「效」《水滸》之「組織世態」嗎？魏進忠登場不久，就與李貞、劉崼立誓，「三人願為生死之交，榮枯得失，事同一人，永無一心」，這不是「祖《三國》諸志之機詐」嗎？魏進忠對妓女蘭生之憐香惜玉，可視為「習《金瓶梅》之閨情」；三次覓死，得金甲神與井泉童子顯化，亦可算「效《西遊記》之佈置幻景」。《斥奸書》拒絕借鑑前人的經驗，自願置於正史附庸的地位，便喪失了成為審美對象的品格。

　　《斥奸書》與《陰陽夢》的不同取向，是「正史」與「稗史」傳統在時事小說創作中的體現。而從發展趨勢看，卻是放任派逐漸贏得上風。崇禎年間西湖義士的《皇明中興聖烈傳》五卷四十八回，也是寫魏閹的時事小說。此書有繡像十幅，其中三幅取自《警世通言》，「械繫忠良入獄」圖，即《三現身包龍圖斷冤》圖之後半葉；「袁公錦寧破虜」圖，即「趙太祖千里送京娘」圖之後半葉，「扭魏忠賢至阜城店」圖，即「小夫人金錢贈年少」圖之後半葉，表明書坊主具有以圖招徠讀者的商品意識。孫楷第先生以此書「事亦半為傳說，可資考證者殊少。蓋野老紀聞，所知不過里巷瑣語，托之稗官，兼多附

會。至於朝政得失，名臣事蹟，耳目不接，固不能知其底蘊」[3]，走的也是《陰陽夢》的路子。如說魏忠賢之父久慣打劫，母刁氏跑馬走索，弄猴搬戲；年三十父母亡後，鎮日花街柳巷，與樂戶女兒蕭靈群相好，把玉簪送與靈群。及忠賢聲勢赫奕，崔呈秀乃父事之，升大司馬。時蕭靈群亦至京城，崔呈秀召靈群伴宿，無意中說出魏忠賢事，靈群遂托呈秀致意。忠賢聞知，微服到崔宅與靈群相見，許封其弟蕭惟中以名色官兒等等，都是此書特有的「野老紀聞」。總之，無論是思想意蘊還是藝術技巧，《陰陽夢》、《斥奸書》和《聖烈傳》，水準都是較低的。由於「距離」的過分貼近，作者對眼前事變來不及咀嚼反思，導致缺乏深沉的歷史感，藝術上也留有粗糙的痕跡。

　　魏閹系列小說最成熟的佳作當數《檮杌閑評》。《檮杌閑評》一名《明珠緣》，五十回，不題撰人。從多種跡象考察，作者當為李清[4]。李清（1602-1683），南直隸興化人，字映碧，一字心水，晚號天一居士。天啟元年（1621）舉人，崇禎四年（1631）進士，歷仕崇禎、弘光兩朝，歷官刑、吏、工科給事中，大理寺丞。明亡，隱居不出。著有《三垣奏疏》、《三垣筆記》、《南渡錄》、《女世說》等。從《檮杌閑評》對「奴酋」、「氈裘」的強烈譏刺推定，此書當脫稿於明季。

　　與同類小說相比，《檮杌閑評》對魏忠賢的身世沒有作孤立的敘寫，而是將它與黑暗社會諸色相的描繪緊密結合，並以形象的力量表明：閹禍並非個別的偶然事件，它與社會種種弊病有著千絲萬縷的內在聯繫。小說的主旨是要揭露魏閹之禍國殃民，卻偏偏借其微時的種種坎壈，極寫出社會黑暗腐朽的背景，充分顯示出作者的匠心。魏母侯一娘是流落江湖的賣藝人，始則受達官貴人的玩弄，繼則為強盜所蹂躪，飽嚐了人世間的酸辛。王尚書府裡叫她陪酒，丈夫魏醜驢抗爭

3　孫楷第：《日本東京所見小說書目》（北京市：人民文學出版社，1981年），頁59。
4　歐陽健：〈《檮杌閑評》作者李清考〉，《明清小說新考》（北京市：中國文聯出版公司，1992年），頁207-225。

道：「要陪酒請小娘去，怎麼叫我們良家婦人陪酒？」反被王府管家
拳打腳踢：「抬舉你妻子，也是你的造化，求之不得，反來胡說！」
流落京師酒樓賣唱，王吏科掌家要她陪宿，店家道：「如今科道衙門
好不勢耀厲害，我卻不敢違拗他。」侯一娘忍氣吞聲，為的是「黑夜
難防這許多」。即便是魏忠賢本人，幼時曾隨其母「帶著鬼臉子去求
人」，壯年又沿街乞討，受盡磨難。他親眼看到，童生倪文煥「胸羅
錦繡煥文章」，府考不取，送分子的銀子又下了水；一旦拜在魯太監
門下，頓使功名唾手而得；他還親眼看到，周兵科公子捽死妓女鴛鴦
叩，鴇母告到官府，反被差人日日前來需索，「人已死了，還要花
錢」；連他當年進宮應選，也要二百文錢才上個名字，用三兩銀子才
能選中，進得宮中，「好差使總被有錢的謀去了」。種種貪贓枉法的現
實，讀來無不令人怵目驚心。

　　《檮杌閑評》還強烈提示讀者：宦官為患，魏忠賢並非始作俑
者。小說剛開始，就著意敘寫魏忠賢隨欽差程士宏清查礦稅之事，為
下文魏閹之猖獗，作了富有時代特徵的鋪墊。程士宏是司禮監掌朝田
太監的外甥，「九卿科道官因要交結他母舅，故此與他往來」。田太監
死後，程士宏又用一百個金元寶賄賂殷太監，謀得清查礦稅的美差。
一路狐假虎威，任意施為。據史載，萬曆二十七年的五天之內，搜括
的礦稅商稅就達二百萬兩。小說痛斥道：「當路豺狼已不禁，又添虎
豹出山林。東南膏血誅求盡，誰把沉冤報九閽？」《檮杌閑評》之寫
魏閹之禍，不只限於對個人品質的譴責，更將批判鋒芒指向封建專制
極端強化的產物——廠衛制度。魏忠賢初得皇帝歡心，頭一個要求就
是掌握東廠，憑恃淩駕於封建法律之上的特種權力，市井無賴的魏忠
賢方得殘戮忠賢，播亂朝政。揚州知府劉鐸題詩弔熊廷弼，魏忠賢誣
以「詛咒大臣」，刑部司官明知冤枉，「只因巡捕同鎮撫司都把供詞做
殺了」，只得擬個「律應絞監候秋後處決」，誰知大拂忠賢之意，還叫
依律另擬。眾司官煩惱道：「擬絞已是冤屈，旨上叫依律另擬，有甚

律可依？怎麼再重得？」小說還對廠衛的「法外加刑」作了沉痛控訴。魏忠賢拿楊漣、左光斗交錦衣衛嚴審，擺下的刑具是：「紅繡鞋步步直趨死路，琵琶刑聲聲總寫哀音。仙人獻果，不死的定是神仙；美女插花，要重生須尋玉帝。」據《明史》卷七十三〈刑法志〉載：「其最酷者曰琵琶，每上，百骨盡脫，汗如雨下，死而復生，如是者兩三次，荼酷之下，何獄不成。」這種對現實的如實描寫，徹底打破了一般小說先寫世界清平、國泰民安，繼寫奸佞專權、禍國殃民，最後寫清除奸佞、世界復歸清平的舊格局。

　　《檮杌閑評》突破了忠奸鬥爭的簡單模式，表現了對廣大民眾的關心和同情。書中寫官校捉拿楊漣，「出來好生無狀，見有司便上坐，過驛站揀馬匹，要折夫，索常例，一路上淩虐官府，打罵驛丞，騷擾已極」；魏忠賢巡視口外，竟將獵戶五六千人殺死，齊上關來獻功，作者憤怒地指控殺良冒功的罪行：「無端生事害良民，贏得功勳詿帝廷。可惜含冤邊外骨，年年濺血灑長城！」在「大嚼充饑奸賊腦，橫吞解渴讒臣血」的思想支配下，大膽地傾注對奸佞的切齒痛恨和對百姓深切同情。為此，作者著意塑造了一批為民請命、敢於抗上的清官形象。如揚州知府顏茂暄，聞說內官來詐取錢糧，道：「卑府寧可以命與他，若要擾害百姓，實難從命。」作者甚至虛構了武昌兵備道馮應京策劃的聲勢浩大的民變。據《明史紀事本末》卷三十五〈礦稅之弊〉載：「（萬曆）二十九年二月……己丑，武昌兵備道馮應京參陳奉十逆大罪，逮至京，下於理，削籍。……三月，武昌民變，逐陳奉。奉列兵殺二人，匿楚府中，命甲騎三百餘，射死數人，傷二十餘人。奉踰月不敢出，眾執奉左右六人，投之江。奉自焚其公署門。事聞，謫知府王禹聲、知縣鄒堯弼為民。」武昌民變，本在馮應京被逮之後。馮應京雖曾捕治陳奉爪牙，且抗疏列其十逆大罪，但並未策動民變，倒是因其就逮激起民變時，「應京囚服坐監車，曉以大義，乃稍稍解散」（《明史》卷二三七〈馮應京傳〉），使民變歸於平

息。《檮杌閑評》大膽地以虛構手法，塑造了馮應京這一民變策劃者的高大形象。當他訪得程中書（影射陳奉）的罪惡後，即稟報撫院道：「本道卻有一法可以治之，俟行過方敢稟聞。」在巧妙地徵得撫院的默許後，便取十數面白牌，以朱筆寫道：「欽差程士宏凌虐有司，詐害商民，罪惡已極，難以枚舉……本道不能使光天化日之下，容此魑魅橫行。凡爾商民，可於某日齊赴道轅，伺候本道驅逐。」在馮應京的指揮下，「一聲炮響，岸上一面白旗一展，只見江上無數小船望大船邊蜂擁而來。……忽又聽得一聲炮響，岸上江中一齊動手，把五六號大船登時打成齏粉，把程中書捆起送上岸來，餘下人聽其隨波逐流而去」。馮應京的作法大快人心，連撫院都以為是「鼓大勇以救商民」的盛舉，當眾官議擬以「程士宏暴虐商民，以致激變，馮參政救護不及」為之開脫時，馮應京卻道：「始而不能禦虎狼以安百姓，既又飾浮詞以欺君，罪不勝誅。只求大人據實立奏，雖粉骨碎身亦所不辭。」只此一語，即把馮應京大智大勇、敢作敢當的品格，突現紙上。

　　《檮杌閑評》復以酣暢淋漓的筆墨，謳歌了市民的鬥爭，充滿了濃烈的時代氣息。作品多次描繪商品經濟的繁榮景象，如山東臨清，「是個十三省的總路，名曰大碼頭。商賈輳集，貨物駢填，更兼年豐物阜，三十六行經紀，爭扮社火，裝成故事。更兼諸般買賣都來趕市，真是人山人海，挨擠不開」；又如薊州，「經紀人家，本無田產積蓄，只靠客人養生，有客人到，便拿客人的錢使用，挪東補西，如米麵酒肉雜貨等物，都賒來用，至節下還錢」。商品經濟的發展，促使了階級的分化：官宦人家如魏雲卿，「尋下幾萬銀子，有幾個機房，都有他的資本」；家人之子吳保安暴發後，希圖冒主人的籍子赴考，又交結監院裡的人代他幫襯，等等。商品經濟的聯繫性，使以手工業者、小販、商人為主體的市民，產生了共同的經濟要求及反映這種要求的道德觀念和政治傾向。當封建統治者的倒行逆施損害他們利益

時，便會團結起來進行自發的鬥爭。楊漣被逮，一路的百姓互相傳說道：「可憐楊大人為國除奸，遭此橫禍！」經過的各村鎮市，人人來看忠臣；周順昌被逮，以顏佩韋、馬傑、沈揚、周文元、楊念如五人為首，蘇州市民聚集萬餘人，為救周吏部，打死校尉，扯碎駕帖，被小說稱為「胸中抱負為荊聶，專向人間殺不平」的英雄，說：「百姓一亂，其功不小」，甚至以詩讚曰：「皇天視聽在斯民，莫道黔黎下賤身。曾見一城堪復下，果然三戶可亡秦。」作者繼承施耐庵、羅貫中開創的關心國家興衰、人民疾苦，同情支持民眾正義鬥爭的傳統，提出了所處時代最重大的社會問題，並以藝術手段作出了自己的評價，這種逼視當代現實的精神，表現了強烈的社會責任感，較之施、羅之借古人酒杯，澆自己塊壘，無疑是極大的進步。

　　從歷史小說的文體特徵著眼，《檮杌閑評》的藝術成就表現在以下兩個方面：

一　得心應手地處理虛實關係，實現了故事情節真實性與傳奇性的統一，人物形象鮮明性與豐富性的統一

　　《檮杌閑評》「總論」有詩曰：「博覽群書尋故典，旁搜野史錄新聞。」第三十二回有詞曰：「目擊時艱，歎奸惡真堪淚滴。」表明作者所「錄」的，是有關「時艱」的種種「新聞」。作者對史料不僅極為熟悉，於史料的取捨也比較謹慎，正如鄧之誠先生所說：「述忠賢亂政，多足與史相參」[5]，如所錄楊漣疏參魏忠賢二十四罪，從語句簡繁與行文口氣來看，比《明史》、《明通鑒》、《明史紀事本末》更接近原文。在一些細節上，如魏忠賢生於戊辰（1568），乳名辰生，天

5　鄧之誠：〈骨董續記〉卷二，《骨董瑣記全集》（北京市：北京出版社，1998年），頁316。

啟七年（1627）三月晦日是他六十生辰，就是正史所不載的準確紀錄。但作者並沒有單純地據史敷陳，而是在史實基礎上進行虛構，以使故事貫通，情節生動。如第二十回「魏監門獨力撼張差」，敘除夕之夜，入宮未久的魏忠賢打翻持棍闖宮之張差。據《明通鑒》卷七十五載：萬曆四十三年（1615）「五月己酉酉刻，有不知姓名男子，持棗木梃入慈慶宮門，擊傷守門內侍李鑒，至前殿簷下，為內侍韓本用等所執。」則梃擊一案，執張差者為韓本用，但並不排斥魏忠賢身與其事、史書諱言的可能；而「獨力撼張差」云云，卻確是虛構。由於作了這樣的虛構，方使魏忠賢驟得擢用找到了合理的解釋。再如楊漣參劾魏忠賢後，《明史》〈宦官二〉載：「疏上，忠賢懼，求解於韓爌。爌不應，遂趣帝前泣訴，且辭東廠，而客氏從旁為剖析，體乾等翼之。帝懵然不辨也，遂溫諭留忠賢，而於次日下漣疏，嚴旨切責。」小說第三十一回「楊副都劾奸解組」卻說劉若愚獻謀要忠賢泣訴於帝，李永貞反對道：「上前泣訴，縱洗清身子，皇上也必不肯十分處他們。」魏忠賢便把本按住，逕直批道：「楊漣尋端沽譽，憑臆肆談，是欲屏逐左右，使朕孤立。著內閣擬旨責問。」小說捨去「泣訴」的細節，更鮮明地突現了魏忠賢專橫跋扈的性格。

　　《檮杌閑評》又十分重視「野史」的搜求和採用，大膽地將整個藝術大廈的骨架，設置在虛構的人事因緣的基礎之上。據《明史》〈宦官二〉載，熹宗乳媼客氏與忠賢並有寵，「客氏淫而狠，魏心賢不知書，頗強記，殘忍陰毒，好諛。帝深信任此兩人，兩人勢益張」。憑著這一點材料，是難以寫出有文學意味的情節來的。《檮杌閑評》巧妙地以一顆明珠貫串客、魏的興衰際遇，構成小說的中心環節：客氏之母夢赤蛇銜珠而生印月；魏忠賢之母從強盜窩中逃出，償還客氏之珠，聘定印月為媳；魏忠賢十數年後販布薊州，宿於侯氏布行，客氏已嫁侯氏子，與魏忠賢暗中相通，贈珠作為憶念；忠賢涿州落難，將珠子典於質庫；入宮得志以後，客氏向其索要明珠，翰林馮

鈴因獻珠夤緣入相，故又名《明珠緣》。通過還珠、贈珠、當珠、索珠、獻珠的虛構故事，既寫出魏、客由微賤到發跡的曲折經歷及微妙心理變化，展現了社會各側面的世情色相。總之，《檮杌閑評》得心應手地用「小說」來統攝「時事」，在「小說」的格局中納容「時事」的豐富內容；既不排斥虛構，也不將虛構作為一二點綴依附於史實之後，而是讓虛構居於全書藝術構思的主導地位，以此來支配統攝作品的情節和人物，這是對《水滸傳》和《三國志演義》成功創作經驗的發展和突破。

二　充分注意人物形象的內在聯繫，即相互依存又相互制約的辯證關係，從而成功地設計出人物群象所構成的形象體系

魏閹亂政的史實具有蕪雜、散漫的特質，魏忠賢的歷史原型與眾多人物之間，也缺乏戲劇性的紐帶。如果只是據史敷陳，充其量不過如《先撥志始》、《剝復錄》一類稗史野記。作者突破史實的束縛，不但塑造出一系列具有個性的人物形象，而且將其構成互相衝突又互相依存的具有緊密內在聯繫的形象體系。這一「組織世態」的網絡結構，既囊括了整個時代的動態變化，又提挈著全書情節的起伏發展，是作者自覺整體構思的產物，是有別於自然狀態的藝術美的體現。

據文秉《先撥志始》載，崇禎定逆案時曾云：「忠賢一人耳，苟非外廷逢迎，何遽至此？」魏忠賢所以能猖獗一時，乃「五虎」、「五彪」、「十孩兒」為之羽翼，同惡相濟之故。其中如崔呈秀、田爾耕、倪文煥，皆如吳偉業《清忠譜》〈序〉所云「願為之爪牙，供其走噬，甚至自負阿父養子而不惜」，是閹黨中最兇惡的分子。《檮杌閑評》在處理魏閹與其幫兇關係時，虛構了他發跡前與諸人的交往，寫出了因命運的升沉榮辱造成的人與人關係的顛倒，通過富於喜劇性場

面中的醜與醜的強烈對比，犀利地揭露醜的本質。如崔呈秀原是「薊州城有名的秀才，當時考居優等，只是有些好行霸道，連知州都與他連手，故此人皆懼他」。彼時的魏忠賢是一個布商，因崔呈秀設局訛詐，代人出面調停，兩種性格遂發生了碰撞。就崔呈秀來說，訛詐百十來兩銀子，不過是他千百件「沒有天理的事」當中的一件，但他又是個見機而作的人，固然心狠手辣，也肯乘勢下臺；魏忠賢則早已洞見他的伎倆，卻並不加以戳穿，只是審時度勢，令其稍加收斂，適可而止。他此時的作為，雖亦有若干仗義因素，骨子裡還是維護了崔呈秀的利益。他的幹練機變，竟使崔呈秀忘卻地位的懸殊，不覺十分欽敬起來。二人在作惡中互相認識，互相賞識，正是所謂「奸雄合當聚會」。這種對魏、崔微時交往的描寫，正為日後崔呈秀拜在魏忠賢門下的行徑作了鋪墊。且看書中如下的精彩文字：

> ……忠賢道：「咱昨日想起來，昔日在薊州時與二哥原是舊交，咱如今怎好占大？咱們還是弟兄稱呼罷。」呈秀離坐打一躬道：「爹爹德高望重，今非昔比，如今便是君臣了。」忠賢呵呵大笑道：「好高比，二哥倒說得燥脾，只恐咱沒福。全仗哥們扶持。」

崔呈秀的無恥卑鄙，魏忠賢的好受奉承而又故作姿態，一時畢現紙上。今日諂媚之崔呈秀，正是當日跋扈之崔呈秀。唯其如此，他才會心甘情願充當最陰險的幫兇。這種不僅僅從橫的方面、即在同一平面上寫魏崔之間的聯結，而且從縱的方面、即歷史的立體變遷中描寫魏崔的聯結，實際上已經超出單個人之間的關係而達到了「社會關係」的深度，故更能洞察人世的底蘊，產生意味深長的啟示力量。

　　《檮杌閑評》寫田爾耕，也有異曲同工之妙。田爾耕是「吮舐癰痔」的無恥之徒，早在嶧山村與魏忠賢第一次相遇時，就是一個教唆

誘惑他作惡的壞蛋。魏忠賢屢屢失足之後，聽從妻子傅如玉「老田是
個壞人，他慣幹截路短行之事，切不可信他，壞自己之事」的警告，
才與他斷絕了交往。如果說對崔呈秀還有若干好評（如「極有氣
概」）的話，對田爾耕的人品則是絕對的否定。就是這個田爾耕，後
來因把守哈達門混入奸細要受提問，心中焦懼，擬拜在忠賢門下，受
他庇蔭。妻子勸道：「你是嫡派大臣，倒去依附太監，豈不被人笑
罵？」田爾耕竟道：「笑罵由他笑罵，好官我自為之。」有趣的是，
他不像崔呈秀早知魏忠賢是自己的故人，及至拜為義子之後，作品方
寫道：

> ……忠賢道：「田大哥一向久違，還喜丰姿如舊，咱倒老
> 了。」爾耕道：「爹爹天日之表，紅日方中，孩兒草茅微賤，
> 未嘗仰瞻過龍顏，爹爹何云久別？」忠賢笑道：「你做官的
> 人，眼眶大了，認不得咱，咱卻還認得你。」爾耕忙跪下道：
> 「兒子委實不知。」忠賢扯起來道：「嶧山村相處了半年多，
> 就忘記了？」爾耕呆了半晌道：「是了，當日一見天顏，便知
> 是大貴之相，孩兒眼力也還不差。如今為鳳為麟，與前大不相
> 同。」

崔、田二人同屬醜類，作者卻極有分寸地寫出醜的差異性，從而在他
們與魏忠賢的聯結方式上，顯示出各自的獨特性來。

　　醜與醜本應是同氣相求的，作者偏偏寫出了矛盾和衝突。倪文煥
也是魏忠賢微時的相識，緣魏忠賢拜在魯太監門下，屈身閹豎以求進
身。日後做到西城御史，適逢奉聖夫人之子侯國興的家人在酒店鬧
事，倪文煥大怒罵道：「你主人不過乳媼之子，爾等敢於如此橫暴放
肆！」此時此際，倪文煥尚有若干正氣在胸；及至惹出大禍，也曾想
過：「拼著不做官，怕他怎的！」但由於貪戀官位，最後還是拜在魏

忠賢門下，又昧著天良參奏了魏忠賢所惱的無辜正人，以為「投名狀」。魏、倪的聯絡方式，又與崔、田有著明顯的差異，通過人物內心的矛盾與衝突，剝開了他齷齪的靈魂。

魏忠賢與李永貞、劉若愚的關係，構成另一類型的形象體系。「石林莊三豪聚義」一回，敘魏、李、劉幼時同學，一日遊三義廟，劉若愚道：「我想當日劉關張三人在桃園結義，誓同生死，患難不離。後來劉玄德做了皇帝，關張二人皆封為神。我們今日既情投意合，何不學他們也拜為生死弟兄，異日功名富貴，貧賤患難，共同扶持。」然小人之盟，終與「義」了無相涉：李永貞發跡最早，稍稍得意，然因家有惡婦，使落魄之忠賢不能久住；忠賢發跡後，便將劉若愚取來，「哄他吃醉了，也把他閹割了，留於手下辦事」。三人沆瀣一氣，幹盡不義之事。及忠賢敗，發往鳳陽安置，唯李、劉二人相送，「當年結義始垂髫，今日臨歧鬢髮凋」，悲涼的氣氛中隱寓譏刺之意。

與李、劉關係相比，更為密切、更具有戲劇意味的是與客印月的纏綿悱惻、悽楚感人的因緣。小說寫忠賢販布薊州的情形，對客印月因嫁了獃物的苦痛，和「為貧所窘，不能盡情」的心理，就有頗為細膩的描摹；對於忠賢的爽利精幹而又好色貪財，也有生動的刻畫。然此時客氏之縱欲，卻是日後猖狂的根由，忠賢之陰狡，亦為日後攬權的前奏。要寫的本是兩個最大的醜類，卻竟寫他們原先並不盡醜，甚至竟有若干美的成分，正是一種辯證的美學觀念。

美與醜之間，更是相比較而存在，相鬥爭而發展。作者在最大的醜類的對立面，設置了若干美的人物形象，並使之與魏忠賢的榮辱沉浮息息相關，尤見作者不凡的匠心。魏忠賢這個最不肖的人物，作者偏獨出機杼地給他安排了一個大賢大惠的妻子，真是匪夷所思。通過與傅如玉美好性格的衝突，展示了魏忠賢墮落的軌跡，表達出嚴峻的審美評價。開初，魏忠賢見傅如玉為妖精所劫，想：「這幾個男子逼一個女人，定非善類。」一時激烈起來，將妖精射走，救下了傅如

玉。及至傅婆子以「女兒雖蒙搭救，但孤男寡女同過一夜，怎分清白」為由，要將女兒嫁與忠賢，忠賢以「我為一時義氣救他，難道要你酬謝麼」，堅辭不從。壞人並非生來就壞；此時之忠賢，確可以「若有一點邪心，天誅地滅」相自許。但在田爾耕百般慫恿下，見如玉生得端莊，又聽說有許多田產，「終是小人心腸，被他感動了」。婚後夫婦行坐不離，好生恩愛，然二人品性相去甚遠，終不免發生衝突。先是魏忠賢欲吞下魯太監之禮，如玉堅決反對，說：「受人之托，必當忠入之事，……你昧心壞他的事，於自己良心上也過不去，他豈肯輕易饒你？」其後為與田爾耕、劉天佑等人廝混，如玉再三規勸，罵他是「禽獸不成人」，說：「你當初救我時，因見你還有些義氣，才嫁你的；原來你是狼心狗肺之徒，也是我有眼無珠，失身匪人。」如玉一身正氣，鎮住了魏忠賢，使他「一連數十日不敢出門，終日只在莊上看人栽秧」。美與醜的衝突，美的一方一時占了上風。但魏忠賢稟性下流，終究經不住誘惑，還是滑向了醜惡的泥潭。

　　魏忠賢發跡後，傅如玉不貪羨富貴，鄭重叮囑入京的兒子傅應星「切不陷身匪類，貪不義之富貴」，還不准兒子說出自己來，尤顯識見之高。傅應星拜見時，魏忠賢果然問起如玉來，聞說已去世四、五年了，垂淚道：「這是咱不才，負她太甚，九泉之下，必恨我的。」美與醜本應是勢同冰炭的，而作品竟寫魏忠賢依然懷念如玉，追悔不已，說明在美的品格的映襯下，他還能自感形穢，多少反映了美的感情的殘留。惟其有這樣的殘留，就益加見出他的醜惡。傅如玉如此決絕地與作惡的魏忠賢劃清界限，然而當魏伏誅之後，卻「因憫孽夫積惡深重，雖受陽誅，難逃陰譴，冤仇如積，何時得解」，故發宏誓至願，盡捐家產，修建無礙道場，超渡幽魂，永離苦海，甚至不顧皮肉痛苦，燃指為香。這種既能「諫夫教子，不戀繁華」，又能「發願解冤，功德無量」的博大胸襟，在那個時代來說，確是難能可貴的，是符合美的標準的。

　　結髮之妻如此，親生之子，亦由母親之故，父子相逢，竟不得相認，這同「不來親者亦來親」的義子滿堂，構成鮮明對照：「堪歎忠賢多不義，一生以此滅天倫」。作品還讓傅應星這一親生之子，同那班「自負阿父養子」的醜類作針鋒相對的鬥爭，在酒席上大罵張體乾道：「我把你這害人媚人的禽獸，你不過在我母舅門下做犬馬，才賞你個官做，你敢在我面前如此放肆！本該打死你這畜牲，為那些無辜人報恨。只是便宜了你，且留你等那些冤魂來追你的狗命，碎剮你的皮肉！」以傅應星的性情，才能罵出這番話來；以傅應星的身分，才敢罵出這番話來。所以，挨罵的張體乾只得忍氣吞聲，道：「他是太歲頭上的土，動也不敢動的。罷了，這也是我平日害人之報，莫怨他，是自取也。」

　　陳元朗也是作者精心設計的形象體系中的重要角色。當魏忠賢琢州落難，與眾花子在泰山廟內搶食時，青年道士陳元朗出於「濟人之難，勝似修煉」之心，對他備細照顧。老道士嘲笑道：「等他做了官來報答你！」元朗笑道：「我豈圖報才周濟他的！《祖師經》上不云，發一憐憫心，周遍婆婆世界？」魏忠賢得意後來泰山廟尋訪，陳元朗卻遠颺他方了。魏忠賢「見昔年光景，宛然在目，想道：『我當初在此與死為鄰，若非陳元朗師父，怎有今日？我今富貴了，到此卻不見他，難道他是死了？』睹物傷心，忍不住淒然淚下」，遂於廟旁建陳元朗生祠，撥田二頃以供香火。感恩圖報，說明魏忠賢的人性尚未完全泯滅。然而當其將敗之際，陳元朗前來以幻景點化他，魏忠賢被幻景中的美景所惑，竟思奪取以為自己的別業。這一點睛之筆，說明魏忠賢醜惡之不可道，其走上覆亡的結局，乃是邏輯的必然。

　　《檮杌閑評》用正反兩副筆墨，在魏忠賢周圍安排了兩組形象：一組是醜的、惡的。這班人物，當魏忠賢微賤時，或以勢相加，或以污相染，同惡相濟，愈加促成了魏忠賢之為惡；魏忠賢發跡之後，亦頗知其之醜，其之惡，有時也會加以鄙夷，不以為然，但還是要依為

腹心，縱為爪牙，醜上加醜，惡上加惡，益加猖獗暴戾，終於惡盈誅來，一同覆亡。另一組是美的、善的。當魏忠賢微賤時，或進以良言，或奉以周濟，苦心孤詣，然未能阻止魏忠賢之為惡。魏忠賢發跡後，亦深知其之美，其之善，偶爾良心發現，也會引以為咎，但依然一意孤行，拒諫飾非，終於難免可悲的下場。總之，以醜更促成醜，以美反襯醜，或相輔相成，或相剋相生，充滿了辯證的意趣。

　　還有一個人物，兩類形象的特點似都兼而有之，這就是侯秋鴻。秋鴻是客印月的丫環，是魏、客薊州時的牽線人物。這位傳香竊玉的「紅娘」，自身也難免沾染其間，有些行為很難說是美的。但由於她的特殊地位，一向對魏忠賢敢說敢罵，敢於撒潑。魏忠賢擅權亂政，秋鴻頭腦比較清醒，竭力勸諫客印月「切不可聽老魏啜哄，明日做出壞事來，還要連累娘也不得乾淨」。尤為難得的是，當魏忠賢權傾山海，榮極古今之時，獨有侯秋鴻一人敢於斥責他的倒行逆施，罵他是「從毛廁上過，也要拾塊乾屎的人」，「終日裡只想害人」，「狗血把良心都護住了」。魏忠賢殺死楊漣、左光斗，秋鴻責問道：「人已死了，還不饒他，處處追比，使他家產盡絕，妻離子散，追來入己，是何天理？」馮銓獻珠得相，秋鴻又罵道：「那人尋到你，也是有眼無珠；你把這樣人點入閣，也是魚目混珠！」甚至說也要送魏忠賢「到鎮撫司五日一比，打斷他的狗筋」，忠賢狼狽問道：「咱甚麼事傷了你的心，你這等罵我？」秋鴻反駁道：「你怎曉得下毒手弄人的？人罵你就罵不得了，別人的性命是拾了來的麼？」在那「敢有歌吟動地哀」的情勢下，秋鴻的痛罵衝破了令人窒息的氛圍，給作品增添了一股暢快的清風。秋鴻見勸說不行，竟遂辭別而去，「一身不戀繁華境，半世常為散淡仙」；而當客印月誅死之後，又冒死用歷年積下的幾兩銀子前來收殮，以報昔日之恩。有詩贊道：「知機不復戀榮華，回首山林日月賒。大廈將傾無可恃，還將巧計返靈車。」

　　在以魏忠賢為中心的形象體系橫向的網絡聯繫中，又顯示出魏忠

賢形象自身也一個縱向的體系。他不是片面的靜止的類型，而是立體的運動的典型。他既是封建社會無端罪惡的見證人和受害者，又是這個社會陶冶培植的孽種和蠹蟲。當魏忠賢一旦成為魏忠賢後，小說也沒有忘記在揭露他滔天罪惡時，有分寸地表現他性格的複雜性，表現他性格中各個矛盾著的側面，沒有陷入「惡則無往不惡，美則無一不美」的絕對化偏向。這並不是對魏忠賢的粉飾美化，而是從生活出發使之更加真實可信，從而使這個本質上醜的人物，轉化為獨特性豐富性高度統一的藝術形象。

第三節　時事小說系列之二——剿闖小說

　　崇禎坐朝不滿一月即翦除魏閹，全國上下皆如西湖野臣所形容的那樣，「共暢快奸逆之殛，歌舞堯舜之天」。無奈元氣大喪，已難挽國運之衰絕。明清之際以「剿闖」為題材的系列時事小說，就是大明王朝走向覆亡的真切紀錄。

　　如以作者著書時的朝代為界，弘光元年（1645）「西吳懶道人口授」的《剿闖小說》十回，為明代人所作；順治辛卯（1651）「蓬蒿子編」的《新世宏勳》二十二回、順治間「江左樵子編輯」的《樵史演義》四十回、康熙三年（1664）刊《鐵冠圖分龍會》二十一回，及年代稍後的《鐵冠圖》五十回等，都是清人的作品。關於《剿闖小說》的成書年代，譚正璧先生曾提出異議，謂：「序中稱吳三桂為『平西』，可見寫作付印皆在清初，《中國通俗小說書目》謂為『明刊本』，實為失考。」[6]按崇禎十七年（1644），封吳三桂為平西伯，小說第五回即稱之為「遼東大總兵平西伯吳三桂」，所以不一定要到清朝封其為平西王後才能稱「平西」。小說開卷的〈古風〉云：「百年虜運腥中土，百姓嗷嗷喂豺虎。虐焰燔空上帝嗔，二十四將扶真主。龍

6　譚正璧：《古本稀見小說匯考》（杭州市：浙江文藝出版社，1984年），頁256。

文畫見零篆動，手提三尺光如電。鬼神怒助掃胡兒，乾坤此日開生面。」稱頌明太祖迅掃「胡元」的功績，又頻頻使用「奴酋」、「虜人」、「胡兒」等字樣，「虜人詐計」、「虜擄掠已飽」、「虜愈慌迫」等語，極寫「虜」之奸詐狼狽，都犯了清代的大忌，皆可證明此書確實出於明人之手。

《剿闖小說》無競氏序曰：「甲申三月之變，天摧地裂，日月無光。……余結廈半月泉精舍，遇懶道人從吳下來，口述此事甚詳，因及西平剿賊一事，娓娓可聽，大快人意，命童子援筆錄之。」「西吳懶道人」不知何許人。計六奇《明季北略》卷三十二「懶道人善觀氣色」條載，崇禎季年京師有懶道人，善觀人氣色，吉凶善驗，李自成破城前夕，飄然而去，不知是否即作書之人。郭沫若先生《剿闖小史》〈跋〉，據第六卷題「潤州葫蘆道人避暑筆」，以為「葫蘆道人者蓋即第八卷『感時事俠客上書』中之『毗陵匡社友人龔姓諱雲起字仲震』其人」，而無競氏、葫蘆道人殆均龔雲起之化名，「此人乃秀才未第，牢騷滿腹，而迂狂之氣，頗躍躍於紙上」[7]，可備一說。

作《新世宏勳》之蓬蒿子生平無考，第十一回「殉社稷帝後同崩」，有「以亙古未有之奇禍，肆於我明」之句，當係明代之遺民。順治辛卯（1651）〈自序〉稱：「茲《新世鴻勳》一編，乃載逆闖寇亂之始末，即所謂運數興替之因緣。」是書所記多為《明季北略》所採，如卷十九「志異」條，錄《新世宏勳》癸未八月皇極殿爆裂、妖氛眯目事；卷二十「姦淫」條，引《新世宏勳》為說；卷二十一「烈女」條，所載八人事跡有四人（潘鵬妻妾、張氏投井、王氏嚼斷賊舌、李寡婦以湯沃賊）與《新世宏勳》第十三回「眾裙釵奇遭慘辱」同；卷二十三「補遺」的「殺星降凡」、「李自成生」、「群賊推自成為王」、「李岩作勸賑歌」、「李岩歸自成」、「宋獻策等歸自成」、「賊將官

7　丁錫根：《中國歷代小說序跋集》（北京市：人民文學出版社，1996年），頁1035。

衙」、「李岩說自成假行仁義」、「左良玉中州之戰」、「劉熙死節」、「又吊劉公詩云」、「孫傳庭敗」、「程源疏略」、「防河剿寇十款」、「繪圖續記」、「頌罪己詔」、「召張真人建醮」，簡直就是《新世宏勳》的摘編，可見此書之史料價值。惟不知出於什麼緣故，小說將楊嗣昌改為「楊同昌」，孫傳庭改為「蔣專闇」，程源改為「任流」。孟森〈重印《樵史通俗演義》序〉謂：「細繹作者之為人及其時代，其人蓋東林之傳派，而與復社臭味甚密，且為吳中人而久宦於明季之京朝者；其時代則入清未久，即作是書，無得罪新朝之意，於客、魏、馬、阮，則抱膚受之痛者也。」《樵史》內封識語曰：「明衰於逆璫之亂，壞於流寇之亂。兩亂而國祚隨之，當有操董狐之筆，成左孔之書者。然真則存之，贗則刪之，匯所傳書，采而成帙。」由於時代較《新世宏勳》為晚，主要靠採擇文字材料彙編而成，據《樵史》〈序〉云，所取之書有《頌天臚筆》、《酌中志略》、《寇營紀略》、《甲申紀事》等。

　　當《剿闖小說》著筆時，崇禎雖已「駕崩」，但明朝尚未稱亡，人們心頭的一線希望尚未熄滅，無競氏所謂「雖匡扶之局未結，而中興之業已肇」，即此意也，故書中仍以「剿賊」、「滅寇」相號召，這本為《剿闖小說》題中應有之義，無可指摘；然因懷「除凶雪恥之心」，竟稱讚吳三桂之「結連番兵」，是「效申胥依牆之泣，以遂秦哀逐吳之功」的「義舉」，甚至不顧「剿賊」之人採取何種喪天蔑理手段，就大不應該了。在作者筆下，昔日的仇敵頓時成了盟友和恩主：「虜主見其忠義凜凜，為之感動，乃點集番將，發虜兵十萬起身」。吳三桂引「虜兵」進關，口說是「報仇雪恥」，實際上是引狼入室。第七回寫初二日虜騎數萬入都門的情景道：「……訛傳吳將軍大勝賊兵，奪回太子，護送還宮，滿城官民喜出過望，相率百姓備法駕出城郊迎。及至，則禿髮長髯，語音不同，官民皆相顧失色，知是虜眾入城闕。」此舉對中國歷史的影響是何等嚴重，作者卻裝著沒事人的樣子寫道：「十二日，報吳將軍大勝，賊兵遠遁，城中士民皆舉手加額

曰：『我輩雖遭塗炭，幸得先帝之仇已報，闖賊銳氣大挫，於願足矣。其他何足惜哉！』」這裡的「其他」，是否包括「百姓多從虜制削髮，城中皆辮髮髡首之氓」呢？作者沒有說。第十回終於寫吳三桂回到京師了，卻又迴避他與「僭號」新主的關係，專寫其哭奠先帝與父，究察降賊官員，安撫百姓，彷彿他還是北京城中的主宰。至於究竟替誰「安撫百姓」呢？就只好含混其辭了。

全書的結尾，是南京弘光帝的反應：「皇上見吳三桂奏捷表文，已獲全勝，北京已平，龍顏大喜，追封三桂薊國公，發餉銀十萬萬，漕米十萬，封賞從征將士。欽差總兵陳洪範齎金銀彩緞，用騾子千頭載至北京款虜，又差太常卿左懋第領兵護送。陳、左渡江至淮，傳聞虜主已出關，有虜將在北京等接賞勞。洪公不肯出關，虜亦聽之矣。上命禮部察實死難忠臣，一體昭恤，建祠贈諡。其從賊官員，令科道會議，仿唐制六等意加重一等發落。萬民歡悅，自此天下百姓復見太平世界矣。」《明季北略》卷二十「吳三桂請兵始末」引同時代楊仕聰（1597-1648）的話說：「三桂西不能制順，東不能抗清，姑靜俟焉以待順、清相遇，徐觀鷸蚌之持，亦未為大失也。乃束身歸清，予以復仇之名，使得闖入，順雖西遁，而京師為清有矣。……南中不察，而沾沾三桂之功，吾不知其何功也？」《剿闖小說》置國家民族利益於不顧，美化清兵與降清的民族敗類，虛擬所謂的「太平世界」，說什麼「共歡天意同人意」，是毫不足取的。

到寫《新世宏勳》、《樵史演義》的時候，全國已處於大清朝的嚴密統治下，蓬蒿子的態度是對清政權的全面頌揚：「迨夫否極而泰承，亂甚而治繼，天應人順，大清鼎新，迅掃豺狼，頓清海宇。」江左樵子對「關涉本朝字句」，處置尤為謹慎，書中絕不出現「奴」「虜」字樣；萬不得已時，便以「彼眾」、「東兵」、「東騎」、「北兵」代之。如敘明兵寧錦大捷，竟以懷疑的口氣道：「你道東兵驍勇，急難取勝，既是贏他一兩陣，或是滿、趙二驍將的大力，豈能連連報捷

如此？京師裡人都道：『勝是勝了，大半是魏瑙裝點的，指望借此軍功，再冒恩升王。』」簡直是有點媚清了。最可嗤的是《新世宏勳》第二十二回「大清主登庸治世」所抄錄聖旨二道，其一指責福王「未知天命所歸，卻在南京尊稱帝號」，道是：「爾南方諸臣，當明朝崇禎皇帝遭難，陵闕焚毀，國破家亡，不遣一兵，不發一矢，不見流賊一面，如鼠藏穴，其罪一也；及我兵進剿，流賊西奔，爾南方尚未知京師確信，並無遺詔，擅立福王，其罪二也；流賊為爾大仇，不思征討，而諸將各自擁眾，擾害良民，自生反側，以啟兵端，其罪三也。」其二為揚州屠城進行辯解，道是：「昨大兵至維揚城內，官員軍民攖城拒守，予痛恤民命，不忍加兵，只將禍福諄諄曉諭。遲延數日，官民終於抗命，然後攻城屠戮，妻子為俘。是豈予之本意，蓋不得已而行之。嗣後大兵到處，官員軍民抗拒不降，揚城可鑒。」福王縱然乏善可陳，然站在明朝的立場，稱尊登基是天經地義之事；清兵打破揚州，屠殺之慘，連《明季南略》亦不諱言，《新世宏勳》為討好新主子，竟借批判福王為由，歪曲那段血與火的歷史，吹捧大清之「耀德不觀兵」，實在令人肉麻。

　　除了民族情感的倒置，這批小說的總傾向是醜化李自成。《剿闖小說》說他「平昔不守本分，專一好說大話，闖沒頭禍，綽號『闖踏天』」，《新世宏勳》、《樵史演義》更突出他是「不孝的惡人」、「天遣凶星心性劣」，指責他父母歿了，也毫無哀痛心腸。《新世宏勳》對李自成的私生活倒有恕詞，寫他隨周清學打鐵，結為兄弟，又得其妻趙氏看顧，娶妻鄭燕娘，真是魚水夫妻，恩愛過日。《樵史演義》第二十一回評，則力辯二書之非：「李闖出身，細查野史，詳哉其載之矣。《剿闖小說》及《新世宏勳》皆浪傳耳，質之識者，自能辨其真贗也。至於因妻起禍，則或好事者之言，余何能知之。」話雖這麼說，但作者仍要從女色一端入手，往李自成臉上塗抹可鄙的油彩：他口口聲聲要揀個絕標緻的，連「二婚頭」也不嫌棄，媒婆道：「人說

李自成英雄豪傑，原來這樣沒志氣！」由於只圖外貌，不管婦德，終因妻子淫亂而起禍。第二十二回評曰：「此回摹仿《水滸傳》潘金蓮、潘巧雲兩段。然李自成殺君之寇，其出身雙泉堡，得罪艾同知，舉是實事，非好弄筆人漫無考據，如《剿闖》兩小說之憑空捏造也。」

　　即便如此，這幾部小說還是曲折地道出了「官逼民反」的實質。《剿闖小說》寫李自成之起事，乃在軍餉不濟與將官對兵士的壓迫。甘肅巡撫梅之煥奉命勤王，「才出界口四五里，地方糧餉就不接濟了。前隊之兵，口出怨言，總兵官不用好言撫慰，只顧催趕上路，動不動便是捆打。軍中有幾個不善良的，率眾鼓噪起來」，起頭的正是李自成。《新世宏勳》寫交趾興兵犯境，各地提兵勤王，李自成投兩廣都堂柳長春標下，充做隊長。行軍途中，軍糧接濟不上，兵士口出怨言，官長動輒捆打斬頭，軍中鼓噪，一哄逃走。李自成為逃兵擁為首領，結義眾姓，誓曰：「只為近來天地不公，因而貧富不等；更兼官貪吏酷，是致髓竭膏枯。成等願效梁山之故事，期為晁蓋之後人。即漢世五盜將軍，亦嘗助貧而掠富，豈今日自成眾等，敢稱莫寡以衰多。」「五盜將軍」無考，《鹽鐵論》卷六〈箴石第三十一〉：「語曰：『五盜執一良人，枉木惡直繩。』」《舊唐書》卷十三：「一旦德音掃地，愁歎連甍，果致五盜僭擬於天王，二朱憑陵於宗社。」「五盜將軍」或由而衍生。「願效梁山之故事，期為晁蓋之後人」，更以水滸英雄繼承者自居，不失豪傑之氣概。《樵史演義》則將李自成的反叛分兩個階段來寫：先是因姦情殺死妻子，號稱「不貪也不廉、不肯拗曲作直」的艾同知，派了「知用人」丁門子前來打話，要他「燒柱香」從寬結案。待他賣房子田地送上了二百兩，艾同知仍以「無姦夫同殺為證」，問成徒罪。李自成不服，怒殺艾同知。「問官不明吏舞文」，是作者得出的激變李自成的原因。後來，李自成逃到甘肅投軍，勤王路過金縣，知縣不支兵糧，為楊總兵寵用的王參將，卻把鼓噪兵丁拿住，打了十棍。李自成大怒道：「三軍未動，糧草先行。都爺將爺好

沒分曉，如何出了兵，卻不先算計了行糧，教這狗攮的知縣不揪不睬，又叫這狗攮的先鋒顛倒打自己人！」遂帶兵丁殺了王參將，投奔高闖王去了。小說還對明朝官兵的腐敗進行了揭露。《新世宏勳》寫湯同昌奉命征勦，「即上疏奏請增兵十二萬，增餉一百八十萬。因為這一本，害得那百姓置身無地，怨氣沖天，分明是驅趕百姓歸向闖賊」。又寫曹春領兵禦闖，來到東光縣，「兵卒強悍，或姦淫婦女，或搶掠民財，東光城裡的百姓，緊閉城門，不肯教他進去。曹春下令教兵士攻殺入城，裡邊的人民未遭賊兵屠戮，先被王師征勦」。

　　耐人尋味的是，與鄙薄仇視李自成態度相反，幾部小說對李岩卻異乎尋常地懷有好感。《勦闖小說》第一回「李公子民變聚眾」，細膩地寫出李岩被迫造反的過程：

> 河南開封府杞縣，有個公子舉人，姓李名岩，為人良善好義。為連年荒旱，米價騰貴，縣官不知撫恤窮民，單比錢糧，日事敲撲。李公子遂動個條呈到縣，第一款求他暫停徵比，第二款要他設法賑濟。縣官道：「上司催餉文書雪片下來，若不徵比，將何起解，必然罪及本官了；至於賑濟一事，其中沒這項無礙錢糧，沒處設法。除非本地大家，自舍己財，搭救桑梓才好。」李公子見話不投機，憋口氣，自家把倉中稻穀打算一回，除了飯米，餘下的盡數將來給散本圖百姓，計口關領，頌聲如雷。別圖的不得沾惠，就有一班無賴好事的，糾五合十，向圖中富家巨室門前鬧吵，引李公子為例，要他發票濟貧，也有要打搶的，也有要放火的。那些富家巨室，慳吝者多，慷慨者少，都抱怨李公子開端起釁，去稟知縣，求其出示禁戢。知縣只該勸他隨力發心，各賑本圖，豈不是個方便人情？誰知知縣心中也怪李公子多事，反出一面硬牌，傳諭速速解散，各圖生理，不許借名求賑，恃眾要脅，如違即系亂民，嚴拿究罪。

百姓亂嚷起來，將硬牌打碎，要打差人，差人急忙奔脫，去縣裡回覆縣官。這裡百姓一聚，擁到縣裡，七嘴八張的囉皂，高叫「救命救命」。知縣在私宅裡，聽得如此這般，心中著忙，不敢出堂，便去請李公子進衙，埋怨道：「宅上即有許多積穀，何不輸在官倉，待學生也設處幾擔稻子，量情派給，卻不是好？」李公子道：「若輸在官倉，只好飽吏胥之腹，小民怎沾實惠？況且一家之積，豈能遍濟各圖？」知縣道：「如今百姓聚而不散，如何是好？」李公子道：「老父母快寫一個暫免比較的告示出去，待晚生去勸諭他。」知縣只得依言，喚書手寫了告示。李公子拿出縣門，與眾百姓看了，道：「列位鄉親且散，侍我做一篇勸賑文字傳佈各圖，定要他量力均出，周濟你們便了。」眾人道：「既是李相公吩咐，我們權且散去，看三日之後作何處分，再到城隍廟會話。」說罷，紛紛而散。知縣見百姓縣裡打亂，心上好生不悅，又見李公子一言解散，羞變成怒，兼怕三日後還又聚集，遂連夜備起文書，申到上臺，說道：「舉人李岩，心懷不測，私散家財，買結眾心，團聚千人，倡言搶掠，打差辱官，不容比較。若不早治，恐貽大害。」上臺輕信其言，就批：「仰該縣速拿李岩究解，一面諭解百姓，免致激變。」知縣奉了上司批文，就去密拿李公子，監禁鋪內。眾百姓都忿忿不平，道：「李公子為要賑濟我等，累他有事，於心何忍？不如劫了他出來，奉他為主，除了害民的狗官，也延得一時之命。」於是一呼百應，頃刻間聚者千人，於夜半殺入縣衙，將縣官砍為數段；一面打開鋪門，救出李岩；一面釋放獄囚，劫倉庫，嚇得縣丞典史，不知逃到那裡去了。李公子道：「你等雖出公憤，如今弄出大事，罪在不赦，倘官兵到來，如何是好？今闖王已強盛，見在本省鄰府，不如投奔他入夥。」眾人齊聲道好。

《新世弘勳》將逼反過程寫得更加詳細，讚揚李岩道：「軫念窮黎散粟財，歡聲萬口頌如雷。誰知釀就彌天禍，一片丹心化作灰。」此書錄有崇禎八年七月杞縣正堂的兩份示諭，一曰：「照得年荒乏食，天實降災，爾百姓只合安心順受，豈宜越禮犯法？傳諭速速解散，各圖本分生理，不許借名求賑，挾眾行私。如違即系亂民，嚴拿重究。」二曰：「竊今國課雖嚴，民情更急。目下災荒特甚，饑饉難堪。所有應比錢糧，暫停三月。姑俟秋成有濟，再行開限。爾百姓亦各安心靜聽，毋得聚眾喧嘩，以取罪戾，須至示者。」都是極好的史料。

　　對李岩的頌美和對李自成的醜化乍看似相互矛盾，實質上卻是統一的。首先，「貪酷縣官無識見，致令良善作強徒」（《樵史演義》），「一時激上梁山泊，縱使仁人也亂為」（《新世弘勳》），沉重地道出「良善」之為「強徒」，乃貪酷官吏逼迫所致，這一嚴峻事實連敵視造反的人都無法否認。由此引發的對於「貪官污吏，佈滿天下，加之徵調太煩，加派太重，征斂無法，民不聊生」的控訴，就更不在話下了。其次，通過李岩與李自成行事方式的對比，一定程度上揭示了造反失敗的原因。《剿闖小說》道：「李公子附了李自成，為之謀主，勸他尊賢禮士，禁暴恤民。又道明朝恩澤在民已久，只因近日年荒餉重，官貪吏猾，所以所在思亂。我等欲斂民心，須是假託仁義，說大兵到處，開門納降者，秋毫無犯；在任好官，仍管前事，不肖者與民除害；一應錢糧，並減一半，百姓定然樂從，可不煩兵力。」《新世弘勳》記李岩編了民謠：「吃他娘，穿他娘，開了大門迎闖王，闖王來時不納糧。朝求升，暮求合，近來貧漢難存活，早早開門拜闖王，管教大小都歡悅」，教小兒歌唱，聲威大振。由於制定了較好的政策，使義軍節節勝利，一舉攻下北京。而當李自成等沉湎於荒淫之時，唯獨李岩「不喜聲色」，「每出私行，即訪問民間情弊，次日必曲意安撫」，每勸闖王「申禁將士，寬恤民力，以收人心」。然當眾人皆醉之時，獨醒之李岩並不能挽回頹勢。大順將領夾官索財，李自成欲

加禁止，劉宗敏竟大言曰：「皇帝讓汝做，金銀婦女亦不與我輩耶？」
《樵史演義》寫李自成從山海關敗回北京後，牛金星、宋獻策都道：
「十個北京，不換一個陝西。登了大位，遷都為上。」內部的腐化，
加上缺乏遠大目標，只圖眼前利益，都是導致失敗的重要原因。

　　對明朝的覆亡，作者也進行了反思。《剿闖小說》作者的眼光只
限於事物表象，反覆宣揚「制科誤國」的觀點。第四回寫宋獻策對李
岩道：「明朝國政，誤在重制科，循資格，是以國破君亡，鮮見忠
義。滿朝公卿，誰不享朝廷高爵厚祿？一旦君父有難，皆各思自保。
其新進者，蓋曰：『我功名實非容易，二十年燈窗辛苦，才博得一紗
帽上頭，一事未成，焉有即死之理？』此制科之不得人也。其舊任老
臣又曰：『我官居極品，亦非容易，二十年仕途小心，方得到這地
位，大臣非此一人，我即獨死無益。』此資格之不得人也。二者皆謂
功名是自家掙來的，所以並無感戴朝廷之意，無怪其棄舊事新而漫不
相關也。」第七回又寫吳三桂與喻志奇言制科之負士、負朝廷道：
「大抵八股時文是古今第一厭物，覽其詩文，盡是忠孝節義；及施之
經濟，又盡是貪頑朋黨。無事之時，唯知爭立門戶，不知內憂外患；
有事之日，只圖僥倖苟免，何曾愛國忠君？」《樵史演義》寫得較
晚，「江左樵子」目睹明朝覆亡，「或悄然以悲，或戚焉以哀，或勃然
以怒，或憮然以惜，竟失其喜樂之兩情」（《樵史》〈序〉），痛定思
痛，總結出遼事、閹禍、李闖為明亡的三大根由。不過由於身處新
朝，於遼事只好吞吞吐吐，不敢盡言，最終還是歸結為：「天不祚明
生國賊，何須恨闖殺先皇！」對魏、崔、馬、阮一類「國賊」之恨，
反出於「闖賊」之上了。

　　《剿闖小說》對「紲首拜賊」的偽官種種醜態，信筆點染，莫不
躍然紙上。如周鍾巧為自辯，竟恬不知恥地引方孝孺以自況，道是：
「今之從賊西行者，何止數百人，若輩豈樂於從賊，而甘蒙叛逆之名
哉？奈賊巧於為餌，而我誤入其羅。即方孝孺麻衣涕泣，徒滅十族而

已，何補於事？今之從旁嘵舌者，特未身親其事耳！」錢位坤夤緣求選，赴部時對人曰：「我明日此身，便非凡人了。」故京師以「不凡人」號之。王孫蕙因賀表中有「燕北既歸，宜拱山河而受籙；江南一下，當羅子女以承恩」一聯，擢長蘆鹽運使，不料赴任途中，形勢逐漸發生喜劇性變化：先是衣金緋乘輿張蓋，打「欽命監督」旗鼓吹而前，所過州縣，送迎唯謹；至滄州，偽州官前來簡驗，孫蕙觳觫良久，察有肘後印敕，釋去；至天津，守者復疑之，孫蕙脫左膊示以印敕，亦釋去；至德州，見城外掛「大明中興」榜文，營壘相接，驚駭流汗，取督鹽旗碎之，毀憑契，焚偽敕，埋印於地，「一切行李悉有封識，欲去其所標官街年號，奈字皆識粘，倉卒不得除之，陸行乏水，孫蕙與群奴爭以唾磨之」；過江，晤士大夫，「自述其潔身不屈之狀甚正，談及邑中諸同事，輒反唇」；至毗陵，始自穢聲著聞，為里人所唾棄，沮喪而歸。

　　《樵史演義》則以馬士英、阮大鋮為嘲諷對象。阮士鋮賣官，「只論銀子多少，或是小奶奶們薦的，或是戲子們認做親戚的，一概與了他的剳付」。馬士英坐兵部大堂親試武藝，白丁而升副總兵者有之，跛足典參將者有之，獨眼、駝子任守備者有之。點到第十二員把總吳子英，頭歪在左邊，口又歪在右邊，左手又短了二三寸，右腳又是短的，馬士英笑道：「好一員大將，疲癃殘疾，你一人全備了。」親試結果，僅將三員駁回，批了一紙告示道：「本閣部因干戈未戢，留心軍旅，將咨來武職親驗一番，半是疲癃殘疾，不勝憤歎。業經咨回三員。以後部選及咨來各武卉，必須略似人形，方可留用。」回評曰：「余是年在金陵，……馬閣部『略似人形，方可留用』一示，實親見張掛部前，不敢妄一語也。」由是出自親見，致使這部大抄詔書、章奏、檄文、函牘以成書的小說，竟有如此令人解頤的妙文。

　　據黃人介紹，寫剿闖的小說共有三種《鐵冠圖》，其一是其時通行之《新史奇觀》（即《新世弘勳》），但「亦不完全，蓋因有所觸謂

而竄改也」；其一則「全言因果報應，與《甲申痛史》大致相同」；其一「以毛文龍為主人翁，吳、耿、孔、尚皆其偏裨，而以洪遼陽為出毛門下，因至長白山，擬師邊大綬故智，為神所呵，遂知天命有在，幡然歸順，殊極荒謬。唯五龍會一節（五龍蓋謂世祖、明懷宗、唐王及闖、獻，皆逃禪，就一師受記），尚有所本，今說評話者，似即據此為藍本」[8]。又，阿英先生得見《鐵冠圖分龍會》四冊二十一回，係道光丙申（1836）四宜齋鈔本，中縫題名及書欄皆係刻版，插圖亦照樣鉤勒。書前有敘文二，一為康熙三年（1664）余生子作，一為六年（1667）遺民外史作。余生子敘稱：「此書都注實事，一切文字句調，概不解工拙。」詞曰：「明季值頹運，五火速昭生，流賊獻忠作亂，闖賊肆縱橫。立有分龍大會，鐵冠仙圖預定，一軸畫分明。煤山殉社稷，坐看陷神京。邊知縣，撅賊塚，快人情。宮娥費女，誓死表丹忱。可惡庸奸誤國，假手誅除雪恨，天朝定大清。妖氣掃蕩盡，六合得升平。」[9]

又有《鐵冠圖忠烈全傳》八卷五十回，現存光緒四年（1878）宏文堂刊本，題「松滋山人編，龍岩子較閱」。首〈忠烈奇書序〉，開篇即曰：「漢之高祖，明之太祖，皆以布衣而得承天運。」且將明太祖與闖、獻加以比較：「明太祖亦以淮右布衣而興，慨然有安天下之志，救拯生民之心，倡大義入濠，一時豪傑雲集，定都於金陵。命將出師，一舉而平西漢，再戰而滅東吳，三駕而克元都，不數載遂成帝業，的是王者之師，所至者皆以民為重，故以得之易且享國久，是恩澤洽於民深也。豈若此闖、獻二賊，為盜之初即以劫掠，初劫邊民，後殘暴蹂州蹦府，殺無遺類，剖腹剜心，挖目刖足，割耳切鼻，堆薪以焚屍，剖人腹以暖馬足，鉤人耳以馬飲血。攻城五六日不下，城陷

8 黃人：〈小說小話〉，《黃人集》（上海市：上海文化出版社，2001年），頁315-316。

9 阿英：《小說三談》（上海市：上海古籍出版社，1985年），頁45-56。

之日，必盡屠戮。城將陷，以兵圍外濠，緩城者殺之。故一城之陷，殘殺過多，豈體上蒼好生之德者，是闖與獻終於賊焉。」雖說對闖、獻持敵視態度，但這一比較本身，卻頗具膽識。最後歸結到：「秦楚為漢高祖之獺鸇，漢吳又為明太祖之獺鸇，然則今之闖、獻，又為大清聖主之獺鸇。」味之末句「今之闖、獻」，則成書似亦在清初。「余生子」、「松滋山人」亦似為明代遺民。

　　所謂「鐵冠仙圖預定，一軸畫分明」，道出作者將零星史料結構為小說模式的企圖。《新世弘勳》第十回「崇禎皇洩露玄機」，說宮中有一秘室，係明初劉伯溫親自封鎖，上寫「凡國有大變，方可開視」。後崇禎執意開封看視，見中有三個軸子，預示「未來之兆」。《鐵冠圖忠烈全傳》則將劉基之事挪移到鐵冠道人身上。陸粲（1494-1511）《庚巳編》卷七〈鐵冠道人〉云：「鐵冠道人張景和者，江右之方士也。道術甚高，人不能測。太祖皇帝初駐滁陽，道人詣軍門謁，言於上曰：『天下淆亂，非命世之主，未易安也，以今觀之，其在明公乎！』上問其說，對曰：『明公龍瞳鳳目，狀貌非常，貴不可言。若神采煥發，如風掃陰翳，即受命之日也。』上奇之，留於幕下，屢從征伐。上與陳氏相持，每令望氣以決休咎，言出必驗。鄱陽之戰，友諒中流矢死，兩軍皆未知覺。道人望氣知之，密奏曰：『友諒死矣，然其下未知，猶為之力戰。請為文以祭，使死囚持往哭之，則彼眾氣奪，而吾事濟矣。』上從其言，漢兵遂大潰。後上定鼎金陵，凡諸營建，必令道人相其地，大見信用。……道人居都下數年，一旦，無故自投於大中橋水死。上命求其屍，不獲，已而潼關守吏上奏云：『某月日鐵冠道人策杖出關。』計之，正其投水之日也。由是訖不復見云。」《鐵冠圖忠烈全傳》第一回歌曰：「東也流，西也流，流到天南有盡頭。張也敗，李也敗，敗出一個好世界。」並加說明道：「此歌系明初鐵冠道人所作。道人即張子華，名沖，好戴鐵冠，極有道術。太祖命他入宮，問其國祚長短。道人答道：『陛下國

祚長久，傳至萬子萬孫才盡。盡頭事蹟，與我這圖畫一般。」隨把手
中圖畫三張，進呈御覽。太祖看罷，命藏之金櫃，親筆封寫：『子孫
無故不得擅開！』」後來果應其言，傳至萬曆，子孫亡國。其圖第一
幅繪彩雲托著天將，應殺星降世之象；第二幅繪一人披髮懸樑，應崇
禎皇自縊之象；第三幅則應劫運已滿，泰運已開之象。又鐵冠道人作
歌，「所謂『東也流，西也流』，乃應流賊劫掠之事；所謂『流到天南
有盡頭』，乃應宏光帝江南殄滅，李賊湖廣喪命之謂；『張也敗，李也
敗』，乃應張獻忠、李自成不成大業之事；所謂『敗出一個好世界』，
乃應敗了流賊，才有今日風調雨順，國泰民安的好世界也」。而「分
龍會」設計的神怪格局，在《新世弘勳》第一回「閻羅王冥司勘獄，
玉清帝金闕臨朝」、第二回「滕六花飛怪露形，蚩尤旗見天垂象」已
見端倪。閻羅王包拯冥司勘獄，見沉獄久滯，因奏請玉帝，言自黃巢
收剿以來，已逾千載，囚獄積至八〇六三萬餘眾，應行劫運，以速輪
迴。玉帝乃遣月孛、天狗、計都、好殺諸神降生人世，攪亂乾坤。
《鐵冠圖分龍會》則演為「吳霄殿東嶽奏事，五人火轉世投胎」，謂
清世祖、明懷宗、唐王及李闖、張獻為「五龍」；《鐵冠圖忠烈全傳》
又演為李闖王與張獻忠爭地，宋獻策定計假設「分龍會」，道是：「赴
了分龍會，皇帝在手內」，反映了動亂年代人們的觀念。

　　《鐵冠圖》雖宣揚天命，卻亦不廢人謀。《鐵冠圖分龍會》第七
回「起石碑宋炯識篆」，不稱宋獻策而稱宋炯，乃首見此書。《鐵冠圖
忠烈全傳》沿用之，最早登場的人物就是此人。宋炯算知明朝將敗，
想要做個開國軍師，便四處尋訪真主。偶遇李闖，見其龍行虎步，謂
有真命天子之貴，將有百靈扶助，便策動其乘機起事。又遊說李岩，
謂有位極人臣之命，一同設計麻翻官兵，救出被擒的李自成，遂共乃
歃血結盟，共推李闖為王。爾後的種種，皆按宋炯錦囊妙計而行。這
一模式，對後世歷史小說影響至大。《鐵冠圖忠烈全傳》又注重「忠
烈」二字，尤以米脂知縣之女閻蕊英與左良玉伉儷之情，最為著力。

此外，寫周遇吉之勇而善戰，黃得功之壯志難酬，姜瓖之識命知機，都有精彩筆墨。寫到崇禎之末路，先想「將宮殿倉庫燒了，大家不得」；轉思一燒官庫，流賊得個空城，必然殺害百姓，眾百姓豈不含怨？即提筆向牆上寫下四句大字：「朕與你留宮殿，你與朕留太廟；朕與你留倉庫，你與朕留百姓。」也頗為感人。

孟森先生〈重印《樵史通俗演義》序〉指出：「吳三桂在本書，亦有褒無貶，陳圓圓一事，梅村詩能言之，舉世自必盡傳其語，本書於三桂之絕父拒闖，許以純忠，初不及『一怒為紅顏』事，則亦以三桂方為異姓王，其勢張甚，亦不免顧忌而隱沒之。」此說不盡有理。據劉健《庭聞錄》，「當日梅村詩出，三桂大慚，厚賄求毀板，梅村不許。三桂雖橫，卒無如何也。」《圓圓曲》作於順治八年（1651），《新世弘勳》、《樵史演義》因作於此前，故皆不及此；惟《鐵冠圖忠烈全傳》始有「為紅顏沖冠一怒」一回，敘家人自京回，吳三桂問：「陳夫人平安否？」家人答道：「陳夫人被闖賊取去了。」吳三桂一聞此言，不覺憤火中燒，拔劍砍桌，但並未將小說的味道做足。

第四節　時事小說系列之三──遼事小說

「遼事」──即與後金的戰事，也是時事小說關注的重點。現存最早的「遼事」小說，是崇禎三年（1630）吟嘯主人的《近報叢譚平虜傳》二卷十九回。自序說：「予坐南都燕子磯上，閱邸報，奴因越遼犯薊，連陷數城，抱杞憂甚矣；凡遇客聞自燕來者，輒促膝問之，言與報同。」回目後以小字分別注明：「邸報」、「叢譚」、「報合叢譚」等。「近報」就是邸報，「叢譚」則是傳聞語。作者將邸報與傳聞語彙編成書，報導崇禎二年（1629）以來後金犯京師的時事，內中既有軍國大事，如虜萬餘人破遵化，百姓慘遭誅戮，總兵祖大壽、滿桂出戰，又得關帝顯聖助陣，奴賊敗走；又有民間義士烈女之事蹟，如

響馬高敬石嘯聚百數人同心滅虜，誘虜兵上山，斬首三百餘級，以將
功贖罪，徐氏妻為酋長所獲，虜退時乘機逃走，卒與丈夫相會事。都
是為了鼓舞士氣，宣傳「虜酋之無能，可制梃以撻之也」。書中有圖
六幅，更是意在增加閱讀的興趣。作者深知材料得之於傳聞，就難免
會有「真假參半」，他的態度是：「苟有補於人心世道者，即微訛何
妨；有壞於人心世道者，雖真亦置。」用心無疑是好的，惟成書倉
促，文字粗糙，難稱佳作。

最可注意的是，《平虜傳》對毛文龍之冤死表示同情，並對袁崇
煥的軍事舉措提出了責疑：

> 廿日、廿一日兩戰，奴兒敗衄，四散屯紮。袁督師按兵在京，
> 不即去剿殺。時都城眾論紛紛紜，有論其既不能偵其來，又不
> 能擊其入，近奉旨不許使奴過薊，今不但不能急剿撲滅，且不
> 能尾撓牽制，致奴如入無人之境，責將誰諉；又云其率兵間道
> 入京，此更可異。夫奉命守薊，則信地一步難離。縱奴內向，
> 而棄薊間道而來，豈別有旨耶？望速下敕旨，令其急回剿虜，
> 以實「五年滅奴」之語。

其時都城內外百姓，謠言袁崇煥不合殺了毛文龍，致一路失守。
三年正月初一，縛袁崇煥下獄。奴賊已遁，聖諭整飭諸項事務。自是
狼煙不起，太平萬年矣。結末詩云：「賞罰竟免政則天，生民塗炭恨
腥羶。臣工集都聲威振，自此狼煙靖九邊。」

同情毛文龍、不滿袁崇煥的情緒，更表現在《鎮海春秋》與《遼
海丹忠錄》中。《鎮海春秋》殘存十至二十回，不知撰人。《遼海丹忠
錄》八卷四十回，題「平原孤憤生戲草，鐵崖熱腸人偶評」。孫楷第
先生《中國通俗小說書目》謂為「明陸雲龍撰」，且云：「雲龍字雨

侯，浙江錢塘人。」[10]按，《丹忠錄》首翠娛閣主人序云：「此予弟丹忠所纂錄也」，有章二，一曰「翠娛主人」，一曰「雨侯氏」。《清代禁毀書目》補遺二有《翠娛閣集》，錢塘陸雲龍著。若此「雨侯氏」果係陸雲龍，陸雲龍當為作序之翠娛閣主人，小說作者則是其弟孤憤生。

　　翠娛閣主人之序作於「崇禎之重午」，重午為舊曆五月初五，崇禎三年（1630）恰為庚午，此書當寫成於崇禎三年五月之前。《丹忠錄》每卷目錄後皆注紀事起訖年份，全書起萬曆四十七年（1619），終崇禎三年（1630）春。書中「奴酋」、「建酋」、「韃虜」、「狡虜」、「逆虜」之類觸處皆是，還直斥奴兒哈赤為「鷙鳥」、「豺狼」；奴兒哈赤死，又有詩曰：「痛毒三韓十許年，骨齊長白血平川。蒼天不令淫人禍，首領猶教得保全。」書中強烈控訴後金的惡行，第五回寫破開原，「將城中資蓄盡行攄掠，婦女恣意姦淫」；第九回寫克遼沈，「縱部下姦淫殺掠，慘毒異常」；十一回寫破鎮江，「把城中不分老少，殺個罄盡，城中房屋，盡行燒毀」；第十七回更道：「奴酋背天朝卵翼大恩，屠城破邑，斬將覆軍，孤人之兒，寡人之妻，窮凶極惡，天人共憤，凡是有人心的，誰不想食其肉，寢其皮。」真乃字字血，聲聲淚，是以最快速度報導眼下事變的「遼事」小說。

　　「春秋」是古史的通稱，「錄」也是史書文體的一種；「鎮海」、「遼海丹忠」云云，都有頌美毛文龍的濃烈感情色彩。毛文龍（？-1629）為明末名將，天啟元年（1621），瀋陽、遼陽相繼破亡，毛文龍率敢死之士二百人，涉海三千里，襲破鎮江（今丹東東北），擒獲叛將佟養真，朝野振奮。後因援軍不至，毛文龍渡江避入朝鮮，以皮島（今朝鮮椵島）為根據地，力圖恢復全遼，獲櫻桃渦、湯站大捷，又將奇兵牽制清軍的犯關內侵，建立了顯赫戰功。《鎮海春秋》現存十一回，第十回「毛將軍林畔脫重圍」、第十二回「石城島旦暮三潮

10　孫楷第：《中國通俗小說書目》（北京市：人民文學出版社，1982年），頁77。

汛」、第十四回「毛仲龍陳言封屬國」、第十六回「鐵山口半夜五交鋒」、第十七回「鴨綠江大敗建州兵」、第十八回「大將軍就死著芳名」皆寫到毛文龍，對他大敗奴兵的功績有充分的描寫，如用反間計借奴酋之手殺哈都，遣王進美四將領兵救援朝鮮，令張盤夜襲金州，解金州圍取牛毛寨、烏雞關等。

　　對於袁崇煥，《鎮海春秋》除正面寫他在寧遠用西洋大炮擊斃奴兵數千，奴酋憤極病亡的事外，著重點在追究他的責任。先是奴將賀世賢、孫得功為左總兵、滿總兵所敗，袁崇煥坐視不救，被免職回籍。崇禎即位後，起復袁崇煥為經略，賜尚方劍，准以便宜行事。而袁崇煥為陰踐四奴子「殺毛文龍，還遼東地」之約，誘斬毛文龍，偽列毛罪十二條上報朝廷。待索要遼土時，四奴子節外生枝，要銀一百萬兩撫其眾。袁無法兌付，示意其犯寧遠以要脅朝廷。四奴子乘虛襲取喜峰口，進長城，陷遵化，圍薊州，袁崇煥反撤回中甫、侯世祿兩總兵之援師，又阻劉總督出戰，致使奴兵直抵北京城下。袁兵相近咫尺，不與交鋒，甚至混入奴兵中搶劫民財，擄掠婦女，又將犒軍糧草轉手運往奴營。山海關總兵滿桂帶兵入援，敗經袁營，身中袁兵六箭。崇禎帝聞奏，立召袁崇煥，詰以殺毛文龍、奴兵犯關與滿桂中箭之由，袁崇煥無言以對。據《明史》卷二五九《袁崇煥傳》：「三年八月遂磔崇煥於市。」《鎮海春秋》第二十回「錦衣衛校尉拿犯官，長安街百姓頌明主」，以袁崇煥被錦衣衛鎖拿，發南鎮撫司監候，下三法司勘問，《遼海丹忠錄》第四十回「督師頓喪前功，島眾克承遺照」，結末均未敘及袁崇煥的被殺，可為二書寫成於崇禎三年（1630）八月前之旁證。

　　《遼海丹忠錄》的作者懷著「好惡一本於大公」的態度，在事態急劇變化的當口，奮筆記錄了以毛文龍為首的忠臣們丹心報國、飲恨九泉的事蹟。這部「吐冤氣於天壤」、「瀉冤聲於聽夕」的《丹心錄》，不僅以「核而不誕」的史料和「抒其經緯」的議論（翠娛閣主

人序語）而具有充分的說服力，同時以其悲憤憂國的感情和淋漓遒勁
的筆墨而具有高度的感染力，從而兼有史學的和文學的價值。

　　本書第一回，開宗明義強調「世亂才識忠臣」的道理，並對「忠
臣」之不易識，發表了一番頗富哲理的議論：「有一等是他一心為
國，識力又高，眾人見是承平，他卻獨知有隱禍，任人笑他為癡為
狂，他卻開人不敢開之口，發人不能發之機，這乃先事之忠；有一等
獨力持危，膽智又大，眾人都生推託，他卻獨自為挽回，任人笑他為
愚為蠢，他卻做人不敢做之事，救人不能救之危：這乃是已後之忠。
這還是忠之有益的一等。一等當時勢之難為，與其苟且偷生，把一個
『降』留臭名在千年，付一個『逃』留殘喘於旦夕，不如轟轟烈烈，
與官守為存亡，或是刎頭繫頸，身死疆場；或是冒失衝鋒，骨碎戰
陣。這雖此身無濟於國家，卻也此心可質之天日。還有一等，以忠遭
疑，以忠得忌，鐵錚錚一副肝腸，任是流離顛沛，不肯改移；熱騰騰
一點心情，任是飲刃斷頭，不忘君父，寸心不白，功喪垂成，一時幾
昧是非，事後終彰他忠藎，這又是忠之變、忠之奇。」《遼海丹忠
錄》所著力描寫的，正是「以忠遭疑，以忠得忌」的「忠之變」、「忠
之奇」的大英雄毛文龍。毛文龍本為書生，博習百家，久困場屋，年
三十拋棄書卷，習騎射，有志邊方，是「劈空跳出一個身來」的草澤
英雄。他胸懷倜儻，一至遼東，凡知名文士，雄略武臣，無不與之交
遊。又時常備了糧糗，遍遊河東西地方，山川形勝，無不歷覽。經略
熊廷弼識毛文龍為豪傑，曾問可料得奴酋入犯之地，毛答以「奴酋入
犯，人必要水，馬必要草，零星入掠，可不擇地，其大舉必從多水草
之地進發」，大為熊所賞識，乃疏奏其為「凡夷地山川險阻之形，靡
不洞悉，兵家攻守奇正之法，無不精通，實武弁中之有心機、有識
見、有膽量、有作為者」，予以擢拔。這是毛文龍登上遼東軍事舞
臺，「乘時且展瓜牙威」的開端。

　　為了反映遼東形勢的險惡，也為毛文龍所導演的威武雄壯的活劇

進行鋪墊，《丹忠錄》以沉鬱的筆觸先寫了張承胤、楊鎬與袁應泰的三次大敗。先是萬曆末，努爾哈赤計襲撫順，總兵張承胤率三萬餘人追擊。其時承平久，各堡額兵，半為將領隱占，不知戰守，平時見幾個敵來，無非「掩一掩堡門，放一把火，豎一杆號旗，便了故事」。及至與韃兵接了戰，把鳥嘴佛狼機襄陽炮亂放一陣煙。率領這群烏合之眾，張承胤之敗乃勢所必然。及用楊鎬為經略，將非不勇，兵非不銳，然分兵進擊，師期先泄，聲息不聞，為敵所乘。朝廷擢熊廷弼為經略，選八百人急出山海關，於瀋陽增修城郭，又復巡視延邊城堡，遼事漸固。然終因不用情面，謗言紛起，熊廷弼只得告病求去。新任經略袁應泰盡反熊之所為，致城中混入奸細，裡應外合，瀋陽又告陷落。如果說張承胤之敗在兵不堪戰，楊鎬之敗在主帥無謀，熊廷弼之去、袁應泰之敗，則在皇帝之用人不專，輕信謗言。毛文龍赤心為國，有方略，多計謀，固可避免張承胤和楊鎬之敗，卻難逃了熊廷弼的下場。小說寫三將之敗，殆有深意存焉。關於毛文龍的戰績，《丹忠錄》大體上分以下幾個階段來寫：

第一階段，天啟元年，瀋陽、遼陽相繼破亡，附近都已剃頭歸順，只剩金、復、海、蓋四衛攖城自守，新任巡撫王化貞命毛文龍前往招撫，問需要少人馬，毛答曰：「昔班超以三十六人定西城，文龍部下自有二百敢死之士，內中也有長於謀略、嫻於應對的，用此足矣。」率二百敢死之士駕船入海，先後在廣鹿島、給店島、石城島捉拿擾民島官，救下遭異族蹂躪之島民。又得秀才王一寧為參謀，襲破鎮江，擒獲叛將佟養性之弟養真。鎮江大捷，朝野振奮；然孤軍深入，援軍不至，毛文龍只得渡江進入朝鮮地方，國王將毛文龍送至皮島屯紮。這是毛文龍事業的發軔期，表現毛文龍的果敢機警，文筆亦頗有可觀。如第十一回寫毛文龍十七騎突圍到三岔路，家丁王鎬要他西去平壤，自己獨自一個在東，打著馬兒慢慢行。韃兵趕來，見他衣裝齊整，錯認做毛游擊，團團圍住道：「不要放箭，佟爺要活的。」

王鎬兩把刀雪花似的亂飈，砍得人風葉般亂滾，砍傷豈止百多韃子。及坐馬中槍跌倒，又下馬步殺砍了許多，早用力已盡，兩臂俱提不起，要自刎時，刀也使不得，便笑道：「你拿去，你拿去。」眾韃子一齊趕來捉住，道：「拿住毛文龍！拿住毛文龍！」王鎬道：「奴酋！毛爺蓋世英雄，可是你近得的，拿得的？」強將手下無弱兵，小說寫王鎬之殺身殉主，正是為了烘托毛文龍的「蓋世英雄」，於敗中寫勝，真大手筆也。

　　第二階段，刻意經營皮島，足食強兵，以圖進取。第十一回寫皮島的形勢：「廣有百餘里，內中多有山泉，不通地脈，卻淡而可吃，有曠野可以耕種。西北一路出海，其餘四面盡是高岩峻壁，復峰危岡，重重包裹，似一座石城。背面東西各有一山，高峻可以瞭望四方往來船隻。島前列著三個小島，是日前招撫的，一座是石城島，一座獐子島，一座鹿島，左首環著的是向日留王參將屯紮的廣鹿島，右首朝鮮地方，背後是座皇城島，前有拱，後有衛，左右又有擁護，果然是一個形勢之地。」小說對皮島形勢的準確的描寫，可補史料之不足。毛文龍自得皮島，嚴格訓練士卒，令兵民屯田開荒，加強與附近各島的聯絡，使之隱然成一海上重鎮。以通商取稅生財以濟軍餉，乃日後攻訐毛文龍者之口實，故小說先借議論以辯解道：「……若非實心為國，設出這些方法，今日索餉，明日索餉，口頑耳又聾，一言之失，又是要君跋扈，開罪於上；如強要驅這干饑寒軍士出去，不唯不濟事，於心亦何忍？惟如此食足兵強，方可以滅奴酋為分內事了。」將毛文龍「置身四陷之地，孤絕無援」，卻「不費一錢一草一糧」的忠義膽略，表白得極為正大。通過對到島商人的體貼，表現了他的坦誠磊落：「毛將軍念他遠涉風濤，為身亦為國，極其體恤。……凡是交易的，都為他平價，不許軍民用強貨買，又禁島民誆騙拖賴，那些客商，那一個不願來的？」

　　第三階段，因皮島經營完善，足食強兵，遂欲憑藉以恢復全遼。

首命守備陳忠領精兵自旋城登岸，獲櫻桃渦、湯站大捷；繼聞奴酋欲乘凍渡三岔河犯關，毛文龍派兵撓之，且自駕船七十二隻，因大風，毛文龍船漏幾危，得免；叛將劉愛塔思歸國，毛文龍派張盤前往接應，五百人乘夜奪取金州城；佟養性欲打山海關，毛文龍八路興師，赤雞連捷，軍聲大振。在寫毛文龍恢復全遼的雄心壯志與牽制奴兵功績的同時，針對「殺民冒功」的誣衊，特意寫了命陳忠規取鎮江前的一番叮囑：「路上遇有韃賊，戰時不得貪割首級，不得追殺，以誤軍機，更不得混殺遼人做功。我這裡自有辨驗：這是韃奴，剃頭辮髮，自少已然；遼民雖暫剃頭似韃子，若在水中浸半日，網中痕自見，故不可混。」體恤民命，真是洞見肺腑。小說還通過對朝鮮政變的處置，表現毛文龍的忠心和權變。時李綜弒國王李暉自立，毛文龍知其篡奪，然思皮島依朝鮮為輔車，恐為奴酋所乘，隨為之具揭，請朝廷冊立李綜為王。朝鮮感其請封之恩，再無二心。書中議論道：「若使毛帥是個貪夫，借此恐嚇，有所需求；是個戀夫，欲要樹功，出師吊伐，必至失朝廷字小之體，生屬國鞅望之心。或引奴寇東江，或坐視觀成敗，不惟失了齒唇，還怎為患腹心，能搗奴麼？」

　　第四階段，因努爾哈赤致書招降，開始了招降與反招降的鬥爭。努爾哈赤與李永芳致書毛文龍，揭發明朝統治集團的腐朽，是頗能惑人的。李永芳書曰：「將軍天挺人豪，持一劍孤撐於東海，其為國至矣；然而茫茫煙海，遠隔宸京，當事類多以贅疣置將軍，不呼，而軍士之柶腹堪憐；疾呼，而當事遂銘心以成恨，思齮齕焉，不肯以文墨寬，……仰鼻息於文臣，寄浮生於海若，餉軍之資不足供苞苴，謗書之投多於飛羽，恐如彈之島，亦非將軍所得有也。」努爾哈赤書曰：「今將軍總然竭力辦事，君臣昏迷，反受禍患，那有好處？」毛文龍大怒曰：「我文龍自出廣寧來，但知有死，不知有降，但知滅奴恢復河東西，更不知一身之利害也！」將書固封，並來使解京，以釋主疑。奴酋知島中困窮，又派可哥孤山與馬秀才勸降，毛文龍以「人臣

為國，無有二心，便至斷頭刎頸，也不變」嚴辭拒絕。忽見馬秀才走上堂來道：「生員還有密啟。」便附耳待說些甚麼，毛帥怕惑了軍心，便大怒，叫拿下斬首。馬秀才忙叫：「兩國相爭，不斬來使。我為元帥而來，豈得害我！」毛帥道：「你是甚麼來使？你本是中國叛臣，你既讀儒書，豈不知禮義？列名士籍，當感國恩，你身為不忠，卻更欲把不忠污我，這豈可留於天地之間！」處於疑謗之中的毛文龍，只得當機立斷，斬了馬秀才。

　　第五階段，毛文龍因與袁崇煥的矛盾衝突而被冤殺。應該指出，作者站在民族存亡的立場，對袁崇煥並無偏見。第二十八回寧遠大捷，肯定袁崇煥「是個有膽力的人」。當報敵兵將到，人皆慌張時，袁崇煥大言道：「朝廷養士數年，有警正立功報主之時，豈得望風先逃？崇煥出城一步，諸君斬我；諸君出城一步，我斬諸君，務必與城同存亡！」百姓聞敵兵來洶洶要逃，袁崇煥又道：「你們要逃入關，韃子馬快，必遭追殺；若入各村堡，各村堡的城並沒個堅似寧遠的。何不助我守城？我袁崇煥在此，斷不使奴酋破城！」主帥慷慨赴難，指揮得宜，遂獲寧遠大捷。評曰：「寧遠能堅守於堅城累破之餘，可云從來城守第一。」袁崇煥與毛文龍的矛盾，似起於禁海。袁崇煥以防奸細為由，不許商賈私自下海，且要東江之糧米俱由關門起運，這無異於斷絕了東江的生路，實際上是「驅遼民遼兵怯弱的饑寒窮困填於溝壑，驅遼民遼兵強悍的逃亡背叛入於奴酋」。毛文龍本著「若我今日不為料理，必致軍民窮餒而死，是誤了生民；若民情不堪，或有變故，畢竟還誤在國事」的心情，只得移文督師，備言自登萊發運之利，而關門道里迂遠，必至勞民傷財，耽延時日。雙方爆發激烈的衝突，致袁崇煥以「冒功冒餉，踐扈不臣」之罪擅殺之。據《崇禎長編》卷二十五，崇禎二年（1629）八月乙卯載袁崇煥疏言：「毛文龍既誅，島中需米甚急，請令登萊道府，速運接濟。」戰爭是最現實的東西，它迫使袁崇煥不得不承認：由登萊至各島「一水之地」，比由

關口「騾駝車運」要便捷得多！可見，袁崇煥之除毛文龍，還有更深刻的原因。

　　關於這個問題，或有謂袁曾大言五年復遼，因不奏效，故改欲款之，懼文龍相阻，遂力除之。此議《丹忠錄》並未首肯，唯鐵崖熱腸人回評中偶論及之。《丹忠錄》認為關鍵在於妒忌。毛文龍奏疏曾對比寧遠與東江軍事上的重要性道：「以人心論，寧遠遼兵少，西兵多；東江則以海外孤懸，無所退避，盡用命之人。以地勢論，寧遠至遼沈俱寬平坦道，無險可舍藏，難以出奇攻襲，可守而不可戰；東江則憑險可以設疑，出奇可以制勝，水陸齊通，接濟則難，戰守則得。」這對「予我軍馬錢穀，我一個足守此」，以保守山海關為戰略目標的袁崇煥，不啻是貶低乃至否定。袁崇煥要「守」，毛文龍要「撓」，要「戰」，要「出奇制勝」，二人的分歧是嚴重的。及袁崇煥欲議「款」，毛文龍又疏奏言「款之不可恃」，且提醒「須於喜峰口一帶設防」。眉批：「以海外而慮之，以督師而忘之」，這對袁崇煥的自尊心更是莫大的刺激。為了個人的睚眥之報，袁崇煥竟置國事於不顧，先是要嚴海禁，使毛文龍不與中國聲息相聞，事事仰哺於己，使島上之功皆歸關上；及毛文龍不服，益覺其跋扈不臣，難以駕馭，遂悍然除之，鑄成大錯，誤國而又自誤。小說結尾寫毛文龍被殺，使敵無後顧之慮，即分三路入圍遵化，危及京師，「海上之血未乾，奴酋之兵已到，已是關寧之備是假，東江牽制是真」。袁崇煥終因失機壞事，革職拿禁。毛部各將莫不欣然，願完毛帥不了之心，完毛帥未定之局，這就從正反兩個方面，對這一歷史公案作出了公正的結論。

　　正是懷著痛「賀蘭山下之俠骨，猶蒙詬詈之聲」的不平，作者相信「鑠金之口能死豪傑於舌端，而如椽之筆亦能生忠貞於毫下」，寫下了這部有關國家民族危急存亡的時事小說。站在「好惡一本子公心」的立場上，飽蘸濃墨塑造了毛文龍等民族英雄的群象，也給治史者留下了極珍貴的原始史料，至今還足以糾正人們的歷史偏見。本書

多抄錄奏疏、聖旨，但一般皆當而不濫。由於題材的特殊性，書中議論雖多，卻往往畫龍點睛，要言不煩。如第三十五回，議毛文龍被誣之情由：「毛帥以偏裨而一年建節，再進都督，玉音屢頒，慰諭極至，寵已極了。次後賜劍賜印，專制一方，剳授參遊守把，權又大重了。又且通商、鼓鑄、屯田，把一個窮荒海嶼，做了個富庶名邦。若使不肖之人，處險阻之地，又兵強食足，便偏霸一方，中國方欲征奴，又有蓮教水藺之亂，兵力何能討他？聯朝鮮為唇齒，豈不可做一個夜郎王？毛帥處此，叫不幸無其心而有其形，無其事而有其理，以小人之腹，度君子之心，也怪不得人疑，因疑自然揣摸出來，形之紙筆，也便說到過情田地。」頗切中因人事相疑而終至誤國的癥結，希望統治集團不要重蹈猜忌忠良、自壞長城的覆轍，是逞一己意氣者所難望其項背的。

　　《丹忠錄》雖以迅快的速度寫出所處時代歷史事件，但絕非粗製濫造之宣傳品。書中不僅塑造了毛文龍「獨奮孤忠」的英雄形象，杜松、劉挺、祁秉忠、劉渠、羅一貫、張旗、張盤等民族英雄的群象，也都光彩照人。小說還善於通過細節表現人物性格，如第四回寫劉挺與義子劉招孫之勇悍：「自南昌起兵援遼，歃血之日，取牛三只，在教場上親斬牛祭旗。手起刀落，牛頭已斷，而皮稍連。總兵覺有不快之意。招孫跳出，連斬二牛，血不留刀，總兵大悅。」又如第三十八回寫袁崇煥與毛文龍初次相會：「……傍晚，毛帥設帳房在崖上，大陳水陸，款待督師，督師也欣然相接。初始還坐席陪遠，到後邊督師叫移桌相近，督師又開懷暢飲，附耳細說，極其歡洽。到二更，各回了帳房。」通過「移桌相近」、「附耳細說」等細節，在「歡情浹治醉顏酡」的氣氛中，把袁崇煥的密網潛張、輕弦暗弋和毛文龍的粗豪戇直勾畫出來。

　　《丹忠錄》還擅長於場面的描寫。如第二十七回寫毛文龍於皮島請內相閱水操：

初時驚濤一片，列嶼如星，也不見一船一人。只聽得一聲炮
響，四下相應。戰船豈止千餘，或分或合，恰翔螞泛鷗一般輕
快，一般也擺幾個陣。陣完，只見一聲炮，各銃齊放，火器煙
焰沖天。及至煙消焰熄，海上仍是一片波濤，並無船隻，大是
奇幻：

楫舉疑蛟奮，舟移似鳥翔。
軍聲雜濤壯，醜虜莫倡狂。

這種氣勢雄偉的場面，就為他書所未曾道及。

　　《丹忠錄》的結末有詩曰：「莫為忠臣歎不平，抒忠只欲見時
清。平胡差畢生前志，殉國何知身後名。公論蓋棺應可定，丹忱歷久
自能明。還嗟彩筆為多事，點染圖傳不朽名。」作者儘管對國運充滿
憂患，但對於未來並未喪失信心。然而，形勢的發展並不以人們的意
志為轉移。「剿闖」的節節失利，讓李自成佔據了北京城，崇禎皇帝
自縊煤山。但「大順」朝的正朔並未真正確立，明朝的政體也並未宣
告完結；倒是吳三桂之「結連番兵」，將數萬虜騎引入都門，使之順
利地僭號「大清」，改元順治，下辮髮髡首之令，卻確確實實地改變
了中國歷史的航向。

　　隨著清朝政權的建立，清軍與漢族官民的矛盾鬥爭，構成了「時
事」的新內涵。其就其性質而言，與明末的「禦邊」已經大不相同，
但又確是「遼事」的延續。為了論述的便利，仍將記明清鼎革之際的
時事小說，放在本章一併縷述。只是由於情況的變化，它們已不為鼓
舞士氣而寫的「遼事」小說，而是血與火的殘酷歷史的記錄。加之清
初文網甚密，敘事議論都大有忌諱，許多作品多已湮沒不存。黃人在
《小說小話》中曾經介紹他所讀過的小說，以下幾種很可能是明清鼎
革之際的時事小說：

一、《陸沈紀事》：「自薩爾滸之戰起，至睿忠親王入關止，其事蹟皆為魏源《開國龍興紀》所不及知者。雖多道路流傳語，而作者見聞較近，且無忌諱，亦不能盡指為齊東語也。書中於遼東李氏、佟氏逸事，特多鋪張，而九蓮菩薩會文殊一回，稽之禮親王《嘯亭雜錄》，亦非全出傅會也。」寫的是滿清之「興」與明朝之「廢」的全過程。

二、《江陰城守記》：「即《荊駝逸史》中之一種，而易為通俗小說。書中四王八將皆有姓氏，而稽之別種紀載，幾若亡是公。且國初王之陣亡者，僅有尼堪與孔有德，事在滇粵，不在江陰也。大約所謂王者系軍中綽號，如流寇中『混世王』、『小秦王』之類耳，非封爵也。又當鼎革時，草澤之投誠者，每要求高爵；或權宜假借，以戢反側，雖未經奏請，而相呼以自貴，亦未可知。蘇郡之變，有所謂八大王者，亦其倫也。」寫的是順治二年（1645）清兵南下，屠殺江陰人民事。

三、《鯨鯢錄》：「此書搜羅頗廣，自魯監國越中水師，及閩之鄭氏、太湖之吳易、黃蜚等義兵，而群盜如赤腳張三等，亦附列焉。惟滿家峒伏莽，地占平原，而謂有隧道可通萊州入海，則真齊東之語矣。」寫的是順治二年（1645）魯王在紹興即位，順治八年（1651）走廈門依鄭成功事。

四、《前後十叛王記》：「國初武略，世多侈言前後三藩，而此書獨稱十王，蓋於宏光、隆武、永曆之外，加入魯王及李定國、孫可望為前六王。而以孫延齡為孔有德婿，更其姓為孔延齡，而附於吳、尚、耿為後四王。然明之三藩不可云叛，而孫、李人格絕然相反，又豈可並列，亦好奇之過也。然書中所記張勇激變王輔臣，傅宏烈偽降，及射獵殺孫可望事，皆與劉獻廷《廣陽雜記》所載相合，亦非漫無根據者。」寫的是清初平三藩事。

五、《殷頑志》：「專記大嵐山朱三太子、一念和尚等之變，而於各處舉義旗者多不及，名殊未稱。」

　　六、《沙溪妖亂志》一書:「亦記朱三、一念事。」據《臺灣外志》第二十卷云:康熙十六年(1677)四月,「時有漳州人蔡寅,以左道感人,乘鄭經漳、泉之敗,收其餘黨,詐稱朱三太子,交泉州人許挺為內應,於三月十九夜半,寅領八十二夥頭,各書符一道,潛至泉州城下,魚貫緣堞而上,鳴鼓揚旗,直至開元寺前。將軍楊鳳翔聞報,發令曰:「此必有奸人作亂,各守城之兵勿動。」俄而提督中營參將馬勝擒挺殺之。寅見無應,隨轉身砍西門逸去,無一失者。自是人益信其求神。盧世英、紀朝佐、鄭不越、吳金龍、歐九、王鼎等,群然尊奉,眾至數萬,駐南靖、長泰、同安等縣山谷,聲勢益盛,其眾皆裹白頭,眾咸自為「白頭賊」,官軍累為所敗。故此親王兵集於貫口,而未暇平海。(按:蔡寅,住龍溪縣之馬口鄉,農業種園。與漳浦僧道一最善,往來言歡有年。道一庵中蓄一白狗,老而斃,因葬寺左之埔,久而成怪,遇晚便為秀士,衣白,遊戲兩旁,左右鄉人悉見。詢道一:「庵有何客到?」一曰:「無。」眾口一詞。道一疑為狗變幻,意欲遷毀。狗隨托夢蔡寅,求其庇護,後當重報。寅覺詫異。是日,道一欲往漳,順途顧寅,寅延入室,加意繾綣,隨叩其故。道一曰:「實有是事。」寅求之曰:「業已相托,求大師勿遷。」道一許之別去。是夜又夢狗來謝,遂附焉。有事先報知,寅遂生計,供奉哪吒太子,靈驗無比,祈禱者接踵,適泉、漳鄭經遁廈,寅往同安,路次招集餘黨,詐稱曰:「我乃三太子,倡亂惑人。」道一知寅勢盛,親往十八保山,見寅索謝。寅以兵餉尚無措處,安有餘囊堪以遺贈,候日後作報耳。道一辭歸,寅亦不留。道一憤,回庵,將狗掘開,其體如生,以火焚之,燃其骨為灰。從此寅無所聞,求亦不靈,被總督姚啟聖所敗,奔歸鄭經。經授寅蕩鹵將軍,改名蔡明文。)」

　　七、《平臺記》:「詞意多鄙倍。藍鼎元《平臺紀略》序中所指,當即是書。」[11]

---

11 黃人:《黃人集》(上海市:上海文化出版社,2001年),頁315-317。

　　以上諸書皆已亡佚，其真面無從窺見。現在倖存下來的同類作品，有敘順治二年（1645）以兵部職方司嚴栻為盟主的常熟義兵自發抗擊清兵的《七峰遺編》與在此基礎上改寫的兩種《海角遺篇》。

　　《七峰遺編》二卷六十回，不題撰人。據序，知作者為七峰樵道人。首順治戊子（1648）七峰樵道人序，曰：「此編止記常熟、福山自四月至九月半載實事，皆據見聞最著者敷衍成回，其餘鄰縣並各鄉鎮異變頗多，然止得之傳聞，僅僅記述，不敢多贅。後之考國史者不過曰：『某月破常熟』、『某月定福山』，其間人事反覆、禍亂相尋，豈能悉數而論列之哉。故雖事或無關國計，人或不系重輕者，皆具載之，以彷彿於野史稗官之遺意云爾。」《七峰遺編》寫的雖然不是重大的歷史事件和歷史人物，所謂「事或無關國計，人或不系重輕」，卻確確實實是「人事反覆、禍亂相尋」的血淚痛史。作者已經預想到，日後可能會因正史的簡略，使人們忘卻了這段驚心動魄的抗清鬥爭史，便據見聞加以記錄，以留下極為珍貴的第一手史料。阿英說：「作者蓋欲藉此一編，以存當時悲歌慷慨，屈辱投降之諸多史實，隱寓褒貶，以昭示來茲。因其欲藉小說形式以存當時諸多史實，故全書並無固定主人公及線索人物。有一事一回即結，亦有亙數回而始畢者。敘述順序，一依當時史實發生之前後。字數每回無定，有長至數千言，亦有僅二三百字者。每回有題詩或題詞一二首不等，大都含有辛辣之諷刺意味，鋒芒極銳。如第三回填西江月罵錢牧齋云：『科目探花及第，才名江左人龍，詩書萬卷貫心胸，表表東林推重。南北兩朝元老，清明二代詞宗，貪圖富貴興偏濃，遺臭萬年何用。』大約作者係知識階級，故全書抨擊此輩節操，尤為盡致。」[12]對此書的文學價值作了極好的概括。

　　《七峰遺編》記順治二年清兵入據蘇州以後，常熟城鄉複雜的鬥

---

12 阿英：〈小說搜奇錄〉，《小說三談》（北京市：人民文學出版社，1985年），頁14-15。

爭形勢。清政權的剃髮改裝令，激起各縣民眾的抗清情緒，常熟士民擊殺新任縣吏，推戴嚴栻為義軍首領，布署迎敵。其時明宗室義陽王軍駐崇明，因聽人誣陷，夜襲常熟，以「意欲造反」罪名縛嚴栻。總兵胡龍光進駐常熟城，撤毀嚴栻所置通邑保障，變易禦敵法度，大肆搜刮，刑戮殺人。百姓紛至福山號冤訴枉，李太傅恐民激變，勸義陽王以嚴為質，責以常熟錢糧贖取。鄉紳錢沖霄，設計救出嚴栻。百姓拈香頂祝，歡呼動地，齊來迎接。清軍襲來，嚴栻率鄉兵抵抗，因敵勢大，欲退入城，城門被胡龍光堅閉不得入，退屯莊上。何雲鵬與敵短兵相接，士氣振奮，但卒不能勝。時子求、胡龍光輩不發一矢，不開一炮，致清兵一擁而入，敢死鄉兵與之巷戰，殺氣橫空，呼聲震地，終至全部戰死。城中秀才以為錢謙益已降清，身將拜相，家中必無兵來，盡躲進相府避難，結果全遭屠戮，常熟城內屍橫滿街，河水盡赤。大清知縣洪一緯頒佈告示：凡剃髮者一概不殺；而義陽王等各擁戰船，聲言指日登陸，不許百姓剃髮。常熟與福山間二十四都，百姓剃髮與未剃者各居其半。清兵見未剃者，殺之，取其頭，冒作海賊首級請功，名曰「捉剃頭」；海上兵見已剃髮者，殺之，當作韃子首級請賞，號曰「看光頸」。百姓欲不剃頭，恐清兵殺掠；剃了頭時，又怕明兵登岸，性命不保，事出兩難。在異族統治者殘酷殺戮面前，氣貫長虹、寧死不屈的英雄與毫無氣節、喪盡天良的宵小並存，預示著抗清失敗的必然結局。小說第六十回「土撫臺恩招離叛，楊總鎮威震海洋」，敘土都堂按臨福山，出榜安民，禁止兵丁打糧擅殺，百姓歸者如市，沿海一帶，漸漸歸服，鎮守福山的楊文龍軍聲大振，海上兵莫敢犯境，百姓重享太平之福。作者難抑的悲憤，不能夠改變最終屈辱的現實，其以「百姓重享太平之福」結束全書，該是出於何等的無奈！

　　《七峰遺編》問世以後，經作者修訂為《海角遺篇》三十回。張俊先生比較二書的異同說：「《七峰》偏於述史，像一節通俗的歷史編

年；《海角》則僅記其事，不斤斤於年月名物之考究，用的是小說家的寫法。」[13]如《海角遺篇》第二十二回寫鄭汝寧幫助嚴子張逃出常熟，添加了授計賄賂兵丁，使子張遂得寬放，又設水酒宴請兵丁，報子張從後門上竹轎，抬著飛也似去了，遂使故事內容複雜，描寫也更生動。又，《海角遺篇》編訂之時，大局已經平定，反滿情緒也已大為沖淡，龐樹柏《龍禪室摭談》說：「小說足以補稗乘之闕者，指不勝屈，然文不雅馴，見者輒俳優視之，惟《海角遺編》一書，差強人意。」指的就是這種小說化的趨向。

　　還有一種題「漫遊野史纂」的不分回的文言體《海角遺編》，「大抵以年月為序，先列綱要，次加詳述，體裁屬史家之編年綱目體」[14]，如《七峰遺編》第二十回寫義陽王的行徑道：

　　　這義陽王雖則宗藩，卻是個紈袴子弟，並非臥薪嚐膽，枕戈待旦之流，不過憑著眾人如顧容、胡來貢等哄騙，在沿江上下仗義兵名色，虛張聲勢，收些錢糧用度。這樣孩子心性，說著「撻子」兩字，腦子也是疼的，那裡敢其個與他打仗？至於襲蘇州、救江陰、恢復江南、建中興事業，都是外面浮詞，其實夢也不曾做哩！

　　而《海角遺編》僅言：「王固紈袴子，無遠識，為宵小慫恿，乃飛檄常熟。」這種「僅羅列大事，剔除了其中大量的瑣事軼聞」的做法，則反映了時事小說向史書體的轉化。

　　清政權建立以後，各種政治勢力經過激烈反覆較量，直到康熙二

13　張俊、郭浩帆：〈《七峰遺編》《海角遺篇》鈔本漫談〉，《明清小說研究》1990年第3-4期。

14　張俊、郭浩帆：〈《七峰遺編》《海角遺篇》鈔本漫談〉，《明清小說研究》1990年第3-4期。

十年（1681）平定三藩之亂、康熙二十二年（1683）鄭克塽歸降，才算最後鞏固下來。然其時大局雖定，整個形勢已無法逆轉，但幾十年間血與火的歷史，仍縈繞在人們心頭，驅之不去。對於歷史事件與歷史人物的評說，仍逃不脫大眾的公論，並不簡單地以成敗論其是非。在這特殊的背景下，《臺灣外志》、《三春夢》等新型時事小說，紛紛問世。由於作者處境不同，寫作動機有異，感情的激烈程度亦頗有差別；但痛定思痛，固有許多歷史教訓值得總結，對堅持抗爭義舉的讚美，與力盡之後無可奈何的歸順，交織成融貫作品始終的主調，則幾乎是完全一致的。

　　《臺灣外志》三十卷，題「九閩珠浦東旭氏江日昇輯定」。江日昇，字東旭，福建漳浦人。據第一卷作者按語，其父江美鼇，曾從永勝伯鄭彩翊，弘光時督師江上，後又在福州與鄭芝龍共事唐王，署龍驤將軍印。康熙十六年丁巳（1677）歸降清朝，任廣東連平州。鄭應發《臺灣外志》〈序〉云：「東旭為幼子，最所鍾愛，晨夕左右不離，習知時事，強記博聞，疏財重義，四壁蕭然。噫，以如是之才，際用人不次之會，咸謂其必有合也。奈何命與時違，歷落牢騷，所如不偶，行多坎壈。緣與友人計畫，無如數何！欲為鶯鳴義俠，反成雀角謗疑，構訟歲月，徒倚縣庭，因著《臺灣外志》一書。」然據民國《福建通志》〈藝文志〉卷十八載，江日昇為康熙癸巳（1713）舉人，已是《臺灣外記》成書的康熙四十三年（1704）九年以後了。

　　關於《臺灣外志》的素材來源，彭一楷在序中說，江日昇「幼從其先人遊宦嶺表，悉鄭氏行事，因編次其所見聞」；江日昇也說其父對鄭氏之「始末靡不周知，口傳耳授，不敢一字影捏，故表而出之」。除了「當日所獵聞，事之親身目睹者」外，還廣泛搜輯了有關文獻，「或本末，或編年，或遺聞，以及國朝定鼎名臣奏疏、平南實錄諸書」（〈凡例〉），陳祈永序說：「是書以閩人說閩事，詳始末，廣搜輯，迥異於稗官小說，信足備國史采擇焉」，具有很高的史料價值。

　　《臺灣外志》作於滿清統治已高度穩定之時，加之文禁日益森嚴，為了處理好既要肯定清朝之正統，又要讚美鄭成功「奉永曆故朔三十有七年」（陳祈永序）、「能痛哭知君而舍父，克守臣節」（自敘）這一棘手難題，頗具膽識的江日昇採取了以「外志」名之的策略。〈凡例〉說：

> 是編以「外」名者，鄭氏未奉正朔，事是化外；臺灣未入版圖，地屬荒外。若以化外、荒外棄而弗志，恐史氏訾其缺陷。茲編而以「外」名之，一以示國家綏靖方略，修荒服於版圖之外；一以明鄭氏傾向真誠，沾朝廷於教化之內。別外以重內，法《春秋》之義也。

為什麼要以「外」名書呢？第一，事是化外；第二，地屬荒外。但如果以其是化外、荒外就棄而弗志，從史氏的角度看，無疑是一種「缺陷」，所以「志」是必要的、正確的。何況以「外」名之，既可顯示國家「修荒服於版圖之外」的綏靖方略，又可以明鄭氏「沾朝廷於教化之內」的「傾向真誠」，這種「別外以重內」的精神，正是法《春秋》之義的具體行動。〈凡例〉又引「今上亦命博學鴻詞纂修《明史》，無避興朝忌諱，誅犯順不屈之人，存盡忠亡國之事，誠聖世之公論也」，目的都是為寫作尋找合法的依據。

　　〈自敘〉對於這番理論有進一步的發揮：「歷稽帝業之正，莫我世祖章皇帝也。世祖當甲申之變，整提一旅，戡亂終戎，應天順人，承繼大統，而有天下。」──這是清朝立國合法性的根據，所謂「滌中原冠盜之孽，奠我民生；慰前朝諸帝之心，雪其國恥」（張廷玉：〈上《明史》表〉）是也。「惟臺灣鄭氏與二三故老，遵奉舊朔，孤承海外，恃波濤之險，來往倏忽，騷擾邊疆，費朝廷無數金錢，以至遷移五省，屢勤南顧之憂者四十年，其間英傑沒於王事者，指不勝屈，

是殺運之未盡故也。」——從國家的統一計，臺灣鄭氏的存在，確是妨礙穩定的不良因素；所以，「將臺灣荒服之地，為朝廷收入版圖，四海歸一焉」，是完全正確的正義之舉。但「成功暮年儒生，能痛哭知君而舍父，克令臣節，事未可泯。」——站在史臣的角度，表彰「知君舍父，克令臣節」，同樣是堂皇正大之舉。陳祈永的序，則將這層意思倒過來講：「成功以隆武賜姓，逃竄海外，奉永曆故朔，三十有七年，仗義守節，庶幾田橫之遺。」——這是從史臣立場表彰鄭成功；「然以我朝視之，則固勝國遊魂，海隅窮魄，律以犯邊梗化，夫復何辭。」——這是從朝廷立場批評鄭成功；「敬惟我皇上神功聖烈，度越千古，而鄭氏叛則討之，服則撫之，又仰見皇仁浩蕩，格外矜宥，聿成中外一統之治，億萬年丕基，定於此矣。」——這是對「皇仁浩蕩」，「中外一統」的讚美，也是對記錄「皇仁浩蕩」，「中外一統」的《臺灣外志》的肯定。

　　此書以明清鼎革之際複雜鬥爭為背景，起自天啟元年（1621）鄭芝龍稱雄閩海，迄於康熙三十二年（1683）鄭克塽納款歸降，詳敘六十三年間鄭氏四代抗衡清兵、開發臺灣的事蹟，於材料之剪裁，頗費斟酌。〈凡例〉云：「是編敘李闖陷北京、馬士英專權誤國，而又不詳其說者，自有《明史》在，不過引為接脈，作鄭氏末節之說」；「是編當甲寅之變，耿、尚、吳三家有關於鄭氏，則為之述；如無關於鄭氏，自有國史在，故不預說」。陳祈永序也說：「至於紀闖賊之流禍，載馬相之擅權，列三藩之反側，藉為鄭氏引線，故不詳其說」，都道出了此書詳略取捨的特點。陳序又云：「其書專為鄭氏而作，始於明太祖，非著明之始，所以著鄭氏之始也。首志顏恩齊，所以著鄭芝龍之始，又以著臺灣開闢之始也。」鄭氏之歷史地位，乃在臺灣之收復與開闢，故書以志「臺灣」名。

　　書敘鄭芝龍小名一官，十八歲時押船東渡日本，娶倭婦翁氏，生鄭成功。與顏思齊等二十八人結盟，謀踞日本以自霸，因事漏洩，乘

十三船直駛臺灣，安設寮寨，撫恤土番，出掠海上。顏思齊死，卜之
於天，居「尾弟」之位的鄭芝龍竟被推為首領。鄭芝龍年紀雖輕，言
論卻大有經濟，深得擁戴，遂更換旗幟，屯積糧餉，修葺船隻器械，
與眾人「外則君臣之分，不敢借私恩以害公；內則兄弟之情，亦不敢
假公威以背義」，連犯金門、廈門及粵東諸地，所向披靡，充分展示
了他的謀略與膽識。

　　作為商人出身的海盜，鄭芝龍從不拒絕政治上的交易。他兒時曾
見知於蔡善繼，其時出為巡海道，以情招安，鄭芝龍心感其德，詣轅
門請罪。然蔡善繼純是書呆，只云「安插」，不授官職，鄭芝龍不遂
所願，乃乘夜逸去。後熊文燦任巡撫，派遊擊盧毓英招安，並以「義
士鄭芝龍收鄭一官」功，題委海防游擊，平定諸盜。其間可稱道的
有：崇禎十二年，荷蘭國郎必即哩哥犯閩浙地方，鄭芝龍用火攻敗
之；順治二年，清兵攻江南，鄭芝龍、鄭鴻逵等於閩奉唐藩即位，改
元隆武。不意入朝會議之時，鄭芝龍首站東班，引起文臣何楷等的不
滿，讓之曰：「文東武西，太祖定制。今鄭芝龍妄自尊大，不但欺凌
臣等，實目無陛下。」擁有實力的鄭芝龍也毫不客氣，曰：「文東武
西，雖古今來之定制，然太祖已行之，徐達業站東首。」黃道周反駁
說：「徐達乃開國元勳，汝敢與達比乎？」鄭芝龍索性說：「以今日較
之，我從福建統兵恢復，直至燕都，功亦不在徐達下。」何楷挖苦
說：「俟爾恢復至北京，那時首站未遲。」對於何楷、黃道周一班文
臣「不顧其君以全國，徒重其禮以使氣」，甚至「互爭殿上」的舉
動，作者深表不滿，評曰：

　　　　余讀攝政王之書「中華全力，受制潢池」，又「南中諸君子，
　　　　苟安旦夕，不審時機，聊慕虛名，頓忘實禍」，閱崇禎血詔
　　　　「朕非亡國之君，諸臣實亡國之臣」，又「賊裂朕屍，勿傷百
　　　　姓一人」，則未死之臣，獨無耳目心思乎？……何計不及此，
　　　　徒以區區班位，互訐廷陛，此愚之所不解也。

「兵馬錢糧悉出其手」的鄭芝龍，更是口應心違的人物，在權衡利弊之後，很快就同意接受清大學士洪承疇的招降，終於將自己送上了絕路。與鄭芝龍之唯利是視相比，鄭成功則表現出信念的堅定性，當其入見隆武，賜國姓、賜名成功以後，這種堅定性就從來不曾動搖過。聞知鄭芝龍擬接受閩粵總督印，遣員往福州進降表時，父子間展開了一場激烈的辯論：

> 成功勸曰：「吾父總握重權，以兒度閩、粵之地，不比北方得任意驅馳。若憑高恃險，設伏以禦，雖有百萬，恐一旦亦難飛過。然後收拾人心，以固其本；大開海道，興販各港，以足其餉；選將練兵，號召天下，進取不難矣。」龍曰：「稚子妄談，不知天時時勢。夫以天塹之隔，四鎮雄兵，且不能拒敵，何況偏安一隅。倘畫虎不成，豈不類狗乎？」成功曰：「吾父所見者大概，未曾細料機宜，天時地利有不同耳。清朝兵馬雖盛，亦不能長驅而進。我朝委系無人，文臣弄權，一旦冰裂瓦解，釀成煤山之慘。故得其天時，排闥直入，剪除凶醜，以繼大統。迨至南都，非長江失恃；細察其故，君實非戡亂之君，臣多庸碌之臣，遂使天下英雄飲恨，天塹難憑也。吾父若藉其崎嶇，拒其險要，則地利尚存，人心可收也。」龍曰：「識時務為俊豪，今招我重我，就之必禮我；苟與爭鋒失利，且搖尾乞憐，那時追悔莫及。豎子渺視，慎毋多談。」成功見龍不從，牽其衣跪哭曰：「夫虎不可離山，魚不可脫淵；離山則失其威，脫淵則登時困殺。吾父當三思而行。」龍見成功語繁厭聽，拂袖而起。

以鄭芝龍的眼光看，一切都是交易。與已得天下三分有二的清朝相敵，恐不量力也；「不如乘其招我，全軍歸誠」，何況還有「棄暗投

明，擇主而事」作為藉口呢。而被他視「少年狂妄輕躁，不識時務始末」年僅二十四歲的鄭成功，以「從來父教子以忠，未聞教子以貳；今吾父不聽兒言，後倘有不測，兒只有縞素而已」，與之斷絕政治上的關係，在叔父鄭鴻逵的支持下，密帶一旅遁金門。在順治三年到十六年（1646-1656）的漫長時間裡，鄭成功「以隻身而奉故朔，海島群雄，拱手聽其約束；五省移徙，避其鋒銳」。他移軍鼓浪嶼，仍用隆武年號；與鄭彩合兵攻海澄，與鄭鴻逵合兵圍泉州，陷同安，攻泉州。桂王稱帝，封鄭成功延平公，詔其援廣州，陷海澄，復取詔南、南靖、平和，圍漳州。清廷命鄭芝龍親書勸降，不受命。貝勒遣使招降，不納。順治十六年，鄭成功取瓜州，入鎮江，江南一時震動，然終大敗，棄瓜、鎮出海。「誰料為將盡？翻然一著奇。」鄭成功「且當敗喘息，又能鎮定強戰，繼而開闢海外乾坤」，戰略思想發生重大變化。第十一卷「何斌獻策取臺灣」寫道：

> 鄭成功終苦彈丸兩島，難以抗天下兵，集洪旭、馬信等商議，若得有一處，方可以進戰退守。諸人無以應，但恃南北固守為對。功曰：「吾聞臺灣離此不遠，意欲整師奪踞，何如？」吳豪曰：「臺灣前乃曠野，故太師曾寄跡其間。今為紅毛所踞，現築城二座，一在赤嵌，一在鯤身。臨水設炮臺，又打沉夾板數只，紆回曲折於內港。凡船欲入者，必由炮臺前經過，若越此，則船必觸犯沉夾板而破。堅固周密，將二十餘載，取之徒費其力。」成功聞言亦中止。

這是關於進軍臺灣的第一次議論。其後，原浙江監國魯王殂於金門，永曆帝被吳三桂所逼，議欲走緬甸。鄭成功聞之，而心愈煩。適臺灣通事何斌逃來廈門，叩見鄭成功，獻策曰：「臺灣沃野數千里，實霸王之區。若得此地，可以雄其國；使人耕種，可以足其食。上至雞

籠、淡水，硝磺有焉；且橫絕大海，肆通外國，置船興販，桅舵鋼鐵
不憂乏用。移諸鎮兵士眷口其間，十年生聚，十年教養，而國可富，
兵可強，進攻退守，真足與中國抗衡也。」遂出袖中地圖以獻，歷歷
如指諸掌。並陳土番受紅毛之苦，水路變易情形，若天威一指，唾手
可得。成功聞其言，觀其圖，卻如六月中暑得服涼劑，沁入心脾，滿
心豁然。於是又有第二次進軍臺灣的議論：

> 功曰：「自攻江南一敗，清朝欺我孤軍勢窮，遂會南北舟師合
> 攻。幸賴諸君之力，雖然已敗，但恐終不相忘，故每夜徘徊籌
> 畫，知附近無可措足，惟臺灣一地，離此不遠，暫取之，並可
> 以連金、廈而撫諸島。然後廣通外國，訓練兵卒，進則可戰而
> 復中原，退則可守而無內顧之憂。諸君以為何如？」吳豪起身
> 對曰：「前日藩主曾以臺灣下問，豪已經細稟。非豪之不用
> 命，怎奈炮臺利害，水路險惡，縱有奇謀，而無所用，雖欲奮
> 勇，而不能施，是徒費其力也。」功曰：「此常俗之見，不足
> 用於今日而佐吾之一臂也。」黃廷曰：「臺灣地方，聞甚廣
> 闊，實未曾到，不知情形。如吳豪所陳，紅毛炮火，果有其
> 名，況船隻又無別路可達，若必由炮臺前而進，此所謂以兵與
> 敵也。」功曰：「此亦常見耳。」馬信曰：「藩主所慮者，諸島
> 難以久拒清朝，欲先固其根本，而後壯其枝葉，此乃終始萬全
> 至計。信北人也，距南方遙遠，委實不知。但以人事而論，蜀
> 有高山峻嶺，尚可攀藤而上，卷甈而下；吳有鐵纜橫江，尚可
> 用火燒斷。紅毛雖桀黠，佈置周密，豈無別計可破。今乘將士
> 閒暇，不如統一旅前往探望，倘可進取，則並力而攻；如果利
> 害，再作相商，亦未為晚。此信之管見也。」功曰：「此乃因
> 時制宜，見機而動之論。」豪復執曰：「臺灣實豪屢經之地，
> 豈不知其詳。既知其詳而不阻諫，徒附會其說，以誤藩主大

事，豪負罪多矣。」諸將議論不一。陳永華曰：「凡事必先盡
之人，而後聽之天。宣毅後鎮所言，是身經其地，豪為宣毅後
鎮，細陳利害，乃守經之見，亦愛主也，未可為不是。如建威
伯之論，審勢度時，乘虛覷便，此乃行權將略也。試行之以盡
人力，悉在藩主裁之。」楊朝棟亦倡言可行。功大喜曰：「朝
棟之言，可破千古疑惑。著禮官擇日，令世子經監守各島，臺
灣非吾親征不可。」議遂定。

在決策以後，小說寫了一個插曲：是夜二更，成功禱天，效俗出聽背
後語，以決征臺吉凶。忽聞一婦人唧噥曰：「國姓好死不死，留這一
個長尾星在此害人！」這本是一句怪話，然據閩俗，「長尾星」動是
吉兆，故次日差衛兵帶其婦人來見。婦人驚怖，魂不附體。鄭成功詢
之，方知是出征兵眷，慰之曰：「莫怨藩主，此乃天也。」賞銀四
兩，白麻五斤，令之去。

　　時因海口鹿耳門泥淺沙圩，船難進入，故荷蘭人不甚備。迨鄭成
功大隊舟師至，正值潮起發海，駕小船數十只，內裝硝磺引火諸物，
乘北風燒夾板。荷蘭勢窘，鄭成功遣通事李仲說揆一王曰：「此地非
爾所有，乃前太師練兵之所。今藩主前來，是復其故土。此處所離爾
國遙遠，安能久乎？藩主動柔遠之念，不忍加害，開爾一面，凡倉庫
不許擅用，其餘爾等珍寶珠銀私積，悉聽其載歸。如若執不悟，明日
環山海悉用油薪磺柴，積壘齊攻，船毀城破，悔之莫及。」由於執行
了正確的方針策略，荷蘭願罷兵約降，請乞歸國。隨將王庫銀兩、火
藥火炮，照冊繳納，其餘諸物，悉聽其搬下夾板。鄭成功遂祭告山川
神祇，改臺為東都，將臺灣這一荒蕪之地開發得日漸繁盛。鄭應發序
《臺灣外志》曰：「成功賜姓，弱冠書生，以半旅師踞金廈島彈丸
地，抗天下兵，可不謂壯乎！審時度勢，效虯髯所為，遁跡臺灣，存
明故朔，父子祖宗，相繼四十年，終明之世，僅見一人。」

　　小說對鄭成功的性格，也有出色的描寫。第十二卷「閱祖訓成功壽終」，敘其子鄭經私通乳媼陳氏，且生一男，人且謂：「三父八母，乳母亦居其一；令郎狎而生子，不聞飭責，反加齎賞，此治家不正，安能治國乎？」登時氣塞胸膛，立差都事黃毓持令箭，與兄鄭泰同到廈門，斬其妻董氏治家不嚴之罪，並其子鄭經與其所生孫、乳母陳氏。黃廷、洪旭等接令駭然，鄭泰與毓、旭等相議曰：「主母、小主，其可殺乎？然藩令到又不得不遵。以我愚意，可將陳氏並孫殺以復命。主母，小主，我等共出啟代為請罪。」遂將所議啟董夫人與鄭經。鄭經遂出二人斬之，將頭付黃毓過臺報命。鄭成功不允，解所佩劍交黃毓，再來金門見鄭泰，必當照令而行。又遣蔡鳴雷從臺灣來，曰：「藩主誓必盡誅，如有違者，將及於監斬諸公。」旭曰：「世子，子也，不可以拒父；諸將，臣也，不可以拒君。惟泰是兄，兄可以拒弟。」鄭成功接廈門諸將公啟，內有「報恩有日，候闕無期」之句，知金、廈諸將拒命，心大恚忿，即差洪有鼎持諭與周全斌，令其回師監殺。初八日，冠帶請太祖祖訓出，禮畢，坐胡床，命左右進酒，拆閱一帙，輒飲一杯。至第三帙，歎曰：「吾有何面目見先帝於地下也！」以兩手抓其面而逝，年三十九歲。

　　鄭經繼承乃父遺志，統治臺灣近二十年。康親王以漳泉既平，往廈門招撫鄭經，書中有曰：「獨不思尺土，豈能與天下抗衡，而執迷絕島，非識天命之君子。」鄭經復書曰：「夫萬古綱常之論，而《春秋》嚴華夏之辯，此固忠臣義士所朝夕凜遵，不敢刻忘也。我家世受國恩，每思克復舊業，以報高深，故枕戈待旦，以至於今日。」親王以其言語狂謬，議竟不成。鄭經因三藩之叛，渡海西入廈門，取同安，下漳州，入潮州，最後方撤回臺灣，可見並非毫無所作為的人物。吳存忠序曰：「天下無可輕之人物，亦無可棄之土地。蓋土地與人物相表裡，人能立節立名，則隨其所至之處，皆成乾坤；人因地而傑，地亦因人而靈，如今日之臺灣是也。臺灣本荒服，自古以來，未

有人民居乎其間。迨鄭成功避遁於此，蓽路而開斯土，子經承其基業，志仿田橫，假明故朔四十餘年。雖抗逆天威，擾害沿海居民，然我皇上巍巍至德，休休有容，憐其忠義，棄其小嫌，歷年遣官招撫，義不歸誠。成功不失為守志之士，鄭經亦不失為承業之子，是臺灣因成功父子而重也。」是說得不錯的。鄭經死後，次子克塽繼位。其時大勢已去，特別是康熙十八年（1661），緬人執永曆及其太后等，鄭氏繼續「假明故朔」已毫無意義。故施琅與姚啟聖規取臺灣，鄭克塽上表請降，施琅入臺告祭成功廟，終以和平方式實現統一大業，都是順理成章的事。在這以後，如何處置臺灣，又提到了清廷的議事日程。

　　早在康熙二年，李率奉曾題請用荷蘭為先鋒，攻克兩島，然後合攻臺灣還荷蘭，奉旨依議。這顯然是缺乏遠見的，幸荷蘭因乏人統兵，不允。在對臺灣棄留之關鍵時刻，深謀遠慮的施琅，看到臺灣「山川峭峻，土地膏腴，茂林修竹，人煙輻輳。且番、民雜處耕種，實海外之雄鎮，若棄而不守，則將來不但宵小竊據，亦必為紅毛所圖，其貽害地方，又不僅吾閩一省。自當請留，以作邊海屏藩」。遂題疏曰：

　　　　竊照臺灣地方，北連吳會，南接粵嶠。延袤數千里，山川峻峭，港道紆回，乃江、浙、閩、粵四省之左護。……臣奉旨征討，親歷其地，備見野沃土膏，物產利溥，耕桑並耦，漁鹽滋生。滿山皆屬茂林，遍處俱植修竹，硫磺、水藤、糖蔗、鹿皮以及一切日用之需，無所不有。向之所少者布帛耳，茲則木棉盛出，經織不乏，且舟帆四達，絲縷踵至，飭禁雖嚴，終難杜絕，實肥饒之區，險阻之域。逆孽乃一旦凜天威，懷聖德，納土歸命，此誠天以未闢之方輿，資皇上東南之保障，永絕邊患之禍，豈人力所能致哉？夫地方既入版圖，土番、人民皆屬赤子，善後之計尤宜周詳。此地若棄為荒陬，復置度外，則今臺

灣人居稠密，戶口繁息，農工商賈一行徙棄，安土重遷，失業
流離，殊費經營，實非良策。

全書以第三十卷「施將軍議留臺灣，大清國四海太平」結束，可謂大
有見地。

　　至於為諸多作序者所稱道的寧靖王之事，小說中也有交代：寧靖
王朱術桂，原分封荊州，因避張獻忠亂，入閩依鄭成功。迨癸卯年
（1663）十月，兩島俱破，又從鄭經之銅山，繼而渡臺，建府於赤嵌
城傍。小說稱他「人品雄偉，美髯弘聲，善書翰，喜佩劍，潛沉寡
言，勇敢無驕，鄭氏將帥以及兵民咸尊敬之」。迨聞澎湖敗績，仰天
歎曰：「主幼臣強，將驕兵悍，又逢此荒亂，是天時、地利、人事三
者咸失。將來托足正不知在於何處？」迨至議降，復歎曰：「是吾歸
報高皇之日。」遂將所有產業，悉分賞其所耕佃戶，所居之府舍與釋
氏為剎供佛。諭其侍姬袁氏、蔡氏、荷姑、梅姐、秀姑五人，聽其自
擇配。五妃不從，皆自縊死。桂各為收殮，虛一棺以自待，冠服乘輿
出，與鄭克塽等諸當事言別。遂大開門戶，遂望北叩首二祖列宗，援
筆書曰：「余自壬午流賊破荊州，攜家南下，甲申避亂閩海，總為幾
根頭髮，保全遺體，遠潛外國。今已四十餘年，歲六十有二，時逢大
難，全髮冠裳，歸報高皇。生事畢矣，無怍無愧。」又題一絕云：
「艱辛避海外，總為幾莖髮。於今事已畢，祖宗應容納。」投繯，顏
色如故。評曰：「余書至此，贊以二絕云：『天地乾坤無可寄，飄然海
國全其身。於今天命誠如此，不負朱家一偉人。』『四海飄蓬何處
棲？廈傾一木總難支。願留數莖白頭髮，歸見高皇喜有予。』」吳存
忠序曰：「迨氣運告終，而勝國子孫，有寧靖王朱術桂全家盡節，波
濤為之歎聲，風雨為之流淚，是臺灣又因寧靖王而重也。嗚呼，寧靖
王死得其名，善矣哉！但鄭氏握兵權於海隅，即前犯江南，後犯閩
粵，是天下只知有成功與經，不知有寧靖王朱術桂也。設使術桂不

死，則其名不傳，亦與敗葉腐草同寂寂而無聞，不幾為臺灣之山靈所笑乎？惟其從容就義，無慚勝國遺風，不負成功開闢臺灣之壯志，亦不負鄭經固守臺灣之苦心；且五姬慷慨輕生，氣勝男子，而臺灣之山川草木，能不因此而增光乎？今東土人心，順天意而歸本朝，遂將臺灣之地收入版圖，我皇上得此車書一統之盛，大沛恩膏，深加矜恤，俾番、漢生靈各得其所，是臺灣又被帝德之光，將來甲於天下而愈添其生色也。夫以窮海遠裔之區，有存誠守義之志士、舍生就死之王孫，又有英雄豪傑戀建殊助，標名麟閣；至於高人隱士，閨壼節烈，又昭昭在人耳目間，則臺灣之外志不可不修也。」稱頌寧靖王從容就義，「亦昭烈之北地王然」，同時又歸結到「帝德之光」與《臺灣外志》之不可不修，可謂用心良苦。

　　關於此書的寫法，〈凡例〉謂：「紀其一時之事，或戰或敗，書其實也；不似《水滸》傳某人某甲狀若何，戰數十合、數百合之類，點寫模樣，炫耀人目，以作雅觀。」然其中確有小說的成分。如第三卷敘崇禎十二年六月，荷蘭國郎必即哩哥駕夾板船犯閩、浙地方時，加了一段說明：「郎必即哩哥者，荷蘭國健將也，力能舉鼎，兼精劍術。其國之人，白面紅鬚，鷹鼻貓眼。原無船隻，因永樂差太監王三寶下西洋，遍歷諸國，聲言取寶，實偵建文。船到其國，國人懇求船式，三寶慮其有船則可渡海，騷擾邊疆，故意持一管壞筆，畫一個扁圈，中間首尾直豎三二節，將筆毛刷開，亂畫幾畫與他。豈知荷蘭人性乖巧，就畫樣打造，所有筆毛，一畫安繩一條（夾板船索路是也），造成船隻駕駛，比中國船更倍堅牢，且火器甚精。屢到中國，帶嗶吱、哆囉呢等貨物貿易，回則停舟海中，一人坐在桅斗上，持千里鏡四方遙觀。有船則將所佩小船五六只放下，每船坐六七人，俟船將到，圍攏，如我伸頭禦敵，他將鳥銃吹打，一槍一個而無虛發，是以海上最畏遇他，明季所謂防『貓兒眼』即此。」《福建通志》〈藝文志〉卷十八引《課餘續錄》云：「少讀《臺灣外紀》，恨其溺沒於小說

家，詞不雅馴。後得《臺灣紀事本末》鈔稿八卷，首行題『閩珠浦江日昇著，柳江葉二涯刪定。』……二涯者，葉茂遠也。」或許《臺灣外紀》原本乃「溺沒於小說家，詞不雅馴」，而現存的《臺灣紀事本末》鈔稿，是經過柳江葉茂遠刪定的本子。其後，又有「嘉慶辛酉六年仲夏六月朔日謝氏修輯」的《臺灣外志》百回本。內容無大改動，惟於分回有所改動，如將第一卷「江夏侯驚夢保山，顏思齊敗謀日本」分成第一回「獲地脈周侯留穴，震石文鄭氏應讖」、第二回「過東洋一官結婚，聚郡雄思齊謀國」、第三回「臨盆翁氏夢鱷魚，醉後李英漏機關」、第四回「思齊逃難踞臺灣，一官問天連得筊」，及第五回「合眾共結十八芝，感恩唯憑一封書」的前半回。第二卷「蔡善繼出海招安，盧毓英陸鵝遭擒」分成第五回後半回與第六回「芝龍拂意仍歸海，芝豹獻計密登山」、第七回「芝虎芝豹雙劫將，希範咨皋連喪師」等。

又有《三春夢》三十三回，是同一時代倖存的時事小說，敘康熙十三年四月至十六年六月（1674-1677），潮州總兵劉進忠起兵反清事。此書僅見民國初年石印本，據卷首之〈敘〉（無題署及年月）言，作序者「總角時，見有私家抄本。當清未滅，雖犯忌諱，然《鄭成功》（即《臺灣外紀》）一書流布中國，獨此書未有訂正刊行者」，「今□□□主人乃出其藏本修正印行」云云。據新版校訂者薛汕先生推測，此書大約在康熙後即有鈔本[15]。按是書所寫，與《臺灣外志》第十七卷、第二十卷頗有對應之處，故可據為判定其年代與價值之參照。茲試從「事」與「情」兩端言之：

先說「事」的方面。《臺灣外志》第十七卷「耿精忠見敗修好」寫道：

---

15 薛汕：《三春夢》〈校訂後記〉（北京市：書目文獻出版社，1985年）。

潮州總兵劉進忠，與續順公沈瑞同城。瑞年十一襲職，部議以瑞年幼未諳軍旅，所有一切諸事，暫聽副都統鄧光明主決。俟長成日，交與瑞。光明秉權驕傲，薄視進忠，每事相忤。迨至甲寅正月，因吳三桂變，各自為備，光明全旗居南，而進忠與民居北，遂於城中立柵為界，日則開市，夜則關鎖，撥兵守禦。平南王尚可喜聞知，遣員排解者再，雖陽為好，陰各懷憤。至三月間，進忠心腹旗鼓楊希震從福州回，於念六日即聞精忠反。進忠以漳、潮接壤，恐有不虞，調兵操演。光明疑希震回有成約，愈提防。進忠又以同城不睦，終非善計，托瑞表兄金四轉求瑞之姑為次子媳，則兩家可以釋然。瑞母許可，與光明言，明曰：「彼一匹夫耳，世爵之女安肯與偶？」遂止。進忠聞之，心愈恨。光明結城守參將張善繼、鎮標左營兼管中軍遊擊事李成功二人，約於四月二十一日進忠父壽誕無備，功同善繼欲率兵從北門金山抄進忠衙後，放火殺出。光明砍柵相應。因謀不密，為進忠所知而預防。於二十日申刻，功與善繼上晚衙門，入川堂，坐未茶，進忠喝擒之。二人稱何罪，忠曰：「罪實無，汝印與兒子呢？」二人無以答（注：成功恐光明不信，遣其子並印為質）。隨禁於幽室，令左右看守。是晚，進忠披甲督兵，加意備禦。光明令甲士飽食，選健勇餘丁執利斧以待。守終夜，闃然不見火起。至天明，探知謀泄，張、李被擒，乘其方開柵，揮兵衝殺。進忠立斬成功首級號令，率李雲、林天貴、張輝、蔡大茂、趙承業、曾成、洪經邦、劉玉、鄭廷選等，分街與戰。又令楊希震砍城之北門，渡溢溪，奔分水關劉炎處請救。光明衝殺數十，終在街衢，難於馳射，總不能勝。至晚各罷兵，取百姓椅桌木料，堆列柵邊，防夜間衝突，以絆馬腳。二更，劉炎兵至，登筆架山，焚毀店屋，炮聲轟天，次早從北門入城。光明勢孤自縛，同其義男

岱、于國璉，跟沈瑞露頂捧印敕步行，詣進忠轅門投降。忠以
瑞年幼未諳，收其印敕，仍尊上座。親與光明解縛，罪歸國
璉，令斬首。出瑞眷口於韓山，從劉炎往漳浦，聽精忠命。進
忠遂剪辮反。精忠加進忠為寧粵將軍，其餘文武照舊供職。平
南王尚可喜接潮州反報，隨飭提督嚴自明，修備訓練士卒。一
面題請進剿。進忠知粵省整師，即遣人往精忠處請救。忽報同
安、海澄二縣歸鄭，繼報漳、泉亦降。忠思粵師將動，閩援已
阻，如之奈何，亦遣葛天魁往泉納款，經表封進忠為定虜伯右
提督。

《三春夢》之敘事，頗有不同：

一、劉進忠平定潮州郝尚久有功，敕封潮總兵官，義成王覺羅屈
興誣奏其有叛反之意，康熙乃封康清王長子沈發（永祥）為續順公，
鎮守潮州。沈發上任途中染病身故，敕命其弟瑞（永興）襲續順公。

二、代子于國璉與沈發遺孀尚束英勾搭成奸，因恃勢縱軍肆虐，
強取民物，搶奪婦女。百姓受虐，具呈控告，劉進忠得其實情，遂往
見續順公，于國璉巧言掩飾，反受斥責。霜降日，眾將出教場祭奠，
于國璉請其乾父都統鄧光明同往觀看，無故殺害把總侯雄等十餘人。
沈瑞恐受牽累，將鄧、于二人責罰，又從劉鎮之議，將潮州城內街分
為兩畔，東南屬公府，西北歸劉鎮，各不相犯，潮城稍安。

三、劉進忠弟進義受父母之命，來潮州探看，被鄧光明、于國璉
打死。沈瑞知事鬧大，命鄧光明、于國璉執杖哭喪，又許以其姊鸞英
許配劉鎮長子為室，劉鎮思康親王當年保舉之恩，方允和息此事。

四、把總楊飛熊夜觀星斗，知天下必有大變，乃勸劉鎮舉事，除
卻鄧、于二奴，掃盡公旗，為民伸冤；且吳三桂攻取湖廣，耿精忠據
住福建，鄭成功攻取臺灣，外有接濟，內有穀積，定可成功。劉鎮乃
命人往東都進降表，鄭成功封其為寧粵大將軍、鎮潮兵馬大元帥。鄧

光明、于國璉知劉進忠反，買通部將李成功、白玉虎，於進忠壽辰時行刺，被擒處死。

五、沈永興令鄧光明領旗兵征討，鄧光明死在亂刀之下，僅于國璉一人逃回。劉鎮領兵圍續順公府，向沈永興面提三事：殺于國璉；將庫銀分發城中貧民；送沈鸞英進府完婚。

上述諸事之差別，或由傳聞各異，或由浮誇失真，殊難定其之是非。比較而言，以先命沈發為續順公，後途中身故，敕命其弟襲之，則年方十一之沈瑞何以得襲實職，《三春夢》有較合理的說明；潮州城中立柵為界之原因，《三春夢》說是為了緩解「公府」與「劉鎮」（亦即旗軍與漢民）的矛盾，亦比《臺灣外志》所說為備吳三桂之變合乎邏輯；劉、沈之提親，《臺灣外志》說是進忠以同城不睦，求沈瑞之姑為次子媳，而《三春夢》則說沈瑞為息事寧人，許以其姊鸞英許配劉鎮長子，情理上是各有千秋。惟劉進忠之舉事，《三春夢》說是出於「掃盡公旗，為民伸冤」的動機，且為楊飛熊所鼓動，而《臺灣外志》則謂鄧光明於進忠父壽誕，結張善繼、李成功抄衙而逼反，查乾隆二十七年《潮州府志》〈征撫〉：「四月二十一日，進忠父壽，瑞即於是日舉兵，同城巷戰，瑞兵敗績。……進忠勢益張，脅瑞索都統功鄧光明、防禦于國璉。瑞勢窘，乃縛鄧、于歸之。進忠殺成功、國璉，囚光明、善繼。」乾隆四十年《潮州府志》〈宦跡〉：「康熙甲寅，潮鎮劉進忠叛，續順公命都統宋文科、鄧光明、張夢吉及國璉等舉兵擊進忠，國璉奮勇殺賊，射進忠，中肩，因巷戰馬難馳驟，為步卒所格，力屈死之。鄧光明後殉節澎湖。」則《臺灣外志》說鄧光明勢孤自縛，同其義男岱、于國璉，跟沈瑞露頂捧印敕步行，詣進忠轅門投降，忠以瑞年幼未諳，收其印敕，仍尊上座，親與光明解縛，罪歸國璉，令斬首，似又更近事實。

從文體性質著眼，《臺灣外志》顯然更接近於史書，《三春夢》無論語言、情節、結構，都堪稱道道地地的小說。尤其是在劉進忠政治

生涯中起決定性作用的兩位軍師楊飛熊、鍾文岳，連〈書中緊要人物簡明表〉中都毫無蹤影，可見確是作者虛構的人物。按照小說之演進規律，小說意味較濃的《三春夢》，成書似應在史志式的《臺灣外志》之後；然而從小說中充盈洋溢的「情」來看，則它所體現的時代氛圍，似乎又更接近於當時的歷史真實。《臺灣外志》對黃道周、張煌言等人矢志不渝、慷慨就義敢於正面抒寫，不加隱諱，因為寫忠臣的「引頸受刑」，是彰揚「綱常萬古」，並不會讓人聯想劊子手所沾的鮮血；而對清兵在揚州、江陰的屠戮，卻徹底地避而不書，因為那才是征服者殘酷罪行的鐵證。相比之下，《三春夢》對異族統治者之虐害百姓、欺凌潮軍，卻進行了極其沉痛的控訴。

　　小說刻畫的劉進忠，應該說是難得的好官。因水旱災害，見窮戶之家餓死甚眾，便移文開倉賑濟饑民；倉穀告完，又命將庫銀照時價糴穀賑濟；庫銀亦完，設計使上戶有餘穀者獻糧。康熙本欲加升，奸臣覺羅屈興卻誣奏此舉乃買屬人心，必有叛反之意，須敕命大臣鎮守，以防不測。康熙聽信此言，派續順公鎮守潮州。於是加劇了旗軍與百姓的矛盾，百姓受虐不過，具呈控告，各衙官員不敢同公府作對，竟批倒不准。旗軍還凌虐漢軍，于國璉、鄧光明殺害把總侯雄，死傷十餘人。連劉進忠親弟也被鄧光明、于國璉打死。各種惡行，令人髮指。現實的種種黑暗，使人對以往的歷史產生了反思。第十五回寫莫朝梁的心理變化，具有深刻的意義。莫朝梁之父係明朝御營總兵官，被清主所殺，莫朝梁長成，為潮陽城游擊。接到濟南王攻劉進忠的命令，其母劉氏告之曰：劉鎮愛惜人民，體恤百姓，見公旗軍將欺凌百姓，鄧、于二奸虐害人民，與人民出頭，故此起動干戈，反清為明，掃淨旗奴，以安百姓，「此潮州萬民所欽服，言正理順」，決不是「逆賊」。她還說出自己對明亡形勢的看法：「吳總制不合暫請清主看守京城，親身帶領軍將追趕李闖，誰知京都被大清國主所占，命勇將鎮守關隘，吳總制見大明江山已失，不能回復舊業，遂隱鎮於雲貴之

地。」當莫朝梁「兵微將寡，如之奈何」時，劉氏言曰：「吳總制平
山王，鎮住雲貴，鄭藩王據東都，福建靖南王殺總督及撫院，復反清
為明，劉鎮大人據鎮潮州，兒你何不到潮州相助劉大人退卻清軍。一
來不負舊主，二來不忘母族，倘成得大事，君父之仇有報，你母雖死
在陰府之中，心亦清快。」總之，《三春夢》對異族統治有強烈的切
膚之痛，故其所體現的精神當更逼近那一時代。在此基點上，《三春
夢》對劉進忠出於「掃盡公旗，為民伸冤」的動機的反抗，給予了充
分的肯定。杜國庠先生曾稱道此書為「人民書寫的歷史」[16]，大約就
是從這方面說的。

　　小說將劉進忠的命運，與楊飛熊、鍾文岳兩位軍師相伴始終。楊
飛熊是劉進忠反抗的策動者。他夜觀星斗，知天下必有大變，乃與詹
兆奇商議勸劉鎮舉事，除卻鄧、于二奴。劉進忠拜楊飛熊為軍師，命
眾將預備迎敵，五營將幫同時起義，又得眾多好漢前來相助，於獄中
放出十八位英雄，乃大破旗軍。後清軍放火燒東津鄉民屋，劉鎮親往
救火，中了埋伏，軍師楊飛熊中箭身亡，臨終薦好友鍾文岳自代。鍾
文岳道號益知先生，別號小諸葛，隱居鄉間，夜觀星斗，知楊飛熊
死，必薦己以代；但思劉鎮非遠大之器，輔助何益。及聞來使「保潮
民命」之語，方允出山，拜受軍師之職。鍾文岳使曾仲隻身破除惡溪
營寨，又命何宗行苦肉計，詐降濟南王為內應，濟南王一敗再敗，十
八萬軍損失殆盡。康熙命平南王尚可喜為帥，領兵十三萬征討潮州，
鍾文岳用誘敵之計大勝清軍。平南王用轟天炮，鍾文岳派人劫取之；
平南王派奸細為內應，鍾文岳將計就計，又命鄒可玉遊說各鄉義民，
平南王敗回廣東。

　　關於劉進忠的投降，《臺灣外志》第二十卷云：「潮州總兵劉進
忠，曾於己卯年八月，單騎馬海澄面鄭經。見經語言人品平常，心遂

16 薛汕：《三春夢》〈校訂後記〉（北京市：書目文獻出版社，1985年）。

輕之。」乃遣潮州城守陳文嵌入閩，謁康親王及耿藩，賞賚加厚。福
建布政使司姚啟聖，素與文嵌交最善，以伊小主馬三奇書至之，書
曰：「今和碩親王奉詔撫閩省，凡一應去逆歸順之人，不特盡釋前
非，更置高爵厚祿，必誠必信，以待歸誠。耿藩系首事者也，一經悔
過，即復王爵，恩禮更加疇昔；下至協從，亦皆照舊供職，毫無猜
忌。況原為王臣，因逼於勢力不加而聞風惑亂者乎！其赦過復用，斷
斷無疑者也。弟以手足摯情，已將兄臺訴之親王前，而親王亦無不諒
兄臺之心，必有從風而起者，是王師不折一矢而成膚功，皆兄臺一人
之倡成。王自當特疏題請，破格優錄，不過一反手之勞，而朝廷之爵
祿隨之矣。邵武先復，汀、漳、泉業已蕩平，師旅所加，無不披靡，
即不言干戈相向也，區區濱海邊隅，豈兄臺展足之地乎？以兄臺之
明，成敗吉凶，洞於觀火，奚待弟之喋喋。但休戚相關之誼，不忍漠
視，故不禁言於兄臺之前。弟今蒙親王之命，執統前矛，則弟非同虛
謀之辭，罔聳聽聞，當念今日簡命之重，亟思先嚴優握之誼，潛布腹
心，改正歸誠，為此遊之首事，是功既優於特等，為九重眷注之隆，
必有遵於尋常萬萬者。」進忠觀畢，喜曰：「吾當遵勸，為此方百姓
造福，死生聽朝廷之命。」遂剃髮歸正，拜授征逆將軍征逆伯，遣中
鎮陳璉帶兵，星馳往惠州。

　　而《三春夢》則寫鍾文岳仰觀天文，知劉進忠氣數將盡，遂裝病
以為脫身之計，並薦鄒可玉為軍師。劉進忠遭受重創，十萬大軍僅有
四萬，遂返軍潮城，部將陳文禺又叛。劉進忠見大勢已去，集眾英雄
言曰：「想當初荷蒙公等共聚大義，起動干戈，拒敵旗軍。又有東都
福建烏山各路諸君軍馬相助，大破夷狄之師。而今鍾軍師逃遁，滅跡
無跡，鄒先生與何元帥陣亡，羽翼削去大半不止。眼前雖有二萬餘
軍，亦系疲敗之兵，安能拒敵？康親王二十萬新霸之師，依本帥主
見，不如投誠，公等散夥，各歸故里，自保身家罷。」不從眾人之
議，將庫中金銀給賞眾軍，將帥府庫中糧米給賞貧戶人家。進京之

日，潮城父老焚香點燭，各各淚下。臨別日，對眾曰：「劉某同諸公等，心腹交情，真真實實，並無半點差錯，但今天意所壓，致使劉進忠歸清，此去京師吉少凶多，但大丈夫死便一死，何足惜哉！願諸公同守此土，須當體恤人民，毋得一片糊塗，使人民無見天之日。」

　　《臺灣外志》未交代劉進忠的結局，《三春夢》則明寫康熙主命將劉進忠剮於市。大概是為了沖淡他慘遭碎剮的悲劇氣氛，給予讀者心靈的一種安慰，小說預寫其父劉文若見進忠反清為明，大罵忤逆，暗修本章，將此事奏知天子，後來得吏部尚書朱茂貴依律法行事，挫敗了一心置劉家於死地的兵部尚書金時光的陰謀，終於得康熙批准，全眷老小不予追究，且封劉文若為榮祿大夫；「棄官助友」的莫朝梁、馬甘泉等亦皆得安然無事。結末詩云：「掃盡公旗便好休，干戈何必亂蜉蝣？飛熊那得千年壽？文獄空成十面謀。」以為「掃盡公旗」之事應見好就收，凡事不能做過了頭，肯定中的否定，實在也是無可奈何的事了。

第五章
清代的歷史小說

第一節　四大演義定本的形成

明人既已構建了與正史平行的龐大演義系列，取材相同的演義之間又經歷了不同風格和旨趣的競爭，留給清人的空間已經不多了。他們對歷史小說最重要的貢獻，首先是通過修訂、新編、評點等加工手段，最終形成了《三國演義》、《隋唐演義》、《東周列國志》、《東西漢演義》四大演義的傳世定本。

一　《三國演義》

因了寫作過程與傳播方式的特殊性，《三國志演義》出現了許多版本，現存的主要版本計有：嘉靖元年（1522）刊《三國志通俗演義》、嘉靖二十七年（1548）葉逢春刊《新刊通俗演義三國史傳》、萬曆十九年（1591）周曰校刊《新刻校正古本大字音釋三國志通俗演義》、萬曆二十年（1592）雙峰堂刊《新刻按鑒全像批評三國志傳》、萬曆間余象斗刊《新刻京本校正演義按鑒全像三國志傳評林》、萬曆間湯賓尹刊《新刻湯學士校正古本按鑒演義全像通俗三國志傳》、萬曆間喬山堂刊《新鍥全像大字通俗演義三國志傳》、朱鼎臣輯《新刻音釋旁訓評林演義三國志傳》、萬曆三十三年（1605）聯輝堂刊《新鑴京本校正通俗演義按鑒三國志傳》、萬曆三十八年（1610）楊閩齋刊《重刻京本通俗演義按鑒三國志演義》、萬曆三十九年（1611）鄭

世容刊《新鍥京本校正通俗演義按鑒全像三國志傳》、綠蔭堂覆明刊
《李卓吾先生批評三國志》、藜光堂刊《鼎峙三國志傳》及《鍾伯敬
先生批評三國志》等。各種版本之間的關係十分複雜，專家們雖作了
不少考證工作，但至今仍未取得一致的意見。但有一個事實卻為多數
學者所公認：自毛綸、毛宗崗父子對演義文本進行修訂，並加上自撰
的〈凡例〉、〈讀法〉與逐回評點之後，「毛本」《三國演義》遂成為此
書的定本，其他各本不復流傳，連「三國演義」這一「不通」的書名
也為世人認可，以至取代了正規的《三國志演義》。

　　康熙十八年（1679），醉畊堂刊《四大奇書第一種》六十卷一百
二十回，內封橫鐫「聲山別集」，卷端題「茂苑毛宗崗序始氏評」，這
是現存最早的毛評《三國演義》刻本，卷首有「康熙歲次己未十有二
月李漁笠翁氏題於吳山之層園」序。聲山即毛綸，字德音，長洲（今
江蘇蘇州）人。他中年雙目失明，自號聲山，生卒年不詳。其子毛宗
崗，字序始，號子庵。陳翔華先生據北京圖書館藏清稿本《婁關蔣氏
支錄》〈祖範〉所錄毛宗崗〈雉園公戊辰硃卷並遺囑手跡合裝冊題
跋〉，中云「歲辛卯，先生延館先君子俾塚孫雲九世兄受業焉，於是
予從先君子後，常得謁先生，……時予方弱冠」，考得毛宗崗於順治
八年（1651）「弱冠」時謁蔣燦（雉園公），由此上溯二十歲，則當生
於明崇禎五年壬申（1632）。又此跋作於「康熙己丑之春」，可推知其
卒年當在康熙四十八年（1709）春之後[1]。毛綸於康熙五年（1666）評
點《琵琶記》，其「總論」曰：「昔羅貫中先生作《通俗三國志》，共一
百二十卷。其紀事之妙，不讓史遷，卻被村學究改壞，予甚惜之。前
歲得讀其原本，因為校正。復不揣愚陋，為之條分節解，而每卷之前，
又各綴以總評數段，且許兒輩亦得參附末論，共贊其成。書既成，有

1　陳翔華：〈毛宗崗的生平與《三國志演義》毛評本的金聖歎序問題〉，《文獻》1989
　　年第3期。

白門快友見而稱善，將取以付梓。不意忽遭背師之徒欲竊冒此書為己有，遂致刻事中閣，殊為可恨。今特先以《琵琶》呈教，其《三國》一書，容當嗣出。」由此可見，《三國演義》於康熙五年（1666）前已由毛綸修訂評點完成。「總論」又說：「予因病目不能握管，每評一篇，輒令崗兒執筆代書，而崗兒亦時有所參論，又復有舉予引端之旨而暢言之，舉予未發之旨而增補之者。予以其言可采，使亦附布於後，以質高明。」說的雖是評點《琵琶記》的情形，《三國演義》的評點亦當如是：毛宗崗一面為之執筆，一面「亦得參附末論」，有所引申和發揮；至於最後的付梓，自然是由毛宗崗全力承擔了。

　　毛本成功的因素是多方面的，其中史學與文學理論的闡釋之力，起了十分重要的作用。〈讀《三國志》法〉開宗明義第一句就是：「讀《三國志》者，當知有正統、閏運、僭國之別。正統者何？蜀漢是也。僭國者何？吳、魏是也。閏運者何？晉是也。魏之不得為正統者，何也？論地，則以中原為主，論理，則以劉氏為主，論地不若論理。故以正統予魏者，司馬光《通鑑》之誤也；以正統予蜀者，紫陽《綱目》之所以為正也。」正統論是史學界的大題目，正如沈伯俊先生〈論毛本《三國演義》〉所指出的那樣：「這種正統思想，既包括南宋朱熹以來的以『論理』為特徵的封建正統觀，也包括民間傳統的以善惡仁暴為取捨標準的蜀漢正統觀，還可能包含某種程度的反清悼明情緒。」[2]採納各種思潮交匯於一點，怎能不成為社會關注的熱點？毛本抓住它堂堂正正地大做文章，聲勢自是不凡。〈讀《三國志》法〉又一一揭示《三國演義》的「文章之妙」，諸如「追本窮源之妙」、「巧收幻結之妙」、「以賓襯主之妙之妙」、「同樹異枝、同枝異葉、同葉異花、同花異果之妙」、「星移斗轉、風翻雨覆之妙」、「橫雲斷嶺、橫橋鎖嶺之妙」、「將雪見霰、將雨聞雷之妙」、「浪後波紋、雨

2　沈伯俊：《三國演義新探》（成都市：四川人民出版社，2002年），頁76。

後靐霖之妙」、「寒冰破熱、涼風掃塵之妙」、「笙簫夾鼓、琴瑟聞鐘之
妙」、「隔年下種、先時伏著之妙」、「添絲補錦、移針勻繡之妙」、「近
山濃抹、遠樹輕描之妙」、「奇峰對插、錦屏對峙之妙」，用形象的比
喻來解析複雜的藝術技巧，豈能不極大調動讀者的興趣？毛本的《讀
法》與回評，對於擴大《三國演義》的市場，無疑是大有作用的。

　　毛本的成功，亦有策略運用之妙。毛氏父子效法金聖歎之故伎，
將以前所有的《三國志演義》版本統統斥為「俗本」，而將自己的做
法稱作「悉依古本改正」、「悉依古本存之」、「悉依古本增入」，並時
刻不忘譏彈「俗本」之謬，稱賞「古本」之正。毛本是不是「古
本」，單憑卷首〈臨江仙〉一詞，就可判斷清楚。詞曰：「滾滾長江東
逝水，浪花淘盡英雄。是非成敗轉頭空，青山依舊在，幾度夕陽紅。
白髮漁樵江渚上，慣看秋月春風。一壺濁酒喜相逢，古今多少事，都
付笑談中。」且又加批語曰：「以詞起，以詞結。」彷彿《三國》的
「古本」原貌，就是如此。其實，此詞的作者乃是楊慎（1488-
1559），他比羅貫中小了一百七十多歲，其非古本原貌，不容置疑。
楊慎此詞出《歷代史略十段錦詞話》（明末稱《廿一史彈詞》）第三
「說秦漢」，原與三國之事無關。毛本將其置於《三國演義》卷首，
賦予它以超脫而凝重、曠達而雋永的氣韻，頓時提高了小說的品位和
檔次，再增寫一段極富思辨性的話語：「話說天下大勢，分久必合，
合久必分。周末七國分爭，併入於秦；及秦滅之後，楚漢分爭，又併
入於漢；漢朝自高祖斬白蛇而起義，一統天下，後來光武中興，傳至
獻帝，遂分為三國。推其致亂之由，殆始於桓、靈二帝。」一下子就
將「分合」論與「致亂之由」論兩大史觀，端在好學深思的讀者面
前，益加調動了他們的積極思維，不由得不一口氣往下讀了。

　　作為文本來說，「定本」之所以能定，關鍵功勞當然還在對版本
的修訂。沈伯俊先生將毛氏父子對《三國演義》的評改概括為六個方

面[3]，可以說已囊括無遺。現據他的論述，分疏如下：

一、修訂文辭。〈凡例〉云：「俗本之乎者也等字，大半離齟不通，又詞語冗長，每多複遝處。今悉依古本改正，頗覺直捷痛快。」毛氏父子對原本文字作了精琢細磨的加工和潤飾，刪去了繁冗複沓乃至離齟不通之處，使語言更加規範、簡練、流暢。如第一回靈帝詔問群臣，嘉靖本作：

> ……種種不祥，非止一端，於是靈帝憂懼，遂下詔召光祿大夫楊賜等詣金商門，問以災異之由及消復之術。賜對曰……（以下大致抄錄《後漢書》〈楊賜傳〉所錄「書對」，共200字）議郎蔡邕亦對，其略曰……（以下大致抄錄《後漢書》〈蔡邕傳〉所錄「書對」，共一二一二字）帝覽奏而歎息，因起更衣。

毛本則作：

> ……種種不祥，非止一端。帝下詔問群臣以災異之由。議郎蔡邕上疏，以為霓墮雞化，乃婦寺干政之所致，言頗切直。帝覽奏歎息，因起更衣。

毛本刪去楊賜的「書對」，僅轉述蔡邕「書對」中關鍵的一句，一下子減省了四百餘字，敘語乾淨俐落，頗覺直捷痛快。再如劉備的出場，嘉靖本作：

> 那人平生不甚樂讀書，喜犬馬，愛音樂，美衣服。少言語，禮下於人，喜怒不形於色。好交遊天下豪傑，素有大志。生得身

3　沈伯俊：《三國演義新探》（成都市：四川人民出版社，2002年），頁77-79。

長七尺五寸，兩耳垂肩，雙手過膝，目能自顧其耳，面如冠玉，唇若塗朱。中山靖王劉勝之後，漢景帝閣下玄孫，姓劉，名備，表字玄德。昔劉勝之子劉貞，漢武帝元狩六年封為涿郡陸城亭侯，坐酎金失侯，因此這一枝在涿郡。玄德祖劉雄，父劉弘。因劉弘曾舉孝廉，亦在州郡為吏。備早喪父，事母至孝，家寒，販履織席為業。舍東南角上有一桑樹，高五丈餘，遙望童童如小車蓋，往來者皆言此樹非凡。相者李定云：「此家必出貴人。」玄德年幼時，與鄉中小兒戲於樹下，曰：「我為天子，當乘此羽葆車蓋。」叔父責曰：「汝勿妄言，滅吾門也！」年一十五歲，母使行學，與同宗劉德然、遼西公孫瓚為友。玄德叔父劉元起見玄德家貧，常資給之。元起妻曰：「各自一家，何能常耳！」元起曰：「吾宗中有此兒，非常人也！」

毛本改作：

那人不甚好讀書，性寬和，寡言語，喜怒不形於色。素有大志，專好結交天下豪傑。生得身長七尺五寸，兩耳垂肩，雙手過膝，目能自顧其耳，面如冠玉，唇若塗脂。中山靖王劉勝之後，漢景帝閣下玄孫，姓劉，名備，字玄德。昔劉勝之子劉貞，漢武時封涿鹿亭侯，後坐酎金失侯，因此遺這一枝在涿縣。玄德祖劉雄，父劉弘。弘曾舉孝廉，亦嘗作吏，早喪。玄德幼孤，事母至孝；家貧，販履織席為業。家住本縣樓桑村。其家之東南，有一大桑樹，高五丈餘，遙望之童童如車蓋。相者云：「此家必出貴人。」玄德幼時，與鄉中小兒戲於樹下，曰：「我為天子，當乘此車蓋。」叔父劉元起奇其言，曰：「此兒非常人也！」因見玄德家貧，常資給之。

毛本刪去「喜犬馬，愛音樂，美衣服」，是因為對劉備的形象有損；
又刪去相者李定之名，是因為並無必要；將叔父責言「汝勿妄言，滅
吾門也！」刪去，且加夾批曰：「漢高微時，見始皇車從，曰：『丈夫
不當如是耶？』正與此合。」又如曹操之出場，嘉靖本作：

> 為首閃出一個好英雄，身長七尺，細眼長髯，膽量過人，機謀
> 出眾，笑齊桓晉文無匡扶之才，論趙高王莽少縱橫之策。用兵
> 彷彿孫吳，胸內熟諳韜略。官拜騎都尉，沛國譙郡人也，姓曹
> 名操，字孟德，乃漢相曹參二十四代孫。操曾祖曹節，字元
> 偉，仁慈寬厚。有鄰人失去一豬，與節家豬相類，登門認之。
> 節不與爭，使驅之去。後二日，失去之豬自歸，主人大慚，送
> 還節，再拜伏罪，節笑而納之。其人寬厚如此。節生四子，第
> 四子名騰，字季興，桓帝朝為中常侍，後封費亭侯。養子曹
> 嵩，原是夏侯氏子，過房與曹騰為子，因此姓曹。嵩為人忠孝
> 純雅，官拜司隸校尉，靈帝拜為大司農，遷大鴻臚。嵩生操，
> 小字阿瞞，一名吉利。

毛本則改作：

> 為首閃出一將，身長七尺，細眼長髯，官拜騎都尉，沛國譙郡
> 人也，姓曹名操，字孟德。操父曹嵩，本姓夏侯氏，因為中常
> 侍曹騰之養子，故冒姓曹。曹嵩生操，小字阿瞞，一名吉利。

　　毛本將嘉靖本稱曹操為「好英雄」、「膽量過人，機謀出眾，笑齊
桓晉文無匡扶之才，論趙高王莽少縱橫之策。用兵彷彿孫吳，胸內熟
諳韜略」、「乃漢相曹參二十四代孫」等，一概刪去。表彰其曾祖曹節
的「仁慈寬厚」、其父曹嵩的「忠孝純雅」，更是一字不留，且加批語

曰：「曹操世系如此，豈得與靖王后裔、景帝玄孫同日而語也！」

　　二、修改情節。毛氏對《演義》情節所作修改，魯迅先生《中國小說史略》概括為：「一曰改，如舊本第百五十九回〈廢獻帝曹丕篡漢〉本言曹後助兄斥獻帝，毛本則云助漢而斥丕。二曰增，如第百六十七回〈先主夜走白帝城〉本不涉孫夫人，毛本則云『夫人在吳聞亭兵敗，訛傳先主死於軍中，遂驅車至江邊，望西遙哭，投江而死』。三曰削，如第二百五回〈孔明火燒木柵寨〉本有孔明燒司馬懿於上方谷時，欲並燒魏延，第二百三十四回〈諸葛瞻大戰鄧艾〉有艾貽書勸降，瞻覽畢狐疑，其子尚詰責之，乃決死戰，而毛本皆無有。」[4]毛氏所增的還有「事」和「文」。〈凡例〉云：「事不可闕者，如關公秉燭達旦，管寧割席分坐，曹操分香賣履，於禁陵廟見畫，以至武侯夫人之才，康成侍兒之慧，鄧艾鳳兮之對，鍾會不汗之答，杜預《左傳》之癖，俗本皆刪而不錄。今悉依古本存之，使讀者得窺全豹。」「《三國》文字之佳，其錄於《文選》中者，如孔融薦彌衡表，陳琳討曹操檄，實可與前、後〈出師表〉並傳俗本皆闕而不載。今悉依古本增入，以備好古者之覽觀焉。」

　　三、整頓回目。〈凡例〉云：「俗本題綱，參差不對，雜亂無章，又於一回之中，分上下兩截。今悉體作者之意而聯貫之，每回必以二語對偶為題，務取精工，以快悅者之目。」《演義》原為二百四十回，「李卓吾評本」合併為一百二十回，各回回目由原來上下兩回拼合而成，大都「參差不對」。毛氏對全書回目作了加工，每回均以七字或八字的對偶句為題，文字比較考究，如諸本開頭兩回作「祭天地桃園結義」、「劉玄德斬寇立功」，毛本改為第一回「宴桃園豪傑三結義，斬黃巾英雄首立功」，確實起到了「快閱者之目」的作用。

　　四、削除論贊。舊本《三國演義》夾有較多論、贊、評，顯得累

4　魯迅：《中國小說史略》第十四篇〈元明傳來之講史（上）〉，頁110。

贅繁瑣，毛氏往往加以削除。如嘉靖本〈孔明秋風五丈原〉寫諸葛亮死時，連引陳壽評、楊戲贊、元微之贊、白樂天詩、程伊川詩、姚伯善詩、陳石蘭詩、楚菊山詩、葉士能詩、胡曾詩、朱黻論、張南軒贊、李興碑文、尹直贊等，連篇累牘，拖沓臃腫，反而沖淡了這一情節悲壯蒼涼的氛圍，毛本均予刪除。

　　五、改換詩文。〈凡例〉云：「敘事之中，夾帶詩詞，本是文章極妙處。而俗本每至『後人有詩歎曰』，便處處是周靜軒先生，而其詩又甚俚鄙可笑。今此編悉取唐宋名人作以實之，與俗本大不相同。」舊本《三國演義》寫人記事，每每引錄詩文，有的重三疊四，有的風格卑弱，有的體例與時代不合。對此，毛氏大刀闊斧予以改換和刪削。如嘉靖本卷十六〈玉泉山關公顯聖〉敘關羽父子之死，原有五首詩贊，毛氏全予刪除，另換五律、七律各一首。同回寫到鄉民在玉泉山建廟祭祀關羽，原有〈記〉、〈傳〉、〈贊〉各一首，共一千餘字；毛氏一概不要，另引對聯一副：「赤面秉赤心，騎赤兔追風，馳驅時無忘赤帝；青燈觀青史，仗青龍偃月，隱微處不愧青天。」寥寥三十四字，頗覺警策凝煉。

　　六、重作批評。〈凡例〉云：「俗本謬托李卓吾先生批閱，而究竟不知出自何人之手。其評中多有唐突昭烈、謾罵武侯之語，今俱削去，而以新評校正之。」毛氏殫精竭慮，探幽發微，全書批評達二十幾萬字，反映了他們的歷史觀、倫理觀和文學觀，產生了很大影響。

二　《隋唐演義》

　　隋唐之史事，向來是說部的熱門。明代相繼問世的有《隋唐兩朝志傳》、《唐書志傳》，與《隋煬帝豔史》、《隋史遺文》，前二種以「按鑑演義」相標榜，於卷首標出「起自某某年，迄於某年，首尾共某年事實」；後二種則不受史書拘縛，以人物為主線編織故事，分別代表

了歷史小說的兩大模式，且臻於較高境地。然而，褚人穫於康熙三十四年（1695）推出的《隋唐演義》，卻幾乎取代上述諸作，成為演說隋唐最為流行的本子，其原因是大可尋味的。

褚人穫（1635-？），長洲（今蘇州）人，字稼軒，一字學稼，號石農，又號長洲沒世農夫。其所修草堂，以郎瑛謂李白「梨花白雪香」、元穆之「落梅香雪浣蒼苔」、蘇東坡「海棠泥污胭脂雪」、楊廷秀「雪花四出剪鵝黃」皆以雪比花而有四色，故名之曰「四雪草堂」。生於書香門第之家，「一門之內，少長皆有文端雅之士」（朱陵：《堅瓠廣集》〈序〉）。其父褚笈，一生「七預棘闈，皆以數奇不偶」，崇禎丙子（1636）方中副榜（《堅瓠八集》卷一〈改題見用〉），著有《茶墨間集》二卷。叔褚篆，著有《松吟堂集》四卷、《隨年詩稿》四卷等。褚篆《堅瓠九集》〈序〉云：「侄初就家塾，吾兄名之曰穫，有『樹谷』『樹人』之思。」褚人穫「意氣豪邁，跌蕩聲酒」（孫致彌：《堅瓠總集》〈序〉），「多聞博學」（毛宗崗：《堅瓠三集》〈序〉），「負雋才，歷落不偶」（毛際可：《堅瓠四集》〈序〉），「邇年來自傷困頓，不能為得時之稼，達其甘芳，遂懼濩落無庸，故寓意於書，以示慨焉」（褚篆：《堅瓠九集》〈序〉）。褚人穫〈小引〉自云：「余平居碌碌，無所短長。二十年前方在少壯，已不敢萌分外一念。今則百歲強半，如白駒之過隙，憂從中來，悔恨交集，輒籍卷帙以自遣。」康熙二十九年（1690）起編纂《堅瓠集》，康熙四十二年（1703）完成《堅瓠十集》及《續集》、《廣集》、《補集》、《秘集》、《餘集》等六十六卷。康熙三十四年（1695）五月，刊印四雪草堂訂正本《封神演義》；十月，刊印四雪草堂本《隋唐演義》。還著有《讀史隨筆》、《退佳鎖錄》、《鼎甲考》、《續聖賢群輔錄》、《續蟹譜》等。《堅瓠補集》卷六《後戲目詩》有「甲申春連觀演劇，復成四律」一語，知其康熙四十三年（1704）尚在人世，卒年不詳。[5]

5　謝超凡：《褚人穫研究》（福州市：福建師範大學碩士論文，2002年），頁1-3。

　　《隋唐演義》的成書方式頗為特殊。其書卷端題：「劍嘯閣齊東野人等原本，長洲後進沒世農夫彙編。」〈自序〉亦謂：「合之《遺文》、《豔史》，而始廣其事，……其間闕略者補之，零星者刪之，更采當時奇趣雅韻之事點染之，匯成一集，頗改舊觀。」題署和自序表明：《隋唐演義》是以劍嘯閣主人《隋史遺文》、齊東野人《隋煬帝豔史》等為原本彙編而成的。「彙編」云云，實與「綴集成帙」同義，乃史書編纂的主要方式，也是演史小說成書的主要方式。據統計，《隋唐演義》前六十六回中，有三十五回襲用《隋史遺文》，占總回數的百分之五十三點〇三，有十回襲用《隋煬帝豔史》，占總回數的百分之十五點一五，另有七回，則由二書的相關內容聯綴而成，占總回數的百分之十點六。屬於褚人穫增補的約十四回，占總回數的百分之二十一點二一。從而證明褚人穫「合之《遺文》、《豔史》，而始廣其事」的話是誠實的，他沒有攘人之功的用心。他的「彙編」，主要體現在兩大方面：

　　一是細部的處理。在許多章節中，他往往將《遺文》、《豔史》的文字綴為一體，或前後相續，或因果相關，甚至選擇各書的現成文句，交互編織成篇。如《演義》第十九回「恣荒淫賜盒結同心」，就是綴合《遺文》第二十四回「恣荒淫太子迷花」與《豔史》第三回「侍寢宮調戲宣華」、第四回「三正位阿摩登極」和第五回「黃金盒賜同心」的文句而成的。現選錄一段有代表性的文字，以見一斑（為醒目計，與《遺文》相同的文字不標符號，與《豔史》第三回相同的文字下標單線（「——」），與《豔史》第四回相同的文字下標著重號（‧‧‧），他添加的文字標方括號（【　】）：

　　　　太子【廣】宿於大寶寢宮內，常入宮門候安。一日清晨入宮，恰好宣華夫人在那裡調藥與文帝吃。太子看見宣華，慌忙下拜。夫人迴避不及，只得答拜。拜罷，夫人依舊將藥調了，拿

到龍床邊，奉與文帝不題。卻說太子當初要謀東宮，求宣華在文帝面前幫襯，曾送他金珠寶貝，宣華雖曾收受，但兩邊從未曾見面。到這時同在宮中侍疾，便也不相避忌。又陳夫人舉止風流，態度閒雅，正是：

肌如玉琢還輸膩，色似花嫵更讓妍。
語處鶯聲嬌欲滴，行來弱柳影蹁躚。

【況他是金枝玉葉，錦繡叢中生長，說不盡他的風致。】太子見了，早已魂消魄散，如何禁得住一腔欲火？立在旁邊，不轉珠的偷眼細看，但在父皇之前，終不敢放肆。不期一日，又問疾入宮，遠遠望見一麗人，獨自緩步雍容而來，不帶一個宮女。太子舉頭一看，卻是陳夫人，他是要更衣出宮，故此不帶一人。太子喜得心花大開，暗想道：「機會在此矣！」當時吩咐從人：「且莫隨來！」自己尾後，隨入更衣處。那陳夫人看見太子來，吃了一驚道：「太子至此何為？」太子笑道：「也來隨便。」陳夫人覺太子輕薄，轉身待走，太子一把扯住道：「夫人，我終日在御榻前與夫人相對，雖是神情飛越，卻似隔著萬水千山。今幸得便，望夫人賜我片刻之間，慰我平生之願。」夫人道：「太子，我已托體聖上，名分攸關，豈可如此？」太子道：「夫人如何這般認真？人生行樂耳，有甚麼名分不名分。【此時真一刻千金之會也。】」夫人道：「這斷不可。」極力推拒，太子如何肯放，笑道：「【大凡識時務者，呼為俊傑。夫人不見父皇的光景麼，如何尚自執迷？】恐今日不肯做人情，到明日做人情時，卻遲了。」口裡說著，眼睛裡看著，臉兒笑著，將身子只管挨將上來。夫人體弱力微，太子是男人力大，正在不可解脫之時，只聽得宮中一片傳呼道：「聖

上宣陳夫人！」此時太子知道留他不住，只得放手道：「不敢
相強，且待後期。」夫人喜得脫身，早已衣衫皆皺，神色驚
惶，【太子只得出宮去了。】陳夫人稍俟喘息寧定，入宮，知
是文帝朦朧睡醒，從他索藥，不敢遲延，只得忙忙走進宮來。
不期頭上一股金釵，被簾鉤抓下，剛落在一個金盆上，噹的一
聲響，將文帝驚醒。開眼看時，只見夫人立在御榻前，有慌張
的模樣。文帝問道：「你為何這等驚慌？」夫人著了忙，一時
答應不出，只得低了頭去拾金釵。文帝又問道：「朕問你為何
不答應？」夫人沒奈何，只得亂應道「沒，沒有驚慌。」文帝
見夫人光景奇怪，仔細一看，只見夫人滿臉上的紅暈，尚自未
消，鼻中有噓噓喘息，又且鬢鬆髮亂，大有可疑，便驚問【：
「你為何這般光景？」夫人道：「我沒，沒有什麼光景。」文
帝】道：「我看你舉止異常，必有隱昧之事，若不直言，當賜
爾死。」夫人見文帝大怒，只得跪下說道：「太子無禮。」文
帝聽了這句，不覺怒氣填胸……。

　　此段文字，忽而抄《遺文》，忽而抄《豔史》，再加上自己的補作，頗
弄得熨貼自如。就中陳夫人聞文帝索藥餌，《遺文》的原文是：「……
那文皇把那朦朧病眼一看，好似：搖搖不定鳳敲竹，慘慘無顏雨打
花。若道是偷閒睡了起來，鬢該亂，衣服該縐，臉色不須變得；若道
因宣喚來遲吃驚，臉也不消如此失色，衣服鬢髮，又不該亂，便問
道：『為甚作此模樣？』此時陳夫人也知道隋主病重，不欲得把這件
事說知惱他，但一時沒甚急智遮掩，只得說一聲道：『太子無禮。』」
褚人穫不取《遺文》文字，而採用《豔史》頭釵被簾鉤抓下落在金
盆，發出響聲的細節，確能擇善而從。
　　二是總體的結構。自序說：「《隋唐志傳》創自羅氏，纂輯於林
氏，可謂善矣。然始於隋宮剪綵，則前多闕略；厥後鋪綴唐季一二

事，又零星不聯屬，觀者猶有議焉。昔籜庵袁先生曾示予所藏《逸史》，載隋煬帝朱貴兒、唐明皇楊玉環再世因緣事，殊新異可喜，因與商酌，編入本傳，以為一部之始終關目。……乃或者曰：『再世因緣之說，似屬不根。』予曰：『事雖荒唐，然亦非無因，安知冥冥之中，不亦有帳簿登記此類以待銷算也？』然則斯集也，殆亦古今大帳簿之外小帳簿之中所不可少之一帙與！」〈四雪草堂重編《隋唐演義》發凡〉云：「《隋唐演義》原本出自宋羅貫中。明正德中，三山林太史亨大復加纂緝，授梓行世已久，而坊人猶以為未盡善。近見《逸史》載隋帝、唐宗與貴兒、阿環兩世會合，其事甚新異，因為編入，更取正史及野乘所紀隋唐間奇事、快事、雅趣事匯纂成編，頗堪娛目，非欲求勝昔人，聊以補所未備也云爾。」褚人穫清醒地意識到，「零星不聯屬」正是《隋唐志傳》等「按鑒」說部的通病，也是它們未能最終邁入「盡善」的藝術殿堂的原因。他要尋找「一部之始終關目」的意念，無疑是十分高明的；而以隋煬帝朱貴兒、唐明皇楊貴妃兩世姻緣為全書之大框架、大結構，重新創作有新立意、新品格的作品，就成了他的最佳選擇。

　　柳存仁先生曾以《隋史遺文》中沒有「再世因緣」關目提出懷疑：「褚人穫整理《隋唐演義》，何以一定要拿出袁于令的名字來標榜呢？這無非是因為劍嘯閣主人名聲很大，……袁于令的名聲在清初讀小說的人，知道的人總較多，就算有了自己創造的故事，如果能夠說是『昔籜庵……曾示予所藏《逸史》』，在新編的書銷路方面也許會占一點便宜的。好在袁于令編《隋史遺文》時自己也承認另有舊本，他又是為書坊所器重的人，說他另有《逸史》，不會有什麼人懷疑。這便是我忖度褚人穫所說的再世因緣的真正來源。我這樣說，對褚人穫毫沒有什麼褒貶，不過覺得這很可能是個創造性的故事，而他還是一

個捏合的人。」[6]由於《逸史》的存在未能得到證實，「再世因緣」是否為褚人穫的創造或捏合，暫且也無法作出結論；但柳存仁先生說這是出於對新編的書銷路的考慮，卻是頗有見地的。不過，他擴大銷路的主要手段，並非想借助袁于令的名氣，而是想借助唐明皇、楊貴妃愛情故事的名氣。自白居易《長恨歌》、白樸《梧桐雨》的播揚，李楊故事早已載在人口；洪昇於康熙己未（1679）作《長生殿》，更掀起了一股舉世評說的熱潮。康熙二十八年（1689），趙執信因在佟皇后喪期上演此劇致禍，洪昇亦被革去國子監之籍，反倒更提高了李楊故事的知名度。如果說「再世因緣」真是出於褚人穫的捏合，那他就是看準了文化市場的這一賣點，反過來將隋煬帝、朱貴兒說成是唐明皇、楊貴妃的「前身」，從而造成「頗堪娛目」的轟動效應的。

　　《隋唐演義》第八十九回「總評」曰：「此回乃大關目處。隋自隋，唐自唐，傳以『隋唐』立名，以李淵與世民即肇基於開皇中，故以隋唐合傳。但唐至太宗即位，而隋之氣數已終，作者乃先於煬帝清夜遊幸之時，勾出與貴兒馬上定盟，願生生世世為夫婦；隨於太宗魂遊地府，目睹聽勘煬帝一案，以貴兒忠烈降生皇家，以煬帝荒淫反現婦女身，完馬上之盟，正見隋唐之所以合處。」便道出了他結構全書的個中奧秘。隋與唐原本只是先後相續的王朝，「隋自隋，唐自唐」，無非「李淵與世民即肇基於開皇中」一點因由，才得有隋唐之合傳，這對小說創作來說，顯然是完全不夠的。為此，褚人穫在利用前人作品的現成板塊「綴集成帙」時，不得不通過增補來實現結構上的創新。其中最大節目有二：

　　一、在第三十四回「割玉腕真心報寵」中，增寫朱貴兒割臂上肉醫煬帝事，且寫了朱貴兒的一大段議論：「大凡人做了女身，已是不幸的了，而又棄父母，拋親戚，點入宮來。只道紅顏薄命，如同腐草

6　柳存仁：《倫敦所見中國小說書目提要》（北京市：書目文獻出版社，1983年），頁118。

即填溝壑；誰想遇著這個仁德之君，使我們時傍天顏，朝夕宴樂。莫謂我等真有無雙國色，逞著容貌，該如此寵眷；設或遇著強暴之主，不是輕賤淩辱，即是冷官守死，曉得什麼憐香惜玉！怎能如當今萬歲情深，個個體貼得心安意樂。所以侯夫人恨薄命而自縊身亡，王義念洪恩而思捐下體，這都是萬歲感入人心處。不想於今遇著這個病症，看來十分沉重，設有不諱，我輩作何結局？不為悍卒妻，定作驕兵婦！」又在第三十五回「樂永夕大士奇觀，清夜遊昭君淚塞」中，增煬帝與貴兒設誓事：

> ……煬帝見他說得激烈，也就落下幾點淚來道：「美人，你既如此忠貞明義，朕願與你結一來生夫婦。」就指天設誓道：「大隋天子楊廣與美人貴兒朱氏，情深契愛，星月為證，誓願來生結為夫婦，以了情緣。如若背盟，甘不為人，沉埋泉壤。」朱貴兒見煬帝立誓，慌忙跳下馬來俯伏在地，聽見誓完，對天告道：「皇天在上，朱貴兒來生若不與大隋天子同薦衾枕，誓願甘守幽魂，不睹天日。」

　　二、在第六十八回「成后志怨女出宮，證前盟陰司定案」中，增寫唐太宗魂遊地府，知朱貴兒將轉生於皇帝，煬帝則改形不改姓，仍到楊家為女，與朱貴兒完馬上之盟，且依舊是白綾縊死的結局。又在第八十九回「唐明皇夢中見鬼」中，增寫唐明皇夢見楊妃恍似一朝天子模樣，而鬼魅手持明鏡將玄宗一照，卻是個美麗的女子，「原來楊貴妃本是隋煬帝的後身，玄宗本是貴兒轉世，夢中所見的乃其本來面目，此亦因時運向衰，鬼來弄人，故有此夢兆。」在褚人穫筆下，隋煬帝、朱貴兒的故事，確與唐明皇、楊貴妃有相類之處。但他又認真地指出：朱貴兒是以忠義相感，故能如願；而楊妃無貞節而有過惡，其私誓不過是癡情欲念，長生殿之盟作不得准。這就將「兩世姻緣」畫上了句號。

　　結末「一叢花」詞云：「隋唐往事話來長，且莫遽求詳。而今略說興衰際，輪迴轉，男女倡狂。怪跡仙蹤，前因後果，煬帝與明皇。」憑藉兩世輪迴的「怪跡仙蹤」，褚人穫在《隋唐演義》的結構藝術上確實取得了巨大成功，但因此扭轉了蘊含於隋唐史事的價值取向：將講史題中應有之義的「興衰際」（興廢爭戰之事）僅予以「略說」的地位，而將其著重點放到「男女倡狂」上來了。第六十三回開首曰：「古人云：『唯婦人之言不可聽。』《書》亦戒曰：『唯婦言是聽。』似乎婦人再開口不得的；殊不知婦人中智慧見識，盡有勝過男子。」故《隋唐演義》所增補的內容，十九與彰揚女子的「智慧見識」有關，其緊要者有：

　　一、第一回增寫嶺南高涼郡石龍夫人洗氏事：「聞隋破陳，夫人親自起兵，保全四境，築城拒守，眾號聖母，謂其城曰『夫人城』。隋遣柱國韋洸安撫嶺外，夫人拒之，洸不得進。晉王遣陳主遺夫人書，諭以國亡，使之歸隋。夫人得書，集首領數千人，盡日慟哭，北面拜謝後，始遣其孫盎率眾迎洸入廣州。夫人親披甲冑，乘介馬，張錦繖，引彀騎衛從，載詔書稱使者，宣諭朝廷德意，歷十餘州，所至皆降。凡得州三十，郡一百，縣四百。封盎為儀同三司，冊夫人為宋康郡太夫人，賜臨振縣為湯沐邑，一年一貢獻，三年一朝覲。時人作詩以美其事，有『錦車朝促候，刁斗夜傳呼』及『雲搖錦車節，月照角端弓』之句。智勇福壽，四者俱全。年八十餘而終，稱古今女將第一。」

　　二、第十六回增寫紅拂慕李靖少年英俊，易服夜奔，及與虬髯結拜事，本杜光庭〈虬髯客傳〉。然張氏自謂「妾逢李郎，終身有託，原非貪男女之欲」，虬髯亦讚許「此女子行止非常，亦人中龍虎」，皆為褚氏所增。

　　三、第二十六回增寫竇建德之女線娘「色藝雙絕好讀韜略，閨中時舞一劍，竟若遊龍」，因朝廷點選繡女，竇小姐改裝男子，潛往他鄉諸事。

四、第四十一回增寫李密窮途與王雪兒定親事。王雪兒「自幼不喜女工，性耿翰墨，頗曉音律」，見李密儀表不凡，屬意於李：「不獨欺班羞謝，別有文情蘊藉。霎時相遇驚人詫，說甚雄心罷？」

五、第四十九回增寫竇線娘與羅成馬上締姻事，突出「天生一種非常之人，必有一種意外會合」。

六、第五十回增寫竇建德妻曹后於三軍損折之後，勸竇建德「下詔罪己去尊號，減御膳、素袍白馬，與死守發喪，周給其家屬，賞功罰罪，以安眾心」，又寫曹后與蕭后相會對答，褒美眾人之殉節，諷刺蕭後之苟安。

七、第五十一回增寫李世民身陷南牢，為獄官之女徐惠嫃所救事。

八、第五十六回、第五十七回、第五十九回、第六十回、第六十一回、第六十二回增寫花木蘭、花又蘭姊妹的故事。花木蘭代父從軍，與竇線娘結為姊妹，線娘歎道：「名爵人所易得，純孝女所難能。我自恨是個女子，不能與日月增光，不意汝具此心胸。」又道及婚姻大事，木蘭道：「人世上可為之事甚多，何必屑屑拘於枕席之間！」後木蘭受託為線娘傳書，為可汗所逼，自刎而死。其妹花又蘭遵囑改裝往羅成處送信，忍愛守身，終與羅成結為婚姻，所謂「這段姻緣，真是女中丈夫，恰配著人中龍虎」，讚美「天地間好名尚義之事，惟在女子的柔腸認得真，看得切」。

九、第五十八回增寫徐懋公與袁紫煙訂姻事。徐懋公為唐家佐命功勳，袁紫煙係隋宮貴人，頗曉天文經緯度數，「才學閫範，在男子多所未見」，與徐懋公恰為一對，「閫內閫外，皆可為國家之一助」。

十、第六十回增寫秦瓊之母聞單雄信即將問斬，親往法場哭拜事，道：「單員外這一個有恩有義的，不意今日到這個地位，老身意欲到他跟前去拜他一拜，也見我們雖是女流，不是忘恩負義的人。」

從第一回「古今女將第一」洗氏夫人起，褚人穫筆下的巾幗豪傑、賢明婦人，大都神彩飛動，躍然紙上，證明褚人穫之增益，貫串

了「婦人中智慧見識盡有勝過男子」的立意，體現了民主的進步的婦女觀。以此為準則，褚人穫對《遺史》和《豔史》進行了重大改作，特別是對《豔史》有關煬帝的穢筆大加刪削，將近乎獸性虐待狂的昏君，變成了一個風流蘊藉的情種。為了渲染他與妃子的和諧情感，褚人穫又增寫了不少內容。如第二十回增寫因蕭后故遣出宣華，煬帝說：「情之所鍾，生死不易。朕與夫人雖歡娛未久，恩情如同海深。即使朕與夫人為庶人夫婦，亦所甘心，安忍輕拋割愛？」第二十八回增寫侯夫人因不肯賄賂許庭輔而落選，悲憤自縊，煬帝傷之，自制祭文之事。第三十回增寫煬帝藏於廚內，眾夫人欲劫袁寶兒去，「聽見裡邊格吱吱笑聲，跳出一個煬帝來，拍手大笑道：『好呀！眾妃子要劫朕可人去，是何道理？』」第三十一回增寫眾夫人題詩，煬帝一一評論之事，回首有〈玉樹後庭花〉曰：「錦箋覓句漫留題，且共追陪。淺斟細酌樂深閨，情盡和諧。」又有議論曰：「獨詫天公使有才之女，生在一時，令荒淫之主，志亂心迷，每事令人欲罷不能。」第三十六回增寫煬帝因袁寶兒觀虞世南草詔，大有憐人之意，欲將寶兒賜與虞世南（《豔史》原為：「煬帝先見虞世南草詔稱旨，心中十分愛他，便要加升官職，後因他題詩敏捷，大勝於己，忽然又忌起才來，故連金帛也不曾賞賜，只說了兩句好聽話兒，遂打發出來」），「袁寶兒見說，登時花容慘澹，默然無語，……不認煬帝作要，他反認天子無戲言，故此自恨，悄悄走出，竟要投水而死，以明心跡。」目的都是為了突出一班「有才之女，生在一時」。及煬帝敗，又增寫袁寶兒道：「陛下常以英雄自許，至此何堪戀戀此軀，求這班賊臣！人誰無死，妾今日之死於萬歲面前，可謂死得其所矣。妾先去了，萬歲快來！」竟自刎而死（《豔史》則謂寶兒已從宇文化及）。第四十八回議論道：「煬帝一生，每事在婦人身上用情，行動在婦人身上留意，把一個錦繡江山，輕輕棄擲；不想突出感恩知己、報國亡身的幾個婦人來，殉難捐軀，毀容守節，以報鍾情，香名留史。」

　　魯迅先生評論《隋唐演義》說：「惟其文筆，乃純如明季時風，浮豔在膚，沉著不足，羅氏軌範，殆已蕩然，且好嘲戲，而精神反蕭索矣。」[7]從歷史小說的創作本旨來說，過於偏愛女性的故事，過於偏愛褒揚女性的美德，必然沖淡歷史的嚴峻，失卻深沉的歷史感，在一定程度上不免歪曲歷史的本質；尤其是美化隋煬帝，不能不說是一種倒退。但褚人穫早已聲明，他寫的不過是「古今大帳簿之外小帳簿之中所不可少之一帙」，他所關注的並非堅硬沉重甚至冰冷無情的史上「興廢爭戰」之類的大事，而是充溢著活力的「當時奇趣雅韻之事」，它之備受讀者歡迎，是很自然的。

三　《東周列國志》

　　《列國志》的定本，本應是馮夢龍的《新列國志》。但自乾隆十七年（1752）蔡元放評點的《東周列國志》出版以後，知道余邵魚的《列國志傳》和馮夢龍的《新列國志》的人，居然沒有多少了。

　　蔡元放，江寧人，名昇，號野雲主人、七都夢夫。生平不詳，惟知其與書坊關係較為密切。據《東周列國志》〈序〉介紹，有坊友周君者，多次要他對《東周列國》「有所發明」，以便有益於讀者的「學問之數」。寅卯（1734）之歲，家居多暇，便「稍為評騭，條其得失而抉其隱微」，遂成《東周列國志》一書。他的做法，基本上是仿效毛宗崗之評改《三國志演義》，連同《讀法》、回前總評、正文夾評，也都大體相近。如《讀法》云：「《列國志》中，謬誤甚多。如《左傳》、《史記》，但言宋襄夫人王姬，欲通公子鮑而不可，舊本乃謂其竟已通了，又說國人好而不知其惡，此事關係甚大，故不得不為正之。他如彗星出於北斗，主宋齊晉三國之君死難，本是周內史叔服之

7　魯迅：《中國小說史略》第十四篇〈元明傳來之講史（上）〉，頁111。

占，卻作齊公子商臣使人占之。此類甚多，不能遍及也。」誠如曾良
先生所說：「《東周列國志》實際上是《新列國志》的評點本，兩書內
容基本相同，蔡元放既缺乏金聖歎、毛宗崗那樣的文學評論功底，所
下的功夫又遠遠不如金聖歎評改《水滸傳》、毛宗崗評改《三國志演
義》那樣大，只作了枝節上的修改，大都是訂正歷史知識的。如《新
列國志》第十回寫祝聃『疽發於背而死』，但第十一回卻又寫祝聃仍在
沙場征戰，類似這樣的情節矛盾處，蔡元放多予以改正。此外，蔡元
放對《新列國志》的個別文字又作了進一步的加工潤色，使小說的語
言更加流暢。但是《新列國志》中的錯誤，也有蔡元放未能發現和改
正的。如第一百零三回寫龐煖已因箭創不癒而死，第一百零四回卻又
寫龐煖與李牧伐燕，《東周列國志》依然如故。」[8]既然如此，《東周列
國志》為什麼竟會廣泛流行，取代了其他本子而成為最為流行的本子
呢？這裡的關鍵，是蔡元放傳播策略的成功。計其大者，約有數端：

　　一是書名的確定。余邵魚《列國志傳》始於武王伐紂，止於秦皇
征楚撫燕，囊括了整個周代歷史；馮夢龍《新列國志》則自周宣王敘
起，重點在寫平王東遷以後，下逮秦始皇建立郡縣之五百餘年歷史。
《春秋五霸七雄列國志傳》書名太長，簡稱之《列國志傳》又稍嫌含
糊，未能確指所演之朝代；《新列國志》一名，如從區別於《列國志
傳》而言，倒頗有招徠讀者的廣告效應，而對於一部要永久傳世的作
品，就顯然不合適了。從其所據史書來說，名之曰《春秋演義》或
《左傳演義》亦可，但容易與解經之書混淆。蔡元放定名《東周列國
志》，既與原名保持了連貫性，又突出了所寫是東周的歷史。

　　二是在正史與小說兩大屬性上，強調《東周列國志》的史書屬
性。他在序中說：「《東周列國》一書，稗官之近正者也。」在《讀
法》中進一步強調：「讀《列國志》，全要把作正史看，莫作小說一例

8　曾良：《《東周列國志》研究》（成都市：巴蜀書社，1998年），頁64。

看了。」有人批評他對文學性不重視，削弱了《東周列國志》的美學意義。其實，蔡元放心中非常明白，此書之寫「周自平轍東移，下逮呂政，上下五百有餘年之間，列國數十，變故萬端，事緒糾紛，人物龐雜」，要想像毛宗崗那樣拎出「三奇」、「三絕」，或者概括出諸如「追本窮源之妙」、「巧收幻結之妙」、「隔年下種、先時伏著之妙」、「奇峰對插、錦屏對峙之妙」之類的「文章之妙」，來調動讀者興趣，是幾乎做不到的。

　　為此，他只好在突出《列國志》的「近實」上下功夫：「《列國志》全是實事，便只得一段一段，各自分說，沒處可用補截聯絡之巧了。所以文字反不如假的好看。然只就其一段一段之事看來，卻也是絕妙小說。」他向讀者推薦的只有一條「倒樹尋根之法」：「《列國志》原是特為記東周列國之事。東遷始於平王，多事始於桓王，而本書卻從宣王開講者，蓋平王東遷由於犬戎之亂，犬戎之亂由於幽王寵褒姒、立伯服，褒姒卻從宣王時生根。且童謠亡國，亦先兆於宣王之世。故必須從他敘起，來歷方得分明。」因此，他老老實實地承認：「《列國志》是一部記事之書，卻不是敘事之書。便算是敘事之書，卻不是敘事之文。故我之批，亦只是批其事耳，不論文也。非是我不論其文，蓋其書本無文章，我不欲以附會牽強也。」他這樣做，是相信歷史自有其獨特的魅力：「列國之事，是古今第一個奇局，亦是天地間第一個變局。世界之亂，已亂到極處，卻越亂越有精神。周室之弱，已弱到極處，卻弱而不亡，淹淹纏纏，也還做了兩百年天子，真是奇絕。」

　　三是為讀者對象作設身處地的考慮。序曰：「自制舉藝出，而經學遂湮。然帖括家以場屋功令故，猶知誦其章句。至於史學，其書既灝瀚，文複簡奧，又無與於進取之塗，故專門名家者，代不數人。學士大夫則多廢焉置之，偶一展卷，率為睡魔作引耳。至於後進初學之士，若強以讀史，則不免頭涔涔，目森森，直苦海視之矣。《春秋》

三傳，《左氏》最為明備，專經者猶或不能舉其辭，況其他乎！顧人
多不能讀史，而無人不能讀稗官。稗官固亦史之支派，特更演繹其詞
耳。善讀稗官者，亦可進於讀史，故古人不廢。」他特地想到要以童
稚、子弟為自己預期的讀者：「一變為稗官，則童稚無不可讀。夫至
童稚皆得讀史，豈非大樂極快之事邪？……聊以豁讀者之心目，於史
學或亦不無小裨焉。」他在《讀法》中，還諄諄教導：「由周而秦，
是古今變動大樞紐。……子弟能細心考察，便是稽古大學問。」這些
學問，包括稽古、用兵、應對之法，體察壞人好人之法等等，「金聖
歎批《水滸傳》、《西廂記》，便說於子弟有益；渠說有益處，不過是
作文字方法耳。今子弟讀了《列國志》，便有無數實學在內。此與
《水滸傳》、《西廂記》，豈可同日而語。」

　　他特別強調，自己的評語只是評其事理之是非，原無意於文字之
工拙。如談到聖人教人，只是「自盡」之論時說：「為人父者，只是自
盡其慈，不必因慈而遂責子之孝；為子者，亦只是自盡其孝，不可因
孝而遂望父之慈。推之君臣兄弟夫婦，都是一般，便自然不至有人倫
之變了。《列國志》中許多人倫之變，總由望於人者深耳。父以慈而
責孝，子以孝而望慈，已是不可；況又有父不慈而責子之孝，子不孝
而專望父之慈。君臣兄弟夫婦間，總不自盡，一味責人，豈不可笑？
居心如此，安得不做出把戲來。然世又偏多此一輩人，可歎也。」又
說：「人家子弟，天性高明、不為俗情所染者，千萬中只好一二；其
傲狠下流、不可化者亦少。大約俱是中材，幼時父師教訓，是不消
說，到成童以後，若朝夕起作，都是有學問有品行之人，便自然日進
於上達。即商賈買賣中，常與老成敦厚者相習，便也可成一個敦樸誠
實之器；若與輕薄佻詐浮蕩者處，便自然要往下流一路去了。但為善
雖難，而為惡易，故常親善人，未必便善；而與不善者處，便容容易
易走入邪徑。相與起作之人，十個中只有一兩個壞的，那弟子便有些
不可保了。若善惡相參，那一半好人便全不足恃；況並無賢人君子在

內，又何望其向上乎？為人祖父之心，誰不願子孫作賢人君子？而不為之擇交，是猶南轅而北轍也。及到他已是習於下流，卻才悔恨，去責備他，要他改過，尚可及耶？嘗論正人最是難交，只是圖他有益耳。與不肖處，煞是快意。只是相與到後來，再沒個好收場。正人平日事事要講理講法，起居飲食，都要色色周到，已是令人生厭；若汝做些不合道理之事，便要攔阻責備，使人絮煩。但是與他起作，卻也沒甚禍害出來；即或有意外之虞，他便肯用心出力排難解紛，必期無事而後已。不肖之人，平日或圖饕餮口腹，或圖沾潤錢財，隨風倒舵，順水推船，任我頤指氣使，其實軟媚可喜；只是他到浸潤不著你的時節，稍拂其意，翻過臉來，便可無惡不作，從前之快心，都是今日之口實。或遇你有別事，他便架空生波，於中取利；事若敗壞，他便掉臂不顧，還要添上許多惡態惡言，不怕你羞死氣死。卻怪世人擇交，偏要蹈軟媚洗睞，及到事後追悔，已是無及。試看《列國志》中，君相用人，士大夫交友，往往墮此套中而不悟，可悲可歎。」

蔡元放知道，「本書中批語議論，勸人著眼處，往往近迂，殊未必愜讀者心目」，但他仍然坦白地說：「然若肯信得一二分，於事未必無當，便可算我批書人於看書人有毫髮之益，不止如村瞽說彈詞，可供一時之悅耳。」正因為這樣，他才排除了傳播的障礙，使得此書暢銷無阻了。

蔡元放的評點，乾隆三十九年（1774）即受到楊庸《東周列國志輯要》的挑戰。他在自序中說，因「見《列國志》一書，雜沓鄙陋，觸目生厭」，便「理定為八卷，分一百九十節，卷帙減舊之半，人與事，文與辭皆仍其舊。其間顛倒錯雜，煩褻支俚者，概廓清之，庶令觀者一目了然」。孫楷第先生以為「不免點金成鐵」[9]，並未達到取代蔡書的目的。

9　孫楷第：〈中國通俗小說提要〉，《藝文志》（太原市：山西人民出版社，1983年），頁203。

四　《東西漢演義》

　　明代最流行的兩漢說部是《劍嘯閣批評東西漢通俗演義》，後來之金閶書業堂本《東西漢全傳》、拔茅居本《東西漢傳》等，皆從劍嘯閣本出。內中《西漢演義》用的是甄偉重編的《西漢通俗演義》，《東漢演義》用的是謝詔編集的《東漢十二帝通俗演義》。至清代，又有珊城清遠道人重編《東漢演義評》八卷二十二回，自序署「時歲在旃蒙大淵獻」，現存版本有嘉慶十五年（1810）同文堂《東西漢演義》本，則其書當成於乾隆二十年乙亥（1755）。此書問世後，便取代謝詔之《東漢演義》，為多種「東西漢」合刻本所收納，成為《東西漢演義》的定本。珊城不知是何地名，清遠道人生平亦無考。〈自序〉言撰此書畢，「友人南賓生謂曰：『比事提要，了然貫串，《繹史》之儔亞。曷不別自為書，顧自溷於稗官為哉？』余笑曰：『鄭氏少贛不云乎？興，從俗者也。』」按，鄭興，字少贛，河南開封人，為東漢之名儒，少學《公羊春秋》，晚善《左氏傳》。《後漢書》卷三十六本傳載，鄭興西歸隗囂，囂虛心禮請；及囂遣子恂入侍，興因恂求歸葬父母，囂不聽而徙興舍，益其秩禮。興入見囂曰：「興聞事親之道，生，事之以禮，死，葬之以禮，祭之以禮，奉以周旋，弗敢失墜。今為父母未葬，請乞骸骨；若以增秩徙舍，中更停留，是以親為餌，無禮甚矣，將軍焉用之！」又曰：「興，從俗者也，不敢深居屏處，因將軍求進，不患不達，因將軍求入，何患不親，此興之計不逆將軍者也。興業為父母請，不可以已，願留妻子獨歸葬，將軍又何猜焉？」「興，從俗者也」，原意為從俗之禮，清遠道人借來表達自己情願「自溷於稗官」的態度，足見他對《後漢書》是頗下了一番功夫的。

　　《東漢演義評》第一回「英君圖治開三釁」有云：「前部《西漢演義》，但做到高祖得天下而止，讀者費了數日功夫，只知得數年之事。其子孫坐了幾年天下？孰為聖明？孰為昏暴？竟茫然不知，如看

一兩齣戲文，熱鬧半天，還是有頭無尾。至平帝如何失了國？王莽如何便纂了位？樹必先朽而後蟲生，做《東漢》的，更不敍明根源，這又叫個有尾無頭，更是悶事。今重新演說光武中興故事，順便將西漢一代之事，約略補述在前，令讀者於一代興衰，了然在目。」清遠道人在這段話中，同時批評了《西漢演義》與舊《東漢演義》的不足。

　　《西漢演義》連同它之前的《全漢志傳》、《兩漢中興開國志傳》，乃至宋元的《前漢書平話》、《後漢書平話》，所敍史事都僅止於西漢的「中興」（《西漢演義》末回為「漢惠帝坐享太平」），對於號稱一代王朝的全史，《西漢演義》確有「有頭無尾」之弊。清遠道人重編時雖名《東漢演義》，卻順便將西漢二十五君四二六年的歷史統系補寫完整，使之能夠前後銜接；諸如漢武帝之信惑神怪、巡遊無度，漢成帝之寵幸趙氏姊妹、淫亂後宮的原生歷史小說內容，也是由清遠道人第一次寫進通俗演義的。至於謝詔的《東漢十二帝演義》，突出的是「二十八宿」傳奇，對平帝如何失國、王莽如何纂位等關鍵，根本不曾敍明根源，確有「有尾無頭」之弊。這些還是表象，清遠道人對它的批評還不止於。自序說：「客有述〈桃花源記〉於坐中者，余曰：此淵明寓言也。陶公胸次在羲皇以上，故云『不如有漢，何論魏晉』；『世無問津』云者，其慨世之深心也。不然，徒矜奇異，世豈乏劉子驥其人哉？遂連類及漢世故事，有以光武騎紅牛脫難為問者，余曰：光武起宛，初騎牛，殺新野尉，乃得馬，無所謂紅牛事。客取《東漢演義》津津言之。演義，通俗者也；漢俗猶為近古，故足資博覽而挽薄俗，惡可捏不經之說顛倒史事，以惑人心目？」清遠道人認為，演義不是虛無縹緲的寓言，不能以「徒矜奇異」來惑人心目，而應該像馬援那樣，「善述前世行事」，並寄託某種「深意」。這就是「臚興衰之跡，疏治亂之本，使聞之者如生乎其時，親見乎其事，倏而喜，倏而悲」，從而收「一代之君明臣良，百度修舉，百世之下使人欣欣愛慕；及其賢愚倒植，綱頹紐解，又復使人感憤太息，不能自已」的效果。

　　在「敷說大端，正其荒謬」的思想指導下，清遠道人「摭拾史事」、「重為編次」，寫出了新的《東漢演義》。他筆下的東漢的開國史，已不是以「真帝王」劉秀為中心的二十八宿的英雄譜，而是對王朝興亡軌跡的追述與「治亂之本」的深沉思考。

　　首先，王莽篡位已不是孤立、偶然的事件。班彪在《漢書》〈成帝紀〉贊中說：「建始（成帝年號，西元前32年）以來，王氏始執國命，哀、平短祚，莽遂篡其位，蓋其威福所由來者漸矣。」清遠道人以為，西漢由盛變衰的轉折，乃在宣帝（西元前73至前49年）一朝：「帝在位二十五年，勵精圖治，信賞必罰，史稱民安。惜乎治雜於霸，文景之治，不復存矣。至用恭、顯而啟元帝之信閹宦，貴許、史而啟成帝之任外戚，殺趙、蓋、韓、楊而啟哀帝之誅大臣，故論其功則為中興之君，察其罪則為基禍之主。」接著，又以「偽學趨權附五侯」、「溫柔鄉成帝追歡」、「麒麟閣董賢固寵」三回的篇幅，寫宣帝、元帝、成帝三代「君不明而所任者巧佞」，以證明「樹必先朽而後蠹生」，王莽之終篡漢權，乃勢之必然。

　　同時，王莽也已從專圖篡位的「檮杌」，變成極富權術的政治野心家。「折節為恭儉，勤身博學，內事諸父，外交英俊，及爵位益尊，節操愈謙，振施賓客，家無所餘」，是他上以迷惑太后、下以示信群庶的手段。他曾經上書願出錢百萬，獻田三千頃，付大司農助給貧民，每有水旱，輒為素食。這種假象，騙得了舉國上下的信任。太后遣使詔曰：「聞公菜食，憂民深矣。今秋幸熟，公勤於職，宜以時食肉，愛身為國也。」王莽不受太后所賜新野田，吏民上書者竟達四八七五七二人，其中固有受王莽指使的人，但多數確是被假象所迷惑。其長子王宇見莽隔絕平帝母子，心非其行，恐久後受禍，便私自通書帝舅衛寶，教衛后上書謝恩，以便到京師與帝相聚；又與其師吳章等密議，以為「莽不可諫而好鬼神，可為變怪以驚懼之，然後說令歸政」。事情敗露，王莽執王宇下獄，飲藥死，反厚顏以「不顧私

情」、「行管蔡之誅」自許，作書八篇以戒子孫；更有逢迎者居然奏請頒於郡國，天下能誦此戒者，得選舉比《孝經》焉。經過了如此一番鋪墊之後，直到第六回方演出了謝詔《演義》開卷所寫王莽以毒酒鴆死平帝的一幕。

再者，拋棄謝書以劉秀為中心的英雄傳奇模式，按照歷史本來面目鋪敘西漢末年風雲變幻的政治軍事鬥爭，並寫出他對於其間興衰存亡之跡的理性思考。

最先起兵的是宗室劉崇。他以王莽「專制朝政，必危劉氏，天下非之，乃莫敢先舉，此宗室之恥也」相號召，率從者百餘人攻宛城，但很快歸於失敗。可見，「劉氏宗室」的旗幟，並不能戰勝王莽的篡權。繼起者為東郡太守翟義。他聲討的仍是王莽「以鴆弒君」、「公行篡弒」的罪行，振臂一呼，眾至十餘萬。王莽乃仿周公〈大誥〉之文增策一篇，頒行天下，誥文頒到之處，士民傳誦，反罵翟義為反賊，翟義兵敗自刎。可見，「聲討篡賊」的口號，也沒有多大的鼓動力。然而，當王莽一旦登上新朝皇帝的寶位，浸漁百姓造成的「農商失業，食貨俱廢」，方真正引起民眾的反抗。清遠道人以相當篇幅寫呂母、樊崇的起義，又寫司馬費興之言曰：「國張六筦，稅山澤，妨奪民利，連年久旱，百姓饑窮，故為盜賊。」王莽大怒，「嚴敕捕賊，不得言饑寒所為」，弄得「郡縣莫敢言賊情，上下蒙蔽」。表明作者對民眾之起為「盜賊」的根由，有較為深刻的認識。

在謝詔《東漢演義》中，劉秀是絕對的主角，劉秀族兄劉玄只是一個配色。而此書早在第十一回，就寫劉玄因弟劉騫為亭長之子所殺，便結客為報仇計，較劉縯、劉秀登場為早。對於劉縯、劉秀兄弟，謝書也是全力突出劉秀，而以劉縯為陪襯，如劉良預言劉縯「只好為臣，無帝王之福」，嚴光的卦卜更占出劉秀「真帝王之命」。

在此書中，劉縯則是作為叱吒風雲的領袖人物來寫的。第十一回結末，即為劉縯出場大造氣勢，道是：「時楚地起兵者，新市、平

林、下江諸路，雖相聚人馬皆千萬計，然當不住嚴尤宿將，勇而有謀，故皆不能起勢。卻惱了一位英雄，其人自王莽篡位以來，常憤憤不平，志存恢復，不事家業，傾身破產，結交天下雄俊，以圖起創大業，於是部署賓客，崛起雄師，滅莽興劉。」第十二回又寫道：「卻說伯升性剛毅，慷慨有大節。幼學長安，見莽篡逆，痛恨回家，破產結客。時盜賊群起，南方尤盛，伯升乃召諸豪傑計議曰：『王莽暴虐，百姓分崩，今枯旱連年，兵革並起，殆天將滅莽，正復高祖之業、定萬世之秋也。』眾皆然之。於是發春陵子弟得數千人，部署賓客，自稱柱天都部。」

劉縯有極高的威信和膽識。小長安慘敗，眾人咬牙切齒要報仇洩恨，惟劉縯保持清醒頭腦，要大家勿妄動，來下江軍中說王常曰：「方今四海鼎沸，正奸賊喪亡之秋，凡有血氣，莫不劌心剔目，思復漢仇。況縯帝室宗親，痛明堂之不祀，逼衽席之未安者乎！前者振臂一呼，英雄環集，只以合從未就，指揮不閑，且前隊之眾，數倍我師，致有小長安之敗。然天心未嘗厭漢，大事誠有可圖之機。方今邊境未安，青徐掣肘，誠欲得足下之眾，並力取宛，以作根基，然後遣將分略定陵昆陽，以定潁川，據有洛陽，三輔不足圖也。為天下除害，定千秋之業，足下其有意乎？」王常早有歸漢之心，深服其「深計大謀」、「王公之才」，便率下江兵與之並合，軍事大張，銳氣益壯。劉縯的威名，令王莽喪膽，下詔：「有能捕得伯升者，封為上公，食邑五萬戶，賜黃金十萬斤。又令長安中官署及天下鄉亭，皆畫伯升像於埻，且起射之」。這些都是為劉縯張目的。

在立帝問題上，也顯出劉縯的氣度和識見。時平林、新市眾雖多而無所統一，諸將會議，欲立劉氏，以從人望。王常與南陽豪傑，咸歸於劉縯；而新市、平林諸將帥樂放縱，憚縯威明而貪聖公懦弱，先共定策立之，然後使騎召劉縯至，示其議。劉縯曰：「今王莽未滅，而宗室相攻，是疑天下而自損權，非所以破莽也。且首兵唱號，鮮有能遂，陳勝、項籍，即其事也。春陵去宛三百里耳，未足為功，遽自

尊立，為天下準的，使後人得承吾敝，非計之善者也。今且請王以號令，若赤眉所立者賢，相率而往從之；若無所立，破莽降赤眉，然後舉尊號，亦未晚也。」

　　相比之下，劉秀（文叔）在作者筆下，卻是一副謹厚者的形象。直到第十三回昆陽之戰，才得初露頭角。其時，王莽遣王邑、王尋發兵百萬，又選身長一丈、大十圍的巨無霸為壘尉，驅虎豹象犀之屬以助威。面對這一極為嚴峻的形勢，劉秀處置十分得宜：

　　……文叔將數千兵，迎至陽關。諸將望見尋、邑兵盛，大驚，盡反走，馳入昆陽，皆惶怖，憂念妻孥，欲散歸諸城。文叔議曰：「今兵穀既少，而外寇強大，並力擊之，功庶可立；如若分散，勢無俱全。且宛城未拔，不能相救，昆陽一破，諸部亦滅矣。今不同心膽，共舉功名，反欲守妻子財物耶？」諸將怒曰：「劉將軍何敢如是！」文叔笑而起。會探馬還，言大兵且至城矣，北軍陣數百里，不見其後。諸將驚惶無措，遽相謂曰：「更請劉將軍計之。」文叔復為圖畫成敗，諸將皆曰：「諾。」時王常別循汝南沛郡，還至昆陽，城中有八九千人。文叔乃使成國上公王鳳同王常守城。至夜，自與驃騎大將軍宋佻、五威將軍李軼等十三騎出城南門。時北軍至城下者且十萬，文叔等幾不得出。既至郾、定陵，悉發諸營兵，而諸將貪惜財貨，欲分留守之，文叔曰：「今若破敵，珍寶萬倍，大功可成；如為所敗，首領難存，何財物之有？」眾乃從。……六月己卯，文叔發郾、定陵兵數千人，來救昆陽，自將步騎千餘，前去大軍四五里而陣。尋、邑大笑曰：「此亦稱寇，何足血吾刃！」於是自將萬餘人行陣，敕諸營皆按部毋得妄動，獨迎與漢兵戰。文叔一見，匹馬單刀，奔入邑陣，如入無人之境，頃刻斬首數十級而還。諸部喜曰：「劉將軍平生見小敵

怯，今見大敵勇，甚可怪也。且復居前，請助將軍。」文叔復
進。臧宮戟，王霸槍，李軼鐵鞭，馮孝、任光長杆刀，馬武、
宋佻畫戟，傅俊丈二矛，並諸將校二十餘人，隨著衝殺，只見
邑軍紛紛落馬。諸將膽氣既壯，勇力倍增，所向披靡，殺得
尋、邑隊伍，大亂卻退。城下大軍無令，不敢擅離相救，聽憑
諸將殺個盡量。這邊馬成見漢將大捷，揮動數千人馬，大喊：
「宛下兵到矣！」時伯升拔宛已三日，而光武軍中尚未得知，
蓋亦虛張聲勢云。馬成驅兵掩殺，文叔顧謂諸將曰：「趁此殺
將去也。」諸將大喜，曰：「願從。」文叔舞動大刀，帶眾衝
入中堅，王尋接住廝殺，不四五合，披文叔攔腰一刀，斬為兩
段。諸將殺得性起，逢人便砍便刺。王鳳、王常聞得殺聲連
天，連登城樓一望，只見漢兵所至，如風捲殘雲。二人大喜，
急率眾開城，鼓噪而出，中外合勢，震呼動天地。莽兵大潰。

這段文字，幾乎全採自《後漢書》與《資治通鑑》復加增益而成，唯
刪去「更請劉將軍計之」之前「諸將素輕秀」一句；事實上，劉秀起
初並無多高威望，清遠道人寫劉氏發難以劉縯為主，較之謝詔處處以
劉秀為核心，是更符合歷史真實的。昆陽之戰的勝利，使劉秀的威望
大增，小說這才騰出手來，補敘了劉秀的往事：

卻說光武，身長七尺三寸，美鬚眉，大口，隆准，日角，性勤
稼穡。幼之長安，受《尚書》於中大夫廬江許子威，略通大
義。初無大志，嘗為舂陵侯家訟逋租於嚴光，尤奇其貌。時宛
人朱福亦為舅訟租於尤，尤止車獨與光武語，不視福。光武
歸，戲福曰：「嚴公寧視卿耶？」其意似以嚴公一盼為榮。及
嚴尤至昆陽，聞光武不取財物，但會兵計策，尤笑曰：「是美
鬚眉者耶？何為乃如是？」又，初至長安，見執金吾車騎甚

盛，因歎曰：「仕宦當作執金吾，娶妻當得陰麗華。」——蓋
南陽新野人陰睦之女也，自適新野時，聞其美，心悅之，故
云；至是遂娶得之，時年十九。

　　及至劉縯為劉玄所殺，劉秀的地位才突出起來。即便如此，他也
只是一個與歷史演進一道沉浮的較有識見、謀略的政治家和軍事家，
而不是主宰一切、指揮一切的「真命天子」，這是它與謝詔《東漢演
義》根本不同的地方。

　　劉秀手下的「中興二十八將」，在書中也寫得較為零散，與劉秀
不能組合為有機的情節系統。如岑彭的降漢，乃劉縯之力。其時岑彭
被圍，城中食盡，「思死守徒殃百姓，乃出降漢」。諸將恨極，將欲誅
之，劉縯曰：「死守宛城，職也；降以救百姓，義也。今舉大事，當
表義士，不如封之，以勸其後。」實與劉秀毫無關聯。其餘諸將之投
奔劉秀，大都出於偶然的機緣，就中唯馮異對劉秀「所到不劫掠，觀
其言語舉止，非庸人也」，較有明確的認識；劉縯被劉玄屈殺以後，
又是馮異一人察知劉秀的衷情，進言道：「天下同苦王氏，思漢久
矣。今更始諸將，從橫暴虐，所至虜掠，百姓失望，無所依戴。今公
專命方面，施行恩德。夫有桀紂之亂，乃見湯武之功；人久饑渴，易
為充飽。宜急分遣官屬，循行郡縣。理冤結，布惠澤。」不啻為劉秀
最大的知音。鄧禹為中興二十八將之首，年十三受業長安時就與劉秀
相親附，本是可演化出動人心魄的故事來的，此書卻讓他到第十五回
方遲遲登場。至於在謝詔書中早早算定劉秀「真帝王之命也，二十一
歲小旺，至三十八大旺」，劉秀即位後與之共床偃臥、以足加其腹的
嚴光，此書連提也沒有提。凡此種種，說明清遠道人重視的是歷史演
進的真實序列，而無創造形象體系的觀念。它對讀者固然也能產生相
當的吸引力，但不是來源於作家重新構建的「第二歷史」的藝術情
趣，而是歷史事變本身所蘊涵的理性思辨。

　　《東漢演義》卷八，又以四回的篇幅略寫東漢立國以後的故事。前二回「二十八宿畫雲臺」、「三十六人平西域」，寫東漢早、中期，是為主尚明而臣尚賢的治世。如明帝下詔：「今選舉不實，邪佞未去，權門請托，殘吏放手，百姓愁怨，情無告訴，有司明奏罪名，並正舉者。」明帝後馬氏，「常衣大練，裙不加緣，朔望諸姬主朝請，坐見後袍衣疏粗，反以為綺穀，就視乃笑。後辭曰：『此繒特宜染色，故用之耳。』六宮莫不歎息。」故而天下又安，國家強盛，遂有竇固征匈奴，班超平西域的壯舉。後二回「肅宗愛色容權戚」、「桓帝誅賢寵宦官」，寫章帝以下諸帝，復重蹈西漢宣帝、元帝、成帝三代之覆轍，朝政漸為外戚、宦官所把持，遂開子孫無窮之禍。結末云：「安帝、順帝在位，皆十九年，桓帝二十二年，靈帝二十三年，獻帝雖在位三十年，播遷之餘，徒為曹操所挾以令諸侯耳。有《三國志》在，故靈帝以後，不復縷述。」其主題之一貫，通體之和諧，較之謝詔書來，是要略勝一籌的。

第二節　歷史說部的世俗化

　　演義體的開山之作《三國志演義》，以其「非史氏蒼古之文，去瞽傳恢諧之氣」備受稱賞，儼乎歷史小說之正宗。但對於講史來說，雅與俗從來就不是絕對排斥的。袁無涯《水滸全書》〈發凡〉所謂「惟周勸懲，兼善戲謔」，原本就是市井間通俗小說追逐的目標。勸懲，是市井細民的自我教育；而戲謔，則是市井細民的自我娛樂，「瞽傳詠諧之氣」，尤是它與生俱來的特性。當演義文本借助印刷媒體廣為傳播之際，說書作為一種口頭藝術行業，仍按其固有軌道盛行於民間。據吳偉業《柳敬亭傳》所記，其時著名的說書藝人，有金陵柳敬亭，廣陵張樵、陳思，姑蘇吳逸，各名其家。柳敬亭尤具獨立人格，關心國事，任俠好義，所談皆「豪猾大俠，草澤亡命」。他所師

之儒者莫後光言之曰：「夫演義雖小技，其以辨性情，考方俗，形容
萬類，不與儒者異道。故取之欲其肆，中之欲其微，促而赴之欲其
迅，舒而繹之欲其安，進而止之欲其留，整而歸之欲其潔。非天下至
精者，其孰與於斯矣？」柳乃退就舍，養氣定詞，審音辨物，以為揣
摩，伎藝大進。張岱《陶庵夢憶》卷五記他「說〈景陽岡武松打虎〉
白文，與本傳大異。其描寫刻畫，微入毫髮，然又找截乾淨，並不嘮
叨」。明清鼎革後，柳復以說書為業，「每被酒，常為人說故寧南時
事，則歔欷灑泣。既在軍中久，其所談益習，而無聊不平之氣無所
用，益發之於書」。張潮《虞初新志》卷二，記他康熙戊申（1668）
冬在金陵與柳敬亭同飲，「滑稽善談，風生四座」。柳敬亭的影響很
大，《熙朝新語》卷十六記雍正時昆山有徐孝子者，父故嗜酒，孝子
貰於肆，久之不能償，乃「學柳敬亭抵掌談《三國》、《隋唐演義》，
聲色俱肖，市人悅之，竟不問酒值。已而遂佯狂歌唱，藉此易酒肉，
甘旨幸無闕。父歿母病，孝子又苦目眚，不能作書，居然抱弦索彈盲
詞，以為故業矣」。

　　說書在民間盛行的情景，《說岳全傳》第十回「大相國寺閑聽評
話」也有真切的反映。本回記錄了兩本評話的內容，一本是《北宋金
槍倒馬傳》：「太宗皇帝駕幸五臺山進香，被潘仁美引誘觀看透靈牌，
照見塞北幽州天慶梁王的蕭太后娘娘的梳妝樓，但見樓上放出五色毫
光。太宗說：『朕要去看看那梳妝樓，不知可去得否？』潘仁美奏道：
『貴為天子，富有四海，何況幽州？可令潘龍齎旨，去叫蕭邦暫且搬
移出去，待主公去看便了。』當下閃出那開宋金刀老令公楊業，出班
奏道：『去不得。陛下乃萬乘之尊，豈可輕入虎狼之域？倘有疏虞，干
係不小。』」另一本是《興唐傳》：「秦王李世民在枷鎖山赴五龍會，
內有一員大將，天下數他是第七條好漢，姓羅名成，奉軍師將令，獨
自一人拿洛陽王王世充、楚州南陽王朱燦、湘州白御王高談聖、明州
夏明王竇建德、曹州宋義王孟海公。」兩本評話的文字，都與今存

《楊家將》、《說岳》不同，皆可見出說書人臨場隨意發揮的特點。

　　正是在這種文化氛圍下，清代前期出現了一批「取之欲其肆，中之欲其微」的歷史說部，濃重的世俗化傾向表明，「她是出生於民間，為民眾所寫作，且為民眾而生存的。她是民眾所嗜好，所喜悅的；她是投合了最大多數的民眾之口味的」[10]。它們演說的主要不是朝代的更迭，不是治國的教訓，而是平民百姓敬慕的明主賢臣、英雄豪傑，用來娛心，雜以懲勸而已。其中有代表性的有：《梁武帝西來演義》十卷四十回，題「天花藏主人新編」，首有康熙癸丑（1673）天花藏主人序；《說岳全傳》二十卷八十回，題「仁和錢彩錦文氏編次，永福金豐大有氏增訂」，首有康熙二十三年（1684）金豐序；《說唐全傳》十卷六十八回，題「鴛湖漁叟較訂」，亦有版本題「姑蘇如蓮居士編次，岩野山人校正」，首有乾隆元歲（1736）如蓮居士序，又有《說唐後傳》、《征西說唐三傳》、《反唐演義》等續書；《飛龍全傳》六十回，題「東隅逸士編」，首有乾隆三十三年（1768）自序，署「東隅吳璿題」，云己巳歲（1749）肄業村居，有友人挾《飛龍傳》一帙以遺之，「視其事，則虛妄無稽；閱其詞，則浮泛而俚」，戊子歲（1768）「檢向時所鄙之《飛龍傳》，為之刪其繁文，汰其俚句，布以雅馴之格，間以清雋之辭，傳神寫吻，盡態極妍，庶足令閱者驚奇拍案，目不暇給矣」。吳璿，字衡章，屢困場屋，終不得志，遂棄名經商，晚年復理故業，編纂小說。此外，還有《說呼全傳》十二卷四十回，題「半閒居士、學圃主人同閱」，首有乾隆四十四年（1779）滋林老人張溶序；《五虎平西前傳》十四卷一一二回，《五虎平南後傳》六卷四十二回，《萬花樓演義》十四卷六十八回等。其作者大多無考，惟天花藏主人舊有張劭、張勻、徐震諸說，所著小說尚有《平山冷燕》、《濟顛大師醉菩提全傳》、《人間樂》、《玉支璣小傳》等。

---

10 鄭振鐸：《中國俗文學史》（長沙市：商務印書館，1938年），頁4。

　　就其總體精神而言，這批說部直承宋元平話之正脈，其世俗化既體現在表現形式上，也體現在所述內容上。約略言之，主要有以下特徵：

一　愛以奇幻怪誕的因果報應作為囊括全書的框架

　　明清之際的《檮杌閑評》，「謂魏、客前身，實系淮河二蛇，嘗助治水有功，治河者不奏聞於朝，請給封典，反火其穴而殲之；二蛇因是率其族類，投胎為人，雄者為魏，雌者為客，餘則為其同黨，所傷善類，蓋即當日河工中人所轉生者也。」[11]以夙世冤仇為全書之大格局，頗為後時之說部所效法。《梁武帝演義》敘蕭順之在百花塢解救被辱的女子，玉帝救眾花神選有德之花降凡，如來乃命蒲羅尊者（菖蒲）、水大明王（水仙）托生為蕭衍、郗徽，完其劫運因緣，以成正果。因為是從西方極樂世界而來，故名「西來演義」。《說岳全傳》則謂宋徽宗元旦郊天，將「玉皇大帝」寫成「王皇犬帝」，玉帝大怒，命赤鬚龍降生女真國為金兀朮，使萬民受兵革之災。如來惟恐赤鬚龍無人降伏，遣大鵬金翅明王下界，保全宋室江山。而女土蝠在蓮臺聽講時撒出臭屁，被護法神祇大鵬金翅啄死，投胎王門為女，後嫁與秦檜為妻，以報今日之仇；鐵背虯王在九曲黃河排陣玩耍，被大鵬金翅認出妖精，啄著左眼，後身便是秦檜，所謂「冤冤相報，何日得了」是也。

　　大約是預料到此類「假手仙魔之說」會引起非議，金豐事先為之辯解道：「以言乎實，則有忠有奸有橫之可考；以言乎虛，則有起有復有變之足觀。實者虛之，虛者實之，娓娓乎有令人聽之而忘倦矣。」以為這樣處理，既有助於文章結構的安排（有起、有復、有變

---

11 錢靜芳：《小說叢考》（北京市：古典文學出版社，1957年），頁209。

之足觀），又有助於讀者興趣的調動（娓娓乎有令人聽之而忘倦），是
無可非議的。再從所述內容看，這樣做還有助於沖淡悲劇氣氛。蕭衍
是位頗有作為的皇帝，《梁書》〈武帝紀〉曰：「歷觀古昔帝王人君，
恭儉莊敬，藝能博學，罕或有焉。」他最後之被困死臺城，實乃大英
雄之悲劇，小說結末寫如來曰：「汝今根荄已固，離苦而就歡喜，我
今當為汝說法，證入菩提，況有《寶懺》傳流東土，利人超滅罪愆，
作此無量功德，汝永無輪劫之苦矣。」遂讓悲劇蒙上一層宗教的色
彩，「佛引佛荷荷歸西」，就成了皆大歡喜的喜劇。民族英雄岳飛的被
害，更是令人切齒的千古奇冤，而小說將其說成是金翅明王之降落紅
塵，償還冤債，直待功成行滿，方才歸山，再成正果，其命意便如錢
靜芳所說：「蓋非此不足平閱者之心，而為一般普通人說法也。」[12]

二　愛以全知全能的軍師作為提挈全書的動力

　　最早的全知全能型的軍師，無疑當數諸葛孔明了；但他非要在劉
備三顧之後，才肯出山，尚不能算推進歷史事變的原動力。《鐵冠圖
忠烈全傳》的宋炯，方是主動型軍師登場之始。他算知明朝將敗，為
要做個「開國軍師」，四處尋訪真主，見李闖有真命天子之貴，便策
動其乘機起事。對於這種「不甘遯跡」的用世心理，《梁武帝演義》
有令人信服的說明。張弘策勸曹景宗投奔蕭衍，道：「當此國家顛
覆，生民塗炭之日，能具此撥亂反正之才，劻勷之術，苟擇主而事
之，上可拯濟蒼生，下可以博封蔭。」曹景宗道：「弟聞文王臨渭水
而聘姜尚，湯王訪版築而徵傅說，劉主亦三顧草廬而起臥龍。君子待
價而沽，未聞懷玉求售。」張弘策道：「此一時，彼一時也。昔仲尼
席不暇暖，孟軻東西南北，志在匡君救民，矧今之世，更有不堪言者

---

12 錢靜芳：《小說叢考》（北京市：古典文學出版社，1957年），頁209。

乎！今齊魏平分，諸王峙立，朝更暮改，只可行桓文事業，棄暗投明，偏安鼎足而已。若必待征待聘，非盛世可比也。」蕭衍的軍師柳慶遠，原是巴州術士，因遊白鶴山仙洞，遇老猿指點，見壁上鐫著鳥跡篆文，末行有「擊石可炊，煮石可餐」八字。柳慶遠因煮兩石子食之，頓覺精神抖擻；再看壁間篆文，俱是兵機戰策，便都記誦透熟。老猿告之曰：「天書已熟，可以出輔賢君矣。」於是一路望氣，物色英雄，以博封侯之望。拜識蕭衍之後，日與籌謀劃策，終成大業。妙的是他功成身退之後，重遊白鶴山，老猿竟迎著討取天書。柳慶遠驚訝道：「向日天書，不過記憶腹中，而為我用久矣，並非授受之物，今日將何還你？」老猿要他將口張開，不料當初煮吃的石子忽然湧出，大駭道：「此二石子已煮爛細嚼，腹中化腐已久了，為何今日依然復還原相！」老猿笑道：「此石妙用無窮，竊天地之靈，奪陰陽之妙，人食之而為聖為賢，物得之而為神為道。上可以測風雲，下可以知地理，中可以驗陰陽，而為三軍司令。昔姜尚得之以佐周，淮陰食之以成漢室，孔明得之以定三分。雖所授不同，然其功則一。只因你上應天星，該扶劫主，以成梁室偏安。今你功已成名已就，豈可容你久懷在身，輕泄於世，使我掌天機者受上天譴責乎？」《飛龍全傳》中的苗訓，奉陳摶老祖之命，扮做相士模樣，遍遊天下，尋訪真主。他在汴梁城一眼看出趙匡胤有帝王之相，道他「不數年間，管取身登九王」。他既是洞測先機的預言家，所預言的事情一件件實現了，所警告的災厄也一件件應驗了；又是幹練的策動家，那班「輔佐興王」的好漢是他訪尋來的，救駕的英雄也是他召喚來的。苗訓猶如一名出色的導演，安排趙匡胤由「潛龍」一步步變成「飛龍」，由平人登上九五之尊。

在這班佐命軍師中，從人格上講，以苗訓最為高尚，他的「尋訪真主」，除了是表達一種意志、追求一種目標之外，絕無私利可圖；從氣度上講，以柳慶遠最為廓大，他每每高屋建瓴，決勝千里，令人

折服。相比之下，《說唐》中的徐茂公就有點不堪了。他明知程咬金只得「三年的運氣」，還是輔佐他當了瓦崗首領；後來屈指一算，說「有個真主到了」，便與眾將救下被楊玄感押著的李密，取過金冠龍袍，道：「天數已定，主公不必多慮。」及李密囚禁了李世民，徐茂公又私對魏徵道：「李世民乃是真命天子，你我日後歸唐，俱是殿下之臣。」便改了詔書，私放了秦王。反反覆覆，全無定見，圖的只是個人的榮華富貴。既然已非「君子待價而沽」的時代，誰給的價高，就「沽」給誰，因而也就不必考慮是否合乎「君子」之道了。

三　愛以出身草莽的英雄作為支撐全書的主幹力量

鄭振鐸先生說：「《說唐傳》的敘述雖多粗鄙可笑處，而其情景的敷設，卻甚為動人，若叔寶的賣馬，雄信的拒降，皆為極不朽的氣概凜然的章段，足以與《水滸傳》並駕齊驅的。英雄傳奇恐怕也就這一部《說唐傳》而已，可惜不曾有人表彰過，遂致不得登於文壇，為騷人學士所稱頌。」[13]

其實，此類英雄傳奇遠不止《說唐》一部，《梁武帝演義》所寫英雄，亦皆氣概凜然，粗豪動人。如巴山樵夫王茂，兩臂有千斤勇力，見兩虎相鬥，一虎將敗，一虎不放，王茂道其以強欺弱，將其打死。好漢陳剛手托一壇重一百二十斤的酒，騎在馬上送來，往王茂懷中一丟，王茂輕輕接住，二人遂相結交。又如曹景宗出封刺史，舉動皆不循禮。景宗笑道：「我昔在鄉里，騎快馬如龍，常與少年輩扯弓弦，作霹靂聲。又在平澤中逐麋射鹿，渴飲其血，饑食其肉，甜如甘露，覺耳後生風，鼻頭出火，如是之樂，使人不知老之將至。今來揚州作貴人，略一動轉，便有人說不可，路行略開車幔，左右輒言不

---

13 鄭振鐸：〈宋元明小說的演進〉，《鄭振鐸古典文學論文集》（上海市：上海古籍出版社，1984年），頁394。

雅，閉置車中如新婦人，令人悶殺。」《說岳》中的英雄，更與膾炙
人口的《水滸傳》、《楊家將》、《興唐傳》的好漢掛上了鉤，如周侗是
林沖、盧俊義的師父，楊再興是楊令公的子孫，羅延慶是羅成的子孫
等等，令人讀來，興味盎然。

　　《說唐》以十八條好漢為主體，將隋唐之交的歷史演繹為眾好漢
的集體大紀傳，實為最出色之筆。作者無心於重現歷史，他感興趣的
是編織英雄的傳奇故事。要說這是「英雄史觀」，那也是平民的英雄
史觀。十八條好漢中，出身高貴的與出身低微的，身居高位的與屈沉
底層的，一律平居雜陳，反映了平民的心態。平民對門第名望固有傾
慕豔羨之心，混跡草莽的好漢更能博得他們親切的感情。「落草」一
詞，在此類說部中出現的頻率極高。《說岳》有「岳真、孟邦傑、呼
天保、呼天慶、徐慶、金彪在山東臥牛山失身落草」、「小將諸葛英，
兄弟公孫郎、劉國紳、陳君佑共是四人，在此猿鶴山落草」、「姓張名
奎，因見朝廷奸臣亂國，故爾不願為官，在此落草」、「因康王不用
他，逃在太行山落草」、「鐵面董先在九宮山落草」、「楊再興的兒子，
仍在九龍山落草」等等。《說唐》有「齊國遠自幼落草，只曉得風高
放火，月黑殺人」、雄闊海「在本山落草，聚集嘍囉數千，打家劫
舍」、伍天錫「在河北沱羅寨落草」、「獻軍糧咬金落草」等等。《飛龍
全傳》有李通、周霸「奈官司逼迫，無處安身，只得逃到此山，權為
落草」、杜二公「兄弟三人名雖落草，實是替天行道，義取人財」等
等。趙匡胤還勸對太行山「抹穀」大王改邪歸正，說：「雖係綠林聚
義，山澤生涯，然須保善鋤強，不愧英雄本色。這抹穀營生，斷然莫
做，替天行道，乃是良謀。」山寨遂「將平日號令改換一新，凡過往
客商，秋毫無犯，賢良方正，資助盤纏；若遇污吏貪官，土豪勢惡，
劫上山去，盡行誅戮」，「四下居民，盡皆感德，安居樂業，稱頌不
休」，其精神正與《水滸》一脈相承。《說岳》中的英雄如牛皋、施全
等，也多曾做過剪徑勾當，作者對「取那無義之財」的行為，頗持諒

解的態度。如牛皋道：「只為『饑寒』二字難忍！」王貴道：「兄弟想這幾日無飯吃、沒衣穿，卻不道『正而不足』，不若『邪而有餘』。」即便是作為元帥的岳飛，也對楊虎說過：「天下英雄，皆為奸臣當道，失身甚多。本帥當年在武場亦曾受屈，所以小弟兄輩也做些不肖之事。當今天於敬賢愛才，將軍既能改邪歸正，就是朝廷的臣子了。」在他們看來，接受招安，為國出力是無可非議的事情。岳飛說：「我想綠林生理，終無了局。目今正在用人之際，何不歸降朝廷，共扶社稷？」趙匡胤也說：「二位寨主多是英雄好漢，有此本領，可惜埋沒於綠林之中，誠美玉韜藏，明珠蒙澤。……二位若肯棄邪歸正，一同趙某前去立功，將生平志願，報效朝廷，博取富貴功名，耀祖榮宗，封妻蔭子，豈不美哉？如若安心落草，恐非終身事業。」《王陽明集》〈世德紀〉附錄霍韜〈地方疏〉云：「逋賊早得招安，良民早得復業」，原是符合平民願望的事情。

四　愛以「結心」的結義作為維繫人心的紐帶

《說岳全傳》第四回「麒麟村小英雄結義」開首有篇古風〈結交行〉，曰：「古人結交惟結心，此心堪比石與金。金石易銷心不易，百年契合共於今。今人結交惟結口，往來歡娛肉與酒。只因小事失相酬，從此生嗔便分手。」並加發揮道：「……乃是嗟歎今世之人，當先如膠似漆，後來反面無情。那裡學得古人如金似石，要像陳雷、管鮑生死不移的，千古無二。所以說『古人結交惟結心』，不比今人惟結口頭交也。」岳飛身為元帥，與部下的關係卻非常特殊。不要說王貴、張憲、湯懷、牛皋是從小結拜的義弟，連被擒的盜寇，只要情願歸順，也要與之結為兄弟。第四十八回寫戚方、羅綱、郝先三人推辭道：「怎敢冒犯元帥？」岳爺道：「不必推辭。凡我帳下諸將，都是結拜過的了。」

　　當然，岳飛的結拜是有原則的。第二十二回敘王佐假名「于工」來訪，說是要學些武藝，情願結為兄弟，岳飛欣然同意。不料當他說出受楊么所差，要聘請他前去洞庭湖為官時，岳飛便嚴辭拒絕，飯也不留一餐，放他去了。這才引起岳母的警覺，刺字「精忠報國」以堅定他的意志。《說岳》中又有鄭懷與牛皋的結拜，韓彥直與岳雲的結拜，嚴成方與岳雲的結拜，小苗王黑蠻龍與岳雲的結拜，甚至還有小梁王夫人柴娘娘「恩義待仇」，主動與落難的岳夫人結拜，道：「妾身久慕夫人閨範，天幸相逢，欲與結為姊妹，不知允否？」又道：「我看眾公子皆是孝義之人，甚為可敬，欲命小兒與列位公子結為異姓兄弟，幸勿推卻！」即命柴王與眾少爺一同結拜做弟兄，柴王年長居首，以下韓起龍、韓起鳳、諸葛錦、宗良、歐陽從善、牛通、湯英、施鳳、羅鴻、王英、吉成亮、余雷、伍連、何鳳、鄭世寶、岳雷、岳霆、岳霖、岳震，共是二十位小英雄，是日結為兄弟，終日講文習武，十分愛敬，賽過同胞。

　　《飛龍全傳》也愛寫結義：第六回是「赤鬚龍山莊結義」，第九回是「黃土坡義結芝蘭」，第三十八回是「龍虎聚禪州結義」。結義的成員地位亦頗為懸殊：趙匡胤、張光遠、羅彥威是豪門貴戶，而柴榮是推車販傘，賺些蠅頭微利，鄭恩則流落江湖，挑賣香油度日，都是微賤鄙夫。趙匡胤從社會動盪中，看到了君權無常的嚴酷事實：歷史上，「漢高祖、楚霸王、皆是布衣」；現實裡，「當今朝代去世的皇帝，他是養馬的火頭軍出身」。「寒門出貴子，白戶出公卿」，「皇帝輪流轉，今年到我家」，從而驅使他摒棄計較窮通的陋見，主動結交下層人物，表現了相當的政治遠見。

　　結拜的基礎是結義，結義的要義是結心。《說唐》中元帥伍雲召與一介鹵夫雄闊海結拜，立誓後日要患難相扶，若有私心，天地不容。秦瓊進長安公幹，李靖預言有禍，勸他即回山東。同來的王伯當、李如珪等一心要去看燈，秦瓊暗想：「我如今公事完了，怎麼好

說遇著高人，說我面上部位不好，我就要先回去？這不是大丈夫氣概，寧可有禍，不可失了朋友之約。」及至聞說宇文化及強暴宣淫，「竟忘李靖之言，恨恨不平，就動了打的念頭」。為了緝拿劫王杠的響馬，秦瓊屢被縣官比板，程咬金說出自己與尤俊達就是劫王杠之人，要他綁了去見官。秦瓊道：「弟雖鹵莽，那『情理』二字，亦略知一二，怎肯背義忘恩，拿去見官？」取出捕批牌票，一劈兩半，就在燈上連批文一齊燒了。眾人齊道：「好朋友，這個才是好漢！」在十八條好漢中，不要說宇文成都、楊林沒有這樣的義，李元霸又何嘗有這樣的義呢？這才是秦瓊深得平民讚佩的關鍵。賈柳店三十九人歃血之盟，是推翻大隋暴政、開創大唐基業的道義與實力的基礎。程咬金、尤俊達為楊林所因，徐茂公道：「要這二人出獄，必大反山東，方能濟事。」眾人道：「若能救出兩個朋友出獄，我們大家就反何妨。」造反如此大事，就是為了救出朋友。既為義而發難，又以義來檢驗每個好漢，並對他們作出最終的評價。羅成參加了賈柳店結義，姓名雖已為徐茂公塗抹，但當他得知楊林圍攻瓦崗的消息，就毫不遲疑地瞞了父親，私自前來，以「秦叔銀」假名大破楊林；其後，楊義臣擺銅旗陣以拒瓦崗，羅藝派羅成前去保守，羅成卻聽從其母「明保銅旗，暗助西魏」的囑咐，破了此陣。凡此種種「全義」的行為，都受到小說家的讚許。

五　愛以俗而不雅的戲謔作為逗引讀者興味的手段

《詩經》〈淇澳〉有「善戲謔兮，不為虐兮」之句，鄭箋云：「君子之德，有張有弛，故不常矜莊而時戲謔。」這尚是將戲謔作為調劑「矜莊」而偶一為之的補充。在世俗化的明清說部中，戲謔筆墨層出不窮，其中固寓有勸懲之意，更主要的卻是這種遊戲筆墨更符合平民對歷史的理解，更適合平民對審美的要求。他們不懂得高層的、處於

隱蔽狀態中的政治鬥爭，往往按自己的理解和想像，將神秘大幕背後
的政治以十分幼稚的形式表現出來，從而製造出令人發噱的喜劇效
果。如《說岳》寫演武場上幾位主考對神立誓，張邦昌不好推託，只
得道：「若有欺君賣法，受賄遣賢，今生就在外國為豬，死於刀
下。」他心中是這樣想的：「我這樣大官怎能得到外國？就到番邦，
如何變豬？」而王鐸道：「若有欺心，他既為豬，弟子即變為羊，一
同死法。」心中暗想：「你會奸，我也會刁。」張俊則道：「如有欺君
之心，當死於萬人之口。」這些誓立得雖奇，不料後來竟都應了，這
就是世俗的趣味所在。《說唐》不顧楊廣以太子之尊，寫他親自扮作
強人，率宇文化及埋伏於臨潼山下劫殺李淵，反被秦瓊一鐧打在肩
上，負痛逃走；又寫楊林見天下大半俱屬反王，定計發十八道聖旨，
會齊天下反王揚州演武，搶得狀元者，立他為「反頭兒」。這條計策
實兒戲不如，各路反王居然紛紛而來，自相殘殺，致雄闊海、伍雲
召、伍天錫等好漢及段達、彭虎、暴天虎、甄翟兒、鐵木金、左雄、
金德明等反王驍將，俱毫無價值地死於場中；羅成連挑四十二將下
馬，奪得狀元，其實也毫無價值。在細節處理上，此類筆墨亦多，如
裴元慶隨父上殿見駕，煬帝一心下棋，裴元慶大怒，一把扯住陪棋的
國丈張大賓，舉起拋下，皮都抓下一大塊來；秦瓊與尚師徒交戰，以
戰為戲，憑其馬快出身的竄縱之法，騙得尚師徒下馬步戰，趁機跳上
神馬呼雷豹逃走。這樣寫，幾乎很少考慮現實生活的可能性，只是圖
個快心而已。

　　程咬金是《說唐》最招人喜愛的人物，作者以戲謔筆法寫充滿戲
謔情趣的人物，其人其事，都堪稱全書的戲膽。他在諧謔的氣氛中登
場，因賣私鹽拘禁在監，時逢大赦，犯人紛紛出去，獨程咬金呆坐不
動；禁子來催，竟被他撩開五指打去。直到眾牢頭請他喝了酒肉，賠
了衣服，才肯出出來：一連串違悖常理的舉止，顯示了他的無賴秉
性。爾後，小說又以欣賞的筆調寫他當裙子、奪毛竹、賴酒錢種種行

徑，很快讓他同尤俊達搭識。與《隋史遺文》形容程咬金之窮極無賴不同，《說唐》突出的是他的天真爛漫：說好是做生意，吃過早飯，就催動身，尤俊達推說日裡招人耳目，到晚方可出門，程咬金信了；臨行，尤俊達要他披掛好以防盜賊，程咬金也信了；及至明白是去做強盜的勾當，尤俊達說這是頭一遭，初犯可以免罪，程咬金也信了：他就這樣一步一步被拉下了水。

要說程咬金沒一點心計，也不盡然。尤俊達臨陣，問他要「討帳」還是「觀風」？程咬金不曉行中啞謎，以為「討帳一定是殺人劫財，觀風一定是坐著觀風」，便選擇了觀風，誰知恰被推上了行劫的頭陣。有趣的是，當得知秦瓊被縣官比板之事，程咬金大聲說出他就是劫王杠之人時，還說：「不妨，我是初犯，就到官也無甚人事。」真可讓人開顏一笑。程咬金又在戲謔中被推上了政治舞臺：他被徐茂公作弄著下了地穴，禍中得福，意外地得了金璞頭、黃龍袍、碧玉帶、無憂履，糊裡糊塗地當了瓦崗義軍的首領。不過程咬金卻有自知之明，說，「我在此做皇帝，不過混混而已」，故稱「混世魔王」，而年號叫做「長久元年」，頗有滑稽意味。

他雖然沒有大的才幹，卻無私心雜念，不妒賢嫉能。正當瓦崗寨形勢大好之時，做了三年皇帝的程咬金忽對眾人道：「我這皇帝做得辛苦，絕早要起來，夜深還不睡，何苦如此！如今不做皇帝了！」把頭上皇冠除下，身上龍袍脫落，走下來叫道：「那個願做的上去，我讓他吧！」「皇帝人人做，明年到我家」，側重點本在後半句，程咬金卻嫌皇帝太辛苦，要讓給他人，戲謔中顯出天真澄徹的赤子之心。

程咬金也有不少毛病，他好搬弄口舌，在秦母壽宴上挑唆羅成與單雄信相爭，弄出一場是非，而這種是非糾葛，卻滿足了平民娛樂的需要。他又一再被徐茂公作弄，或被趕出營，或抱病出陣，或去承擔莫名其妙的使命。但他是個難得的「福將」，都能逢凶化吉，遇難呈祥，從而博得平民之一噱。程咬金尤能以謔為刺，以諷世道。單雄信

臨刑前，眾朋友俱來敬酒，雄信只是不肯飲。咬金走上前叫道：「單二哥，我想你真是個好漢，不降就死，倒也爽快，小弟十分敬服。今奉勸一杯，可看我平時為人老實，肯吃就吃，不肯吃就罷，再不敢勉強。」雄通道：「俺吃你的。」即把酒吃下。咬金道：「單二哥，再吃一杯，願你來生做一個有本事的好漢，來報今日之仇。」雄通道：「妙呀，俺也有此心。」把酒又吃下。咬金道：「單二哥，這第三杯酒是要緊的：願你來世將這些沒情的朋友，一刀一個，慢慢的殺他。」程咬金正話反說，形同罵世，實可消平民鬱積心頭的骯髒之氣，這是他最得平民喜愛的根本原因。

　　《說岳》中的牛皋也是程咬金式的人物，真是笑料百出。余化龍二人得了汜水關，要將此功讓與牛皋，聊作進獻之禮。及岳飛到了，問：「搶汜水關是何人的功勞？」牛皋道：「我是不會說謊的。關是他二人搶的，說是把功勞讓與我，我也不要，原算他們的罷。」透露出誠實的一面。他自告奮勇去下戰書，見了兀朮道：「請下來見禮。」兀朮大怒道：「某家是金朝太子，又是昌平王，你見了某家也該下個全禮，怎麼反叫某家與你見禮？」牛皋道：「什麼昌平主！我也曾做過公道大王。我今上奉天子聖旨，下奉元帥將令，來到此處下書。古人云：『上邦卿相，即是下國諸侯；上邦士子，乃是下國大夫。』我乃堂堂天子使臣，禮該賓主相見，怎麼肯屈膝於你？我牛皋豈是貪生怕死之徒、畏箭避刀之輩？若怕殺，也不敢來了。」兀朮道：「這等說，倒是某家不是了。看你不出，倒是個不怕死的好漢，某家就下來與你見禮。」牛皋道：「好嚇！這才算個英雄！下次和你在戰場上，要多戰幾合了。」這種對話方式，完全是說書人的聲口。

　　最令人解頤的是他的婚姻大事。金節欲將妻妹賽玉配與他，只說請他吃酒，等來時就拜天地。牛皋來到轅門，見這光景，想道：「他家有人做親，所以請我吃喜酒。」便問金節道：「府上何人完姻？俺賀禮也不曾備來，只好後補了。」直待金節說明：「今天黃道吉日，

下官有一妻妹送與將軍成親，特請將軍到來同結花燭。」牛皋嘴臉頓時漲得豬肝一般，急得沒法，往外就跑。金節只好稟明岳飛，方得成就這門親事。岳飛因此對眾將宣佈：「從今日起，把『臨陣招親』這一款革去。若賢弟們遇著有婚姻之事，不必稟明，便就成親。況這番往北路去迎二聖，臨陣交鋒，豈能保得萬全？若得生一後嗣，也就好接代香煙。」

　　「臨陣招親」之事，大約原起於《楊家將》的穆桂英，自經岳飛「正式批准」，竟成了說部的家常便飯。《薛丁山征西傳》寫薛丁山與樊梨花的婚姻糾葛，可以說是此類題目的新發展。小說津津樂道的是陣前招親的曲折，對樊梨花弒父殺兄這種本屬逆倫的行為，只有薛丁山一個人採取了認真追究的態度，其他人等包括身為君父的唐太宗、薛仁貴在內，竟一概不予追究，竇仙童甚至輕描淡寫地說：「冤家原來為這樁事情發怒起來，真正可笑」，這是令人驚詫的。樊梨花陣前的三擒三放，以及其後薛丁山的三休三請，都釀就了特有的世俗美學興味。

六　愛以向慕明主與譴責奸臣為基本的政見

　　《飛龍全傳》開頭道：「天下自唐季以來，五代紛更，數十年間帝王凡易八姓十三君，僭竊相踵，戰爭不息，人民有倒懸之苦，將士多汗馬之勞，終於立國不長，究非真命之主。」又有詩曰：「時君若肯行仁政，真主何如降九重？」在此類說部中，「真主」與「時君」是截然不同的政治概念，說明它不是一般帝王（時君）的擁護者，而是「真主」的擁護者。「真主」與「時君」的區別，在於是否「受命於天」。用《孟子》〈萬章〉的話說，堯不能以天下與舜，舜之有天下是「天與之」的。但天不能言，何由知「天命」呢？答案是「天視自我民視，天聽自我民聽」；天與民本為一體，要充任治理天下的天子，既要「薦之於天而天受之」，又要「暴（音ㄆㄨˋ，Pù，顯示）之

於民而民受之」。這種受命於天的觀念，是中國最有民主性光輝的思想之一。《飛龍全傳》視五代八姓十三君皆非「真命之主」，獨獨頌揚趙匡胤為堯舜之君，因為他的「真主」身分，是人民批准了的。司馬光《涑水紀聞》載趙匡胤即位後，曾說過這樣的話：「貴家子弟，惟知飲酒彈琵琶耳，安知民間疾苦？」確為閱歷有得之言。

　　《飛龍全傳》寫他轉徙流亡之中，目睹了連年荒旱，百姓流離的淒慘景象，懂得小本經紀所受土豪層層盤剝之苦。如匡胤問柴榮道：「兄長這車兒上的傘，有多少本錢？脫去了有幾何利息？」柴榮道：「本有二十兩，到了關西發去了時，就有三十餘兩。」匡胤道：「這等算來，只有十兩利息，除了盤纏，去了納稅，所剩有限。兄長往來跋涉，不幾白受了這場辛苦？這樣生理，做他有甚妙處？依小弟之見，如今這銷金橋的稅銀不必交他，竟自過去。」不經一番波折，怎知小本經紀的艱難？終於發出「這清平世界，朗蕩乾坤，怎容得這土豪惡棍攔阻官道，私稅肥身」的吼聲。

　　「三打韓通」更是表現趙匡胤扶危濟困、扶弱鋤強的中心情節。邵伯溫《邵氏聞見錄》謂：「周世宗死，恭帝幼沖，軍政多決於韓通。太祖與通並掌軍政，通愚愎，將士皆怨之；太祖英武，有度量，智略多，屢立戰功，故皆愛服歸心焉。」小說虛構出三打韓通之事，頗具深意。大名府一打韓通，是因為他肆意凌辱妓院中的弱女子；平陽鎮二打韓通，是因為他霸佔民宅，科斂百姓；百鈴關三打韓通，則是因為他依恃官勢，不改初心。三打地點不同，情由不同，目標都是為了鋤強扶弱，迸惡攜良。《飛龍全傳》要表現的是：只有像趙匡胤這樣為「民受之」的人，才配做「真命帝王」。天意即民意。天意是外殼，民意才是實質。

　　小說還借杜太后愀然不樂的話，道出了一個真理：「吾聞為君難。天子置身兆庶之上，治得其道，則此位尊；苟或失馭，求為匹夫不可得，此吾所以憂耳！」這無異於給皇帝們一個警告：「撫我則

後，虐我則仇」(《尚書》〈泰誓〉)像趙匡胤這樣的匹夫，只要得到人民歡迎，就能做成皇帝；反之，即使高踞帝位，一旦奢志虐民，縱欲害民，就會求為匹夫而不可得！由此看來，「天命」觀既是統治階級用以麻痺人民的精神工具，也是儒家藉以宣揚仰體「天意」的手段。在通俗小說中所表現的「天命」觀，往往包含了人民對皇帝的要求和警告，是社會底層人民共同心理的產物。

　　《梁武帝演義》中的蕭衍應屬「有道明君」之列。他的有道，就表現在愛民上。柳慶遠獻水灌加湖城之計，道是可「使他五十萬之軍俱成齏粉」。蕭衍道：「若是，則殺戮未免過苛，如之奈何？」柳慶遠笑道：「此天意使然，與人何預焉。誅凶剪暴，明公不得不然耳。」結果，一共計淹死了三十萬人，蕭衍聞之，不勝慘然，掩面流淚道：「為此獨夫，使蒼生赤子如此喪亡，是誰之過歟！」親自制了祭文，備了祭儀，到白陽壘祭奠，又脫下自己的征袍焚化，以衣亡魂。自讀祭文，其辭甚哀，聽者無不悽楚。李憲為保全城內生靈，舉壽陽城投順，蕭衍檢點戶口，計七萬五千餘口，因說道：「朕之得壽陽費盡心力，數年勞苦，將士死亡，何止七萬五千！」諸將皆賀道：「陛下念及於此，蒼生之幸也。」蕭衍又道：「前日磐石山中燒殘士卒，朕今思之，實不自安，真可謂功成蓋世，難免罪歸一人矣。」對於戰爭中的殺戮，柳慶遠的理論是「劫運如此，人事豈可免乎」，「有征必誅，又何傷也」；這種對戰爭應支付殘酷代價的理性表述，滲透著戰略家極度的冷漠，正與作為仁君的蕭衍的「不忍」，形成了鮮明對照。故當北魏胡太后遣使求和，張弘策與范雲奏道：「和則二姓交歡，生民蒙福；不和則二國交惡，生民塗炭。」蕭衍旋即點頭稱是，道：「近來正宮棄世，夫婦永別，朕常鬱鬱不樂，每念到沙場士卒，俱有父母夫妻，今使他沒於王事，未有不妻念其夫，父念其子，一如朕之悲傷也。朕聞二卿之言，不得不作如是觀之。」這種推己及人的思想，是值得肯定的。他還自覺地與大禹相比，自認「不過便安庸主」，遂減

繁去華，食不過數品，衣不用奢麗。這就為他後來的捨身出家，找到了自身心態上的根據，所謂「雖曰代天乘運，未免殺戮大傷，欲蓋前愆，無如佛教」是也。

　　「忠為君王恨賊臣」，原是一個問題的兩個側面。《五虎平西前傳》〈序〉云：「春秋之筆，無非褒善貶惡，而立萬世君臣之則。小說傳奇，不外悲歡離合，而娛一時觀鑒之心。然必以忠臣報國為主，勸善懲惡為先。閱其致身烈士，無不令人起敬起恭；觀此誤國奸徒，又皆令人可憎可忿。」對奸臣的無情鞭笞，在此類說部中觸目皆是，連身為敵方主帥金兀朮，居然也以「忠奸」作為臧否人物的標準。當張邦昌前來送禮前時，兀朮問道：「這張邦昌是個忠臣，還是奸臣？」哈迷蚩道：「是宋朝第一個奸臣。」兀朮道：「既是奸臣，吩咐『哈喇』了罷。」哈迷蚩道：「這個使不得。目今正要用著奸臣的時候，須要將養他。且待得了天下，再殺他也不遲。」事後，作為軍師的哈迷蚩又「開導」說：「狼主前日之功，所虧者宋朝奸臣之力。狼主動不動只喜的是忠臣，惱的是奸臣，將張邦昌等殺了，如何搶得中原？」兀朮於是恍然大悟，道：「軍師說的不差，某家前番進兵，果虧了一班奸臣。如今要這樣的奸臣，往哪裡去尋？」用最為巧妙的手法，狠狠地抨擊了奸臣。《說唐》敘高祖敕賜秦瓊、尉遲恭鐧鞭，「可上打昏君，下打奸臣，不論王親國戚，先打後奏」，集中地表達了平民對奸臣的極度痛恨。

第三節　杜綱對歷史小說史的貢獻

　　乾隆五十八年（1793），杜綱撰就了《北史演義》六十四卷；又二年（1795），完成《南史演義》三十二卷，從而奠定了他在歷史小說史上的地位。

　　杜綱字振三，號草亭老人，昆山人。《昆新兩縣志》卷二十七

「文苑二」載，杜綱參加童試時，曾受知於昆山令許治。許治賞識他的才華，令與其子兆椿兄弟同學，這在一個小縣城，可算是一種殊榮。據《昆新兩縣志》卷十四「職官」，許治任昆山知縣是乾隆十九年至二十一年（1754-1756），推知杜綱約生於乾隆五年（1740）前後。又據《德安府志》許治傳，知許治生有三子：兆桂、兆椿、兆棠，依《德安府志》〈人物四〉〈隱逸〉、《雲夢縣誌略》〈藝文〉〈傳〉、《德安府志》〈人物二〉〈仕跡下〉、《德安府志》〈人物二〉〈文學〉之記載，許治任昆山知縣時，許兆桂十三到十六歲，許兆椿七到十歲，許兆棠三到六歲，杜綱應與許兆桂年齡相仿或稍長，當生於乾隆七年（1742）或稍早[14]。

杜綱少補諸生有聲，其時經生家久不治古文，唯於八股時文中討生活，杜綱卻不甘受舉業之牢籠，「獨上下百家，於幽隱難窮之處，輒抒其獨見，發前人所未發」（《昆新兩縣志》卷二十七「文苑二」），表現出難能可貴的獨立探索精神。大約由於對舉業的揣摩功夫不夠，杜綱一生科名不遂，以布衣終老。他雖居於社會下層，同宦場中人卻時有來往。其幼時的同學許兆椿，《松江府志》卷四十三「名宦傳」載其為乾隆三十七年（1772）進士，五十九年（1794）出知松江府，杜綱正出治下。二人地位雖稍相懸，杜綱卻「時時過訪，絕未嘗干以私，兆椿益愛敬焉」。這種既不阿諛取容，又不以私干謁的品質，是很高尚的。

與杜綱為至友而又有身分的，還有一位許寶善。《青浦縣志》卷十九「文苑傳」載，寶善字斅虞，號自怡軒主人，別稱穆堂，青浦人，乾隆二十五年（1760）進士，授戶部主事，歷員外郎中，擢浙江福建道監察御史，兩充順天鄉試同試官，以墜車傷足，乞假歸。歷主鯤池、玉峰、敬業書院，五經四書，俱輯以導人，學者多成就。杜綱

---

14 鄧美華：《杜綱研究》（福州市：福建師範大學碩士論文，2002年），頁2-7。

與業已退休的許寶善為文字交，他的小說創作多得許寶善的支持，《娛目醒心編》為許寶善出資「急為梓之以問世」，《北史演義》、《南史演義》則是在他的建議和鼓勵下完成的。許寶善為杜綱的小說作序與評，實為杜綱平生第一知己。乾隆五十八年（1793），杜綱亦為許寶善的《自怡軒樂府》作序，二人的深摯友誼，堪稱文壇之佳話。《北史演義》有嘉慶二年（1797）自怡軒（即許寶善）重刊本，內中未透露杜綱下世的消息，估計其時仍當健在，推定卒年在嘉慶五年（1800）之後，大約不會有多大出入。杜綱的著作還有《近是集》，「同邑諸世器序而行之」。

　　自羅貫中《三國志演義》問世以來，演義創作蔚為大觀，基本上構成了講史的大系統，其間唯南北朝（除《梁武帝西來演義》）未被寫成歷史演義，而其所包括的正史，竟有《宋書》、《南齊書》、《梁書》、《陳書》、《魏書》、《北齊書》、《周書》、《南史》、《北史》九部之多。個中原因，除許寶善《北史演義》〈敘〉所謂「其書詞豐而義晦，事繁少條理，世所罕解」，難以駕馭處置之外，其時南北分裂，北魏、北齊、北周屬少數民族王朝，馳騁北方的英豪如爾朱兆、高敖曹、彭樂、賀拔勝等，多為少數民族，「尊夏攘夷」的民族偏見，或是小說家不肯一試的原因。直到潛心稽古的杜綱出來，「以為此百年事蹟，不可不公諸見聞，於是宗乎正史，旁及群書，搜羅纂集，連絡分明」，先後完成《北史演義》和《南史演義》，方填補了演義系列的空白，這是杜綱對歷史小說的重大貢獻。

　　杜綱的創作起點，與所有的演義家都不同。《三國志演義》、《列國志傳》等有宋元講史平話為憑藉，《說唐》、《說岳》亦有民間說書為參照，《醉翁談錄》〈舌耕敘引〉雖云「史書講晉、宋、齊、梁」，但並沒有講說南北朝歷史的本子傳流下來。從這個意義上可以說《北史演義》、《南史演義》是杜綱的獨立創作，而不是「世代積累型」的作品，這在歷史小說史上堪稱罕見的特例。孫楷第先生評說道：「所

記《北史》自魏宣武失政起，至隋伐周平陳止，而於北齊為詳；《南史》自晉孝武失政起，至隋滅陳止，而於宋事為詳。小說演史自元以還最為繁多，歷代史事幾於遍演，唯南北史久懸，無人過問。綱乃補此二書，其鋪陳事蹟皆本史書，文亦紆曲勻淨。凡演史諸事，非鄙惡即枝蔓，此編獨能不蹈此弊，在諸演史中實為後來居上，除《三國志》、《新列國志》、《隋史遺文》、《隋唐演義》數書外，殆無足與之抗衡者。唯當時南北分立，短祚易姓，變亂靡常，其間北齊與宋俱多失德之主，而齊昏亂尤甚，小說乃側重二朝，用意不免纖佻。」[15]肯定了杜綱填補歷史小說創作空白與不蹈「非鄙惡即枝蔓」之弊，所言皆極允當，惟指摘其取材側重於北齊與宋，以為「用意不免纖佻」，卻是對二書成就的低估。事實上，杜綱以其善於剪裁佈局的藝術匠心，描繪出百年間禍亂相繼、變故迭起的歷史畫卷，塑造出一批叱吒風雲政治家軍事家的英雄形象，他所採取的在南北兩朝中突出北朝、在北朝中突出北齊的戰略，恰是他取得成功的秘訣所在。

　　杜綱創作的成功不是靠排比史科，而是靠對歷史的重構取得的。人類歷史的第一個前提，是有生命的個人的存在。人是歷史的主體，是歷史舞臺上的演員，離開了人，就無所謂歷史。小說家以歷史素材進行創作，所面臨的課題是如何處理史的因素和人的因素的關係。《北史演義》之所以成功，主要是尋得了貫串全書的主旋律——對「英雄美人」的頌揚和謳歌，從而找到了正確處理史的因素和人的因素關係的聯結點。從美學意蘊講，「英雄美人」型與「才子佳人」型有某種相似之處。才子佳人小說所體現的，是愛情婚姻觀念的覺醒。才子佳人組合的雙方，都具有「外美」的貌和「內美」的才，他們的結合應該是完美的。「才子佳人」型與「英雄美人」型不同的是；從男性一面看，前者為文士書生，後者為武士豪傑；前者突出的是博學

15　孫楷第：《續修四庫全書提要》（濟南市：齊魯書社，1996年），頁1877-1878。

多才，後者突出的是武勇韜略。而從女性一面看，佳人和美人都不光有美麗的容貌，而且也有卓越的才識；前者強調的是愛才惜才，後者強調的是慧眼識英雄。才子佳人和英雄美人的配合，都有很高的審美價值，前者呈陰柔之美，後者呈陽剛之美。

　　從歷史淵源講，「英雄美人」模式的起源要比「才子佳人」早得多。中國遠古神話的后羿嫦娥，就是最早的英雄美人故事。后羿之「奇才異能神勇為凡人所不及」[16]，是征服自然、為民造福的英雄，人們希望他有美麗的佳偶，嫦娥的形象就被創造出來。《淮南子》〈覽冥訓〉說：「羿請不死之藥於西王母，姮娥竊以奔月，悵然有喪，無以續之。」可惜這個「英雄美人」故事，是以悲劇形式結束的。《史記》的項羽與虞姬，也是英雄美人的組合。在項羽處於四面楚歌的困境時，忽插入虞姬的故事，英雄末路，襯之以美人，益增感傷悲壯之氣。在明清說部中，最早寫到英雄美人的應屬《三國志演義》。劉備乃當世英雄，曹孟德固已稱許之矣。孫權之妹身雖女子，志勝男兒，常言：「若非天下英雄，吾不事之。」「劉皇叔洞房續佳偶」，自是英雄美人的天然配合。可惜由於政治上的原因，致令孫夫人成了犧牲品。至於那呂布貂蟬的故事，在《三國》更是極出色之筆墨：毛宗崗《三國演義》第八回總評所謂「溫柔旖旎，真如鐃吹之後，忽聽玉簫；疾雷之餘，忽見好月」是也。人中呂布，馬中赤兔；貂蟬色伎俱佳，且有忠肝俠膽。可惜貂蟬本無愛布之心，只是充當了政治鬥爭的自覺工具。《三國》中的英雄與美人呈不協調的狀態，大多數英雄如關羽、趙雲與美色更是絕緣的。南北朝是中國歷史上各族人民大融合、思想文化空前活躍和發展的時期，為了將這一段歷史演為藝術作品，《北史演義》在英雄美人的組合模式上，取得了超越前人的突破。杜綱首先將北朝處理為英雄輩出的時代，而英雄之中的大英雄，

<hr />

16 魯迅：《中國小說史略》第二篇〈神話與傳說〉，頁8。

就是作品中如眾星拱月的高歡；同時又以高歡為中心，塑造了婁昭君、胡桐花、爾朱娟娟、蠕蠕公主以及鄭娥等絕代佳人的形象與之匹配，英雄美人，融合輝映，相得益彰，形成了貫串全書的昂揚向上的主旋律。

　　李延壽的《北史》起北魏道武帝登國元年（386），終隋恭帝義寧二年（618），記述北魏、北齊（包括東魏）、北周（包括西魏）和隋四個王朝共二三三年的歷史，而《北史演義》逕直以北魏宣武帝立（499）為開端，在第一回就將胡仙真這一關鍵人物推到前臺。許寶善《北史演義》第一回總評：「此書欲言魏之敗亡，先敘仙真入宮，如泰山之雲，起於膚寸，深得草蛇灰線之妙」，確為的評。

　　從全書的總體結構看，胡仙真乃是「自古敗亡之禍，未有不自朝廷無道始也」的注腳，而對於小說著力刻畫的正面女性婁昭君來說，胡仙真又起到了蓄勢與反襯的作用。胡仙真容色美麗，絕妙文墨，因偶然機緣被召入宮，拜為充華。宮中舊制：太子立，必殺其母，以防日後亂政之漸。以故諸嬪妃中秋之夜焚香拜祝，唯願生諸王公主，不願生太子；獨仙真祝曰：「願生子為太子，身雖死無憾。」眾妃皆笑其愚。後果孕，人又勸其私去其胎，仙真不從。生子四年，帝遲遲不立為太子，實為不忍殺仙真也。後見勢不可緩，來與仙真長別，仙真慷慨無難色，曰：「太子，國之本也。願陛下速立太子以固國本，豈可妄惜妾一人之命而使儲位久虛？」帝惻然久之，因為改易舊制，赦其不死。後宣帝崩，太子立，是為孝明帝，群臣尊仙真為太后，臨朝聽政。太后多才有智，親覽萬機，事皆中理，滿朝文武，無不欽服。胡仙真作為一個嬪妃，作為一個母親，意識到自己的責任而決不規避，實為難能可貴。

　　然而做了太后的胡仙真，究竟年紀尚輕，姣好如少的容顏，尤其是女性追求自身幸福的意願，與她所處的政治地位實在太不相容了。她之愛好裝飾遊幸，已頗遭非議，而見清河王賢而多才，風流俊雅，

召入宮中，迫而淫之，就更為時論所不容。尤為錯誤的是，當她得知孝明帝密詔爾朱榮入朝，竟鴆殺之。許寶善卷十四夾批曰：「初則以子為重，雖死不顧；繼以貪淫之故，殺之亦不顧：吾不知胡太后前日之心肝何在？」胡仙真的悲劇，不表現為一般的天理與人欲的矛盾，而表現為作為執政者個人情欲與國家社稷安危的嚴重衝突。她忘掉了自己的行為可能造成的政治惡果，個性的過於膨脹，終於釀成了無可挽回的悲劇。

〈凡例〉云：「高氏妃嬪，婁妃以德著，桐花以才著，爾朱后、鄭娥以色著，故不嫌詳悉，餘皆備員，可了中了，以省閑筆。」可見作者之良苦用心。《北史演義》第四卷方敘及胡太后臨朝聽政，就開始了高歡與婁昭君的故事，回目即為：「白道村中困俊傑，武川城上識英雄」。史書載高歡婁昭君婚姻事本極簡略，《北齊書》卷九〈神武婁后傳〉、《北史》卷十四〈后妃傳〉皆曰：「少明悟，強族多聘之，並不肯行。及見神武城上執役，驚曰：『此真吾夫也！』乃使婢通意，且數致私財，使以娉己。父母不得已而行焉。」杜綱據此四、五十字，敷衍出兩卷多一波三折的文字，顯出了充分的藝術才能。

小說寫婁昭君為富戶之女，備受父母寵愛。一旦見城上執刀侍立之人，歎為當世豪傑，私相傾慕，擬以身許，故後有豪家來議親者，皆不願。她說：「我豈不知女子終身，不可自主；但所歸非人，一生埋沒。故誓嫁一豪傑之士，以稱吾懷。」昭君不顧高歡家貧如洗，命婢通意，央媒求娉。這種超出常情的大膽舉動，連高歡本人也難以理解，只好以「貧富相懸」為辭拒之，此為一頓。昭君知其因貧不敢求婚，便贈以私財為納聘之資。高歡「龍潛蠖伏，辱在泥塗，茫茫四海，無一知己。昭君一弱女子，能識之風塵之中，一見願以身事，其知己之感為何如！況贈以金寶，使之納聘，尤見鍾情，豈能漠然置之？但兒女私情，難以告知父母，故此遲遲」，此又為一頓。昭君不見高家求親，又差侍婢來催，適遇高父。侍婢誤以為高歡已將求姻事

相告，因以來意告之。高父大驚，含胡答之。歡歸，父責之曰：「婁氏富貴顯赫，汝欲踵桑間陌上之風，誘其蘭室千金之女，一朝事敗，性命不保，獨不念父母年老，靠汝一身成立，何不自愛若此？」高歡不敢再說，此為又一頓。婁父為女求婚甚急，昭君不得已，親自修書贈釵以明己志，高歡乃語繼母告父遣媒一求，曰：「求之不許，則非吾家無情。」婁父見高家遣媒來，大怒，叱面絕之，此為又一頓。婁父因高家貿然求親，疑有隱情，責問侍婢，昭君料難隱瞞，直言以告，謂：「前見高氏子，實一未發達的英雄，現在蛟龍失水，他日勳名莫及。若嫁此人，終身有托。故舍經從權，遣婢通信，實出女兒之意。」婁父欲奪女志，計請高歡來家教習子弟，半夜遣奴殺之，不意為所覺察。高歡乃殺惡奴，責婁父曰：「歡叨居鄰右，平素不通往來者，實以貧富不同、貴賤懸殊之故；即前日求婚，並非歡意，亦因令愛欲圖百歲之好，通以婢言，重以親書，再三致囑，歡乃不得已而從之。媒婆到府，君家發怒，歡已絕望矣。令愛別選高門，於我何涉，乃必殺一無辜之人以絕令愛之意，是何道理？惡奴我已手戮，大丈夫死生有命，豈陰謀暗算所能害！唯君裁之。」情辭慷慨，意氣激昂，此為又一頓。婁父自知理虧，擺列財寶，謂昭君曰：「汝肯從親擇配，當以此相贈。」昭君寧一物不要，子身往嫁高歡。其後婁父母憐女貧苦，遣人去請高歡，歡不至；只得親至其家，接女歸寧，高歡方同昭君偕來。以《北史》中「父母不得已而許焉」區區八個字，演義出如許花團錦簇的文字，其間之真切生動，寧願讓人相信當初的一切，皆如所寫。

　　杜綱不惜濃墨重彩細寫高歡與昭君的親事，無非是為了強調：因了二人的完美結合，奠定了高歡一生事業的基礎。這不僅表現在昭君親操井臼，不以高貴驕人，並教高歡廣結四方賢豪上，而且貫串於昭君終生的言行之中。在落魄之時，她與高歡患難相隨、困苦歷盡。高歡為杜洛周所逼，連夜逃至野寺，昭君親燃馬矢作餅與其充饑；爾朱

榮命高歡為先鋒，將行，昭君勉之曰：「大丈夫公爾忘私，努力王事可也，奚以家為！」昭君生子，左右請追告高歡，昭君以為歡統大軍，不得以己故輕離軍幕，不聽。高歡一朝得志以後，昭君又「高明嚴斷，雅遵儉約」，絕不以私亂公。要之，高歡事業的成功，賴昭君之力非小，這和胡仙真之美貌多情與政治角色的悲劇沖夾，形成了鮮明的對照。

小說在以正筆寫昭君的美而賢的形象的同時，又以夭矯多姿的奇筆，先後描寫了胡桐花、爾朱娟娟、蠕蠕公主等美人，寫出了她們對於高歡這一英雄的認同。既從不同側面映襯了高歡的氣度和性格，概括了高歡事業的全過程，又借助於諸美人之間複雜的感情糾葛，烘托出昭君的賢明大度，「寬厚不妒」。寫諸美人，亦所以寫昭君也。這就將小說開端確立的「英雄美人」的格局，從總體上構成完美的形象體系。

胡桐花是史書不載的全然虛構的人物。她是綠林豪傑恒山大王之女，號桐花公主，父死，儼然為恒山女王，武藝超群，又善妖法，「平生志氣，誓非英雄不嫁」。其時高歡為晉州刺史，聞孝莊帝手刃爾朱榮，爾朱兆遷帝駕歸北，欲截救之。大軍忽於恒山遇怪被阻，高歡與桐花交戰，因邀入山寨。桐花自謂其父臨終，曾言「當代英雄唯高歡一人，異日相遇，可歸附以了終身」，方才聊以相試，果然名不虛傳，故願以身許之。此舉高歡既得美人，又得良將，十分稱心。而昭君雖賢，聞有妖婦同歸，心懷疑懼，恐「異日彼如刀鋸，我為魚肉」，甘願退避。不想桐花雖為山中「興妖作怪」之女王，卻心地良善，溫柔俊雅，與高歡之家庭事業，均呈和諧之勢，讀來頗增興味。但爾朱娟娟之登場，卻頓使這種和諧，出現了嚴重的裂痕。

《北史》卷十四〈后妃傳〉曰：「彭城太妃爾朱氏，榮之女，魏孝莊后也。神武納為別室，敬重逾於妻妃，見必束帶，自稱『下官』。」小說寫爾朱娟娟容顏絕代，性烈如火，又極嫉妒。其時高歡

已大敗爾朱氏，於田舍間迎立平陽王為孝武帝，封為渤海王，已大權在掌。北征晉陽，桐花同往，追趕一晝夜，恰遇爾朱娟娟押後，乃生擒以歸。桐花偶然說起爾朱后年少青春，容顏絕世，國破家亡，甚為嘆惜。高歡聞后美，遂私逼成婚，充分暴露了他好色本性，及藐視帝室的桀驁性格。爾朱娟娟以皇后之尊，連高歡也自稱「下官」，執禮甚恭，自然不甘居昭君之下，於是另室別居。桐花頗悔當初不該擒之以歸，又向高歡讚其顏色，於今只好站在昭君一邊，以慰其心。直至爾朱娟娟將產，高歡方對昭君明言其事，曰：「卿度量寬宏，定不我怨；但彼此各不相見，究非常理」，屈昭君往賀。昭君曰：「木已成舟，見之何害。」自此兩府往來無間。

其後，又有蠕蠕公主之遠嫁，其勢更淩駕於爾朱娟娟之上。《北史》卷十四〈后妃傳〉曰：「蠕蠕公主者，蠕蠕主鬱久閭阿那瑰女也。蠕蠕強盛，與西魏通和，欲連兵東伐。神武病之，令杜弼使蠕蠕，為世子求婚。阿那瑰曰：『高王自娶則可。』神武猶豫，尉景與武明皇后及文襄並勸請，乃從之。」按其時北魏已割分為二，爭戰不休。蠕蠕國力強大，東、西魏均欲借其力以自強。宇文泰、高歡皆為長子求婚其三公主，小說將阿那瑰「高王自娶」的意見，改為蠕蠕王之意未決，而公主則曰：「兒非天下英雄不嫁。寧文長子，固不足道；即高王世子，名不及其父，亦非兒匹。當世英雄，唯高王一人而已。」落落數語，道出不計老少，但求英雄作配，且己亦以英雄自命的豪邁之氣。高歡時已年老，欲不就；又思昭君乃貧賤結髮，今若另娶，當置何地。而昭君為大局計，主動退出正宮，道：「妾雖處深宮中，亦知蠕蠕地大兵強，為中國患，與東則東勝，與西則西勝，其情之向背，實系國家之安危。今欲以女嫁王，永結鄰好，誠國之幸也。」深明大義，甘於為國自屈，而桐花不服，願與昭君一同退處。爾朱娟娟此時，則扮演了往木井城迎親的角色，二人於途雙雙射中飛雁，高歡聞之喜，曰：「吾有此婦，已足拒敵矣！」此事《北史》亦

有記載：「神武迎蠕蠕公主還，爾朱氏迎於木井北，與蠕蠕公主前後別行，不相見。公主引角弓仰射翔鷗，應弦而落；妃引長弓斜射飛鳥，亦一發而中。神武喜曰：『我此二婦，並堪擊賊。』」

　　小說對高歡的好色好淫、放縱恣肆，固然有所貶抑，但主要還是為了烘托他豪邁不羈的英雄氣概，更何況高歡的「兒女情長，莫非英雄作用」。第三十一卷「六渾演武服婁昭」，寫高歡扶立孝武帝，大權在握，其心已足，而斛斯椿心懷反覆，日夕勸帝除之，圖之甚急。高歡當此時，只得「外耽聲色，以愚眾人耳目」。婁昭初見高歡「在在珠圍翠繞，奪目移情」，深為其「不務遠圖，耽於聲色」，不安於懷，不意時交五鼓，高歡已至西郊教場演兵，軍容之壯，婁昭見之悚然。高歡這才道出真情：「吾之耽於娛樂者，欲使上不我忌，庶各相安於無事；奈何上之逼我太甚乎？」十分得宜地將高歡之善識機變、駕馭英豪同恣意聲色、窮極奢靡兩個側面結合起來，完成了這一叱吒風雲的英雄形象的塑造。

　　「英雄美人」的組合，隨著高氏政權的更迭和北齊國運的隆替而逐漸改變其內部成色，呈現出一種衰變的趨勢。高歡的繼承者，在恣意聲色一點上，毫不讓於高歡；而其英雄之氣，卻每下愈況。高澄自幼聰明俊秀，頗識事機。高歡嫁女，眾皆揮淚，高澄在旁竊笑，謂：「兒以天下可憂之事正多，父不之憂，而乃憂此，兒所以笑也。」年十七，即陰有宰世之志，聞朝中諸貴用事，賄賂公行，法度不肅，即請入鄴輔政。及視事尚書省，積案如山，目不停覽，手不停披，決當皆允，用法嚴峻，由是內外震肅。這些方面，都可以看出高澄的英雄作用。高澄於聲色之好亦如乃父，奈處處受嚴父之制，身心不得自由。小說借鄭娥之事，淋漓盡致地刻畫出高氏父子的矛盾，以及高澄扭曲的心理狀態。鄭娥是小說中寫得最美的美人形象，而多賴杜綱的藝術創造之力。《北史》卷十四〈后妃傳〉曰：「馮翊太妃鄭氏，名大車，嚴祖妹也。初為魏廣平王妃，遷鄴後，神武納之，寵冠後庭，生

馮翊王潤。神武之征劉蠡升，文襄蒸於大車，神武還，一婢告之，二婢為證，神武杖文襄一百而幽之。」小說對此作了極大的豐富。謂駙馬鄭嚴祖因罪繫獄，其女鄭娥與焉。高澄巡營，見鄭娥嬌容豔色，頓覺神魂飄蕩，然懼父威嚴，終個敢啟。鄭駙馬畏禍，獻鄭娥於高歡，高歡納之，寵愛無比。高澄大失所望，然「美色當前，垂涎不捨」，乃買通侍婢，與之通。小說把鄭娥寫得極為天真無邪，如第三十五卷賞梅一段：

> 一日，鄭夫人在宮無事，忽有宮女報導：「今歲冬暖，宮牆外梅花盛開，高下如雪，微風一過，香氣熏人。」娥素性愛悔，聞之大喜，遂引宮女五六人，步出飛仙院外。那知梅花開處，去此尚遠，因問梅花何在。宮女指道：「就在前面翠微亭外，夫人要看，須到亭上觀望。」娥見宮院深沉，絕無人跡，信步走至亭上，果見四面皆梅，花光如玉，不覺大悅。忽聞畫角之聲，起自林中，嘹亮可聽，因問何人花下吹角。有婢慶雲者，為知院宮女，性頗伶俐，走出一望，回言世子在花下吹角。娥道：「既是世子，莫去驚動，悄悄看一回罷。」那知世子花下早已窺見亭上有人，料必鄭娥看梅，遂放下畫角，上亭相見。鄭娥見過，忙欲退避。世子覺其欲避，便道：「請夫人自在觀梅。」走下亭去了。鄭娥命慶雲問道：「方才所吹畫角，是何宮調，聲甚激越？」世子道：「是〈落梅腔〉也。若夫人愛聽，再吹一曲何如？」於是世子復坐樹旁石上，吹弄畫角，夫人憑欄而聽，覺其聲如怨如慕。忽觸思鄉之念，呆立不動。俄而大王來到，世子倉皇走出。王見世子曰：「爾不在宮中，來此何干？」世子曰：「兒聞梅花盛開，特來一看。」王叱之退。鄭娥見王來，移步相接。王曰：「卿何在此？」對曰：「妾聞此處梅花遍放，故走來一玩。適世子在梅下吹角，暫立聽之。」王見其直言無諱，轉不為異。

如果說高澄對鄭娥還有相當的真情，而這種真情由於他所處的境況尚有若干美的成分的話，那麼，當他後來一旦大權在掌，廣選佳麗，就不那麼光彩了。書中寫了如下數事：古監門將軍伊琳誤工程，侵盜運費，收禁在獄，其妻裴氏陳冤，高澄悅其美而私之，竟赦伊琳之罪；侍郎崔恬因其弟投西魏得罪，其妻靜宜乃帝之妹，帝乞高澄曲宥，高澄遂強與之合；御史中丞高仲密妻瓊仙遊園，高澄淫逼之，仲密以故反，以虎牢歸西魏；高陽王幼女玉儀，流落為孫騰侍女，逃出尋兄，為澄所遇，亦納之為妾。凡此種種，莫不假公以濟私欲，且釀成極壞之後果，已失其英雄之氣。後卒死於膳奴之手，遠不能與高歡相比矣。

　　高洋則是另一種類型。他懾於長兄高澄之勢，恐有忌心，深自晦匿，故每自謹退，示若無能，與澄言無不順從。洋為其夫人李氏營服玩，小佳，澄輒奪取之，夫人或恚未與。洋笑曰：「此物猶應可求，兄何容吝惜。」澄或悔不取，洋即受之，亦無粉飾。及聞高澄為人所殺，高洋臨事不亂，井井有條。恐威名未立，人心有變，急回晉陽，遍召舊臣宿將。舊臣本素輕洋，是日英彩煥發，言詞敏決，皆大驚。於高洋之政令有不便者，悉改易之，由是內外悅服。慮己之威權不及父兄，逼魏帝禪位，建立北齊；恥先人之屈事蠕蠕，大克之。宇文泰聞高洋新立來犯，人皆勸其避之，洋曰：「黑獺之敢於深入者，以朕年少新立，未經戰陣，有輕我心。若斂兵避之，示之以怯，益張其焰，吾兵將不戰自亂。須乘其初至，朕猝然臨之，彼不虞朕出，見朕必驚，彼勢自沮，所謂先聲有奪人之氣也，轉弱為強，實在此舉。」於是親冒矢石，屢次克敵，四夷欽服，人呼之為「英雄天子」。但不久就由頂峰上跌落下來，漸以功業自矜，嗜酒淫佚，肆行狂暴。大約由於長期的性壓抑，養成了高洋性變態的施虐狂。嘗納娼婦薛氏，又無故斬其首，藏之於懷，集群臣於東山宴飲，忽探出其首，投於席上，支解其屍，弄其髀骨為琵琶，旋對之流涕曰：「佳人難再得。」

載屍以出，披髮號哭而隨之。又迫淫高澄之遺孺，至欲犯其庶母爾朱娟娟，逼得爾朱娟娟自縊死。高洋一生，雖有美人相伴，然絕無絲毫真情可言，純為一獸性之人也。

爾後之高殷，禮士好學，然膽怯之極，為太子時，高洋嘗使其手刃重囚，加刃再三，不斷其首。高洋大怒，親以皮鞭捶之，由是氣悸語吃，精神昏擾。高演明習吏事，即位後大革弊政，中外大悅，然臨事太為苛細，人皆曰：「天子乃更似吏」。高湛聽嬖人和士開「宜及少壯，極意為樂，縱橫行之」之邪說，太后薨，不盡孝禮，淫樂自如，可謂全無心肝。及周人來伐，又茫無主宰，以視乃父，真不肖之子。後主高緯，承世祖之餘，以為帝王當然，後宮寶衣玉食，一裙之費，值至萬匹。好自彈琵琶，以為〈無怨之曲〉，近侍和之以百數，民間謂之「無憂天子」。得美人馮小憐，妖豔動人，寵冠後宮，坐則同席，出則並馬，誓願生死一處。高緯對馮小憐之真情，似為前之洋、演、湛所不及，然終以美色誤國，釀成悲劇。周師之取平陽，方與淑妃獵於天池，告急者數至，後主不省，及暮，平陽已陷。後主將還，淑妃止之曰：「大家勿去，請更殺一圍。」後欲復平陽，作地道攻城，城陷十餘步，齊兵乘勢欲入，後主敕且止，召淑妃觀之，妃方對鏡妝點，不即至，城中以木拒塞之，兵不得入，城遂不下。兩軍對陣，後主與淑妃並騎觀戰，齊師小卻，妃恐，曰：「軍敗矣。」後主心怯，即以淑妃北走，師大潰。齊亡，後主既已為虜，尚求馮淑妃，周武帝曰：「朕視天下如敝屣，一女子豈為公惜。」仍以賜之。後主惑於淑妃，至死不悟。總之，由「英雄美人」組合雙方的逐漸衰變，清晰地勾勒出創業與守成的轉化，在與女色的糾葛之中，一步步寫出了北齊的敗亡史。

高歡的主要敵手宇文泰，原為葛榮部將，因平賊功，遷征西將軍，此其得關中之本。孝武帝聞高歡私逼爾朱后成婚而惡之，遣王思政奉詔往說賀拔岳、宇文泰密謀除之。宇文泰遂往晉陽賀爾朱后生

子，以窺動止。高歡見泰形貌非凡，欲留之晉陽，以絕後患，泰伺機
潛逃得脫。及賀拔岳被莫侯陳悅所殺，眾乃舉宇文泰為主以討平之，
遂據有關中險固之地。孝武帝懼逃高歡相圖，遷駕長安以依宇文泰，
是為西魏。宇文泰挾天子之威以令天下，且因故弒孝武。杜綱處處有
意以宇文泰與高歡互相襯托，〈凡例〉云：「歡逐君，泰弒主。歡居晉
陽，遙執朝權；泰居同州，獨握政柄。泰戰敗，幾死於彭樂；歡戰
敗，幾死於賀拔勝。泰勸帝娶蠕蠕國女，歡亦自娶蠕蠕國女。歡死而
洋篡位，泰死而覺竊國。歡之子孫戕於一體，泰之諸子亦戕於骨肉。
其事若遙遙相對。」且又著重對比二人行事之不同：「泰性節儉，不
納歌姬舞女，不治府第園圃，省民財，惜民力，故西人感德，能轉弱
為強」，與高歡之「恣意聲色，離宮別館，到處建造」，形成強烈的反
差。宇文泰固亦為英雄豪傑，但因乏「美人」之組合，遠不及高歡那
樣光彩照人，呼之欲出。

　　乾隆六十年（1795），許寶善以「南朝始末，未能兼載，覽古之
懷，人猶未饜，且於補古來演義之闕，猶為未備」，乃復勸杜綱作
《南史演義》三十二卷，「自東晉之季以迄宋、齊、梁、陳，二百餘
年廢興遞嬗，無不包羅融貫，朗如指上羅紋，持此以續《北史》之
後，可謂合之兩美矣」。〈凡例〉云：「是書自晉迄隋，備載六朝事
蹟，而晉則孝武以後事變始詳，其上不過志其大略；隋則僅志其滅陳
一師，餘皆未及者，蓋是書及《北史》原以補古來演義之闕，緣前有
《東西晉演義》，後有《隋唐演義》，事已備見於兩部，故書不復
述。」進一步闡明了「補古來演義之闕」的用心，且充分考慮到與已
經流行的演義的搭配組合。

　　在南朝四代的主次安排上，「開業之主若宋高祖裕、齊高祖道
成、梁高祖衍、陳高祖霸先，皆雄才大略，多有善政可紀。而規模氣
象，總遜宋高一籌，故載敘宋事獨多」，確定了以劉裕為主，其餘三
人輔之的策略。儘管是「六朝金粉，人物風流」，《南史演義》卻不曾

在「英雄美人」組合上多所發揮，原因是諸開國英傑如劉裕、蕭道成、蕭衍、陳霸先，類皆「躬行節儉，以身範物」，不戀美色；而好色之主如東昏侯、陳後主，又皆荒迷益甚，不理國政，殊無英雄之氣可言；且「韻事韻語，足供玩澤者」，又因《世說新語》已有詳載，未加備錄。加之南朝彼此替代，跡若一轍，實乃相同格局的重複，所以儘管於劉裕等英雄形象不乏精彩之筆，終難勝過《北史演義》。

　　《北史演義》與《南史演義》寫的是同一時期中國南北的歷史，杜綱復自覺注意行文的互見與避讓。《北史演義》〈凡例〉云：「南朝事實，有與北朝相涉者，略見一二，餘皆詳載《南史演義》中。」《南史演義》〈凡例〉則云：「事有與《北史》相犯者，如侯景之亂梁，隋師之滅陳，彼此俱載，然此詳則彼略，彼詳則此略，一樣敘事，仍兩樣筆墨。」這在侯景問題的處理上，尤見功力。《南史》卷八十〈賊臣〉〈侯景傳〉載：「魏末北方大亂，乃事邊將爾朱榮，甚見器重。初學兵法於榮部將慕容紹宗，未幾，紹宗每詢問焉。後以軍功為定州刺史。始魏相高歡微時，與景甚相友好，及歡誅爾朱氏，景以眾降，仍為歡用。」《北史演義》卷四十八以「景歸梁，梁主以景為南豫州牧，是景日後亂梁張本，今且按下不表」，暫時了結侯景之事；《南史演義》卷二十三則從梁帝不用臣言而納叛臣，導致內亂切入，詳寫侯景歸梁叛梁的全過程，脈絡清晰，筆墨洗練，堪稱高手。

第四節　清後期的本朝小說與時事小說

　　進入嘉慶、道光以後，清人之歷史小說已乏善可陳。諸如嘉慶庚辰（1820）不題撰人的《後宋慈雲定國全傳》八卷二十五回、同治乙丑（1865）好古主人的《宋太祖三下南唐》八卷五十三回等，既非「羽翼信史」之作，亦無世俗情趣可言，幾乎是滿篇胡話，不知所云。

　　滿清以少數民族入主中原，對凡涉及「明季國初之事、有關涉本

朝文句」（乾隆四十五年上諭）、能喚起民族意識的作品，一律查禁銷
毀，遂使寫本朝政事之小說極為罕見，惟《平金川全傳》稍可補其不
足。此書一名《年大將軍平西傳》，四卷三十二回，成於光緒己亥
（1899），演說雍正元年（1723）年羹堯（書中作年賡堯）、岳鍾琪平
定青海羅卜藏丹津事。據卷首惜餘館主序，知作者張小山之祖父張嘉
猷，曾充年羹堯之幕僚，著有《西征日記》兩卷。張小山據以演為說
部，「所有事實，俱照原本，並無說詿」，按理應屬「志在於演史
者」；細按之卻大謬不然。

　　此書謂西藏五世達賴圓寂，眾人各分黨羽，想立私人，匿喪不
發。金川王羅卜藏丹津以送達賴後身為名，命噶爾丹為元帥，策妄阿
拉布坦為先鋒，攻打西藏，把康熙二十一年（1682）五世達賴「脫
緇」（圓寂）後，第巴（政務官）私立假達賴之事挪後四十一年，作
為羅卜藏丹津起事之動因，已涉移花接木之嫌；而將和碩特（頭目策
妄阿拉布坦）、準噶爾（頭目噶爾丹）、杜爾伯特（頭目宰桑）、土爾
扈特（頭目單濟勒）說成是羅卜藏丹津手下的四個部落，更是錯亂顛
倒之極。按，天山北有厄魯特蒙古，即明代之瓦剌，自其汗也先死，
其勢中衰，其地分為四部曰：和碩特，準噶爾、杜爾伯特、土爾扈
特。後來準噶爾汗噶爾丹兼有四部，統一天山南北及科爾多、青海等
地，復以追逐喀爾喀為名，悉銳東犯。康熙於二十九年（1690）、三
十五年（1696）、三十六年（1697）三次親征。最後，噶爾丹因伊犁
為兄子策妄阿拉布坦所併，回部、青海亦相繼叛去，窮蹙日甚，飲藥
自殺，是噶爾丹之死，早於羅卜藏丹津起事二十五年。策妄阿拉布坦
也不是和碩特部頭目，而是繼噶爾丹而起之準噶爾部頭目。康熙四十
四年（1706），拉藏汗嗣立於拉薩，執假達賴送京，立新達賴六世，
然青海諸蒙古又以拉藏汗所立之達賴為假，復別奉一達賴迎居青海。
康熙五十六年（1717），策妄阿拉布坦遣策凌敦多卜襲藏，殺拉藏
汗，幽其所立之達賴。至五十九年（1720），清廷冊封西寧所立之達

賴為第六世達賴，派滿漢兵及青海兵送往西藏，擊走準噶爾兵，西藏
乃得平定（黃鴻壽：《清史紀事本末》卷十四〈準噶爾及西藏之用
兵〉）。以上諸事，俱發生在羅卜藏丹津叛亂之前。

　　小說所寫比較符合史實的，只有羅卜藏丹津於雍正元年（1723）
率眾內犯前，確曾陰約策妄阿拉布坦為後援，青海與準部因而結成聯
盟（不是君臣關係），後羅卜藏丹津敗，走投策妄阿拉布坦，朝廷屢
索之，不奉詔等幾件事。黃人謂：「《年大將軍平西傳》，脫胎《封神
榜》、《西洋記》而魄力遠遜之，然較《征東》、《平南》諸書，則個乎
遠矣。惟合金山青海為一地，又以噶爾丹、策妄阿拉布坦為羅卜藏丹
津將帥，及以哈敦為阿奴名，本朝人演本朝事而顛倒紕繆至此，殊令
人齒冷。」[17]

　　造成這種狀況的原因，是作者缺乏必要的歷史知識，或寫作態度
不夠嚴肅嗎？不是。張小山心中十分明白，他寫的是一部小說。只是
借用了歷史上確有的人、地、事，按照自己構思的需要進行捏合與改
作，遂使他筆下的「假歷史」獲得令人信以為真的效果。惜餘館主
說：「余維古今說部，載實事者莫如《三國》，逞荒唐者莫如《西
遊》，類皆各擅所長，以成體例；獨是書頗能綜二者而兼之。」寫青
海之用兵，掌握的史料不敷應用，於是將噶爾丹、策妄阿拉布坦諸事
捏合其中；作者又發現，單憑史料的捏合仍難有攝人心魄的效果，為
使小說更加搖曳生色，在「載實事」難以勝任的情況下，便只有走
「逞荒唐」的路子了。

　　《平金川》還寫了十三妹與徐季直這兩個劍俠，顯然與作者對年
羹堯持批判態度有關。年羹堯之平定金川本是正義之師，但並不意味
年羹堯其人就必定是真理的化身。作者最高明的一著，在沒有將正與
邪、是與非、善與惡刻板地同一起來，而是採取了較為辯證的態度。

---

17 黃人：《黃人集》（上海市：上海文化出版社，2001年），頁317。

在作者看來，年羹堯最可議者有二：一是挾嫌誣陷裕周，一是殘酷屠
戮無辜。從這個角度講，十三妹的為父報仇，徐季直的為民除害，都
是天經地義的；而另一方面，年羹堯又是執行正義使命的主帥，「若
害了他，豈不是與朝廷作對，同金川出氣？」故又寫岳鍾琪勸十三妹
道：「大將軍殺人如草芥，心性殘忍，且又跋扈不臣，日後必不能保
全祿位。待他解釋兵權，罷官回里，那時你去報冤，一來易於下手，
二來與國家並無干涉，豈不甚美？」便成了折衷得宜的解決辦法，也
因此給十三妹找到了一個歸宿——「語在《兒女英雄傳》中」，不再
枝蔓下去。汪景琪在上年羹堯書中，曾稱揚年羹堯「撫士以惠，則挾
纊投醪也」，「脅從罔治，稽顙而慶更生，膏澤之潤春苗也」（《讀書堂
西征隨筆》〈上撫遠大將軍書〉），彷彿以上兩類事件，都不曾有過的；
但汪景琪另一篇文章《讀書堂西征隨筆》〈記臺吉女自縊事〉卻說：
「……五十以下，十五以上者皆斬之，所殺數十萬人，不但幕南無王
廷，並無人跡。其功固亙古所未有，然其中豈無冤死者乎！」汪景琪
此文，作於雍正二年（1724）五月，其時年羹堯方「恃上眷遇」，可
見《平金川》對年羹堯「殘忍心腸」的刻劃，是符合歷史真實的。

　　出於同樣的歷史背景，時事小說也不是清人的長項。道光二十年
（1840）鴉片戰爭之後，又發生了咸豐七年至十年（1857-1860）的
第二次鴉片戰爭、光緒十年至十一年（1884-1885）的中法戰爭，這
些為後世史家特別看重的外侮，當時小說家的反應卻相當麻木。魯迅
先生說：「嘉慶以來，雖屢平內亂（白蓮教，太平天國，興，回），亦
屢挫於外敵（英，法，日本），細民暗昧，尚啜茗聽平逆武功」[18]；如
將「屢挫於外敵」括弧裡的「日本」二字去掉，意思就更準確了。中
國向以「天朝上國」自居，視外族外國為「丕榛蠻夷」，種種事變亦
以為是「疥癬」之疾，並未引起社會心理的震動。惟光緒二十年

18　魯迅：《中國小說史略》第二十八篇〈清末之譴責小說〉，頁252。

（1894）的甲午戰爭，中國竟敗於「蕞爾小國」日本之手，朝野上下備感屈辱，誰也沒有心思「啜茗聽平逆武功」了。時事小說萬馬齊瘖的沉寂局面，是被臺灣人民可歌可泣的反割臺運動首先衝破的。

　　光緒二十年六月（1894年7月），甲午戰爭爆發；二十一年三月（1895年4月），喪權辱國的《馬關條約》簽字，中國被迫割讓臺灣、澎湖。消息傳出之後，群情憤激，黃遵憲〈臺灣行〉有「蒼天蒼天淚如雨，倭人竟割臺灣去」之句，臺灣民眾更發出了「願人人戰死而失臺，決不願拱手而讓臺」的誓言，紛紛組織義軍，於五月初二（5月25日）成立臺灣民主國，推舉唐景崧為總統，劉永福為大將軍，以抵抗日寇。臺灣是祖國的神聖領土，「桑梓之地，義與存亡」。大清的皇命固然應當服從，但「為大清之臣，守大清之地，分內事也」；況且「臺灣已為清廷棄地，百姓無依，惟有暫行自主，死守不去」，才是真正的「戀戴皇清」。於是，在中國歷史上第一次出現了「抗命」才是「愛國」的事情。反對割讓臺灣的正義鬥爭，促成了時事小說的問世，最早問世的就是古鹽官伴佳逸史的《臺灣巾幗英雄傳》。

　　五月十六日（6月8日）臺北失守，總兵孫秉忠在臺北保衛戰中英勇犧牲，夫人張秀容一聞凶信，誓滅倭寇，以繼夫志，便毀家助餉，舉起「為夫報仇」的義旗，大敗倭寇。僕人楊明六、乳媼周張氏奉夫人之命，將兩個孩子送回蘇州胞姊美容處撫養，伴佳逸史據聽到的感人事蹟，編成《臺灣巾幗英雄傳》初集，於光緒二十一年（1895）出版，作者在巧月（七月）之自序中說：「即其事實編列成帙，分為二十四回，先將十二回為初集，付諸石印，以副先睹為快之心。二集俟天氣稍涼，再編續印。」可見是以極快的速度編印出版的。

　　《臺灣巾幗英雄傳》寫張秀容性最剛烈，素知大義，將孩子送走以後，乃募女勇為親兵。臺婦強而有力，與男人無異，競相報名投效，因選派兩位拳師教練之。孫總兵舊部見夫人節烈可風，調度有方，格外欽敬。夫人乃命女勇五百往臺北吶喊誘敵，倭奴犯近二十

里，伏兵齊起，於大稻埕大敗之。時劉大小姐奉令巡哨，指揮黑旗兵殺敗日兵。聞孫夫人為夫報仇，不勝敬佩，遂與其訂金蘭譜，二人約定在桃子園會剿，用火攻之計，致數千倭兵全軍覆滅。竹隱居士序云：「臺灣割與倭奴，普天共抱不平，幸有劉大將軍及臺地百姓義憤同深，誓不背聖朝拊脩之德，於是振臂一呼，聞者興起，可謂忠誠貫日月，義忿振乾坤，似有神助，得以屢勝，使危疆固若金湯，而不知其中尚有孫夫人、劉小姐者，或誓報夫仇，拔劍而起；或素承家訓，荷戟以從，如此深明大義，可為巾幗增輝，閨幃生色。凡草野之愚夫愚婦，聞其風，慕其義，莫不遺大投艱，畏難苟且，周旋委曲，竟如妾婦從夫逞計，千古遺羞，萬人唾罵哉。鄙人憤懑難平，正欲借管敬之重之，稱道勿衰。彼世之居高位、享厚祿者，第知養尊處優，營私肥己，據仕路之要津，棄江山如敝屣，猶以為度量寬宏，功資爕理，儼然是一人之下，萬人之上，自命為大丈夫者也。孰不知其城事形諸歌，以抒鬱結牢騷之氣，奈讕陋無文，一辭莫贅，適友人伴佳逸史就臺灣近事，撰成《巾幗英雄》一書見示，一展誦而忠烈之氣如現紙上，鄙人深為佩服，爰綴數言，聊明鄙意云爾。」對「居高位、享厚祿者」、「棄江山如敝屣」的義憤，溢於言表。

又有光緒乙未（1895）閏月校印的《臺戰實紀》（後改名《臺戰演義》），也提到張夫人散家財募死士為夫報仇的事。光緒乙未年閏五月十九日（7月11日），臺灣義軍反攻新竹，殲日軍三十人於大湖口；閏五月二十三日（7月15日），再殲日騎兵一隊於大湖口，鬥爭正方興未艾，可見小說反映時事之迅速。

《臺戰實紀》敘劉大將軍淵亭，前在安南百戰百勝，後鎮守臺灣。甲午以後，清廷割地賠款，派李伯行觀察到臺灣，聞臺灣兵民義憤可畏，遂與倭酋樺山氏到澎湖交割。倭兵攻打臺北，搜殺姦淫，慘不忍聞。劉大將軍聞臺北失守，自統大軍，與林觀察斬倭奴三千餘。基隆陷沒，林觀察統帶五千人，克復獅球嶺。其時劉大將軍鎮守臺

南，勢甚鞏固，命水兵扮漁人施放水雷，擊沉倭船。倭將樺山氏知勢不敵，請泰西某國人至劉營為說客，劉公以妙計退之。樺山氏無奈，親至以金銀動之，且出言不遜，劉大將軍大怒，命將樺山氏縛住，致書倭國，令彼來贖。倭兵由新竹來戰，欲奪回樺山氏，劉大將軍擊敗之，令臺兵剃下倭奴衣帽穿戴，星夜往倭營，倭兵不辨，開營納之，臺兵復大勝。爾後，劉大將軍又詐為投降，重宴倭酋，伏起縛住，洞穿肩骨，用鐵練繫之，修書與倭王，使將所得中國戰艦器械及銀三百兆贖之，復令士勇三百餘人於山僻處築屋儲火藥等物，請倭人至此焚燒，轟死倭酋一名、倭兵千餘名。倭人連遭大創，神志俱喪，均無戰心。倭酋又派兵二千來援，臺兵詐敗，全殲之。倭國得告急之信，搜刮合國民眾，湊集兵艦十二隻，兵五六千發往臺南。劉大將軍連接勝仗，又派人四處購辦棺木，運往澎湖兩岸山上，倭人以為其內必藏火藥之物，派人擔水往澆，數百口棺內勇士突起，殺傷倭兵無數；及大隊倭兵至，惟剩空棺數百，倭兵憤恨，擊放洋槍，不料棺底板有夾層，內有礦硝之物，頓時引著藥線，又轟死倭奴數百。劉大將軍料彼必來復仇，命水鬼將浸油粗糠及毛扇載於木板之上順流放下，燒死倭兵一萬，燒毀倭輪四十餘艘。又有黑旗兵兩名，改扮生番模樣，偽稱受黑旗凌虐，來投倭兵，遂為導路，引至埋伏炸藥之處，二千倭兵，無一生還，民皆謂「撼山易，撼劉家軍難」。

　　《臺灣巾幗英雄傳》的結尾說，劉大將軍因倭兵深入腹地，與孫夫人、劉小姐暢論勝敵之策；《臺戰實紀》結尾則謂：「剿滅倭賊，克復臺北、澎湖等處，可拭目待矣」，均對未來持樂觀態度，可知作時事小說是為了鼓舞士氣，愛國精神極為可貴。

　　《臺戰實紀》又有光緒戊戌（1898）翻刻本，除臺灣全圖為重行繪製外，其餘人物圖並正文皆與初刻本同，唯增序文三篇（序一署「歲次乙未桂月枕流齋主人題於西窗下」，序二無題署，序三署「時光緒乙未重陽節書於臨溪精舍，古麓山陰堂孟吾居士題」）、總目例言

一篇，並附臺灣古今郡縣名、疆域、職官、學校、賦稅、風俗、土
產、山川、古跡、名宦、人物及倭國考略等項；又於每卷之首仿章回
小說體例，各加七言或六言雙回目。初集六卷及續集卷一正文之前，
又各系評語數則。[19]，可見此書傳播之廣。乙未桂月（八月，時在臺
南淪陷之前）枕流齋主人序提出了一個有關時事小說的虛實問題：

> 或以此書語近虛誕，不足入高明之目者，余謂不然。夫書，或
> 言事，或言理；言事貴實，言理貴正，無非使人趨正避邪，慕
> 善憎惡，所以有益於今人，流傳於後世，皆可筆於書，以為不
> 朽也。此書如謂言事不實，則《史記》數萬言，果無一字一句
> 而不謬者？……小說家美言如《三國演義》者，其筆法之最
> 妙，故稱第一才子書，其文之變幻，筆之奇絕，足能令人喜笑
> 驚駭，連披不厭。讀者信耶？不信耶？其事實耶？不實耶？若
> 不實，則漢末鼎足三分，果一日無事耶？昭烈、孫、曹亦謂無
> 其人乎？不但吾知不可，世人皆知不可也。此臺戰之事，亦有
> 不可謂無其人無其事者也。況京師播傳已久，雖眾論不一，而
> 劉、林輩皆實有其人，澎湖等處實有其地，蓋作者假此發言，
> 以慰人心，讀者當以與才子書聊供閑閱，解悶之書可驅睡魔，
> 而其事之虛實務欲辨信者又如何哉！彼既云「實紀」，吾即信
> 為不虛，是姑妄言之，姑妄聽之可也。

作序者已經覺察到：單憑「京師播傳」、「眾論不一」的消息來寫遠在
海峽彼岸瞬息萬變的臺戰「實紀」，是難免有失實之處的。但是，第
一，從大局上講，主要人物和地點，都是真實的；第二，小說的寫作

---

19 臺灣銀行經濟研究室編印臺灣文獻叢刊第五十三種《臺戰演義》一九五九年版百谷
　〈弁言〉。

目的是「以慰人心」，因而是正當的；第三，古代的良史《史記》，良小說《三國演義》也都有不實之處，故不應苛責此一書：這就從理論上為時事小說的難免失實，作了事先的辯護。

又有光緒二十三年（1897）洪興全輯《說倭傳》四卷三十三回（光緒二十六年再版，改題《中東大戰演義》），光緒二十八年（1902）平情客演《中東和戰本末紀略》九回，演的也是中日戰爭之事。由於時光的流逝，已越過時事小說的草創形態，顯得較為成熟。《說倭傳》的前半部與《中東和戰本末紀略》所敘一致，從光緒二十年朝鮮東學黨「無端生叛逆」起，寫了黃海戰役、平壤戰役的經過，對鄧世昌、林國祥、左寶貴等浴血奮戰的愛國將士予以表彰，對方伯謙、葉志超等貪生怕死之徒予以抨擊。又寫了李鴻章同日相伊藤侯博文議和，簽訂《馬關條約》的經過。《說倭傳》自第二十三回「聯生番劉大帥督軍」起，則以十回的篇幅寫臺灣人民組成義軍，在劉永福黑旗軍領導下英勇抗日的動人事蹟。最後，寫了劉永福因孤軍無援，退回粵西，臺南之民送行的悲壯場面。結末云：劉帥餘部仍常出擊，故倭人多視臺灣為畏途，黑旗之威名猶未減色。

洪興全〈自序〉說：「從來創說者事貴出乎實，不宜盡出於虛；然實之中，虛亦不可無者也。苟事事皆實，則必出於平庸，無以動詼諧者一時之聽；苟事事皆虛，則必過於誕妄，無以服稽古者之心。是以余之創說也，虛實而兼用焉。至於中日之戰，天妝臺畏敵之羞，劉公島獻船之醜，馬關訂約，臺澎割地，種種實事，若盡將其詳而遍載之，則國人必以我為受敵人之賄，以揚中國之恥；若明知其實，竟舍而不登，則人又或以我為畏官吏之勢，而效金人之緘口。嗚呼，然則創說之實，亦戞戞乎難之矣！至若劉大帥之威，鄧管帶之忠，左夫人之節，宋宮保之勇，生番主之橫，及其餘所載劉將軍用智取勝，樺山氏遣使詐降等事，余亦不保其必無齊東野人之言。既知其為齊東野人之言，又何必連番細寫？蓋知其為齊東野人之言者，余也，非讀者

也。然事既有聞於前，凡有一點能為中國掩羞者，無論事之是否出於虛，猶欲刊載，留存於後，此我國臣民之常情也。故事有時雖出於虛，亦不容不載。余之創是說，實無謬妄之言，唯有聞一件記一件，得一說載一說，虛則作實之，實則作虛之，虛虛實實，任教稽古者詠諧者互相執博，余亦不問也。」處在內憂外患頻仍交迫的時代，令人痛心疾首的事情實在太多，時事小說又不能避而不談；既談之，又得注意談的方式和態度，洪興全特有的「虛實兼用」論，正反映出他莫可言狀的苦衷。

光緒戊戌（1898）秋，廣州《東華日報》連載題「七弦河上釣叟原本，頑叟訂定，笑翁撰述」的《羊石園演義》七回。據蘇器甫〈原敘〉稱，趙之謙輯《仰視千七百廿七鶴齋叢書》第一集有七弦河上釣叟著《英吉利廣東入城始末》，乃永嘉張志琪據華廷傑日記《觸藩始末》寫成；又據儂影小郎〈本館自序〉稱，從友人潘伯揚處得其師蘇器甫抄錄之《入城始末》，復請友人笑翁「取楚詞香草之意」，「仿小說演義之體」而成此書。是書敘第二次鴉片戰爭期間英軍攻陷廣州事，而「將人名地名隱去，換以草木之名」，略謂鶯粟殼（英國）強行輸入洋鶯粟（鴉片），旗艾（譽英）總管屈辱議和，並因之升官，返御花園（朝廷）。薯良頭（徐廣縉）升總督後，曾至虎門登鶯粟舟議和。大冬葉（葉名琛）即奉其父淡竹葉（葉志詵）於小蓬仙館，任其扶占問卜。御花園（朝廷）令薯良頭「只可保芸芸之眾相安，即可許鶯粟入園」。第七回「流荒島冬葉辱朝廷，設伏兵敵官陷泥淖」，以總督大冬葉城陷為敵所俘，解上英艦經新加坡送往孟喀喇囚禁，不食身亡，英法諸國在廣州設領事館而終。寫四十年前之「時事」，尚要隱去真實姓名，或許出於詼諧之意。

光緒乙亥（1899）香港書局石印《林文忠公中西戰紀》二十五回，不題撰人。前三卷追述五十年前林則徐之禁煙與第一次鴉片戰爭的經過，其內容多為現代讀者所熟悉者。第二十三回「聽漢奸草率議

和」，謂英將璞鼎查派人至天津議和，伊里布之跟班草草寫了和約，英方原只為通商，見和約中竟有賠款割地條款，弄假成真，大喜過望，反映了時人對和約的看法。第二十五回「下明詔賢奸結局」，謂林欽差、姚道臺、達總兵到底奉旨開復，誤國將軍、賣國奸臣或伏法，或革職，或治罪，依然是傳統型善惡報應的結局。第四卷則為〈各國風土始末記〉，中有〈英國記〉四節，〈法國記〉四節，〈德國記〉三節，〈俄國記〉二節，〈東俠記〉（即日本）四節，記各國風土人情。此卷內容本與小說無關，其意乃在「開通風氣」，故附於書後云。

第六章
晚清的歷史小說及其他

第一節　「歷史小說」理論的形成

　　以歷史題材寫作小說，所從來久矣。宋元稱「講史」，明代以來則謂之「演義」、「志傳」，直到晚清「小說界革命」起來，方正式賦予「歷史小說」的名目，並從小說分類學角度確定了它在小說創作中的地位。

　　一九○二年，在梁啟超主編的《新民叢報》十四號上，刊出了署名「新小說報社」的文章——〈中國唯一之文學報《新小說》〉。在這篇相當於《新小說》的發刊詞裡，旗幟鮮明地提出了它「專在借小說家言，以發起國民政治思想，激勵其愛國精神」的宗旨，披露了它計畫揭載的主要內容，計有：圖畫、論說、歷史小說、政治小說、哲理科學小說、軍事小說、冒險小說、探偵小說、寫情小說、語怪小說、劄記體小說、傳奇體小說等，在中國文學史上首次採用「歷史小說」的概念，並將其置於各類小說之首。從理論的角度看，最有價值的是它第一次對「歷史小說」作出了明確界定：

　　　　歷史小說者，專以歷史上事實為材料，而用演義體敘述之。蓋讀正史則易生厭，讀演義則易生感。徵諸陳壽之《三國志》與坊間通行之《三國演義》，其比較矞然矣。故本社同志，寧注精力於演義，以恢奇俶詭之筆，代莊嚴典重之文。

此定義雖使用「歷史上事實」一詞來表述小說所取之材料，但從下文

「讀正史」、「徵諸陳壽之《三國志》」來看，則其所取材者仍是史書。又以「演義體」來表述歷史小說的文體，將其特徵歸納為「以恢奇俶詭之筆，代莊嚴典重之文」，都是對於歷史小說創作實踐的最新概括。

其後，光緒丙午（1906）四月小說林社出版的《風洞山傳奇》和五月出版的《離恨天》書末，均附有小說林的新書廣告——〈謹告小說林社最近之趣意〉，中云：「本社刊行各種小說，以稗官野史之記載，寓誘智革俗之深心。」並將該社已印、未印各書，重加釐訂，都為十二類。其中第一類為即歷史小說，括弧內加小注云：「志已往之事蹟，作未來之模型，見智見仁，是在讀者。」其中當含有小說林主持者曾樸對於歷史小說的理論見解。

光緒三十二年（1906）九月十五日，《月月小說》創刊號刊出了由吳趼人執筆的《月月小說》〈序〉，中云：

> 吾人丁此道德淪亡之時會，亦思所以挽此澆風耶？則當自小說始。是故吾發大誓願，將遍撰譯歷史小說，以為教科之助。歷史云者，非徒記其事實之謂也，旌善懲惡之意實寓焉。舊史之繁重，讀之固不易矣；而新輯教科書，又適嫌其略。吾於是欲持此小說，竊分教員一席焉。

需略加說明的是，「歷史」二字之連用，雖早見於《三國志》〈吳主傳第二〉裴松之注所引《吳書》趙咨之言：「（吳王）志存經略，雖有餘閑，博覽書傳歷史」，但使用頻率並不高；直到光緒二十八年（1902），江南書局為適應開辦新學的需要，編印了一部通史性的教材《歷代史略》（簡稱《歷史》，吳趼人所謂「新輯教科書」，指的可能就是這本書）之後，「歷史」一詞便為世人所慣用。吳趼人看到舊史之繁重，新輯教科書又過於簡略，遂發願撰譯歷史小說。他的寫作

動機，是為了「旌善懲惡」，態度是嚴肅的：「善教育者，德育與智育本相輔；不善教育者，德育與智育轉相妨。此無他，譌與正之別而已。吾既欲持此小說以分教員之一席，則不敢不審慎以出之。」

同期《月月小說》還發表了吳趼人的〈歷史小說總序〉。這是一篇歷史小說史上繼往開來的重頭論文。文章首先對「秦漢以來，史冊繁重」，「購求匪易，難以卒業」的狀況進行了極為中肯的分析，以為其根本缺陷是：一、緒端複雜，艱於記憶；二、文字深邃，遽難句讀；三、卷帙浩繁，望而生畏；四、精神有限，卒業無期。接著，便對在「吾國上下競言變法」的背景之下，「採法列強」編輯歷史教科書的做法提出了批評：「蒙學、中學之書，都嫌過簡；至於高等大學，或且仍用舊冊矣。」他之所以「發大誓願」編撰歷史小說，就是要「使今日讀小說者，明日讀正史如見故人；昨日讀正史而不得入者，今日讀小說而如身親其境。小說附正史以馳乎？正史藉小說為先導乎？請俟後人定論之，而作者固不敢以雕蟲小技，妄自菲薄也。」

《月月小說》第三號刊出的《月月小說》〈發刊詞〉，仍將歷史小說放在第一位，文中云：「例勝班豬，義仿馬龍。稗官之要，野史之宗。萬言數代，一冊千年。當時事業，滿紙雲煙。作歷史小說第一。」義例，指著書的主旨和體例。如朱熹《綱目序例》云：「別為義例，增損隱括，以成此編。」「例勝班豬，義仿馬龍」之典，出鄭樵《通志》〈總序〉「遷之於固，如龍之與豬」一語。鄭樵以為：「班固者浮華之士也，全無學術，專事剽竊。」這話說得是重了點。錢穆先生認為，班固開了一條寫斷代史的新路，故後世「遷固」、「史漢」並稱；他引范曄《後漢書》「固之序事，不激詭、不抑抗、贍而不穢，詳而有體，使讀之者亹亹而不厭」語發揮道：「此說《漢書》敘事不過激，也不詭異，不把一人一事過分壓低，或過分抬高。『贍而不穢』，是說整齊乾淨不髒亂。『詳而有體』是說每事本末始終，表裡精粗都有體。故能『使讀之者亹亹不厭』，《漢書》能成大名，確有道

理。」但作為史家，遷固之間確有大的差別：「班固《漢書》，略論考史方面，有他父親六十幾篇的傳，有劉歆之所編錄，選材大概是不差。論『寫史』，班氏文筆也不差。班氏所缺乃在不能『論史』。當知在考史寫史中，無不該有論史精神之滲入。如太史公寫《孔子世家》，主要並不在考與寫，而在其背後之論。我們讀太史公書，常會『有意乎其人』，有意乎他之所寫，如信陵君、平原君、聶政、荊軻，往往使人在百代之下想見其人。此因太史公能欣賞這許多人，寫來一若平平凡凡，而都能躍然紙上。一部《史記》，所以都見其為是活的，乃因書背後有一活的司馬遷存在。所以司馬遷《史記》，不僅是一部史學書、文學書，而還有其教育意義之存在。……至於班固的《漢書》，往往有其事無其人。如說殺身成仁，其人之死事是有的，而其人之精神則沒有傳下。我們若用此種標準來讀此下的歷史，則真是差得又遠，還更不如班固。」[1]所謂「例勝班豬，義仿馬龍」，就是在寫法上要勝過班固的「不激詭、不抑抗、贍而不穢，詳而有體」，而在旨義上則要學習司馬遷論史的時代精神，志向不可謂不高。

應該特別提到的是黃人對歷史小說理論建設的貢獻。黃人（1866-1913），江蘇昭文（今常熟市）滸浦問村人，原名振元、震元，後更名人昭，字羨涵，又字慕韓、慕庵，別號江左儒俠、野蠻、蠻、夢暗、夢庵、慕雲；中歲更名黃人，字摩西。金天羽《蘇州五奇人傳》謂：「光緒庚子（1900），美教士孫樂文創東吳大學於蘇之天賜莊，禮聘太炎、慕庵為文學教授。太炎著《訄書》訟客帝，客帝惡之，卒亡走海上，慕庵獨留教終其身。」光緒三十三年（1907），他與曾樸、徐念慈合作創辦《小說林》，撰有《小說林》〈發刊詞〉，中曰：「今之時代，文明交通之時代也，抑亦小說交通之時代乎？國民自治，方在豫備期間；教育改良，未臻普及地位。科學如羅骨董，真贗雜陳；實

1　錢穆：《中國史學名著》（北京市：生活・讀書・新知三聯書店，2001年），頁79-86。

業若掇醉人，僕立無定。獨此所謂小說者，其興也勃焉。」在當時這種不一定很正常的情勢下，黃人對於「今日小說界之文明」，保持了相對清醒的頭腦，嚴正指出其中的弊端：「昔之視小說也太輕，而今之視小說又太重也。」具體說來，「昔之於小說也，博奕視之，俳優視之，甚且鴆毒視之，妖孽視之。言不齒於縉紳，名不列於四部。私衷酷好，而閱必背人；下筆誤徵，則群加嗤鄙。……今也反是，出一小說，必自屍國民進化之功；評一小說，必大倡謠俗改良之旨。吠聲四應，學步載途。」[2]針對這兩種偏向，黃人發表了自己對小說本質的見解：「小說者，文學之傾於美的方面之一種也。寶釵羅帶，非高蹈之口吻；碧雲黃花，豈後樂之襟期？微論小說，文學之有高格可循者，一屬於審美之情操，尚不暇求真際而擇法語也。」這一極為難得的高見，其時惟王國維《紅樓夢評論》「惟美術之特質，貴具體而不貴抽象」之論可以當之。

黃人在《小說小話》中，還對中國歷史小說的狀況進行了剖析，他說：

> 中國歷史小說，種類頗夥，幾與《四庫》乙部所藏相頡頏。然非失之猥濫，即出以誣謾，求其稍有特色者，百不得一二。惟感化社會之力則甚大，幾成為一種通俗史學。疇人廣坐，津津樂道，支離附會，十九不經。試舉史文以正告之，反嘩辨而不信。即士林中人，亦有據稗官為政實，而畢生不知其誤者。馬、班有知，得無喪氣！最熟於人口者，為《三國演義》中之諸葛、關、張，其次則唐之徐敬業、薛仁貴，宋之楊業、包拯，明之劉基、海瑞，偶一徵引，輒不勝其英雄崇拜之意；而對於其反對者，則指摘唾罵，不留餘地。至於古來之有此人物

2　黃人：《黃人集》（上海市：上海文化出版社，2001年），頁315-317。

否，人物之情事果真確否，不問也。故所是者未必皆賢，所非者未必皆不肖（如潘美、張居正，小說中輒與杞、檜等觀）。即其小說之善者，亦不必盡傳，而傳者又不必盡善，此其中亦皆有幸不幸焉，而為之助因者，則有三事：

一、宗教。如崇拜關羽之為無上上人物，廟社遍天下，其由歷代祀典之尊崇故。

二、平話。平話別有師傳秘笈，與刊行小說互有異同。然小說須識字者能閱，平話則盡人可解。故小說如課本，說平話者如教授員。小說得平話，而印入於社會之腦中者愈深。

三、演劇。平話僅有聲而已，演劇則並有色矣。故其感動社會加效力，尤捷於平話。演劇除院本外，若徽腔、京腔、秦腔等，皆別有專門腳本，亦小說之支流也。[3]

小說「所是者未必皆賢，所非者未必皆不肖」；「小說之善者亦不必盡傳，而傳者又不必盡善」，都是前人所未及的深諳小說真諦之言。「平話別有師傳秘笈，與刊行小說互有異同」，則道出了小說兩種傳播方式：瓦舍演說與書坊刊刻的異同與相互關係。說書原無定本，全靠藝人的臨場發揮；不要說不同師傳的秘笈會有差別，同一藝人在不同場合說的也不會完全一致。即使有了成熟的《三國志演義》文本，仍然有人要聽那稗官詞話的「說三分」，因為那是活在民眾口頭的文學。從總體上說，它們應該是相當出色的；否則就不可能吸引聽眾，瞽者的「衣食」就「緣」不成了。至於記錄整理的水準如何，則取決於整理者的內在素質和工作態度，以及彼時彼地社會環境的優劣。這些見解，對於考察小說的演變源流，都有很大的啟迪作用。

　　黃人歷史小說觀的最大特點，是能將中國傳統小說與西方小說有

3　黃人：《黃人集》（上海市：上海文化出版社，2001年），頁309。

機揉合起來。他說：「歷史小說，當以舊有之《三國志演義》、《隋唐演義》及新譯之《金塔剖屍記》、《火山報仇錄》等為正格。蓋歷史所略者詳之，歷史所詳者略之，方合小說體裁，且聳動閱者之目。若近人所謂歷史小說者，但就書之本文，演為俗語，別無點綴幹旋處，冗長拖沓，並失全史文之真精神，與教會中所譯土語之《新舊約》無異，歷史不成歷史，小說不成小說。謂將供觀者之記憶乎？則不如直覽史文之簡要也；謂將使觀者易解乎？則頭緒紛繁，事雖顯而意仍晦也。或曰：『彼所謂演義者耳，毋苟求也。』曰：『演義者，恐其義之晦塞無味，而為之點綴，為之幹旋也，茲則演詞而已，演式而已，何演義之足云！』」[4]他將自己的著眼點放在「演」和「義」兩大方面。首先，應將「演義」定位於「意」與「義」的層面上，「演義」不是「演詞」，不是「演式」，它必須要有顯而不晦的「意」與「義」，亦即「全史文之真精神」。其次，又須重視「演」的技巧和方法，要注意「歷史所略者詳之，歷史所詳者略之」，使之多一點「點綴幹旋」，以便「聳動閱者之目」。這些看法，都是相當富於辯證精神的。

　　但與理論探討不相合拍的是，《新小說》等提倡的「歷史小說」，多是以外國歷史為題材的。如〈中國唯一之文學報《新小說》〉所擬著譯之書目有：《羅馬史演義》、《十九世紀演義》、《自由鐘》、《洪水禍》、《東歐女豪傑》、《亞歷山大外傳》、《華盛頓外傳》、《拿破崙外傳》、《俾斯麥外傳》、《西鄉隆盛外傳》。其中《十九世紀演義》，「乃採集當代大史家之著述數十種熔鑄而成；起維也納會議，迄義和團事變，其中五大洲各國之大事，一一詳載，精神活現。」《自由鐘》，「即美國獨立史演義也。因美人初起義時，於費特費府建一獨立閣，上懸大鐘，有大事則撞之，以召集國民僉議焉，故取以為名。首敘英人虐政，次敘八年血戰，末敘聯邦立憲。讀之使人愛國自立之念，油

4　黃人：《黃人集》（上海市：上海文化出版社，2001年），頁305。

然而生。」竟無一本中國題材的歷史小說。小說林社出版的歷史小說，除曾樸自撰的《孽海花》外，他如《身毒叛亂記》、《俠奴血》（一名《西印度懷舊記》）等，也都是以外國歷史為題材的。

　　由於是「專在借小說家言，以發起國民政治思想，激勵其愛國精神」，以外國歷史為題材的小說，最愛寫的題目是亡國之恨。如光緒三十年（1904）鏡今書局出版的《多少頭顱》，譯者署「亡國遺民之一」。小說通過波蘭之亡，「城郭夷，宗社墟，財產滅，人民虜」的描寫，以激發中國讀者的愛國心。正如「作者之友」在序中所說：「作者以小說之筆，寫亡國之史，憂憤歌哭，則慷慨無前，嘻笑怒罵，則淋漓盡致。或放蕩如怒潮，或迴旋若舞雪，一聲一影，一草一木，搜羅無遺蘊，繪寫極能事。設起波蘭亡國民於九原之下讀之，一睹當日躬受之禍，歷歷如在目前，當不知若何撫膺痛哭而怨艾不置也。雖然，作者之意豈為已死之波蘭作記者，亦深懼夫今日未死之波蘭，將轉瞬而為昔日已死之波蘭也。於是不得不裂其如焚之腸，迸其如血之淚，絞其錦繡之腦，揮其神龍之腕，以繪昔日已死之波蘭，以大聲震醒吾今日未死之波蘭，或不致他日再蹈其覆轍耳。嗟乎，天既促已死之波蘭先未死之波蘭而亡也，天復不忍未死之波蘭繼已死之波蘭而終歸於亡也，眷目東方，誕作者於大陸，吾四萬萬同胞國民讀是書，而能奮袂以舉乎？庶不負天之相我國民，作者之思我國民，已死之波蘭福我國民哉。」「今日未死之波蘭」指的就是中國，作者希望通過對「昔日已死之波蘭」的描繪，大聲震醒今日之中國，不致再蹈覆轍。愛國熱情，極其熾熱。

　　又如光緒三十四年（1908）貴州《自治學社雜誌》第一期發表的《越南亡國史》，其〈敘言〉說：「世界最可憐最可慘的，就是亡國的人民。甚麼叫做亡國呢？就是土地被人霸佔，財產被人劫奪，國家被人破壞，全國的人民就像奴隸，有主人拘束，又像牛馬，有主人羈勒，父母妻兒，不能自保，思想言語，不能自由，這就是亡國人民的

悲痛情形了。我們中國，現當最危險的時候，若不大家振頓，就要亡國。奈何我們中國的人民，大半不知道亡國的禍害，真是奇怪得很。因此想出一個法子，將越南亡國的事故，編成白話小說，佈告我們中國的國民。使人人有亡國的恐懼，人人有亡國的防備，人人自勉自強，保全了中國，不至亡國，這就是我們幾個讀書人的欣幸了。」[5]題旨十分顯豁。

　　取材外國歷史的小說的大量湧現，有力地改變了中國人的歷史觀和宇宙觀。光緒二十九年（1903），沈惟賢為「專述泰東西古近事實」的《萬國演義》作序云：「自遷、固以降，暨乎聖朝，載籍尤博，搢紳先生能言之。若乃赤縣神州之外，我中國歷史目之為『四裔』，於其風俗政教，得諸重譯，參以荒渺不經之談。」中國向以「天朝上國」自居，視外族外國為「丕榛蠻夷」，不以為意。及海禁既啟，學界日新，志士發憤，咸欲縱觀歐、亞大勢，考其政教代興之機，富強競爭之界，《萬國演義》乃「疏次年紀，聯綴事類」，「溯自地質物跡之始，至於五洲判別，泰東西諸國以次遞興；下迄十九世紀，先後五千年種族之盛衰，政體之同異，宗教之迭嬗，藝學之改良，崖略粗具。」這裡所體現的歷史觀念，都是遷、固以降的史學家所無法想像的。

　　光緒三十四年（1908）改良小說社「西史小說」《新列國志》三十八回，開頭敘廣東省城童保、包忠（暗寓「同胞」、「保種」之意）對庚子國變的反思，他們的結論是：「如今國家既經過這番磨折，自然要變動變動。」然後借二人讀謄黃之機，扼要抄錄了十二月初十從西安發來的上諭：

　　　　世有萬古不易之常經，無一成不變之治法。大抵法積則敝，法
　　　　敝則更。自播遷以來，皇太后宵旰焦勞，朕尤痛自刻責。深念

5　據《辛亥革命史叢刊》第七輯。

近年積習相仍，因循粉飾，致釀成大釁。現正議和，一切政事，尤須切實整頓，以期漸圖富強。懿訓以為取外國之長，乃可去中國之短；欲求振作，當議更張。著軍機大臣大學士六部九卿出使各國大臣各省督撫，各就現在情形，參酌中西政要，舉凡朝章國故，以及民生學校科舉軍政財政，當沿當革，當省當並，或取諸人，或求諸己，如何而國勢始興，如何而人才始盛，如何而度支始裕，如何而武備始修，各舉所知，各抒所見，通限兩個月內，詳悉條議以聞。

二人讀畢，不禁額手鼓舞，以為從此變法自強，確有把握，決不再蹈從前覆轍，苟且因循的了。於是，小說通過童、包二人的縱談時局，來介紹近百年來西洋史之「足備我人考鏡者」。作者對中外歷史有清醒的比較：「我國從唐虞三代開創之後，直到如今，大約有四千多年；地方極大，有二十二省，在地球上亦可算得有名的古國。況且從古到今，也曾出過多少聖賢豪傑，英雄好漢，有大大的作為，所以治得這個世界，清清爽爽，士農工商，各安生業。咳，那裡曉得自從外國人到此通商，忽然漸漸的比較他不上，這是什麼緣故呢？大約外國人所做，都是軋實的事；我國人所做，都是虛浮的事，所以如此。但是細細考究，外國人在一百年前所做的事，亦是虛無縹緲，不合情理的居多；直到近今百年以內，公理漸明，君民一體，方才把前日虛浮的事，盡力革除，做出軋實的事來，自然可以橫行無敵了。」所謂「往古來今多少事，不經改革不完全」，正是小說要告訴讀者的道理。作者通過兩人的對談，「舉近百年西洋各國之由野而文、由虛而實者，一一皆以淺近文理組織之，間下己意，與我國史事對勘」（《新列國志》〈序〉），取得了相當的成功。

相形之下，對於用中國歷史以作歷史小說，人們的熱情就遠沒有那麼高漲了。論其根源，約有二端：

　　一、新小說家對舊小說懷有嚴重的偏見。梁啟超在《論小說與群治之關係》中，稱舊小說是「中國群治腐敗之總根源」，說中國人的「狀元宰相之思想」、「佳人才子之思想」、「江湖盜賊之思想」、「妖巫狐兔之思想」，統統來自於小說。由於受小說直接間接之毒害，「今我國民輕棄信義，權謀詭詐，雲（翻）雨覆，苛刻涼薄，馴至盡人皆機心，舉國皆荊棘者，曰惟小說之故。今我國民輕薄無行，沉溺聲色，繾綣床第，纏綿歌泣於春花秋月，銷磨其少壯活潑之氣，青年子弟，自十五歲至三十歲，惟以多情多感多愁多病為一大事業，兒女情多，風雲氣少，甚者為傷風敗俗之行，毒遍社會，曰惟小說之故。今中國民綠林豪傑，遍地皆是，日日有桃園之拜，處處為梁山之盟，所謂大碗酒，大塊肉，分秤稱金銀，論套穿衣服等思想，充塞於下等社會之腦中，遂成為哥老、大刀等會，卒至有如義和拳者起，淪陷京國，啟召外戎，曰惟小說之故。」將什麼毛病都推在小說身上，正是「今之視小說又太重」的極端表現。

　　二、有責任心的小說家，都把「醒齊民之耳目」、「開化天下愚」（李伯元語）看作自己的首要職責。光緒三十二年（1906）《新世界小說社報》〈發刊辭〉說：「文化日進，思潮日高，群知小說之效果，捷於演說報章，不視為遣情之具，而現為開通民智之津梁，涵養民德之要素；故政治也，科學也，實業也，寫情也，偵探也，分門別派，實為新小說之創例，此其所以絕有價值也。況言論自由，為東西文明之通例；仁者見仁，智者見智，亦華夏先哲之名言。苟知此例，則願作小說者，不論作何種小說，願閱小說者，亦不論閱何種小說，無不可也。」雖說不論作何種小說無不可也，但在其所開列的小說類型中，偏偏缺少歷史小說之一類，並不是偶然的。〈發刊辭〉還提出一個觀點：「中國數千年來，有君史，無民史。其關係於此種之小說，可作民史讀也。夫有興亡之事，則有一切擾亂戰爭之事。然其時之罹於鋒鏑，與其後之重見天日，必有一番舜、桀之渲染，雖其說半不足

據，而當時朝廷之對待民間，為仁為暴，猶可為萬一之揣測。況專制
時代，凡事莫不以君上為重心，由小說而播於演劇，而演劇則更足為
重心所在之證者，則俗語所謂『十出九皇帝』是也。皇帝為獨一無
二、富貴無比之稱號，其狂妄不軌之徒，竊以自娛者無論矣；即至童
乳戲言，亦往往以此稱號為口頭禪，以自擬而聊快其無意識之歆羨，
而不知擾亂之種子，即隱含於此。故興亡儼如轉燭，平添無數小說之
材料。劇演則為其試馬場也，平話則為其演說場也（小注：平話，俗
謂之說書），而世界遂隨而湧現於此時矣。其他若官吏，若紳衿，若
士庶人，合而成一大社會，分之則各有一小社會，皆依附此重心以為
轉移。官吏、紳衿、士庶既隨此重心為轉移，則官吏、紳衿、士庶所
為之事，形容其事者為世態，而態有炎涼之分；左右其事者為世情，
而情有冷暖之異：皆所以點綴此世界者也。」在這種新觀念支配下，
徹底甩脫「君史統系」的羈縻，直面現實的社會人生，便成了晚清
「新小說」的最大亮點；以「怪現狀」、「現形記」題名的作品之多，
就是最充分的證明。

　　晚清小說六大小說家中，李伯元沒有寫歷史題材的小說，他的
《文明小史》寫的並不是傳統的「興廢爭戰之事」；劉鶚只有一部未
完的寫現實題材的《老殘遊記》；曾樸的《孽海花》，小說林的廣告雖
標以「歷史小說」，曾樸自己也說要將「歷史的轉變」收攝在自己的
筆頭下，但充其量也只能算是「民史」；陸士諤的長項是「新上海」
的現形，他以「沁梅子」的筆名先後出版了《滔天浪》和《精禽填海
記》兩部歷史小說。前者已佚，他自己評價說：「憑自己高興，張長
李短的混說也」；光緒丙午（1906）出版的《精禽填海記》十回，標
「歷史小說精禽填海記第一編」，〈編輯大意〉謂：「載明末清初虎鬥
龍爭的事業，自崇禎元年起（清天聰二年），至永曆三十七年止（清
康熙二十二年），共歷五帝（崇禎、弘光、隆武、紹武、永曆）五十
六年，而中國版圖，始全歸大清統轄。其間庸人誤國，烈士死義，與

夫驕將悍卒之跋扈飛揚，蔑上無等，凡可驚可愕可歌可泣之事，為從前小說所未有者，此書無不全備。然書係歷史，作者斷不敢恣弄筆墨，有誣古人。故凡寫一事記一言，莫不旁稽博考，力求無誤。」

自新小說興起之後，出其他作家之手的歷史小說，有光緒丙午（1906）烏程蟄園氏的《鄒談一噱》二十四回，從黎蓴齋《儒學本論》謂孟子之言尤合於時宜得到啟發，借《孟子》中事實貫以新學，以「激刺新政」，自稱「願作寓言觀，願作滑稽觀」。又有光緒三十三年（1907）李亮丞的《熱血痕》四十回，標「歷史小說」，寫吳王夫差、越王勾踐故事，而以越人陳音為主人公，卷首有〈滿江紅〉詞：「局中人，都如此；天下事，長已矣。且抽毫攄臆，撰成野史。熱血淋漓三斛墨，窮愁折疊千層紙。願吾曹一讀一悲歌，思國恥。」基本上屬於歷史型的寓言。

光緒三十三年（1907）元和觀我齋主人著《罌粟花》（別題《通商原委演義》）二十五回，謂鴉片之禍「可以亡種，可以滅國」，是正面寫鴉片戰爭的小說。書中敘林則徐知煙之能禍中國，督兩廣時嚴禁之，前後焚燒煙土，為數甚巨，充分表現了他的深識遠見和智勇足備。作者感歎道：「假當年委任不疑，俾奏奇績，何由厄我黃人，淪斯黑籍，中土脂膏幾竭，外人勢力愈強，致現今日如斯之險象哉！奈何海疆重寄，壞汝長城，庸劣無謀，一誤再誤。樂毅去而騎劫代將，廉頗廢而趙括覆軍，千古喪師辱國，如出一轍也。」是一部抒寫悲憤之情的較好作品。

宣統元年（1909），《砭群叢報》第一期刊出署「古之傷心人著」《亞東潮》全書六十回回目並第一回正文，第二、三期又分載第二、三回正文。作者計畫「以近三十年中之甲午、戊戌、庚子之三大事，窮源竟委，成此一書，不但事事徵實，可作信史，且多有世所未知者，可作秘史也，庶幾能激起國民乎！」《亞東潮》構想宏偉，筆力雄健，六十回之目也都精工謹密，甚見功力。可惜隨著形勢的急劇變化，作者未能將書寫完，中國歷史小說史上遂失一良小說，深可歎惋。

要之，晚清時期的歷史小說，從總體上只能退居次要的地位，有的甚至未納入「新小說」運行的軌道。唯有吳趼人、黃小配兩位大家，以其歷史小說的輝煌成就，足令「新小說」的苑地熠熠生輝。

第二節　吳趼人的歷史小說

吳趼人（1866-1910）於光緒癸卯（1903）始為章回小說，當他的代表作《二十年目睹之怪現狀》在《新小說》第八號連載時，他的歷史小說《痛史》也在第八號同期刊出，充分展示了他駕馭多種小說樣式的才華，也表明了歷史小說在他創作生涯中的重要地位。

《痛史》二十七回，敘南宋末年之史事，起於宋度宗咸淳七年（1271），亦即元世祖忽必烈改國號為「元」的至元八年。《大宋中興通俗演義》雖曰南宋史事演義，但重點在岳飛的抗金事蹟，敘事止於紹興二十五年（1155），南宋史尚有一二四年未曾進入演義領域；以大明之「興」為主旨的《英烈傳》，敘事起於元順帝登位後五年之至元三年（1337），則元代前期的歷史亦有六十六年尚無前人寫過。《痛史》的問世，正好填補了中國歷史小說系列的空白。第一回開宗明義寫道：

> 鴻鈞既判，兩儀遂分。大地之上，列為五洲，每洲之中，萬國並立。「五洲」之說，古時雖未曾發明，然國度是一向有的。既有了國度，就有競爭。優勝劣敗，取亂侮亡，自不必說。但是各國之人，苟能各認定其祖國，生為某國之人，即死為某國之鬼，任憑敵人如何強暴，如何籠絡，我總不肯昧了良心，忘了根本，去媚外人。如此，則雖敵人十二分強盛，總不能滅我之國。他若是一定要滅我之國，除非將我國內之人殺淨殺絕，一個不留，他方才能夠得我的一片絕無人煙的土地。

　　在傳統的「鴻鈞既判，兩儀遂分」觀念之外，引進了全新的「五洲」、「萬國」之說，顯示了吳趼人與時俱進的歷史觀宇宙觀。隨後，他又借「優勝劣敗」的「競爭」理論，在新的基點上宣傳愛國的情感：「我是惱著我們中國人，沒有血性的太多，往往把自己祖國的江山，甘心雙手去奉與敵人，還要帶了敵人去殺戮自己同國的人，非但絕無一點惻隱羞惡之心，而且還自以為榮耀。這種人的心肝，我實在不懂他是用甚麼材料造成的。所以我要將這些人的事蹟記些出來，也是借古鑒今的意思。」借古鑒今，確是吳趼人創作《痛史》的現實動機。三年前的庚子國變，外國列強侵佔了中國的京都，大肆燒殺搶掠，連慈禧太后和光緒皇帝也經歷了播遷逃亡、豆粥難求的苦難，這種數千年來未有的「外侮之辱」，大約只有北宋和南宋末年的情景差可比擬。吳趼人選取南宋為蒙古所亡的歷史，來影射現實面臨的亡國之痛，堪稱中國歷史小說史上第一部自覺為現實政治服務的作品；而採用「痛史」這一傾注強烈主觀感情色彩的題目，在中國歷史小說上也是全新的創造。

　　《痛史》全書充滿了強烈的民族情緒，文中多有罵「騷韃子」之類的「違礙」話語，但尚沒有越過專指元人的界限。如第九回敘群臣在福州奉益王即位後，擬引「母以子貴」之例，尊楊淑妃為太后。楊淑妃以「不可忘了妻妾的名分」，力辭道：「我中國自堯、舜、禹、湯、文、武以來，又有周公、孔子，真可算得是第一等文明之國，豈可由我而起，廢了先聖禮法，學那夷狄之人，弄出那甚麼『東』呀『西』呀的。說來也是笑話，把『太后』兩個字，鬧成了甚麼東西！」又道：「奴本來不喜歡那身外榮名，更不敢僭分越禮；況且此時偏安一隅，外侮方急，難道奴還像那沒心肝的，終日想著那甚麼上徽號咧，做萬壽咧，勒令百官報效銀兩，鑄成了扛不動的大元寶叫敵兵來取了去作為把柄麼？只要眾先生戮力同心的輔佐著皇帝，把中國江山恢復起來，縱不能殺盡那蒙古韃子，也得把他趕到萬里長城以外

去。那時奴的榮耀，比著『太后』兩個字的尊號，高貴得萬倍呢。」
這一番話，分明是沖著「沒心肝的」慈禧太后來的；但由於題材本身
的限制，這種影射並沒有發展將小說中的元人等同於現實中的滿人，
以至成為排滿仇滿作品的程度。第三回在寫元將攻下樊城之後下令屠
城，白骨山積、碧血湧浪的「異族戰勝本族的慘狀」，又寫被元人擄
去的全太后、德祐帝「只吃得一只炙牛蹄，還是臭的」的悲慘境遇，
全太后撫著德祐帝道：「官家，你要牢牢記著呀，我們今日才是『素
衣將敝，豆粥難求』的境地呢！」分明也有慈禧太后的身影，但顯然
是抱有同情之心的。

　　《痛史》首回「制朝儀劉秉忠事敵，隱軍情賈似道欺君」，集中
鞭撻了兩個甘心賣國的「寶貨」：一是劉秉忠，他「本來是大中華國
瑞州人氏，卻自從先世即投入西遼，做了西遼的大官，成了一家著名
的官族；他的祖父卻又投入了金朝，去做金朝的官；到了這位寶貨，
才投降蒙古，又去做蒙古的官」。他的「盡忠報國」之心，是為蒙古
制訂典章禮樂制度，以便將來入主中原。一是賈似道，身為宋朝宰
相，非但沒有「盡忠報國」的心，反有了一種「賣國求榮」的心。
「良禽擇木而棲，賢臣擇主而事」，竟成了他賣國求榮的理論依據。
他無恥地表白道：「宋朝自南渡以來，天下已去了一半，又經近來幾
代的昏君在位，更弄得十去七八，這朝廷明明是個小朝廷了。然而我
還是一個大臣，我卻還有點志氣，不像那不要臉的奴才，說什麼『瓜
分之後，不失為小朝廷之大臣』。聽他那話，是甘做小朝廷大臣的
了。我卻不然，如今是得一日過一日，一朝蒙古兵到了，我只要拜上
一張降表，他新得天下，正在待人而治，怕用我不著麼！那時我倒變
了大朝廷的大臣了呢。況且他新入中原，一切中原的風土政治，自然
還是用中原人方資熟手。那時只怕我們仍要當權呢！不比那失位的昏
君，銜璧輿櫬之後，不過封他一個歸命侯，將他投閒置散罷了。到那
時我們權勢，還比他高百倍呢！」

　　小說沉痛地揭露了一個事實：南宋之敗並不在敵人的強大，而在權奸之誤國。賈似道與元軍統帥伯顏勾結，將各地來的告急文書一概擬旨批駁，「被圍的責他力守，聞風告警的責他預備進軍」；伯顏素知鄂州守將張世傑十分能事，叫賈似道不要重用，賈似道便假傳詔旨將張世傑從鄂州調往江州，致使鄂州失守。度宗死後，太皇太后垂簾聽政，派賈似道都督諸路軍馬，出駐沿江一帶，賈似道「自以為與伯顏是通的，任他多少元兵，都是與自家兵一樣」，到得蕪湖，便修書向伯顏乞降。不料伯顏移檄各處，單單指明不允賈似道投降。賈似道最後落得革職查抄，押解循州，為鄭虎臣推入糞坑淹死的可恥下場。

　　在鞭撻漢奸國賊的同時，小說又熱情謳歌了文天祥、張世傑、陸秀夫、謝枋得等愛國的忠義英雄。其中寫得最有深意的是謝枋得。宋亡以後，他以占卜為名在民間進行宣傳活動，又教導仙霞嶺英雄金奎、岳忠等，恢復萬里江山，非三五年可成之事，要準備長期鬥爭，不要「死而後已」，而要「死仍不已」，庶幾一代辦不成之事，可望第二代，推之還可望第三代、第四代。除了史上有名的人物，小說還塑造了宗仁、宗義、胡仇、李虎、白璧、趙龍、金奎、岳忠、狄琪等俠義英雄，他們志在報仇，卻不學世俗的結拜，而取《三國演義》周瑜的「群英會」，成立了「攘夷會」，制訂章程，推舉盟主，這些，都打上了作者所處晚清時代的烙印。

　　作為新型歷史小說的典範，吳趼人於史書文本處理十分得心應手，表現了極大的靈活性與主動性。其中有的描寫是有相當史料根據的。如第五回寫賈似道母親死後，度宗恐怕他丁憂守制，沒人辦事，便想出一個「空前絕後的特恩」：賜他以天子鹵簿葬母，飭令滿城掛孝。行文至此，忽然注明：「這一段話，不是我謅出來的。倘或不信，請翻開《宋史》看看，這件事載得明明白白，可見不是我做書人撒謊呀！」按《宋史》卷四百七十四本傳，果然有：「十月，其母胡氏薨，詔以天子鹵簿葬之，起墳擬山陵，百官奉襄事，立大雨中，終

日無敢易位。」有的描寫則完全是杜撰的。如第六回「死溷廁權奸遺臭」，敍鄭虎臣押解賈似道到木綿庵住宿，二更乘賈似道上廁所時，道：「賈似道，我今日親手殺你，一則代我父親報仇，二則代天下人殺你。你好好的死，免得活著受罪吧。」伸手一推，賈似道倒栽蔥跌到糞缸裡去，虎臣一手拿著他兩隻腳，起先還有些掙扎，不到一刻工夫就停了。虎臣將手一鬆道：「好了，這才真個是『遺臭萬年』呢！」對這樣一位敢作敢當的好漢，作者不願讓馬上死去，還叫他建了許多事業，為此特加說明道：「據正史上說起來，是陳宜中到漳州去把他拿住了，在獄中瘐斃了他，算抵賈似道的命的。但照這樣說起來，沒甚趣味，我這衍文義書也用不著做，看官們只去看正史就得了。」並不諱言自己的「衍義」，表現出新小說家對虛構權利的高度自信。

在許多場合，作者又放手讓古人大講今人的話。如第二回寫太監巫忠為要做「新朝」的內官，欲將宮女葉氏騙出，送給賈似道以巴結之。巫忠與葉氏搭訕時，問如能設法弄出去嫁個富貴人家，是否願意；葉氏回答說：自己被選進來，是生就的奴才命；派在這裡承值，是皇上天恩。巫忠道：「依姐兒這麼說，非但『女權』二字，沒有懂得，竟是生就的『奴隸性質』了。」葉氏道：「甚的『女權』？甚的『奴隸性質』？這是甚麼話，我都不懂呀！」巫忠呵呵大笑道：「你不懂得麼？也難怪你。你可知還有甚麼『男女平權』，『女子世界』呢！你再過七百三十多年，就知道了。」葉氏忍不住笑起來說道：「巫公公今天可是瘋了，怎麼說起七百年後的話來，莫非公公竟是未卜先知的麼？」從咸淳七年（1271）至光緒二十九年（1903），應為六三二年，吳趼人雖多算了一百年，但他超越時空的幽默詼諧，確是不同凡響的。

《痛史》發表以後，在小說界產生了很大的影響。其中刊於黃帝紀元四三九七年（1905）九月《醒獅》雜誌（日本東京）第一、二期

的署名「痛哭生第二」的《仇史》，就是直接受它影響的突出代表。
小說一開頭，即效仿吳趼人的筆法，盛讚中國的文明道：

> 話說我們中國，居亞細亞洲之東部，本為世界文明一大祖國。
> 自從皇古時候，文化就肇有基礎；唐虞時候，便蓬勃發達起
> 來。由唐虞而周秦漢唐，更發揮光大到十分了。即如現在的日
> 本、朝鮮、安南諸國，好像我們中國文化裡生出來的兒子一
> 般；更有那波斯、突厥、大食等國，也都受了我們中國文化的
> 影響。再說本部的地勢，東環渤海，西接沙漠，南至南海，北
> 逾長城而連接陰山。論大嶺則有南嶺、北嶺之二大山脈，論大
> 河則有黃河、揚子江之二大河流，論大山則有五嶽，論大湖則
> 有五湖，真是祖宗遺下一個莫大的產業。

這篇話語，堪稱中國歷史小說史上對中華文明最早的頌歌。隨後，作
者便鄭重提出了「我們做子孫的應該如何愛惜他，保護他，使他發達
進步到極點」的神聖使命。但是，偏偏在繼五湖沙陀亂了、蒙古胡元
占了之後，「又被這滿洲的旗人，不遺一兵，不折一矢，把一個幾千
年文明祖國，捉雞子也似的輕輕巧巧提了過去，用夷變夏，倒置冠
裳，使我們堂堂華胄，三百年不見天日，這個仇恨總算不共戴天
了」，因此命之曰「仇史」。《仇史》凡例二云：「是書乃繼《痛史》而
作。我佛山人之著《痛史》，伸莊論，寓微言，蓋欲我民族引古鑒
今，為間接之感觸。烏乎，今禍亟矣！眉睫之間，斷非間接之刺激所
能奏效。故鄙人焦思苦慮，振筆直書，極力描寫本族之喪心病狂與異
族之野蠻狂悖，言者無罪，聞者可興，其能成《自由魂》、《革命軍》
之價值歟？」作為排滿革命派的一員，痛哭生第二不滿足《痛史》借
古諷今式的「間接之感觸」，而懷著急切的用世之心，「振筆直書」指
滿洲為「異族」，聲言要「轟得那五百萬賤種狂奴沒處討命」、要「誅

絕五百萬有奇之滿洲種，洗盡二百年殘慘虐酷之大恥辱」，民族情緒，極為強烈。

透過濃烈排滿情緒的表象，對「異族之野蠻狂悖」與「本族之喪心病狂」，作者的痛恨更傾注在「不惟不咬牙齧齒，想個復仇雪恥的方法出來，還要替虎作倀，助紂為虐，把國民的五官四體，都層層束縛起來，一齊無臭無聲，倒說是太平世界」的「漢族子孫」身上。這一情感傾向與《痛史》極其相似。小說鄙夷努爾哈赤「本是野蠻遊牧之國，並不曾受過教化」，「帶著些騎駱駝，趕騾馬，打棍子，鬥畫眉的本色」。他們原先無吞併中原的思想，不過是開豁邊防，圖些便利而已。誰知明朝的那班大臣，先是養癰貽患，後來見勢頭不對，就將故國河山當見面禮，博得個新朝什麼公侯伯子男。那「媚外求榮，天良喪盡的寶貨」漢奸范文程、李永芳，就是《痛史》中劉秉忠、張弘範的翻版。范文程因屢試不第，牢騷抑鬱，便無恥地投奔異族，因受到貝勒的看待，「不覺那一腔感恩知己的熱血，亂烘烘的從心肝肺腑裡直滾出來。正是女為悅己者容，今日真算『盡忠報國』的時候了」，遂獻上進取中原之策；李永芳為一家之私利，亦靦顏獻城投降。小說道：「看官，本族人投順異族，倒有那盡忠報國的思想；不料本國受恩深重的職員，卻會開門揖盜，真是良心蒙昧到極點了。」弦外之音，極其明顯。

小說號召「我們民族再不可因噎廢食，長他人志氣，滅自己威風」，希望「大家戮力同心，多結幾個生鐵鑄成的團體，人人心裡都有個家可亡而國不可滅，身可死而種不可絕的主意，憑他異族強鄰百般侵奪，只除我一國人都死淨滅絕了，才許他得這塊漫無人煙的土地，他縱有豹子心肝熊的膽，也教他打兩個寒噤」，與吳趼人「他若是一定要滅我之國，除非將我國內之人殺淨殺絕，一個不留，他方才能夠得我的一片絕無人煙的土地」論，可謂遙相呼應。

《仇史》之紀事，起於萬曆十一年（1583）努爾哈赤（小說作弩

爾哈齊）登位，原計畫寫至康熙二十二年（1683）鄭克塽降清，時間
跨度達一百年之久，誠如〈凡例〉三所說：「為漢族死生存亡、顛撲
起滅之一大慘劇。」作者聲明：「是書之作，悉根據參考於萬季野
《明史稿》、《明季稗史》、《荊駝逸史》、《永曆實錄》、《南都新錄》、
《勝朝遺事》、《清史紀略》、《清秘史》諸書，間有附會，仍重借題發
揮，於本來面目，毫末無損，閱者諒之。」但由於種族主義情緒過於
激烈，「借題發揮」的附會十分濃重，「於本來面目毫末無損」的目標
自然就難以達到。《仇史》只刊出了二回，《醒獅》第三期編輯部有
「敬白」云：「本報所登歷史小說篇幅甚長，非數年不能完結，今後
不復逐期登載，當謀刊單行本，以饜閱者先睹為快之望。」實際上是
難以為繼的托詞。流落異國的革命派，並無時間從容演說長達百年的
史事，《仇史》之中輟，是必然的事情。

　　受《痛史》間接影響的，有光緒三十二年（1906）「烏程蟄園
氏」的《艮嶽烽》十六回。「痛史」、「仇史」之名，透出強烈的主觀
感情，反映了小說家衝破史家「客觀」、「冷靜」態度的新走向。本書
書名中的「烽」，有烽火的意思，意欲借宋徽宗大修艮嶽之事警示後
人，也頗有時代色彩。小說寫的是「宋朝二帝北狩、九哥南渡的故
事」。開頭說：「那夷狄之禍，何代蔑有，周之玁狁，漢之匈奴，唐之
突厥、南詔，即北宋的西夏、契丹。雖屢征屢服，屢叛屢降，大都不
過割去幾個城池，費去幾萬金幣罷了。只有金人入汴，是俘虜帝後，
屠戮將相，竟是擁立異姓為王。」蟄園氏取以作為小說的材料，意在
與吳趼人寫南宋末年蒙古俘虜帝後以相呼應耳。

　　本書所敘，與《大宋中興通俗演義》在時代上相合，而訖於高宗
即位於南京。〈敘〉曰：「說者每謂金宋一役，幸而力保東南，故雖鑾
輿不歸，中興猶計日可待；不知邊地一棄，腹地即啟戎心。當年襟江
帶河，至此盡聽人宷入，臥榻鼾睡，良可寒心。而況瓜分鼎立，豆剖
星離，尤屢出人意料外哉！惓惓杞憂，無時或釋，刺取《宋史》中所

可信者，而輔以述古堂之《宣和遺事》，成《戾嶽烽》十六回。其間詩歌章奏之屬，成甄取一二，以存真實。至帝後所行之地，所遇之人，亦備錄之，以補稗乘所未及。不賢識小，聊以自澆胸中之塊壘而已。嗚呼，蟬螗忘雀，蠻觸爭蝸，回首覆車，殷鑒不遠。後之覽者，竊願垂意於斯編。」用世之心，是很顯豁明白的。

只是此書幾乎全抄《宣和遺事》而多有刪節，如《宣和遺事》錄宋太祖少時〈詠日詩〉：「須臾捧出大金盤，趕散殘星與明月。」後來人以為應大金破汴梁之讖，即為第一回所摘抄；第二回「蔡太師戲題賜宴記，鄧學生抗上諷時詩」，敘徽宗宴蔡京父子於保和新殿，京等請見安妃，帝許之。京作記以進，其文亦由《宣和遺事》刪節而成。徽宗吟詩二句：「雅燕酒酣添逸興，玉真軒內見安妃。」詔蔡京廣補，京即題云：「保和新殿麗秋暉，詔許塵凡到綺闈。」亦皆抄自《遺事》。小說以《遺事》「起壽山戾嶽，異花奇獸，怪石珍禽，充滿其間；畫棟雕樑，高樓邃閣，不可勝計」為由頭，將花石綱及宋江、方臘、李師師等故事包納其中而無甚發明。第十六回雖曰「金運將終胡兒內亂，宋師復振天子中興」，但高宗雖先後有張浚明州、陳思恭太湖、韓世忠鎮江、岳飛靜安、牛皋安豐、吳玠和尚原等十三大捷，宋國之兵勢復張，然高宗貪戀帝位，無意恢復，從賊臣秦檜之言主持和議，終止偏安一隅。〈醉太平〉詞曰：「汴案舊京，金陵舊城。東南半壁經營，讓他人弄兵。」批評的現實針對性也是很清楚的。

《痛史》發表後，也受到一些友朋委婉的批評。蔣紫儕給作者來函說：「撰歷史小說者，當以發明正史事實為宗旨，以借古鑒今為誘導，不可過涉虛誕，與正史相刺謬，尤不可張冠李戴，以別朝之事實牽率闌入，遺誤閱者云云。」末一語，就是針對《痛史》而發的。吳趼人在《兩晉演義》〈序〉中承認：「余之撰《痛史》，因別有所感故爾爾，即微蔣子勉言，余且不復為，今而後尤當服膺斯言矣。」《兩晉演義》，就是他改變創作宗旨後新作的歷史小說。此書載光緒三十

二年（1906）九月至次年（1907）十月《月月小說》第一至第十號，
標「歷史小說」，書名下注「稿本」二字，復以括弧標「甲部歷史小
說第一種」。《月月小說》第七號載此書第二十回畢，附言云：「《兩晉
演義》隨撰隨刊，本未分卷。茲以此書卷帙過繁，若終不分卷，則書
縫數碼，一氣蟬聯，不便裝訂，特分第一回至此為第一卷，自第二十
一回起以每二十回為一卷，以便閱者將來拆訂。伏維鑒之。」可見撰
寫此書，乃是隨撰隨刊，且有龐大的寫作計畫。但《月月小說》只刊
至二十三回就不再連載，遂使《兩晉演義》為不完之書。

　　如果說《痛史》是作者據史書的新創演義，則《兩晉演義》屬於
對前人舊作的新編或改作。首有《兩晉演義》〈序〉，謂：「歷史小說
之最足動人者，為《三國演義》，讀至終篇，鮮有不悵然以不知晉以
後事為憾者。吾請繼《三國演義》以為《兩晉演義》。雖坊間已有
《東西晉》之刻，然其書不成片段，不合體裁，文人學士見之，則
曰：『有正史在，吾何必閱此。』略識之無者見之，則曰：『吾不解此
也。』是有小說如無小說也。吾請更為之，以《通鑑》為線索，以
《晉書》、《十六國春秋》為材料，一歸於正，而沃以意味，使從此而
得一良小說焉。謂為小學歷史教科之臂助焉，可；謂為失學者補習歷
史之南針焉，亦無不可。其對於舊有之《東西晉》也，謂余作為改良
彼作焉，可；謂為余之別撰焉，亦無不可。庶幾不以小說家言，見諸
大方，而筆墨匠亦不致笑我之浪用其資料也。」所謂「一歸於正」，
反映了吳趼人新的創作觀念。他說：「小說雖一家言，要其門類頗複
雜，余亦不能枚舉。要而言之，奇、正兩端而已。余疇曩喜為奇言，
蓋以為正規不如譎諫，莊語不如諧詞之易入也。然《月月小說》者，
月月為之，使盡為詭譎之詞，毋亦徒取憎於社會耳。無已，則寓教育
於閒談，使讀者於消閒遣興之中，仍可獲益於消遣之際，如是者其為
歷史小說乎。」作者反「奇」歸「正」的創作取向，體現在以下兩個
方面：

一、重新回到講史之敘「史書文傳興廢爭戰之事」的主旨上來。第一回開篇引孟子「天下之生久矣，一治一亂」的話，認為是後世歷代興亡之定例；而《三國演義》「天下大勢，分久必合，合久必分」，所說的「合」即是治，「分」即是亂，起伏相尋，更無寧息之日。隨後，便自然轉到晉武帝司馬炎上來，說他雖是三分歸一統，但有晉一代能稱「一統」者，中間僅得二十餘年，終晉之世，干戈未息。晉武號稱英明之主，吞蜀，篡魏，滅吳，不可謂非一時之雄才，那麼，號稱「一統」的晉朝，為什麼會擾亂若此呢？作者的答案是：「不納郭欽之言，致召外侮於日後；誤冊賈充之女，致釀內亂於目前」，意在強調這些統統是「亂自上作」。回評還將晉事與三國比較道：「楊駿之恣威弄權，於此時觀之，甚似漢之曹操，魏之司馬；及觀至其失敗處，則僅可擬之以董卓。蓋無操、懿之才，而學為操、懿，未有不敗者也。」對於劉淵之「托漢裔」稱王，吳趼人表現了與舊時小說家不同的見解。對於他之立漢高祖以下三祖五宗之廟一事，自加眉批道：「自己想做皇帝，卻認別人做祖宗。漢室自家破國亡之後，垂四十年，忽然出此一個雜種子孫，亦當鬼所不及料也。一笑。」這也可以說是「一歸於正」。

二、在「不失歷史之真相」的前提下，增加小說的「趣味」。其中最重要的是材料的剪裁和必要的點染。《兩晉演義》〈序〉所謂「其敘事處或稍有參差先後者，取順筆勢」，指的是前者；而《東西晉》「顧又失於簡略，殊乏意味，而復不能免蹈虛附會之談。夫蹈虛附會，誠小說所不能免者；然既蹈虛附會矣，而仍不免失於簡略無味，人亦何貴有此小說也？人亦何樂讀此小說也？況其章回之分剖未明，敘事之不成片段，均失小說體裁」，指的就後者了。如冊立賈妃一節，實為晉室致亂的關鍵，回評曰：「綱目書：『帝崩，太子衷即位，尊皇后曰皇太后，立皇后賈氏。』遂昌尹氏言：『立後，國之吉禮，必有盛儀；若滅裂為之，則非尊祖承祧之意。若必備六禮，則國有大

喪，豈宜行此？」（中略）綱目上書『帝崩』，次書『尊皇太后』，次書『立後賈氏』，比而觀之，其義曉然在中。（下略）云云，是以此為亂政之始也。故演義亦特書之，而故點染其辭，以為趣味。」比起《東西晉演義》來，《兩晉演義》無疑是要超勝一籌的。

但吳趼人實不能忘卻現實，單純地為歷史而歷史，於是又有《雲南野乘》之作。《雲南野乘》原載光緒三十三年至三十四年（1907-1908）《月月小說》第十一、十二、十四號，標「歷史小說」。另有作者《附白》，作者評注等。僅發表三回，不完。第一回開頭道：

> 話說天下事積久漸忘，最為可怕之事。我中國幅員之廣，人民之眾，若能振起精神來，非但可以雄長亞洲，更何難威懾全球？只因積弱不振，遂致今日賠款，明日割地，被外人指笑我為病夫國，瓜分豆剖之說，非但騰於口說，並且繪為詳圖，明定界線。幅員雖廣，人民雖眾，怎禁得日蹙百里，不上幾年，只恐就要蹙完了，你說可怕不可怕？近年以來，我國人漸漸甦醒了，出了一班少年志士，奔走號呼，以割地為恥，救亡為策。在下是個垂老之人，看了這班少年，真是後生可畏，怎不佩服？然而聽聽他們奔走號呼的說話，都是引威海、臺灣、膠州等為莫大之恥辱，以東三省、新疆、西藏等處，為莫大之危險，你說他們這些話是錯了麼？錯是一點不錯，卻是輕輕的把一個未及百年歷史的香港忘記了。你說他們為甚麼忘了呢？只因割棄香港之時，這班少年志士莫說未出娘胎，就是這班志士的尊堂，只怕也還未出娘胎呢！所以這班志士，自有知以來，只知道香港不是我屬，怎能怪他忘了呢？照此說去，再過幾十年，這班少年老了死了，又出了一班少年，不要又把臺灣、威海、膠州忘了麼？所以我說積久漸忘，最是可怕之事。我因為這個可怕，便想到把舊事重提，做一部中國古歷史的小說，庶

幾大家看了，觸動了舊事，不至盡忘。然而中國古歷史浩如煙
海，不知從何處做起的好，我想諸志士莫不以割棄土地為恥，
自然以開闢土地為榮，我試演一部開闢土地的歷史出來，並且
從開闢時代，演至將近割棄時代。好等讀這部書的，既知古人
開闢的艱難，就不容今人割棄的容易。

這是中國歷史小說史上第一個提到香港是中國領土的作品。懷著「莫
不以割棄土地為恥，自然以開闢土地為榮」的心情，吳趼人試演了一
部開闢雲南土地的歷史。書敘雲南本徼外荒蠻之地，後人說是《禹
貢》梁州之界。三代以前，尚在鴻濛世界，無可稽考。直到戰國之
時，七雄並出，「今日講富國，明日講強兵，今年合縱，明年連橫，
征伐無有已時，百姓皆無寧日，無非為開拓疆土起見」。秦國勢力大
盛，日日有吞併諸侯之意，殺得楚國兵敗將亡，割地乞和，日蹙百
里。楚頃襄王不覺心焦，便和兩班文武商量對策。上將軍莊蹻奏曰：
西南一帶，山川阻隔，行旅不便，不如帶領強兵去開闢蠻方土地，雖
失之東隅，仍可收之桑榆，當不失為大國。頃襄王大喜，即令莊蹻帶
步兵、水兵各一萬，掛帥征伐。至夜郎國，驗土人所持之斧，乃以
銅製成，且不知鐵為何物，足見其兵器先不如我利，遂襲得夜郎城。
其後又至滇池，繞池之周，有猓猓國、仡佬國、紫菩國、郎慈國、八
番國、九股國、六額國、子棘國、宋國，蔡國等。至蔡國，見村中房
屋式樣、衣服裝束俱似中原。問之，則曰：周定王二十二年楚國滅
蔡，有數十人避亂到此，迄今已歷一百六十餘年。莊驚蹻喜曰：「不
料中原人物，有先我而來者，吾恨來此晚也！」文甚奇瑰，惜未得卒
業耳。

第三節　黃小配的近代小說和歷史小說

　　推究黃小配（1872-1912）小說創作的起點，「近代小說」《鏡中影》是重要的材料。此書現存鉛印本，目錄頁題「香港循環日報刊印」，無版權頁（因未見原本，不好判定是原書沒有版權頁，還是版權頁在收藏中脫落），遂使刊印年代無法判明。柳存仁先生推測：「這書的出版歲月，雖然不易知道，但決不出一九零一到一九零七這六年。書上有收入英國博物院的圖記是一九零七年七月六日，卻是最好的證據。」[6]

　　按，《鏡中影》第一回楔子云：「且說當日樾城地面，有個士人喚做黃家裔，也念過幾年書。他卻有一種奇性，常道人生倒不必求富貴，得閱遍環球，采些奇聞軼事，大的著成書本，小的留作佳話，這便人生的樂處了。故他半生來東西南北，也留多少足跡兒。」這位喚做「黃家裔」的士人，顯然是自號「黃帝嫡裔」的黃小配，這段話頗可看作他的夫子自道。由於原始材料匱乏，關於黃小配的青少年，僅有馮自由「少穎悟好學，讀書過目成誦，弱冠後，以鄉居不得志，偕乃兄伯耀先後渡南洋謀生」[7]的記載。《鏡中影》的表白表明，黃小配之出國飄洋，是他「得閱遍環球，采些奇聞軼事，大的著成書本，小的留作佳話」的「奇性」所致。由此可見，以文學為自己的崇高事業，乃是黃小配畢生追求的目標。這種隱寓作者本人身世志向的寫法，在黃小配其他小說中從來未出現過，從種種跡象看，《鏡中影》應是黃小配的早期作品，甚至是踏上文學之路的處女作。

　　據多倫多加港文獻館館長楊國雄先生《港臺及海外圖書館所藏黃世仲著作初探》一文介紹，香港從一八八八年開始實施書籍登記法例，「每當出版者或印刷者製作一本書後，便有責任將他們的書刊送

6　柳存仁：《倫敦所見中國小說書目提要》見上，頁161。

7　馮自由：《革命逸史》第二集（北京市：中華書局，1981年），頁41。

交香港政府登記。登記後，香港政府把每種刊物一本送往英國博物館
（現在收藏書籍的那部份改稱英國圖書館）收藏。……香港政府每季
便將這些登記的資料在《香港政府憲報》（*Hong Kong government
gazette*，中文又稱《香港轅門報》）公佈。……每種刊物列明：書
名、何種語文撰寫、著者或翻譯者或編者、內容、印刷者或出版者地
址、姓名、出版日期、頁數、大小、版次、印數、排版或石印、價
目、版權持有人及地址這幾個項目。」據《憲報》記載，《鏡中影》
一九○六年六月出版，全書四二七頁、排印本、印數二千、每本五
角、出版者和印刷者是 Chinese Prinfig and Publishing Co. Ltd. 亦即是
中華印務總局[8]。又，丁未（1907）五月十一日出版《中外小說林》
第一期，有一則署名世次郎的介紹《宦海潮》的文字：「世次郎向著
小說，或署名小配，均為社會所歡迎。其已出版者，如《鏡中影》，
將次出版現在刊刷中者如《洪秀全演義》及《廿載繁華夢》，待刊者
如《梨春夢》及《黃粱夢》，類皆膾炙人口。」可見，《鏡中影》是比
《洪秀全演義》和《廿載繁華夢》成書更早的作品。

　　《鏡中影》的楔子，交代了材料來源與構思過程。冷觀時道：
「老漢向有厭世的性兒，因見祖國衰弱得很，沒有立足的所在，沒奈
何，只得浮海往外國去了，算來也有五十年來。及年前才回祖國一
遭，怎想隔了五十年，越發加一倍的荒涼了。這樣，難道不令人感歎
麼？」身處海外的黃家裔，是聽了「年前」才回到祖國的冷觀時的介
紹，才寫下這部小說的。與《紅樓夢》「冷子興演說榮國府」不同，
通部《鏡中影》實際上就是冷觀時一個人的「演說」。小說結束於慈
禧光緒之還京，其時當光緒二十七年十一月二十八日（1902年1月7
日），故《鏡中影》之動筆，當在次年即光緒二十八年（按西曆仍為
1902年）。因為時間隔得太近，加上又身處海外，才使作者懷有「事

8　楊國雄：〈港臺及海外圖書館所藏黃世仲著作初探〉，《黃世仲與辛亥革命國際學術
　　研討會文集》（香港：紀念黃世仲基金會，2001年），頁263。

蹟沒處稽查，看來也像說謊」的心態，並一再表白道：「倘著者自言
真有這等事，料看官也不能盡信；看官若說真沒有這等事，著者又怎
得心安？便真是鏡中照面，也有個影兒，故就將這書起個『鏡中影』
的名號，看官莫作沒影樓臺的一樣看也罷了。」

　　可見，黃小配所以題名《鏡中影》，是因為身在海外，許多事蹟
沒處稽查的緣故，這在書中就可以找出若干內證。對慈禧和光緒的關
係缺乏了解，就是典型的一例。戊戌變政後，慈禧太后幽光緒皇帝於
瀛臺，《鏡中影》第卅七回「據京城洋兵入宮殿」，敘洋兵兵官巡視宮
殿，「忽遠望見四面湖池，中間一臺高聳。兵官便問是怎麼所在。老
監道：『此是太后安置天子之地，托名養病的。』」就隱隱留下了瀛臺
的痕跡。但通部小說中，朝政決策仍操在天子手中。如第卅三回「憤
朝臣宣王枉法」，敘「許炳成懷著一肚子氣，便把亂民如何做作，如
何難靠，及如何欺弄大臣的一五一十陳出來，天子聽罷，心上好生憤
激……。許炳成又請天子獨秉大權，休被這一班不識死活的大臣胡混
做去，天子點頭稱是。」就是對真相不了解的表現。類似的內容，在
黃小配寫於一九○九年的《宦海升沉錄》第七回「立阿哥天子入瀛
臺」中就交代得十分清楚：「即由皇帝發出一道諭旨，自稱有病，不
能親理萬機，復請太后垂簾。……那當時皇帝又最不能得各大臣之心
的，個個倒知得有個太后，也不知有個皇帝。」又如慈禧太后對義和
團的態度，《鏡中影》也多有誤會之處。在《鏡中影》中，何太后
（慈禧太后）對外人的態度是親和的，如陸賢就對宣王說：「以王爺
威望素著，心腹又多，取大位倒是容易。但天子和老後倒和外人很好
的。」當宣王命圍住欽差衙門，糧食看看將盡，忽太后差人把瓜菜糧
食送到，各欽差聽得越加詫異：兩國正在交兵，怎地卻把糧食送來？
差人道：「論起平日，那老後和天子都不是把外人這般安待的。想是
一班沒心肝的大臣，瞞著朝上，利用那班愚民，作此勾當，也未必干
朝廷的事。」

　　可見在小說中，何太后是作為邪教保護傘的宣王的對立面出現
的。書中由於情節的需要，還導致了對何太后一定程度的同情。第卅
九回敘車駕西行道：

> 不一日，已到了彥門關。這地方是古來有名的雄鎮，英雄名將
> 留下足跡的不少了。太后到了此時，暗忖：這是古來邊皮地
> 方，今日自己因甚麼事情來到此地？回頭東望，不覺眼中流下
> 淚來。天子見了，自然同一般的感動。還虧金安撫解得意思，
> 就在路旁折一枝黃花，遞過太后的手上，太后就拏來玩了一
> 回，然後和天子再復起程。

通過細節描寫，對太后流露出一定的同情，頗為感人。對比《洪秀全
演義》〈例言〉「是書全從種族著想」，在《鏡中影》中完全看不到排
滿思想的痕跡，有的只是傳統的「忠」、「奸」之辨。這除了「事蹟沒
處稽查」之外，還可表明，此時排滿的種族革命立場，尚未確立。與
黃小配的多數小說不同，《鏡中影》未在報刊上連載，可推想它寫於
黃小配返歸香港前的一九〇二年，回到香港已經基本成稿，遂交《循
環日報》刊印。

　　關於《鏡中影》的主旨，柳存仁先生說：「它的主題是談時事的，
大約以熱河西狩到庚子拳變議和做全書的綱領。」[9]作為時事小說的
《鏡中影》，如果確是寫於一九〇二年的話，堪稱是從最近距離反映
庚子國變的長篇小說了。正是由於「貼近」，遂馴致本書兩個互為依
存的特點：一是時代氛圍的真切，一是理性思考的不足。卷首詞曰：

> 半壁夕陽過，荊棘銅駝。不堪回首舊山河。豪傑幾多憂世淚，
> 總付長歌。

9　柳存仁：《倫敦所見中國小說書目提要》，頁161。

豪氣半銷磨，鬢影應幡。怎堪歲月又蹉跎。長劍有靈光未吐，
將奈伊何。

　　全書開頭第一句便是：「罷了，罷了，世界變得很了，不知怎的
原故，變到這樣？著者血淚有限，怎哭得許多？便要把一枝枯筆敷衍
出來，把那些變幻情形留個影子，給後人看著。」晚清時代的最大特
徵，就是一個「變」字；但不是變得好起來，而是變得壞下去。自
然，這種「好」與「壞」，既是從往昔的縱的對比、更是從以外國為
座標的橫的對比中顯現出來的：黃家裔「那日正到了南洋，但見海上
的帆檣蔽日，岸上的車馬如雲，十好繁盛，不覺歎道：『怪道外國富
強得很，原來海外的荒蕪地方，也闢得這般壯麗來，回想俺的祖國，
那商場衰落到這樣，真不免相形見絀了！』」一邊是繁盛，一邊是衰
落，原因何在？和黃家裔「一般情性」的冷觀時道：「論起敝國，本
來土地是很廣，人民是很眾的，都是世界中數一數二的大國了，不想
越弄越壞，反被外人輕視起來。奈國民沒點性兒，胡胡混混就過了，
豈不可恨！」而最最可恨的是：多數中國人仍處於渾渾噩噩的狀態，
既不懂得這個「變幻世界」的嚴峻性，也不想去弄清楚個中的原因，
尋找解決的辦法。這對於有思想、有抱負的憂世豪傑來說，是何等的
痛苦：「血淚有限，怎哭得許多」！作者由此得出結論：這一切，都
是人民缺乏國民性、君臣沒有存亡的感念造成的。
　　所謂「存亡的感念」，是一切正視世界大勢的人必然要產生的憂
患意識。《鏡中影》著重敍寫一八六〇年英法聯軍攻佔北京、咸豐皇
帝逃奔熱河和一九〇〇年八國聯軍攻陷北京、慈禧太后光緒皇帝倉惶
逃往西安兩大劫難，並試圖挖掘其深層次的原因：「當時海禁初開，
外國的商人往來貿易，漸漸多得很。自古道：言語不通，嗜欲不同，
自然性情難以相合，便往往要鬧出事來了。往時也看外人不在眼內，
自從那朝天子和外國搆兵，南廣失陷，方知外人打仗端的利害。可奈

樞簾院執政大臣在夢裡睡著，當南廣失陷之後，既不備戰，又不修盟，整整等了幾年。外人忍耐不得，便有西方兩國，會同興動大兵，要來攻打京城去了。論起這兩國，都是世界上有名強大的。他還有一種利害：在水上制定船艦，好似銅牆鐵壁一般，藏著無數巨炮，要東擊東，要西擊西，等閒的抵他不住。」自從鴉片戰爭「和外國搆兵，南廣失陷」以後，「天朝帝國萬世長存的迷信受到了致命的打擊，野蠻的、閉關自守的、與文明世界隔絕的狀態被打破了」[10]。作者長期身處海外，親身感知西方列強的「利害」，意識到中國只有拋棄閉關自守的觀念，在防禦西方侵略的同時，認真學習西方的文明制度和科學技術，才能使自己強大起來。對於當道者之不能適應世界大勢的變化，「忘了居安思危的心，武備不修，人才不講」，「既不備戰，又不修盟」，作者是深表憂慮的。

　　但作者的思考，更集中於「邪教」問題。作者分析邪教產生的社會背景，首先是「統計十年前後，被東西兩國分次交攻，割取藩屬，賠盡金錢，外人聲氣，益自強盛」，導致了「教案」的屢屢發生。由於地方官偏袒教民，激起民變，從這一角度看，白蓮教自有其反抗外來勢力的正義性；但他們鬥爭的手段，卻純是反科學的邪術：「自稱能潛形化身，能在空中取人性命，刀劍不能刺，水火不能傷。以故無知的愚民，一般迷信，紛紛求師練習」；加上民眾的排外情緒，又被頑固分子利用來作為竊取權力的工具，事情就變得益加複雜起來。宣王要謀取「大位」，顧慮「天子和老後和外人很好」，怕取了大位外人要來干涉，便千方百計要想抵禦外人。心腹陸賢獻策道：現在遍地都是義民，皆忠心愛國，而且拳術精通，水火不能傷，刀槍不能犯，可乘著民教衝突一事，勉以大義，給以糧械，拒盡外人，實如反掌。宣王有了異心，聽信了陸賢說話，力稱那邪教的「皆是忠心愛國的

---

10 馬克思：〈中國革命和歐洲革命〉，《馬克思恩格斯選集》第二卷（北京市：人民文學出版社，1972年），頁2。

人」，千方百計加以利用。那麼，到底是邪教還是義民呢？黃小配的答案，無疑是前者。

第廿八回「奉祖師老人托夢」，寫一老人自稱夢見鴻鈞老祖說稱：「近日外國很強盛，攻伐我們的國，利害到了不得。現在世運將轉，可望太平。特授老拙《八門遁甲天書》及靈符一道，世人服了，可以不死，便是刀槍水火，可以不懼。……方今我國弱得很，若不是有了法術，怎能夠抵敵外人；若不能抵敵外人，便不能安身立命了。」又道：「大凡引誘人心，必要假神權，且要題目正大，才易入手。」無論出發點如何正大，假神權以控制民眾，總歸是邪教的基本特徵。問題的嚴重性更在於，依恃盲目排外的邪教，是不可能真正抵敵外人的。安撫大臣袁炳賽，早知這種邪教專與外人作難，將來必弄個不了。實踐證明，這一判斷是有道理的。第卅二回敘提督葉有成奉命與外人開仗，兵敗受責後致函制使，中曰：

> 頃奉督責之文，某知罪矣。然某親率三軍，躬冒矢石，血戰十餘次，身中六七傷，力盡旋師，此三軍共見共聞者也。故以某為無功，則某無可辭；以某為有罪，則某誠不解。且以此大變，釁端自妖民謠言惑聽，愚弄官民，致有今日。觀平日坐談，則神仙呵護；臨時決戰，則身首分張。其是否可靠，想在大人洞鑒之中矣。今者大局動搖，京城愈緊，累卵之勢，急若然眉，後患不知如何收拾。實則洋兵不可不禦，妖民不可不誅。不禦洋兵，無以安目前；不誅妖民，無以維後禍。

葉有成職司專閫，熟審情形，他說的話是有根據、有分寸的。他對三軍沉痛地說：「本帥帶兵數十年，不意今日有這個境地。若然盡力攻擊外人，將來大局定了，朝廷不免見罪；若要攻擊亂民，看眼前遍地干戈，沒有七頭八臂，怎地抵禦得來？」終於壯烈殉國。

理性思考的不足，還表現在對「侵略軍似有回護之處」[11]。這種「回護」，源於在中國人面前，西方列強既是先生、又是侵略者這種一身而二任焉的角色。西方在當時是文明與進步的體現，中國只有向西方學習，才有前途和希望；在這種心理支配下，讓中國守舊的官僚去經受西方人的「教訓」，似乎也是必要的、有好處的，這就不免導致對西方列強的某種「回護」甚至幻想的成分，確有其歷史的規定性。

有的還涉及對國際公法的理解。如第卅二回「守炮臺何總鎮捐軀」，敘黎大將（指聯軍統帥瓦德西）來見總鎮何榮康光，道：「方今京城紛亂，各國欽差衙門被困，貴國置諸不理。我們便當帶兵進京，自行保護。」「保護外交使館」，固是發動戰爭的外交藉口，但畢竟有國際成法在；而提督統毓良主張「圍住欽差衙門，拏住各國欽差，要他退兵，如若不然，便把各公使殺了」，卻是絕對有背國際公法的。有的又涉及重武器的使用問題。余制使為鎮守太平省，將大炮架在城樓上。聯軍官員聯名致書，說稱在內地開仗，若用這些大炮，必連累無辜的不少，要他快些撤去，否則各國更將加倍的大炮攻將來，那時城池打破，玉石俱焚，休得反悔。作者評論道：「論起這一封書如此說來，本是一個和平的道理，叵耐余制使因心上憤恨外人……回書說道：『事勢至此，踞我口岸，殺我上將，已沒得可說。各為其主，各自打點的罷了。』」作者責備余制使「恃著孩子氣一般，成個怎麼體統」；但一旦越過了一定界限，外國人竟然使用起殺傷力更大、更為慘無人道的毒煙炮來，作者的態度就不易平和了：

　　這種炮不放猶自可；放時，任是怎麼地方的宮牆屋宇，倒要掃為平地；便是氣息到處，管教有嗅著他的倒登時斃命了。這是世界上有名的大毒物，尋常本用不得的。惟有那些敗壞安寧、

---

11 顏廷亮：〈稀見小說《鏡中影》〉，《明清小說研究》1992年第2期。

傷殘人類的人，準合用著他。所以外人這會子見這班妖民沒些
道理，連許多大官員都附和一氣，朝廷倒置之不理，便將那種
大炮架起來，望城裡轟去。果然霹靂一聲，好似平地飛出一個
轟天響的巨雷，如天傾地陷一般，把城垣和內外的民居，紛紛
倒塌去了。……統通一夜，炮不絕聲，把一座錦繡城池，掃得
屋宇無存，盡成瓦礫，壓死居民，倒不知幾十萬。外國兵士又
分幾路來攻，……但見城中成了一塊空地，屍橫塞道，……忽
然見有些軍人，手挺長槍，倚牆怒目而立，似個要放槍攻擊的
樣子。外兵還自吃了一驚，不免先自還槍攻擊。只見他們好半
晌都寂然不動。急行近時一看，敢是死了。原來，這些人因嗅
了毒煙，不知死了幾時，因挨住牆壁，還未倒地的。

作者雖然以為對「敗壞安寧、傷殘人類」的人，準合用著毒煙炮，但
對侵略者使用毒煙炮的暴行，還是客觀地進行了揭露的。對洋兵攻破
京城後的種種罪行，小說也沒有加以迴避，儘管有時不免將罪責推在
下級官兵身上。如說：「叵耐各國兵丁，因前者外人被殺，心裡懷著
恨，又因各國欽差被這般凌辱，如何不憤？便立意要泄卻這一點氣。
雖其中有幾國的將帥，知道邪教煽禍，不干良民之事，因此約束軍人
的，卻不敢過於放恣。究竟所過之地，受傷的已是不少了。」又說：
「只有那些洋兵，雖然是經過約束之後，沒有擾亂居民，只暗忖道：
『京城是一國的主腦地方，那宮殿已有千百年傳下的，內中寶貝財
物，定然不少。此來既為報仇起見，還說甚麼仁義？不如跑到宮殿那
裡覓些財寶，不枉這回辛苦一場。』……兵官隨囑咐軍人，凡皇宮一
草一木，休得妄動。誰想兵官轉出之後，軍人那裡顧得許多？除了天
子的皇宮，餘外一切金錢珠寶，都捆載而去。」
　　出於民族的感情，對於中國守將的忠義英勇，小說也進行了彰
揚。如第卅二回敘黎大將向總鎮何榮康光「借」炮臺權住水兵，何榮

康拒絕道：「本帥奉皇命把守這幾座炮臺，是個緊要去處，如不得皇命，怎敢擅離職守，輕讓他人？」黎大將威嚇道：「若不允從，恐怕各船分道攻擊，怕這一個孤懸海上的去處，守的不容易。這時不特沒了將軍的體面，又失了各國交情，也不是頑的。」何榮康道：「本帥在一天，守一天。若然是守的不牢，寧死是不敢輕去的了。」大義凜然，固不可以勝敗論也。

　　對於人民缺乏國民性、君臣沒有存亡感念這兩大癥結，本書更關注的是後者。如寫兩個老公公向兵官跪下碰頭，說：「這場大禍，不是朝廷幹下的，不過宣王懷者歹心，結黨罔上，挾制天子，庇縱亂民，故至於此。望各國將軍，把這個情節回報貴國，重敦和好，實為萬幸。」那兵官歎道：「看你一個內監，還有這般思想，不料執政大臣，反相助為惡，實在可歎！」實可代表作者的見解。相比之下，最高統治當局的態度就麻木得多了。開議和局後，為被害西方欽差立碑，派大臣謝罪弔問，懲辦從亂大臣，各國留兵保護欽差衙門，訂定年限禁買軍火，賠款幾百兆等等，都議妥的了。天子道：「這般賠款，如何籌法？恐我國是辦不來的。」太后則道：「李相說得來，料然做得去。但使我們宗緒無恙，也就罷了。」這種沒有存亡感念的君臣，怎麼能不自取滅亡？

　　小說結末寫呂登瀛得了一夢，見京城裡旌旗紛起，忽然一陣大風，把宮殿摧塌了。詩曰：

> 光陰荏苒莫虛閒，滄海桑田轉瞬間。
> 荊棘昔憐生帝座，煙塵今已遍人寰。
> 百年雨露天將末，萬頃波瀾地欲翻。
> 向有春雷起群夢，努眸爭看舊江山。

「百年雨露天將末，萬頃波瀾地欲翻」，這就是《鏡中影》的思想意

蘊。但和別的充當時代號筒的革命派作家不同，黃小配是懂得故事魅力的，《鏡中影》的藝術水準，就體現在善講故事上。

黃小配之寫《鏡中影》，是為了將社會的變幻情形「留個影子，給後人看看」，在處理實事與虛構的關係上，就更偏重於虛構，純是小說家的路數。開卷時即道：「有一位中涓，姓呂名喚思瀛，論起他的權勢，就是中國古來的趙高張讓，倒要讓他七分。」影射的就是李蓮英。按李蓮英（1848-1911），直隸河間人，初為私販，被捕入獄，釋放後改業補鞋，咸豐間自閹入宮；或謂其九歲入宮，時當咸豐六年（1856），則所謂私販、補鞋云云，都無可能。入宮後以善梳新髻得慈禧太后寵信，擢內廷總管，賜二品頂戴。依據李蓮英入宮前的這點史事，顯然難以構成曲折的故事，黃小配便將其統統捨去（或許是「事蹟沒處稽查，看來也像說謊」），編造了呂思瀛多舛離奇的發跡變泰史。說他父親曾做過一任州牧，因受得賄賂，留下許多家當。呂思瀛生得如花似玉，綽號「錦少年」。十五六歲時父母沒了，家財蕩盡，只好流落到戲班學戲。議論道：「怎想敝國向來風俗，梨園子弟作下九流一般看待，與外國不同。就是梨園上的教師，都是作威作福，有時學徒稍懶，進步稍慢的，就把一班戲徒鞭撻得牛馬一般。他人卻不打緊，只那呂思瀛是向來嬌養的，怎能受得？思前想後，回憶當初何等奢華，只是一旦手頭上太鬆，便捱到這個光景。想到此情，到不免傷感起來。正是夜中流苦淚，早上拭啼痕。」

敘呂思瀛從小放浪，墮落為下九流的梨園子弟，本意要貶低他的品格；但注意到中外風俗之不同，客觀上卻為呂思瀛作了開脫。呂思瀛沒處藏身，不得不認真苦練，加上別有一種伶俐，那教師反看上他，不免盡心傳授，竟學得有色有聲，成了馳名的小旦。呂思瀛學藝有成，投京中菊部名班雙福喜，藝名「豔朵兒」，聲名大噪。小說作如此處理，是為了讓他有機會同何珠兒搭上關係。陀城制置大臣何銳倫沉迷酒色，尤好觀戲。為慶壽誕，特從京中請來雙福喜班。見呂思

瀛演唱得出神入化，愛慕之至，呂思瀛便要其為之贖身，遂留在制置
衙裡當了清客。呂思瀛待人十分圓通，施展其外交手段，勿論衙裡人
員敬重他，就是制置屬下的奔競官兒，少不免向他巴結巴結。敘呂思
瀛微時的命運，與《檮杌閑評》敘魏忠賢幼時的偃蹇，頗為差近。

　　光緒二十三年（1897）十月《國聞報》發表幾道（嚴復）、別士
（夏曾佑）執筆的〈本館附印說部緣起〉，提出「公性情」論：「何謂
公性情？一曰英雄，一曰男女。」又說：「若夫男女之感，若絕無與
乎英雄；然而其事實與英雄相倚以俱生，而動浪萬殊，深根亡極，則
更較英雄而過之。」黃小配明乎此理，編織出呂思瀛與何珠兒纏綿悱
惻而又可駭可愕的故事來。

　　按，何珠兒影射慈禧太后。慈禧太后（1835-1908），原籍山西長
治，十三歲被父賣與縣太爺，轉送知府惠徵為婢，惠徵以為義女，名
玉蘭。咸豐二年（1852）入宮，封蘭貴人。她比李蓮英大十三歲，故
《鏡中影》所寫，純屬杜撰。小說寫何銳倫之妻胡氏與女兒何珠兒，
都和呂思瀛有情，於是不免產生微妙之糾葛。何珠兒道：「若能常常
與你談敘，是最好的。只是女大不中留，我將來到有個去處，怕沒有
些記念，心兒很覺不安。」呂思瀛道：「小姐好多心。咱的蒙你一家
抬舉，恨不得犬馬圖報，怎敢忘恩。」珠兒搖首歎道：「這話都是逢
人說得出。只怕眼前人去了，今時口對不得後來心。我今有金釵一
對，向來頭上只插著一枝，留下一枝，都沒有用過，儘能把這一枝贈
送過你，只要密地收藏，勿令旁人看見，便他日地角天涯，見這釵便
如見我一般了。」開箱取出光亮亮的一枚金釵，遞與呂思瀛。那呂思
瀛接過十分歡喜，千恩萬感的領了。這類描寫，也頗似《檮杌閑評》
客印月之憐舊贈珠。通過純然虛構的故事，既寫出了呂、何由至微至
賤到變泰發跡的曲折經歷及微妙的心理變化，又展現了社會各個側面
的世情色相，表明他們日後之身居高位而禍國殃民，除了個人品質的
惡劣之外，還有社會歷史的客觀根源。只是由於題材自身的限制，加

上作者的技法還顯得稚嫩，使得全書結構不夠勻稱，不能使主線貫串始終。

　　黃小配的代表作《洪秀全演義》，是中國歷史小說史上劃時代的作品。本書最突出的優點，一是立場觀念的全面更新，二是虛實結構的大膽創新。

　　先說它的第一個優點。縈繞全部中國歷史的，有兩個最大的話題。一個是「華夷」之辨，講的是華族與異族的關係，於此，《痛史》和《仇史》都談到了。《洪秀全演義》一開頭就說：「話說天下治亂之機，三代而後，異族憑陵中國，已非一日。漢高斬蛇起義，六年間推倒嬴秦，奠定基業。四百年後，魏、晉間十六國蹂躪西北一帶，傳至六朝，始得唐高掃除梟獍，漢家種族重見光明。及五代年間，異族互相割據，把中原土地，瓜分魚爛。雖得宋太祖洗淨蠻氛，不料百年來金人入寇，僅得南渡，半壁偏安。未幾，蒙古乘宋室頹弱，入主神州，禮義冠裳，從此毀滅。猶幸胡虜無百年之運，果然明太祖崛起草茅，光復中國。傳至二百餘年，那些賣國之徒，如吳三桂、洪承疇等輩，或開門揖盜，或迎降新主，便把好端端的二萬里山河，送人手裡去了，這皇漢的帝位，就奉讓滿洲人種做起來了。」在這一點上，黃小配的觀念與傳統見解並無大的差別，只是加進了排滿的種族革命思想而已。

　　另一個則是「正僭」之辨，講的是「正統」與「僭國」的關係。傳統史家對「正統」、「僭國」、「偽朝」界定甚嚴，毛宗崗〈讀《三國志》法〉強調的就是這一點。明人的本朝小說，對朱棣、于謙的褒貶予奪也有尖銳的對立，但基本上是屬於同一階級營壘的分歧。對那些崛起底層、揭竿而起的造反者，除少數奪得政權獲得「正統」名分外，餘則統統被視為「盜賊」。在《洪秀全演義》問世前後，就有一批出自正統文人之手取題相近的作品，諸如《掃蕩粵逆演義》、《曾公平逆紀》、《國朝中興記》、《中興平捻記》等。它們對太平天國及興軍

力加詆毀，和黃小配熱情謳歌的態度形成鮮明對照。其間的分歧從性質上講，已非一般的觀點問題，而是嚴峻的不可調和的立場問題了。且先來作一番比較。

光緒二十三年（1897），上海書局石印《掃蕩粵逆演義》四卷八回，題「遭劫餘生撰」；光緒丙午（1906）又更名為《湘軍平逆傳》，改題「勾章醴泉居士撰」，文前有序，題「光緒己亥（1899）季夏西莊王鳴藻撰於海上詠梅軒」，並加繡像二十四幅。其後，又有署名「繼策」者續寫《曾公平逆傳》八回，未見。據宣統元年（1909）徐瑞記書局《曾公平逆紀第三集》馮文獸跋云：「醴泉居士所著《湘軍平逆傳》八回，專指向榮、張國梁為導線，繼策接續八回，以曾國藩為主謀，故曰《曾公平逆傳》。」其後，又有麒麟詞人馮文獸撰《曾公平逆紀三集》八回，宣統元年（1909）小春月徐瑞記書局石印本，封面題《李鴻章平髮逆》，扉頁題《繪圖平長毛三集》，卷端題《平逆紀三集》。跋云：「此集共計八回，僅演髮匪如潮漲落之時，編書者不能一齊吐完，尚餘八回，再當挨次編綴。維是心力有限，恐搜索於枯腸，暫當擱筆停思，以養胸中之氣，否則江郎才盡，難免狗尾續貂之誚矣。」則尚有第四集八回，或竟未成。《曾公平逆紀三集》之編次為第十七回至第二十四回，則當出於自覺構成一系列作品的意圖。

此外，還有宣統元年（1909）五月集成圖書公司石印嚴庭樾《國朝中興記》六卷四十回。嚴庭樾，字渭臣，號待飛生，浙江吳興人，復有《中興平捻記》六卷四十回，宣統元年（1909）臘月集成圖書公司鉛印。遭劫餘生《掃蕩粵逆演義》〈序〉透露了當時以太平天國為題材撰作小說的盛況：「邇來坊間之剿逆等書，要皆摭拾奏稿邸抄，及忠逆口供之類，既無章回之分，又失貫串之妙。紛紛雜湊，如斷蚓然，閱之徒增厭惡，毫無娛目也。」看來，這類「剿逆」之書儘管比較粗糙，但還是很有市場的。序中說到，「有無好無能客以《掃蕩粵逆》一書出以相示」，則此書非遭劫餘生所撰，而是「曾經浩劫人」

（可能即是「無好無能客」）所撰。查馮願（1869-？），字侗若，號猥齋，室名無好無能齋，光緒二十三年（1897）舉人，曾任內閣中書，民國後任中山大學教授、廣州大學教授兼廣東軍事政治學校教授[12]，不知是否即著《掃蕩粵逆》的「無好無能客」？待考。

「無好無能客」諸人，企圖越過「摭拾奏稿邸抄」的層次，進入小說藝術創作的領地，他們筆下的作品藝術水準雖有高下之異，但稱太平天國為「逆」，則是完全一致的。遭劫餘生《掃蕩粵逆演義》〈序〉云：「粵逆之亂，賊勢猖狂，萬民倒懸，蹂躪至十餘省之多，擾攘至十餘年之久。殺戮殘忍，生靈塗炭，誠古今僅有之浩劫也。」王鳴藻《湘軍平逆傳》〈序〉云：「古有黃巾、赤眉之亂，從未見有今之長毛賊之亂，竟如此之勢，如此之猖獗。所遭過之處，目不忍視，耳不忍聞。」嚴庭樾《國朝中興記》自序謂，「國朝武功，以平定發逆為最鉅」，並將此舉視之為「國朝中興」。對此類作品，今天的讀者心理上一般難以接受，甚至視為「反動小說」而抹煞之，故至今尚無一部整理出版。

但如果不只看外露的政治傾向，進入具體場景情節與人物形象，就將發現事情遠沒有那麼簡單。所有這類作品，儘管在為皇帝的「英明」大唱讚歌，但幾乎全都不否認社會的黑暗與不平，不否認貪官污吏對平民百姓的壓迫，並對「庸臣之誤國殃民」痛加譴責。如《中興平捻記》開頭，敘咸豐三年秋間東南風大作，海潮為風力所迫，三日不退，草澤村民盡逃入海州城避難，在破廟敗屋土阜蘆葦之中坐臥。更兼倉猝逃生，無奈掘些草根，剝些樹皮，摘些蟲蟻兒胡亂充饑。城中但聞中夜兒啼，深夜婦歎，號饑呼餓之聲，耳不忍聞：「那種淒慘情形，恐鄭俠《流民圖》中，也繪不盡這許多景象」。劉紳要州官黃

---

12 陳玉堂：《中國近現代人物名號大辭典》（杭州市：浙江古籍出版社，1993年），頁134。

應圖予以賑濟，道是「來宰此州，即為一方之父母」；黃應圖大笑道：「為民父母這句話原是口頭套語，豈能作為實事？我兄弟這個官，是花了自己銀子得來的，並不是靠百姓的銀子得來的；我做的是上司家的官，不是百姓家的官，我何苦為他白操心呢！」劉紳又以利害動之曰：「目下難民不下數千，若為饑寒驅迫，老弱的不過死於溝壑罷了；那些少壯的百姓倘被奸慝乘機誘煽，恐致鋌而走險，將來鬧出事情，不特地方不寧，恐公祖亦難脫此干係。」黃知州怒道：「都照這等說來，真是沒有王法的了！這些利害的說話，只好嚇那少不更事之人。」竟命差役亂揪亂打，驅難民出城，弄得個個怒髮衝冠，驚動了仇正懷、張落刑郎舅二人。小說雖一再說二人如何「暴虐不仁」，如何「詭計多端」，仍寫二人「見差役這等兇橫，倒動了不平之心，在人叢中挺身而出，大叫道：『你們這班狗頭，狐假虎威，欺壓平民，我先打死了你，再和狗官算帳！』正是攘臂一呼，萬夫回應，眾難民紛紛擁上，揪住差役亂打⋯⋯」，真切地道出亂的根源，乃在貪官的虐民。面對官府的迫害，上山落草，抗拒官兵，幾乎是邏輯之必然。

　　造反者在他們筆下，固然是「逆」、是「賊」，但也是有血有肉的活人。作者面臨的矛盾是：不得不正視黑暗不平的存在，甚至不得不正視反抗鬥爭的必然，但為了維護社會穩定和長治久安，又必定要從根本上詆毀否定民眾的反抗，而把讚歌獻給那鎮壓者。遭劫餘生《掃蕩粵逆演義》〈序〉云：「顧起初豈無良將？若向、吉、二張諸公等，皆足智多謀，勇猛善戰，而不能遽滅此丑類者，亦由升平日久，黎民造孽多端，以致上天震怒，降此災殃耳。及至曾、左、李、彭諸巨公起，練兵籌餉，轉展剿伐，掃蕩無遺。」正表達了這種情感。

　　從歷史小說之述「興廢爭戰之事」的角度看，正如遭劫餘生《掃蕩粵逆演義》〈序〉所說的那樣，將十餘年間「王師之交戰情形，萬民之遭劫慘狀，悍賊之姦淫擄掠，大將之奇謀制勝，忠良之殉難盡

節，庸臣之誤國殃民」一切情形，歷歷如繪，還是很有可讀性的。其中，有的小說還有相當的史料價值，如《曾公平逆紀三集》記恭親王與英法欽差商議，求其派洋兵幫助，外國出其力，中國出其財，外國將官陣亡恤銀一萬兩，兵士一千兩。又記李鴻章到上海召集洋槍隊三千人，由戈登、華爾統之。華爾攻慈溪時被冷槍所傷，一命嗚呼，常勝軍又歸美國無賴白齊文統之。攻破嘉定、清浦後，白齊文僅得薄獎，心不滿意，劫餉銀三萬兩投奔李秀成等等，都可補史書之不足。

　　而從安邦定國的政治學社會學角度看，此類小說也提出了以往歷史小說所未及的問題。如《中興平捻記》第六回敘張落刑旅店遇張總愚、馬融和諸人，欲效劉關張桃園結義故事，結拜為異姓弟兄，將來死生與共，患難相扶。發議道：「看官，這桃園的故事義氣深重，照耀千古，後人輒思效之。然據作者看來，人苟以義處己，復以義處人，則無往而非兄弟；苟不以義，則無往而非寇讎。結拜之舉，乃世俗形式上之兄弟，而非精神肝膽中之兄弟也。是故酒食徵逐，則有結拜；同惡相濟，則有結拜。一遇患難則避之且不暇，遑論扶助；甚或落井下石，較寇讎而尤甚焉。正合著《詩經》上所說的：『方茂爾惡，相爾矛矣。既夷既懌，如相酬矣。』以此種小人，而妄學桃園之豪傑，非結拜通譜中之罪人歟？且五倫之中，除父子一倫秩然不可混淆外，其餘皆與兄弟有密切之關係。試觀布衣昆季，則君臣而兄弟；如瑟如琴，則夫妻而兄弟；刎頸總角，則朋友而兄弟。所以有桃園之義氣，則周旋相接之人，無不如兄若弟，安事結拜？無桃園之義氣，則雖年年結拜，日日結拜，亦仍與無兄弟者相等。」這大約是歷史小說中頭一次對《三國演義》桃園結義的理性批判。

　　與所有以「興廢治亂」為出發點的小說家不同，黃小配以宏偉的氣魄，在「書法」上將裁定是非善惡的標準作了根本性的顛倒。章炳麟為《洪秀全演義》作序，稱：「余維滿洲入踞中國全土且三百年，自鄭氏亡而偽業定，其間非無故家遺民，推刃致果，然不能聲罪以彰

討伐，虜未大創，旋踵即僕，微洪王則三才毀而九法斁。洪王起於三七之際，建旗金田，入定南都，據圖籍十二年。旗旄所至，執訊獲丑，十有六省，功雖不就，亦雁行於明祖。其時朝政雖粗略未具，而人物方略，多可觀者。若石達開、林啟榮、李秀成之徒，方之徐達、常遇春，當有過之。虜廷官書雖載，既非翔實，盜憎主人，又時以惡言相詆。近時始有搜集故事為《太平天國戰史》者，文辭駿驤，庶足以發潛德之幽光，然非里巷細人所識。夫國家種族之事，聞者愈多，則興起者愈廣。諸葛武侯、岳鄂王事，牧豬奴皆知之，正賴演義為之宣昭。今聞次郎為此，其遺事既得之故老，文亦適俗。自茲以往，余知尊念洪王者，當與尊念葛、岳二公相等。昔人有言：『舜何人也？予何人也？』洪王朽矣，亦思復有洪王作也。」章炳麟稱洪秀全可「雁行於明祖」，黃小配更從民族的大義、民權的公理著眼，「以天國紀元為首，與《通鑑》不同」（〈例言〉），表現出富於時代特徵的進步歷史觀。

作者稱頌太平天國，不僅因為他們是反滿的英雄，而且是追求民主政治的鬥士。〈自敘〉稱：「余嘗謂中國無史，蓋謂三代直道，業蕩然無存，後儒矯揉，只能為媚上之文章，而不得為史筆之傳記也。當一代鼎革，必有無量英雄齊起，乃倡為『成王敗寇』之謬說，編若者為『正統』，若者為『僭國』，若者為『偽朝』，吾誠不解其故。良由專制君主享無上尊榮，梟雄者輩即以元勳佐命的名號，分藩食采的銜爵，誘其僚屬，相助相爭。彼夫民族的大義，民權的公理，固非其所知，而後儒編修前史，皆承命於當王，遂曲筆取媚，視其版圖廣狹為國之正僭，視其受位久暫為君之真偽。夫三國、宋代，陳壽、司馬光者，見晉武、宋太與曹操若也，則上曹下蜀；習鑿齒、朱熹者，見夫晉元、宋高與劉備若也，則上蜀下曹；而求如『世家』陳涉、『本紀』項羽，殆罕覯焉。是綱也，鑒也，目也，只一朝君主之家譜耳，史云乎哉！是以英雄神聖，自古而今，其奮然舉義為種族爭、為國民

死者，類湮沒而弗彰也。藉有之矣，其不訾之為『偽主』與貶之為
『匪逆』，其又幾何？」黃小配以全新的歷史觀，將那些被「媚上」
的「官書」當作「逆」、「賊」、「篡」、「偽」的人物，寫成叱吒風雲的
時代英雄。站在與傳統史家截然相反的立場，是黃小配為歷史小說史
增添的最新色彩。

　　再說《洪秀全演義》的第二個優點。與「既無章回之分，又失貫
串之妙，紛紛雜湊，如斷蚓然」的拙劣「剿逆」小說相反，獨樹一幟
的傑作《洪秀全演義》在虛實結構上作了大膽創新。作為一部「全局
在胸」的經過精心擘畫的精品，它構建了以錢江為核心、以馮雲山──
錢江──李秀成為主幹的英雄人物的形象體系。〈例言〉云：「讀此書
如讀《三國演義》，錢江、馮雲山、李秀成三人，猶武侯、徐庶、姜
維也。雲山早來先死，又如徐庶早來先去；錢江中來先去，如武侯後
來先死；若以一身支危局，則秀成與姜維同也。」

　　錢江是全書首先亮相的英雄，是太平聚義的靈魂。作為太平軍起
義的發動者和決策者，錢江的地位甚至比諸葛亮還要重要。最耐人尋
味的是，作品以濃墨重彩描畫的諸葛亮式的人物錢江，他同太平天國
的關係竟是子虛烏有的民間傳說。陳其元《庸閑齋筆記》卷十二〈錢
東平創釐捐法〉載，「錢東平江者，浙之歸安人也。負才使氣，跅弛
不羈，有俯視一世之概，故無鄉曲譽。薄遊廣東，亦落落寡所合。會
林文忠禁煙，英夷肇釁，江心憤其事，遂集眾舉義，與夷為難。所作
檄文，多所指斥，大府惡之，坐以法，遣戍新疆。當未至之先，新疆
諸人固已聞其名矣。既抵戍所，自將軍以下皆折節與交。江口若懸
河，議論激昂慷慨，同人皆推服之，尊為上客。未幾，遇赦歸。歸
後，又遊京師，出其縱橫捭闔之說，遂名動公卿間，或勸以仕，江不
應，頗以魯仲連自命。時值粵賊陷金陵，世事孔亟，江曰：『此吾錐
處囊中，脫穎而出之時也。』遂乘薄笨車出都。出都日，送者車數百
輛，極冠蓋之盛。其時副都御史雷公以鍼辦理糧臺，開府邵伯埭，江

懷刺上謁。抵掌而談，雷公大悅，辟至幕府，幾於一則仲父，再則仲父之契焉。當是時，江北屯兵數萬，儲胥甚急。公以轉餉為職，而各省協餉不至，空手不名一錢，庚癸頻呼，行有脫巾之變，焦愁仰屋，莫展半籌。江為之畫策，疏請空白部照千餘紙，以勸捐軍餉，隨時隨地即行填給，與從前繳銀累載奏獎不聞者，迥然不同。富人朝輸貨財，夕膺章服，歡聲載道，踴躍輸將，不旬日遂得餉十餘萬。」

可見，錢江並沒有參加太平天國，卻投靠左副都御史雷以諴，為之創釐捐法，大大解決了軍餉問題，對太平天國構成嚴重威脅。錢江因恃功而驕，使氣益甚，於是上下交惡，譖毀日至，最後竟對雷以諴亦面加譏斥，雷怒而斬之，且以謀逆之罪狀上奏清廷，奏中隱去錢江創釐捐法之事，但言：「臣前日路過清江浦地方，訪有已革浙江監生錢江，前在廣東因案奉旨發往新疆，嗣蒙恩赦回籍，尚復不知斂跡，遨遊各省，上而名公巨卿，下而狂夫畸士，多有與之交接者。臣聞之深為詫異，何至以一釋回遣犯，遽爾名震如此。細加訪察，或言其才略可用，或言其狂悖無知，臣即其前事論之，決其必非端人，當此賊氛擾攘之時，難保其不造謠生事，淆亂人心。正擬設法訪拿拘禁，而該革監忽自來行轅報效。姑念軍中使貪使詐，但求有功，不計小過，觀其筆下尚屬敏捷，臣正乏書記，即令管理筆墨事件，且以為借此羈留在營，免其在外生事，並可時加查察。乃兩旬有餘，聽其言則狂誕不經，觀其行則跋扈恣肆，儕人廣坐之中，輒自稱命系於天。又謂『識時務者為俊傑』，並有『時不可為』等語。復敢陳說圖讖，親筆書出，且建議欲令壯勇換戴白帽，狂妄悖逆，莫此為甚。當即飭令拿下，嚴加訊問，俯首無詞。揣其平日行逕，交接賢豪，所以養其望；招延勇士，所以收其威，其為蓄意謀逆，匪伊朝夕。」[13]

---

13 羅爾綱：〈錢江考〉，《太平天國史記載訂謬集》（北京市：生活‧讀書‧新知三聯書店，1955年），頁96。

　　大約由於雷以鍼誣錢江的罪名中「蓄意謀逆」以及錢江所書讖語中「若要此河開，必須劉基來」之廣為流傳，加上林則徐在廣東禁煙時，錢江「集眾舉義，與夷為難」的經歷，使其名聲大震，「自公卿逮驛卒販夫，自嶺嶠、江淮，西迄噶什喀爾，北迄山海關，無不知錢江。言錢江則號汗相戛，若譚大俠，說劍仙」[14]，民眾不相信錢江會幹不利於太平天國的事，反而可能是太平天國的真誠支持者。同治三年（1864）冬，即天京失陷半年之後，有書賈翻刻《忠王李秀成自傳》，封面標題有「洪秀全三人結拜，錢江演計取金陵」字樣[15]，可知此一傳說必十分流傳，而其中心情節正是將錢江當成洪秀全運籌帷幄的劉基來傳誦的。

　　到了清末，有《滿清紀事》一書，對錢江投洪秀全事敘之甚詳：「洪氏既據武昌，……有策士錢江闖軍門來謁。錢氏浙江人也，素負膽略，博學多聞。林則徐總督兩粵時，在幕府甚見器重。林既被貶，錢江遂留居東粵，時夷氛正熾，錢氏集眾上明倫堂，鼓勵紳民聯合上下以拒敵。當道大官，一主和議，錢氏屢於眾人前攻之。大官命知縣梁星源捕之至，立而不跪，詞氣慷慨，大官無何如，監之數月，遞解回籍，自此居家鬱鬱。適聞洪氏倡義，已破武昌，乃投袂而起，不遠千里赴見之，勸洪秀全舍西而東，上書論天下大勢，共數千言。其書力言兩川不足圖，得亦難守，如劉備當日，雖前有諸葛之賢，後有姜維之勇，六出九伐，不得中原寸土。今欲以區區一隅而敵天下，斷斷不可，不若取金陵心腹之地，建為京都，乃圖進取云云。內尚有《興王策》數款，不傳於世。秀全覽而悅之，即遵其計而行。」

　　《滿清紀事》藏日本上野圖書館，刊於「捫虱談虎客」（即韓文

14　湯紀尚：〈書錢江〉，見羅爾綱：《太平天國史記載訂謬集》（北京市：生活・讀書・新知三聯書店，1955年），頁87。

15　羅爾綱：《太平天國史事訂謬集》（北京市：生活・讀書・新知三聯書店，1955年），頁86。

舉）編《近世中國秘史》第二冊。或謂「書名《滿清紀事》，實則全記太平革命。起則林則徐燒鴉片，洪秀全利用宗教，至林鳳翔北伐，上海小刀會起事。今按書中文字，及韓氏評論，似出國人之手，而偽託日人所撰者」[16]。羅爾綱先生謂：「《滿清紀事》引錢江《上天王書》僅數語，至〈興王策〉則云失傳，但到滿清末年楊敦頤編的《滿夷猾夏始末記》五編《禍亂相尋記》裡面那封〈上天王書〉便首先赫然具在」，又謂：「《滿夷猾夏始末記》原注還說：『策已軼』。但到了近人羅邕、沈祖基合編的《太平天國詩文鈔》中，那一篇〈興王策〉又出現了」，遂斷定〈興王策〉為後人作偽，似有可議。按楊敦頤（？-1904在世），吳江人，與其子楊天驥（1880-1960）合撰《滿夷猾夏始末記》，其事當與撰《滿清紀事》者同時，並無互相因襲之嫌；而羅邕、沈祖基輯《太平天國詩文鈔》，一九三一年上海商務印書館鉛印，書中所錄錢江〈興王策〉，其文字與《洪秀全演義》幾無差別，而《洪秀全演義》撰成於一九〇六年，絕無倒過來據以成文之理。一心以錢江傳說為偽的羅爾綱先生，也承認《滿清紀事》之說並非完全毫無根據，因為倫敦不列顛博物館藏天地會〈萬大洪佈告〉鈔件所附洪秀全等名職一件，計開洪秀全、馮雲山等十六人名職，其中即有錢江之名，其名職為：「錢江，封三法大司馬，浙江人，年方五十歲。」羅爾綱先生指傳說為偽的一條重要證據，是「據時人記載，當太平天國克武昌之日，錢江正在北京，及太平天國克南京，錢江已入雷以諴幕府。那末，錢江安得分身到武昌上書天王，入南京輔佐天朝呢？如果時人的記載果確，則世傳錢江與太平天國關係的傳說之荒謬是不待論的了」[17]。

　　問題在於，時人的記載，是否完全可靠，殊難妄論；而黃小配在

---

16 張秀民、王會庵：《太平天國資料目錄》，頁161。
17 羅爾綱：〈錢江考〉，《太平天國史記載訂謬集》。見上。

創作《洪秀全演義》時，是否掌握比今人更多的有關錢江的材料，亦
頗不易揣度。但有一點是可以肯定的：為了貫徹他的以錢江為小說主
幹與核心以構成人物的形象體系，他一方面根據傳說加以大膽虛構，
把錢江從太平天國據武昌時投謁洪秀全的獻策者，推崇為洪秀全起事
的策動者與謀劃者；另一方面又對錢江與雷以鍼的關係作了全新的解
釋，將雷以鍼所殺的錢江處理為冒名者，以便對時人的記錄有所交
代，可謂匠心獨運。

　　《吳三桂演義》是黃小配又一部成熟的歷史小說。此書常見的版
本，為宣統辛亥（1911）孟冬上海書局石印本和上海華明書局石印
本，不題撰人姓名。多倫多加港文獻館館長楊國雄先生的〈港臺及海
外圖書館所藏黃世仲著作初探〉一文，介紹《香港政府憲報》一九一
一年六月至九月期內送往登記的，就有《吳三桂演義》一書，「著者
署小配，別名世次郎、循環日報刊出版、日期1911年8月15日、一套
兩冊、547頁、印數2,000、售價6角。」筆者在香港目驗楊國雄先生
出示的從英國複印得的宣統辛亥（1911）季夏香港循環日報活版本書
影，封面為：「宣統辛亥季夏，吳三桂演義，香港循環日報活版」，目
錄頁卷端題：「歷史小說吳三桂演義，小配世次郎撰」，故可確定黃小
配《吳三桂演義》作者的身分。《吳三桂演義》自序云：「余近十年來
喜從事於說部，尤喜從事於歷史說部。以有現成之事實，即易為奇妙
之文章，而書其事，紀其人，勿論遺臭流芳，皆足以動後人之觀感
也。」由一九一一年上推十年，則證明黃小配第一部「勿論遺臭流
芳」的小說《鏡中影》，確系寫於一九○二年。再回頭來看《吳三桂
演義》，就可發現在許多根本問題上，與黃小配的其他作品是一脈貫
通的。其中最重要的有兩條：

一　既體現了鮮明的民族主義傾向，又比狹隘的民族主義站得更高、看得更遠

　　在整個清代，能構成對滿族政權重大威脅的，前有吳三桂，後有洪秀全，所以都被黃小配取來作為宣傳種族革命的小說素材。《吳三桂演義》〈例言〉云：「夏國相屢議棄長沙北上，果如是，則結局正未可知。觀後來洪秀全既據金陵，不思北進，情勢相同。讀者於此，當悟開創時代進取與保守，其得失何如矣。」都是從吸取歷史教訓的角度著眼的。第六回敘吳三桂聞李自成佔領北京，道：「李自成雖非吾主，然猶是中國人也。今明室既危，敵國窺伺，將來若為敵國所滅，恐雖欲為中國臣子而不可得矣。」第十九回敘吳三桂起事時，慮人心思明，馬寶道：「蓋今日人心，非思明也，思中國耳。」都涉及到民族主義的問題。

　　但黃小配的認識並未停留於此，而是指向了更為本質的東西。自序說：「自漢以來，易姓代祚，累朝鼎革之命運亟矣，成王敗寇之說，向不足以撓余之腦筋，則以王者自王，寇者自寇，無關於成敗也。吳三桂以一代梟雄，世受明恩，擁重兵，綰重鎮，晚明末造，倚為長城，顧唯敵屍君父，袖手視國家之喪亡，是故明之亡也，人為李自成罪，余並為吳三桂誅。余觀秦漢之交，劉邦曰：『丈夫當如是。』項羽曰：『彼可取而代也。』專制之尊，九五之榮，人所共趨，烏足為自成罪；而罪夫受明恩，食明祿，而坐視明危耳，視君父曾不若一愛姬，北面敵國以取藩封，三藩中吳氏其首也。」在作者的思想中，清之代明，不過如歷來之「代祚」、「鼎革」一樣，並不存在「亡國」的問題；甚至李自成的造反，也不過是專制體制下「人所共趨」的通病，不應該作為受到責備的理由。這種認識無疑有著更多進步的時代色彩。第一回開卷即曰：「中國學者視得君權太重，故把民權視得太輕。任是說什麼『弔民伐罪』、『定國安民』，什麼『順天應

人』、『逆取順守』，只是稀罕這個大位。道是身居九五，玉食萬方，
也不計塗炭生靈，以博一人之僥倖。故爭城爭地，殺人盈城，流血成
海，也沒一些兒計到國民的幸福，究竟為著什麼來？你看一部二十一
史，不過是替歷朝君主爭長爭雄，弄成一部血腥的歷史。」他反對將
君位看得太重，民權看得太輕，指出：「做百姓的只圖苟安，做官吏
的只貪富貴，統通沒有愛國的感情，自然釀成亡國的慘禍了。」這種
觀念，與《鏡中影》、《洪秀全演義》都是相通的。

二　不是宣傳某種政治觀點的時代號筒，而是成熟的藝術佳作

　　與《鏡中影》相似，《吳三桂演義》也是以具否定因素的人物為
主人公的，但同樣沒有作簡單化的處理。自序說：「然使吳氏長此以
終，則遺臭萬年，抑猶可說；乃之懼藩府不終，兵權之不保，始言反
正，以圖一逞。卒也哭陵易服，無解於緬甸之師，亦誰復有為吳氏諒
者。」對吳三桂之北面事敵，引狼入室，作者懷有切齒之痛；然而對
他之起兵「反正」，在感情深處也有會心快意的成分。第十九回敘吳
三桂致尚之信的手諭道：「孤自念有生數十年，既負明室，又負國
民，意欲圖抵罪，死裡求生，乃首倡大義。幸天尚愛明，人方思漢，
義師一起，四方向附，指日大好河山，復歸故主。」就洋溢著一股快
爽之氣。從革命的策略考慮，作者的命意在探討吳三桂失敗的原因。
黃小配鄭重指出，吳氏之失首先在政治路線的錯誤。吳三桂飆起西
南，其時康熙方得親政，人心未定，以立明裔為旗幟，確可號召於一
時。然不久即食言自帝，丟棄了最有號召力的政治旗幟，此為一大失
策。〈例言〉云：「三桂以孤軍反動，六省即陷，鄭經與耿、尚二藩，
皆聯族來歸。勢力既盛，而謀臣勇將又如雨如雲，乃後則西不能過平
涼，東不能渡長江，以其始則言扶明，而繼乃背明故也。入衡自帝

後，不特鄭經與耿、尚為之灰心，即夏國相、馬寶等此時亦有口難言矣。」說的就是這個道理。其次是軍事戰略的失誤。當其極盛之時，夏國相指出：清朝定鼎已近三十年，各省佈置，漸歸完善，方今蘇、浙、閩、粵為精華所萃，須分擾各省，並與耿、尚二王會合，各起兵北上，則大事定矣；而吳三桂徒欲計出萬全，一意要先入四川，取成都以為基本，一心以成都為帝都，遂坐失時機，及至釀成敗局。

與吳趼人不同，黃小配所作幾乎都不出本朝的範圍，屬於無正史可資參照的原生態小說。唯獨《南漢演義》是例外。據馬楚堅先生的〈黃世仲與《南漢演義》〉[18]及葉秀常博士的〈研究黃世仲的一些突破〉[19]介紹，《南漢演義》原藏香港大學羅香林教授處。羅香林（？-1978），廣東興寧人，字元一，號乙堂。歷任中山大學教授、廣州市立中山圖書館館長。一九五二年任香港大學中文系教授，一九六八年退休後，為珠海書院創立中國文史研究所，著書四十餘種，論文二百餘篇。《南漢演義》一九〇八年十一至十二月間連載於香港《公益報》，標「歷史廣東小說」。每回有繪圖兩幅，每幅有八字的題詞。羅香林教授藏有《公益報》之逐日剪報本及手抄本，上有眉批校正，然不知為何人所抄，何人所批。羅香林先生謝世後，二本皆已亡佚，其弟子馬楚堅博士和葉秀常博士前曾目驗此書，並作有讀書筆記。據兩位博士的論文，可為此書之原貌作一簡單勾勒。此書篇首〈鷓鴣天〉詞曰：

> 五嶺縱橫表大風，斜陽半壁問遺蹤，
> 空聞唐鹿爭河朔，曾見神龍起粵東。

---

18 馬楚堅：〈黃世仲與《南漢演義》〉，《黃世仲與辛亥革命國際學術研討會文集第二輯》（香港：紀念黃世仲基金會，2002年），頁115-185。

19 葉秀常：〈研究黃世仲的一些突破〉，《黃世仲與辛亥革命國際學術研討會文集》（香港：紀念黃世仲基金會，2001年），頁65-72。

悲故國，吊英雄，銅駝荊棘鎮南宮，

千年王氣今何在，珠海雲煙總渺濛。

　　第一回開卷曰：「嘻，俺廣東可不是一個緊要的地方麼？前襟江河，後枕山嶺，戶口這般多，人口這般眾，地利這般富饒，天時這般和煦，居然是有個自立資格的了，這是今日十八行省中，好容易比得上我們廣東麼。說書的不是教人要稱王稱帝，只是就歷史看來，有了土地稱得帝王，傳至數代的，豈不是已成了一個國家麼？可知我們廣東說他有自立的資格，便不是說謊的了。殘唐五代之間，至今不過千年上下。把那些故事來說說給我們廣東人聽聽，教廣東同胞，一來不至數典忘祖，二來又想起當時可以自立，今時又當要什麼樣呢？」書敘殘唐五代時，帝室昏庸，契丹入寇，天下紛爭，亂事四起。牙將劉謙起而討亂，委為封川刺史。劉謙卒，其子劉隱襲立，乃謀如何保土為民，以為莫過於廣東獨立為上策。翌年，以功改廣州節度使，封南平王，遂據南海之地。時值勢易喪亂，中原人士，每避地嶺南，唐代名臣被貶謫嶺南者甚眾，以劉隱禮賢下士，一時豪傑如王定保、周傑、楊洞潛、趙光裔等皆來歸附，助其制典建國，於是廣東宣佈獨立，以廣州府為國都，國號大越，旋改大漢，隱遂稱帝，是為烈宗。二年崩，弟劉巖繼立。一日，見宮中有白龍出現，遂以符瑞更名為龑，後因史書無龑字，乃改名龑，是為高祖。劉龑繼其兄之業，發揚光大，知人善任，善騎射，好自誇，擴大邊疆，國勢日盛。曾問黃定保長治久安之策，黃定保奏道：「決謀定計，臣不如趙光裔；沈慮遠識，臣不如黃損、楊洞潛；練兵選將，臣不如吳恂、謝貫；飛書走檄，臣不如王詡、倪元曙。」劉龑曾喬裝到普陽窺探虛實，途中見一農夫負鋤邊行邊唱道：「蒼天渺渺地茫茫，天崩地裂何處藏。三年四帝唐復梁，龍蛇兢鬥爭翱翔。豈無真人生帝鄉，惟無名世誰安邦。坐令干戈紛擾攘，神號鬼哭民哀傷。君不見當年諸葛耕南陽，定策隆中

漢道昌。」原來這農夫就是趙光裔，為日後助劉龑建國之功臣。傳至
劉鋹立，是為後主。不圖振奮，縱情聲色，宋兵南來，劉鋹出降，南
漢遂亡。篇末有詩曰：「珠江風月尚繁華，莫向遺民問漢家。唐後中
原悲失鹿，宋前南服起長蛇。故宮青草留明月，舊址紅雲剩落霞。憑
弔當年蕭管地，祇今猶唱後庭花。」黃小配所以要擇取並不知名的南
漢作為演義，取的就是它講的是廣東的故事，足以喚起廣東民眾的
「自立」精神耳。

　　又據顏廷亮先生《黃世仲作品諸問題小辨》附錄之「黃世仲小說
十六種繫年」介紹，黃小配還有一部新作小說《新漢建國志》，於一
九一一年十一月九日廣東光復日出刊的《新漢日報》的第四天或第五
天開始連載[20]。顏廷亮先生考辨道：「這一種是直到現在也還無人提及
的。但是，黃世仲發表過這部小說，卻是可以肯定的。」他的根據是
黃帝紀元四六〇九年（1911）九月十九日《新漢日報》創刊號上的一
則廣告〈本報惟一小說出世預告〉：

> 《新漢建國志》
> 是書為本報總司理兼撰述員黃君世仲所著，將廿年來中國革命
> 之運動，及一切歷史，源源本本，據實詳敘，俾成信史。著者
> 閱此數十年，所見所聞，固多且確。凡我同胞，留心國事者，
> 皆當各手一篇，則於新漢建國源流，自不至數典忘祖，同胞幸
> 勿忽之也。准於廿二日即禮拜一出版，逐日排刊報端，以供眾
> 覽。至於著者所著說部之價值，閱者久已知之，無庸贅述。

顏廷亮先生分析：「九月十九日是星期四，九月二十二日當為星期日
而非禮拜一。故廣告所謂『廿二日即禮拜一』，不是『廿二日』有

---

20 顏廷亮：〈黃世仲作品諸問題小辨〉，《文學遺產》1989年第2期。

誤，就是『禮拜一』不確。今《新漢日報》可見者僅數張，『廿二日』或『禮拜一』以及這兩天之後一段時間中所出該報，已難覓讀。因而《新漢建國志》在該報發表的情況，今已難以知悉，其確切的發表時日亦難確定。但廣告中既然有『准於』二字，則黃世仲撰寫了這部小說，《新漢日報》發表了這部小說，均是可以肯定的，儘管不知是否已撰寫完畢和發表完全。」[21]

　　黃小配在辛亥革命成功後，即出任《新漢日報》總司理兼撰述員，並以極快的速度創刊作了「本報惟一小說」《新漢建國志》，於一九一一年十一月中旬發表。作為辛亥革命的當事人，黃小配「閱此數十年，所見所聞，固多且確」。他運用駕馭史料的嫻熟能力，「將廿年來中國革命之運動及一切歷史，源源本本，據實詳敘，俾成信史」，是完全可以遊刃有餘的。他始終沒有忘記自己作為革命派作家的責任，已經在為「新漢」的建國「著成書本」、「留作佳話」了。《新漢建國志》不僅迅速全面地反映了歷史的變革，它自身也越過了演義一切史書（包括筆記史料）的階段，邁入了現代小說的全新時期。令人意想不到的是，正當黃小配以高昂的激情敘寫他所熱愛、所嚮往的「新漢」（中華民國）的「興」的時候，他自己竟成了他所謳歌的「新朝」的犧牲，成了他所記錄的「興廢爭戰之事」中的歷史人物。這或許是古往今來歷史小說家中唯一的特例。這是黃小配的不幸，但卻使他在中國歷史小說上佔有了特別的一席。

　　「滾滾長江東逝水，浪花淘盡英雄。」人類歷史永遠不會完結，反映人類歷史的歷史小說創作也永遠不會完結。這不僅因為有更多更新的歷史需要得到表現或反映，而且因為人們對以往的歷史會有更多的發現，從而不斷產生重新演說歷史的衝動。隨著歷史內涵的豐富和發展，也隨著歷史小說創作手段的豐富和發展，歷史小說將不會維持

21 顏廷亮：〈黃世仲作品諸問題小辨〉，《文學遺產》1989年第2期。

舊有的面貌；但可以相信，它將仍然是小說創作的第一品牌，而高揚
「興廢爭戰之事」的主旋律，以及將史書文本改造為小說文本的種種
規律，也將永遠不會過時。

後記

　　欲著一部《歷史小說史》，十八年於茲矣。二十世紀八十年代初，林辰先生主持春風文藝出版社明清小說研究之時，曾在《光明日報》刊出頗具雄心的廣告，廣泛徵求《三稗叢書》稿件，動員全國學者「多角度、多方法、多層次」撰寫有「新突破新提高」的古代小說史。我不度德量力，亦於一九八五年六月二十三日草擬了〈《歷史小說史》寫作大綱和計畫〉予以回應，草稿至今尚在，大略為：

一、歷史演義是中國古代章回小說最重要的組成部分之一，是一筆極其珍貴的文化遺產。寫作《歷史小說史》的指導思想是：在充分掌握有關歷史演義小說的豐富材料的基礎上，努力發現歷史小說的歷史的和美學的價值，發現歷史小說發展的內在規律，尤其要努力發掘長期以來被忽略、被漠視、被埋沒了的作家作品的價值，使之成為一部資料豐富翔實、觀點鮮明新穎的小說史著作。

二、下述觀點將貫串於全部論述之中：

　1. 歷史演義的產生，是新的社會歷史發展階段人民大眾（尤其是市民）重新認識和評價歷史的產物。關心現實的變革，是關心歷史的動力。歷史演義所揭示的歷史經驗和教訓、所表達的意志和願望，與正史所宣揚的歷史觀點的異同。

　2. 歷史演進的順序與歷史演義創作先後的非重合性。歷史演義自身系統的逐漸完備。大的系統（自古至今）和小

的系統（一朝一代）。歷史演義兩大流派的分合與交融。

    3. 歷史演義中的史實和虛構。歷史演義所包含的三大因素：神的因素，史的因素和人的因素。關於歷史小說創作的理論概括與論爭。

三、《歷史小說史》大體上擬分下列章節：

    1. 宋元的講史──歷史小說的先導；

    2. 羅貫中為歷史演義創作所開闢的道路；

    3. 明代的歷史演義；

    4. 清代的歷史演義。

四、寫作進程的具體安排（略）。

五、有利條件與困難（略）。

一九九一年四月二十六日，在瀋陽參加《古代小說評介叢書》編委會，夜間和侯忠義先生散步，談起撰寫古代小說史，曾設想若干有別於現行模式的要點：一、歷史長河式：階段過渡論、波浪起伏論、百川匯海論；二、舊學根柢與新學理論結合式：作家考證、版本考證、本事考證、背景考證，情節結構、人物形象、思想傾向、審美情趣；三、評隲前人式：是非功過，重新評說；四、面廣量大式：引用作品數量要多，信息量要大，既要重新評說名著，又要積極評價新發現的作品。居然受到侯先生的謬獎，增強了我的信心。

回顧在十八年來，為了此書的撰寫，我主要做了兩件準備工作：

一曰讀書。首先是讀歷史小說原著（連同它的序跋）。不但小說的人物、情節要了然於心，還要儘量弄清作家生平、版本源流與「本事」沿革。這樣，才可能潛入小說內部看小說，才可能真正把住小說的脈博。但在八十年代，要想讀點古代小說，可不是一件容易的事。幸得在一九八五至一九八八年間，為了完成江蘇省社會科學研究「六・五」規劃重點項目《中國通俗小說總目提要》，我有機會遍訪

北至哈爾濱、南至昆明、西至蘭州、東至上海的全國六十多家圖書館，僅北京一地就到過北京圖書館、首都圖書館、北大圖書館、北師大圖書館、人民大學圖書館、中國科學院圖書館、中國社會科學院文學研究所圖書館、中國社會科學院語言研究所圖書館、中國藝術研究院圖書館、戲劇研究所圖書館、中央檔案館、馬恩列斯著作編譯局圖書館，讀到了不少碩果僅存的孤本，做了一些讀書劄記。後來的情況雖大有改善，但《古本小說集成》之類的大型工程，並沒有將古代小說一網打盡。這本《歷史小說史》提到的部分作品，用的還是我當年的讀書筆記。讀書，還要讀前人和時人的研究書。任何研究都不可能從平地而起。使小說研究成為舉世公認的學問，應當歸於魯迅、胡適先生的開拓之功，加上爾後鄭振鐸、孫楷第、趙景深、阿英、胡士瑩等先生的貢獻，構成了古代小說的研究體系。二十世紀八十年代以來，小說研究成果尤為令人注目。這些都是繼續前進的起點。

　　二曰對話。首先是試圖和小說作者對話。陳寅恪先生在〈馮友蘭中國哲學史上冊審查報告〉中說：「凡著中國古代哲學史者，其對於古人之學說，應具有了解之同情，方可下筆，蓋古人著書立說，皆有所為而發。故其所處之背景，非完全明瞭，則其學說不易評論。」歷史小說作者離我們已經很遠了，但我覺得和他們的心是相通的。儘量做到對他們「具有了解之同情」，把他們當作可以交心的朋友而不是批判的對象。對話，還要和研究者同行對話。每當前賢和時人的高見深契於我心的時候，我將報以會心的讚賞；當他們的觀點與己偶有不合的時候，我又將以友善的態度作心平氣和的商兌。無論如何，和他們的對話，都是推動研究深入的觸媒和動力。顧炎武倡「自成一家言」，他在〈著書之難〉中說：「其必古人之所未及就，後世之所不可無，而後為之，庶乎其傳也與？宋人書如司馬溫公《資治通鑑》、馬貴輿《文獻通考》，皆以一生精力成之，遂為後世不可無之書。而其中小有舛漏，尚亦不免。若後人之書愈多而愈舛漏，愈速而愈不傳，

所以然者，其視成書太易，而急於求名故也。」作為本書的作者，我
自然不想失去自我，而希望它是對於本學科認真的學術清理，是關於
本學科創造性的探索。我不指望它絕無謬見和舛漏，惟求它不是泛泛
的老生常談，在觀念上寫法上盡可能不與前人雷同，如是而已。

　　今天終於寫成的書稿，與十八年前的設想自會有大的差別，但精
神卻可能是相通的。需要說明的是對兩個學術問題的處理：一、有關
歷史小說的「神的因素」，在我完稿的《中國神怪小說通史》（江蘇教
育出版社一九九七年版）已經論及，故《封神演義》、《女仙外史》、
《後三國石珠演義》不再在本書中展開論述。二、此前我還完成了
《晚清小說史》（浙江古籍出版社一九九七年版），吳趼人和黃小配的
生平介紹，一概從略。《洪秀全演義》在歷史小說史上的重要性，不
可能避而不論，則改換論述的角度；對確認為黃小配作品的《吳三桂
演義》，也以新的眼光重新評述；近事小說《宦海潮》、《宦海升沉
錄》等，就略而不論了。

　　　　二〇〇二年八月十五日於福州花香園終副齋，時年六十有一

作者簡介

歐陽健

　　一九四一年八月生，江西玉山人。一九五六年五月參加工作，一九七九年三月發表第一篇論文〈柴進・晁蓋・宋江〉，一九八〇年五月發表〈重評胡適的〈水滸傳考證〉〉。一九八〇年以同等學力資格參加中國社會科學院招收研究人員的正式考試，被江蘇省社會科學院錄取為助理研究員。曾任江蘇省社會科學院文學研究所副所長、《明清小說研究》雜誌主編、江蘇省明清小說研究會副會長，現為福建師範大學文學院教授。著有《古代小說與歷史》（遼寧教育出版社1992年版，山西人民出版社2005年增訂版）、《明清小說采正》（臺灣貫雅文化事業公司1992年版）、《明清小說新考》（中國文聯出版公司1992年版）、《兩漢系列小說》（遼寧教育出版社1992年版）、《古小說研究論》（巴蜀書社1997年版），主編《中國通俗小說總目提要（中國文聯出版公司1990年版）等。

本書簡介

　　本書從理論上闡述了歷史與小說在發生本源上的共通性，小說與史書從「同源同體」到「同源異體」的演變過程；論證了歷史小說文體虛實和結構兩大要義，小說家從「史」中引出自己的「志」，又以「志」為主帥去支配對「史」的取捨、抑揚、虛構乃至改造製作；概

括了歷史小說的三大演進規律：歷史演進的順序與歷史小說創作的非
重合性；歷史小說與史書的時間差距逐漸縮小甚至出現超越史書的本
朝小說和時事小說；歷史小說的改寫、重寫、彙編和創新。又借助豐
富翔實的文獻文本詮釋，梳理了宋元時期的講史，羅貫中——演義文
體的奠基者，明代的歷史小說與本朝小說，明清之際的時事小說，清
代的歷史小說及其他，晚清的歷史小說及其他等，其所論述的神話傳
說——兼有歷史和小說品格的遠古文化、正史稗史——歷史和小說在
史的範圍內的分工、講史平話——民間藝人在正史之外另造的歷史世
界、歷代演義——融渾信美兩大要素的歷史小說、時事小說——超前
於史籍編纂的小說創作等，皆為前人所未及道的學術新見。

福建師範大學文學院百年學術論叢·第四輯 1702D08

中國歷史小說史

作　　　者	歐陽健
總 策 畫	鄭家建　李建華
發 行 人	陳滿銘
總 經 理	梁錦興
總 編 輯	陳滿銘
副總編輯	張晏瑞
編 輯 所	萬卷樓圖書股份有限公司
排　　　版	林曉敏
印　　　刷	百通科技股份有限公司
發　　　行	萬卷樓圖書股份有限公司

臺北市羅斯福路二段 41 號 6 樓之 3
電話 (02)23216565
傳真 (02)23218698
電郵 SERVICE@WANJUAN.COM.TW
香港經銷　香港聯合書刊物流有限公司
電話 (852)21502100
傳真 (852)23560735

如何購買本書：

1. 劃撥購書，請透過以下郵政劃撥帳號：
　帳號：15624015
　戶名：萬卷樓圖書股份有限公司
2. 轉帳購書，請透過以下帳戶
　合作金庫銀行　古亭分行
　戶名：萬卷樓圖書股份有限公司
　帳號：0877717092596
3. 網路購書，請透過萬卷樓網站
　網址 WWW.WANJUAN.COM.TW

大量購書，請直接聯繫我們，將有專人為
您服務。客服：(02)23216565 分機 610

如有缺頁、破損或裝訂錯誤，請寄回更換
版權所有·翻印必究
Copyright©2018 by WanJuanLou Books CO., Ltd.
All Right Reserved　　　　Printed in Taiwan

ISBN 978-986-478-171-3
2019 年 11 月再版二刷
2018 年 9 月再版一刷
2017 年 12 月初版一刷
定價：新臺幣 600 元

國家圖書館出版品預行編目資料

中國歷史小說史 / 歐陽健著.
-- 再版.-- 臺北市：萬卷樓, 2018.09
面 ；公分. --（福建師範大學文學院百年學術
論叢·第四輯·第 8 冊）

ISBN 978-986-478-171-3（平裝）

1.歷史小說 2.中國文學史

820.8　　　　　　　　　　107014160